Die Frau im hellblauen Kleid

ROMAN

WILHELM HEYNE VERLAG
MÜNCHEN

Sollte diese Publikation Links auf Webseiten Dritter enthalten,
so übernehmen wir für deren Inhalte keine Haftung,
da wir uns diese nicht zu eigen machen, sondern lediglich
auf deren Stand zum Zeitpunkt der Erstveröffentlichung verweisen.

Verlagsgruppe Random House FSC® N001967

2. Auflage
Originalausgabe 12/2017
Copyright © 2017 by Beate Maxian
Copyright © 2017 dieser Ausgabe
by Wilhelm Heyne Verlag, München,
in der Verlagsgruppe Random House GmbH,
Neumarkter Str. 28, 81673 München
Redaktion: Eva Philippon
Printed in Germany
Umschlaggestaltung: © Eisele Grafikdesign unter Verwendung von
Richard Jenkins; IMAGNO/Gerhard Trumler; 123RF/Olga Popova
Satz: Leingärtner, Nabburg
Druck und Bindung: GGP Media GmbH, Pößneck
ISBN: 978-3-453-42212-4

www.heyne.de

Das Drama (auf der Bühne) ist erschöpfender als der Roman, weil wir alles sehen, wovon wir sonst nur lesen.

(Franz Kafka 1883–1924)

Wien, Dezember 2014

Der Werbespot über verdauungsförderndes Joghurt flimmerte über den Bildschirm.

»Das ist nicht dein Ernst!« Marianne Altmann musterte ihre Tochter mit einem strengen Blick. Die betagte Schauspielerin zwang sich, nicht auch noch missbilligend den Kopf zu schütteln.

»Was?«, fragte Vera, obwohl sie genau wusste, was nun folgte. Ein Vortrag, wofür der Name Altmann stand. Und die Antwort lautete nicht: für verdauungsförderndes Joghurt.

»Der Werbespot!« Ihre Mutter sprach mit einem deutlichen Rufzeichen am Ende des Satzes.

»Ich kenne den Spot.« Vera ging im Wohnzimmer ihrer Mutter auf und ab, drehte dabei die Zettel in der Hand zu einer Rolle zusammen.

»Ist das deine Zukunft?«, fragte Marianne und sah sie vorwurfsvoll an.

»Ich versteh nicht, warum du so ein Theater machst. Es ist ein Werbespot, in dem man mein Gesicht genau zwanzig Sekunden lang sieht.«

»Wir Altmanns machen kein Theater. Wir *spielen* Theater, seit vier Generationen!« Wieder dieses Rufzeichen in ihrer Stimme. »Das hier ...« Sie deutete auf den Bildschirm, wo inzwischen eine Werbung für Hundefutter lief. »Das ist einer Altmann unwürdig. Wenn du schon dein Gesicht an die Werbeindustrie verkaufst, dann zumindest für anständige Produkte.«

»Meinst du Hundefutter?« Vera lächelte süffisant. »Ein verdauungsförderndes Joghurt ist doch ein anständiges Produkt. Ein Appell, der Verstopfung keine Chance zu geben. Ein Manifest für gesunde Ernährung.«

Marianne Altmann ignorierte Veras Zynismus. »Zwei Frauen, die während eines Spaziergangs über ihre Verdauungsprobleme reden. Wer denkt sich so etwas aus?«

»Werbefachleute.«

»Und auch noch zur Hauptsendezeit.«

»Da sehen mich viele Leute.«

»Wenn du dich nackt auf die Kärntnerstraße stellst, sehen dich auch viele Leute.«

»Nur leider ist die Bezahlung schlechter. Und was die Menge an Zusehern angeht, bin ich nicht deiner Meinung. Die Werbung vor dem Hauptabendprogramm sehen mehr.«

»Wie kommen die eigentlich auf dich? Ich meine, eine echte Altmann gibt sich nicht für so etwas her. Das wissen diese Werbemenschen doch.« Sie wedelte mit ihrer Hand Richtung Fernseher, als müsse sie eine lästige Fliege abschütteln.

»Was meinst du eigentlich andauernd mit eine echte Altmann?«, fragte Vera. »Willst du mir sagen, dass ich gar keine echte bin? Dass du und Papa mich adoptiert habt?«

»Mach dich nicht lächerlich«, schimpfte Marianne Altmann. »Wir sind eine angesehene Schauspielerfamilie. Wir drehen keine Werbespots für Joghurt.«

»Mama!« Vera konnte ebenfalls mit einem Rufzeichen am Ende sprechen. »Dass ich dafür keinen Oscar bekomme, ist klar.«

»Pah, einen Oscar! Sogar Bambi würde sich eher …«

»Du weißt genau, dass es bei mir nicht gut läuft«, unterbrach Vera. »Ich bin nicht wie du. Ich muss mir Alternativen zum Theater und Film suchen.« Der maßgebende Durchbruch als Schauspielerin war Vera nie gelungen, und wenn man fünfundvierzig

Jahre alt war, wartete die große Karriere selten hinter der nächsten Tür. Zumindest nicht für Frauen. Derweil war Vera attraktiv. Groß gewachsen, schlank, und in ihren braunen Augen konnte man versinken. Ihr ebenmäßiges Gesicht umspielten dunkle Locken, die bis zur Schulter reichten. Sie konnte in der Rolle einer Mitteleuropäerin ebenso überzeugen wie eine Südländerin spielen. Dennoch war ihr die große Schauspielerkarriere verwehrt geblieben. Möglich, dass es an ihrem melancholischen Blick lag, ein Erbe ihres Vaters, oder einfach das Talent fehlte. Sie sollte aufhören, darüber nachzudenken.

Sophie stürmte ins Wohnzimmer. Wie immer, wenn Veras Tochter den Raum betrat, erfüllte ihre Aura das gesamte Zimmer. Mit ihren langen blonden Haaren, den großen blauen Augen und ihrer offenen fröhlichen Art bezauberte sie alle Menschen im Handumdrehen. Sie war Marianne Altmanns ganzer Stolz, weil sie fortführte, was Vera nie gelungen war: im Schauspielerolymp die nächste Generation Altmann zu manifestieren. Die Zwanzigjährige drehte Film um Film in Österreich. Demnächst wollte sie das deutsche Publikum erobern.

Die drei Frauen lebten zusammen in der Villa, die Marianne zu diesem Zweck vor Jahren hatte umbauen lassen. Die Diva bewohnte das Erdgeschoss, die große Wohnküche in ihrem Bereich war Mittelpunkt der Familie. Vera hatte das Stockwerk darüber, und Sophies Reich lag unter dem Dach. Wenn es etwas zu besprechen gab oder man Lust auf Gesellschaft hatte oder einfach ein gemütliches Refugium benötigte, dann suchte man die Küche auf. Mit den weißgoldenen Porzellankacheln, den Arbeitsflächen aus Kirschholz, den weißen Küchenkästen und dem großen Tisch mit acht Stühlen in der Mitte bildete sie seit jeher das behagliche Zentrum der Villa.

»Hab ich etwas verpasst?«, fragte Sophie, ließ sich in einen Sessel fallen und bändigte ihre Haare mit einem Samtband.

»Den Werbespot deiner Mutter.« Die Diva drückte den

Knopf der Fernbedienung, und der Bildschirm erlosch augenblicklich.

»Oh, den hab ich schon gesehen.« Sophie strahlte gekünstelt. »Und falls ich mal Verdauungsprobleme habe, bespreche ich sie vertrauensvoll mit dir, Mama, versprochen.« Sie zwinkerte Vera aufmunternd zu und entlockte so ihrer Großmutter ein breites Grinsen.

»Ja, ja, macht euch nur lustig über mich. Ich weiß auch, dass das nicht meine Zukunft sein kann. Deshalb hab ich nachgedacht und in den letzten Wochen hart gearbeitet.« Vera setzte sich und rollte die Unterlagen in ihren Händen auseinander. »Das ist der Beginn eines Drehbuches.«

Mariannes Augenbrauen wanderten nach oben, Vera warf ihr einen Blick zu.

»Ich seh dir an, was du denkst, Mama.«

»Ach! Und was denke ich?«

»Schon wieder so ein ›Vera-Projekt‹.«

»Wovon handelt denn dein Drehbuch?« Misstrauisch betrachtete Marianne die Zettel.

Da nahm Sophie sie ihrer Mutter ab und begann zu lesen. Es handelte sich lediglich um die ersten zwanzig Seiten, das musste vorab genügen, um einen Eindruck zu bekommen.

Vera zögerte. »Es handelt von dir und Papa.« Sie malte einen unsichtbaren Bogen in die Luft. »Das Schauspielerpaar der Sechziger- und Siebzigerjahre. Die glamouröse Liebe einer bildhübschen Wienerin und eines äußerst attraktiven Münchners. Ich hab in meinen Unterlagen gekramt, in den Zeitungsarchiven gestöbert. Die *Bunte Münchner Frankfurter Illustrierte* schrieb sogar: Die romantischste Verbindung Österreich-Deutschland.« Vera schmunzelte. »Und dann lass ich noch eigene Erinnerungen einfließen. Ich denke, das wird eine wunderbar runde Geschichte. Ach, bevor ich es vergesse: Ich werde auch Regie führen.«

»Aha, du wirst jetzt also Drehbuchautorin und Regisseurin«, stellte Marianne im zweifelnden Tonfall fest.

Vera nickte. Sie hatte nicht mit Jubelrufen seitens ihrer Mutter gerechnet. Marianne Altmann war sechsundsiebzig Jahre alt und seit fünfzehn Jahren weg vom Filmgeschäft. Es war ihre Entscheidung gewesen aufzuhören. Die Rolle der Großmutter lag ihr nicht. Sie wollte, dass ihre Fans, und davon hatte sie nach wie vor viele, sie als schöne, begehrenswerte Frau in Erinnerung behielten und nicht als Oma von Jungschauspielern. Noch heute war sie schlank, feingliedrig und graziös. Ihre gerade, nahezu hoheitsvolle Haltung ließ sie größer erscheinen. Ihre Augen tasteten wach die Umgebung ab, ihr Blick schien selbstbewusst, und ihr Gesicht trug würdige Züge. Das königliche Erscheinungsbild hatte sie ihrer Tochter weitergegeben und diese wiederum ihrer Tochter. »Die stolzen Altmann-Frauen«, betitelte man sie in der Filmbranche. Und genau diese äußerliche und innere Haltung machte einen großen Teil ihres Charmes aus.

Schönheit verging.

Die Einstellung blieb.

»Das liest sich sehr gut«, sagte Sophie.

»Es ist eine Dokumentation.« Vera stand auf. »Können wir in die Küche gehen? Ich hätte Lust auf eine Tasse Kaffee.«

Die Diva erhob sich seufzend, folgte ihr jedoch kommentarlos. Wenn Vera nach Kaffee verlangte, würde sich das Gespräch hinziehen, das wusste sie. Auf der Anrichte in der Küche stand ein frisch gebackener Gugelhupf. Die Leidenschaft zu backen und zu kochen lebte Marianne seit ihrem Rückzug aus der Öffentlichkeit begeistert aus.

»Eine Dokumentation also«, wiederholte sie, als sie nur wenig später mit einer Tasse Kaffee am Esstisch saßen. »Hast du schon mit einem Produzenten darüber gesprochen?«

Vera schüttelte den Kopf. »Es ist noch zu früh. In zwei Wochen bin ich fertig, dann biete ich es an.« Sie nippte an ihrer

Tasse, und es war ersichtlich, wie sie sich einen Ruck gab. »Na, was sagst du?« Vera fixierte ihre Mutter mit einem bangen Blick. Ihre Meinung war ihr wichtig.

Die Diva stellte die Tasse ab. »Das ist keine gute Idee.«

Wien, Jänner 2015

Marianne Altmann sah aus dem Küchenfenster, Schneeregen fiel vom Himmel. Ihr Blick ruhte auf den längst abgeernteten Reben des Hanges gegenüber, sie gehörten seit Ewigkeiten zum Weingut ihrer Familie. In den Weinbergen hatte sie mit ihrem Cousin Ferdinand Verstecken gespielt. Von ihrem Vater hatte sie alles über Wein erfahren, was sie als Winzerin hatte wissen müssen – obwohl sie beide wussten, dass sie niemals das Gut führen würde, und Ferdinand es überschrieben bekam. Völlig zu Recht, wenn man die wahre Familiengeschichte betrachtete.

Inzwischen war auch ihr Cousin ein alter Mann, wenn auch nur wenig älter als sie selbst. Das Weingut verwaltete sein Enkel mittlerweile, er baute auf dem Hang Grünen Veltliner an. Ihre liebste Weinsorte. Daneben wuchs der Weißburgunder. Die schweren, tonhaltigen Mergelböden in dieser Region waren die besten für diese Sorte.

»Ich bitte dich, Mama«, drang Veras Stimme an ihr Ohr. »Lies doch erst mal das Drehbuch, bevor du dich festlegst und endgültig Nein sagst!« Sie hatte die letzten Wochen Tag und Nacht daran gearbeitet und es ihrer Mutter zu Neujahr in die Hand gedrückt. Als Zeichen des Neubeginns.

Marianne drehte sich um. Ihre Tochter lehnte mit einer Tasse Kaffee in der Hand an der Anrichte.

Die Tatsache, dass sie nicht sofort Feuer und Flamme für das Filmprojekt gewesen war, sorgte bei Vera seit einem Monat für üble Laune. Sogar Weihnachten hatten sie deswegen gestritten.

»Es tut mir leid, unser Privatleben ist nun mal kein Allgemeingut«, rechtfertigte Marianne ihre Einstellung.

»Du begreifst nicht, worum's geht.«

Marianne spürte, wie das Gespräch zum wiederholten Mal ins selbe Fahrwasser steuerte.

»Du stehst doch sonst so gern im Mittelpunkt.«

»Tu ich nicht.«

»Ach nein? Mir erschien es als Kind oft so, als drehte sich die Sonne ausschließlich um dich und nicht um die Erde.«

Diese Spitze traf jedes Mal, wenn Vera sie losließ. Marianne Altmann plagte seit jeher das schlechte Gewissen, weil Vera als Kind oft mehr Zeit mit dem Kindermädchen verbracht hatte als mit ihren Eltern.

»Die Erde dreht sich um die Sonne«, berichtigte sie ihre Tochter. »Nicht umgekehrt.«

»Nicht in deinem Universum«, erwiderte Vera.

Marianne presste die Lippen aufeinander. Sie und ihre Tochter standen sich in nichts nach, wenn es darum ging, sich gegenseitig Verletzungen zuzufügen. Diese heilten nur, weil sie am Ende doch das sehr starke Band der Mutter-Tochter-Liebe wieder einte.

Vera stellte ihre leere Tasse in die Spüle und verließ ohne ein weiteres Wort die Küche. Marianne zuckte nicht einmal mehr zusammen, als gleich darauf die Wohnungstür krachend ins Schloss fiel.

Ihre Position war eben, vorsichtig mit der Lebensgeschichte umzugehen. Insgeheim stellte sie sich seit Jahren die Frage, wie viele Geheimnisse ihre Familie vertrug. Im Umkehrschluss drängte sich ihr jedes Mal die Frage auf: Verträgt meine Familie die Wahrheit?

Denn darum ging es schlussendlich. Um die Wahrheit, die lange Zeit gut gehütet tief in Mariannes Innerem verborgen lag, nicht wissend, ob sie jemals ans Licht kam und eine Befreiung erfuhr.

Sie dachte an ihre Enkelin Sophie, die sich insgeheim schon in der Rolle der jungen Marianne sah. Ein Bild, das der Diva durchaus gefiel. Sie ähnelte ihr nicht nur äußerlich, sondern kam ihr auch im Wesen nahe.

Marianne überlegte, ob sie der Sache nicht doch zustimmen sollte. Immerhin kam das Projekt ohne ihr Einverständnis wohl kaum zustande, das jedenfalls betonte ihre Tochter bei jeder sich bietenden Gelegenheit. Die Diva fällte ihre Entscheidungen jedoch niemals aus Gefälligkeit oder aus Lust und Laune heraus. Der Kopf kam bei ihr vor dem Bauch, auch wenn's um die eigene Familie ging.

Sie drehte sich um und sah wieder aus dem Fenster auf die Weinberge hinüber.

Da tauchte in ihrem Augenwinkel der Postbote am Gartentor auf. Nur von dort konnte man einen Blick auf die gesamte Villa werfen, die hinter einer hohen, mit wildem Wein überwachsenen Gartenmauer verborgen lag. Sie sah auf die Armbanduhr. Halb elf. Er kam pünktlich. Ein letzter Kontrollblick auf die Briefe, dann warf er die Post in den Briefkasten und verschwand wieder hinter der Gartenmauer.

Marianne wartete eine Weile. Der Briefträger sollte nicht im Rückspiegel sehen, dass sie zum Briefkasten eilte. Eine alte Frau, die hinter dem Fenster auf die Post wartete. Es musste ja sonst auf ihn wirken, als sei dies die einzige Abwechslung in ihrem einsamen Leben. Diese Einsamkeit hatte sie jedoch ganz bewusst gewählt. Sie lud selten Gäste ein, weil sie in ihrem früheren Leben genug Treiben um sich herum gehabt hatte. Hielten sich Vera und Sophie im Haus auf, war ihr das genügend Abwechslung.

Noch draußen am Gartentor blätterte Marianne rasch die Kuverts durch, auf der Suche nach einem Umschlag mit schwarzem Rand. In ihrem Alter waren Todesanzeigen keine Seltenheit. Es war nicht angenehm, derartige Nachrichten zu bekommen, doch das Leben fragte nicht danach. Es schickte den Tod, wann immer es wollte, verpackt in einem Kuvert mit einer Briefmarke darauf. Manchmal traf es sogar die Richtigen.

Werbung. Rechnungen. Ein Angebot für eine Seniorenresidenz, wie man Altersheime heutzutage nannte. Wenigstens verschonte sie der Sensenmann mit einer Benachrichtigung.

Zurück im Haus, legte sie die Briefumschläge auf den Küchentisch, Prospekte wanderten ungesehen auf den Stoß fürs Altpapier. Im Wohnzimmer holte sie aus dem Bücherregal das Fotoalbum mit alten Setaufnahmen, Kinokarten und Fotos von vertrauten Kollegen hervor und setzte sich damit aufs Kanapee. Normalerweise wühlte sie nur dann in Erinnerungen, wenn eine Todesanzeige ins Haus geflattert war. Heute machte sie eine Ausnahme. Sie wollte eine besondere Erinnerung heraufbeschwören, nicht die alten Zeiten, und nicht darüber trauern, wie viele ihrer Wegbegleiter nicht mehr auf Erden weilten. Sie trachtete danach, ein verloren geglaubtes Gefühl wiederzufinden. Eine Sinnesempfindung, die jeder kannte, der diesen Beruf ergriffen hatte.

»Warum sind Sie Schauspielerin geworden?«, war eine Frage gewesen, die sie im Laufe ihres Lebens häufig gehört hatte. Als Antwort hatte sie stets dieselbe Phrase gedroschen: »Weil es meine Bestimmung war«, und ein breites Lächeln an den Fragesteller gerichtet. »Ich glaube, der Beruf hat mich gesucht, nicht ich den Beruf.«

In Wahrheit, so musste sie zugeben, war es die Sucht nach Aufmerksamkeit gewesen, nach Ruhm, nach Erfolg und danach, im Mittelpunkt zu stehen. Ihre Mutter Käthe fungierte als ihr Vorbild. Der Triumph war nicht zufällig gekommen, sie hatte hart daran gearbeitet.

Ein Schwarzweißfoto zeigte Marianne im Dirndlkleid. Sie spielte in ihrer ersten großen Rolle ausgerechnet die Tochter eines Heurigenwirts, die sich unsterblich in einen Leutnant der

Kaisergarde verliebte. Ein beliebtes Thema in den Fünfzigerjahren. Auf einem anderen Bild lag sie auf einer Wiese, in kurzen Hosen, Trägertop und mit riesigem Hut. Ein Film über eine selbstbewusste Frau, die auf der Suche nach der wahren Liebe von einer turbulenten Situation in die nächste stolperte. Ein Publikumserfolg und der Beginn ihrer Filmkarriere.

Marianne legte das Album zur Seite, blieb eine Weile nachdenklich sitzen und dachte noch einmal über das Projekt ihrer Tochter nach. Ob es richtig war, noch einmal vor die Kamera zu treten und Filmluft zu inhalieren? Wenn sie ehrlich war, fühlte sie sich geehrt, dass ihr Leben im Mittelpunkt einer Spielfilmdoku stehen sollte.

Ihr Blick wanderte zu einem bestimmten Bild an der Wand. Es zeigte sie in jungen Jahren in dem hellblauen knielangen Kleid ihrer Mutter. Marianne hatte das Kleid nur für diese eine Aufnahme angezogen. Die Idee war aus einer Laune heraus entstanden. Obwohl es sich dabei um eine Schwarzweißfotografie handelte, erinnerte sich Marianne an die Farbe des Kleides, als wäre das Bild erst gestern aufgenommen worden. Eri Klein, ihre Maskenbildnerin, hatte sie fotografiert. Ihr tragischer Tod verfolgte Marianne bis heute in ihren Träumen. Sie schüttelte unmerklich den Kopf und seufzte schwer. Es war schrecklich mit den Erinnerungen. Sie hielten einem die begangenen Fehler sowie das Alter schonungslos vor Augen.

Es wurde langsam Zeit, dass auch sie über den Tod nachdachte, und darüber, was blieb, wenn sie ging. In diesem Moment gestand sie sich ein, dass sie im Unterbewusstsein längst beschlossen hatte, Veras Filmprojekt zu unterstützen. Ihre Teilnahme berechtigte sie zudem, der Familienbiografie ihren persönlichen Stempel aufzudrücken.

Bedächtig erhob sie sich und ging in ihr im englischen Stil eingerichtetes Schlafzimmer. Marianne mochte die britische Lebensweise, sie verkörperte für sie einen exquisiten Geschmack.

Auf einem schön restaurierten Frisiertisch standen Fotos ihrer Lieben. Vera mit Sophie im Arm. Marianne, Vera und Sophie im Tiergarten. Sophie mit Schultüte, im Kleid für den Maturaball und auf der Bühne. Die Bilder ihrer Mutter ruhten seit einiger Zeit in einer Truhe mit anderen Erinnerungsstücken. Darunter befanden sich Dokumente und Fotos, die sie zu gegebener Zeit hervorholen wollte.

Sie öffnete die Tür zu ihrem begehbaren Kleiderkasten. Die Regale und Kleiderstangen waren aus altem Mahagoniholz gefertigt. Ganz hinten, in einem durchsichtigen Kleidersack, hing das alte Kleid aus hellblauem Baumwollstoff, das eine Freundin ihrer Mutter geschneidert hatte. Ein *Teadress* mit weißem Samt am Ausschnitt und einem für damalige Verhältnisse modernen Zipfelrock, der in Kniehöhe endete. Obwohl es mit der Zeit ein wenig Farbe verloren hatte, erkannte man nach wie vor die einstige Schönheit des kostbaren Stücks. Es grenzte an ein Wunder, dass es die vielen Jahre nahezu unbeschadet überstanden hatte.

Marianne griff nach dem Bügel und nahm das Kleid heraus. Sie hielt es sich vor Augen und wog ihre Idee ab. Im Grunde genommen war ihr der Gedanke an jenem Tag gekommen, als Vera ihr das erste Mal von dem Projekt erzählt hatte. Sie nickte unwillkürlich und beschloss in dem Moment ihre Zustimmung, jedoch unter einer Voraussetzung: Die Erzählung der Altmann-Familie musste schon eine Generation früher mit der jungen Käthe Schlögel und dem hellblauen Kleid beginnen. Vera sollte sich von der Idee verabschieden, lediglich über sie und Fritz zu berichten. Die Schauspielerinnen-Dynastie sollte im Mittelpunkt stehen.

Sorgsam legte sich Marianne das Kleid über den Arm, ging zurück ins Wohnzimmer und hängte es vors Bücherregal. Sie wollte sofort damit beginnen, die wichtigsten Stationen im Leben ihrer Mutter aufzulisten. Energiegeladen setzte sie sich an den Sekretär. Ein wertvolles Stück, das sich seit vielen Jahrzehnten nicht ganz rechtmäßig im Besitz ihrer Familie befand. Ein schlechtes Gewissen hatte sie deshalb nicht. Das war mit ihrer Mutter gestorben.

Wien, 1927

Es regnete. Ausgerechnet heute, dachte Käthe Schlögel. Sie hatte all ihren Mut zusammengenommen, um den Plan zu verwirklichen, den sie seit Wochen geschmiedet hatte. Und jetzt dieses scheußliche Wetter. Sie stand in der offenen Haustür, hielt einen Regenschirm in der Hand und spähte vorsichtig auf die Straße hinaus. Dann drehte sie sich um. Ihre Eltern durften nichts mitbekommen, weil ihr Plan sonst kläglich scheitern würde, noch bevor sie ihn in die Tat umsetzen konnte. Der wachsame Blick aus ihren blauen Augen suchte wieder aufmerksam die Umgebung ab. Unsicher strich sie sich eine unsichtbare Strähne aus der Stirn, derweil steckten ihre fast hüftlangen blonden Haare fest geflochten unter einem dunkelgrauen Kopftuch fest. Ihr Erscheinungsbild passte zum Wetter, denn auch ihr hochgeschlossenes Kleid war grau und verbarg ihre schlanke Figur. In langweiliges Grau gehüllt, fühlte sie sich nahezu unsichtbar. Ein Auto lieferte sich einen erbitterten Kampf mit einem Pferdefuhrwerk. Der Wagen fuhr zu knapp vorbei, die beiden Rappen erschraken und bäumten sich auf. Der Kutscher hatte alle Hände voll zu tun, seine Tiere unter Kontrolle zu halten, und die Fässer auf dem Anhänger drohten hinunterzufallen. Als der Wagen überholte und sich vor den Tieren einreihte, schlugen die Hufe der Pferde hart auf dem Kopfsteinpflaster auf. Es klang wie ein Schuss. Der Fahrer erschrak, verriss das Fuhrwerk ein wenig. Eine Frau auf dem Gehsteig stieß einen spitzen Schrei aus und sprang zur Seite. Sie drohte mit wüsten Gesten, während ein Passant beherzt nach dem Zaumzeug griff und die Rappen beruhigte. Der Kutscher schickte dem davonfahrenden Auto wilde Flüche hinterher.

Käthe betete stumm, dass der Aufruhr auf der Straße nicht die Aufmerksamkeit ihrer Mutter erweckt hatte und sie aus dem Lokal auf das Trottoir lockte. Doch auch einen Moment später blieb alles hinter ihr ruhig.

Käthe verließ ihren Posten und blieb am großen Fenster des Gemüseladens stehen, der direkt an das Wohnhaus in der Josefstädterstraße anschloss. Das Geschäft gehörte ihren Eltern, und sie konnte nur hoffen, dass diese ihren Aufbruch nicht bemerkten. Nervös kaute sie auf ihrer Unterlippe. Auf gar keinen Fall wollte sie Rechenschaft ablegen müssen. Eigentlich sollte sie in diesem Augenblick im Laden stehen und ihrer Mutter beim Verkauf helfen, doch sie hatte Kopfschmerzen vorgetäuscht und sich in ihr Zimmer zurückgezogen. Käthe war der Ansicht, dass ihre Mutter die kleine Unaufrichtigkeit sehr wohl durchschaut, jedoch geschwiegen hatte. So war das immer schon gewesen. Schon als sie ein kleines Kind gewesen war, hatte sie über ihre sich abrupt rosa färbenden Wangen hinweggesehen. Vielleicht nahm ihre Mutter aber auch an, dass Käthe ihre Tage hatte und deshalb unpässlich sei. Doch darüber würde Alma Schlögel niemals mit ihrer Tochter sprechen.

Ich hab ein Geheimnis, dachte Käthe, während sie den Kopf vorstreckte und durch die Geschäftsvitrine lugte. Ihre Mutter stand mit dem Rücken zur Auslage und packte gerade Erdäpfel für eine Kundin ein. Ihr Vater war nicht im Laden. So schnell sie konnte, schummelte sich Käthe vorbei, ohne ihre Mutter dabei aus den Augen zu lassen. Wenige Meter weiter raffte sie mit einer Hand ihr knöchellanges graues Kleid hoch und lief so schnell sie konnte die Straße entlang. Das Regenwasser spritzte an ihren Beinen hoch, der Schirm schwang über ihrem Kopf hin und her. Käthe ignorierte die tadelnden Blicke der ihr entgegenkommenden älteren Damen am Gehweg. Gleich nachdem sie in die Lange

Gasse eingebogen war, blieb sie stehen und verschnaufte kurz. Sie hatte es geschafft.

Die Wohnung ihrer Freundin Anita Weinmann lag in der Lange Gasse. Gerade als Käthe die schwere Eingangstür aufdrücken wollte, wurde sie von innen geöffnet, und der Geruch von Schmierseife schlug ihr entgegen. Die Hausmeisterin drängte sich mit ihrem Eimer vorbei, um das Schmutzwasser auf die Straße zu leeren. Käthe betrat das feucht glänzende Stiegenhaus und lief, so schnell es der rutschige Belag zuließ, die Stufen ins dritte Stockwerk hinauf.

Anita wartete schon in der offenen Eingangstür auf sie. Der eng anliegende graue Rock und die helle Bluse unterstrichen ihre Weiblichkeit. Ihre langen dunklen Haare trug sie wie Käthe zu einem Haarkranz geflochten.

»Da bist du ja endlich, komm rein!« Anita fasste sie an den Händen und zog sie in die kleine Wohnung, die aus einer Wohnküche und einem Schlafraum bestand. Die Toilette und das Bad auf der Etage teilte sie sich mit der jungen Familie von nebenan und einer älteren Frau, die am Ende des Gangs wohnte. Die Bassena zum Wasserholen lag zum Glück direkt vor der Wohnungstür.

Anita nannte die Wohnung ihr kleines Paradies. Ihre Eltern bewirtschafteten mehrere Weinberge in Grinzing und unterstützten ihre Tochter finanziell. Das Gut würde einmal ihrem Bruder Alois gehören. Käthes Vater August Schlögel hoffte seit jeher auf eine Verbindung zwischen Alois und seiner Tochter. Käthe jedoch empfand für Anitas Bruder lediglich geschwisterliche Gefühle, und sie meinte, dass es sich umgekehrt genauso verhielt. Alois hatte sich jedenfalls ihr gegenüber nie anders verhalten als ein Bruder zu seiner Schwester. Sie verstanden sich gut, doch mehr war da nicht. Außerdem genoss Anitas Bruder sein Junggesellendasein viel zu sehr, als sich Gedanken über eine etwaige Heirat zu machen.

Anita hatte den Beruf Damenschneiderin erlernt und träumte davon, einen eigenen Salon zu besitzen, in dem die Damen von Welt ein und aus gingen. Aus dem Grund war Käthe auch nicht überrascht gewesen, als Anita sie vor wenigen Wochen bat, an ihr Maß nehmen zu dürfen. Käthe glaubte, dass ihre Freundin ein Modell anfertigen wollte, das sie ihren Kunden als Beispiel ihrer Nähkunst zeigen konnte. Derweil hatte sie ein Kleid für Käthe genäht, das Alma Schlögel niemals billigen würde. Es war unverschämt modern, endete in Kniehöhe und zeigte Dekolletee. Ein Geschenk von Anita und perfekt für Käthes Pläne.

Nun war es fertig und lag auf dem Sofa drapiert, als warte es nur darauf, von einer Prinzessin getragen zu werden. Anita hatte es aus einem so intensiven hellblauen Stoff gefertigt, wie Käthe ihn noch nicht gesehen hatte. Sie trat heran und strich ehrfürchtig mit den Fingerspitzen über den zarten Baumwollstoff.

Ihre Freundin schien ebenso aufgeregt zu sein wie sie selbst, denn Käthe sah, wie Anitas grüne Augen glänzten. Sie überreichte ihr das Kleid, als wär es ein kostbarer Schatz.

»Schnell, zieh's an! Ich möchte dich endlich darin sehen.«

Rasch schlüpfte Käthe aus ihren Schuhen und dem hochgeschlossenen Alltagskleid, und nur wenige Augenblicke später fühlte sie sich wie eine andere, wie eine bessere Persönlichkeit.

»Du siehst jetzt schon aus, als wärst du eine berühmte Schauspielerin«, behauptete Anita, während sie den rückseitigen Reißverschluss zuzog und Käthe anschließend eingehend von allen Seiten betrachtete. »Jetzt bin ich doppelt froh, dich zum Vorsprechen überredet zu haben. Solange du im stillen Kämmerlein spielst, wirst du es niemals auf die Bühne schaffen.«

Anita hatte Käthe vor Wochen den Ausschnitt einer Zeitung auf den Tisch gelegt. Die Anzeige besagte, dass im Volkstheater am Weghuberpark Laiendarsteller als Statisten und für kleinere Rollen gesucht wurden. Interessierte sollten sich an einem bestimmten Tag zu einer bestimmten Uhrzeit am Theater einfinden. Und dieser Tag war heute, es war also bald so weit. Ihre Chance, hatte Anita gemeint, und Käthe sah es ähnlich, auch wenn ihr das Herz schon jetzt bis zum Hals klopfte.

»Warte! Mit denen kannst du doch nicht ins Theater gehen«, sagte Anita und deutete auf die Schnürstiefel, die Käthe soeben anzog. Ihre Freundin bückte sich und drückte ihr Pumps mit Knöchelriemchen in die Hand. Käthe wechselte die Schuhe.

»Du wirst es schaffen, da bin ich mir ganz sicher«, gab ihr Anita mit auf den Weg, als Käthe nach ihrem Schirm griff. Sie umarmte ihre Freundin und war unsagbar glücklich in dem Moment.

Als sie die Haustür öffnete, goss es noch immer in Strömen. Deshalb ging Käthe nicht zu Fuß, sondern nahm die Straßenbahn, obwohl das Volkstheater nicht weit entfernt lag. Im Inneren der Waggons dampfte es. Durchnässte Kleidung drängte sich an durchnässte Kleidung. Es roch nach feuchten Stoffen und Haaren, Tabak und Leder. Eine Frau stieg Käthe auf den Fuß. Kein Wort der Entschuldigung.

Käthe kam mit nassen Pumps und Strümpfen im Theater an. Auch von ihrem Kleid tropfte das Regenwasser. Sie überlegte, wieder umzukehren, doch dann ermahnte sie sich stumm, nicht klein beizugeben, und suchte den Bühneneingang. Sie klopfte an die Tür, ein alter grauhaariger Mann öffnete und bedeutete ihr, rasch einzutreten.

»Trockne dich doch erst einmal ab, Mädchen«, meinte er und reichte ihr ein Handtuch.

Käthe versuchte verzweifelt, ihre Waden und den unteren Rand ihres Baumwollkleides trocken zu bekommen. Es gelang ihr nur mäßig, ein dunkler Schmutzrand am Saum blieb.

»Jetzt komm schon!«, mahnte sie der Alte zur Eile. »Die warten schon.«

Während sie dem Mann hinterherstolperte, versuchte sie, ihre Nervosität in den Griff zu bekommen. Wer immer *die* waren, es klang, als dürfte man sie keine Sekunde länger warten lassen.

»Bleib hier stehen, bis du aufgerufen wirst«, brummte er.

Käthe stand hinter der Bühne in einem langen, kahlen Gang ohne Dekoration und Atmosphäre. Mit ihr warteten noch drei andere junge Frauen. Sie waren sehr hübsch, und es schien, als kämen sie aus gutbürgerlichem Haus. Feindselig sahen sie Käthe an. In ihren Augen war sie eine, die ihnen ein mögliches Engagement wegschnappte. Das bezweifelte Käthe jedoch, weil sie die drei wesentlich verführerischer fand als sich selbst. Die Lippen der Frauen waren rot geschminkt, und ihre offenen Haare schmiegten sich in Wellen um ihre aparten Gesichter. Doch keine von ihnen sprach ein Wort, und Käthe überlegte, ob es vielleicht doch an etwas anderem lag. Sah man ihr vielleicht an, dass sie die Tochter von Gemüsehändlern war? Womöglich titulierten sie sie innerlich als Bauerntrampel.

Käthe senkte den Blick und wollte am liebsten wieder umkehren. Doch der Alte hatte sie hierher durch ein finsteres Labyrinth aus Gängen mit dunklen kahlen Wänden geführt, und es schien ihr unmöglich, allein wieder hinauszufinden.

Kurz darauf kam noch ein Mädchen zu ihnen hinter die Bühne. Sie schien um eine Spur jünger als Käthe zu sein. Achtzehn vielleicht. Sie lächelte entwaffnend, reichte allen die Hand. »Else Novak«, stellte sie sich vor, und Käthe dachte, wie bezaubernd sie doch ist. Sie hatte ein schmales Gesicht und trug ihre dunkelbraunen Haare modern kurz, mit einem Seitenscheitel und in Wasserwellen gelegt.

Käthe kam sich plötzlich albern vor mit ihrer geflochtenen blonden Bauernkrone. In dem Augenblick war ihr klar, dass Else Novak schon jetzt mehr wie ein Star wirkte, als sie es je sein würde. Sie fühlte sich plötzlich, als hätte sie sich in eine ihr völlig fremde Welt verirrt. Meine Güte, dachte sie sich in diesem Moment, was hast du dir nur dabei gedacht? Glaubst du wirklich, neben diesen Frauen bestehen zu können?

Dann hörte sie ihren Namen, und wenige Augenblicke später

stand sie dort, wo sie schon immer hatte stehen wollen. Auf der Bühne, die die Welt für sie bedeutete.

Scheinwerfer blendeten sie. Es roch nach Staub und altem Stoff. Ihr Herz klopfte bis zum Hals. Die Angst zu versagen schnürte ihr die Kehle zu. Sie starrte in den Zuseherraum. In der zweiten Reihe saßen zwei Männer. Käthe glaubte, in einem von ihnen den Theaterdirektor zu erkennen, war sich aber nicht sicher. Es war zu dunkel.

»Bitte schön!«, hörte sie eine männliche Stimme, und Käthe begann das zu spielen, was sie glaubte, am besten zu können. Eine Kammerzofe. Als zwölfjähriges Mädchen war sie heimlich in eine Probe ins Theater in der Josefstadt geschlichen, und es war ihr schlagartig bewusst geworden, dass die Bühne ihre Zukunft sein sollte. Ihre Augen hatten förmlich an Helene Thimig geklebt, die die Smeraldina in *Der Diener zweier Herren* dargestellt hatte. Das Stück hatte nach den Renovierungsarbeiten zur Wiedereröffnung des Theaters auf dem Programm gestanden. Seit damals hatte Käthe diese Rolle geübt, und nun hatte sie Gelegenheit, ihr Talent unter Beweis zu stellen. Immer wieder war sie zum Rathaus gelaufen, wenn es einen Empfang gab, und hatte davon geträumt, genau so ein wichtiger Ehrengast zu sein.

Als Sechzehnjährige hatte sich Käthe dann heimlich einer Laienschauspielgruppe angeschlossen. Dazu ermutigt hatte sie ihre Lehrerin, die ihre Begabung erkannt und es ihrer Mutter gegenüber erwähnt hatte, wann immer sie in den Gemüseladen zum Einkaufen kam. Doch Alma Schlögel hatte immer nur den Kopf mit dem geflochtenen Haarkranz geschüttelt, woraufhin Käthe schließlich zu spielen aufgehört hatte. Doch der Traum, Schauspielerin zu werden, hatte sie nie wieder losgelassen.

Nach zehn Minuten war alles vorbei. »Bitte warten Sie hinter der Bühne«, lautete der einzige Satz, den man an sie richtete.

Dann hörte sie, wie jemand Else Novaks Namen rief. Die anderen drei Frauen schienen verschwunden zu sein. Für Käthe begann, was man wohl als die schlimmste Zeit nach dem Vorsprechen bezeichnen konnte. Warten. Zuerst blickte sie auf die große Uhr an der Wand und zählte die Sekunden. Als daraus fünf Minuten geworden waren, wandte sie den Blick Richtung Bühnenaufgang. Von Else Novak war nichts zu sehen.

Im nächsten Moment glaubte Käthe, erbrechen zu müssen. Sie schluckte die eingebildete Übelkeit hinunter und atmete mehrmals tief durch. Dann kreiste wieder der Gedanke, dass es dumm gewesen sei hierherzukommen, in Endlosschleife durch ihren Kopf. Sie war fast entschlossen, das Gebäude einfach zu verlassen, doch dann tauchte vor ihrem inneren Auge Anitas enttäuschtes Gesicht auf.

Endlich kehrte Else zurück. Ihre Mimik verriet nicht, ob es gut oder schlecht für sie gelaufen war. Käthe stellte keine Fragen, und sie wechselten kein einziges Wort miteinander. Die anderen ließen sich immer noch nicht blicken. Die Anspannung war deutlich zu spüren. Es war heiß und die Luft stickig.

Käthe musste husten und wischte sich ihre schweißnassen Hände unauffällig am Kleid ab.

Schließlich tauchte ein Mann auf. Er trug eine beige Bundfaltenhose, dazu einen gemusterten Pullover. Schätzungsweise war er nicht viel älter als sie, höchstens Ende zwanzig. Das dunkle Haar mit Pomade nach hinten gestrichen, das markante Gesicht glatt rasiert, lächelte er sie beide spitzbübisch an. Er war sicher einen Kopf größer als sie und Else. Seine harten Züge um den Mund herum und sein selbstbewusstes Auftreten schüchterten Käthe ein. Sie war sich nicht sicher, ob er vorhin auch im Zuseherraum gesessen hatte.

»Mein Name ist Hans Bleck, ich bin der Regisseur.« Er versuchte, Käthe in die Augen zu sehen, und ließ ihren Blick nicht mehr los.

Käthe bemühte sich, es zuzulassen, doch es war ihr unangenehm. Sie war es nicht gewöhnt, dass man sie so unverhohlen anstarrte, und schlug die Augen nieder.

Käthe lief, als wäre der Teufel hinter ihr her. Der weite Rock des Kleides umwehte sie. Sie lief und weinte dabei. Blicke streiften sie, bedauernde, fragende und herablassende. Sie ignorierte sie alle, verfolgte zielstrebig ihren Weg zu Anitas Wohnung.

Die Freundin wartete schon ungeduldig im Türrahmen, als sie endlich schwer atmend bei ihr auftauchte.

»Was ist passiert?« Ihre Stimme klang alarmiert, sie sah Käthes verweinte Augen.

»Sie haben mich ... genommen. Ich ...«

»Ich hab's gewusst! Ich hab's gewusst!«, rief Anita erfreut und tänzelte auf dem Flur herum wie ein kleines Kind. Sie umarmten sich, tanzten im Kreis und weinten beide vor Freude.

»Die Welt steht dir offen, Käthe!« Anita wischte sich die Tränen von der Wange. »Berlin, München und vielleicht sogar Amerika.«

»Erst einmal Wien«, wehrte Käthe lachend ab.

Anita zog sie in die Wohnung. »Alois ist da. Er hat zwei Flaschen unseres besten Weines mitgenommen. Mit dem stoßen wir jetzt auf deinen Erfolg an.«

»Hast du etwa ...«

»Natürlich hab ich ihm von dem Vorsprechen erzählt. Und ich hab übrigens keine Sekunde lang an deinem Erfolg gezweifelt.«

»Hallo Käthe!« Lächelnd kam er auf sie zu und küsste sie auf beide Wangen. »So wie ihr beiden euch aufführt, kann das nur heißen, dass sie dich genommen haben. Gratuliere.«

»Danke, Alois.«

Anitas Bruder war gut aussehend, er war eineinhalb Köpfe

größer als seine Schwester, und seine grünen Augen standen im Kontrast zu seinem tiefschwarzen Haar.

»Ich hab Grünen Veltliner mitgenommen«, sagte er. »Den magst du doch auch?«

»Aber ja, natürlich! Ich will mich nur schnell umziehen.« Während sie sich im winzigen Schlafzimmer ihrer Freundin umzog, hörte sie, wie Alois die Flasche entkorkte und Wein in die Gläser goss.

»Ich hab leider nicht viel Zeit«, sagte Käthe, als sie zurück in die Wohnküche kam. »Meine Eltern warten sicher auf mich. Die haben wahrscheinlich schon längst bemerkt, dass ich nicht mit Kopfschmerzen im Bett liege.«

Anita zuckte mit den Achseln, reichte Käthe ein Glas und stieß ihres dagegen. »Na und! Dafür hast du doch wunderbare Neuigkeiten. Da verzeihen sie dir deine kleine Lüge sicher.«

Käthe machte ein schiefes Gesicht. »Glaub ich nicht. Du kennst die Einstellung meiner Eltern Theaterleuten gegenüber. Meine Mutter denkt, die kämen direkt aus der Hölle.«

Sie lachten, weil sie alle Alma Schlögels Gepflogenheit kannten, sogleich ein Kreuz zu schlagen, wenn jemand aus der Truppe ihr Geschäft verließ. Insgeheim war es natürlich eine Angewohnheit, die Käthe zutiefst ärgerte und sie jedes Mal zu der Bemerkung veranlasste: »Aber ihr Geld nimmst du schon.« Worauf ihre Mutter sie stets mit einem verächtlichen Blick strafte und ihr irgendeine Hausarbeit auftrug.

»Und mein Vater wird wieder behaupten, ich sei eine Träumerin, die ihre Zeit verplempert«, fügte Käthe hinzu und nahm einen Schluck Wein.

Anita zuckte erneut mit den Achseln. »Bist du ja auch. Eine Träumerin, die ihren Traum lebt. Was soll daran schlimm sein?«

»Apropos Hölle«, Alois zwinkerte Anita zu. »Wie lange willst du eigentlich noch in diesem winzigen Loch wohnen bleiben, liebe Schwester?«

»Diese Frage hat dir doch sicher unser Vater aufgetragen.«
Alois grinste.

»Mir gefällt es hier«, sagte Anita. »Und du weißt sehr gut, dass ich nicht wieder nach Grinzing ziehen werde, damit Vater mich Tag und Nacht beaufsichtigen kann.«

Käthe kannte die Debatte zur Genüge. Anitas Vater Otto Weinmann war ein milder und gutherziger Mann, der stolz auf die Arbeit seiner Tochter war und sie unterstützte. Dennoch hätte er sie lieber unter seiner Aufsicht gehabt, um auf ihren guten Ruf zu achten und einen passenden Bräutigam für sie auszuwählen. Am liebsten wäre ihm da ein befreundeter Weinbauer, dessen Weinsortiment sich gut in das der Weinmanns einreihte. Der Eigensinn seiner Tochter kam diesen Plänen jedoch in die Quere. Eine eigene Wohnung in Wien bedeutete Unabhängigkeit. Zudem wusste er, dass Anitas Freund Alfred, ein junger Gendarm, bei ihr übernachtete, wann immer sie beide Lust dazu hatten, und sie sich deshalb keine Vorhaltungen und Moralpredigten anhören mussten.

Als Alois Käthe nachschenken wollte, lehnte sie dankend ab. »Ein anderes Mal gerne. Ich muss jetzt wirklich gehen.«

Sie stand auf und fuhr noch einmal sachte mit den Fingern über das hellblaue Kleid, das sie wieder aufs Sofa zurückgelegt hatte.

»Vergiss nicht, es gehört dir«, sagte Anita. »Du kannst kommen und es anziehen, wann immer du möchtest. Und falls deine Eltern doch anders reagieren, als du denkst, holst du es gleich mit nach Hause.« Sie nahm Käthe noch mal in den Arm und küsste sie zum Abschied auf beide Wangen.

Vor dem Gemüseladen verlangsamte Käthe ihre Schritte und seufzte. Jetzt war es also so weit. Sie musste ihren Eltern so schonend wie möglich beibringen, dass man ihr am Volkstheater eine kleine Rolle angeboten hatte. Ihr Blick fiel auf ihr Spiegelbild.

Zum Glück trug sie wieder ihr hochgeschlossenes graues Alltagskleid. Nicht auszudenken, was passiert wäre, wenn ihre Eltern sie in dem hellblauen knielangen Kleid gesehen hätten.

Käthe stieg die Treppe in die Wohnung empor. Ihre Eltern warteten bereits mit dem Abendessen auf sie.

»Wo warst du?«, fragte Alma Schlögel streng.

Käthe errötete und schlug die Augen nieder. »Im Deutschen Volkstheater. Vorsprechen. Und ... sie haben mich genommen«, presste sie heiser hervor. So, jetzt war es ausgesprochen.

Sie setzte sich an den Tisch und versuchte, ihre Aufgeregtheit zu verbergen, doch sie sah, wie zwei Augenpaare sie entgeistert anstarrten, als sei sie nicht ganz bei Trost. Es war ihre Mutter, die ihre Sprache als Erste wiederfand.

»Schuld sind die Erbsen«, sagte sie und legte den Löffel beiseite. »Ich hab immer gesagt, es ist nicht normal, dass ein Kind mit Erbsen spielt«, lamentierte sie.

Käthe rollte mit den Augen. Sie war mit diesem Satz aufgewachsen und konnte ihn nicht mehr hören. Immer dann, wenn sie etwas tat, das ihren Eltern missfiel, mussten die Erbsen herhalten. Kunststück, sie war nun mal in einem Gemüseladen groß geworden!

Manchmal ertappte sich Käthe bei dem Gedanken, ihre Mutter mit einer Erbse zu vergleichen. Alma Schlögel war nicht sehr groß, dafür genauso rund wie die grüne Hülsenfrucht. Sie hatte eine Figur, die im Lauf der Jahre aus dem Ruder gelaufen war. Dennoch sah man ihr an, dass sie einmal sehr hübsch gewesen sein musste. Immer noch konnte man aus ihren Worten den Akzent ihrer Ahnen heraushören, die aus Ungarn kamen.

Alma war 1887 in Budapest geboren und im Kaiserreich Österreich-Ungarn aufgewachsen. 1904 zog die Familie nach Wien, und mit 19 lernte sie den um neun Jahre älteren Gemüsehändler August Schlögel kennen und lieben. Es bedurfte keiner großen Überredungskünste von seiner Seite, und wenige Monate später war sie schwanger. Alma und August heirateten, weil sie das sowieso vorgehabt hatten, und zogen in die Zweizimmerwohnung über dem Geschäft in der Josefstädterstraße. 1907 kam Käthe zur Welt. Sie wuchs zwischen Erdäpfeln, Paradeisern und Erbsenschoten zu einer aparten jungen Frau heran, mit Blick auf den Bühneneingang des Theaters in der Josefstadt.

Von Kindesbeinen an versuchte Käthe, in verschiedene Rollen zu schlüpfen, und spielte diese auf dem alten Holztisch im Hinterzimmer des Gemüseladens nach. Als Figuren dienten Erbsenschoten. Doch nicht das Spiel mit den Hülsenfrüchten hatte ihr Herz endgültig für die Bühne entflammt, es waren die täglich im Theater aus und ein gehenden Schauspieler. Einmal sah sie sogar den Theaterdirektor Max Reinhardt persönlich. Die Gesichter der Männer und Frauen, ihr Auftreten und ihr Gang faszinierten Käthe. So wollte sie auch werden.

Doch von alldem wollten ihre Eltern nichts wissen.

»Menschen wie wir sind nicht für den Ruhm geboren«, behauptete ihre Mutter und bekreuzigte sich wieder einmal. Das tat sie immer, wenn sie Unheil von sich und der Familie abhalten wollte. Alma Schlögel nannte das Schauspielervolk verkommen, sie las die Artikel in der Zeitung, bevor sie Petersilie oder Karotten darin einwickelte. Und daher glaubte sie auch zu wissen, was sich hinter den prachtvollen Kulissen der Theater abspielte. »Sodom und Gomorra«, wetterte sie, obwohl einige der Schauspieler regelmäßige Kunden bei ihnen waren. Doch seit dem Theaterskandal im Februar 1921, zu dem Arthur Schnitzlers *Der Reigen* führte, fühlte sie sich in ihrem Verdacht bestätigt. Die zehn erotischen Dialoge über die Mechanik des Beischlafs ließen aufgebrachte Demonstranten das Volkstheater stürmen und Zuschauer Stinkbomben werfen. Die Erinnerung an dieses Ereignis kramte sie bei jeder Gelegenheit hervor, um ihrer Tochter den schlechten Charakter dieser Leute zu demonstrieren.

Käthe wandte sich an ihren Vater: »Und, freust du dich wenigstens für mich?«

»Du willst wirklich Schauspielerin werden?«, fragte August Schlögel, als höre er davon zum ersten Mal. »Das geht nicht.«

»Warum soll das nicht gehen?«, fragte Käthe.

»Weil das kein Beruf für dich ist.«

»Und was ist ein Beruf für mich?«, fragte sie zornig. Sie kannte diese Diskussionen zur Genüge. Ihr Vater vertrat die althergebrachte Meinung, dass Frauen keinen Beruf brauchten, sondern Kinder gebären und für Ordnung im Haus sorgen sollten. Käthe las für ihr Leben gerne, was er stets mit Argwohn beobachtet hatte. Wann immer er sie mit einem Buch erwischte, trug er ihr eine »ordentliche« Arbeit auf. Bücher zu kaufen und zu lesen war für ihn vertane Arbeitszeit, und dafür wollte er sein schwer verdientes Geld nicht verschwendet wissen.

Dass seine Frau den ganzen Tag mit im Geschäft stand und somit auch einem Beruf nachging, ließ er als Argument nicht gelten. »Hör auf zu träumen«, herrschte er sie an, wann immer Käthe diese Beweisführung einbrachte.

»Was tust du uns an, Kind?«, lamentierte ihre Mutter, stand auf, um den Tisch abzuräumen und den Abwasch zu machen. Käthe hatte noch nicht mal was gegessen.

Ihr Vater saß nur schweigend da, rot vor Zorn im Gesicht.

Am 15. Juli brannte der Justizpalast in Wien, und an diesem Morgen gab es kaum ein anderes Thema im Gemüseladen.

»Jetzt bekommen die da oben endlich einmal, was ihnen gebührt«, wetterte eine Stammkundin. Dabei reckte sie ihren Zeigefinger wie eine dünne Karotte in die Luft.

»Das Schattendorfer Urteil ist aber auch eine Ungeheuerlichkeit«, stimmte eine Frau in den Tenor ein.

Ein Geschworenengericht hatte Mitglieder der Frontkämpfervereinigung Deutsch-Österreichs überraschend freigesprochen.

Diese hatten bei einem Zusammenstoß mit Sozialdemokraten im Burgenland einen kroatischen Hilfsarbeiter und ein sechsjähriges Kind erschossen. Unzählige Menschen hatten gegen das Urteil demonstriert, das Justizgebäude ging in Folge in Flammen auf. Am Ende des Tages gab es neunundachtzig tote Demonstranten, fünf tote Polizisten und mehrere Hundert Verletzte zu beklagen.

»Das ist kein gutes Zeichen für die Zukunft«, sagte August Schlögel. »Es werden noch dunkle Zeiten auf uns alle zukommen.«

Doch Käthe, die an diesem Tag im Laden aushalf und Zeugin der Gespräche wurde, interessierte die Politik nicht. Sie schwebte im siebten Himmel. Die ersten Proben waren gut gelaufen. Die Rolle lag ihr, als wäre sie extra für sie geschrieben worden. Johann Nestroys Posse *Das Haus der Temperamente* stand auf dem Spielplan, und sie spielte Isabella, das Stubenmädchen. Dass Else Novak mit der Marie eine größere Rolle bekommen hatte, kümmerte sie nicht. Sie war seit ihrer ersten Begegnung davon überzeugt, dass Else ob ihrer aparten Erscheinung die bessere Schauspielerin werden würde. Zudem fühlte Käthe, dass noch viele Rollen auf sie warteten. Sie stand doch erst am Beginn ihrer Karriere und wollte sich deswegen nicht den Kopf schwer machen. Sie empfand große Freude darin, täglich im Theater ihr hellblaues Kleid anzuziehen, das war vorerst Belohnung genug, denn viel Geld gab es nicht für eine Anfängerin.

Seit einigen Wochen nahm Käthe privaten Schauspielunterricht, den ihr Vater zähneknirschend bezahlte. Obwohl er ganz und gar dagegen war, wie er nicht müde wurde zu betonen. Die Investition lohnte sich jedoch. Schon nach wenigen Vorstellungen flogen Käthe die Herzen des Publikums und der Kritiker gleichermaßen zu. Die Beliebtheit brachte dem Gemüseladen sogar neue Kundschaft, aber auch das ignorierte August Schlögel geflissentlich. »Die wären auch so gekommen«, brummte er. »Wir haben schließlich die beste Ware im Bezirk.«

Doch die Gleichgültigkeit ihrer Eltern konnte Käthe im Moment nichts anhaben. Jeden Morgen schnappte sie sich die Journalien, die der Zeitungsjunge vorbeibrachte, noch bevor ihr Vater mit seiner Morgenlektüre beginnen konnte. Sie durchforstete die Kritiken, und dann war es so weit. Die Tageszeitung *Neues Wiener Journal* hatte sie erwähnt. »Eine bemerkenswerte Probe ihres Könnens legte die junge Käthe Schlögel ab«, las sie sich selbst laut vor. »Das bodenständige Spiel dieses bodenständigen Talents wird man sich merken müssen.«

Ihre Hände zitterten, ihr Herz pochte wild. Sie wischte sich Freudentränen vom Gesicht. »Ich hab es geschafft«, jubelte sie innerlich. Ihr Name stand in der Zeitung, auf derselben Seite wie die ganz Großen ihrer Zunft. Was für ein großes Geschenk. Sie wurde gelobt, wenngleich auch nur in diesen beiden Nebensätzen. Das war bedeutungslos.

In den nächsten Monaten verbrachte Käthe viel Zeit mit Else. Ihre neue Freundin führte sie nach und nach in eine ihr bis dahin völlig fremde Welt ein. Das Café Museum in der Operngasse war so eine Welt. Der Duft nach frisch gebrühtem Kaffee und verführerischen Mehlspeisen, dazu beißender Zigarrenrauch. Der Gastraum war auch heute gut besucht. Bei ihrem ersten Besuch war Käthe damit beschäftigt zu realisieren, im selben Raum zu sitzen, in dem auch Joseph Roth, Leo Perutz oder Robert Musil bereits Kaffee getrunken hatten. Inzwischen war sie einige Male da gewesen, und die Aufregung hatte sich gelegt.

»Die Kritiker loben zwar deine Natürlichkeit«, sagte Else mit einem etwas spitzen Unterton, während sie dem Kellner bedeutete, noch eine Melange zu wollen, »aber trotzdem musst du nicht das brave, langweilige Mädel aus der Vorstadt bleiben. Du solltest dich endlich auch optisch anpassen.«

Käthe glaubte, in ihren Worten einen Anflug von Feindseligkeit zu hören. Möglicherweise weil Else bisher noch kein einziges Mal in den Gazetten erwähnt wurde und sie doch viel hübscher und moderner war als sie. Käthe schimpfte sich stumm eine Närrin. Ihrer Freundschaft konnte das nichts anhaben. Bereitwillig ließ sie sich kurzerhand direkt vom Café zu Elses Friseurin schleifen. Dort verabschiedete sie sich von ihren langen blonden Zöpfen, und ihr neuer Kurzhaarschnitt wurde zeitgemäß mit einem Seitenscheitel versehen. »Das betont dein schmales Gesicht und deine ausgeprägten Wangenknochen«, sagte die Friseurin. Als Draufgabe mattierte sie Käthes Gesicht mit einem elfenbeinfarbenen Puder.

»Jetzt siehst du endlich wie eine erwachsene Frau aus«, sagte Else, als sie das Endergebnis wohlwollend begutachtete.

Käthes Eltern hingegen drückten ihre Missbilligung lautstark und unverhohlen aus, als sie ihnen am Abend gegenübertrat. Ihr Vater bekam einen Tobsuchtsanfall, und ihre Mutter schlug entsetzt die Hände vor den Mund.

»Du siehst aus wie eine dieser ...« Alma ließ das unausgesprochene Wort im Raum stehen, doch sie alle wussten, welche Art Frauen gemeint waren. Sie zwang Käthe, sich zumindest die Farbe von ihrem Gesicht zu waschen. Gegen die Frisur konnte sie jedoch wenig ausrichten: Die Zöpfe waren ab.

Obwohl Käthe selbstbewusst zu ihrer äußerlichen Veränderung stand, sie sogar durchaus gelungen und bezaubernd fand, beugte sie sich dem Willen ihrer Eltern. Sie legte zu Hause keinen Gesichtspuder mehr auf, und Lippenstift trug sie ausschließlich auf der Bühne. Dass sie sich im Theater schminkte, verschwieg sie ihren Eltern jedoch. Und da die beiden nie zu einer Aufführung kamen, blieb es auch lange Zeit ihr Geheimnis.

Woran sich Käthe jedoch ungeachtet aller modernen Ansprüche nicht gewöhnen konnte, war Elses Privatleben. Extrem lebhaft war es, und auch kompliziert. Sie hatte zur gleichen Zeit mehrere intime Freunde, und keiner wusste von der Existenz des anderen. Ein perfekt durchdachter Wochenplan half, Begegnungen zu vermeiden. Käthe hatte Mühe, ihre Namen auseinanderzuhalten, Else nannte sie alle Schatz.

Käthe selbst war, so schien es, immun gegenüber den Avancen ihrer männlichen Kollegen. Sie quotierte sämtliche Annäherungsversuche mit verächtlichen Blicken. Derweil sie sich insgeheim einen Verehrer wünschte, erschienen ihr die bisherigen Kontaktaufnahmen des männlichen Geschlechts zu derb. Sie mochte nicht, wenn ihr einer im Vorbeigehen einen Klaps auf den Po gab. Die anderen Mädchen mochten dies lustig finden, sie fand es entwürdigend.

»Du bist viel zu prüde«, zog Else sie in solchen Momenten auf. »Wenn du so weitermachst, wirst noch als alte Jungfer sterben.« Und dann beschrieb sie wieder einmal, mit welcher Lust die Männer sie nahmen und wie sie versuchten, auch ihre Lust zu befriedigen. Käthe tat, als wolle sie nichts davon hören und hielt sich die Ohren zu, wenn Else allzu detailliert ihre Bettgeschichten erzählte. In Wahrheit sog sie die Geschichten auf und erinnerte sich gerne an die Erzählungen, wenn sie nachts allein in ihrem Bett in der elterlichen Wohnung lag.

»Die Erotik gehört zum Theater wie das Theater zur Erotik«, erklärte Else, wenn Käthe sie darum bat, den Mann vorher aus der Wohnung zu schicken, bevor sie kam. Käthe konnte es nicht leiden, fremden Kerlen in Hose und Unterhemd gegenüberzutreten. Im schlimmsten Fall trugen sie nicht einmal das. Einmal begegnete Käthe einem Schauspielkollegen, dem sie abends in einem sehr ernsthaften Stück ins Antlitz blicken musste. Sobald er auf der Bühne nach ihrer Hand gegriffen hatte, war ihr eingefallen, dass diese Finger wenige Stunden zuvor Elses nackten Körper liebkost hatten.

Die meisten Verehrer waren allerdings reiche, selbst ernannte Kunstförderer. Den Männern schien es nichts auszumachen, dass Käthe sie in dieser Situation sah, denn sie lachten, wenn sie ihre Verlegenheit bemerkten.

Als sie sich wieder mal darüber beschwerte, erzählte ihr Else die Geschichte der Fiakermilli. Die Volkssängerin und Kurtisane aus der Vorstadt hatte ein bewegtes Leben geführt, nicht nur, was die Männer anbelangte. Sie trat in Männerkleidung auf, kurzen Hosen und Stiefeln, und dafür brauchte sie im vorigen Jahrhundert noch eine polizeiliche Genehmigung.

»Die Frau hat zu leben gewusst und harmlose Tanzveranstaltungen zu Orgien umfunktioniert«, sagte Else. »Oder glaubst du, Victor Léon hätte ihr sonst ein literarisches Denkmal gesetzt?«

»Aha, das ist es also«, konterte Käthe. »Du willst ein literarisches Denkmal.«

»Sei nicht so unzugänglich.« Else wusste genau, dass Käthe verstand, worauf sie hinauswollte. Doch sie feierte keine Orgien und trat auch nicht in zwielichtigen Schuppen in der Vorstadt auf. Dennoch bekam Else großzügige Geschenke von ihren Verehrern: Pelze, Perlen und Reisen.

Auch eine Art Bezahlung.

Ein eiskalter Wind blies durch die Gassen der Stadt. Käthe zog ihren Wollschal fest um ihre Schultern. Als sie vor Elses Wohnungstür ankam, hoffte sie, ihre Freundin ausnahmsweise einmal alleine anzutreffen. Sie wollte mit Else in Ruhe etwas Wichtiges besprechen. Käthe wünschte sich, in der nächsten Saison eine größere Rolle angeboten zu bekommen, und das musste sie Hans Bleck klarmachen. Else schien einen guten Draht zu dem Regisseur zu haben und konnte ihr vielleicht wertvolle Tipps geben, wie sie das Gespräch mit ihm am besten anlegen sollte.

Als Else die Wohnungstür öffnete, trug sie noch immer ihren Schlafrock.

»Es ist elf Uhr.« Käthe trat ein und legte Mantel und Mütze ab. Es war warm, Kohlen heizten die Wohnung.

»Na, und? Ist doch egal, oder müssen wir ins Theater?«

Käthe schüttelte den Kopf.

»Na siehst du. Nimm dir Tee, wenn du möchtest.«

Sie goss sich eine Tasse ein und bemerkte zwei leere Champagnerflaschen am Küchenboden.

Ihre Freundin nahm eine Zigarette aus der silbernen Dose, zündete sie an und blies den Rauch in ihre Richtung.

»Und, hast du gut geschlafen?«, fragte Käthe so leichthin wie möglich. Ein eisiger Sturm war lautstark über Wien hinweggezogen und hatte ihr den Schlaf geraubt.

»Ja, sehr gut sogar.« Else zwinkerte ihr zu.

In dem Augenblick öffnete sich die Tür zum Schlafzimmer, und Hans Bleck erschien. Als er Käthe sah, strich er provokant mit der Hand über seine Brust und grinste. Der Mann war gut gebaut, und das trug er stolz zur Schau. Der Gürtel baumelte offen am Bund seiner hellgrauen Bundfaltenhose. Das Weiß seines Feinrippunterhemdes betonte seinen cognacbraunen Körper.

Käthe warf Else einen erschrockenen Blick zu.

»Hast du noch nie einen Mann im Unterhemd gesehen? Bist du Jungfrau, oder was?« Bleck lachte, als wäre es etwas Unanständiges, sich nicht sofort jedem Mann hinzugeben.

Sosehr sich Käthe in beruflicher Hinsicht gegen die Fesseln ihres Elternhauses wehrte, so sehr hing sie an den moralisch konservativen Werten ihrer Eltern. Sie wollte erst mit einem Mann schlafen, wenn sie sich sicher war, dass es nicht nur bei einer Nacht bleiben würde.

Käthe wusste nicht, was sie mehr schockierte. Dass Else mit einem verheirateten Mann und zweifachen Familienvater ins Bett stieg, dessen jüngster Spross Franz gerade einmal ein Jahr alt war, oder mit welcher Offenheit Bleck die Affäre auslebte. Konnte er nicht wenigstens vorgeben, als wäre ihm die Situation peinlich?

In dem Moment begriff sie, weshalb Else die besser bezahlten Rollen zugesprochen bekam.

»Komm heute vor der Vorstellung in meinem Büro vorbei«, sagte er da zu ihr.

Käthe hielt den Atem an.

Bleck lachte schallend, dann endlich streifte er sein Hemd über. »Nein, nicht was du glaubst. Obwohl ... was denkst du, Else? Soll ich deiner Freundin einmal zeigen, was ein richtiger Mann ist?«

Else lachte. »Lass sie in Ruhe, Hans!«

Bleck war inzwischen angezogen. »Sagt dir der Name Jakob Rosenbaum etwas?«, fragte er.

Käthe hatte den Autor vor zwei Monaten zufällig kennengelernt. Er war hinter die Bühne gekommen, um seinem Freund Walter Janisch zu dessen Schauspiel zu gratulieren. Sie erinnerte sich an einen gut aussehenden, groß gewachsenen Mann im dunkelblauen eleganten Anzug. Er erschien ihr schüchtern, denn er hatte ihr kaum in die Augen gesehen, als sie einander vorgestellt wurden. Später erfuhr sie, dass Jakob Rosenbaum auf der Bühne kleinerer Theater stand, bevor er begann, selbst Stücke zu verfassen. Man hatte ihn jedenfalls nicht in die Rolle des draufgängerischen Liebhabers zwingen können, er hatte vielmehr den bedachten Buchhalter oder einen etwas tollpatschigen Kellner oder Hausdiener gespielt.

»Völlig talentfrei und dementsprechend erfolglos«, hatte Walter lachend das Schauspiel seines Freundes kommentiert. »Aber schreiben kann er verdammt gut.«

Jakob Rosenbaum hatte danebengestanden und peinlich berührt gelächelt. Sein sympathisches Lächeln war Käthe ebenfalls in Erinnerung geblieben.

»Er ist ein junger Autor«, fuhr Bleck fort, weil Käthe nicht reagierte und er daraus schloss, dass sie den Namen noch nie gehört hatte. »Ein Jude«, betonte er des Weiteren, als ob es wichtig wäre. »Er schreibt ganz passable Stücke, ist ein verdammt guter Beobachter, der Zeitströme in seine Dramatik aufnimmt. Das ist klug. Es wird noch dauern, bis man seinen Namen in einem Satz mit Stefan Zweig oder Hofmannsthal erwähnt.« Bleck hielt kurz inne, dann zog er sich das Jackett an. »Vielleicht wird das aber auch nie passieren. Wer weiß, was die Zukunft bringt.« Er machte eine wegwerfende Handbewegung. »Wie auch immer. Mir gefällt sein Stil. Jedenfalls kam er gestern Nachmittag in mein Büro. Sein neues Stück soll am Deutschen Theater in Prag uraufgeführt werden. Er inszeniert es selbst.« Bleck schüttelte den Kopf.

Käthe gelang es nicht zu entschlüsseln, ob er dies aus Bewunderung oder Missbilligung tat.

»Und jetzt zu dir, meine Liebe«, fuhr Bleck fort. »Er hat dich spielen sehen und meint, die Rolle der Marianne würde zu dir passen.« Er drehte sich zu Else und kniff sie in den Po. Sie schrie gekünstelt auf und brach dann in ein glucksendes Lachen aus.

»Ich weiß zwar nicht, warum er ausgerechnet dich auf der Bühne bemerkt hat, wo Else doch auch da war ...« Er machte eine Pause, als müsse er darüber nachdenken. »Ich frag mich jedenfalls, warum er unbedingt dich haben will, weil ...«

»Welche Marianne?«, unterbrach ihn Käthe und stellte ihre Tasse auf dem Tisch ab. Sie ärgerte sich über sein Geschwätz, denn sie wusste, dass Else sehr viel hübscher war als sie selbst. Womöglich kam es Rosenbaum nicht nur auf die äußeren Merkmale an. Manchmal reichte Schönheit alleine eben nicht aus ...

Käthe spürte Blecks Blick über sich wandern. Er lachte kurz auf, wurde dann abermals ernst.

»Begreifst du es nicht?« Seine Stimme hatte einen leicht aggressiven Ton. »Er bietet dir eine Rolle in seinem neuen Stück an. Es heißt *Marianne*.«

»Und warum kommt er damit nicht zu mir?«, fragte Käthe schroffer als gewollt, senkte dann sofort wieder ihren Blick.

»Hättest du Lust für ein paar Monate nach Prag zu gehen?«, ignorierte er die Frage. »Wie du weißt, läuft dein Vertrag im

Volkstheater in vier Monaten aus. Danach hieße es, sofort deine Sachen zu packen, denn Premiere ist schon im übernächsten Mai.«

Prag. Sie sollte ans Theater nach Prag gehen? Die Nachricht kam so überraschend, dass Käthe im ersten Moment nicht wusste, was sie sagen sollte. Ihr Herz klopfte aufgeregt, am liebsten hätte sie vor Freude laut aufgeschrien. Auf der anderen Seite wunderte sie sich darüber, wie leicht Bleck sie ziehen ließ. War sie doch nicht so gut, wie manche Kritiker meinten? Wollte er sie bei seiner nächsten Inszenierung möglicherweise sowieso nicht mehr im Ensemble haben? Ihre Gedanken fuhren Karussell. Selbstzweifel und Versagensängste gaben sich die Hand. Sie versuchte ruhig zu bleiben und setzte sich. Ihre Hände zitterten so sehr, dass sie fast die Tasse umschmiss.

Als Hans Bleck gegangen war, gab Käthe ihrer Empörung bezüglich des Verhältnisses zwischen Else und ihm Ausdruck.

»Warum machst denn so einen Aufstand deswegen?« Ihre Freundin gab sich unbeeindruckt.

»Also weißt, Else. Ein verheirateter Mann! Muss das sein? Noch dazu ist er unser Regisseur.«

Else hob eine der beiden Champagnerflaschen vom Boden auf und wedelte damit vor Käthes Gesicht hin und her. »Wirst auch noch draufkommen, dass vieles im Leben leichterfällt, wennst den richtigen Mann an dich ranlässt. Wennst was zu bieten hast.« Sie sah Käthe ernst an. »So haben Frauen früher Politik gemacht. Das ganze verfluchte Talent nützt dir nichts, gar nichts, wenn der Regisseur dir nicht an die Wäsche will.«

Wien, Jänner 2015

Vera wanderte vor ihrem Schreibtisch auf und ab, behielt dabei den Desktop ihres PCs im Blick. Der Ordner beinhaltete das Drehbuch für die Spielfilmdokumentation über ihre Eltern. Roland Bleck als möglichen Produzenten einzusetzen, lag ihr schwer im Magen. In Ermangelung anderer Produzenten kam sie nicht umhin, diese Option ihrer Mutter beizubringen. Sie brauchte das Projekt, nicht nur aus finanziellen Gründen. Ihre Karriere als Schauspielerin ging seit Jahren kontinuierlich bergab.

Im Moment erstellte Vera eine Liste jener Personen, die sie interviewen wollte. Neben ihrer Mutter und Max Horvat standen die Gesellschaftsreporterin Karin Böhler sowie die einstige Filmkritikerin Maria Ludwig zur Diskussion. Zeitgleich überlegte sie, welche Fragen sie selbst über ihre Eltern beantworten wollte. Da Vera keine Geschwister hatte, oblag es ihr, vor der Kamera aus ihrer Kindheit zu erzählen. Über ihre Mutter, die Ehrgeizige, und über ihren Vater, den Lebemann. Fritz Altmanns Leben hatte nicht nur aus Arbeit bestanden, zeitlebens hatte er vieles leichter als ihre Mutter genommen. Obwohl er kein einzigartiger Schauspieler war, flogen ihm die Herzen der Frauen zu. Er hatte Ausstrahlung und war charmant. Mit Sicherheit wollten die Menschen, die sich diese Dokumentation ansahen, einen Blick hinter die Kulissen der berühmten Schauspielerfamilie werfen. In den Sechzigerjahren befand sich das Kino in der Krise, doch davon spürten die beiden nicht viel. Sie waren gut gebucht zu dieser Zeit.

Vera ging zum Regal und nahm zwei Fotoalben heraus. Sie setzte sich damit auf das gemütliche Sofa in der Mitte des Raumes und schlug zuerst das Album mit den privaten Fotos auf. Auf der ersten Seite klebte ein Babyfoto von ihr. »Unser Kind, geboren am 23. Oktober 1970«. Mit großen runden Augen schaute sie neugierig in die Welt. Auf den Seiten danach folgten Aufnahmen aus der frühen Kindheit: in den Weinbergen, unter dem Christbaum. Sie und die Eltern, die Großeltern, mit Freunden.

Veras persönliche Erinnerung begann Mitte der Siebzigerjahre. Es musste sehr still im Haus sein, wenn ihre Mutter Texte lernte. Dafür wurde sie oft ermahnt, denn sie lernte immer Texte. Freunde einladen erfolgte nur nach Absprache. Ihr Vater arbeitete hingegen stets bei Musik. Eine Leidenschaft, die Vera mit ihm teilte. Zumeist Klassik. Vivaldi. Strauss. Mozart. Im Moment hörte sie die »Mondscheinsonate« von Beethoven.

Ihre Kindheit außerhalb der Villa war geprägt von Bewunderung, Neid und Vorurteilen. Ihre Freundinnen hatten sie um ihre berühmten Eltern beneidet. Andere, darunter auch ihre Deutschlehrerin, wurden nicht müde, ihr gegenüber zu betonen, für welch triviale Kunst sich ihre Eltern hergaben. »Der Erfolg hat nichts mit Können zu tun«, hob sie vor der gesamten Klasse hervor, »sondern ist lediglich der Dummheit der Menschen zuzuschreiben, die sich durch derartige Filme von der Realität ablenken lassen.«

Ihre Eltern hatten darüber gelacht, als Vera ihnen davon völlig außer sich berichtet hatte. Sie verstand nicht, weshalb ihre Lehrerin so respektlos über ihre Eltern sprach.

Wenn Marianne und Fritz Altmann dann doch einmal bei einer Schulveranstaltung auftauchten, was selten vorkam, dann schäumte ausgerechnet diese Lehrerin vor Freundlichkeit über. Diese Art von privaten Geschichten wollte sie vor der Kamera erzählen, ohne jedoch konkrete Namen zu nennen.

Als sie selbst dann entschieden hatte, den gleichen Beruf zu ergreifen, und eine Schauspielausbildung absolvierte, lastete der permanente Vergleich mit ihren Eltern und ihrer Großmutter auf ihr. Sie war es selbst, die die Latte für sich viel zu hoch legte. Selbstzweifel und Scheitern waren damit vorprogrammiert.

Im zweiten Album klebten Aufnahmen vom Set, Szenenbilder und Fotos mit Kollegen. Ein Bild zeigte Vera gemeinsam mit Max Horvat. Er war derselbe Jahrgang wie ihr Vater und hatte die meisten Filme ihrer Eltern produziert. Auf anderen Fotos war sie mit der Filmcrew zu sehen. Einige Gesichter kannte Vera gut. Eine junge Frau mit kurzen hellen Haaren fiel ihr auf, sie war nur auf wenigen Bildern zu sehen. »Eri Klein« stand darunter geschrieben. Sie war Maskenbildnerin gewesen und hatte ihres Wissens Selbstmord begangen.

Das Haustelefon läutete. Vera erhob sich und ging in den Flur. Wenige Augenblicke später hatte sie ihre Mutter am Ohr.

»Kannst du für einen Moment zu mir nach unten kommen?«

»Was gibt's?«

»Sag ich dir, wenn du da bist.«

Vera hängte ein und ging die Treppe hinunter. Im Moment hatte sie sowieso keine Lust zu schreiben.

Ihre Mutter erwartete sie in der offenen Eingangstür. Sie machte eine auffordernde Geste, damit sie ihr ins Wohnzimmer folgte. Vera sah es sofort. Am Bücherregal hing auf einem Kleiderbügel das hellblaue *Teadress* ihrer Großmutter. Nicht schon wieder, stöhnte Vera stumm, weil das Hervorholen des Kleides zumeist mit irgendeiner Episode aus der Vergangenheit einherging.

»Ich habe intensiv über dein Projekt nachgedacht«, verlautbarte Marianne Altmann stolz. Und als Vera nicht gleich reagierte: »Das wolltest du doch.« Sie sah ihre Tochter herausfordernd an.

»Ja, schon, Mama«, sagte Vera. »Aber es klingt jetzt fast wie eine Drohung.«

»Du denkst zu klein. Du solltest meines Erachtens das Konzept einer normalen Spielfilmdokumentation fürs Fernsehen verwerfen. Die Altmanns geben mehr her«, meinte sie in überzeugtem Tonfall. Dann erklärte sie mit wenigen Worten, wie sie sich den Beginn dieser Dokumentation vorstellte, und wies dabei mehrmals auf das Kleid.

»Ich weiß nicht, Mama.« Vera wiegte den Kopf hin und her. »Aus welcher hintersten Ecke deines Kleiderkastens hast du das nun wieder hervorgekramt?«

»Ich hab es nicht hervorgekramt, ich hab es herausgenommen, um dir bildhaft diese Möglichkeit des Einstiegs zu zeigen«, entgegnete Marianne Altmann scharf.

»Ich kenne das Kleid. Du hast es mir schon öfter gezeigt. Und ich kenne die Geschichte, die damit verbunden ist.«

»Aber du begreifst es nicht.«

»Ich wusste nicht, dass man *ein Kleid* begreifen muss. Ich dachte, man trägt es.« Veras Tonfall klang zynisch.

»Mach dich nur lustig. Im Gegensatz zu dir kenn ich die Bedeutung und den ideellen Wert dieses *Teadresses*.«

»Mama, es ist nur ein Kleid, wenn auch ein historisches. Davon gibt es Millionen, die man heute noch erwerben kann. Ich bin mir jedoch nicht sicher, ob so etwas überhaupt noch jemanden interessiert.« Sie zog mit spitzen Fingern am Dekolletee. »Ist ziemlich altbacken.«

»Red keinen Blödsinn. Dieses Kleid steht symbolisch für das Selbstbewusstsein der Frauen in unserer Familie und deren Erfolg.«

Vera verdrehte die Augen. »Das hast du mir oft genug erklärt, Mama, um mir noch im selben Atemzug vorzuhalten, den Karriereansprüchen der Altmanns nicht gerecht zu werden.«

»Offensichtlich hast du's bis heute nicht verstanden. Angespornt hab ich dich, immer wieder. Du warst einfach faul, Kind.«

Vera kommentierte dies nicht. Die Worte taten nicht mehr weh. Sie hatte sie zu oft gehört und sich einen Panzer zugelegt. »Ich bin einfach überrascht, dass das Kleid bis heute unbeschadet überdauert hat.« Sie drehte sich herum, ließ sich auf das breite Sofa fallen und streckte die Beine von sich. Die Hausschuhe segelten auf den Boden, ihre Füße steckten in schwarzen Sportsocken. »Es ist nur so … Ich wollte mich in dem Film eigentlich nur auf dich und Papa konzentrieren.« Vera machte eine Geste, als sehe sie ein großes Plakat vor sich, und malte mit strahlenden Augen den Schriftzug darauf in die Luft: »Marianne und Fritz Altmann, das Traumpaar der Sechziger- und Siebzigerjahre.«

»Das hast du schon erwähnt.«

Sie ließ die Hand wieder sinken. »Ich wollte euren Werdegang beleuchten und hinter die Kulissen blicken. Zeigen, wie das damals so ablief. *That's it!*« Sie klatschte sich mit den Händen auf die Oberschenkel. »Die Leute mögen es, wenn sie das Gefühl haben, ins Schlafzimmer der Stars schauen zu dürfen.«

»Jetzt schaust du wieder aus wie dein Vater«, sagte Marianne. »Wenn du dich für etwas begeisterst, kann ich ihn förmlich vor meinem inneren Auge sehen. Das gleiche Leuchten in seinen rehbraunen Augen hatte Fritz, wenn er auf der Bühne oder dem roten Teppich stand und ihn die Welle des Erfolges und die Begeisterung seiner Fans trug. Ein attraktiver, groß gewachsener, schlanker Kerl, der sich seines Aussehens durchaus bewusst war.« Die Erinnerung ließ sie lächeln. »Die dunklen Haare hast du jedenfalls von ihm geerbt.«

»Ich weiß, Mama, weil du und Oma hattet blonde Haare, so wie Sophie. Auch die Augenfarbe hab ich von ihm, ebenso den melancholischen Blick, der bei vielen Menschen eine Art Beschützerinstinkt hervorruft«, ergänzte Vera monoton, weil sie das schon oft gehört hatte. »Obwohl mich noch nie jemand beschützen wollte.«

»Nur wenn Fritz in die Kameras strahlte, war diese Traurigkeit in seinen Augen verschwunden«, sagte Marianne. »In solchen Momenten lagen Unbekümmertheit und ein zufriedenes Glänzen in seinen Augen. Siehst du, Marianne, sie lieben uns, hat er mir oft bei Filmpremieren zugeraunt. Und dann haben wir nach allen Regeln der Kunst in die Kameras gestrahlt, weil wir das Traumpaar der deutsch-österreichischen Filmbranche waren. Das Publikum will ein glückliches Paar sehen. Die Leute wollen nicht die gleichen Probleme bei prominenten Paaren wahrnehmen, wie sie sie selbst zu Hause erleben. Du weißt doch selbst wie das ist, Vera. Sie glauben, dass Ehen von Schauspielern so glamourös verlaufen, wie sie in Filmen dargestellt werden. Der Mensch braucht Helden. Damals zumindest. Heute scheint mir das anders zu sein. Je größer der Skandal, umso größer die Popularität. Dein Vater und ich waren die Goldesel der Max-Horvat-Filmproduktion«, endete Marianne.

»Max kommt in dem Film natürlich auch vor.« Vera begriff, dass die Diskussion noch länger dauern würde. »Machst uns einen Kaffee?«

»Du solltest nicht so viel Kaffee trinken«, ermahnte ihre Mutter sie, weil sie sich denken konnte, dass Vera schon etliche Tassen gehabt hatte. Ihre Tochter trank das dunkle Gebräu wie Wasser. Dennoch stand Marianne auf und stellte die Kaffeemaschine an.

»Ich hab dein Drehbuch inzwischen gelesen«, sagte sie, als sie nur wenig später mit einer Tasse in der Hand wiederkam. »Das Leben deines Vaters und mein eigenes«, begann sie, als rede sie von zwei unabhängigen Existenzen, »ist zu wenig, um die Geschichte unserer Dynastie zu erzählen.« Sie reichte ihr den Kaffee.

»*Dynastie!*«, wiederholte Vera grinsend und nahm die Tasse entgegen. »Das klingt, als gehörten wir einer uralten Unternehmerfamilie an oder als wären wir Herrscher über große Ländereien aus dem 19. Jahrhundert mit Dienstpersonal, Pferdeställen und einem abgelegenen, riesigen herrschaftlichen Anwesen.« Sie sah ihre Mutter eindringlich an. »Das Weinmann-Weingut wirst du wohl nicht meinen, wenn du von unserer Dynastie sprichst, denn das gehört uns nicht.« Vera trank und räusperte sich. »Was genau schwebt dir denn so vor?«

»Eine Kinofilmdokumentation.«

Vera lachte los. »Ein Kinofilm? Alles klar, Mama!«

Dem Gesichtsausdruck ihrer Mutter entnahm sie, dass diese das sehr wohl ernst meinte.

»Du bist nicht Kaiserin Sisi und Papa nicht Kaiser Franz Joseph.«

»Glaub mir, es gibt viel zu erzählen.«

»Der Film wird zu lang und zu teuer, wenn wir Oma Käthes Geschichte auch noch reinpacken. Für so eine Kinofilmdokumentation brauchst du mindestens zweieinhalb Millionen Euro.«

»Das sind die Altmanns wert.«

»Außerdem gibt es keine Zeitzeugen mehr, die ich dazu interviewen könnte«, warf Vera ein.

»Doch mich!«, widersprach Marianne. »Ich hab sie gekannt, sie war meine Mutter, und ich kann ihre Geschichte erzählen.«

Vera seufzte.

»Sie hat mir das Leben gegeben … und damit hat sie auch euch das Leben gegeben.«

Vera schüttelte den Kopf. Sie wusste nicht recht, wie sie damit umgehen sollte.

»Ich hab meine Unterschrift noch nicht unter den Vertrag gesetzt«, setzte Marianne noch einen drauf.

»Das ist Erpressung, Mama. Zudem gibt es noch gar keinen Vertrag.«

»Ich will, dass der Film gut wird.«

Vera stellte die leere Tasse auf den Tisch, verschränkte die Arme und warf ihrer Mutter einen trotzigen Blick zu. »Und du denkst, wenn ich ihn mache, wird er es nicht?«

»Er wird unvollständig.«

»Er wird zu teuer.«

»Du wirst Sebastian Horvat schon davon überzeugen können, dass es notwendig ist.« Für ihre Mutter stand natürlich außer Frage, dass die Horvat-Filmproduktion der Produzent sein würde. Auch wenn Max das Unternehmen schon lange an seinen Sohn Sebastian übergeben hatte.

Jetzt kam der Zeitpunkt, die Katze aus dem Sack zu lassen. Vera schnaufte tief durch. »Sebastian wird die Doku nicht produzieren.«

Ihre Mutter sah sie an, als habe sie ihr soeben erklärt, der Papst habe geheiratet.

»Was heißt das?«

»Dass Sebastian das Projekt abgelehnt hat.«

»Blödsinn. Die Horvats lehnen nichts ab, was die Altmanns vorschlagen.«

»Du bist schon lange nicht mehr im Geschäft, Mama.«

»Manches ändert sich nicht.«

Vera zuckte lediglich mit den Schultern.

»Wer soll dann deiner Meinung nach die Sache produzieren?«, fragte Marianne.

Vera zögerte. »Die Bleck-Film.«

Eine Weile herrschte Schweigen.

Vera glaubte zu spüren, wie die Temperatur im Raum drastisch fiel. Ihre Mutter erstarrte zur bösen Schneekönigin. In Sekundenschnelle veränderte sich ihr Blick. Sie sah aus, als gefriere ihr Herz tatsächlich zu Eis. Abgrundtiefe Ablehnung stand ihr mitten ins Gesicht geschrieben. Sie richtete sich kerzengerade auf, holte tief Luft. Vera erwartete einen Tobsuchtsanfall.

»Wir Altmanns«, begann sie schließlich überdeutlich zu sprechen, »arbeiten niemals mit der Bleck-Film zusammen ... und wenn's die letzte Produktion auf der Welt wäre. Das solltest du wissen.«

Vera fuhr sich mit der Hand durch die mittellange Lockenpracht, blieb mit zwei Fingern an einer Haarschlinge hängen, rupfte daran, bis sie durch war. »Irgendwann muss Schluss sein mit Vergeltung, Mama. Der Roland kann nix dafür, dass sein Großvater Scheiße gebaut hat.« Sie wusste, dass ihre Mutter es nicht mochte, wenn sie so sprach, überhaupt, wenn Frauen Kraftausdrücke verwendeten.

»Er hat nicht nur Scheiße gebaut, wie du es so damenhaft ausdrückst ...«, setzte Marianne an, »er hat, um es mit deinen Worten zu sagen, Oberscheiße gebaut, und ich will diesen Namen in meinem Haus generell nicht hören. Auch das weißt du, Vera. Und mit dieser Sippschaft etwas zu tun haben will ich schon gleich dreimal nicht.«

Vera fragte nicht nach. Hans Bleck war ein Nazi gewesen und hatte Veras Großmutter das Leben schwer gemacht. Das musste schon seit jeher als Begründung reichen. Vera vermutete allerdings hinter diesem abgrundtiefen Hass noch ein Geheimnis, über das ihre Mutter jedoch nicht sprach. Egal, wie oft sie schon danach gefragt hatte.

Dass es Sippenhaftung nicht mehr gab, ließ Marianne Altmann als Gegenargument nicht gelten. Deshalb hatte Vera auch erst mit Roland Bleck über das Projekt zu verhandeln begonnen, als sich abzeichnete, dass sich keine andere Filmproduktion dafür interessierte.

»Und wie, bitte schön, soll ich es anstellen, dass Sebastian seine Meinung ändert?«

Über Mariannes Gesicht huschte ein böses Lächeln. »Schlaf mit ihm!«

»Mama!« Vera sah sie entsetzt an.

»Was ist? Du hast doch schon viele deiner Ziele übers Bett des

Produzenten oder des Regisseurs erreicht. Warum soll es diesmal anders sein?«

»Weil es anders ist«, zischte Vera giftig.

»Dafür brauchst du dich nicht zu schämen. Das war schon vor deiner Zeit eine gängige Methode, um etwas zu erreichen.«

»Ich kann das Projekt auch komplett abblasen.«

Marianne schüttelte den Kopf. »Das wirst du nicht tun.«

»Und wer soll deiner Meinung nach Oma Käthe in den nachgedrehten Szenen spielen?«, fragte Vera.

»Sophie«, schlug Marianne augenblicklich vor.

»Du hast das alles schon beschlossen«, stellte Vera wenig überrascht fest. Sie kannte ihre berechnende Mutter.

»Sophie schaut deiner Großmutter ähnlich, genau wie sie mir ähnelt. Sie kann doch beide Rollen übernehmen. Sie wird das blaue Kleid tragen und auf einer mäßig beleuchteten Bühne stehen und vorsprechen. So beginnt der Film.«

»Es ist mein Film, Mama!« Veras Stimme wurde laut.

Marianne beugte sich nach vorne und sah ihrer Tochter fest in die Augen. »Und es ist mein Leben.«

»Wenn wir Omas Werdegang zeigen, ist es nicht nur mehr dein Leben. Es ist das Leben unserer Familie ...«

»Ich weiß, was in deinem Kopf vorgeht«, sagte Marianne. »Die Alte mischt sich schon wieder in mein Leben ein. Immer glaubt sie, alles besser zu wissen.«

Vera antwortete nicht. Das war tatsächlich ihr ewiger Streitpunkt.

»Ich habe schon einmal aufgeschrieben, welche Stationen nach ihrer Entdeckung wichtig waren. Schau's dir einfach einmal an und dann entscheide.« Marianne stand auf, nahm einige Blätter Papier aus dem Regal und reichte sie ihrer Tochter. Dann setzte sie sich wieder.

Vera sah die Seiten kurz durch und hob den Kopf. »Ich müsste das Drehbuch umschreiben.«

»Das musst du sowieso. Die Erstfassung wird doch nie umgesetzt.« Marianne hielt inne, als suchte sie nach Worten. »Auch wenn ich in den letzten Jahren selten vor die Tür gegangen bin, verfolge ich doch die Nachrichten, Vera. Ich weiß um den politischen Rechtsruck in Europa.«

»Was genau meinst du?« Veras Tonfall war grantig, aber sie war neugierig geworden.

»All diejenigen, die heute Hass und Fremdenfeindlichkeit wieder zulassen, salonfähig machen oder gar schüren, haben nicht miterlebt, was meine Mutter erlebt hat.«

»Was hat Oma denn so Schreckliches erlebt?«, fragte Vera. »Meines Wissens ist sie während des Krieges auf dem Weingut gesessen und hat zwischendrin ein paar Filme gedreht. Gut, darunter ist auch ein Propagandafilm. Aber ist das nicht Schnee von gestern?« Sie provozierte bewusst, um ihrer Mutter endlich zu entlocken, was Hans Bleck während der Nazizeit genau verbrochen hatte.

Marianne legte ihre Hand auf Veras.

»Du hast keine Ahnung. Aber hab Geduld. Ich erzähl dir die gesamte Geschichte.« Marianne zog ihre Hand wieder zurück und fuhr fort: »Der Name Else Novak sagt dir etwas?«

»Sie war eine bekannte Schauspielerin und soweit ich weiß mit Oma befreundet.« Vera verschwieg, dass der Name ihrer Biografin Karin Böhler auf der Interviewliste stand.

»Zu Beginn ihres Kennenlernens mag es Freundschaft gewesen sein. Doch später …« Marianne verstummte.

Vera legte die Stirn in Falten. »Was ist passiert?«

»Berlin und die Kriegszeit.«

»Könntest du dich ein bisschen klarer ausdrücken, Mama?«

»Deine Großmutter hat dir, als du ein Kind warst, doch von ihrer Arbeit erzählt … vom Theater, von den Dreharbeiten … Wie viel weißt du sonst noch?«

»Sie war Schauspielerin und Opa Weinbauer.«

»Siehst du«, sagte ihre Mutter triumphierend. »Das stimmt und stimmt wiederum nicht.«

Vera legte den Kopf schief. »Mama, du schlägst mir jetzt aber nicht vor, den Film mit einem Skandal aufzupeppen? Du, die darauf bedacht ist, dass die bürgerliche Fassade der Altmanns gewahrt bleibt! Immer hast du mir eingeschärft, dass die Altmanns es nicht nötig hätten, sich mit Skandalen in die Öffentlichkeit zu drängen.«

Marianne schüttelte den Kopf. »Es ist die Lebensgeschichte deiner Großmutter, an die ich denke. Sie ist voll von Tragödien.«

»Und warum weiß Wikipedia nichts von diesen Lebenstragödien?«

Marianne überhörte den Sarkasmus in Veras Tonfall bewusst. »*Wikipedia* ...«, sie spie das Wort regelrecht aus, »ist nicht allwissend.«

»Und warum weiß ich nichts darüber? Immerhin sind wir eine Familie.«

»Es ist immer eine Frage der Manipulation, wie man eine Situation nach außen hin darstellt und wie man etwas vertuscht. Es gibt Menschen, die ein Unglück nicht aufarbeiten, das ihnen widerfährt, sondern tief in ihrer Seele vergraben. Sie machen weiter, als wäre nichts geschehen. Zu diesen Menschen zählte deine Großmutter.«

»Da habt ihr beide etwas gemeinsam.«

»Über Dinge zu sprechen ändert nichts an der Vergangenheit. Man lässt sie besser ruhen.«

»Reden hilft manchmal ... und du weißt genauso gut wie ich, dass Dinge, die man vergräbt, nicht ruhen. Niemals.«

Marianne seufzte. »Wir sind Schauspielerinnen. Wir leben zwischen Fiktion und Realität. An manchen Tagen wissen wir nach dem Aufwachen nicht, ob wir uns schlafend stellen oder ob wir tatsächlich geschlafen haben. Unser Leben kann man nicht mit dem anderer Menschen vergleichen.«

»Ich verstehe noch immer nicht, was du mir damit sagen willst.«

»Wir müssen unsere Privatsphäre stärker schützen als normale Bürger. Alles andere bringt dich emotional um. Heute liebt dich das Publikum, und morgen zerreißt es dich bei lebendigem Leib. Es ist nun einmal eine Tatsache, dass niemand wissen will, wie es tatsächlich tief in deinem Inneren aussieht und welche Qualen du erleidest.« Marianne erhob sich, begann im Raum auf und ab zu gehen. Sie hatte Kritik immer ernst genommen, manchmal zu ernst. Diese Eigenschaft teilte sie mit ihrer Tochter. Sie blieb stehen.

»Ich mach dir einen Vorschlag, Vera. Du erfährst die ganze Wahrheit. Danach entscheiden wir gemeinsam, welchen Teil aus unserer Familienbiografie wir weglassen, welchen wir beschönigen und mit wem wir abrechnen«, sagte Marianne, obwohl sie das alles bereits festgelegt hatte.

Vera runzelte die Stirn. »Wart einmal ... Was heißt, die *ganze* Wahrheit? Welche Wahrheit?«

Berlin, Jänner 2015

»Heute ist mein Tag!«

Sophie stand sich die Haare bürstend vor dem Badezimmerspiegel und wiederholte diesen Satz wie ein Mantra. Sie war bestens gelaunt und hatte allen Grund sich zu freuen. Ihre Unterschrift stand erstmals unter dem Vertrag einer Berliner Filmproduktion. Es handelte sich zwar nur um eine Nebenrolle, aber immerhin in einer erfolgreichen Krimiserie. Damit erreichte sie ein großes Publikum. Und auch in einer kleinen Rolle konnte man überzeugen. Zudem war sie ursprünglich nicht dafür vorgesehen gewesen. Der Zufall hatte ihr diese Chance in die Hand gespielt. Und darauf wollte sie auf gar keinen Fall alleine anstoßen. Nur leider kannte sie noch nicht so viele Leute in Berlin. Im Grunde genommen nur ihre Freundin Kim, bei der sie übernachtete, bis sie eine eigene Wohnung gefunden hatte. Obwohl, für die paar Tage, die sie hier drehen würde, eine eigene Wohnung suchen? Vielleicht konnte sie während dieser Zeit ja bei Kim unterkommen. Die Wohnung war groß genug für ein paar Tage zu zweit. Kim schlief in ihrem Schlafzimmer und Sophie auf der bequemen Ausziehcouch im Wohnzimmer. Kims Wohnung lag in der Kantstraße im Stadtteil Charlottenburg und schien ihr zentral gelegen. Zudem kam sie von hier aus rasch zum Flughafen.

Sophie beschloss, sobald wie möglich mit Kim darüber zu sprechen. Freilich gab es durchaus Momente, in denen sie einfach nur allein sein wollte, aber ihr Refugium hatte sie ja in der Grinzinger Villa.

Kim studierte Politikwissenschaft an der Freien Universität Berlin und arbeitete nebenbei in einem der angesagtesten Clubs in Berlin. Das behauptete sie jedenfalls.

Sophie legte die Bürste zur Seite und trat aus dem Badezimmer. Kim räumte gerade einige Dinge in ihre Handtasche, sie war der lebende Beweis dafür, dass die Farbe Schwarz ihre Daseinsberechtigung hatte: Sie trug schwarze Jeans, dazu ein schwarzes T-Shirt.

»Ist das deine Arbeitskleidung?«, fragte Sophie.

»Yep. So sehen alle aus. Im Club binde ich mir dann noch eine lange schwarze Schürze um.«

»So zugeknöpft?«

»Ich arbeite in einem seriösen Club hinter der Bar und nicht in der Oranienburger Straße.« Als Sophie nicht reagierte, fügte sie deshalb »Rotlichtviertel« hinzu.

Sophie zeigte auf Kims karottenrote kurzgeschnittene Haare, die durch Zuhilfenahme von Gel absichtlich unordentlich gestylt waren. »Daran werde ich dich jedenfalls erkennen, falls ich doch noch komme.« Sie hatte eigentlich keine Lust darauf, allein an der Bar zu sitzen und Kim beim Arbeiten zuzusehen. Nicht an einem Tag, an dem sie etwas zu feiern hatte.

»Gib dir einen Ruck, Sophie, und komm!«

»Weiß nicht.«

Kim zuckte mit den Achseln. »Deine Entscheidung. Im Kühlschrank steht eine Flasche Weißwein, falls du feiern willst … ganz allein mit dir selbst.«

Darauf hatte Sophie nun auch keine Lust. »Also gut. Was soll ich anziehen?«

»Wir sind ein Club und nicht das Ritz. Zieh an, was dir gefällt und worin du dich wohlfühlst. Ich muss jetzt los. Du weißt, wie du hinkommst?«

Sophie nickte. »Du hast es mir oft genug erklärt.«

Kim winkte und verließ die Wohnung.

Der Club lag in Berlin-Mitte nahe dem Kino International. Hier traf man immer wieder einmal auf Leute aus der Filmbranche. Vermehrt zur Berlinale-Zeit. Zu dem Zeitpunkt wimmelte es nur so vor Schauspielern, Regisseuren und Produzenten. Die Internationalen Filmfestspiele standen in zwei Wochen an, und Sophie hatte sich vorgenommen, mit von der Partie zu sein. Sie hatte schon zwei Einladungen zu wichtigen Szeneevents.

Der Clubraum besaß zwei Tanzflächen, eine VIP-Area, zwei moderne Bars und eine Raucherlounge.

Es war noch früh, Kim hatte Zeit und mixte für sie beide einen Moscow Mule aus Ginger Beer und Wodka. Sie schenkte den Cocktail in zwei Kupferbecher, steckte zwei Gurkenscheiben zwischen die Eiswürfel und reichte Sophie einen Becher über die Bar hinweg. »Auf deine Karriere, meine Liebe.«

»Auf die Karriere!« Sophie nahm einen großen Schluck. Kim nippte lediglich an dem Getränk, denn sie trank eigentlich nie Alkohol, wenn sie arbeitete. Schon nach dem zweiten Schluck schob sie ihren Becher Sophie hin.

Eine Frau kam zur Bar und bestellte zwei Gin Tonic.

»Kommt sofort«, sagte Kim fröhlich und wandte sich mit einem Zwinkern von Sophie ab.

Sophies Blick streifte einen Burschen am anderen Ende der Bar. Dunkelblonde Locken, sein Blick ein wenig entrückt. Er erinnerte Sophie irgendwie an den britischen Schauspieler Orlando Bloom, ohne Bart. Er trug dunkle Jeans und ein dunkelgraues Hemd, das lässig über den Hosenbund hing. Es schien, als warte er auf jemanden. Er sah auf die Uhr, dann zum Eingang. Dann bestellte er etwas bei Kim. Sie nickte ihm zu und überreichte der Frau ihre beiden Getränke. Dann zapfte sie für den Kerl ein Bier und stellte es vor ihn hin. Schließlich kam sie zu Sophie zurück und wischte mit einem Lappen über den Tresen.

»Fühlst du dich einsam?«

Sophie schüttelte den Kopf. »Mir geht's gut. Danke!«

Kim machte sich erneut an die Arbeit, und der Club füllte sich zusehends mit Menschen. Die Nachtschwärmer und Hippen hatten offensichtlich ihre Schlupflöcher verlassen.

»Was wird denn gefeiert?«, hörte sie plötzlich eine männliche Stimme neben sich.

Sophie drehte den Kopf zur Seite. Der Bloom-Verschnitt mit dem Bier stand neben ihr, sie hatte nicht gesehen, dass er seinen Posten verlassen hatte. Er bemerkte ihre Überraschung und fügte rasch hinzu: »Kim hat mir gesagt, dass du was zu feiern hast und das ungern alleine machst.«

Sophie warf ihrer Freundin einen raschen Blick zu, der besagte: Echt, du verkuppelst mich an den Nächstbesten?

Kim grinste sie frech an.

»Und da hast du dir gedacht, du feierst gleich mal mit.« Sie versuchte nicht zu ablehnend zu klingen, aber auch nicht zu einladend. Der Kerl sollte auf gar keinen Fall glauben, dass sie sich leicht hergab. Da nützte es auch nichts, dass er dem Akzent nach aus Österreich stammte.

»Meine Freundin hat heute den ersten Schritt zur internationalen Karriere getan«, sagte Kim und stellte einen weiteren Kupferbecher auf die Bar. »Hier, für dich, Fabian.« Sie nahm ihm das leere Bierglas ab.

Fabian hieß er also, dachte Sophie.

Kim stellte sie einander vor, dann wandte sie sich wieder an Sophie: »Der Fabian ist schwer in Ordnung und übrigens ebenfalls Österreicher.«

»Danke.« Sophie lächelte. »Ich bin vertraut mit meiner Muttersprache.«

»Er arbeitet auch beim Film … als was noch mal?«

»Regieassistent.«

»Als Regieassistent«, wiederholte Kim. »Das sollte eine Weile für Gesprächsstoff sorgen.« Sie grinste breit. »Na dann, feiert mal schön. Ich schau ab und an vorbei.« Sie verschwand und kümmerte sich um die Gäste, die sich mittlerweile um die Bar drängten.

Fabian fiel eine Locke in die Stirn, und Sophie musste den Impuls unterdrücken, sie ihm zurückzustreichen. Unglaublich schöne dunkle Augen fixierten sie.

»Hast du gewusst, dass der Moscow Mule in den Vierzigerjahren in den Vereinigten Staaten erfunden wurde und eng mit dem Smirnoff-Wodka verbunden ist?«, fragte er.

Na, großartig! Ein Klugscheißer, dachte Sophie. Der Zauber von vorhin war verflogen.

»Na dann! Auf die USA und den Wodka.« Sie stieß ihren Becher gegen seinen.

»Auf Österreich und deine Karriere«, erwiderte er.

Sie tranken und schwiegen einen Moment.

»Woher kommst du eigentlich genau?«, fragte er dann.

»Aus Wien.«

»Echt? Ich auch.« Er schüttelte den Kopf. »Komisch, dass wir uns da nicht schon früher über den Weg gelaufen sind. Die Branche in Wien ist doch so klein.«

»Ja, komisch.« Sophie spürte inzwischen den Alkohol und kicherte albern.

»Was genau feierst du jetzt eigentlich?«

Sie erzählte ihm von dem Vertrag, den sie heute Morgen unterschrieben hatte. »Ist zwar nur eine Gastrolle ... aber immerhin in dieser megaerfolgreichen Krimireihe.« Sie zuckte mit den Achseln. »Ein Anfang, um Fuß fassen zu können in Deutschland. Hoffe ich jedenfalls. Ein Quäntchen Glück war auch dabei, diese Rolle angeboten zu bekommen. Denn ursprünglich wollte die Produktionsfirma eine deutsche Kollegin. Doch die ist, aus welchem Grund auch immer, ausgefallen. Sie haben nach Ersatz gesucht und sind auf mich gestoßen.« Sophie zeigte zu Kim hinüber. »Ich spiele übrigens eine Barkeeperin, deshalb muss ich meine Freundin auch genau im Auge behalten, weil ich die Rolle ja total authentisch rüberbringen will. Sonst würde ich nicht hier alleine sitzen und mit mir selbst feiern.« Himmel, warum redete sie nur so viel Unsinn? »Die Dreharbeiten beginnen in einem Monat. Die RBB produziert.«

Fabian begann lauthals zu lachen. »Echt? Bisher hab ich ja nicht ans Schicksal geglaubt ...«

Sophie sah ihn fragend an. Sie hatte schon oft erlebt, dass sich Leute über Produktionsfirmen lustig machten, ob ihrer Bedeutungslosigkeit oder ihrer unprofessionellen Arbeitsweise. Beides konnte jetzt nicht der Fall sein. Nicht wenn diese Filmproduktion die Reihe drehte.

»Ich denke, wir sehen uns jetzt öfter.« Er klopfte sich auf die Brust. »Ich bin dein Regieassistent.« Dann bestellte er bei Kim zwei weitere Becher. »Jetzt haben wir noch etwas zu feiern.«

Das wäre dann der dritte, oder?, überlegte Sophie.

Kim brachte den Cocktail. Morgen würde ihr wieder schlecht sein. Obwohl ... Schöne dunkle Augen fixierten sie. Verdammt, sah der gut aus.

»Was sagt man dazu? Zwei österreichische Herzen in Berlin«, witzelte er.

»Das kommt sicher öfter vor«, entgegnete Sophie.

Er kam näher, hauchte ihr einen zarten Kuss auf die Wange. »Hat dir schon einmal wer gesagt, dass du unsagbar schöne tiefblaue Augen hast?«

Ja, sie wusste es, denn auf das Blau ihrer Augen sprach man sie tatsächlich immer wieder an. Ein Erbe ihrer Großmutter. Die Augen ihrer Mutter waren braun, und die ihres Vaters kannte sie nicht, weil sie ihren Vater nicht kannte.

Fabian rückte wieder ein bisschen ab von ihr. Einen kurzen Moment herrschte Schweigen, dann verfingen sie sich in einer oberflächlichen Plauderei. Erzählten sich gegenseitig, was sie an Berlin mochten und was nicht. Wobei Sophie dazu nicht viel beitragen konnte, sie war ja erst seit ein paar Tagen da und zum ersten Mal in der Stadt. Doch die Buntheit und die Verschiedenartigkeit der Menschen hatten es ihr vom ersten Moment an angetan.

Ein Wort ergab das andere, und irgendwann fanden sie sich auf der Tanzfläche wieder. Der Boden schwankte leicht unter Sophies Füßen. Sie war ein wenig betrunken.

Eine Stunde später brachen sie auf. Kim winkte ihnen zum Abschied grinsend hinterher und zwinkerte Sophie aufmunternd zu. Diese schüttelte unauffällig den Kopf, was Kim nur ein weiteres Lachen entlockte. Als sie an der Garderobe anstanden, sah Fabian auf die Uhr. »Es ist erst halb zwei. Hast du noch Lust auf einen Absacker?«

Das war er nun, der entscheidende Moment.

Ihre Jacken kamen, und sie zogen sich an.

»Wo?«, fragte Sophie etwas später draußen auf der Straße.

»Bei mir zu Hause. Ist nicht weit.«

Sie presste die Lippen aufeinander, wusste, was diese Einladung bedeutete. Was sollte sie jetzt tun? Lust hatte sie schon, aber war es klug, gleich ... gleich so direkt nach dem Kennenlernen? Das endete lediglich in einem One-Night-Stand. Und das war nicht unbedingt ihr Ding. Ein Taxi näherte sich. Sie konnte es aufhalten, sich verabschieden und ihm eine gute Nacht wünschen. Es fuhr vorbei.

Fabian musste ihre Gedanken erraten haben, er griff nach ihrer Hand. »Ich kann dir auch etwas bieten. Von meiner Wohnung aus sieht man auf den Berliner Fernsehturm ... Nachts schaut er besonders schön aus.«

Sie lächelte. »Den sehe ich doch auch von hier aus. Ist ja nicht weit zum Alexanderplatz.«

»Hast du Lust auf einen Spaziergang, oder wollen wir mit der U-Bahn fahren?«, ignorierte er ihren Einwand.

Herrgott, sie lebten im 21. Jahrhundert, und sie fühlte sich betrunken genug, diese Dummheit zu begehen.

»Wie lange laufen wir?«, fragte sie.

»Ich wohn in der Friedrichstraße ... vierzig Minuten in etwa.«

»Sagtest du nicht, es ist nicht weit?«, fragte sie. »Egal, fahren wir U-Bahn. Es ist immerhin Jänner.« Zudem erschien ihr die Gefahr zu groß, nach einem Fußmarsch durch die kühle Nacht wieder nüchtern zu sein, sobald sie am Ziel anlangten. Damit würde die Vernunft Oberhand gewinnen, und das wollte Sophie unbedingt vermeiden.

Seine Wohnung lag im 18. Stock eines Wohnhauses. Sophie wusste schon jetzt, dass sie da oben nicht aus dem Fenster sehen konnte. Sie litt unter Höhenangst. Im Lift schwiegen sie, wie man schwieg, weil einem die Situation plötzlich doch peinlich war. Doch dann spürte sie seine Hände an ihren Hüften. Sanft drehte er sie zu sich herum, bugsierte sie an die Aufzugswand. Sein Gesicht kam ganz nahe an ihres heran. Er küsste sie jedoch nicht, sondern fixierte sie erneut ganz nah mit seinen dunklen Augen. Schmetterlinge flatterten in Sophies Bauch.

Seine Fingerspitzen berührten ihre Lippen. Ihre Knie wurden weich. Sie spürte Verlangen in sich aufsteigen.

Der Lift stoppte, die Tür glitt auf. Er nahm sie an der Hand. Das Ganglicht schaltete sich automatisch ein. Neonlicht, ein Lustkiller. Sophie versuchte, die grelle Helligkeit zu ignorieren.

Fabian öffnete die Wohnungstür, sie trat ein. Das Schlafzimmer gegenüber stand offen. Durch das Fenster drang abgeschwächtes Licht und beleuchtete sanft das breite Bett. Die Tür fiel hinter ihr ins Schloss.

Erstaunlich, wie stark die Straßenbeleuchtung hier hochscheint, dachte Sophie. Oder war das in dieser Höhe die Lichtverschmutzung der Stadt?

Fabian fing ihren Blick auf. »Das Wohnzimmer ist hier drüben. Die Wohnung ist nicht sehr groß.« Sie folgte ihm, er drückte den Lichtschalter.

»Kein Licht«, sagte Sophie.

Das Zimmerlicht erlosch.

»Komm ans Fenster.« Fabian fasste sie an den Schultern und schob sie vorbei an einer Kochnische und einem Sofa mit Couchtisch über einen flauschigen Hochflorteppich hinweg zur Terrassentür. »Hier siehst du den Fernsehturm.« Er schob den Vorhang zur Seite und griff nach dem Hebel.

»Nicht aufmachen!« Sophie zog ihn am Ärmel.

Fabian hielt inne. »Wieso?«

»Höhenangst.«

»Okay.« Er ließ die Hand sinken. »Man sieht ihn eh auch schön durch die geschlossene Tür.«

Sophie nickte. Allein der Gedanke, einen Balkon im achtzehnten Stock betreten zu müssen, löste bei ihr eine Muskelverkrampfung hervor. Ihr Blick ging geradeaus, hing fest an dem beleuchteten höchsten Bauwerk Deutschlands. »Schön«, sagte sie und wandte den Blick ab. »Was ist jetzt mit dem Absacker?«

Er grinste, drehte sich um und schenkte ihnen zwei Gläser Wein ein. »Ich hoffe, du magst Grünen Veltliner. Ist ein Fritsch aus Kirchberg am Wagram. Ich nehme den immer von zu Hause mit.«

»Ein süffiges Stück Österreich in Berlin.« Sophie grinste. Einen kurzen Moment überlegte sie, ihm von dem Weingut ihrer Familie zu erzählen. Ließ es dann aber sein. Sie setzte sich auf den Boden, weil sie der flauschig aussehende Teppich reizte, und fuhr mit der Hand über die Oberfläche, als streichle sie das Fell eines Hundes.

Fabian setzte sich zu ihr, reichte ihr ein Glas und hob seines. »Auf die erfolgreichen Österreicher in Berlin!«

»Auf die erfolgreichen Österreicher in Berlin!«

Sophie schaute ihn zärtlich an, während sie am Glas nippte, vielleicht sogar ein klein wenig verliebt. Das schrieb sie dem Alkohol zu. Noch ehe sie nachdachte, beugte sie sich nach vorne und drückte zart ihre leicht geöffneten Lippen auf seine. Ein wohliger Schauer durchfuhr ihren Körper. Sie schloss die Augen und spürte, wie er ihr das Glas aus der Hand nahm und zur Seite stellte. Dann nahm er ihr Gesicht in beide Hände und erwiderte ihren Kuss. Ein feiner Weingeschmack auf den Lippen. Sanft drückte er sie nach hinten. Sie spürte den weichen Teppich unter sich und hatte das Gefühl, auf einer Wolke zu schweben. Fabian hörte auf sie zu küssen. Seine dunklen Augen wanderten langsam über ihr Gesicht, ihren Hals und wieder zurück. Sekundenlang versanken ihre Blicke ineinander. Die Welt hörte auf, sich zu drehen. Sophie fuhr mit der Zunge über ihre Lippen, er zeichnete mit dem Finger die Umrisse ihrer Unterlippe nach, küsste sie. Sie sog den Duft seines Aftershaves ein. Ihre Gedanken rasten. Die Spannung stieg an. Ohne sie aus den Augen zu lassen, öffnete er Sophies Gürtel, den Knopf ihrer Jeans und den Reißverschluss, streifte ihr die Hose ab. Sophie knöpfte sein Hemd auf, während er sie innig küsste. Nach und nach schälten sie sich ganz aus ihren Kleidern. Einen kurzen Moment lang schämte sich Sophie ihrer Nacktheit. Doch sein Blick umschmeichelte sie wie ein sanfter Kuss. Zärtlich erforschten ihre Hände und Zungen den Körper des jeweils anderen. Fabian fühlte sich trainiert an. Als seine Finger über die Innenseite ihrer Schenkel glitten, stöhnte sie leise und öffnete leicht die Beine. Sie zitterte, als fröre sie, und doch legte sich eine feine Schweißschicht über ihren Körper. Sein Atem beschleunigte sich, seine Erregung war unübersehbar. Wehrlos und ebenfalls trunken vor Erregung, gab sie ihm zu verstehen, bereit zu sein. Er schob sich über sie, drang tief in sie ein, begleitet von einem dunklen Seufzen. Sophie wünschte sich, dass dieser Moment niemals enden sollte, dann ließ sie sich fallen und hörte auf, einen klaren Gedanken zu fassen.

Als Sophie die Augen wieder öffnete, stand der Fernsehturm vor der Balkontür noch immer auf seinem Platz.

Minutenlang blieben sie in enger Umarmung liegen.

»Frierst du?« Fabian zog eine Decke von der Couch und breitete sie über sie.

»Die Filmkarriere meiner Urgroßmutter fing auch in Berlin an«, sagte sie, die Silberkugel des Fernsehturms im Blick.

»Echt? Wer ist denn deine Urgroßmutter?«

»Käthe Schlögel.«

Er zögerte kurz, dann setzte er sich auf. »Au, verdammt.«

Sophie setzte sich ebenfalls auf, hielt sich die Decke vor die Brust. »Was meinst du damit? Du kanntest sie doch gar nicht.«

Fabian lachte und raufte sich die Haare.

»Was ist los mit dir?«

Er reichte ihr die Hand. »Darf ich mich hiermit offiziell bei dir vorstellen? Ich heiße Bleck. Fabian Bleck.«

Sophie fixierte ihn mit großen Augen. »Von *den* Blecks?«

Fabian nickte.

Sie ließ sich nach hinten fallen. »Au, verdammt.«

Wien, April, Mai 1928

Mitte April richtete Anita in ihrer Wohnung eine Abschiedsparty für Käthe aus. Sie hatten eine Handvoll Schauspielkollegen eingeladen, darunter befand sich auch Walter Janisch. Er freute sich sehr für Käthe und gestand, dass er schon lange wusste, dass Jakob sie engagieren wollte.

»Er hat mich nach meiner Meinung gefragt, und ich hab ihm, nachdem ich das Stück gelesen habe, bestätigt, dass nur du Marianne spielen kannst.«

»Und warum hast du nichts gesagt?«, fragte Anita.

»Weil er mich darum gebeten hat.«

Käthe umarmte ihn. »Danke für dein Vertrauen.«

Hans Bleck befand sich ebenfalls unter den Gästen. Else hatte darauf bestanden, dass sie ihn einluden. Er wurde nicht müde zu erklären, wie sehr er Käthe geholfen habe. Dass sie die Möglichkeit, nach Prag ans Deutsche Theater zu gehen, allein ihm zu verdanken hätte. »Ich erkenne eben Talent«, tönte er.

Käthe ließ ihn reden und tauschte belustigte Blicke mit Walter aus. Irgendwie hatte er ja recht. Er hatte ihr Talent entdeckt und gefördert.

»Man muss sich eben nur ins rechte Licht setzen«, sagte Else, schlug elegant die Beine übereinander und bedachte Anita mit einem überheblichen Blick, der besagte, dass sie wohl mehr von Mode verstünde als eine dahergelaufene Weinbäuerin, die auf Damenschneiderin machte. Käthe glaubte, dass Else auch deshalb ein knielanges Abendkleid mit Spaghettiträgern und gewagtem Rückendekolleteé trug, während alle anderen in bequemer Kleidung erschienen waren.

»Du verwechselst das hier mit einer Theaterpremiere«, spottete Anita.

»Na und«, gab diese herablassend zurück und machte eine graziöse Handbewegung. »Ich weiß eben, was ich meinem Aussehen schuldig bin. Gerade du solltest das verstehen. Du beschäftigst dich doch mit Mode ... oder nähst du nur Altweiberkleider?«

»Sie sieht doch schön aus«, versuchte Käthe die Wogen zu glätten. Else und Anita konnten einander nicht ausstehen. Sie trafen sich, weil Käthe sie beide mochte und sie beide wiederum Käthe mochten. Gute Freundinnen würden sie jedoch nicht werden. Nicht in diesem Leben.

Else sah sich mit einem hochnäsigen Blick um. »Na ja, wie ein Modesalon sieht das hier jedenfalls nicht aus. Nähst wohl doch eher Schürzen und Röcke für das Arbeitervolk.«

»Lieber für Arbeiterinnen nähen, als Kunden wie dich aushalten zu müssen«, entgegnete Anita spitz.

Else quotierte den Satz mit einem arroganten Grinsen. »Dann werd ich dir meine Freundinnen wohl nicht vorbeischicken können. Schade.«

»Essen fassen«, beendete Alfred den Streit. »Alois hat Wein vom Gut mitgebracht. Grüner Veltliner und Gemischter Satz. Nehmt, welcher euch besser schmeckt.« Er stellte zwei Flaschen auf den Tisch. »Keine Angst, es gibt noch mehr.«

»Für eine hungrige Meute von fünfzehn Leuten zu kochen schreckt Anita offenbar nicht«, sagte Walter, als er sah, was alles auf den Tisch kam.

Anita hatte nach allen Regeln der Kochkunst einen Eintopf aus Gemüse und ein bisschen Fleisch aufgetischt. Es duftete köstlich.

»Die beste Voraussetzung, um mit dieser Frau eine ganze

Fußballmannschaft zu zeugen«, lachte Alfred, während er Anita umarmte und ihr einen Kuss auf den Hals gab.

Anita wand sich lachend aus seiner Umarmung und versetzte ihm einen spielerischen Stoß gegen den Oberarm.

Sie setzten sich dicht gedrängt auf Stühle und Holzkisten rund um den Fichtenholztisch, der einen großen Teil von Anitas Wohnküche einnahm. Auf dem Tisch standen offene Weinflaschen, Alfred schenkte ihnen ein, ganz galanter Gastgeber. Er unterstützte Anita, wo er nur konnte, holte Gläser, trug Teller zur Abwasch und verteilte Zigaretten.

Zum ersten Mal dachte Käthe an diesem Abend über das Heiraten nach. Ihre langjährige Freundin Anita würde lange vor ihr zum Traualtar schreiten, da war sie sich sicher.

Walter hatte seine Gitarre mitgebracht und schlug ein paar Akkorde an.

»Ich wusste gar nicht, dass du spielen kannst«, sagte Käthe.

»Das kommt davon, weil du immer nur mit dir selbst beschäftigt bist«, behauptete er, und sie lachten. Doch dann gab er zu, sie noch nie im Theater dabeigehabt zu haben. »Ich spiel nur für mich und ab und zu für gute Freunde.« Sein Blick wanderte zu Else, die ausgelassen und ganz offen mit Hans Bleck flirtete.

Aha, noch einer in ihrer Sammlung, dachte Käthe, kümmerte sich jedoch nicht weiter darum. Sie war viel zu glücklich und wollte sich heute Abend nicht über Elses Liebesleben Gedanken machen. Noch nie in ihrem Leben hatte jemand ein Fest für sie ausgerichtet. Sie strotzte vor Hoffnung und Zuversicht, ließ sich aus dem Grund öfter von Alois Wein nachschenken, als ihr guttat.

Sie tauschten den neuesten Klatsch aus und amüsierten sich auf Kosten der nicht anwesenden Kollegen. Federführend redete Else. Irgendwann diskutierten sie über den Skandal in der Staatsoper. Die Jazzoper *Jonny spielt auf* war als Silvesterprogramm in Szene gesetzt worden, anstelle der traditionellen

Fledermaus. Das Publikum zeigte sich begeistert, weshalb die Spielzeit bis März verlängert worden war. Jedoch hatten am 13. Jänner die Nationalsozialisten zu einer Protestkundgebung gegen die freche »jüdisch-negerische-Besudelung« aufgerufen.

Walter begann auf der Gitarre zu spielen. Das Lied, das er dazu sang, kannte Käthe nicht.

»*Hulyet, hulyet, Kinderlach, kolzman ir zent ying.*«

»Du kennst jüdische Kinderlieder?«, fragte Bleck, als er fertig war, und hob die Augenbrauen.

»Meine Mutter ist Jüdin. Sie hat sie mir beigebracht.«

»Und dein Vater?«, fragte Else.

»Ist Katholik.«

Bleck klopfte Walter anerkennend auf die Schulter. »Gut zu wissen, was du alles kannst.«

Auf einmal bekam Käthe ein bisschen Wehmut.

»Glaubst du, du tust das Richtige?«, fragte Alois sie an diesem Abend mehrmals. Er saß direkt neben ihr auf einer Kiste und legte ihr immer wieder die Hand auf das Knie.

Käthe tat, als bemerke sie die Berührungen nicht, und schrieb die körperliche Vertrautheit dem Alkohol zu. »Ja, ich tu das Richtige, Alois«, sagte sie.

Gegen zwei Uhr morgens verabschiedeten sich die Gäste nach und nach, Käthe verließ als Letzte die Wohnung.

»Ich komme morgen und helfe dir aufräumen«, versprach sie, doch ihre Freundin winkte ab.

»Lass nur, Alfred und ich schaffen das schon alleine.« Sie warf ihrem Freund einen verliebten Blick zu. »Schlaf gut, und träum von Prag!«

Käthe umarmte ihre Freundin fest. »Danke«, flüsterte sie ihr zum Abschied ins Ohr.

Als sie sich das dunkle Treppenhaus vorsichtig nach unten tastete, weil das Licht nicht ging, bemerkte sie zwei Gestalten.

Sie erstarrte. Eine davon lehnte an der Wand, die andere stand dicht davor. Sie schienen gleich groß zu sein. Käthe erahnte Hände, die sich zärtlich streichelten. Bleck und Else, schoss es ihr durch den Kopf. Himmel! Konnten die nicht warten, bis sie in Elses Wohnung waren?

Im sanften Mondlicht, das getrübt durch das Fenster hereinleuchtete, konnte Käthe beobachten, wie die beiden sich leidenschaftlich küssten. Verliebte sollte man nicht stören, doch wie sollte sie an ihnen vorbeikommen? Den Blick von ihnen abwenden vermochte sie jedoch auch nicht. In den Bewegungen der beiden lag so viel Zärtlichkeit, dass sie augenblicklich eine große Sehnsucht überkam. Sie ließ sich einen Moment hinreißen und träumte, dass sie selbst an der Mauer lehnte. Da schärfte Käthe ihren Blick und glaubte in dem Mann, der ihr den Rücken zuwandte, Walter zu erkennen. Konnte es sein, dass Else und der Janisch ... Doch wo war Bleck?

In dem Moment löste sich die eine Gestalt ein wenig von der anderen, und Käthe erschrak so sehr, dass ihr die Luft wegblieb. Zugleich presste sie ihre Hand auf den Mund, um nicht zu schreien. Bei den Liebenden handelte es sich eindeutig um Walter und Alois.

Unfähig sich zu bewegen starrte sie in ihre Richtung. Die beiden schienen in eine andere Welt versunken, nahmen ihre Umwelt nicht wahr, fühlten sich offensichtlich sicher. Das muss der Alkohol verursachen, dachte Käthe verwirrt.

Endlich löste sie sich aus ihrer Starre und schlich die Stufen hinauf wie ein Dieb. Erst am obersten Treppenansatz setzte sie sich schwer atmend auf eine Stufe. Natürlich hatte sie bereits von gleichgeschlechtlicher Liebe gehört. Aber Alois und Walter? Das wollte einfach nicht in ihren Kopf. Fast hätte sie gelacht. Alois, der Wunschschwiegersohn ihres Vaters, küsste einen Mann! Plötzlich schossen ihr mehrere Fragen gleichzeitig durch den Kopf: Hatten er und Walter schon öfter ...? War das der

Grund, weshalb er an ihr kein Interesse zeigte? Gab es noch andere Männer in Alois' Leben? Und überhaupt keine Frauen?

Sie beschloss, die Sache für sich zu behalten. Auch Anita gegenüber wollte sie kein Wort darüber verlieren.

Doppelt gut, dass sie bald die Stadt verlassen würde.

Schon wenige Tage später galt Käthes volle Aufmerksamkeit den Vorbereitungen auf ihr großes Abenteuer Prag. Allein der Gedanke daran ließ ihre Wangen glühen und ihre Augen strahlen. Noch nie hatte sie eine fremde Stadt gesehen. Von einem Ausflug nach Baden einmal abgesehen, hatte sie Wien nicht verlassen. Doch Baden zählte im Moment nicht, das lag immerhin fast vor der Haustür. Ihren Eltern fehlten für Urlaube das Geld und die Zeit. Sie hielten den Gemüseladen höchstens einmal für ein paar Stunden, allerhöchstens einen Tag geschlossen. Wenn etwa eine Familienfeier oder ein Begräbnis anstand. Doch selbst dann diskutierten sie, ob nicht zumindest einer von ihnen besser im Geschäft bleiben sollte.

August Schlögel zeigte sich erwartungsgemäß weniger glücklich über das Engagement seiner Tochter in Prag als ihre Freunde. Je näher der Tag der Abreise rückte, umso nachdenklicher und wortkarger wurde er. Als Käthe ihren Koffer packte, überraschte er sie in ihrem Zimmer. Er drückte ihr eine Bibel und eine kleine Marienfigur in die Hand. »Die Mutter Gottes soll dich beschützen und die Bibel dir immer den rechten Weg weisen.«

Käthe sah in seinen Augen, wie viel Überwindung es ihn kostete, sein einziges Kind ziehen zu lassen. In Gedanken wettete sie darauf, dass ihre Mutter in diesem Moment in der Küche saß und um ihr Seelenheil betete. Warum nur machten die beiden ihr den Abschied so schwer?

»Danke, Papa.« Und zärtlich fügte sie hinzu: »Ich komme doch bald wieder.«

Er machte ein Gesicht, als glaube er nicht daran. »Aus einem Jahr können leicht zwei werden.«

Käthe griff nach seiner Hand. »Ich zieh nicht in den Krieg, Papa.«

»Was weißt du schon vom Krieg.« Er entzog ihr seine Hand.

Sie hatten innerhalb der Familie nie über seine Zeit an der Front gesprochen.

»Ich hatte Glück und bin wieder zurückgekommen. Viele meiner Freunde sind geblieben.« Sein einziger Kommentar, wenn man ihn nach seinen Erlebnissen im Feld fragte. Bei den Schlögels wurde nicht gerne über Vergangenes lamentiert, schon gar nicht, wenn die Erinnerungen böse Geister wachriefen. Käthes Vater war ein überzeugter Monarchist. Der Verlust des österreichisch-ungarischen Reichs und der Tod des Kaisers schmerzten ihn mehr als die Wunden, die er sich bei diversen Gefechten zugezogen hatte. Als Kaiser Franz Joseph im November 1916 gestorben war, war ihr Vater zur Hofburgkapelle gepilgert, wo der Kaiser aufgebahrt gelegen hatte. Tränenreich hatte er von ihm Abschied genommen. Acht Rappen hatten damals die Kutsche zur Einsegnung zum Stephansdom gezogen, und Käthes Vater hatte in seiner alten Felduniform in der trauernden Menschenmenge vor dem Gotteshaus gestanden. Für ihn war dieser Tag einer der dunkelsten in der Geschichte Österreichs. Nicht nur, weil Regen auf ihn niederprasselte. Was sollte jetzt aus seinem Land werden? Die Menschentraube war noch immer dort gestanden, als sich der Leichenzug zur letzten Ruhestätte in der Kapuzinergruft bewegt hatte. Vorneweg der nunmehrige Kaiser Karl mit Frau und dem ältesten Sohn Otto, hatte er ihr erzählt. Sie war damals neun Jahre alt gewesen.

»Vielleicht nimmst du ja eines Tages Vernunft an, und der Alois wartet dann immer noch auf dich«, riss er Käthe aus ihren Gedanken. Dann verließ er das Zimmer.

Prag, 1929

»Toi, toi, toi.«

Die übliche verkürzte Nennung des Teufels, Teu-Teu-Teu, hallte hinter der Bühne von den Wänden. Die Schauspieler spuckten sich gegenseitig über die linke Schulter, das brachte Glück. »Wird schon schiefgehen«, sagten sie oder »Hals und Beinbruch«. Auf gar keinen Fall durfte man sich bedanken, das brachte Unglück. Theaterleute waren ein abergläubisches Volk, auch in Prag, der weltoffenen Stadt, dem Zentrum junger Künstler und Literaten in deutscher und tschechischer Sprache. Vor Premieren, wie heute Abend eine auf dem Programm stand, zeigte sich dieser Aberglaube besonders. Bei der Generalprobe hatte es genug Pannen gegeben, das versprach eine gelungene Premiere, und Käthe hatte die letzte Zeile des Stücks bewusst nicht vorgetragen. Einem alten Volksglauben nach durfte das Stück erst am Premierenabend fertiggespielt werden. Daran hielt sich das ganze Ensemble unaufgefordert.

Käthe hatte die von ihrem Vater erhaltene kleine Marienfigur in das Futter ihres Bühnenkleides eingenäht. Zuerst wollte sie sie an einer Kette um den Hals tragen, doch Jakob meinte, das passe nicht zu der Rolle, die sie verkörpere. Beinahe hätte sie ihm vorgeworfen, das passe nur nicht, weil er Jude sei und sie Katholikin, was natürlich Blödsinn war. Da sie sie bei sich wissen wollte, hatte sie diese Lösung gefunden.

Marianne – Die Geschichte einer jungen Frau, die allen Konventionen trotzt und für ihre persönliche Freiheit kämpft. In der Hauptrolle: Käthe Schlögel

So stand es im Programm, das Käthe auch ihren Eltern nach Wien geschickt hatte, in der Hoffnung, sie doch noch nach Prag locken zu können. Die beiden im Theater zu wissen, an ihrem großen Premierentag, hätte sie beflügelt. Doch der Brief mit der begründeten Absage, das Geschäft nicht eigens zusperren zu können, hatte nicht lange auf sich warten lassen. Derweil wünschte sich Käthe im Moment nichts sehnlicher, als dass ihr Vater bei ihr wäre. Er würde seine muskulösen Arme, mit denen er zeitlebens so viel getragen hatte, um sie legen und ihr zuflüstern: »Alles wird gut, meine Träumerin.« So wie er es getan hatte, als sie ein kleines Kind war, das über seine eigenen Füße stolperte, zu einer Zeit, als Träumerin noch ein Kosename und keine Verunglimpfung gewesen war.

Jetzt, so kurz vor der Premiere, erlebte sie ein Auf und Ab der Gefühle, wie sie es noch nie gespürt hatte. Auf der einen Seite erfüllte sie Stolz: Die Tochter einfacher Gemüsehändler hatte es nicht nur auf die Bühne, sondern auch innerhalb von zwei Jahren zur Hauptdarstellerin geschafft. Auf der anderen Seite plagten sie extreme Versagensängste. Die merken, dass ich nichts kann, sagte sie sich. Sie werden dich mit Schimpf und Schande aus dem Theater werfen. Diese und viele ähnliche Gedanken jagten im Eiltempo durch Käthes Hirn. Ihr Herz raste. Sie glaubte, eine Lähmung erfasse ihren Körper.

In dem Moment kam Jakob Rosenbaum hinter die Bühne. Sein Blick wirkte wie üblich auf gewisse Weise nachdenklich. Sein volles Haar war ein klein wenig zerzaust, wie bei einem kleinen Buben. Er trug denselben eleganten dunkelblauen Anzug, den er damals bei ihrem ersten Zusammentreffen getragen hatte. Er stand ihm gut, ließ ihn jedoch ein wenig älter erscheinen.

Vielleicht lag es aber auch daran, dass Jakob sich, wann immer es ging, seines Sakkos entledigte und nur in Hemd und Bundfaltenhosen herumlief. Seine dunklen Augen blitzten kurz auf, als er versuchte, die hochnervöse Gruppe zu beruhigen und zu motivieren. »Ihr alle werdet großartig sein«, sagte er und blickte sie einzeln an. Dann blieb sein Blick an Käthe hängen. Sie stand ein wenig abseits, weil sie vor ihrem Auftritt Ruhe brauchte. Die Hektik hinter der Bühne ging ihr auf die Nerven und steigerte ihre Nervosität und ihre Zweifel ins Unermessliche. Doch allein in absoluter Stille in ihrer Garderobe zu sitzen und dort auf den Beginn der Vorstellung zu warten ertrug sie ebenfalls nicht. Die Angst drückte ihr schier die Kehle zu.

Jakob trat zu ihr, umfasste mit beiden Händen ihre Handgelenke und hielt sie fest. »Geht es dir gut?«

Käthe starrte ihn an, unfähig zu reagieren.

»Hast du gut geschlafen?«, fragte er besorgt.

Jetzt gelang es ihr zu nicken, obwohl das Gegenteil zutraf. Sie war in ihrer kleinen Wohnung nahe dem Wenzelsplatz die halbe Nacht auf und ab gegangen und hatte ihren Text rezitiert, aus Angst ihn zu vergessen, während sie schlief. *Marianne*. Ihre erste Hauptrolle. Sie hatte sich bereits lange vor den Proben intensiv darauf vorbereitet. Sie hatte ihren Text nicht nur gelernt, sondern darüber sinniert, ihn analysiert, ja, sie träumte die Sätze sogar und verschmolz mit der Figur. Käthes persönliche Eigenheiten entschwanden wie ein Schatten. Marianne nahm zusehends Gestalt an und trat in den Scheinwerferkegel. Marianne, die Freiheitsgöttin. Die Nationalfigur der Franzosen, deren Abbildung mit der Freiheitsmütze einen deutlichen Gegensatz zur königlichen Krone sichtbar machte. Gemalt von Eugène Delacroix, führt sie mit der französischen Fahne in der Hand das Bürgertum durch die Schlacht der Revolution im Jahr 1830. Diese Verkörperung einer wehrhaften Frau erschien vor ihrem inneren Auge, wenn Käthe ihre Stimme erhob, jene junge Frau spielte, die der konservativen Biederkeit ihres Elternhauses entfloh, um mit einem Mann durchzubrennen, der nicht dem entsprach, was ihre Eltern für sie vorgesehen hatten. Aber würde sie die Figur auch auf der Bühne vor vielen Menschen verkörpern können? Das Stück verhieße Marianne Liebe auf den ersten Blick, hieß es weiter im Programm. Sie trüge ein blaues Kleid, das das Blau ihrer Augen erstrahlen ließ wie ein Tansanit.

Aus diesem Grund trug Käthe auf der Bühne das Kleid, das Anita für sie vor zwei Jahren geschneidert hatte. Eine magische Kombination.

»Du schaffst das«, flüsterte Jakob, hielt noch immer ihre Handgelenke fest.

Käthe fing den abschätzigen Blick einer Statistin auf, der besagte: klar, die Hauptdarstellerin und der Regisseur. Viele Statisten trieb der Wunsch an, es ebenfalls nach oben zu schaffen. Und manchmal ging das nur über das Bett des Regisseurs oder Theaterdirektors.

Am liebsten hätte Käthe ihr entgegengebrüllt: »Ich hab das hier meinem Talent zu verdanken, du eifersüchtige, dumme Kuh.« Doch stattdessen schlug sie die Augen nieder, weil sie immer noch nicht selbst so recht daran glaubte. Sie meinte, einfach Glück gehabt zu haben und zur rechten Zeit am richtigen Ort gewesen zu sein. Ihr Herz pochte noch aufgeregter als vor wenigen Sekunden, ihre Schläfen schmerzten. Einen kurzen Moment lang glaubte sie sogar, sich übergeben zu müssen. Sie hatte noch nie so schlimmes Lampenfieber gehabt.

»Du schaffst das«, wiederholte Jakob eindringlich. »Toi, toi, toi.« Er spuckte ihr dreimal über die linke Schulter und schob sie sanft Richtung Bühne. Der rote Vorhang hing schwer und starr vor ihrem Gesicht, wie ein unüberwindbares Hindernis. Er roch nach langen Theaternächten, Erfolg und Lachen sowie Niederlage und Tränen. Dahinter hörte sie das Theaterpublikum leise reden, husten und rascheln.

Sie atmete ein paarmal tief durch und schloss die Augen. Marianne. Marianne. Marianne, beschwor sie stumm die Frau herauf, der sie in den nächsten zwei Stunden Leben einhauchen würde.

Der Vorhang ging auf, die Leute klatschten, und Käthe öffnete die Augen. Sie sah nur die ersten Sitzreihen, dahinter tat sich eine schwarze Wand auf, weil das auf sie gerichtete Licht nicht mehr Sicht zuließ. Dennoch wusste sie, dass das Theater bis auf den letzten Platz gefüllt war. Nicht nur, weil man es ihr vorher gesagt hatte, sie spürte die Anwesenheit des Publikums, fühlte die Blicke und Aufmerksamkeit der Besucher wie eine zärtliche Berührung. Ab diesem Augenblick ließ sie keine besorgten Gedanken mehr an sich heran. Sie konzentrierte sich nur mehr auf Marianne, öffnete den Mund, und den Bruchteil einer Sekunde später erfüllte ihre Stimme den Raum. Der Zauber begann nach den ersten drei Sätzen. Niemand zweifelte mehr daran, dass sie ihr Engagement ausschließlich ihrem eigenen Können zu verdanken hatte. Ihre Natürlichkeit und die Fähigkeit, den Figuren Leben einzuhauchen, zog das Publikum in den Bann. Käthe spielte ihre Rolle nicht, sie verwandelte sich in den Menschen, den sie zu spielen hatte. Manchmal schien es ihr, als schwebe sie über ihrem eigenen Körper und sähe sich selbst zu.

Im Nachhinein konnte Käthe nicht sagen, wie die zwei Stunden verlaufen waren. Sie zählte auch nicht mit, wie oft sich der Vorhang öffnete und sie sich verbeugte, um den nicht enden wollenden Applaus entgegenzunehmen. Du hast ihnen gefallen, war ihr erster Gedanke. Sie lieben das Stück, der zweite. All ihre Ängste fühlten sich plötzlich lächerlich an.

Irgendwann war es vorbei. Hinter der Bühne drückte man ihr spontan von allen Seiten Küsse auf die Wange und ein Champagnerglas in die Hand. »Auf Marianne«, hörte sie ihre Kollegen gutgelaunt rufen. Man feierte die Hauptdarstellerin, und man feierte den gemeinsamen Erfolg.

»Auf das gesamte Ensemble!« Käthe lachte und hielt ihr Glas in die Höhe.

Als Jakob hinter die Bühne kam, umarmte er sie unvermittelt und drückte ihr einen Kuss auf die Wange. Es fühlte sich wunderbar an. Käthe errötete und wand sich ein wenig in seinen Armen, weil er sie für eine Umarmung unter Kollegen um eine Spur zu lange festhielt. Er ließ sie los.

»Du hast sie beeindruckt, Käthe. Das Publikum ist dir verfallen. Du warst Marianne. Leibhaftig!« Jakob hörte nicht auf zu schwärmen. Man drückte auch ihm ein Glas in die Hand. »Die Kritiker werden dich in den Himmel loben, und mit etwas Glück wird sich das Theater entschließen, die Aufführungszeit zu verlängern.« In seinem Tonfall lag Hoffnung und Euphorie.

»Jetzt will ich auch einmal etwas loswerden«, sagte Käthe. »Ich liebe dieses Stück. Es hat so viel Kraft. Die Klarheit der Szenen, die lebhaften Bilder, das Temperament, das du in die Dialoge gelegt hast ... Das ist alles mit ein Grund, weshalb dieses Stück lebt. Nicht ich allein ...«

»Käthe«, unterbrach Jakob sie und stieß sein Glas gegen ihres. »Heute ist der Abend, an dem du gefeiert wirst. Lass es einfach geschehen.« Er nahm einen Schluck und sah ihr dann tief in die Augen. »Also, auf den neuen Star am Theaterhimmel.«

»Auf das Stück«, ließ Käthe es sich nicht nehmen.

Ein junger Schauspieler drängte sich an ihnen vorbei und prostete ihnen zu.

»Warum hast du eigentlich nicht auch Walter ins Ensemble geholt? Ihr seid doch Freunde?«, fragte Käthe, als dieser wieder außer Sichtweite war.

»Ich wollte ja.« Jakob zuckte mit den Achseln. »Aber aus irgendeinem Grund, den er mir nicht verraten hat, wollte er Wien nicht verlassen.«

Käthe nippte an ihrem Glas. Sie glaubte, den Grund dafür zu kennen. Ob Jakob Bescheid wusste über Walters sexuelle Veranlagung? Sollte sie mit ihm darüber reden? Sie verwarf den Gedanken sofort wieder.

Inzwischen schwärmte Jakob von ihrer Bühnenpräsenz, ihrer Ausstrahlung, und nebenbei erwähnte er einen Journalisten, der sie unbedingt am nächsten Tag interviewen wollte. Käthe wurde heiß. Ihr erstes Interview. Welche Fragen würde man ihr stellen? Was erwartete man von ihr?

»Jetzt aber los«, rief Jakob dem Ensemble zu und nannte den Namen des Restaurants, in dem sie den Erfolg gemeinsam feiern wollten. Käthe blieb keine Zeit für Nervosität und lange Überlegungen. Sie musste sich rasch umziehen.

Das Fest zog wie eine in Zeitlupe inszenierte einzigartige Jubelfeier an Käthe vorbei. Es wurde gelacht, gesungen und getanzt. Eine kleine Kapelle spielte im äußersten Winkel des Raumes. Die meisten von ihnen rauchten Zigaretten. Das Lokal lag in einem warmen Nebel. Käthe trank ihre Gläser Wein lieber ohne Rauch, aber das wollte sie an dieser Stelle nicht erwähnen, um die Stimmung nicht kaputtzumachen. Das gesamte Ensemble war an diesem Abend zu einer großen Familie vereint. Vergessen schien all der Spott, die Eifersüchteleien, der Neid und Streit, der manchmal während der Proben für schlechte Laune gesorgt hatte. Es schien lange Zeit, dass niemand von ihnen nach Hause gehen mochte. Zu groß war die Gefahr, dass der Glanz, der sie heute überstrahlte, dann verblasste und verschwand. Als sie sich viel später voneinander verabschiedeten, erahnte man den Morgen bereits.

Käthe erwachte am späten Vormittag. Sie lag noch immer so, wie sie ins Bett gekrochen war. Das Gesicht dem Fenster zugewandt, die Vorhänge nicht zugezogen. Kaum dass sie die Augen aufschlug, blendete sie die Sonne. Käthe liebte es, von ihrem weichen Bett aus den Sternenhimmel zu betrachten, bevor sie die

Müdigkeit in ein anderes Universum forttrug. Sie streckte ihre Arme, versuchte den Kater, den sie hatte, zu ignorieren. Sie hatte gestern eindeutig zu viel Champagner und Wein erwischt. Oder lag es an der Mischung? Ein schmerzhaftes Pochen hinter den Schläfen und ein flaues Gefühl im Magen erinnerten sie daran, dass sie nach drei, spätestens vier Gläsern hätte aufhören sollen. Stumm zählte Käthe bis drei, dann schlug sie die Bettdecke zurück, stieg bedächtig aus dem Bett, zog sich den Morgenmantel über und ging ins Badezimmer. Es nutzte nichts. Sie musste sich zurechtmachen, das Interview stand an.

Auf dem Küchentisch standen zwei Blumensträuße. Den mit blau und rötlich blühenden Kronenanemonen hatte ihr der Theaterdirektor überreicht. Die rosaroten Rosen waren ein Geschenk von Jakob.

Käthe brühte sich eine Tasse Tee auf und aß ein Stück Brot mit der Marmelade, die ihre Mutter eingepackt hatte. Der Geschmack hinterließ noch einmal eine leise Traurigkeit, weil ihre Eltern ihren Triumph nicht miterleben konnten. Sie weigerte sich, sich einzugestehen, dass die beiden ihn nicht miterleben wollten.

Nach dem zweiten Bissen fühlte sie sich besser. Doch schon drängte sich das nächste Problem auf. Was trug man bei einem Interview? Ein knielanges modernes Kleid mit Ausschnitt oder lieber hochgeschlossen konservativ? Sie entschied sich für ein hellgraues Hängekleid. Sich zu schminken fiel ihr inzwischen leicht, Else hatte es ihr oft genug gezeigt. Für das Interview verzichtete sie auf einen roten Lippenstift, denn sie wollte nicht zu viel Farbe in ihrem Gesicht wissen. Immerhin liebte sie das Publikum ob ihrer Natürlichkeit.

Jakob kam pünktlich. Das Café Montmartre lag fußläufig etwa fünfzehn Minuten von ihrer Wohnung entfernt, nahe der Karlsbrücke. Käthe konnte sich noch immer für die Schönheit der

Stadt faszinieren, obwohl sie inzwischen mehrere Monate hier lebte. Jetzt nach der gelungenen Premiere gestattete sie sich zu genießen. Sie blieben immer wieder stehen, weil Käthe Hausfassaden emporblickte, darauf bestand über die Altstadt zu laufen, weil sie unbedingt vor dem Interview am *Haus der Schwarzen Muttergottes* vorbeiwollte. An der rechten Ecke des im tschechischen Kubismus erbauten Kaufhauses befand sich eine Statue der *Schwarzen Madonna*. Sie wollte Käthe im Vorbeigehen um Beistand bitten, auch wenn das einen kleinen Umweg bedeutete.

»Wenn wir so weitermachen, kommen wir nie pünktlich an«, sagte Jakob schmunzelnd.

Käthe zuckte mit den Achseln. Sie hatte sich bisher lediglich auf ihre Arbeit konzentriert, oft die Karlsbrücke überquert, als gälte es einen Geschwindigkeitsrekord aufzustellen. Sie war an den Menschen in den Cafés vorbeigeeilt, als wären sie lediglich Staffage. Den Sehenswürdigkeiten hatte sie nur einen oberflächlichen Blick gegönnt, für die Straßenmusiker nur ein Ohr gehabt. So sehr war sie mit sich selbst und ihrer Welt beschäftigt gewesen. Oder vielmehr, ihre Nervosität und die Versagensängste hatten sie blind für ihr Umfeld gemacht. Es hatte nur sie und das Deutsche Theater in dieser Stadt gegeben.

Etwas in ihrem Verhalten hatte sich verändert, seit Käthe das Theater zum ersten Mal betreten hatte. Sie war mit offenem Mund stehen geblieben, hatte sich überwältigt im Kreis gedreht und sich plötzlich wieder wie zwölf gefühlt. So sehr hatten sie die Pracht und Seele dieses Gebäudes berührt. Über der Loggia erfüllten Goethe, Schnitzler und Mozarts Geist in Form von Büsten den Innenraum. Die Geräumigkeit der Bühne hatte ihr zuerst Angst gemacht, obwohl sie, aufgrund ihrer disziplinierten Art, den Text bereits bei der ersten Probe auswendig aufsagen konnte. Und die Figur der Marianne war ihr da schon vertraut wie eine Schwester. Dennoch glaubte sie sich auf der Bühne zu verlieren, als sie zum ersten Mal alleine darauf stand, um den

Monolog zu sprechen, der am Beginn des Stücks stand. Doch Jakob hatte ihr diese Angst genommen. Er gehörte nicht zu jenen Regisseuren, die Schauspieler als Marionetten betrachteten, die zu tun hatten, was immer er ihnen auftrug, als hingen sie an Fäden. Jakob wurde niemals ärgerlich oder brüllte herum, wenn etwas misslang. Er blieb ruhig und führte auch den Schwächsten in der Gruppe ans Ziel. Sein Einfühlungsvermögen war bemerkenswert. Möglich, dass er diese Besonnenheit seiner Zeit als Schauspieler verdankte. Käthe bewunderte ihn dafür. Sie wollte ihn fragen, warum er ausgerechnet sie für die Hauptrolle auserwählt hatte. Ja auserwählt, so fühlte es sich für sie an. Doch sie stellte ihm diese Frage nicht. Vielleicht, weil sie die Antwort darauf bereits ahnte und sie nicht aus seinem Mund hören wollte, weil das alles verkomplizierte.

Im Café Montmartre glaubte Käthe noch immer den Geist eines Franz Kafka und eines Max Brod zu spüren, die hier oft zu Gast waren, wie ihr Jakob auf dem Weg dorthin erzählt hatte. Kafka galt Jakobs große Bewunderung. Hinter dem Tresen stand eine junge Frau mit dunkelbraunen Haaren. Sie trocknete Kaffeetassen ab und warf ihnen einen freundlichen Blick zu, als sie eintraten und auf sie zukamen. Jakob gab für Käthe und sich eine Bestellung auf. »Ich hoffe, du magst Kaffee«, sagte er zu ihr. Käthe nickte.

An den runden Tischen steckten ein paar junge Männer die Köpfe zusammen. Im hinteren Teil des Cafés mit der tonnenförmig gewölbten Decke plauderten drei Männer und zwei Frauen ausgelassen miteinander. An einem Tisch am Fenster saß der Journalist. Käthe erkannte ihn sofort. Vor ihm lagen eine Zeitung, ein Notizblock und ein Bleistift. Aus der peniblen Anordnung der Gegenstände auf dem Tisch erahnte sie einen Pedanten in dem Mann. Er winkte sie beide zu sich.

»Ilja!«, begrüßte Jakob ihn herzlich. Dann wandte er sich mit einer angedeuteten Verbeugung an Käthe. »Darf ich dir Käthe Schlögel vorstellen?«

Der Reporter erhob sich, ergriff Käthes Hand und deutete einen Handkuss an. »Es ist mir eine Ehre, Sie kennenzulernen.« Er sprach nahezu akzentfrei Deutsch. Galant ließ er ihre Hand wieder los. »Bitte nehmen Sie doch Platz.«

Ein älterer Kellner brachte den bestellten Kaffee.

»Wie fühlen Sie sich?«, fragte Ilja.

Käthe wich verlegen seinem Blick aus. Sie hatte keine Erfahrung mit Journalisten, wusste nicht, was man bei einem Interview sagen sollte. Verflixt, sie hätte Jakob danach fragen sollen.

»Ich freue mich, dass das Stück so gut beim Publikum ankommt und die Premiere ein so großer Erfolg war. Doch ich fühle mich nicht anders als gestern«, antwortete sie schließlich. »Vielleicht weniger nervös, aber sicher nicht anders.«

Dem Gesichtsausdruck des Journalisten nach zu urteilen gefiel ihm die Antwort. Sein Lächeln wurde breiter. »Sie sind seit gestern der Star am Prager Theaterhimmel«, sagte er. »Das ist Ihnen doch hoffentlich klar?«

Käthe errötete. Um seine Behauptung zu untermauern, legte er ihr zwei tschechische Zeitungen vor und übersetzte auch gleich die Überschriften. »Der Anziehungspunkt des Abends«, stand auf der einen. »Die Sensation aus Wien«, auf der anderen.

»Nicht nur in Prag!« Jakob lachte lausbubenhaft. »Auch in Wien werden sie heute von deinem Erfolg lesen. Ein Reporter vom *Wiener Tagblatt* saß gestern im Theater.«

»In Wien?«

»Natürlich. Was denkst du denn, Käthe? Die Nachricht, welchen Triumph du gestern hier gefeiert hast, wird sich schneller herumsprechen, als du denkst.«

Wien.

Meine Eltern werden von meinem Erfolg in der Zeitung lesen, bevor sie Erdäpfel darin einwickeln, dachte Käthe ein klein wenig belustigt. »Ich weiß nicht, was ich sagen soll. Die Rolle der Marianne liegt mir einfach, und ich spiele sie sehr gerne.«

»Sie werden ab sofort sehr viele Neider haben.«

Sie wusste nicht, worauf der Journalist hinauswollte. Deshalb lächelte sie nur höflich. Neider. Irgendwie war es ihr noch nicht in den Sinn gekommen, dass ihr jemand den Erfolg missgönnen könnte. »Meine Träumerin, schau dich um! Wer Erfolg hat, hat auch Neider«, hätte ihr Vater wahrscheinlich in diesem Moment gesagt.

Jakob erhob sich. »Ihr beide entschuldigt mich kurz.« Er verschwand.

Ilja legte seine Hand auf Käthes, suchte ihre Augen. Als er sich ihrer Aufmerksamkeit gewiss war, sagte er: »Sie wissen, dass er das Stück nur für Sie geschrieben hat.« Es klang wie eine Feststellung.

Käthe senkte den Blick. Wieder stieg ihr eine zarte Röte in die Wangen. Jetzt war es ausgesprochen, was sie sich seit Wochen einbildete. Eigentlich seitdem sie das Manuskript zum ersten Mal in der Hand gehalten hatte.

»Sie haben es geahnt«, schlussfolgerte Ilja richtig.

»Warum sollte er das getan haben?«

»Weil er Sie verehrt, seit er Sie zum ersten Mal spielen sah. Was sag ich …«, lachte Ilja, »regelrecht verliebt hat er sich in Sie. Das wird er Ihnen natürlich nicht direkt sagen.«

»Warum?«

»Weil Jakob schüchtern ist, was Frauen anbelangt. Er schildert die Liebe auf Papier wie kaum ein Zweiter. Aber Ihnen ins Gesicht zu sagen, dass er sich in Sie verliebt hat …« Der Journalist schüttelte den Kopf. »Die Angst zurückgewiesen zu werden ist viel zu groß. Je mehr er leidet, umso näher sind seine Stücke an der Realität. Marianne, eine Frau, die selbstbewusst ihren Weg geht, sich für einen bestimmten Mann und gegen die Eltern entscheidet … und doch bleibt ihre große Liebe am Ende unerfüllt. Wenn das nicht die Leute zu Tränen rührt.« Er machte eine ausladend theatralische Geste, dann beugte er sich wieder nach vorne. »Leid und Angst sind Jakobs innerer Antrieb, seine Kreativität, seine Genialität.«

»Wieso glauben Sie das zu wissen?«

»Ich kenne ihn schon sehr lange, Fräulein Schlögel.«

Käthe biss sich auf die Lippen. Sie wusste nicht, was sie darauf antworten sollte. »Wollen Sie mir damit zu verstehen geben, dass ich Jakobs Gefühle auf gar keinen Fall erwidern soll, weil damit seine Kreativität verloren ginge?«, fragte sie schließlich.

Der Journalist legte den Kopf schief und lächelte. »Machen Sie ihn unglücklich, und er wird das beste Stück dieses Jahrhunderts schreiben.«

»Vielleicht irren Sic sich ja, was seine Verliebtheit anbelangt.«

»Glauben Sie mir, Fräulein. In solchen Dingen irre ich nie.«

Käthe feierte große Erfolge. Die Tschechen erkannten die junge Schauspielerin allmählich, wenn sie sich irgendwo blicken ließ oder durch die Straßen der Goldenen Stadt schlenderte. Oft tat sie das an Jakobs Seite, weshalb einige Kollegen bald darüber tuschelten, dass sie ein Paar wären. Doch Jakob erwähnte seine Gefühle ihr gegenüber mit keinem Wort. Mit der Zeit zweifelte Käthe an Iljas Behauptung. Fragen nach ihrem Privatleben ließ sie aus Prinzip unkommentiert. Im Grunde genommen war sie froh, dass zwischen ihnen eine innige Freundschaft entstand und Jakob keine Anstalten machte, mehr von ihr zu wollen. Sie war sich ihrer Gefühle für ihn nämlich nicht sicher. Sie mochte ihn sehr gern, doch ob es lediglich Freundschaft war oder doch ein klein wenig Verliebtheit mitschwang, konnte sie nicht sagen. Und vielleicht hatten Ilja und sie sich ja auch getäuscht, und Jakob erging es ähnlich wie ihr. Möglicherweise hatte er das Stück nicht für sie, sondern für eine andere Frau geschrieben.

»Hat sich dein Vater inzwischen daran gewöhnt, eine berühmte Tochter zu haben?«, fragte Jakob, weil er um das angespannte Verhältnis zwischen Käthe und ihren Eltern wusste.

»Ach«, seufzte Käthe, »manchmal kommt es mir vor, als lebten wir in zwei verschiedenen Welten.«

»Das kommt dir nicht nur so vor, Käthe. Ihr lebt in zwei verschiedenen Welten«, bestätigte Jakob. »Die Gemüsewelt bringt den Leuten handfeste Dinge, die sie sich in den Mund schieben können, um nicht zu verhungern. Die Theaterwelt ist die geistige Nahrung. Sie lässt Träume einen Abend lang Realität werden. Diese zwei Welten existieren nebeneinander, und doch sind sie sich fremd.«

Ihren Eltern schrieb sie fast täglich Postkarten mit Motiven der Stadt darauf, zumeist zeigten sie die Karlsbrücke. So konnte sie die beiden zumindest ein klein wenig an ihrem Leben teilhaben lassen. Ab und zu antworteten sie. Die Briefe schrieb jedoch einzig ihre Mutter. Am Ende ließ sie Käthe lediglich von ihrem Vater herzlich grüßen. Seine Unterschrift fand sie selten auf dem Papier. Im Grunde genommen nur in jenen Briefen, die mit dem Satz endeten, dass Alois Weinmann zum Glück noch nicht verheiratet sei. Ihr Vater schien nach wie vor davon überzeugt zu sein, dass Käthe die Theaterflausen schon noch vergehen würden. Auch Anita und Else bekamen einmal pro Woche eine Postkarte oder einen Brief aus Prag und schickten wiederum Postkarten und Briefe aus Wien. Anita verkündete darin den neuesten Klatsch aus dem Bezirk, und Else berichtete aus dem Theater. Von Anita erfuhr Käthe, dass ein Lobgesang von der Premiere in Prag im *Wiener Tagblatt* erschienen war und Käthes Mutter ihn ausgeschnitten und aufgehoben hatte. Von ihrer ehemaligen Lehrerin kam ebenfalls eine Postkarte mit dem Stephansdom darauf. Sie schrieb, dass sie sehr stolz auf Käthe sei und es immer gewusst habe, welches Talent in ihr stecke.

An einem der spielfreien Tage fuhr Jakob mit Käthe mit der Straßenbahn in einen anderen Teil der Stadt, dessen Namen sie sich auch nach mehrmaliger Nennung einfach nicht merken konnte. Mit der tschechischen Sprache tat sie sich noch immer schwer. Sie konnte Straßennamen und Plätze kaum differenzieren, orientierte sich zumeist an den Anfangsbuchstaben, wie eine Touristin.

»Wir sind da … in Žižkov«, betonte Jakob und forderte Käthe auf, die Straßenbahn zu verlassen. Kurz darauf standen sie vor einem im Jugendstil erbauten Eingangstor. Dahinter erkannte sie Grabsteine.

»Das ist der Straschnitzer Friedhof«, sagte Jakob, während er eine Kippah hervorzog und sie sich aufsetzte. »Der Neue Jüdische Friedhof.«

Das erste Mal, dass sie ihn eine Kippah tragen sah. Soweit sie wusste, war Jakob nicht religiös.

»Das gehört sich so«, erklärte er, als er ihren überraschten Blick auffing.

Gleich hinter dem Tor bogen sie ab und folgten dem Weg entlang der Friedhofsmauer. Käthe faszinierte das Aussehen der Ruhestätte. Es schien ihr so viel gemütlicher, als auf einem katholischen Friedhof zu sein. Ein anderer Ausdruck als gemütlich fiel ihr nicht ein. Friedlich vielleicht noch. Wilder Efeu lag wie ein weicher grüner Teppich auf den Gräbern. Zwischen dem Grün blitzten graue Randsteine hervor. Bäume spendeten Schatten und Lebensraum für Vögel. Eine grüne Oase inmitten der Stadt.

Das Paradies, dachte Käthe.

Wenig später standen sie vor Franz Kafkas letzter Ruhestätte.

Dr. Franz Kafka, stand auf einem kubistischen Grabstein. Die Grabinschrift war in Hebräisch verfasst. Der Schriftsteller starb vor fünf Jahren, er war nur vierzig Jahre alt geworden.

Käthe befiel augenblicklich ein Gefühl, das sie nur schwer in Worte fassen konnte. Demut traf es am ehesten.

Sie standen eine ganze Weile stumm vor dem Grab. Ohne den Kopf zu bewegen, warf Käthe Jakob aus dem Augenwinkel einen Blick zu. War Jakob etwa krank? Hatte er Tuberkulose wie Kafka und bereitete sich deshalb aufs Sterben vor? Noch während sie darüber nachdachte, griff Jakob in seine Sakkotasche und holte zwei kleine graue Steine hervor. Einen davon reichte er Käthe. »Leg ihn auf das Grab.«

Sie sah ihn überrascht an. Durfte sie das überhaupt als Katholikin? Einem Juden einen Stein aufs Grab legen?

Jakob nickte ihr aufmunternd zu. »Nur zu. Sieh es als Ehre an, die du dem Toten erweist.«

»Warum tut man das?«, fragte Käthe neugierig und drehte den Kiesel in ihren Händen.

»Es gibt mehrere Interpretationen. Eine Deutung besagt, es könnte ein Symbol für das Weiterbauen am Lebenswerk des Toten sein. Eine andere wiederum spricht von einer Ehrung des Grabmals durch dessen symbolische Erhöhung. Diese Erklärung gefällt mir persönlich am besten.«

Käthe sah Jakob tief in die Augen. Plötzlich schien es, als bliebe die Zeit für einen kurzen Moment stehen. Sie errötete und wandte den Blick wieder ab. »Diese Erklärung gefällt mir auch sehr gut.« Mit einer langsamen Bewegung legte sie den Stein auf den Grabstein. In Gedanken sprach sie mit dem Toten, wünschte ihm alles Liebe und bedankte sich bei ihrem eigenen Gott für diesen einzigartigen Moment. Dann wandte sie sich wieder an Jakob, sah ihn eine Weile an und stellte dann vorsichtig jene Frage, die sie seit einigen Minuten beschäftigte. »Bist du etwa krank?«

Jakob runzelte die Stirn.

»Ich dachte … weil wir doch … also hier sind … und Kafka …« Sie verstummte, weil ihr der Gedanke plötzlich dumm vorkam. Warum sollte Jakob Tuberkulose haben und sterben müssen?

Jakob begriff, nahm ihre Hand, zog sie an sich und lachte.

»Aber nein. Wo denkst du hin? Ich wollte dir einen Platz zeigen, an dem ich mich gerne aufhalte. Hier schöpfe ich Kraft und lasse meinen Gedanken freien Lauf. Und ich glaube, dass mich ein Besuch bei Kafka für meine eigenen Werke inspiriert.«

»Wie das klingt!«, lachte Käthe. »Als wärst du bei ihm zum Tee eingeladen.«

»Ihn am Grab zu besuchen ist doch ein bisschen so, als käme man zum Tee.« Jakob fiel in das Lachen ein, dann sah er sich verstohlen um. »Ich verrate dir jetzt ein Geheimnis, Käthe. Du musst mir aber versprechen, es für dich zu behalten.«

Sie sah ihn fragend an.

»Versprich es!«

»Ich schwöre«, sagte Käthe, ohne zu wissen, ob das an diesem Ort angebracht war.

Jakob ließ den Schwur offensichtlich gelten, denn noch bevor sie ihn danach fragen konnte, begann er zu sprechen: »Ich hab sogar schon einmal einen von mir verfassten Text hierher mitgenommen und ihm vorgelesen.« Eine rasche Kopfbewegung Richtung Grab. Die Beichte zauberte Käthe ein Lächeln ins Gesicht. Jakob fuhr mit der Hand in die Tasche seines Jacketts und hielt gleich darauf ein schmales Büchlein mit einem braunen Ledereinband in der Hand. Er streckte es ihr entgegen. »Für dich.«

Sie sah ihn verwundert an, wollte es aufschlagen. Doch er hielt sie zurück. »Da stehen lediglich Gedanken, Aphorismen, Wortspielereien und Gekritzel drin. Lies es, wenn du alleine bist.«

»Von dir?«, fragte Käthe überrascht über das unerwartete Geschenk.

Er antwortete nicht, sondern lächelte sie verträumt an. Dann verfiel er in nachdenkliches Schweigen, und das verriet mehr als tausend Worte.

Wien, Februar 2015

Drei Wochen nach dem langen Gespräch mit ihrer Mutter stieg Vera um acht Uhr morgens in ihren Golf. Ihr Weg führte sie über die Höhenstraße, sie hatte vor ihrer Abreise nach München einen Termin mit Roland Bleck vereinbart. Wenn sie ihm das Projekt schon absagen musste, dann wollte sie das zumindest persönlich erledigen. Er verdiente das. Immerhin war er der erste und einzige Produzent gewesen, der spontan Ja gesagt hatte, obwohl Vera noch nie mit ihm zusammengearbeitet hatte. Sie hatte bis dahin den Grundsatz ihrer Mutter respektiert.

Danach wollte sie zum Westbahnhof und mit dem Zug um halb elf nach München fahren, um Sebastian Horvat zu treffen. Er hatte zugestimmt, noch mal darüber zu reden, weil sie eine langjährige Freundschaft verband.

»Das heißt aber nicht, dass du mich überzeugt hast«, hatte er am Telefon rasch hinzugefügt. »Mach dir also keine allzu großen Hoffnungen. Was hat deine Mutter eigentlich gegen den Bleck?«

Sie wusste ihm keine genaue Antwort zu geben.

Zudem ärgerte sie sich immer noch, dass ihre Mutter sich so stark in das Drehbuch einmischte. Als sie ihr vorschlug, am Plot mitzuwirken, hatte sie auf ein paar Namen gehofft und ein oder zwei Szenen aus ihrem Leben, die unbedingt in den Film gehörten. Szenen und Namen, die im Endeffekt sowieso schon im Drehbuch standen. Und wenn nicht, zumindest spektakulär genug waren, um noch integriert zu werden. Doch sie wollte gleich das gesamte Konzept umkrempeln und auch noch Großmutter Käthes Lebensgeschichte einbauen.

Ehrlicherweise musste Vera jedoch zugeben, gewusst zu haben, dass genau das auf sie zukommen würde. Es gelang ihr selten, die Dominanz ihrer Mutter zu brechen. Sie hatte schon immer bestimmt, wo es langging. Sie rebellierte, indem sie Dinge tat, die ihrer Mutter nicht in den Kram passten, und provozierte so immer wieder Auseinandersetzungen, die sie dann jedoch regelmäßig verlor. Dass sie damals mit Oliver Thalmann eine Affäre begonnen hatte, war ebenfalls Veras Aufstand zuzuschreiben. Ihre Mutter mochte ihn weder persönlich noch seine Filme. Sie hielt ihn für einen Dilettanten. Und für einen Lügner, weil er Vera gegenüber davon gesprochen hatte, seine Frau verlassen zu wollen. Was er natürlich nicht getan hatte und Vera von Beginn an klar gewesen war. Genauso wie ihrer Mutter. Doch im Gegensatz zu ihr machte es Vera nichts aus. Der Gedanke an eine feste Beziehung mit diesem Mann oder einen Ehemann an ihrer Seite zu wissen gefiel ihr nicht. Sie wollte damals eine Rolle in seinem Film. Und die hatte sie bekommen. Lediglich die Schwangerschaft mit Sophie hatte sie nicht einkalkuliert. Im Nachhinein betrachtet war ihre Tochter jedoch das Beste, das ihr passieren konnte. Es brachte sie ihrer Mutter wieder näher. Denn Sophie verkörperte das, was Marianne in ihr nie gesehen hatte. Eine begabte Schauspielerin.

Warum tu ich mir das Projekt eigentlich an? Warum die Auseinandersetzung mit ihr? Diese Fragen stellte sie sich, seit sie diese Filmidee verfolgte. Und wenn sie ehrlich zu sich war, kannte sie auch die Antwort: aus Sehnsucht nach Anerkennung.

Vera wünschte sich, dass ihre Mutter endlich ihr Talent anerkannte. Wenn schon nicht vor der Kamera, dann verflucht noch einmal hinter der Kamera. Leider musste sie sich selbst eingestehen, dass ihre Mutter wieder einmal recht hatte, was das Drehbuch anbelangte. Wenn sie den Werdegang ihrer Großmutter hineinbrachte, bekam das Projekt ein anderes Gewicht. Es wurde von einer einfachen Spielfilmdokumentation fürs Fernsehen zu einem gewaltigen Denkmal der gesamten Schauspielerinnendynastie ihrer Familie fürs Kino. Genauso wie es ihre Mutter formuliert hatte. Eine Art Monument der Zeitgeschichte. Jetzt galt es nur mehr Sebastian zu überzeugen und Roland Bleck beizubringen, dass er aus dem Rennen war.

Sie seufzte und fuhr durch die Hofeinfahrt in den Hinterhof der Bleck-Filmproduktion auf der Nußdorfer Straße. Noch im Auto wechselte sie die Turnschuhe, die sie beim Fahren trug, weil sie die Absätze nicht ruinieren wollte, gegen hohe Schuhe ein.

Einen Augenblick später betrat Vera das alte Haus, in dem sich die Produktionsfirma befand. Sie fuhr mit dem Lift in den fünften Stock. Ein schöner Bau, dachte sie, während sie über das prächtige alte Parkett schritt, das nahezu bei jedem Schritt knarrte. An den Wänden wechselten sich Filmplakate und Schwarzweißfotos verschiedener Schauspieler ab. Teils signiert und mit einer persönlichen Widmung versehen.

Vor einer imposanten doppelflügeligen Tür blieb sie kurz stehen, dann drückte sie die Klinke nach unten und betrat den Raum. Roland Blecks Sekretärin, eine ergraute Mittfünfzigerin, sah auf. »Frau Altmann?«

Vera nickte.

Die Frau drückte auf einen Knopf und meldete sie an. Dann winkte sie Vera durch und fragte zeitgleich: »Kaffee?«

»Ja, bitte.«

So konnte sie sich wenigstens an etwas festhalten. Das bevorstehende Gespräch lag ihr schwer im Magen. Sie klopfte an der nächsten Tür und hörte kurz darauf Blecks Stimme: »Ja!«

Vera schluckte, drückte die Klinke nach unten und trat ein.

Roland Bleck war fünfzehn Jahre älter als Vera. Er hatte eine Halbglatze, die verbliebenen grauen Haare trug er kurz geschoren wie Bruce Willis. Es passte zu ihm.

»Vera! Schön, Sie zu sehen«, sagte er.

Die Sekretärin brachte den Kaffee. Vera wartete ab, bis sie den Raum wieder verlassen hatte, und griff nach der Kaffeetasse. Sie drehte sie zwischen den Fingern, während sie auch schon mit der Tür ins Haus fiel: »So leid es mir tut, aber ich muss mein Projekt zurückziehen. Meine Mutter verweigert eine Zusammenarbeit mit der Bleck-Film.« Vera zuckte unglücklich mit den Achseln. »Und ich brauch sie für die Umsetzung.«

Roland Bleck sah sie eine Weile mit zusammengekniffenen Lippen an, dann sagte er: »Schade, dass Marianne schon wieder eine Produktion mit uns ablehnt.«

Vera seufzte. »Ich weiß ja nicht, was genau zwischen meiner Großmutter, meiner Mutter und Ihrem Großvater vorgefallen ist ... aber es muss so schrecklich gewesen sein, dass in ihren Augen auch noch die nachfolgenden Generationen die Feindschaft aufrechterhalten müssen«, sagte sie. Es lag ihr auf der Zunge hinzuzufügen, dass in ihrer Familie über die Vergangenheit sehr wenig gesprochen wurde. Wenn überhaupt, dann kehrte man die schönen und erfolgreichen Seiten hervor. Das Negative ließ man weg. Sie schluckte die Bemerkung jedoch hinunter.

»Dann werde ich wohl einmal mit der alten Dame selbst reden müssen«, sagte Roland Bleck. »Vielleicht kann ich sie ja überzeugen, dass die Verfehlungen meines Großvaters nicht mir angelastet werden sollten. Wir gehören schließlich nicht irgendwelchen Mafiaclans an, die sich seit Generationen gegenseitig bekriegen.«

Vera schüttelte den Kopf. »Ich fürchte, das hat keinen Sinn. Meine Mutter ist da stur, schlimmer als ein Mafiaboss. Tut mir leid, aber in dem Punkt lässt sie einfach nicht mit sich reden.«

»Ich weiß, dass mein Großvater ein verfluchter Nazi war. Da erzählen Sie mir nichts Neues, falls das der Grund ist. Sagen Sie Ihrer Mutter das. Vielleicht beruhigt es sie, dass ihn auch die eigene Familie nicht leiden kann.« Er zuckte bedauernd mit den

Achseln. »Aber wie heißt es so schön: Die Verwandtschaft kann man sich nun einmal nicht aussuchen. Mein Vater hat ziemlich gelitten unter der Weltanschauung meines Großvaters. Er hat sie nicht geteilt, was bei uns zu Hause einige Male zu Streit führte. Ich hab mich deshalb irgendwann aus dem Staub gemacht und meine Ausbildung in Berlin angefangen, müssen Sie wissen. Die Firma in Wien habe ich erst nach dem Tod meines Vaters übernommen.«

Vera nickte. »Es gibt noch eine Konzeptänderung«, sagte sie. »Wir überlegen, mit der Lebensgeschichte meiner Großmutter Käthe Schlögel zu beginnen.« Die Tatsache, dass ihre Mutter einen Kinofilm aus dem Fernsehprojekt machen wollte, ließ sie unerwähnt.

Diesmal kniff der Produzent die Augen zusammen. »Das würde etwa das doppelte bis dreifache Budget und zusätzliche Drehtage bedeuten. Das ist Ihnen hoffentlich bewusst?«

Vera sah ihm an, dass er in Gedanken die Kosten für das neue Projekt überschlug.

Er legte den Finger an die Lippen und lehnte sich in seinem Stuhl zurück. »Lassen Sie mich raten: Ihre Mutter will die Horvat-Film als Produzenten.«

Vera brauchte nicht zu antworten. Er wusste Bescheid. Es überraschte sie, wie ruhig er die Absage aufnahm.

Roland Bleck grinste herausfordernd, als er sagte: »Wie wäre es, wenn wir Ihre Tochter mit ihr reden lassen. Die beiden verstehen sich doch gut.«

»Sehr gut sogar. Aber warum Sophie?«, fragte Vera. »Was hat sie damit zu tun?«

»Jetzt hören Sie mir mal gut zu.« Er sah Vera fest in die Augen. »Mein Sohn und Ihre Tochter sind ein Liebespaar.«

Berlin, Februar 2015

Sophie und Fabian saßen nebeneinander bei einem späten Frühstück auf einer Lederbank im Schwarzen Café. »Erste Liebe«, so betitelte die Speisekarte Sophies Toast mit zwei Eiern im Glas und einem frisch gepressten Orangensaft. Sie mochten beide das Lokal in der Kantstraße in Charlottenburg, schon deshalb, weil man hier rund um die Uhr frühstücken konnte.

Sophie war nicht, wie ursprünglich geplant, wieder nach Wien zurückgekehrt, sondern war in Berlin geblieben. Die Szeneevents, zu denen sie auf der Berlinale eingeladen war, hatte sie mit Kim besucht. Ihre Liebschaft mit Fabian wollte sie vorläufig noch geheim halten. Das hatte Sophie viel Überredungskunst gekostet, weil Fabian keinen Sinn in der Geheimnistuerei sah.

Schon nach der ersten Nacht war ihnen beiden klar, dass sie mehr wollten als einen One-Night-Stand. Dennoch wollte Sophie ein Gerede innerhalb der Branche vermeiden. Ihre Familie sollte nicht via Medien oder andere Kanäle von ihrer Beziehung erfahren. Zähneknirschend hatte Fabian der Geheimhaltung schließlich zugestimmt. Unter Protest. Seiner Meinung nach dachte Sophie zu viel darüber nach und nahm viel zu sehr Rücksicht auf ihre Großmutter.

»Deine Oma in Ehren, aber wir leben nicht im achtzehnten Jahrhundert«, hatte Fabian ein klein wenig beleidigt angemerkt.

Gemeinsam überlegten sie nun, wie Sophie ihrer Großmutter schonend beibringen konnte, dass sie sich ausgerechnet in den Spross der Bleck-Familie verliebt hatte. Es fiel ihnen keine Lösung ein.

»Mein Gott, dann sagst du's ihr halt einfach«, meinte Fabian. Er nahm Sophies Dilemma nicht ganz so ernst.

Sophie hingegen tat sich selbst leid und fühlte sich ein bisschen wie die Julia in Shakespeares großem Drama.

Auch Kim war ihr diesbezüglich keine große Hilfe. Sie stand auf Fabians Seite, fand, Sophie übertreibe, und die Königin des Altmann-Reichs würde sich schon wieder einkriegen. »Du bist niemandem Rechenschaft über dein Privatleben schuldig«, sagte sie. »Außerdem seid ihr noch gar nicht so lange zusammen, da gibt es ja kaum was zu erzählen.« Kim hatte ihr am Ende einen Ausweg aufgezeigt, nämlich einfach den Mund zu halten.

»Mein Vater hat mich heute Morgen angerufen. Deine Großmutter will nicht, dass er die Doku produziert«, riss Fabian sie aus ihren Gedanken.

Sophie trank von ihrem Saft und seufzte. »Das musste ja kommen.«

»Das meinte er auch, und deshalb war er auch nicht wirklich überrascht. Er meint, sie gibt ihr Okay nur, wenn die Horvat-Film produziert.«

»Die hat damals schon die meisten Filme meiner Großeltern produziert. Oma fühlt sich denen noch immer verbunden.«

Fabian zog sie sanft an sich, vergrub sein Gesicht in ihren Haaren. »Du duftest nach Vanille.«

Sophie lächelte und umarmte ihn.

»Warum gibt deine Mutter eigentlich nach?«, fragte Fabian an ihrem Ohr. »Sie hätte doch darauf beharren können.«

»Einmal abgesehen davon, dass meine Großmutter das Projekt mit einer einstweiligen Verfügung kippen könnte, will meine Mutter ihre Zustimmung schon um des lieben Hausfriedens willen. Sie ist auf ihr Wohlwollen angewiesen.« Sophie stöhnte leise, weil Fabian sie zärtlich auf den Hals küsste. Ein wohliger

Schauer lief über ihren Rücken. »Ich wünsch mir sehr, dass die Produktion zustande kommt. Ich möchte so gerne meine Oma in jungen Jahren spielen.« Sanft schob sie Fabian von sich. »Ich werde nachher mal meine Mutter anrufen.«

Fabian biss in seinen Toast. »Woher kommt eigentlich der Hass gegen meine Familie?«, fragte er kauend.

Sophie zuckte mit den Achseln. »So genau weiß ich das auch nicht. Meine Großmutter spricht nicht darüber. Die Blecks sind tabu und damit basta ... Das ist so etwas wie ein Ehrenkodex, den man als geborene Altmann in die Wiege gelegt bekommt und nicht zu hinterfragen hat ... Hat etwas mit deinem Urgroßvater zu tun.«

»Wahrscheinlich mit seiner Nazivergangenheit«, stellte Fabian fest.

Sophie nickte und löffelte in ihrem Glas. »Wurde er eigentlich jemals für irgendein Vergehen verurteilt?«

Fabian schüttelte den Kopf. »Meines Wissens nicht. Aber was weiß schon ein Urenkel von seinem Urgroßvater? In meiner Familie wird viel geredet, aber so gut wie gar nicht über ihn. Du kannst dir sicher ausmalen warum. Jedenfalls will niemand sein Parteibuch der NSDAP gerahmt an der Wand hängen sehen.«

»Es muss etwas Schreckliches passiert sein, dass meine Oma euch kollektiv so abgrundtief hasst. Ich muss sie endlich mal danach fragen.«

»Und sie hat nie darüber gesprochen?«

»Nein. Die Vergangenheit soll man ruhen lassen«, sagte sie im Tonfall Marianne Altmanns.

Fabian runzelte die Stirn. »Das ist jetzt aber ein Widerspruch in sich. Sie ist es doch, die offensichtlich die Vergangenheit *nicht* ruhen lässt. Ich kann mich nicht erinnern, dass mein Großvater jemals schlecht über sie gesprochen hat. Auch mein Vater nicht ... er hat lediglich erwähnt, dass deine Großmutter keinen Kontakt zur Bleck-Film wünscht und er das akzeptiert, weil es genug andere gute Schauspielerinnen am Markt gäbe, die gerne mit uns zusammenarbeiten.«

»Hast du nicht nachgefragt, warum das so ist?«, fragte Sophie.

Fabian schüttelte den Kopf. »Es war mir ehrlich gesagt ziemlich egal. Ich hab es so wie du auch als gegeben hingenommen und mir bis heute keine großen Gedanken darüber gemacht.« Er bewegte den Kopf in ihre Richtung, eine Locke fiel ihm in die Stirn.

Genauso wie bei ihrem Kennenlernen im Club, dachte Sophie und strich ihm mit einer zärtlichen Handbewegung die widerspenstige Locke zur Seite. Ihre Hand verweilte eine Weile auf seiner Wange. Sie fühlte Tausende von Schmetterlingen in ihrem Bauch. Es hatte sie ordentlich erwischt. »Ich denke, wir sollten uns beide damit auseinandersetzen.«

»Vielleicht sollten wir das tatsächlich tun. Vielleicht aber auch nicht. Ist doch gut möglich, dass wir die Feindschaft ignorieren und somit die Familienfehde endlich begraben können«, sagte er im übertriebenen Tonfall eines Filmhelden. »Auf der anderen Seite scheint mir deine Oma eine unversöhnliche Frau zu sein.« Fabian schob sich einen letzten Bissen in den Mund.

In Sophies Kopf herrschte ein heilloses Durcheinander. Die Angst, dass ihre Großmutter von Fabian und ihr erfahren könnte, trübte ihre Verliebtheit. Sie war auch nicht unbegründet, denn Marianne Altmann erfuhr alles, was sich in der Branche tat. Auch wenn sie vorgab, sich nicht mehr dafür zu interessieren, ließ sie sich regelmäßig von Sophies Mutter berichten, was sich in der Filmwelt tat. Wie ihre Mutter auf Fabian reagieren würde?

»Hast du das Drehbuch schon gelesen?«, fragte Fabian.

»Nur das Exposé und zwanzig Seiten der ersten Version. Die neue Fassung ist meines Wissens noch unvollständig … Oder anders gesagt: Meine Mutter will und muss es komplett umschreiben. Oma hat sie davon überzeugt, dass es keine Doku fürs Fernsehen, sondern eine Kinofilmdokumentation werden muss und ein gewichtiger Teil den Werdegang meiner Urgroßmutter zeigen soll. Weiß der Teufel warum! Kannst dir sicher denken, dass das das Konzept meiner Mutter gehörig auf den Kopf stellt und wahrscheinlich auch die Kalkulation der Produktionsfirma. Welche das jetzt auch immer sein mag.« Sie schüttelte ihre langen Haare. »Meine Mutter hatte ja beim Schreiben nur meine Großeltern auf dem Schirm. Marianne und Fritz Altmann, die Stars der Sechziger- und Siebzigerjahre. Dazu gibt es genug Filmmaterial. Die Interviews mit den Zeitgenossen kann man in der Greenbox aufzeichnen. Und die wenigen Szenen aus dem privaten Bereich hätten wir wahrscheinlich in längstens einer Woche abgedreht. Doch wenn meine Uroma ein Teil der Doku wird …« Sie zuckte mit den Achseln.

»… wird das ein erheblicher Mehraufwand«, beendete Fabian den Satz.

»Sie hat ja hauptsächlich Theater gespielt. In Wien, Prag und Berlin. Davon gibt es keine Aufzeichnungen, die man für den Film verwenden kann. Ich schätze, die Drehtage verlängern sich damit auf etwa drei Wochen.« Sie dachte darüber nach. »Wobei ich zugeben muss, dass ich gerne einmal in Prag drehen würde … Ist eine tolle Stadt.«

»Ist Prag denn wichtig?«

»Dort feierte meine Urgroßmutter ihren Durchbruch mit einem Stück namens *Marianne*. Es stand 1929 sieben Monate lang auf dem Spielplan des Deutschen Theaters und war jeden Tag ausverkauft. Kannst du dir das vorstellen?«

»Und Berlin ist wichtig, hast du gesagt.«

»Ja, hier hat sie unter der Regie von Max Reinhardt Theater gespielt, und Horst Kleinbach hat sie für den Film entdeckt.«

»Scheint, als wäre es beschlossen, dass deine Mutter das Drehbuch umschreibt.«

Sophie seufzte und kratzte die letzten Reste Ei aus dem Glas.

»Meine Oma ist eine unerbittliche Frau. Sie gibt erst Ruhe, wenn sie erreicht hat, was sie will. Stur und geschäftstüchtig.«

Fabian lachte laut. »Da habt ihr etwas gemeinsam.«

»Ich bin nicht stur«, empörte sich Sophie mit einem verschmitzten Lächeln auf den Lippen.

»Aber ebenso geheimnisvoll.«

Sophie schluckte. Sie wusste, worauf Fabian anspielte. Seit heute Morgen war das lang gehütete Geheimnis in aller Munde. Bei dem bekannten Regisseur und Drehbuchautor Oliver Thalmann handelte es sich um ihren Vater. An diesem Tag zierte ihr Gesicht die Zeitungen des Landes. »Sophie Altmann, der wunderschöne Spross aus Oliver Thalmanns und Vera Altmanns heimlicher Liebschaft«, lautete eine der vielen Schlagzeilen. Natürlich durfte in dem Artikel nicht fehlen, dass Sophie eine attraktive Blondine sei. Warum auch immer es wichtig war, ihre Haarfarbe zu erwähnen.

Die Veröffentlichung verdankten sie einer jungen Journalistin. Diese hatte Samstagabend nach der Verleihung des Silbernen Bären für die beste Regie Oliver Thalmann zum Film *Das verleugnete Mädchen* interviewt. Dabei hatte sie ihn auf Sophie angesprochen – denn der Film handelte von einer jungen Frau, die von ihrem Vater negiert wurde und daran zerbrach. Woher die Journalistin wusste, dass Sophie seine Tochter war, konnte niemand so genau sagen. Nicht einmal die Journalistin selbst. Sie hatte einen anonymen Hinweis bekommen, der ihr seriös erschienen war, und hatte ins Blaue geschossen. Heutzutage musste man Derartiges riskieren, um die spektakulärsten Storys zu lukrieren, auch wenn daraufhin eine Berichtigung folgte. Wer las die schon?

Sophie vermutete ihre Mutter oder Großmutter hinter dem heimlichen Tipp, um ihre Karriere anzukurbeln. Was gelungen war. Denn nach der Preisübergabe interessierten sich viele Medien für das Privatleben des preisgekrönten Regisseurs und ergo auch für seine uneheliche Tochter. Hinterfragt hatte Sophie die Geschichte nicht, weil sie froh über diese Entwicklung war. Ihre Mutter hatte die Identität ihres Vaters lange geheim gehalten, worunter Sophie stets besonders gelitten hatte, wenn sie andere Kinder mit ihren Vätern spielen sah.

»Hast du gewusst, dass er dein Vater ist?«, fragte Fabian.

Sophie schüttelte den Kopf. »Meine Mutter hat zwanzig Jahre lang ein Geheimnis darum gemacht. Ich weiß nur, dass er regelmäßig Geld überwiesen hat, das meine Mutter in meine Ausbildung gesteckt hat.«

»Und du hast dich damit zufriedengegeben?«

Sophie zuckte mit den Achseln. »Es gab schon eine Zeit, da hab ich meine Mutter mit Fragen nach meinem Vater überschüttet. Doch irgendwann hab ich nicht mehr gefragt.« Dass es unerträglich gewesen war, andere Kinder mit ihren Vätern zu sehen, erwähnte sie nicht.

»Hast du ihn schon angerufen? Ich meine, nach dem ganzen Medienrummel solltet ihr euch vielleicht bald mal treffen.«

»Er muss den ersten Schritt tun. Immerhin hat er mich zwanzig Jahre lang ignoriert.«

»Na ja, das wird sich jetzt wohl ändern. Seine Frau hat die Scheidung eingereicht.« Er schob ihr die aktuelle *Berliner Tageszeitung* über den Tisch. Sophie schluckte wieder. Ein wirklicher Skandal war die Enthüllung zwar nicht, doch für Olivers Frau schien offensichtlich der Zeitpunkt gekommen, die Koffer endgültig zu packen. Es kränkte sie weniger die Tatsache, dass es Sophie gab – mit einem unehelichen Kind hatte sie über kurz oder lang rechnen müssen. Bei den vielen Affären, die ihr Mann im Laufe der Jahre ausgelebt hatte, wie Sophie dem Zeitungsartikel entnahm. Was sie ihm jedoch nicht verzeihen konnte, war, dass er so lange Zeit hinter ihrem Rücken Geld abgezweigt und an Vera Altmann überwiesen hatte. Diese Tat wertete sie als den eigentlichen Betrug. So stand es jedenfalls heute in der Zeitung.

Sophie fühlte sich wie eine Diebin, die einer notleidenden Familie Geld gestohlen hatte.

»Du wirst sehen, er ruft dich an.«

Wieder zuckte Sophie mit den Achseln.

»Und die Journalisten werden dich quälen. Wir werden das Set absperren müssen«, witzelte Fabian.

»Wir drehen erst in fünf Wochen. Bis dahin hat sich alles beruhigt. Ach ja, ich fliege morgen für drei Tage nach München. Einen Werbespot für ein Parfüm drehen.« Das Streitgespräch über den Joghurt-Spot kam ihr in den Sinn. Wenigstens hielt sie ein richtig teures Produkt in die Kamera. Das ersparte ihr zumindest eine Diskussion mit ihrer Großmutter.

»Auch in München gibt es Journalisten.« Er lächelte sie herausfordernd an, während er mit seinen Fingern zärtlich die Konturen ihrer Lippen nachfuhr. »Lass uns heimfahren.«

»Du denkst auch nur an das eine«, hauchte Sophie.

»Du etwa nicht?«

München, Februar 2015

Während der Zugfahrt nach München drehten sich Veras Gedanken ausschließlich um ihre Tochter und Fabian Bleck. Verdammt, warum hatte Sophie ihr nicht Bescheid gesagt, dass sie mit Rolands Sohn liiert war? Sie hatte daran gedacht, Sophie augenblicklich anzurufen. Es jedoch nicht getan. Die Vorstellung, ein Gespräch mit ihr unter vier Augen zu führen, fühlte sich besser an. Soweit sie wusste, flog Sophie morgen mit der Frühmaschine von Berlin nach München, um einen Parfüm-Werbespot zu drehen. Sie schrieb ihrer Tochter eine SMS, dass auch sie in München sei und erst am Mittwoch zurückfahren wolle.

Prompt kam eine Antwort: *Dann sehen wir uns. Freu mich!*
Ihr Handy läutete. Ein Blick aufs Display.
»Mama, ist es dringend? Du weißt, ich sitze im Zug und telefoniere da nicht gerne.«
»Hier haben Journalisten angerufen«, sagte Marianne.
»So eine Frechheit«, spottete Vera. Seit Gerüchte in der Branche kursierten, dass Vera Altmann an einem Drehbuch über ihre Eltern arbeitete, riefen öfter Journalisten an, um sich nach dem aktuellen Stand zu erkundigen. Bisher jedoch noch nie am Privatanschluss in der Villa.
»Karin Böhler«, kam es scharf. »Sie hat dich am Handy nicht erreicht und es deshalb am Festnetz versucht.« Ihre Mutter sprach den Satz aus, als sei dies eine Ungeheuerlichkeit.
»Auf der Weststrecke funktioniert das Handy ganz schlecht. Wahrscheinlich hat sie mich deswegen nicht erreicht.«

»Warum lebt die noch?«, fragte Marianne.

»Mama, die Frau ist in deinem Alter! Warum sollte sie tot sein?«

»Weil ihre Bösartigkeit sie in die Hölle gebracht hat.«

»Wenn das so wäre, müsste sich die halbe Welt in der Hölle versammeln«, sagte Vera. »Also, was ist denn los?«

»Kauf dir in München eine Tageszeitung.«

»Was meinst du? Eine bestimmte?«

»Ich denke, sie berichten heute alle in irgendeiner Form über dich und Oliver Thalmann.«

»Was? Das verstehe ich nicht«, behauptete Vera.

»Kauf dir eine Zeitung, dann verstehst du schon. Aber eine deutsche. Die österreichischen Medien haben's erst jetzt mitbekommen, es wird bei uns also erst morgen in den Zeitungen stehen. Ich gehe jedenfalls heute nicht mehr ans Telefon, brauchst mich also gar nicht anrufen. Karin Böhler, ich fasse es nicht! Ich meine, die ist sechsundsiebzig Jahre alt und immer noch ein …«

»Was würdest du jetzt darum geben, wenn dich deine gute Erziehung nicht am Fluchen hindern würde«, lachte Vera.

Ein Mann aus der Sitzreihe nebenan warf ihr einen amüsierten Blick zu.

»Sag es, Mama! Ein verfluchter Parasit. Das tut gut, glaub mir.«

»Weibsbild.« Marianne ignorierte Veras Sarkasmus.

»Wow. *Weibsbild*. Jetzt hast du dich aber weit aus dem Fenster gelehnt.« Vera konzentrierte sich auf die vorbeiziehende Landschaft, um nicht lauthals loszulachen. Das war typisch für ihre Mutter. Kein Fluchen, kein unbedachtes Wort, obwohl der Teufel in ihr an den Ketten riss.

»Himmel und Hölle können sich nicht einigen, wer diese Frau aufnehmen muss. Und bis zur Klärung bleibt sie uns auf Erden erhalten.«

Vera begann sich zu langweilen. »Ist sonst noch etwas, Mama?«

»Wann kommst du zurück?«

»Übermorgen. Sophie fliegt morgen von Berlin nach München. Ich will sie treffen, bevor ich zurückfahre.«

»Gut. Und bring eine Zusage von Sebastian Horvat mit.« Marianne legte auf, bevor sie darauf reagieren konnte.

Vera sah auf die Uhr. Es dauerte noch eine Stunde bis München. Sie nahm ihr Tablet aus der Handtasche und rief die Seite der *Münchner TZ* auf. Überrascht hob sie die Augenbrauen. Sophies Bild prangte auf der Titelseite neben jenem von Oliver bei der Preisverleihung auf der diesjährigen Berlinale. Normalerweise stand an einem Rosenmontag der Fasching im Mittelpunkt des Zeitungsinteresses. Nachdem sie den Artikel mit klopfendem Herzen gelesen hatte, schloss sie die Augen und drückte sich fest in ihren Sitz hinein. Jetzt war es also öffentlich. Sie wunderte sich, dass noch niemand außer Karin Böhler sie angerufen hatte. Doch kaum hatte sie den Gedanken zu Ende gedacht, läutete das Handy. Unbekannter Teilnehmer. Sie drückte das Telefonat weg. Sollte sich diese Brut ruhig ein bisschen bemühen, sie ans Telefon zu bekommen.

Als sie am Hauptbahnhof ausstieg, kaufte sie sofort eine *TZ* und steckte sie ungelesen in die Tasche. Sie kannte den Inhalt des Artikels ja. Während sie die Stufen zur U-Bahn hinunterstieg, suchte sie Karin Böhlers Nummer in ihren Kontakten und rief sie zurück. Die ehemalige Journalistin war die Biografin von Else Novak, und sie kannte ihre Großmutter persönlich. Wenn sie ihrer berühmten Vorfahrin Käthe Schlögel schon Raum in der Dokumentation einräumte, dann wollte Vera auch Hintergründe wissen, von denen ihr ihre Mutter möglicherweise nicht berichten konnte oder wollte.

»Das trifft sich gut, dass Sie in München sind«, sagte wenige Augenblicke später die betagte Gesellschaftsreporterin an ihrem Ohr. »Ich bin im Moment auch in der Stadt. Wollen wir uns treffen? Um fünf im Café Glockenspiel am Marienplatz?«

Vera zögerte. »Heute ist doch Faschingsmontag, wie schaut's denn dort mit Umzügen aus?« Sie hatte keine Lust in das traditionelle närrische Treiben zu geraten, weil sie mit dem ganzen fröhlichen Klimbim nichts anzufangen wusste.

»Der Umzug war gestern, und die nächste Faschingsgaudi ist erst morgen Vormittag.«

Vera sagte zu.

Die Horvat-Film lag in Schwabing, die Räume der Produktion verliefen über vier Stockwerke. Sie zählte zu den erfolgreichsten deutschen Produktionsfirmen, in den letzten Jahren hatte sich das Unternehmen mit Komödien einen Namen gemacht. Streng genommen passte Veras Drehbuch so überhaupt nicht zu der Firmenphilosophie.

»Das ist reine Zeitverschwendung«, brummte sie, während sie wieder durch einen Gang mit Filmplakaten und Fotos prominenter Schauspieler lief.

Und noch einmal fragte sie eine Sekretärin, ob sie Kaffee wollte. Wieder bejahte sie. Als Vera eintrat, sah Sebastian Horvat von den Papieren auf seinem Schreibtisch auf.

»Vera! Was für eine angenehme Überraschung«, sagte er, als wäre er erstaunt, sie zu sehen, obwohl sie auf die Minute genau verabredet waren.

»Wir haben einen Termin, Sebastian. Das weißt du«, antwortete sie knapp.

Ein Lächeln breitete sich über sein sonnengebräuntes Gesicht. »Sei doch nicht immer so pragmatisch. Freu dich, dass wir uns sehen.« Er stand auf, kam um den Schreibtisch herum und küsste sie zur Begrüßung auf beide Wangen. »Nimm Platz!« Er deutete auf den Besucherstuhl. »Es hätt doch passieren können, dass du kurzfristig absagst … die Mutter einer so berühmten Tochter hat womöglich Wichtigeres zu tun.« Er grinste und zeigte auf den *Münchner Merkur*, der auf dem Schreibtisch lag. Sophies Gesicht am Titelblatt entlockte auch ihr ein Lächeln.

Sebastian war, so wie Vera, Mitte vierzig, nicht sehr groß und hatte blonde Haare. Aus welchem Grund auch immer stand Vera nicht auf blonde Männer, sie fand sie langweilig, auch wenn sie das womöglich nicht waren. Doch ihr drängte sich augenblicklich das Bild von Flanellpyjama und Filzpantoffeln auf. Oliver hatte dunkle Haare wie sie, und Vera wunderte sich jedes Mal, dass Sophie so blond wie ihre Großmutter einst gewesen war.

»Tja, da siehst du mal, wie wichtig du mir bist«, sagte Vera und nahm Platz.

Sebastian setzte sich wieder. »Du nimmst das Ganze sehr gelassen.«

»War doch klar, dass es irgendwann einmal an die Öffentlichkeit kommt. War alles nur eine Frage der Zeit.«

»Oder des Timings«, fügte Sebastian hinzu. »Wer steckt dahinter, Vera? Ich meine, es ist doch kein Zufall, dass ausgerechnet dann, wenn Oliver den Silbernen Bären bekommt, die Presse erfährt, dass Sophie seine Tochter ist. Dreht sie nicht bald ihren ersten Film in Berlin?«

Vera zuckte mit den Achseln. »Wie das Leben halt so spielt.«

Die Sekretärin brachte den Kaffee. Für Sebastian hatte sie auch gleich eine Tasse mitgebracht. Sie stellte alles ab und verschwand.

»Also gut, Themenwechsel. Was soll mich überzeugen?«, begann er ohne Umschweife.

Vera begann herzhaft lachen. »Notfalls soll ich mit dir schlafen, meint meine Mutter.«

Er stimmte lauthals in ihr Lachen ein. Vera überraschte sein ausgelassener Heiterkeitsausbruch, und sie verstummte augenblicklich. »Was ist daran so lustig?«

Er lachte weiter. »Na, du und ich … das ist absurd.« Dann

realisierte er ihren Gesichtsausdruck, wurde ebenfalls ernst. »Du findest das doch auch zum Lachen.«

»Ist es wirklich so lachhaft mit mir?«

»Du hast doch nicht ernsthaft daran gedacht, Vera.«

»Natürlich nicht. Wir sind Freunde.«

»Eben. Sex zerstört Freundschaften. Also, wie sieht dein Plan B aus, mich zu überzeugen?«

»Das Projekt soll dich überzeugen.«

Er nahm seine Tasse in die Hand und grinste. »Ich wusste, dass sie dir niemals ihr Okay für die Bleck-Film gibt.«

»Natürlich hast du das gewusst«, sagte Vera zynisch. »Also bitte, Sebastian! Tu es einfach, damit sie endlich ihren Namen unter den Scheißvertrag setzt.« Sie brauchte das Projekt. Nicht nur aus finanziellen Gründen, eben auch für ihr Selbstbewusstsein.

»Du hättest behaupten können, dass du das Projekt, wenn sie zickt, auch ohne sie durchziehst.«

Vera nippte am Kaffee. Es war schon ihr fünfter heute. Ab sofort würde sie nicht mehr mitzählen. »Sie weiß ja doch, dass ich das nicht mache.«

»Aber die Produktionsfirma vielleicht. Mit einer anderen Drehbuchautorin und einer anderen Regisseurin, und die lässt dann all jene Zeitgenossen zu Wort kommen, die sie nicht leiden kann.«

»Sag, bist du neuerdings der verfluchte PR-Manager der Bleck-Film?«

»Nein. Ich liefere dir nur Argumente.«

»Das sind aber bescheuerte Argumente. Eine Doku über meine Familie ohne meine Mutter ... Vergiss es. Zudem würde sie mir einen Anwalt auf den Hals hetzen, mit einer einstweiligen Verfügung in der Hand, sobald jemand im Interview nur ein Wort über sie erzählt, das ihr nicht in den Kram passt. Und du kannst dir sicher sein, dass es dieses eine Wort geben wird, womit du das Projekt vergessen kannst. Da kann ich hundertmal das Drehbuch schreiben und Regie führen.«

»Du wirkst ein wenig angespannt, meine Liebe.«

»Ich bin nicht angespannt«, kam es scharf. »Ich bin kurz vorm Durchdrehen.«

»Erst wehrt sie sich mit Händen und Füßen gegen das Projekt, und jetzt stimmt sie plötzlich zu, wenn du das gesamte Konzept umkrempelst?« Sebastian schüttelte unmerklich den Kopf.

»Und dich ins Boot hole«, fügte Vera hinzu.

»Warum will sie ausgerechnet die Horvat-Film?«

»Altersbedingte Rührseligkeit«, schlug Vera spaßeshalber vor. »Die Horvat-Film war lange Zeit ihr Zuhause. Ihrer Meinung nach seid ihr die einzige Filmproduktion, die das Projekt gut umsetzen kann. Sieh es als Vertrauensvorschuss einer alten Dame an.«

»Sie meint wohl eher, wir sind die einzige Filmproduktion, bei der sie so weit mitreden kann, dass die Dokumentation kein schlechtes Licht auf die Altmann-Frauen wirft.«

Vera zuckte mit den Achseln. »Oder so. Schau, Sebastian: Sie lebt nun einmal hinter einer rosaroten Glasfassade und hofft, dass es der Welt nicht gelingt, zu ihr hindurchzuschauen.«

»Hat sie etwas zu verbergen?« Er klang misstrauisch.

»Sie will, dass jeder sie als die adrette und überaus liebenswürdige Person in Erinnerung behält, die sie oft genug verkörpert hat. Das nette Mädel von nebenan. Alles Private war ihr heilig und ist es noch. Deshalb wehrt sie sich auch so gegen Homestorys und alles, was in diese Richtung deutet.«

»Eine Dokumentation ist doch keine Homestory«, widersprach Horvat.

»Für sie ist es aber ein Eingriff in ihr Privatleben. So empfindet sie es zumindest.«

»Ihre Tochter schreibt das Drehbuch. Wo liegt also das Problem?«

Vera seufzte laut. »Der Horvat-Film vertraut sie. Tu ihr bitte den Gefallen.« Sie fuhr sich mit der Hand durch die Haare. »Ich vermute, sie will etwas erzählen. Etwas, das sie schon lange mit sich herumträgt.«

»Weißt du was?«

»Ist nur ein Gefühl.«

»Du machst es dir nicht leichter, wenn du sie so stark involvierst.«

»Ich weiß.«

»Sie wird dein Drehbuch zerpflücken, bis nichts mehr übrig ist.«

»Auch das weiß ich. Deshalb … sei mein Produzent. Komm, gib dir einen Ruck, und lass mich nicht länger betteln, Sebastian.«

»Was meinst du mit deshalb?«

»Du kannst meinetwegen all ihre Änderungen ablehnen, weil sie, zum Beispiel, zu teuer sind.«

»Ich kann nicht deinen Kleinkrieg gegen deine Mutter führen. Das musst du schon selbst machen.«

Vera schwieg.

»Außerdem ist das keine gute Voraussetzung für eine gelungene Produktion.«

»Sie hat irgendetwas vor … und ich will wissen, was es ist. Glaub mir, dem Projekt wird's sicher nicht schaden. Du kennst ihr untrügliches Gespür für Erfolg.«

»Ich hab davon gehört. Und du willst tatsächlich auch noch Regie führen?«

»Warum nicht? Oder traust du es mir nicht zu?«

Sebastian hob abwehrend die Hände. »Ich trau dir alles zu, Liebes. Ich befürchte nur … du weißt schon … deine Mutter …«

»Hier! Ich hab ein ausführliches Exposé und ein Treatment mitgenommen.« Sie nahm die Papiere aus ihrer Tasche und legte sie auf den Tisch. »Es zeigt dir, wohin die Reise geht.«

Sebastian griff danach und blätterte die ersten Seiten des Treatments durch. »Da steckt schon deine Großmutter drin.«

»Natürlich. Es umfasst die wichtigsten Stationen ihrer Karriere inklusive Krieg und Nachkriegszeit. Wenn du das Ding nicht durchblätterst wie eine Gratiszeitung, sondern die Seite drei genau anschaust, dann weißt du, dass es auch mit meiner Großmutter beginnt.«

Sebastian blätterte zurück. Vera beobachtete ihn.

Sie wusste, ohne hinzusehen, was er soeben las, dennoch erklärte sie: »Die Doku beginnt mit alten Aufnahmen des Volkstheaters in Wien. Eine Stimme aus dem Off erzählt, dass hier im Jahr 1927 alles begann. Schnitt. Wir befinden uns in der Josefstädterstraße, ebenfalls im Jahr 1927 ... der Gemüseladen meiner Urgroßeltern.«

»Ich kann lesen, Vera«, unterbrach sie Sebastian. »Ich hoffe, du hast viel Privates reingepackt.«

»Der Teil ist noch unvollständig.« Sie hob den Zeigefinger. »Da kommt nämlich jetzt wieder meine Mutter ins Spiel.« Sie ließ die Hand sinken.

Er legte das Treatment auf den Tisch zurück und griff nach dem Exposé. »Siehst du, was ich meine. Es ist schon jetzt nicht mehr dein Projekt ... vielleicht könnte Oliver ...«

Vera lachte laut auf. »Daher weht der Wind. Hast du etwa mit ihm darüber gesprochen?«

Sebastian Horvat nickte dezent.

»Warum? Du wolltest das Projekt doch gar nicht.«

»Ich hab mich einfach mal umgehört.«

»Umgehört? Wozu?«

Er schwieg.

»Das gibt eine Katastrophe. Du weißt, wie meine Mutter zu Oliver steht.«

»So wie sie zu den meisten Regisseuren steht? Ablehnend?«

»Sie wird ihm das Leben am Set zur Hölle machen, und nicht nur, wenn es nicht nach ihrem Kopf geht. Sie macht es nur, weil er Oliver Thalmann heißt. Was wiederum bedeutet, er kann gar nichts richtig machen.«

»Sie wird auch dir das Set zur Hölle machen. Nur Oliver ist das, im Gegensatz zu dir, egal.«

»Mir ist es auch egal.«

»Ha!« Sebastian bedachte Vera mit einem langen Blick. »Ich finde es immer wieder amüsant, wie du dir die Welt geradereden kannst. Darin bist du eine wahre Meisterin.«

Vera schluckte, dann schüttelte sie den Kopf. »Nein. Nicht Oliver. Die Herausforderung nehme ich persönlich an. Sieh es als Mutter-Tochter-Ding.«

»Ich sehe es eher als deine Therapiestunden. Glaubst du wirklich, dass du so ihre Achtung gewinnst?«

»Wie meinst du das?«

»Vera! Hallo, ich bin's, Sebastian! Dein Freund. Ich weiß doch, wie sehr du um ihre Anerkennung bemüht bist.«

Vera trank ihren Kaffee aus und verschränkte die Arme. »Wenn du das glaubst, dann hilf mir, ihr zu beweisen, dass ich es wert bin.«

Er beugte sich nach vorne. »Gib mir deine Hände.«

Sie streckte sie ihm entgegen. Er umfasste ihre Finger.

»Du bist es wert. Mit und ohne ihre Anerkennung. Hör auf, ihr gefallen zu wollen. Mach endlich dein eigenes Ding.«

Sie zog ihre Hände zurück. »Ich hab jahrelang mein eigenes Ding gemacht, und meistens ist es schiefgegangen.« Sie schüttelte den Kopf. »Ich hab da so ein Gefühl, Sebastian.«

»Das sagtest du schon. Schreib Gedichte, wenn du so ein Gefühl hast. Aber um Himmels willen keine Drehbücher.«

Sie ignorierte seinen Zynismus. »Sie will, dass der Film eine bedeutende Sache wird. Größer, als ich ihn andachte. Und glaub mir! Das Ding taugt absolut für eine Kinofilmdokumentation.« Sie umriss in Kürze die wichtigsten Punkte.

»Aber diese Geschichten kennst du alle.«

»Diesmal war es anders, als sie davon erzählt hat«, erwiderte Vera. »Sie hat das Kleid sogar aus dem Kasten geholt. Das Ding hängt seit Jahren unbeachtet dort drinnen. Zudem kannte ich die Geschichte über das Interview mit diesem tschechischen Journalisten noch nicht.«

»Meint deine Mutter tatsächlich, dass Jakob Rosenbaum das Stück für deine Großmutter geschrieben hat?«

»Sie meint es nicht, sie glaubt fest daran.«

»Davon höre ich das erste Mal. Hat sie denn Beweise dafür?«

»Erwähnt hat sie nichts dergleichen. Die Behauptung beruht auf der Aussage dieses tschechischen Journalisten, der wahrscheinlich längst tot ist, und der Vermutung meiner verstorbenen Großmutter.« Vera schüttelte den Kopf. »Wie auch immer. Was ist jetzt? Machst du's oder nicht? Oder muss ich zuerst vor dir knien?«

»Knien ist gut«, antwortete Sebastian Horvat anzüglich.

»Idiot«, sagte Vera belustigt.

Sebastian Horvat lehnte sich in seinem Stuhl zurück. »Jakob Rosenbaum«, sinnierte er. »Meines Wissens stand der auf der Liste der verbotenen Autoren während der Nazizeit.«

»Weißt du, was mit ihm passiert ist?«, fragte Vera.

Sebastian gab den Namen in die Suchmaske des Computers ein. »Er ist wenige Monate nach dem Anschluss Österreichs emigriert«, sagte er nach einem kurzen Augenblick. »Einiges wird zwar heute noch gespielt, obwohl man ihn hierzulande fast vergessen hat. In den USA hat er einige beachtliche Erfolge gefeiert.« Er lehnte sich wieder in seinem Stuhl zurück, legte nachdenklich die Stirn in Falten. »Warum sollte er *Marianne* ausgerechnet für deine Großmutter geschrieben haben?«

»Angeblich war er von ihrer Art zu spielen begeistert.«

Sebastian musterte Vera gedankenverloren. »Ich glaube, die Geschichte beginnt, mich zu interessieren.«

Vera erhob sich zufrieden. »Dann lies, was ich dir mitgebracht habe! Jetzt, weil sonst ...«

»Was? Bietest du es der Bleck-Film an?« Er grinste schief.

Vera ging zur Tür, drehte sich dort noch einmal um. Sebastian war bereits in die Papiere vertieft. Leise schloss sie hinter sich die Tür. Horvats Sekretärin hob den Kopf. »Bringen Sie ihm doch noch einen Kaffee.«

Karin Böhler wartete bereits auf Vera. Sie saß an einem Tisch auf der Fensterseite mit direktem Blick auf das Rathaus mit dem berühmten Glockenspiel. Vor ihr stand eine Tasse Kaffee. Vera sah noch das Ende des Schauspiels rund um die Ereignisse der Stadtgeschichte Münchens, das auf zwei Etagen zu bestimmten Uhrzeiten gezeigt wurde und ein wahrer Publikumsmagnet war. Sie hatte sich Karin Böhler anders vorgestellt. Bestimmter und größer. Doch an dem Tisch saß eine zerbrechlich wirkende, zierliche ältere Frau.

Vera schob ihren kleinen Trolley und die Einkaufstüten unter den kleinen Tisch. »Ich war noch schnell einkaufen. Unsere Wohnung liegt ja hier in der Nähe ...« Sie brach ab. Warum rechtfertigte sie sich? Sie ließ sich auf den freien Stuhl fallen.

Eine Kellnerin kam, und sie bestellte Earl Grey und ein stilles Mineralwasser. Kaffee hatte sie heute genug getrunken.

»Was für ein Zufall, dass wir beide zur selben Zeit in München sind«, sagte Vera.

»Oliver Thalmann kommt heute aus Berlin zurück, ich treffe ihn später für ein Interview«, sagte Karin Böhler. »Man munkelt, dass er derzeit an einem besonderen Drehbuch schreibt. Jedenfalls meinte er, es würde mich interessieren.«

»Aha. Darüber weiß ich nicht Bescheid. Wir haben keinen ...«

»Sie beide sind ja im Moment in aller Munde«, unterbrach die betagte Journalistin. »Treffen Sie sich hier in München? Womöglich gemeinsam mit Sophie? Hat Ihre Tochter eigentlich all die Jahre gewusst, dass Oliver Thalmann ihr Vater ist?«

»Dass Sie immer noch so aktiv sind«, überhörte Vera bewusst die Fragen.

Die Kellnerin kam, stellte den Tee und das Wasser vor Vera auf den Tisch und verschwand wieder.

Sie trank einen Schluck vom Wasser.

»Ich bin zwar schon weit über siebzig, aber noch nicht tot.« Karin Böhler tippte sich an die Schläfe. »Und solange das hier noch funktioniert ...«

»Wie Sie ja wissen, schreibe ich an einer Dokumentation über meine Familie.«

»Sie wollen nicht über Oliver Thalmann sprechen, stimmt's?«

Vera schüttelte unmerklich den Kopf.

»Ich hätte gerne ein Interview mit Sophie. Können Sie das für mich arrangieren?«

»Rufen Sie sie doch an.«

»Ich hab ihre Telefonnummer nicht.«

»Ich gebe meiner Tochter Ihre Nummer. Sie wird sich bei Ihnen melden.«

Karin Böhler nickte zufrieden.

»Um auf mein Projekt zurückzukommen«, lenkte Vera das Gespräch wieder in die Richtung. »Ich hätte gerne dafür ein Interview mit Ihnen. Immerhin waren Sie zur Zeit meiner Eltern die Gesellschaftsreporterin schlechthin. Sie waren mit vielen Prominenten auf Du und Du ... und sind es noch.«

»Und ich bin mit Ihrer Mutter zur Schule gegangen«, antwortete die Journalistin. »Doch, um ehrlich zu sein, wir haben uns nie wirklich leiden können. Das wurde nicht anders, als wir uns beruflich über den Weg gelaufen sind.«

»Ich weiß.«

Karin Böhler lachte. »Ich kann mir vorstellen, wie Ihre Mutter über mich redet. Trotzdem wollen Sie mich in dem Film haben?« Sie zeigte sich ehrlich überrascht.

»Ich will keine Aneinanderreihung von Lobhudeleien. Es soll Ecken und Kanten geben.« Vera überlegte kurz. »Die Doku beginnt mit dem Werdegang meiner Großmutter ...

immerhin war sie die Begründerin unserer Schauspielerdynastie.«

Karin Böhler lächelte. »Käthe Schlögel hab ich auch zweimal interviewt. Damals war ich eine blutjunge Journalistin und sie ein großer Star.«

»Und später haben Sie die Biografie von Else Novak geschrieben ... die beiden waren doch einmal Freundinnen. Was genau ist da eigentlich passiert?«

»Lassen Sie es mich so ausdrücken: Als sich die beiden kennenlernten, war Ihre Großmutter noch ein unsicheres Ding. Verstehen Sie mich nicht falsch! Sie hatte großes Talent, eine beeindruckende Natürlichkeit, und sie war eine Schönheit. Doch all das wurde ihr erst im Laufe ihrer Karriere bewusst. Mit dem Erfolg kam naturgemäß auch die Selbstsicherheit. Und genau diese Selbstsicherheit besaß Else von Beginn an. Sie genoss es, von Käthe bewundert zu werden, und plötzlich war Käthe der Star, der sich zusehends seiner Stärken bewusst wurde. Wenn Sie so wollen, verlor Else die Kontrolle über Ihre Großmutter, und das gefiel ihr nicht. Und in Berlin wurde diese Kehrtwende deutlich.« Sie bückte sich zu einer Einkaufstasche hinunter. »Ich hab mir gedacht, Sie wollen die Biografie vielleicht lesen.« Sie überreichte Vera ein Buch, das diese dankend entgegennahm. Sie hatte es sich eh besorgen wollen.

»Die Zeit in Berlin ist darin genau dargestellt.« Karin Böhler nippte an der Tasse, sah Vera über den Rand hinweg an. »Am Ende kennen Sie den genauen Grund, weshalb die Freundschaft zwischen den beiden zerbrach.«

Berlin, 1930

Käthe kehrte nach eineinhalb Jahren wieder aus Prag zurück nach Wien. Sie verdiente inzwischen genug, um sich bei Anita mehrere moderne Kleider schneidern zu lassen und diese auch gleich zu bezahlen. Jakob hatte sich ihr gegenüber nicht erklärt, sie hatten sich als Freunde getrennt. Ihr Vater zeigte sich noch immer unglücklich über ihre Berufswahl. Erfolg hin oder her. Der Zeitungsartikel von der Premiere hing zwar gerahmt hinter dem Verkaufspult, dennoch sähe er sie lieber gut versorgt auf dem Weinmann-Weingut, wie er betonte. So ein Künstlerdasein barg zu viele Risiken. Schon morgen konnten einen diejenigen, die einen heute hochleben ließen, in der Luft zerreißen. Obwohl Käthe das Gejammer leid war, wagte sie es vorerst nicht, sich eine eigene Wohnung zu suchen. Es würde ihren Eltern das Herz brechen. Deshalb wohnte sie vorläufig wieder in ihrem alten Zimmer.

Einen Monat nach Käthes Rückkehr überreichte ihr August Schlögel einen amtlich anmutenden Brief mit Berliner Poststempel. Er machte ein Gesicht, als wüsste er über den Inhalt Bescheid: Das Deutsche Theater Berlin rief nach seiner Tochter.

Als Käthe vor seinen Augen den Umschlag öffnete, pochte ihr Herz vor Aufregung. Auch sie ahnte, dass die deutsche Kulturmetropole ihr ein Angebot machte. Sie las den Brief und unterdrückte, ihrem Vater zuliebe, einen Freudenschrei.

Berlin, dachte sie überglücklich, während sie den Brief wieder und wieder las. Ihr Marktwert war nach Prag gestiegen und stieg mit diesem Engagement weiter.

»Die Wirtschaftskrise treibt die Menschen ins Elend, die Creditanstalt steht mit 140 Millionen Schilling vor dem Zusammenbruch, ist im Grunde genommen zahlungsunfähig. Man braucht kein Studierter zu sein, um zu wissen, wo das hinführt! Doch ihr verschließt vor dem Elend der Welt die Augen und spielt den Menschen eine heile Welt vor. Was denkst du dir eigentlich dabei?«, kommentierte ihr Vater laut polternd Käthes Entschluss, in die deutsche Hauptstadt umzuziehen.

Schweigend ließ Käthe den Redefluss ihres Vaters über sich ergehen. Widerspruch zwecklos. Die Welt war schlecht, und die Oberflächlichkeit ihres Berufsstandes hielt die Menschen zum Narren. Ihr Vater hatte eine Meinung gefasst und wollte nicht einsehen, dass die Kunst den Menschen Zerstreuung, ja vielleicht sogar Hoffnung gab.

»Ich verbiete dir, nach Berlin zu gehen!«, sagte er.

Doch Käthe ließ sich nicht beirren. Sie hatte sich nun mal entschieden, ihre Karriere nicht dem Pessimismus und Starrsinn ihres Vaters zu opfern. Und so gingen sie im Streit auseinander. Ihre Mutter besuchte vor ihrer Abreise die Kirche und bat Gott um Verzeihung, weil ihre Tochter gar so einen Dickschädel besaß.

Die Reise nach Berlin dauerte fast den ganzen Tag. Sie stieg wenige Minuten nach sieben Uhr morgens am Nordbahnhof in den Eilzug 391.

Als der Zug anfuhr, verabschiedete sie sich in Gedanken noch einmal von ihren Lieben. Bei dem Stopp in Prag hielt sie einen Moment lang inne und ließ stumm den Triumph Revue passieren, den sie hier gefeiert hatte. Sie würde diese Stadt für immer in ihrem Herzen tragen. Auch Jakob widmete sie einen flüchtigen Gedanken. Erst letzte Woche hatte er ihr geschrieben, dass er an einem neuen Stück arbeite und hoffe, es wieder in Prag uraufführen zu können.

Je näher sie der deutschen Grenze kamen, umso öfter sah Käthe aus dem Fenster. Sie beobachtete, wie sich die Landschaft änderte, Dörfer und Städte sich abwechselten. Als sie in den Hauptbahnhof Dresden einfuhren, versuchte sie von ihrem Platz aus so viel wie möglich zu sehen. Sie hatte wunderbare Geschichten gehört von der Stadt, die den Mut bewiesen hatte, 1922 Arthur Schnitzlers *Reigen* im Residenztheater aufzuführen. Respekt, dachte Käthe, während sie die Menschen auf dem Bahnsteig beobachtete.

Nach der Abfahrt aus Dresden nickte sie ein und erwachte erst, kurz bevor der Zug in Berlin einfuhr. Es war inzwischen halb acht Uhr abends. Sie nahm ihren Koffer und verließ den Zug hoch erhobenen Hauptes, entschlossen, Berlin zu erobern. Schon auf dem Bahnsteig des Anhalter Bahnhofs wähnte sie sich in einer größeren, moderneren, geschäftigeren Welt, als sie sie bisher gesehen hatte. Seit zwei Jahren führte von dort der längste Hoteltunnel der Welt direkt ins Excelsior, wusste Käthe. Leider würde sie den nicht beschreiten. Eine Übernachtung in dem Hotel war für sie unerschwinglich. Ebenso lagen die Preise im Hotel Habsburger Hof auf dem Askanischen Platz vor dem Bahnhof außerhalb ihrer Möglichkeiten. Einen kurzen Augenblick stellte sie sich vor, zur Berliner Schickeria zu zählen, die sich hier gerne traf. Auch das berühmte Adlon am Pariser Platz überstieg bei Weitem ihre finanziellen Möglichkeiten. In dieser Nobelherberge schliefen Präsidenten und Könige und betteten sich Berühmtheiten wie Enrico Caruso und Charlie Chaplin. Käthe seufzte und schwor sich stumm: Eines Tages wirst du dazugehören.

Die Berliner Sprachmelodie faszinierte sie. Es klang so anders als das Wienerische. Nur die Menschenmassen schüchterten sie ein wenig ein, und dass es bereits Abend war und das Tageslicht dem künstlichen Licht wich. Dennoch beschloss sie, auf die Straßenbahn oder ein Taxi zu verzichten. Sie wollte die Stadt vom ersten Moment an zu Fuß erobern, zudem hatte sie nach der langen Reise Lust auf Bewegung. Staunend marschierte sie mit ihrem Koffer in der Hand durch die Straßen. Am Pariser Platz starrte sie minutenlang auf das Brandenburger Tor. Dann holte sie einen zerknitterten Plan hervor und versuchte, sich unter einer Straßenlaterne neu zu orientieren. Aber sie war nicht gut im Kartenlesen, deshalb bat sie einen vorbeieilenden Mann um Hilfe, fragte, wie sie in die Luisenstraße käme.

»Kannse denn keine Karte lesen?«

»Nein, kann sie nicht«, antwortete Käthe leicht irritiert ob dieser eigentümlichen Frage. Ihr Akzent ließ ihn nachfragen, woher die Dame denn käme. In der dritten Person angesprochen zu werden amüsierte sie.

»Aus Wien«, sagte Käthe, und er erklärte ihr mit einem nachsichtigen Lächeln auf den Lippen den Weg. Es war nicht mehr weit. Sie musste nur die Wilhelmstraße weiter entlanggehen und die Marschallbrücke überqueren. Darunter lag, dunkel und mächtig, die Spree.

Else erwartete sie bereits in ihrer gemeinsamen Wohnung, die hell und geräumig war. Inzwischen verdienten sie beide gut und konnten sich gewisse Annehmlichkeiten leisten.

»Na, was sagst du?«, fragte sie freudenstrahlend.

»Es ist wie im Traum«, antwortete Käthe und umarmte ihre Freundin. Dass Else ebenfalls ans Deutsche Theater engagiert worden war, freute sie ungemein. Sie standen, wie zu ihren Anfängen, gemeinsam auf der Bühne.

»Zwei Wiener Mädel spielen am Theater eines Österreichers mitten in Berlin«, zählte Else vergnügt die Fakten an drei Fingern ab. Max Reinhardt hatte 1905 das Deutsche Theater erworben.

»Wenn das kein Grund zum Feiern ist«, sagte Käthe.

Sie würden gemeinsam in *Ein Sommernachtstraum* auf der Bühne stehen, und Reinhardt führte persönlich Regie. Eine Tatsache, die Käthe weiche Knie bescherte. Das Wissen um die Ansprüche, die er an seine Schauspieler stellte, verursachte ihr enorme Versagensängste. Zudem brachte der bekannte Regisseur junge Schauspielerinnen gerne in Verlegenheit, indem er sie fixierte, jedoch kein Wort sprach. Allein der Gedanke daran ließ ihre Nervosität ins Unermessliche steigen.

Else schien die Sache unbeschwerter zu nehmen, wie immer. Sie zauberte eine Flasche Champagner und zwei Gläser hervor, und sie stießen auf ihre Zukunft an.

Das Theater lag fußläufig in der Schumannstraße. Es war seit der Premiere jeden Abend bis auf den letzten Platz gefüllt. Unter anderem auch von Leuten, die sich die jungen Österreicherinnen einmal genauer ansehen wollten. Denn endlich wurde auch Elses Namen in den Zeitungen erwähnt, wenngleich nicht in der Häufigkeit wie der der jungen Schlögel. Käthe eilte der Ruf voraus, ihre Rollen bodenständig und natürlich anzulegen. Und das honorierte auch das Berliner Publikum, indem es so zahlreich erschien, dass Käthe fast die Luft wegblieb. Käthe belohnte diese Vorschusslorbeeren mit Ehrgeiz und Proben, die einer Selbstaufgabe gleichkamen. Und Max Reinhardt belohnte seinerseits die beiden österreichischen Schauspielerinnen mit Lob.

Es gab nur ein Problem, das dunkle Wolken an Käthes Himmel aufziehen ließ. Inge Haug, ihre Zweitbesetzung. Eine rassige Schönheit mit schwarzen Augen, ebenso dunklen Haaren und, so vermutete Käthe nach einigen Zusammentreffen, einer ebenso schwarzen Seele. Die junge Berlinerin beobachtete Käthe mit Argwohn und begegnete ihr mit Unfreundlichkeit und Misstrauen. Ihr Gesicht wies zwar sanfte Züge auf, doch ihre Augen blickten hinterlistig in die Welt, und um ihre vollen Lippen lag bei jedem Wort, das sie mit Käthe wechselte, ein spöttisches Grinsen. Käthe war durchaus bewusst, dass diese Frau nur auf die Chance wartete, sie von der Bühne zu fegen. Sie durfte sich absolut keine Schwäche oder Fehler leisten. Zum ersten Mal erfuhr sie Neid und Missgunst offen – bisher hatte man nur hinter ihrem Rücken über sie getuschelt.

Else lebte ihr Leben, wie Käthe es aus Wien kannte. Männer, Partys, Vergnügen. Täglich stand sie selbstverliebt vor dem Spiegel und wurde nicht müde, sich mehrmals umzuziehen. Doch hinter dieser selbstbewussten Fassade plagten Else Selbstzweifel. Sie sorgte sich ständig um ihr Gewicht und fürchtete sich davor, dass eines Tages Fältchen ihr gleichmäßiges Gesicht mit den sinnlichen Lippen entstellen würden. Doch all das ließ sie sich nach außen hin nicht anmerken. Ihre Haltung war schönheitswettbewerbsfähig. Sie trug ausschließlich Schuhe mit Absatz, war immer makellos gekleidet, zeigte Bein und Dekolletee, egal ob bei Tag oder Nacht. Ungeschminkt durfte nur Käthe sie sehen. Wenn Männer über Nacht blieben, stand Else vor ihnen auf, schminkte und frisierte sich. Selbst nach durchfeierten Nächten war sie so früh auf den Beinen, dass, sobald der Mann in ihrem Bett wach wurde, er eine präsentable Frau an seiner Seite fand. Zu Käthes Leidwesen brachte Else nicht einmal die Hälfte der Zeit, die sie für ihr Aussehen aufwendete, für Hausarbeit auf. Gläser und Flaschen blieben auf dem Tisch stehen, die Pflanzen wurden nicht gegossen, der Boden nicht gekehrt. Diese Arbeiten überließ Else mit einer Selbstverständlichkeit Käthe, was oft zum Streit führte. Schließlich einigten sich die beiden, eine Putzfrau zu beauftragen, alle zwei Wochen sauber zu machen, und sich die Kosten zu teilen.

Das Ensemble traf sich gerne in einer bestimmten Bar am Kurfürstendamm. Käthe hatte bisher die Einladung mitzukommen immer dankend abgelehnt. Sie blieb nach der Vorstellung gerne für sich alleine, spazierte durch das nächtliche Berlin, dachte über den Abend nach und darüber, was sie noch besser machen konnte.

»Du bist eine Besessene«, warf ihr Else vor, wenn sie die Einladung ins Edelmann mitzugehen wieder einmal ausschlug. Doch ihre Freundin gab nicht auf, bedrängte sie jeden Abend, und Käthe gab irgendwann nach. Als sie und Else im Lokal eintrafen, saßen die meisten Ensemblemitglieder bereits rund um den Tisch, den sie sonst auch belegten, als gehöre er ihnen allein. Es herrschte eine Mischung aus Aufgeregtheit, Schwermut, Überlegenheit und Neid. Dazu kam die ausgelassene Stimmung, hervorgerufen durch die rhythmische Musik.

»Ich hol uns etwas zu trinken«, sagte Else, weil das Lokal so voll war, dass die Kellnerin nur mit Mühe bis zu ihnen vordringen konnte.

Da sah Käthe zum ersten Mal Horst Kleinbach. Er saß mit seinen Freunden zwei Tische weiter. Sosehr man sie vor dem bekannten Berliner Regisseur gewarnt hatte, er sei ein Schürzenjäger, so sehr schwärmten die Frauen von diesem Mann, und auch Käthes Knie wurden butterweich, als sie erstmals an seinem Tisch vorbeikam. Seine Unverblümtheit und Offenherzigkeit machten sie verlegen. Er war nicht oft im Edelmann. Aber wenn er auftauchte, dann gehörte die Aufmerksamkeit aller Gäste ausschließlich ihm. Horst Kleinbach war ein amüsanter Gesellschafter mit guten Kontakten und zugleich sehr gut aussehend. Wen er auserkoren hatte, mit ihm ein Glas zu trinken oder gar die Nacht zu verbringen – und diese Ehre gebührte ausschließlich den Frauen –, der konnte sicher sein, von der Presse beachtet zu werden. Zumindest solange sie die Gunst des Filmemachers genoss.

Horst Kleinbach tauchte zumeist mit Egon Röder an seiner Seite auf. Ein einflussreicher Filmkritiker, der Kleinbachs Laufbahn den entscheidenden Auftrieb gegeben hatte, hieß es. Kleinbachs derzeit Auserkorene war ausgerechnet Inge Haug. Seine Hand thronte in regelmäßigen Abständen auf ihrem Po oder ihrem Oberschenkel. Offenbar markierte er so seinen Besitz.

Käthe fand das lächerlich, kannte diese Kennzeichnung der Zugehörigkeit jedoch zur Genüge. Sie ignorierte Inges Gekicher und Gehabe, unterhielt sich stattdessen mit Kollegen an einem anderen Tisch. Auch Horst ließ sie links liegen, obwohl ihr Herz wild pochte, wenn sein Blick sie wie zufällig streifte. Er hatte sie bemerkt. Käthe hatte nicht viel Erfahrung mit Männern, doch sie hatte dazugelernt und begriff inzwischen das eherne Prinzip: Je weniger Interesse sie an ihm zeigte, desto interessierter wurde er. Von Horst abzurücken brachte ihr also erst recht seine uneingeschränkte Aufmerksamkeit ein.

Else kam an ihren Tisch zurück. Sie hielt zwei Gläser Wein in der Hand, reichte Käthe eines über den Tisch.

»Ich hab gerade mit Egon Röder gesprochen. Inge wird wohl die Hauptrolle in Horsts nächstem Film übernehmen«, raunte sie Käthe zu. »Premiere ist wahrscheinlich im Gloria Palast am Kurfürstendamm.« Sie schüttelte den Kopf und warf Käthes Zweitbesetzung einen raschen neidvollen Blick zu. »Diese verfluchte Angeberin. Wenn du mich fragst ... mit Talent hat das Engagement sicher nichts zu tun.«

Else konnte Inge auf den Tod nicht ausstehen. Käthe vermutete, weil die dunkle Schönheit eine zu große Konkurrenz für sie darstellte. Doch Else bestand darauf, dass es ausschließlich wegen ihres Gebarens sei. Eine Zumutung, wie Else meinte, die zudem ihre Dummheit unterstreiche. »Aber Männer denken nun mal mit ihrem besten Stück«, grinste sie und zeigte dabei ihre makellos weißen Zähne hinter den rot geschminkten Lippen.

Die Hauptrolle in einem Film, dachte Käthe und nippte an ihrem Weinglas. Die will ich auch haben.

»Der Film ist die Zukunft«, meinte Else und heizte damit eine Diskussion unter dem Theaterensemble an. Käthe beteiligte sich daran nur halbherzig. Ihre Augen wanderten immer wieder durch die Bar und streiften dabei wie zufällig Horst Kleinbachs Tisch. Immer mehr Frauen scharten sich um den Regisseur. Sie lachten, warfen sich in Pose und spielten ihre Rolle, in der Hoffnung, er entdecke sie für sein nächstes Projekt. Inge teilte feindselige und zugleich hochmütige Blicke aus, die keine Zweifel daran ließen, dass Horst ihr gehörte.

Als zu später Stunde Egon Röder mit einem Glas Champagner an ihren Tisch trat und es ihr mit den Worten überreichte: »Mit schönen Grüßen von Herrn Kleinbach«, bedankte sich Käthe mit einem höflichen Nicken in Richtung des Regisseurs. Dann wandte sie den Blick wieder ab und ignorierte fortan den Mann.

»Bist du verrückt«, zischte Else nur wenig später. »Das ist unsere Chance!«

»*Unsere?*«, fragte Käthe ehrlich überrascht. »Wie meinst du das?«

»Na, du wirst mich ihm doch hoffentlich vorstellen.«

»Ich habe nicht vor, an seinen Tisch zu gehen«, sagte Käthe.

Else sah sie verdutzt an. »Warum nicht?«

»Weil ich keine Katze bin, die man mit einer Schüssel Milch anlocken kann.« Käthe konnte nicht genau erklären, woher das Gefühl kam. Doch plötzlich fühlte sie eine leise Verstimmung darüber, dass Kleinbach doch ernsthaft glaubte, sie mit einem Glas Champagner reizen zu können. Sie war nicht mehr die unbekannte Käthe Schlögel, Tochter eines Gemüsehändlers. Wenn man den Zeitungen Glauben schenkte, war sie der aufblühende Star, das musste sie sich langsam bewusst machen. Also sollte sie sich auch dementsprechend verhalten. Nicht umsonst hatte sie sich vor wenigen Tagen einen Bubikopf schneiden lassen. Und im Kaufhaus *Gerson* am Werderschen Markt hatte sie sich einen Hosenanzug zeigen lassen. Vielleicht würde sie ihn demnächst kaufen, obwohl er für ihre Verhältnisse zu teuer war.

Else steckte sich eine Lord in ihre Zigarettenspitze. »Das sind ja ganz neue Töne, die du da anschlägst.« Sie zog aufreizend lang an der Zigarettenspitze, blies anmutig den Rauch aus. »Doch ich bin sehr gespannt, ob deine Taktik erfolgreich ist.«

In den darauffolgenden Wochen begleitete Käthe Else öfter ins Edelmann.

»Ich finde allmählich Geschmack an deinem Lebensstil«, erklärte sie ihrer Freundin ihr plötzliches Interesse.

»Ich glaube eher, du hast an Horst Kleinbach Geschmack gefunden. Aber den überlässt du besser anderen. Der ist kein Kerl zum Heiraten«, meinte Else. »Dennoch solltest du dir eine neue, extravagantere Garderobe zulegen. Sonst bringen wir dich nie an den Mann.«

»Ich will gar nicht an den Mann gebracht werden«, protestierte Käthe halbherzig.

»Papperlapapp«, antwortete Else knapp. »Du hast ein Spiel begonnen, jetzt spiel es auch zu Ende.«

Käthe veränderte sich nicht nur äußerlich, sie spürte, dass sich auch ihr Wesen änderte. Sie erwachte aus einer lang andauernden Jugend und wurde zu einer selbstbewussten Frau.

Horst Kleinbach tauchte ebenfalls öfter als gewöhnlich in dem Lokal auf. Immer begleitet von Egon Röder. Inge Haug wich ebenfalls nicht mehr von seiner Seite, als spürte sie instinktiv die Gefahr. Käthes beibehaltenes Desinteresse an seiner Person schien ihn zunehmend zu ärgern, denn er versuchte, immer wieder ihre Aufmerksamkeit zu wecken. Leider indem er immer mehr Frauen um sich scharte. Inges Blicke wurden giftiger, ihre filmreifen Szenen von Eifersucht getragen. Je distanzierter sich Käthe gab, desto größer wurde Horst Kleinbachs Bedürfnis, sie näher kennenzulernen. Sie nutzte sein Begehren aus, ließ ihn zappeln. Wenn er sie ansprach, antwortete sie höflich, schlug aber scheu die Augen nieder und ging weiter, ohne ihn noch eines Blickes zu würdigen. Wenn er sie zu einem Glas Champagner einlud, nahm sie die Einladung freundlich an, trank einen Schluck und machte sich gleich danach auf, Else zu suchen. Berührte er sie, entzog sie sich ihm augenblicklich. Es war ein Spiel, das ihr allmählich Spaß und sein Ansinnen nahezu spürbar machte.

Es dauerte keine drei Wochen, bis Käthe Horst Kleinbach dort hatte, wo sie ihn haben wollte. Seine Augen suchten sie, sobald er das Edelmann betrat, und er drängte sich in ihre Nähe, sobald er sie erspähte. Natürlich erregte dieses Verhalten das Gerede, und Käthe zog sich damit Inges Hass endgültig zu. Doch diese Tatsache war für sie nicht mehr als ein lästiger Gedanke. Sie kannte ihr Ziel, und sie steuerte darauf zu. Dabei sollte ihr besser niemand in die Quere kommen, auch Inge nicht. Die Träumerin verwandelte sich zusehends in eine Kämpferin.

Als sie beschloss, den nächsten Schritt zu tun, verabschiedete sie sich früher als gewöhnlich und sehr auffällig von ihren Freunden. Horst sollte sehen, dass sie sich alleine auf den Heimweg machte.

Es funktionierte.

Er folgte ihr, holte sie ein und fragte, ob er sie nach Hause begleiten dürfe. Sie zögerte einen kurzen Moment, dann bejahte sie die Frage. Seite an Seite spazierten sie durch das nächtliche Berlin, redeten über das Theater und seine Arbeit beim Film. Käthe gab sich beeindruckt von seinem Schaffen. Das mochten Männer. Als sie vor Käthes Wohnhaus in der Luisenstraße ankamen, fragte er, ob sie sich wiedersehen würden. Sie lächelte scheu und antwortete mit der typisch österreichischen Redensart, die alles offen ließ: »Schauen wir einmal.«

Als Else in dieser Nacht nach Hause kam, betrat sie auffallend leise die Wohnung. Käthe stand mit einem Glas Wasser in der Hand am Fenster und schaute hinaus.

»Und, schläft er?«, flüsterte Else.

»Du kannst ruhig laut reden. Er ist nicht hier.«

Else machte einen enttäuschten Gesichtsausdruck. »Wie, er ist nicht hier? Ich meine, das gesamte Edelmann hat mitbekommen, dass er dir hinterher ist, wie ein Dackel hinter seinem Herren.«

»Auch Inge?«

»Vor allem Inge. Ihr Gesicht hättest du sehen müssen, als sie bemerkte, dass ihr Wohltäter nach deinem Abgang zur Tür rausstürmte. Sie hat natürlich versucht, so gleichgültig wie möglich zu erscheinen. Doch den Eingang hat sie im Auge behalten und mehr getrunken, als ihr guttat. Egon hat sie schließlich nach Hause gebracht. Stell dich gleich einmal auf Eiszeit hinter der Bühne ein, wenn sie dir sowieso nicht gleich den Kopf abreißt.« Sie lachte und ließ sich aufs Sofa fallen. »Unsere Käthe ... wer hätte das gedacht?«

Jetzt stimmte auch Käthe in ihr Lachen ein.

»Das Hinterherdackeln passt nicht zu Horst Kleinbach«, sinnierte Else, als sie sich wieder beruhigt hatten. »Der Kerl kann jede haben ...«

»Er will aber nicht jede«, antwortete Käthe draufgängerisch. »Er ist ein Jäger, sucht die Herausforderung. Die Nächstbeste ist für ihn keine Herausforderung, das käme einem Reh gleich, das schon tot vor ihm liegt, bevor er das Gewehr überhaupt zur Hand nimmt.«

»Hört, hört!«, spottete Else. »Die große Käthe Schlögel hält sich für etwas Besseres. Hat er dich wenigstens geküsst?«

Käthe schüttelte den Kopf. »Das hätte ich ihm auch nicht geraten.«

»Du bist mir wirklich ein Rätsel.«

»Liebe, die uns zum Warten zwingt, wird die reife Frucht brechen«, zitierte Käthe aus dem Büchlein, das ihr Jakob in Prag geschenkt hatte.

Else lachte laut. »Und du scheinst der beste Beweis dafür zu sein, dass stille Wasser tief gründen.«

Horst tauchte nun jeden Abend im Theater auf und sah sich die Vorstellung an. Natürlich blieben diese Besuche nicht lange unentdeckt, auch nicht von der Presse. Sie bedrängte ihn, fragte nach dem Anlass seines Kommens. Horst Kleinbach bestätigte gegenüber den Medien, auf der Suche nach einer passenden Schauspielerin für seinen neuen Film zu sein. Die Journalisten spekulierten daraufhin mit einem Rollenangebot an Käthe Schlögel, denn das Interesse Kleinbachs an der Österreicherin war inzwischen bis zur Journaille durchgedrungen. In Schauspielerkreisen sprach man davon, dass Horst Kleinbach scheinbar in ihr endlich seine Meisterin gefunden habe. Käthe imponierte ihm, daraus machte er kein Geheimnis mehr.

Nun hielt Käthe den Zeitpunkt für gekommen, ein klein wenig einzulenken. Sie nahm seine Einladung an einem spielfreien Abend zu einem Picknick an, im Viktoriapark auf dem Kreuzberg, der höchsten Erhebung der Innenstadt.

»Klapse auf den Po verbitte ich mir generell. Ich finde das vulgär und deiner nicht würdig«, stellte sie hoheitsvoll von Beginn an klar, und Horst Kleinbach hielt sich dran.

Er wollte ihr beweisen, wie klug er war, weil sie ihm gegenüber erwähnt hatte, dass sie kluge Männer bevorzuge. Männer, die ihr nicht nur körperlich, sondern auch geistig etwas bieten konnten.

»1818 legte König Friedrich Wilhelm III. hier den Grundstein zum deutschen Nationaldenkmal für die Siege in den Befreiungskriegen«, erklärte er, als sie den Park betraten. Er wollte ihr etwas Besonderes zeigen, breitete galant eine Picknickdecke aus, zog sein Sakko aus und lud sie ein, sich zu ihm zu setzen.

Sie tranken Champagner, aßen belegte Brote, stapften barfuß über die Felsen des Wasserfalls und hatten Spaß. Abends kam eine kühle Brise auf, und Käthe zog ihre Jacke über. Horst legte seine Hand um ihre Schulter und zeigte auf die Stadt hinunter.

»Das alles gehört dir, wenn du es wirklich möchtest. Ich leg es dir gerne zu Füßen.«

Dann nahm er ihr Kinn zwischen Daumen und Zeigefinger, drehte ihr Gesicht zu sich, zwang sie sanft auf den Rücken und küsste sie voll Leidenschaft. Käthe lag auf der Decke, ließ es geschehen und fühlte sich unbeschwert und frei. Als Horst begann, die Knöpfe ihrer Bluse zu öffnen, legte sie ihre Hand auf seine und unterband es. Seine Augen flehten darum, weitermachen zu dürfen, doch sie schüttelte nur unmerklich den Kopf. Abrupt setzte er sich auf. »Wie lange willst du dieses Spiel noch spielen?«, fragte er zornig.

»Das ist für mich kein Spiel, Horst. Ganz im Gegenteil. Du musst verstehen, dass ich kein Spielzeug bin. Ich mag nicht benutzt und danach in der Ecke liegen gelassen werden«, sagte sie streng, während sie die beiden offenen Knöpfe wieder schloss. »Wenn du damit nicht umgehen kannst, ist es wohl besser, wir sehen uns nicht mehr.«

Sie raffte ihre Sachen zusammen und wollte aufstehen. Er hielt sie am Handgelenk fest, zog sie wieder an sich und küsste sie erneut.

Dieses Spiel trieb sie noch eine Woche. Sie ließ Horst bei jedem Treffen einen Schritt weitergehen, um ihn dann wiederum anmutig zu stoppen. Sein Verlangen stieg ins Unermessliche. Das bestätigte ihr eines Abends sein Freund Egon im Edelmann. Es gab für Horst Kleinbach nichts anderes mehr als Käthe Schlögel. Sie wusste, dass er sie besitzen wollte, und sie wusste auch, dass er langsam ungeduldig wurde. Ein Spruch ihrer Großmutter kam ihr in den Sinn: Reize niemals einen Bullen in der Brunft.

Als sie ihm unmissverständlich zu verstehen gab, diese Nacht bei ihm verbringen zu wollen, sah er sie an wie ein Kind, dem man erlaubte, sein Geschenk endlich auszupacken.

Sein Apartment lag am Kurfürstendamm mit Blick auf das Universum-Kino. Käthe war von dem Ausblick überwältigt. Horst öffnete eine Flasche Wein, stellte sich hinter sie, reichte ihr ein Glas über ihre Schulter hinweg und küsste zärtlich ihren Nacken. Ein wohliger Schauer durchlief ihren Körper. Sie nippte unsicher am Glas. Sollte sie ihm sagen, dass sie noch nie mit einem Mann zusammen gewesen war?

»Das hat Erich Mendelsohn erst vor zwei Jahren errichtet. Es ist das größte Kino Berlins. Gefällt es dir?«

Käthe nickte.

»Dann lass uns dort Premiere feiern.«

»Premiere?« Sie drehte sich zu ihm um.

»Na, mein neuer Film … Du weißt doch, dass ich nur im Theater war, um nach meiner Hauptdarstellerin zu suchen.« Er lachte und stieß sein Glas gegen ihres.

Ihr Herz begann zu rasen. Du gehst zum Film, schoss es ihr im Sekundentakt durch den Kopf. »Ich dachte, dein neuer Film wird im Gloria Palast vorgestellt?«, platzte es aus ihr heraus.

Horst sah sie fragend an. »Wer sagt das?«

»Erzählt man sich so«, sagte sie leichthin.

Er überlegte kurz, schüttelte dann den Kopf. »Keine Ahnung, wie man darauf kommt.« Dann schien ihm doch etwas einzufallen. »Vielleicht weil mein letzter Film dort vorgestellt wurde.«

»Vielleicht.«

Wieder küsste er sanft ihren Hals und nahm ihr das Glas ab. Sie schloss die Augen, spürte, wie er sich an dem Reißverschluss ihres Kleides zu schaffen machte. Sie öffnete die Augen wieder und presste instinktiv ihre Hände auf die Brust, um es festzuhalten. »Ich weiß nicht …« Sie versuchte sich ihm zu entziehen.

Er zog sie in seine Arme. »Lass es geschehen«, flüsterte er in ihr Haar. »Irgendwann wird es passieren, das wissen wir beide, seit wir uns zum ersten Mal gesehen haben. Deine Augen haben es mir verraten. Es wird wunderschön. Vertrau mir!«

Käthe nahm langsam die Hände weg und ließ das Kleid fallen. Er bugsierte sie in sein Schlafzimmer. Sie war neugierig, ob seine zarten Hände hielten, was sie versprachen.

Eine Hauptrolle in seinem Film, dachte sie und spürte in dem

Moment eine noch nie dagewesene Lust. Horst begann sie sanft zu lieben, berührte sie an Stellen, wo sie bisher noch niemand berührt hatte. Doch ihre Steifheit und Verlegenheit verrieten sie.

Nach wenigen Minuten ihres Liebesspiels betrachtete er sie nachdenklich. »Du hast es tatsächlich noch nie getan. Ich dachte, du spielst das Unschuldslamm, als du dich vorhin so geziert hast.«

Käthe antwortete nicht, zog stattdessen, unsicher geworden, die Decke bis zum Hals hinauf. Er schob vorsichtig seine Hand darunter und streichelte sanft über ihre Brust, dann küsste er sie. »Es ist mir eine Ehre, der Erste zu sein, Liebste«, flüsterte er in ihr Ohr und nahm sie mit großer Leidenschaft.

Danach war Käthe sich jedoch nicht sicher, ob ihr das gefiel, und sie fragte sich, was Else daran so großartig fand. Vielleicht lag's ja auch an ihr? Vielleicht war sie nicht zum Lieben geboren? Doch das verschwieg sie. Stattdessen lächelte sie ihn warmherzig an, als er ihr sanft das Haar aus der Stirn strich und sie in dieser Nacht ein zweites Mal nahm. Damit war für Käthe klar, dass die Zeit der vielen Frauen für Horst vorbei war und sie ab sofort die Einzige für ihn sein sollte. Dafür würde sie sorgen.

Wenige Wochen später begann für Käthe eine arbeitsintensive Zeit. Zweiundzwanzig Tage lang stand sie tagsüber vor einer Kamera. Zum ersten Mal in ihrem Leben. Eine ungewohnte Situation, nicht vor einem Publikum zu spielen, sondern die Zuseher in der Kamera zu erahnen. Sie brauchte jedoch nicht lange, um sich daran zu gewöhnen, und brillierte in der Rolle einer mondänen Offiziersgattin, die sich gemeinsam mit ihrem Mann gekonnt in der Welt der Reichen und Schönen bewegte. Von Luxushotel zu Luxushotel zog und geschickt zu verbergen wusste, dass ihr Mann sein Vermögen im Casino verspielte. In dem Film ging es um den Schein des Seins. Die meisten Szenen wurden in den Jofa-Ateliers gedreht. Doch zu ihrem Glück sah das Drehbuch auch vor, sie einmal den Hotelgang vom Anhalter Bahnhof ins Excelsior durchschreiten zu lassen. Sie fühlte sich wie eine Königin. Sogar in der hauseigenen Bibliothek mit den über siebentausend Bänden des Hotels wurde gedreht. Käthe schwebte im siebten Himmel.

Abends spielte sie am Theater. Die Arbeit am Set stellte andere Ansprüche an ihr schauspielerisches Können, als die Bühne das tat. Auf der Bühne war ihre gesamte Präsenz vonnöten. Im Film sah man oft nur ihr Gesicht oder ihre Hände, weil auch durch die Einstellung der Kamera Ausdruck erzeugt wurde. Ihre natürliche Art zu sprechen, nicht übertrieben, wie manche Theaterschauspieler das taten, half ihr vor der Kamera.

Zudem reagierte das Publikum im Theater zumeist unmittelbar. Beim Film arbeitete sie in einem schwarzen Loch. Sie wusste nicht, ob dem Publikum gefiel, was sie tat. Die Kritik oder der Applaus würden erst lange nach Beendigung der Dreharbeiten erfolgen.

Else, die gehofft hatte, ebenfalls eine Rolle angeboten zu bekommen, jedoch leer ausging, gönnte Käthe offen ihren Erfolg. Doch wenn Käthe ein bisschen hinter die freundliche Fassade blickte, erkannte sie Bitterkeit und Missgunst. Es blieb ihr jedoch keine Zeit, weiter darüber nachzudenken. Auch machte es wenig Sinn, mit Else darüber zu sprechen, denn ihre Freundin würde ihr gegenüber niemals zugeben, ihr das Glück zu neiden. Das gehörte sich einfach nicht in einer derart engen Freundschaft, wie sie sie verband.

»Du wirst deine Rolle bekommen, da bin ich mir ganz sicher«, sagte Käthe des Öfteren wie nebenbei.

»Ich weiß nicht, ob ich das überhaupt will«, behauptete Else dann. »Ich liebe die Bühne, und die Bühne liebt mich.«

Als Else bei der Premierenfeier im Universum-Kino neben Käthe und Horst auf dem roten Teppich dem Eingang zustrebte, unter der Aufmerksamkeit zahlreicher Journalisten, die alle ihre

Fotoapparate auf sie richteten, drehte sich die Welt um einige Sekunden schneller. Else strahlte und genoss diesen Moment genau wie Käthe. Egon Röder lobte am nächsten Tag in seiner Kritik Horst Kleinbachs neues Werk *Die Offiziersgattin* und die Hauptdarstellerin Käthe Schlögel in den höchsten Tönen. Genau das hatte sie erwartet.

Berlin, 1931

Ein Jahr nachdem Käthe nach Berlin gegangen war, fühlte sie sich unbesiegbar. Ihr Selbstvertrauen wuchs. Berlin war ihre Stadt geworden, und sie erwog, für immer zu bleiben. Hier pulsierte das Leben. In zahllosen Clubs und Nachtlokalen, in denen den Besuchern alle Genüsse der Welt offenstanden, zeigte sich das Dasein von seiner schönsten Seite. Horst hatte sie einige Male in das Romanische Café gegenüber der Gedächtniskirche geführt. Der Kaffee schmeckte grauenhaft, doch dort traf sich alles, was in der kulturellen Szene einen Namen hatte. Regisseure, Schauspieler, Drehbuchautoren.

Ausgerechnet in dieser ausschweifenden Zeit schlug das Schicksal zu und lenkte Käthes Leben in andere Bahnen. Um zehn Uhr vormittags klopfte es an der Tür, und als sie öffnete, stand ein Postmann vor ihr und überreichte ihr ein Telegramm, dessen Übernahme sie bestätigen musste.

»Was gibt es denn?«, fragte Else beschwingt mit einer Tasse Kaffee in der Hand, weil sie wohl auch an ein Angebot einer Filmproduktion dachte. Immerhin war sie, Käthe Schlögel, ein Star.

Doch einen kurzen Moment später wusste Käthe, dass ihr Vater im Sterben lag. Er wolle diese Welt jedoch nicht verlassen, ohne vorher seine Tochter noch einmal gesehen zu haben, stand in knappen Worten auf dem Papier. Verfasst von ihrer Mutter.

»Jetzt holt er mich also auf seine Weise nach Wien zurück«, sprach Käthe bitter jenen Gedanken aus, der ihr in dem Moment durch den Kopf schoss. Sie fühlte, wie das Blut in ihren Schläfen pochte und ihre Welt aus dem Lot geriet. Sie ließ den Brief sinken, ihre Augen füllten sich mit Tränen. Er war mit seinen dreiundfünfzig Jahren doch noch viel zu jung, um für immer zu gehen. Und doch hieß es nun, für immer Abschied zu nehmen. *Für immer.* Diese beiden Worte färbten sich vor Käthes innerem Auge zusehends schwarz. »Papa«, murmelte sie und brach in verzweifeltes Weinen aus. »Was um Himmels willen ist nur passiert?«, flüsterte sie zwischen den Tränen hindurch. Else stellte die Tasse weg, nahm sie in den Arm und weinte mit ihr.

Im nächsten Moment fiel Käthe ihre Zweitbesetzung ein. Entsetzt sah sie Else an. Zwischen ihr und der dunkelhaarigen Schönheit Inge hatte sich ein tiefer Graben aufgetan, gefüllt mit Hass und Abscheu.

»Sie wird ihre Chance nutzen«, sagte Käthe mit belegter Stimme. »Sie wird alles tun, um zu brillieren, und ich kann es ihr nicht einmal verdenken. Umgekehrt würde ich auch mein Bestes geben.« Die Wut, die sie auf den Tod hatte, der ihr den geliebten Vater entriss, entlud sich in Panik, dem Leben nicht gewachsen zu sein, und in einem Lamento, dass ihre Karriere in Berlin das Ende finden konnte. Der unsagbare Schmerz brachte die längst verdrängt geglaubten Versagensängste zurück. Es fühlte sich an, als zöge ihr das Schicksal den Boden unter den Füßen weg, während es Inge den roten Teppich ausrollte.

»Sie hat nicht deine Größe«, beruhigte Else sie. »Sie wird die Zeit, in der du in Wien bist, überbrücken … Aber du wirst sehen, Max Reinhardt wird überglücklich sein, wenn du zurück bist. Der weiß doch, was er an dir hat. Der kennt deine Qualitäten. Und das Publikum sowieso. Mach dich deshalb nicht verrückt.«

Noch einmal las Käthe das Telegramm, in der Hoffnung, dass es einen Ausweg gab. Inge sollte ihre Rolle nur für kurze Zeit übernehmen müssen. Allerdings spielten sie täglich, an einer

Zweitbesetzung führte kein Weg vorbei. Sie musste mit dem Regisseur sprechen. Inge musste mindestens drei Wochen an ihrer Stelle auftreten.

»Hast du bitte auch ein Auge auf Horst, während ich weg bin?«, fragte sie.

Else nickte. »Du glaubst doch nicht ernsthaft, dass ...«

»Oh, doch. Genau das glaube ich, kaum dass ich den Zug nach Wien bestiegen habe. Wirst schon sehen!«

»Er wird wissen, wie er sie zurückweist«, behauptete Else.

»Glaubst du?« Käthe war sich da nicht so sicher.

Else nickte. »Wann fährst du?«

»Am besten gleich morgen«, antwortete Käthe. »Ich geh schon einmal die Koffer packen, danach fahre ich ins Theater und geb Bescheid.«

Horst bot ihr an, sie nach Wien zu begleiten. Aber da Käthe ihn bisher in keinem der Briefe an ihre Eltern erwähnt hatte, lehnte sie herzlich, aber dankend ab. »Das ist kein guter Zeitpunkt, um meine Mutter kennenzulernen.«

Horst verstand. Er brachte sie zum Bahnhof.

»Es tut mir so leid, Käthe. Ich weiß, wie viel dir dein Vater bedeutet hat.« Horst hielt ihre Hände in seinen, küsste ihre Fingerkuppen.

»Es stand so viel zwischen uns. Wir haben uns nach dem Streit nie wirklich versöhnt. Er hat mir Berlin nicht verziehen.« Ihre Augen füllten sich mit Tränen. »Und jetzt stirbt er.«

»Er ist dein Vater, Käthe. Er liebt dich. Liebe verzeiht alles.«

Ihr lag die Frage auf der Zunge, wie er sich da sicher sein konnte, wo er ihren Vater doch gar nicht kannte. Sie schluckte sie hinunter.

Er umarmte sie. »Ich bin bei dir, auch wenn ich in Berlin sitze.«

Käthe löste ihre Hände aus seinen, zog ein Taschentuch auch

ihrer Handtasche und tupfte sich die Tränen aus den Augen. »Ich bin so traurig, Horst. So unsagbar traurig.« Sie schluckte. »Ich muss jetzt einsteigen.«

»Du fehlst mir schon jetzt«, sagte Horst und küsste sie zärtlich zum Abschied.

Die Reise erschien ihr unendlich lang und wurde begleitet von qualvollen Gedanken an ihren Vater. Die Enttäuschung in seinem Gesicht, weil sie Schauspielerin geworden war, kam Käthe genauso in den Sinn wie der Streit, weil sie nach Berlin gegangen war. Eines machte ihr die Erinnerung jedoch in diesem Augenblick klar: Bei allem Unmut und aller übertriebenen Fürsorge hatte er ihr nie wirklich Steine in den Weg gelegt, sondern hatte ihre Entscheidungen stets, wenn auch zähneknirschend, zur Kenntnis genommen. Umso mehr schmerzte sie die Tatsache, dass es seit ihrem Umzug nach Berlin zu keiner liebevollen Versöhnung gekommen war. Jetzt war es zu spät. Käthe kämpfte mit ihren Gefühlen. Sie sog fest an der Innenseite ihrer Wangen und blähte die Nasenflügel, um die Tränen zurückzuhalten. Ihr gegenüber saß eine Frau mit zwei kleinen Kindern. Sie wollte nicht vor Fremden weinen.

Sie griff nach der kleinen Marienfigur in ihrer Manteltasche, die sie vor der Abreise aus ihrem Kleidersaum herausgetrennt hatte, und hielt sie fest in der Hand. Während der restlichen Fahrt sah sie aus dem Fenster und versank in ein stummes Zwiegespräch mit ihrem Vater.

In Wien angekommen, stieg sie in ein Taxi und fuhr in die Josefstädterstraße. Im Gemüseladen hingen noch immer die Gerüche, die Käthe während ihrer Kindheit begleitet hatten. Es roch nach Erdäpfeln, Karotten, Peterwurzen, Sellerie, Karotten und Erbsen. Sogar der Tisch, auf dem sie als Kind mit den Erbsenschoten gespielt hatte, stand noch an seinem Platz im Hinterzimmer des Gemüseladens. Es hatte sich nichts geändert seit ihrem Umzug nach Berlin.

Ihre Mutter stand schwerfällig von einem Stuhl auf und presste sich die Hand ins Kreuz. Sie ist alt geworden, obwohl sie doch erst Mitte vierzig ist, dachte Käthe kummervoll, weil sie die Entwicklung nicht mitbekommen hatte. Ihre Mutter musterte sie. Käthe hatte für ihre erste Begegnung nach der langen Zeit ein marineblaues Jackenkleid mit dezenten weißen Pünktchen darauf gewählt.

»Jetzt bist du also endgültig eine von ihnen geworden«, sagte ihre Mutter. Ihre Stimme hatte an Kraft verloren. »Du siehst so anders aus, so modern.«

»Ich bin kein Kind mehr, Mama!« Käthe hätte sie gerne umarmt, doch irgendetwas hielt sie davon ab.

»Gut«, sagte Alma Schlögel knapp und beließ es dabei. Ihr Verhältnis war durch die örtliche Trennung nicht einfacher geworden.

Sie gingen nach oben in den Wohnbereich. Und noch etwas hatte sich geändert, seit sie weg war: Ein ledergebundenes Album lag aufgeschlagen im Schlafzimmer ihrer Eltern auf der Kommode. Darin eingeklebt waren fein säuberlich Zeitungsartikel über ihre Erfolge, Ansichtskarten und Briefe, die sie ihren Eltern geschickt hatte.

Sie sind doch stolz auf ihre Tochter, dachte Käthe und wandte sich dem Bett zu.

Ihr Vater lag abgemagert bis auf die Knochen auf dem riesigen weißen Kissen. Eine schwere Bronchitis, von der er sich nicht mehr erholt hatte, war die Ursache für seinen bevorstehenden Tod, erklärte ihr ihre Mutter. Eine Ironie des Schicksals oder gar ein Trost, dass er am gleichen Leiden wie der Kaiser Franz Joseph stirbt, schoss es Käthe durch den Kopf.

»Er kann gar nichts mehr essen«, sagte ihre Mutter.

»Grüß dich, Käthe«, krächzte der von der Krankheit gezeichnete Mann und gab ihr mit einer müden Handbewegung zu verstehen, dass sie sich zu ihm setzen solle. Käthe nahm vorsichtig auf dem Bettrand Platz und griff nach seiner Hand, deren Finger sie an dürre Ästchen erinnerten. Diese Hände hatten sie früher aufgehoben, wenn sie gefallen war, hatten Säcke und Kisten geschleppt, Tische gezimmert und die Mauer aufgestellt, die das Lager vom Verkaufsraum trennte. Doch dieses hagere Männchen hatte nichts mehr mit dem Bären von Mann zu tun, der er einmal gewesen war. Sie mochte gar nicht daran denken, welch kläglicher Rest von ihm sich unter der Decke befand. Ihr Hals zog sich zu.

»Ich werde die Erde schon bald verlassen«, sagte August Schlögel mit ruhiger, fester Stimme. »Aber ich wollte nicht gehen, ohne dich noch einmal zu sehen, mein Kind. Wie erwachsen du geworden bist. Eine Dame von Welt.« Ein schwerer Hustenanfall überfiel ihn.

»Erzähl ihm von Berlin«, forderte Alma ihre Tochter auf, als er wieder ruhig im Bett lag.

Was sollte sie um Himmels willen erzählen? Ihr Leben in Berlin hatte rein gar nichts mit dem hier zu tun. Zudem waren ihre Eltern dagegen gewesen, dass sie ging.

Käthe schluckte und begann zögerlich zu berichten.

Sie erzählte von den vielen Menschen, die ununterbrochen in Bewegung waren, von den Straßen, die viel breiter waren als in Wien, den Alleen und Plätzen, wie etwa dem Potsdamer Platz und dem Alexanderplatz. Sie beschrieb Berlin als aufregende, pulsierende Stadt. Und am Ende schwärmte sie von den Dreharbeiten und ihrer Rolle als Offiziersgattin.

Über August Schlögels Gesicht huschte ein Lächeln. »Kino«, flüsterte er. Eine Einrichtung, die es in seinem Universum nicht gab. Es kostete ihn sichtlich Mühe, die Augen offen zu halten.

»Es wird Zeit, vernünftig zu werden und an Kinder zu denken«, murmelte er, nachdem Käthe geendet hatte.

In dem Moment war sie der Versuchung nahe, von ihrer Beziehung zu Horst zu erzählen. Sie wusste aber auch, mit welch großer Ablehnung ihre Eltern einem solchen Geständnis begegnen würden. Horst war nun einmal nicht Alois und sicher auch nicht die Sorte Mann, die sich ihr Vater für seine Tochter wünschte. Deshalb hielt sie den Mund. Zudem hielt sie es für pietätlos, ihrem Vater ausgerechnet am Sterbebett von ihrer Liebe zu einem Mann zu erzählen, der vor ihr bereits mit sehr vielen anderen Frauen geschlafen hatte.

»Ich möchte sicher sein, dass du unsere Linie fortsetzt und eines Tages ein Enkel da ist, in dessen Adern das Blut der Schlögel fließt.«

Käthe nickte, versprach es ihrem Vater und streichelte zärtlich über seinen Arm. Ein Versprechen am Totenbett glich einem heiligen Schwur, dachte sie. Der alte Mann lächelte zufrieden.

Zwei Tage nach ihrer Ankunft starb Käthes Vater. Ihre Mutter war fest davon überzeugt, dass er nur auf sie gewartet habe, um danach endlich in Frieden zum Herrgott zu gehen. Käthe weinte die ganze darauffolgende Nacht um ihn. Ihre Mutter betete unentwegt.

Das Begräbnis fand auf dem Zentralfriedhof statt. Viele Freunde und Stammkunden des Ladens waren gekommen, um August Schlögel die letzte Ehre zu erweisen. Käthe nahm niemanden bewusst wahr. Sie stand vor dem offenen Grab, hörte den Worten des Pfarrers nur mit einem Ohr zu. Ihr Vater war tot. Sie hatte sich der kindlichen Illusion hingegeben, dass ihre Eltern ewig leben würden. Ein Trugschluss, wie sie nun schmerzhaft feststellen musste. Wie viele Jahre würde ihre Mutter noch leben?

Die Beileidsbekundungen nahm sie mit stoischer Miene entgegen. Einige Trauergäste hielten ihre Hand länger, als es üblich war, und wechselten ein paar Worte mit ihr. Käthe Schlögel war ein Star. Niemand konnte sagen, ob man ihr jemals wieder so nahe kommen würde. Sie stützte ihre Mutter, unter ihrem schwarzen Schleier drang herzzerreißendes Schluchzen hervor.

Das Totenmahl nahmen sie zu Hause ein. Alma Schlögel hatte eine ungarische Kartoffelsuppe mit Paprika, Tomaten und geräucherter Wurst zubereitet, dazu aßen sie Brot.

In den nächsten beiden Tagen verbrachte Käthe viel Zeit mit Anita und Alfred. Während die beiden inzwischen von Heirat sprachen, genoss Alois hingegen nach wie vor sein Junggesellendasein.

»Das wird ihm der Papa bald austreiben«, meinte Anita und äffte mit verstellter Stimme ihren Vater nach: »Der Betrieb braucht einen Erben.«

Alois verdrehte die Augen und nippte stumm an seinem Glas Wein. Käthe lächelte. Die Frage, wie es denn Walter ginge, lag ihr auf der Zunge, doch sie schluckte sie hinunter. »Dann wirst du dich wohl oder übel um eine passende Frau kümmern müssen«, sagte sie so leichthin wie möglich.

Amüsiert blickte Alois aus seinen grünen Augen in die Runde. »Früher oder später muss ich das wohl.« Er zwinkerte Käthe zu. Alfred und Anita wechselten einen raschen Blick.

»Sonst fällt das Gut womöglich noch meiner Schwester in den Schoß, und die schneidert dann Kleider für die Weinflaschen.«

Die Vorstellung ließ sie alle herzhaft lachen.

»Ich glaub ja, dass er sein Herz längst verloren hat.« Anita bedeutete Alfred, die Weingläser am Tisch aufzufüllen. »Aus irgendeinem Grund lässt er uns jedoch nicht teilhaben an seinem Glück.« Anita hob das Glas. »So oft, wie du in letzter Zeit ins Volkstheater gehst.« Sie grinste herausfordernd, prostete ihrem Bruder zu und nahm einen Schluck Wein.

Käthe stockte einen Moment lang der Atem. Sie unterdrückte

den Impuls, Alois erschrocken anzustarren, hoffte, dass ihr Lächeln belustigt und nicht angespannt wirkte.

Alois erblasste einen Moment, seine Mundwinkel zuckten verkrampft.

»Uns kannst du's doch sagen«, forderte Alfred ihn auf, sein Geheimnis preiszugeben.

»Eine Schauspielerin ist zwar keine Weinbäuerin, entschuldige Käthe, aber unsere Eltern wird's freuen.«

Käthe entspannte sich wieder. Auch Alois' Gesichtszüge entkrampften sich. Es gelang ihm sogar, spitzbübisch zu grinsen.

»Es geht euch doch nur darum, Vater von euch beiden abzulenken. Ihr wisst, dass er euer lasterhaftes Treiben missbilligt und ihr nicht nur darüber reden, sondern bald einmal einen Hochzeitstermin festlegen solltet.« Er nahm sein Glas zur Hand, lehnte sich zufrieden zurück. »Es gibt also keinen Grund für mich, voreilig zu handeln. Man muss sich doch sicher sein, bevor man eine Ehe eingeht.« Er prostete seiner Schwester und Alfred zu.

Auch Käthes Mutter erwähnte in ihrer Gegenwart des Öfteren den Wunsch nach einem Enkel. »Das letzte Jahr sprach dein Vater von nichts anderem als davon. Er glaubte fest daran, dass du, wenn du genug von deiner Karriere und dem Lotterleben hast, ihm einen Enkel schenken wirst.« Ihr Tonfall ließ keinen Zweifel daran, dass es Käthes Pflicht sei, ihn zu erfüllen. Immerhin handelte es sich nun auch noch um den letzten großen Wunsch eines Verstorbenen. Diesen hatte man zu erfüllen, wollte man nicht in der Hölle schmoren. Das schmerzliche Gefühl, nicht den Erwartungen der Eltern zu entsprechen, verstärkte sich bei Käthe, egal wie groß ihr Erfolg auch sein mochte. Er bedeutete nichts, weil sie nicht jene Leistung erbracht hatte, die man von einer Tochter erwartete.

Fünf Tage später saß Käthe wieder im Eilzug nach Berlin. Ihre Mutter hatte sich zwar gewünscht, dass sie länger blieb, doch Käthe hatte den Eindruck, dass sie im Kreis der Verwandten gut aufgehoben sei, weshalb sie beschloss, bereits nach zwei Wochen, eine Woche früher als geplant, wieder aufzubrechen. Jeder Abend, an dem Inge Haug sie nicht auf der Bühne vertrat, erschien Käthe wie ein kleiner Sieg.

Der Abschied war herzlich, aber kurz. Schließlich war alles gesagt, und mehrfach hatte sie sich anhören müssen, dass der Alois auch noch nicht verheiratet sei. Der Traum ihrer Eltern lebte weiter, auch wenn ihr Vater inzwischen unter der Erde lag. Käthes Mutter war offenbar endgültig zu seinem Sprachrohr geworden.

Alois brachte sie zum Bahnhof, hob ihren schweren Koffer in den Zug, umarmte sie, drückte ihr einen Kuss auf beide Wangen wie ein Bruder seiner Schwester. Er wirkte glücklich. Wieder verkniff sich Käthe, ihn nach seinem Privatleben zu fragen.

Als der Zug anfuhr, winkte er noch einmal, dann verschwand er aus Käthes Blickfeld. Sie schleppte den Koffer ins Abteil und ließ sich auf einen freien Sitz fallen. Ihre Gedanken wanderten zwischen Erinnerungen, die allesamt mit ihrem Vater zu tun hatten, und der Vorfreude auf Horst hin und her. Sie nahm sich vor, lediglich den Koffer in der Wohnung abzustellen und danach gleich zu ihm zu fahren. Käthe sehnte sich nach seiner Umarmung, seinen Küssen und einer Portion Trost. In Wien hatte sie ihre Mutter trösten müssen und selbst keinen gefunden.

Sie atmete tief ein und wieder aus. In einigen Stunden würde sie den Mann, den sie liebte, endlich wiedersehen. Der Gedanke zauberte ihr ein Lächeln auf die Lippen, und ihr Herz begann schneller zu schlagen. Sie drückte ihren Kopf fest gegen die Rücklehne und schloss die Augen. Das rhythmische Rattern des Zuges schaukelte sie in einen sanften Schlaf.

In Berlin angekommen, fuhr Käthe in einem Taxi zur Wohnung. Else war nicht zu Hause. Sie trug den Koffer in ihr Schlafzimmer und zog sich frische Kleidung an. Auf dem Küchentisch hinterließ sie ihrer Freundin eine kurze Nachricht, dass sie wieder da und zu Horst gefahren sei.

Mit raschen Schritten lief Käthe eine halbe Stunde später die vier Stockwerke zu seiner Wohnung hoch und drückte auf die Klingel neben der Eingangstür. Kurz darauf hörte sie Schritte, Käthe lächelte voller Vorfreude. Ihr Herz klopfte noch aufgeregter als Stunden zuvor im Zug. Horst würde Augen machen, rechnete er doch erst in vier Tagen mit ihr. Der Schlüssel im Schloss wurde herumgedreht, die Tür öffnete sich, und vor ihr stand eine Frau im Schlafrock. Der Schreck fuhr ihr in die Glieder, ihr Magen krampfte sich zusammen.

»Else?« Fassungslos schaute Käthe ihre Freundin an.

Auch Else war erschrocken. Die Zigarettenspitze mit der brennenden Zigarette zitterte und fiel ihr fast aus der Hand.

»Käthe«, keuchte sie überrascht, und fast schien es, als wolle sie die vorwurfsvolle Frage hinterherschieben: »Was machst du denn schon hier?«

Doch sie blieb stumm.

Die beiden Frauen starrten einander an, als gäbe es einen Wettbewerb im Stillschweigen zu gewinnen.

München, Februar 2015

Vera hatte Else Novaks Biografie bis spät in die Nacht hinein verschlungen. Papiere mit Notizen für das Drehbuch lagen verstreut am Tisch, dazwischen standen zwei leere Kaffeetassen. Es gab plötzlich so viele Details, die ihr interessant und wichtig erschienen. Bis sie sich jedoch darüber klar geworden war, wie sie die neu gewonnene Erkenntnis in die Dokumentation einfügen wollte, musste alles so bleiben, wie es war.

Die Wohnung der Altmanns lag in der Utzschneiderstraße unweit des Viktualienmarktes. Veras Eltern hatten sie zu einer Zeit erworben, als man sich Wohnungen in dem Viertel noch leisten konnte. Ihr Vater hatte zu ihrem Glück darauf bestanden, auch in seiner Geburtsstadt ein Refugium zu besitzen. Die Wohnung lag im Rückgebäude mit Blick auf einen begrünten Innenhof, das Wohnzimmer wies einen verglasten Erker Richtung Süden auf. Ein Lob auf den Geschmack meiner Eltern, dachte Vera.

Sie wollte so bald wie möglich am Markt einkaufen, noch bevor die Faschingsnarren den Platz in Besitz nahmen. Dem närrischen Treiben wollte sie unbedingt entgehen.

Eingehüllt in Schal, Mütze und Mantel, verließ sie die Wohnung. Ein eisiger Wind fegte über den Marktplatz. Sie kaufte rasch Gemüse aus biologischem Anbau, ein bisschen Käse, Wein, Obst, Eier und Brot. Sie wollte den Kühlschrank füllen, damit Sophie auch genug zu essen vorfand, wenn sie schon wieder zurück in Wien war. Beim Metzger nahm sie Faschiertes mit, sie wollte am Abend Chili machen. Sophie war vom Flughafen direkt in die Bavaria Filmstudios gefahren und würde dort den ganzen Tag über an dem Spot drehen.

Wieder in der Wohnung, bereitete Vera sich ein ausgiebiges Frühstück zu, mit allem, was ihr schmeckte. Das würde bis zum Abend ihre einzige Mahlzeit bleiben, sie wollte den Tag zum Schreiben nutzen. Die Erfolge ihrer Großmutter am Deutschen Theater in Berlin, ihrer erste Filmrolle, die Affäre mit Horst Kleinbach, der Tod des geliebten Vaters und das Ende ihrer Beziehung, und damit auch das Ende der vermeintlich engen Frauenfreundschaft mit Else Novak, gehörten filmgerecht aufgearbeitet.

Sie setzte sich an den Tisch, klappte den Laptop auf. Während das Betriebssystem hochfuhr, nippte sie an einer Tasse Kaffee und notierte sich mit der freien Hand den Titel des Films: *Die Offiziersgattin*. In der Dokumentation wollte sie Ausschnitte daraus zeigen. Sebastian sollte sich um die Rechte dafür kümmern. Auf einmal spürte sie eine maßlose Energie. Was sie tat, fühlte sich richtig an. Sie aß, trank und schrieb zeitgleich wie eine Besessene. Nach einer halben Stunde hatte sie zusammengefasst, was ihr für die Dokumentation wichtig erschien:

Käthe Schlögels Durchbruch in Prag.
Ihr erster Film in Berlin.
Das Liebesverhältnis zu Horst Kleinbach.
Jakob Rosenbaum.
Das Verhältnis zu Hans Bleck und Else Novak.
Kriegszeit.

Hierzu fehlten ihr noch Informationen, allein dieser Teil würde einen großen Teil des Films einnehmen.

Vera räumte das Frühstücksgeschirr zurück in die Küche,

trank einen weiteren Espresso im Stehen. Dann legte sie klassische Musik in den Player und kehrte zurück an den Schreibtisch.

Die Zeit flog dahin, und als sie das nächste Mal von ihrem Laptop aufsah, dämmerte es draußen bereits.

Langsam, aber zufrieden erhob sie sich. Ihre Bandscheiben quälten sie, ebenso schmerzten ihre Gelenke vom langen Sitzen. Sie streckte ihren Rücken durch, dehnte sich im Gehen und ging in die Küche. Sophie wollte um halb acht Uhr nach Hause kommen. Dann sollte das Chili bereits fertig sein. Wie sie ihre Tochter kannte, hatte die ebenfalls seit dem Frühstück nichts mehr zu sich genommen. Deshalb musste das Essen sattmachen, und für Vera sollte es, zu der späten Stunde eingenommen, keine Kohlenhydrate beinhalten. Daran hielt sie sich seit einem Jahr, um ihre Figur zu behalten. Sie war nicht der sportliche Typ so wie ihre Tochter, die regelmäßig joggte. Für Sophie war Sport der Ausgleich zum Berufsstress. Für Vera war Sport ein Stressfaktor, den sie mied, wann immer sie konnte.

Sophie kam zehn Minuten nach acht Uhr. Der Ärger stand ihr ins Gesicht geschrieben. Ihre blauen Augen blitzten angriffslustig, als sie die Wohnung betrat.

»Haben sie dich heute im Studio mit Fragen gequält?«, fragte Vera, obwohl sie sich selbst lebhaft ausmalen konnte, dass es so gewesen war.

»Ich finde es total beschissen, über die Medien erfahren zu müssen, wer mein Vater ist, Mama. Hättest du nicht ein bisschen eher damit rausrücken können?«, knurrte Sophie, kaum dass die Eingangstür ins Schloss gefallen war und sie ihre Tasche auf den Boden geworfen hatte.

»Tut mir leid. Ist blöd gelaufen.«

»Blöd gelaufen, sagst du?«, keifte Sophie. »Es läuft vielleicht blöd, wenn dir jemand einen Parkplatz vor der Nase wegschnappt oder die Tür des Liftes zugeht, obwohl du nur noch zwei Schritte davon entfernt bist. Das ist blöd gelaufen. Aber das hier ... das hier ... ach, ich weiß gar nicht, was ich sagen soll. Ist einfach nur scheiße.«

»Ist ja schon gut. Ich hab's begriffen.«

»Ich komme mir vor wie eine Figur aus diesen billigen Serien, in denen du früher mitgespielt hast. Eine Figur, die nichts auf die Reihe bekommt.« Sophies Blick fiel auf die Zeitung auf dem Esstisch. Sie trat heran und wischte sie mit einer raschen Handbewegung zu Boden.

Vera schluckte und ging wortlos in die Küche. Ihre Augen waren feucht geworden. Sophies letzter Satz schmerzte wie eine schallende Ohrfeige. Auch von ihrer Tochter hatte sie bisher keine Wertschätzung erfahren. Langsam schöpfte sie Chili auf zwei vorgewärmte Teller. Durchatmen, ermahnte sie sich stumm. Lass dich nicht provozieren. Ein Streit brachte nichts außer schlechter Stimmung. Außerdem, wem machte sie etwas vor? Sophie hatte nicht unrecht. Sie hatte ja wirklich selten gute Rollen angeboten bekommen, hatte es deshalb auch nie in die A-Liga geschafft. Sie war immer nur die Tochter von Marianne und Fritz Altmann gewesen.

Sie stellte die Teller auf den Esstisch. »Ich hab uns etwas gekocht. Du hast sicher Hunger.«

»Entschuldige«, sagte Sophie. Offensichtlich war ihr klar geworden, über das Ziel hinausgeschossen zu sein. »Aber ich bin ziemlich sauer.«

Vera hob die Zeitung vom Boden auf. »Ärger dich nicht. Sei froh, dass sie deinen Namen richtig geschrieben haben. Das ist nicht selbstverständlich«, versuchte sie mit Witz die Situation zu entschärfen.

Es gelang. Sophie lachte, und sie stimmte mit ein.

»Hat er sich schon bei dir gemeldet?«, fragte Vera, als sie zu essen begannen.

Sophie schüttelte ihren Kopf so stark, dass ihre blonden Haarsträhnen hin und her flogen. »Nein. Bei dir?«

»Auch nicht.«

»Wird er es tun?«

»Da bin ich mir sicher.« Vera griff nach der Hand ihrer Tochter. »Du wirst sehen, es wird alles gut werden.«

Sie aßen weiter.

»Soll ich uns noch einen Tee machen?«, fragte Vera, als sie fertig waren.

Sophie nickte.

»Gerne. Es hat gut geschmeckt.«

Vera lächelte und räumte die Teller in den Spüler. »Wäschst du das Geschirr bitte noch, bevor du wieder nach Berlin zurückfliegst?«

»Mach ich.«

Sie schaltete den Wasserkocher ein und gab griechischen Bergtee in die Teekanne, dann stellte sie zwei Tassen auf den Tisch und setzte sich wieder.

Sophie stand auf, um das sprudelnde Wasser wenig später in die Kanne zu gießen, und kam damit an den Tisch zurück.

»Ich hab das Gefühl, schuld an seiner Scheidung zu sein«, sagte sie und setzte sich wieder.

Vera sah sie erschrocken an. Auf die Idee war sie gar nicht gekommen. »Das ist aber nicht so, Sophie. Oliver hatte im Laufe der Jahre viele Affären. Vor mir, nach mir …«

»Mit dir«, witzelte Sophie.

»Mit mir«, wiederholte Vera grinsend. »Seine Frau hat er bisher doch nur aus Bequemlichkeit nicht verlassen. Und aus rein materialistischen Gründen. Er will nämlich aus dem Haus in Harlaching nicht ausziehen.«

»Das wird er jetzt aber müssen.«

»Nicht unbedingt. Ihre gemeinsamen Kinder sind inzwischen erwachsen, daher ist er für sie nicht mehr unterhaltspflichtig. Außer sie studieren. Wobei ich die Rechtslage in Deutschland bei Scheidungsfällen nicht kenne ...« Sie legte die Stirn in Falten. »Genau genommen kenne ich auch die in Österreich nicht. Musste mich ja auch bis jetzt nicht damit auseinandersetzen. Es kann also ganz anders sein.«

»Mama, du schweifst ab«, sagte Sophie und goss ihnen Tee ein. »Kennst du seine Kinder?«

Vera schüttelte den Kopf. »Nicht persönlich. Ich weiß nur, dass er einen Sohn und eine Tochter hat. Ich hab sie ein einziges Mal gesehen. Sie haben ihren Vater zum Münchner Filmfest begleitet. Das ist aber Jahre her.«

»Werden sie mich hassen?«

Vera erschrak, ihr Gesichtsausdruck wirkte einen kurzen Moment nachdenklich. »Das kann ich dir ehrlich gesagt nicht beantworten. Es wäre aber kindisch, dir die Schuld zu geben. Du kannst gar nichts dafür. Wenn, dann müssten sie *mich* hassen.«

Sophie entfuhr ein leises Lachen. »Entschuldige, Mama! Aber gerade du und ich, wir wissen, dass nachfolgende Generationen für die Fehler eines Familienmitglieds gehasst und gemieden werden.«

»Hast ja recht. Diese Frage musst du aber leider mit deinem Vater klären. Was ich eigentlich sagen will: Mach dir deshalb keinen Kopf. Die beiden werden sich schon einigen, und du ... du bist jetzt nicht nur der Spross einer berühmten Schauspielerinnendynastie, sondern auch die Tochter eines preisgekrönten Regisseurs.«

»Mein Großvater war auch Schauspieler«, sagte Sophie.

»Er war jedoch leider der einzige Schauspieler in seiner Familie. Die Vorfahren meines Vaters waren Beamte oder Landwirte. Also keine Dynastie. Aber zumindest den Namen haben wir von ihm ... Was ich eigentlich sagen wollte ... wie ich Oliver kenne, wird er dich bald einladen, in seinem nächsten Film mitzuspielen.« Vera drückte aufmunternd Sophies Hand. »Wenn nicht aus Vaterliebe, dann zumindest zu PR-Zwecken. Sobald das Angebot kommt, solltest du es annehmen. Nutz die Sache doch für dich als Publicity.«

»*Die Sache*«, wiederholte Sophie und rollte mit den Augen.

»Apropos Publicity«, fuhr Vera fort. »Ich hab heute eine alte Feindin meiner Mutter getroffen, Karin Böhler.« Sie ließ Sophies Hand wieder los und berichtete in knappen Worten, was diese über Sophies Urgroßmutter, Horst Kleinbach und das Ende ihrer Beziehung wusste.

»Und wieder einmal hat Untreue eine Freundschaft gekillt«, meinte Sophie. »Packst du das in die Doku?«

Vera zuckte mit den Achseln. »Weiß ich noch nicht … mal schauen, was noch daherkommt. Jedenfalls will sie ein Interview mit dir … du sollst sie anrufen. Kannst dir ja sicher vorstellen, was das Thema eures Gesprächs sein wird.«

Sie griffen beide nach ihren am Tisch liegenden Handys, und Vera diktierte Sophie die Telefonnummer der Journalistin.

»Komm, lass uns rübergehen und die Füße hochlegen«, schlug Vera vor und griff nach den beiden Teetassen. »Ich muss nämlich noch etwas anderes mit dir bereden.«

»Das klingt wie eine Drohung«, meinte Sophie.

Vera stellte die Teetassen auf dem Couchtisch ab und ließ sich aufs Sofa fallen. Sophie setzte sich dicht neben sie. So wie sie es oft getan hatten, als Sophie noch ein kleines Mädchen gewesen war und sie gemeinsam fernsahen. Den Körper des anderen spüren und sich tief verbunden fühlen. Ein wunderbares Gefühl, fand Vera, das sie, jetzt da Sophie erwachsen war, leider viel zu selten genießen konnten. Sophie schnappte sich ihre Tasse, nippte an dem heißen Tee, während sie sich an ihre Mutter kuschelte.

»Was gibt's denn noch zu bereden?«, fragte sie und schloss die Augen.

»Ich war gestern Morgen bei Roland Bleck.«

Augenblicklich öffnete Sophie wieder ihre Augen. »Ich weiß …«, platzte es aus ihr heraus, und sie errötete. Abrupt setzte sie sich auf und stellte ihre Tasse ab.

»Du weißt es?« Vera sah sie ungläubig an.

Sophie schüttelte energisch den Kopf. »Natürlich nicht. Ist mir nur so rausgerutscht.«

»Wahrscheinlich hat Roland mit Fabian telefoniert, nachdem ich bei ihm war«, mutmaßte Vera.

»Fabian?«, versuchte Sophie zu retten, was noch zu retten war.

»Komm schon, Sophie! Ich bin's, deine Mutter. Roland hat mir von euch erzählt. Kannst dir sicher vorstellen, dass mir erst einmal die Luft weggeblieben ist. Meine Kleine hat einen Freund, und ich erfahr es über einen Dritten. Das war für mich ein ähnlich großer Schock, wie der, den du hattest, als du erfuhrst, wer dein Vater ist.«

»Das ist nicht das Gleiche, Mama! Du hast zwanzig Jahre lang verschwiegen, wer mein Vater ist.«

»Hm«, brummte Vera. »Okay. Tut mir leid. Blöder Vergleich.«

»Woher weiß Roland Bleck von uns?« Sophie fuhr sich mit den Fingern durch die Haare.

»Vielleicht hat Fabian es ihm erzählt.«

»Glaub ich nicht. Wir haben ausgemacht, es vorerst geheim zu halten.« Sie drehte eine Haarsträhne zwischen den Fingern. »Deshalb hab ich dir noch nichts erzählt.«

»Warum?«

»Das fragst du? Ernsthaft? Wir haben doch grad eben über Kollektivhaftung gesprochen. Oma kann die Blecks auf den Tod nicht ausstehen.« Sophie verdrehte die Augen. »Und das ist noch gelinde gesagt.«

»Echt? Ihr wolltet auf geheime Liebschaft machen? Wie lange? Bis einer von euch die Beziehung beendet oder bis Oma stirbt?«

»Letzteres.«

Vera grinste schief. »Das kann noch sehr lange dauern. Die Frau ist kerngesund.«

»Sie isst zu viel Gemüse.«

»Ja, das tut sie. Das hält sie gesund. Und hör endlich damit auf, an deinen Haaren herumzuziehen. Das macht mich ganz nervös«, sagte Vera und klopfte ihr sanft auf die Finger.

Sophie ballte die Hände zu Fäusten und schlug die Knöchel gegeneinander. Vera sah ihr dabei zu.

»Wie soll ich Oma das beibringen?«

»Am besten direkt.«

»Das wird unser Verhältnis ... sagen wir ... trüben.«

»Vermutlich.«

»Das will ich aber nicht.« Sophie nahm einen Schluck Tee. »Wird sie's verstehen?«

»Nein, aber der Tag, an dem du's ihr sagst, wird ...«, sie tat, als überlege sie angestrengt, »sagen wir, spannend.«

»Du nimmst mich nicht ernst.«

»Oh doch, ich nehme dich ernst. Und ich werde dabei sein, wenn du's ihr sagst. Und ich werde mich zwischen euch werfen, wenn sie mit einem Messer auf dich losgeht. Ich lass doch nicht das Kind töten, das ich unter Schmerzen geboren habe ... Es dauerte übrigens achtzehn Stunden, bis du endlich da warst.«

»Ich weiß, das hältst du mir jedes Mal vor.«

»Ich halte es dir nicht vor. Ich will nur, dass du weißt, wie viel Zeit ich in deine Geburt investiert habe«, lachte Vera. »Und jetzt komm wieder her.« Sie zog ihre Tochter sanft an sich und strich ihr zärtlich übers Haar. »Ist vielleicht gut, dass es so gekommen ist.«

»Komm mir bitte jetzt nicht mit Schicksal und so ...«

»Ich hab so das Gefühl, deine Großmutter will eh mit irgendwas aufräumen. Vielleicht zwingt sie deine Beziehung zu Fabian, endlich mit der Sprache herauszurücken. Irgendwann muss sie uns sagen, warum die Blecks die leibhaftige Brut des Teufel sind.«

»Schön formuliert, Mama«, sagte Sophie zynisch.

Vera küsste sie auf den Scheitel. »Du bist ihr Liebling. Sie wird dir den Kopf abreißen, von dir verlangen, den Kerl sofort zu verlassen, ihn, sollte er in der Villa auftauchen, hochkantig rausschmeißen ... Aber du bist ihr Liebling, das hilft ein bisschen. Und wenn nicht, geben wir sie in ein Altersheim.«

»Das *wir* aussuchen.«

»Ja, wir suchen das Heim aus.«

Wien, Februar 2015

Marianne Altmann ärgerte sich. Sie stand in Veras Küche im ersten Stock und blickte auf die Straße hinunter. Dort stand ein Fernsehteam und filmte Richtung Villa. Wahrscheinlich drehten sie Bilder für die Abendnachrichten oder die Kulturredaktion. Die Nachricht, wer Sophie Altmanns leiblicher Vater war, hatte sich inzwischen auch in Österreich wie ein Lauffeuer verbreitet.

»Parasiten«, schimpfte sie.

Nur gut, dass die hohe Gartenmauer lediglich den oberen Teil des Hauses freigab und ihren eigenen Wohnbereich im Erdgeschoss verbarg. Sie hasste jedwedes Eindringen in ihre Privatsphäre, das Filmen ihres Rückzugsortes glich in ihren Augen einem Sakrileg.

Wütend ging Marianne nach unten und öffnete die hintere Terrassentür. Zum Glück war der Garten komplett uneinsichtig. Kühle Februarluft hüllte sie ein und der Gesang der Vögel. Das aufgeregte Zwitschern kündigte den Frühling an. Sie sog die Luft und den Singsang tief ein. Ihr Blick streifte die Rosenhecke, die im Sommer wieder prachtvoll blühen würde. Die einzelnen Pflanzen im Garten trugen klingende Namen wie etwa das weiß blühende Schneewittchen oder die gelb leuchtende Lichtkönigin Lucia.

Sie kannte den geheimen Schatz, den ihre Mutter jahrelang in der kniehohen Sitzmauer, die einen Teil des Beetes einsäumte, vor den Nazis verborgen hielt. Die Mauer aus Natursteinen war als Versteck im Spätherbst 1938 errichtet worden. Erst ein halbes

Jahr nach Kriegsende hatten ihre Eltern es gewagt, die Kostbarkeit wieder hervorzuholen. Danach hatte ihr Vater die Mauer wieder aufgebaut.

Das Geräusch eines herannahenden Autos durchbrach die winterliche Stille. Dann hörte sie Türen schlagen und kurz darauf gemächliche Schritte.

Es läutete an der Eingangstür.

So eine Frechheit, dachte Marianne. Jetzt klingelt diese Brut womöglich noch und bittet um ein Interview. Ohne Terminabsprache. Das ging gar nicht. Sie reagierte nicht.

Es läutete noch einmal. Diesmal drückte der Störenfried den Klingelknopf deutlich länger.

Die betagte Schauspielerin schloss die Terrassentür und stapfte wutentbrannt zur Eingangstür. Denen würde sie jetzt ihre Meinung sagen.

Sie riss die Tür förmlich auf. »Was wollen Sie«, blaffte sie und hielt augenblicklich überrascht inne. Vor ihr stand ein großgewachsener Mann mit weißem Haar. Er trug einen dicken Wintermantel.

»Max! Was machst du denn hier?« Sie sah über die Schulter des ehemaligen Produzenten hinweg. Das Kamerateam war verschwunden. Schnell trat sie einen Schritt zur Seite und deutete ihm mit einer schnellen Handbewegung an einzutreten. »Komm rein! Komm rein!«

Max Horvat trat ein, und sie schloss rasch die Tür hinter ihm.

»Ich hab mir gedacht, ich besuch dich wieder einmal, Marianne. Wir haben uns schon lange nicht mehr gesehen.«

»Da war gerade noch ein Kamerateam …«

Der alte Mann schüttelte den Kopf. »Nein, da war keines.«

Kurz schaute die Diva irritiert, dann lächelte sie. »Ich freu mich, dich zu sehen, Max.«

Das weiße volle Haar stand ihm, und auch sonst hatte er Figur behalten und nicht, wie so viele Männer seines Alters, an Form verloren. Er zog den Mantel aus und hängte ihn an die Garderobe im Flur. Seine Bewegungen waren bedacht, wenn auch langsamer als noch vor fünfzehn Jahren, so lag in ihnen noch immer die Energie, die dieser Mann einst verströmte. Wenn sie sich recht erinnerte, feierte er bald seinen achtzigsten Geburtstag. Er sah jedoch nicht danach aus, als müsste man ihn bald beim Gehen stützen.

»Komm in die Küche. Ich setz gleich Teewasser auf.«

Sie ging voran, Max folgte ihr.

»Bist du extra den weiten Weg von München nach Wien gefahren, um mich zu besuchen?«

»Ich hatte gestern in Wien zu tun und wollte eigentlich heute Morgen wieder zurück …«

»Eigentlich? Das klingt nicht nach einem geplanten Besuch bei mir.«

Er setzte sich und sah sich in der Wohnküche um. »Mein Sohn hat mich angerufen. Deine Tochter war gestern bei ihm.«

Marianne fuhr fort, den Tee zuzubereiten. »Ich weiß. Ich hab sie zu ihm geschickt.«

»Warum willst du aus dem Drehbuch eine Altmann-Biografie machen?«

Marianne drehte sich um und stellte die Tassen und die Glaskanne auf dem Tisch ab. »Kuchen hab ich leider keinen, den ich dir anbieten kann.«

»Ich bin nicht zum Kuchenessen gekommen, Marianne.«

Sie nahm ihm gegenüber Platz. »Ich dachte, die Filmproduktion leitet dein Sohn.«

»Tut er auch. Ich bin bloß neugierig.«

»Heißt das, er wird die Sache produzieren?«

»Sagen wir so … deine Tochter hat seine Neugierde geweckt. Also, was hast du vor?«

»Sei doch froh, dass ich meine Mutter ins Spiel bringe, dann bleibt nicht mehr so viel Sendezeit, um die Affären deines Goldesels Fritz im Detail anzusprechen.« Sie zwinkerte ihm amüsiert zu.

»Das wäre nicht das Problem, Marianne. Die Leute lieben Eskapaden, wie Fritz sie gelebt hat. Womit mein Sohn ein Problem hat, ist, dass du den Roland Bleck ausbremst. Immerhin hatten er und Vera eine mündliche Vereinbarung.«

»Schön, dass du dich um die Bleck-Film sorgst.«

»Darum geht es nicht. Wenn sich rumspricht, wie die Sache gelaufen ist, und das wird es, verlass dich darauf ... Was ich sagen will: Es wirft kein gutes Licht auf deine Tochter, wenn sie Zusagen einfach von heute auf morgen absagt. Zudem wirft es kein gutes Licht auf die Horvat-Film, wenn wir uns auf solche Spielchen einlassen.«

»Du bist träge geworden.« Marianne Altmann lächelte ihren einstigen Produzenten an. »Früher warst du bissiger und mutiger.«

Max Horvat ließ sich nicht beirren, ignorierte ihre Spitze kommentarlos. »Obendrein braucht Sebastian bei einer derart großen Produktion einen Koproduzenten. Das weißt du. Und zwar einen österreichischen, um die Fördermittel zu bekommen. Ein Teil der Doku spielt ja in Österreich.«

»Und du denkst, dass ausgerechnet die Bleck-Film der richtige Partner dafür wäre.«

»Ja, das denke ich. Außerdem will ich den genauen Grund für deine Ablehnung wissen.«

Marianne Altmann atmete tief durch, dann gab sie sich einen Ruck. »Weil Roland Bleck nicht gefallen wird, was ich über seinen Großvater zu erzählen habe.«

Max Horvat überlegte kurz. »Du meinst die Sache mit Eri.«

»Nicht nur die. Auch die Sache mit meinen Eltern. Er hat ihnen übel mitgespielt. Du kennst die Geschichten.« Ihre Miene gefror zu Eis.

»Das mag sein, Marianne. Doch denk daran, dass sein Enkel

und sein Urenkel darunter zu leiden haben. Die können nichts dafür. Und das Publikum interessiert das vielleicht gar nicht.«

»Papperlapapp. Das Publikum interessiert das sehr wohl.«

Marianne schenkte sich und ihrem Besuch Tee ein.

»Du weißt, wie die Leute sind. Heute jubeln sie dir zu, morgen zerreißen sie dich, und den Tag darauf jubeln sie wieder. Egal, was du getan hast.«

»Der alte Bleck ist tot. Sie können ihm weder zujubeln noch ihn mit faulen Tomaten bewerfen. Dafür haben sie ihm zu Lebzeiten eine Auszeichnung nach der anderen um den Hals gehängt, Max. Obwohl viele wussten, was er getan hat. Es muss endlich einmal die Wahrheit gesagt werden.« Mariannes Stimme verdunkelte sich vor Sturheit.

»Weiß deine Tochter über den Hans-Bleck-Vernichtungsfeldzug Bescheid?«

»Es ist ja nicht so, dass ich es über eine Talkshow im Fernsehen verbreite. Ich werde Vera die Wahrheit erzählen, und sie wird entscheiden, wie viel sie davon an die Öffentlichkeit bringen will.«

»Das wird für sie keine leichte Entscheidung werden.«

»Sie wird das Richtige tun.«

»Und was ist mit Eri Klein? Wirst du über sie und ihr Schicksal erzählen?«

Eri, dachte sie, und ihre Gedanken trugen sie zurück, während sie am heißen Tee nippte. Sie lernten sich über ihre Mutter bei der Arbeit kennen ...

Die Maskenbildnerin stand mit leicht gespreizten Beinen neben dem Stuhl, auf dem Marianne Platz genommen hatte. Vor ihnen war ein großer Spiegel notdürftig montiert worden. Wohlwollend blickte die Maskenbildnerin auf Mariannes Gesicht und begann mit ihrer Arbeit. »Sie haben sehr schöne, ebenmäßige Züge, Frau Weinmann«, sagte sie.

Marianne lächelte und betrachtete ihr Werk im Spiegel. Auch dieses Mal war das Make-up nach nur wenigen Minuten perfekt gelungen. Nicht zu viel, aber eben doch genug, um das Blau ihrer strahlenden Augen zur Geltung zu bringen. Dadurch rückten die Lippen, die Marianne persönlich als nicht wohlgeformt empfand, ein klein wenig in den Hintergrund. »Sie holen aber auch immer das Beste aus mir heraus«, sagte sie.

Eri Klein war entgegen ihrem Namen mittelgroß, hatte kurzes braunes Haar, jedoch ebenso strahlende blaue Augen wie Marianne. Es war das Jahr 1961, und sie arbeiteten zum ersten Mal miteinander. Die Max-Horvat-Film produzierte einen Spielfilm, in dem Marianne die Tochter eines Heurigenwirtes darstellen sollte. Das lag ihr, weil sie im Grunde sich selbst spielen konnte. Mit dem Unterschied, dass sie sich im Film in einen Leutnant der Kaisergarde verliebte.

»Jetzt noch das Dekolletee«, sagte Eri Klein, und Marianne lehnte sich wieder in den Stuhl zurück. Die Maskenbildnerin steckte ein dünnes weißes Tuch in Mariannes Ausschnitt, um keine Make-up-Flecken auf dem Dirndl zu riskieren. Mit geübten Handgriffen schminkte sie den Hals bis zum Busenansatz, als die Tür des Wohnwagens aufgerissen wurde.

»Noch zehn Minuten«, brüllte das Skriptgirl in den Wagen und knallte die Tür wieder zu. Sie hatten sich beide erschrocken angesehen und dann schallend gelacht. Dennoch war Mariannes Nervosität gestiegen. Denn den Leutnant sollte niemand geringerer als der berühmte Fritz Altmann spielen. Die Frauen waren von ihm hingerissen. Wenn er Theater spielte, erschien es, als spiele er für jede Einzelne im Raum. Er war innerhalb kürzester Zeit zum umjubelten Star geworden, die weiblichen Fans verliebten sich reihenweise in ihn. Als sie heute Morgen zu ihrem Wohnwagen am Set gekommen war, standen bereits einige Mädchen an der Absperrung. Sie wollten, wenn sie schon kein Autogramm von dem Filmstar erhielten, zumindest einen Blick auf ihn werfen. Keine von ihnen hatte einen Blick an Marianne verschwendet.

Eri Klein zog das weiße Tuch aus dem Ausschnitt. »So, fertig!« Ihre Augen strahlten, als hätte sie soeben einen Preis für das beste Make-up bekommen.

»Marianne, wirst du von Eri erzählen?«, riss Max Horvats Stimme sie aus ihren Gedanken.

Sie schüttelte den Kopf. »Nein, aber ich tu es für meine Eltern und für Eri.«

»Es macht keinen Sinn, wenn du dir den Bleck zum Feind machst.«

Marianne lächelte so milde, wie man nur lächeln konnte, wenn man schon viele Feinde im Leben bezwungen hatte. »Auf den einen kommt es mir jetzt auch nicht mehr an.«

»Warum ausgerechnet jetzt? Warum nicht schon früher, als der alte Bleck noch gelebt hat? Und du weißt, wen ich damit meine: Rolands Großvater.«

»Weil ich damals noch viel zu jung war und jetzt eben der richtige Zeitpunkt gekommen ist. Als Vera mir von ihrer Idee zu der Dokumentation erzählt hat, ist mir klar geworden, dass ich nicht ewig lebe.«

Max Horvat lachte leise. »Echt? Darauf bist du erst jetzt gekommen?« Er beugte sich nach vorne und tätschelte ihre Hand. »Marianne, wir sind jetzt die Alten.«

Sie bemerkte seine Altersflecken am Handrücken. »Derweil waren wir gestern erst zwanzig.« Sie lächelte milde. »Zudem haben Vera und Sophie ein Recht darauf, ihre wahren Wurzeln kennenzulernen.«

»Was meinst du damit?«, fragte er.

»Das wirst du dann schon noch erfahren.« Sie grinste wie ein kleines Schulmädchen.

Max Horvat schüttelte den Kopf. »Was immer du zu erzählen

hast, erzähl es ihnen bei einem gemütlichen Abendessen, und lass es sonst gut sein. Denk einmal andersherum, Marianne. Was, wenn Käthe etwas wirklich Verwerfliches getan hätte, und Vera und Sophie müssten jetzt dafür büßen? Ist dir das schon einmal durch den Kopf gegangen?«

Marianne presste die Lippen aufeinander. »Du willst doch sicher auch nicht, dass Vera in ihrer Dokumentation Lügen verbreitet.«

»Wovon sprichst du?«

Sie schüttelte den Kopf. »Komm, trink deinen Tee, und ich erzähl dir vom Beginn einer großen Liebe in München.«

Max Horvat griff zur Teetasse und blickte sie aufmerksam an.

»Ich spreche von meiner Mutter, Jakob und den Münchner Kammerspielen.«

München, 1932

Käthe konnte eine Kamera ausmachen – Jakob aber nicht. Er hatte sie doch abholen wollen. Die Leute schubsten Käthe zur Seite, als wäre sie ein Gegenstand. Sie zog mit einer Hand den Mantel enger um ihren Körper, mit der anderen hielt sie den Griff ihres Koffers so fest umklammert, dass die Knöchel ihrer Finger weiß hervortraten. Als habe sie Angst, jemand könne ihr das Gepäckstück entreißen. Es war kalt. Auf dem Weg hatte sie Schneetreiben begleitet, das dichter wurde, je näher sie München gekommen waren.

Käthe blickte sich nach allen Seiten um. Wo nur Jakob blieb? In dem Moment sah sie ihn. Er winkte ihr zu, während er versuchte, durch die Menschenmassen auf sie zuzusteuern. Käthe machte sich auf den Weg in seine Richtung. Es war ihr, als kämpfte sie gegen Wellen an.

»Was ist denn hier los?«, fragte sie ihn außer Atem, als sie sich endlich gegenüberstanden.

Er umarmte und küsste sie auf beide Wangen.

Obwohl nur zwei Jahre vergangen waren, seit sie Jakob zuletzt gesehen hatte, erschien er ihr auf wundersame Weise erwachsener geworden zu sein. Nur der Blick war auf seine ganz spezielle Weise nachdenklich geblieben. Und auch das leicht zerzauste dunkelblonde Haar. Doch die Körperhaltung erschien ihr aufrechter, selbstbewusster.

»Pat und Patachon besuchen München«, erklärte er ihr. »Heute Abend wird der Film *Knall und Fall* der beiden dänischen Komiker in den Luitpold-Lichtspielen und im Filmpalast gezeigt. Sie sind wohl zu Gast.«

Jakob zog sie weiter, und sie bahnten sich gemeinsam einen Weg durch die wartenden Filmfreunde ins Freie. Niemand aus der Menschenmenge warf einen Blick auf die bekannte Schauspielerin, die so unbemerkt den Bahnhof durchqueren konnte.

Im Freien sog Käthe die kühle Luft tief in ihre Lungen. Jede Stadt roch anders. Den Geruch von München mochte sie ganz besonders. Warum konnte sie nicht genau erklären. Es roch entspannt und nach bayerischer Gelassenheit, fand Käthe.

»Schön, dass du da bist«, sagte Jakob und nahm ihre Hand. Sie waren sich nicht fremd geworden. Es schien, als hätten sie sich erst gestern voneinander verabschiedet.

»Ich freu mich auch, hier zu sein.«

»Ich hab das von deinem Vater gehört. Es tut mir leid.«

»Danke. Aber woher weißt du … Spionierst du mir nach?«, fragte sie belustigt.

»Klar, oder hast du gedacht, ich lass dich aus den Augen? Nein, Walter hat es mir gesagt. Ich wollte dir schreiben … doch dann dachte ich, wir sehen uns sicher wieder, dann spreche ich dir mein Beileid persönlich aus.«

»Danke«, sagte Käthe noch einmal.

»Ich hoffe, ihr habt euch vor seinem Tod versöhnt.«

Käthe schluckte und schüttelte traurig den Kopf. »Leider nicht wirklich. Aber ich denke, er hat mir verziehen.«

»Ich hab auch das mit Horst Kleinbach und dir gehört.« Er senkte den Blick, ließ ihre Hand wieder los. »Auch das tut mir leid.«

Ihr Dilemma hatte sich also auch schon bis zu ihm herumgesprochen. Wie klein die Welt doch war. Sie schämte sich Jakob gegenüber, dass sie so dumm gewesen war, auf den größten Frauenhelden Berlins reinzufallen. Auf der anderen Seite wollte sie nicht zugeben, bis zu einem gewissen Grad selbst äußerst berechnend gewesen zu sein. Immerhin hatte sie die Hauptrolle in Kleinbachs letztem Film gespielt, was ihr neben Ruhm auch viel Geld eingebracht hatte. Zudem hatte sie gewusst, auf wen sie sich einließ, und sie hatte damit rechnen müssen, betrogen zu werden. Auch wenn sie sich eine Zeitlang der Illusion hingegeben hatte, die Einzige für ihn gewesen zu sein. Einmal Gigolo, immer Gigolo. Die Sache mit Else verdreifachte den Schmerz.

»Du kennst ja Horst Kleinbach«, sagte sie schulterzuckend.

Es sollte klingen wie: Der Mann ist nicht so wichtig, um über ihn zu reden. Doch es klang verbittert. Sie hing nun mal als Trophäe an seiner Wand.

»Ich bin froh, dass ihr kein Paar mehr seid«, gab Jakob zu.

Käthe schüttelte den Kopf. »Lass uns von erfreulicheren Dingen reden. Wie ist es dir ergangen in den letzten beiden Jahren?«

Jakob sah sie eine Weile schweigend an, dann sagte er: »Gut. Mir ist es sehr gut ergangen. Ich hab mehrere Stücke geschrieben, wovon eines am Theater in Prag und eines in Berlin aufgeführt wurde.«

»Du warst in Berlin?«

Er nickte zaghaft.

»Und du hast dich nicht bei mir gemeldet?«

»Du warst beschäftigt.«

Käthe verstand. Er hatte sie nicht sehen wollen. »Ich hab nicht mitbekommen, dass eines deiner Stücke in Berlin gespielt wurde. Ich wäre selbstverständlich zur Premiere gekommen.« Sie ärgerte sich darüber, nur ihre eigene Welt wahrgenommen zu haben. »Else hat auch nichts davon erzählt.«

Seit Langem sprach sie den Namen ihrer alten Freundin wieder in Gegenwart eines anderen aus.

»Es war eine sehr kleine Bühne und das Stück ... na ja.« Er lächelte bitter. »Nicht bedeutend.«

»Danke, dass ich deine Marianne hier spielen darf.«

Er lachte ein betörendes Lachen. »Du bist Marianne. Schon

vergessen?« Sein Gesichtsausdruck veränderte sich. »Ich bin froh, dass sie Marianne auf den Spielplan der Kammerspiele gesetzt haben. Ich weiß nur nicht, wie lange.«

Käthe sah ihn erschrocken an. »Wie meinst du das? Mein Vertrag läuft bis Mitte nächsten Jahres.« Sie hatte nicht nur die Vertragsverlängerung des Theaters in Berlin, sondern auch ein weiteres Filmangebot von Horst Kleinbach abgelehnt. Offiziell beteuerte sie der Presse gegenüber, sich ganz auf das Theaterspielen in München konzentrieren zu wollen. Inoffiziell wollte sie nie wieder etwas mit Horst zu tun haben.

»Die Nationalsozialisten haben im November 31 eine Theatergruppe mit dem glorreichen Namen ›Volksspielkunst Gemeinschaft München‹ gegründet.« Er sprach den Namen übertrieben aus. »Die ziehen jetzt von Ort zu Ort und führen Stücke auf, die sich gegen Juden richten. Erst vor zwei Monaten hat die Theatergruppe des Bezirks München Nord ihren Einstand mit dem Stück *Der Kompromiss-Geist* gegeben. Du weißt, dass darin behauptet wird, dass die Juden für alle negativen Entwicklungen der deutschen Geschichte vom Versailler Vertrag bis zur Wirtschaftskrise verantwortlich sind.«

»Jetzt malst du aber den Teufel an die Wand«, sagte Käthe und stimmte spöttisch lächelnd das politisch-satirische Couplet aus der Revue *Spuk in der Villa Stern* an: »›An allem sind die Juden schuld‹«, zitierte sie.

Jakob versuchte ein Lächeln.

»Die Nationalsozialisten, das sind doch nur …« Sie zuckte mit den Achseln. »Dumme Teufel.«

»Die immer mehr werden und ihre Methoden immer radikaler.«

Er drückte ihr ein Papier in die Hand. »Diese Klebezettel sind in der ganzen Stadt verteilt. Dazu kommen noch runde Zettel, auf denen steht, man solle Hitler wählen.«

Käthe las stumm: »Deutschland ist Herr im Haus; Das wär

gelacht; was Jud und Franzose sagt, das wird gemacht!« Wütend zerknüllte sie das Blatt.

»Auch wenn du's wegwirfst, löst es das eigentliche Problem nicht. Ich sehe große Veränderungen auf uns zukommen. Und die verheißen nichts Gutes.«

Käthe spürte Jakobs Angst. Und auch wenn sie sich noch so im Optimismus verlor, bemerkte auch sie vermehrt den unverhohlen ausgelebten Judenhass. Erst kürzlich hatte ihr Anita in einem Brief geschrieben, dass die NSDAP in Wien aggressive Wahlwerbung betrieb, mit Plakaten, auf denen geschrieben stand: *500.000 Arbeitslose, 400.000 Juden! Ausweg sehr einfach! Wähle Nationalsozialisten.*

»Sie spielen *Marianne*, jetzt freu dich doch, und lass diese Idioten ihre Sprüche klopfen. Hört ihnen doch eh niemand zu«, versuchte Käthe, die dunklen Wolken zu vertreiben. Sie hoffte, dass es stimmte, was sie behauptete.

Jakob nahm sie am Arm. »Vielleicht hast du ja recht. Komm, ich bring dich in deine Wohnung.«

Ihre Unterkunft lag nahe dem Theater. Sie war nicht besonders groß, doch geschmackvoll eingerichtet und gemütlich. Jakob zog die Vorhänge auf.

»Jetzt mach dir erst einmal eine Tasse Tee. Ich hab mir erlaubt, ein paar Lebensmittel für dich einzukaufen.« Er führte sie in die Küche. »Viel ist es nicht ... Ich hoffe, du magst, was ich besorgt habe.«

»Ich mag es sicher.« Käthe nahm seine Hand und hauchte ihm einen Kuss auf die Wange. »Danke für alles.«

In den nächsten Wochen knüpften sie dort an, wo sie in Prag aufgehört hatten. Regelmäßige Spaziergänge führten sie Seite an Seite entlang der Isar und durch die Stadt. Sie redeten viel über Gott und die Welt, sprachen über ihre Arbeit und darüber, wie sehr sie ihren Beruf liebten. Es fühlte sich an, als wären sie nie getrennt gewesen. Jakob begleitete sie jeden Abend nach der Vorstellung nach Hause. Dort stahlen sie sich heimlich in Käthes Wohnung, plauderten noch eine Weile, bis es Zeit wurde, sich zu verabschieden. Immerhin mussten sie am nächsten Tag ausgeschlafen wieder im Theater erscheinen. Das Getuschel der Nachbarn hinter ihrem Rücken störte sie nicht.

Eines Tages überraschte sie die Lust nach einem ihrer Streifzüge. Es war kalt, und Käthe bot Jakob einen heißen Tee an. Das Begehren baute sich so rasch auf, dass das, was an diesem Nachmittag als freundschaftliche Plauderei begann, sich von einer Sekunde auf die andere zu etwas anderem entwickelte.

Im Halbdunkel des Zimmers umspielten dünne Sonnenstrahlen Käthes blondes Haar. Sanft umfasste Jakob mit seinen Händen ihren Nacken, zog sie an sich und küsste sie mit einer Leidenschaft und Zartheit, die Käthe bezauberte. Sie kämpfte mit ihrer Scham, doch zugleich empfand sie eine unglaubliche Lust, sich diesem einfühlsamen Mann, dessen Finger im Begriff waren, jeden Millimeter ihres Körpers zu erobern, einfach und noch auf dem Fußboden hinzugeben. Jakob liebte sie mit wenig Zurückhaltung, und Käthe ahnte, dass dies nicht sein erstes Mal war. Plötzlich gefiel ihr, was sie taten. Was noch unglaublicher war – sie spürte in Jakobs Gegenwart keine Befangenheit. Als hätte er den richtigen Knopf gefunden, um ihr Begehren und ihre Wonne ins Unermessliche zu steigern. Sie war sich ihres eigenen Verlangens bis dahin nicht bewusst gewesen, hörte sich zum ersten Mal in ihrem Leben ungeniert stöhnen. Etwas, das Jakob anzuspornen schien, denn er führte sie beide schließlich mit ruhigen rhythmischen Bewegungen zum Höhepunkt.

Als Käthe aus ihrer Karussell fahrenden Gefühlswelt wieder auftauchte, fiel sie in betretenes Schweigen. Auch Jakob schwieg. Er lag auf dem Rücken am Boden und hielt die Augen geschlossen. Ein Liebesakt, der nicht geplant, geschweige denn vorhersehbar gewesen war. Verflucht, wie verhielt man sich da?, fragte

Käthe sich. Und vor allem, was empfand sie für Jakob? Sie mochte ihn. Sehr gern sogar. Aber war sie auch in ihn verliebt? Der Fußboden war auf einmal kalt und ungemütlich. Sie rappelte sich auf.

»Ähm …«, begann sie nervös und zog sich ihre Bluse über. Jakob öffnete die Augen, setzte sich auf und sah ihr zu, wie sie sie zuknöpfte.

»Ich hoffe, du bereust es nicht.« Seine Augen ruhten nachdenklich auf ihr. Er fuhr sich mit der Hand durch sein dunkelblondes volles Haar, das in dem Augenblick noch zerzauster war als sonst, und sah ungemein verletzlich aus. Plötzlich schien es Käthe, als wäre sie zu Hause angekommen. Unmerklich schüttelte sie den Kopf. »Das hast du dir doch in Prag schon gewünscht«, sagte sie milde lächelnd.

»Du hast es gewusst?«

Sie wog ab, ob sie an dieser Stelle das Gespräch mit Ilja ins Spiel bringen sollte, entschied sich jedoch dagegen. »Sagen wir, ich hab es gefühlt.« Sie stand auf und begann in der Küche zu hantieren. »Möchtest du einen Tee?«

Jakob nickte und setzte sich auf.

»Ich hab dein Büchlein, das du mir in Prag geschenkt hast, gut aufgehoben. Möchtest du es wiederhaben?«

Er schüttelte den Kopf. »Es gehört dir.«

In stiller Erinnerung an jenen Tag am Prager Friedhof brühte sie den Tee auf. »Was war es?«, stellte sie die Frage, die ihr durch den Kopf ging, seit Hans Bleck ihr Jakobs Angebot offenbart hatte. »Was hat dir an mir gefallen? Das hellblaue Kleid?«

Jakob zögerte einen Moment, als wäre ihm die Antwort unangenehm. Dann gab er sich einen Ruck. »Es warst du. Du in dem hellblauen Kleid.«

Käthe schmunzelte. In diesem Moment verliebte sie sich in ihn.

Als der Frühling endgültig in München einzog, wurde in Käthes Wohnhaus eine kleine Zweizimmerwohnung im Stockwerk unter ihr frei. Jakob bemühte sich darum und mietete sie an. Sie hatten nicht darüber gesprochen, und doch war es klar. Mit der gleichen Selbstverständlichkeit, mit der Blumen ihre Knospen öffneten, Wirte Tische und Stühle nach draußen stellten und die Röcke der Frauen kürzer wurden, zog er heimlich bei Käthe ein. Das kleine Refugium im unteren Stock diente zur Tarnung, um das Gerede im Haus nicht anzustacheln und dem Vermieter womöglich eine Anzeige wegen Kuppelei einzubringen. Käthe fühlte sich verliebt wie ein junges Mädchen. Es war ein ähnliches und doch gänzlich anderes Gefühl als damals bei Horst. Sie musste nicht auf der Hut sein, fühlte, dass Jakob ganz zu ihr gehörte. Zudem wollte er mehr als nur ihren Körper. Er betete den Boden an, auf dem sie ging. Sie war seine Inspiration, seine Muse, seine Kreativität.

Die Herzen des Publikums flogen Käthe auch in München zu. Die Theatergemeinde pilgerte in die Vorstellung, um die bodenständige Österreicherin zu sehen, die ihre Rollen abseits der Norm anlegte. Sie und Jakob waren glücklich. So begann ihr neues Leben, und die Kränkung durch Horst Kleinbach verblasste in ihrer Erinnerung.

Wien/Innsbruck, 1933

Als Hitler im Jänner die Macht in Deutschland ergriff, drängte Jakob darauf, nach Österreich zurückzukehren. Sein Stück war in München augenblicklich vom Spielplan genommen worden. Der Ton gegen Juden wurde rauer. Da man dort über Käthes Beziehung zu dem Juden Jakob Rosenberg Bescheid wusste, entließ man sie mit sofortiger Wirkung aus dem Vertrag. Die Gewaltherrschaft formierte sich zusehends.

Von Mai bis Juni brannten Bücher in Deutschland, im Zuge der »Aktion wider den undeutschen Geist«. Auch Jakobs Name stand auf der Liste der verbotenen Autoren.

Zurück in Wien, wartete die nächste Herausforderung auf Käthe. Ihre Mutter hatte darauf bestanden, dass sie bei ihr wohnte, was Käthe widerwillig, aber des lieben Friedens willen befolgte. Ihre Fülle an Kleidern passte nicht mehr in den schmalen Kleiderkasten in ihrem Zimmer, weshalb sie mehr oder weniger aus dem Koffer lebte. Sie musste sich so schnell wie möglich eine eigene Wohnung suchen. Alma machte kein Hehl daraus, dass sie die Verbindung zwischen Käthe und Jakob missbilligte. Im Hause Schlögel war die Autorität zwar vom Vater ausgeübt worden, doch seit seinem Tod übernahm ihre Mutter diese Stelle.

Beim üblichen Antrittsbesuch zeigte sich Jakob von seiner charmanten und intellektuellen Seite. Allerdings war ihre Mutter derart außer sich, dass sie nur mit Mühe die Tränen ob der Enttäuschung zurückhalten konnte. Einen Kuchen hatte sie dennoch gebacken.

Käthe stellte ihr Jakob als den erfolgreichen Theaterautor vor, der ihr ein Stück auf den Leib geschrieben und ihr damit zum Durchbruch verholfen hatte.

»Du erinnerst dich doch, Mama! *Marianne* hieß es. Das Stück, das ich vor vier Jahren in Prag gespielt habe.« Das Schweigen ihrer Mutter veranlasste sie noch hinzuzufügen, dass sie die Rolle zuletzt in München erfolgreich aufgeführt hatte.

»Ich weiß, wer dich von uns weggeholt hat«, sagte Alma bitter. Die Mundwinkel nach unten gezogen, warf sie ihm einen sträflichen Blick zu.

»Und Jakobs neues Stück wird demnächst hier am Volkstheater gespielt«, ignorierte Käthe ihre offenkundige Ablehnung. »Komm doch in eine der Vorstellungen. Dann siehst du mich einmal auf der Bühne«, versuchte sie anhaltend, gute Miene zum bösen Spiel zu machen.

»Ich gehör dort nicht hin«, schmetterte Alma die Einladung ab, und Käthe sah ihr an, dass sie gerne »und du auch nicht« hinzugefügt hätte. Es war an der Zeit aufzugeben. Ihre Mutter würde ihre Entscheidung niemals gutheißen. Alois Weinmann als Ehemann und drei Enkelkinder, darauf wäre sie stolz gewesen.

Obwohl Käthe und Jakob sich bemühten, Alma Schlögel von ihrer Beziehung zu überzeugen, wurden die Besuche zusehends zur Qual. Nach zwei Stunden verabschiedeten sie sich wieder und flohen in Jakobs Wohnung in der Kolschitzkygasse. Dort konnte er ihr die Kleider nicht schnell genug ausziehen. Er war so lebhaft und aufgeweckt, dass Käthe der Gedanke kam, die Boshaftigkeit ihrer Mutter konnte ihm nichts anhaben. Jakob schien sie abzustreifen wie ein verschwitztes Hemd.

»Warum ziehst du nicht zu mir?«, fragte er, nachdem er ihren Ärger einfach weggeküsst hatte.

»Das geht doch nicht! Wir sind nicht verheiratet.« Sie hoffte insgeheim, dass sich das nicht wie eine Aufforderung anhörte, ihr einen Heiratsantrag zu machen. »Man kennt mich, Jakob, was denkst du, werden die Leute sagen?«

»Dass wir ein Liebespaar sind.« Er zupfte an den zerwühlten Bettlaken.

»Du weißt, dass das wider die guten Sitten ist. Und in diesem Zusammenhang will ich meinen Namen nicht in der Zeitung wissen. Nein, ich werde mir eine eigene Wohnung suchen, so wie Anita.« Sie richtete sich kerzengerade auf, mimte eine Gouvernante. »Dort kannst du mich dann besuchen, wir werden Tee trinken und über dein neues Stück reden, in dem ich selbstverständlich eine Rolle spielen werde.«

Jakob lachte laut und zog sie an sich.

In den nächsten drei Wochen sah sich Käthe einige Wohnobjekte an. Alfred erfuhr über seine Dienststelle von einem Apartment in der Kirchengasse, unweit vom Volkstheater entfernt. Es hatte drei Zimmer, war hell und wurde möbliert vermietet.

Bereits am nächsten Tag packte Käthe ihre Koffer. Alfred und Jakob halfen ihr. Ihre Mutter sprach kein Wort, bis die Männer aus der Tür waren. Als Käthe sich schließlich verabschiedete, hielt Alma ihre Tochter am Jackenärmel fest. »Aber ein Judenbalg kommt uns nicht ins Haus«, zischte sie wütend und bekreuzigte sich. »Ein Jud und eine Katholikin, das geht nicht gut. Also tu uns das nicht auch noch an, Käthe.«

»Uns?«, fragte sie.

»Deinem Vater und mir.«

»Papa ist tot, Mama.« Käthe lag auf der Zunge, dass Jakob ebenso wenig religiös war wie sie selbst. Sie schluckte die Bemerkung jedoch hinunter. »Und was heißt: ›Ich tu euch etwas an‹? Ich bin eine erfolgreiche Schauspielerin! Kannst du das nicht endlich akzeptieren und einmal stolz auf mich sein?«

Ihre Mutter senkte den Blick. »Das ist kein Beruf, Käthe. Das ist ...« Sie verstummte. »Ein uneheliches Kind macht uns zum

Gespött der ganzen Gegend, das ist dir hoffentlich klar.« Dann sah sie ihrer Tochter fest in die Augen. »Du bist keine ...« Wieder brach sie den Satz ab, doch Käthe wusste genau, was sie meinte. Ihrer Mutter stand das Wort *Hure* förmlich ins Gesicht geschrieben.

Käthe wandte sich wütend ab und verließ das Haus. Die unausgesprochene Beleidigung hallte in ihrem Kopf nach. In den nächsten Wochen würde sie einen weiten Bogen um die Josefstädterstraße machen, auch wenn es ihr das Herz brach.

Die anstehenden Probentermine und die Treffen mit ihren Freunden lenkten Käthe ein wenig von ihrem Ärger ab. Auch dass sie wieder gemeinsam mit Walter auf der Bühne stand, freute sie. Else weilte zum Glück noch immer in Berlin, doch stand ihre Rückkehr unmittelbar bevor, wie Bleck Käthe wissen ließ. Wenn Jakob sich in seiner Wohnung verkroch, um zu schreiben, und sie selbst noch Zeit hatte, bevor sie ins Theater musste, sah sie öfter mal bei Anita vorbei.

Die Wohnung in der Lange Gasse erschien ihr wesentlich beengter als früher. Das lag an den vielen Kleidern, die ihre Freundin an allen möglichen Stellen aufgehängt und deponiert hatte.

»Du erstickst ja bald in Stoffen«, merkte sie an und nahm einen Kleiderstapel vom Stuhl, um sich darauf niederzulassen.

»Das Geschäft läuft zum Glück gut«, betonte Anita erfreut. »Inzwischen kommen Unternehmer- und Ärztegattinnen zu mir und sogar eine Schauspielerin, die in der Josefstadt spielt. Letztens hat sich Walter einen Nachmittagsanzug von mir anpassen lassen. Er und Alois treffen sich in letzter Zeit häufiger, hast du das gewusst?«

Käthe verneinte um eine Spur zu rasch, was bei Anita ein leichtes Stirnrunzeln auslöste.

»Du solltest endlich deinen eigenen Damensalon eröffnen wie die Schwestern Flöge«, merkte Käthe an, um das Thema in eine andere Richtung zu lenken. Sie wusste, dass Anita neidvoll auf Emilie Flöge blickte und sich wünschte, ähnlich erfolgreich zu sein. Die Schneiderin war Gustav Klimts Muse gewesen und betrieb mit ihren Schwestern Helene und Pauline im *Casa-Piccola-Haus* einen exklusiven Haute-Couture-Salon.

»Wenn ich mich hier so umsehe, werden Alfred und du bald keinen Platz mehr haben«, fügte Käthe hinzu.

»Alfred wohnt doch gar nicht hier«, beeilte sich Anita zu sagen und zwinkerte Käthe belustigt zu. »Sobald ich das Geld dafür habe, werde ich es tun. Verlass dich drauf.« Sie fuhr fort, hingebungsvoll einen zierlichen Knopf an ein Ballkleid aus dunkelblauer Seide zu nähen.

Käthe beobachtete Anita, und die ruhige, gleichmäßige Handbewegung ließ sie augenblicklich in einen Tagtraum versinken. Sie sah sich, wie sie dieses Kleid trug. Jakob stand dicht hinter ihr und öffnete den kleinen Knopf, um ihr danach den seidigen Traum in Dunkelblau sanft von den Schultern zu streifen. Dabei küsste er sie liebevoll in die Halsbeuge und flüsterte ihr zärtliche Worte zu.

Käthe sehnte sich nach ihm, nach der unbeschwerten Zeit in Prag. Vielleicht sollten sie Wien wieder verlassen.

»Vergiss endlich, was deine Mutter von sich gibt«, hörte sie Anita sagen. Ihr Traum verschwand sogleich.

»Was meinst du?«, fragte sie.

»Du siehst aus, als hättest du schon wieder über den Streit mit deiner Mutter nachgedacht.«

Käthe zuckte mit der Schulter.

»Deine Mutter lehnt Jakob ab, damit hast du rechnen müssen.« Anita erhob sich und streckte den Rücken durch. »Schon deshalb, weil er Autor ist und die Theaterleute ja direkt aus der Hölle kommen, wie deine Mutter ja oft genug betont hat.« Ihre Freundin ging zur Küchenzeile und begann Tee aufzubrühen. »Und dass er Jude ist und du Katholikin, macht die Sache für sie nur umso schlimmer. Das passt einfach nicht in ihr Weltbild. Also hör endlich auf, dich über ihr Verhalten zu wundern.« Anita kam mit dem Tee an den Tisch und schob Käthe eine Tasse hin.

»Du liebst ihn, und er liebt dich. Den Namen Käthe Schlögel kennt man inzwischen in Wien, Berlin und München. Erinnere dich daran, als du dich hier in meinem Schlafzimmer fürs Vorsprechen umgezogen hast. Du warst so glücklich, eine kleine Rolle zu bekommen, und jetzt ... Sieh dich doch nur einmal an, Käthe! Du bist eine selbstbewusste Frau geworden, trägst moderne Kleider, deine Haare sind kurz geschnitten. Du bist ein Star.« Sie griff nach Käthes Hand, tätschelte sie kurz. »Du hast so viel erreicht, also vertrau darauf, dass alles gut wird.«

»Meine Mutter alleine ist es ja nicht, Anita.« Käthe griff nach der Tasse und sah ihrer Freundin über den Rand hinweg fest in die Augen. »Was passiert, wenn Hitler doch nach Österreich kommt? Die Stimmen, die das befürworten, werden auch hierzulande lauter.«

Anita schüttelte energisch den Kopf. »So ein Unsinn! Der kommt schon nicht.« Sie strahlte Käthe an, als hätte es das vorangegangene Gespräch nicht gegeben. »Und jetzt näh ich dir ein Kleid, das allen Chic dieser Welt hat.« Sie zeigte auf einen Stapel Modemagazine auf dem Tisch. »Das obenauf liegt, ist ganz neu. Das blättern wir jetzt gemeinsam durch und suchen den passenden Schnitt für dich aus. Vielleicht kann ich ja damit deine dunklen Gedanken vertreiben.«

Im Sommer waren die Salzburger Festspiele Angriffspunkt der Nazis. Paula Wessely stand als Gretchen in Goethes *Faust* in der Felsenreitschule auf der Bühne, der Architekt Clemens Holzmeister hatte in diesem Jahr eine prächtige Faust-Stadt gebaut. Käthe wäre gerne ein Teil des Ensembles gewesen, aber sie drehte zur gleichen Zeit in Tirol ihren zweiten Film. Die Bergwelt und die Stadt Innsbruck dienten als Kulisse für eine Liebesromanze zwischen einer Wienerin und einem Tiroler. Am Ende sollte Käthes Filmpartner, ein echter Tiroler, ihr nach den üblichen Verwicklungen einen spektakulären Heiratsantrag machen. Entweder unter dem weltbekannten Goldenen Dachl oder vor dem Dom zu Sankt Jakob. Der Regisseur hatte sich noch nicht entschieden, welche Szenerie ihm für die große Schlussszene mehr zusagte. Käthe wünschte sich den Dom, schon allein, weil sie Jakob damit aufziehen konnte, ausgerechnet vor jener Kathedrale, die seinen Namen trug, eine filmisch inszenierte Liebeserklärung zu bekommen.

Jakob begleitete sie nach Innsbruck. Ein Freund, der sich geschäftlich in der Schweiz aufhielt, stellte ihnen seine Wohnung zur Verfügung. Das war Käthe lieber, als die Zeit in einem Hotel verbringen zu müssen. Das Problem, kein Ehepaar zu sein und dennoch unter einem Dach zusammenzuleben, lösten sie, indem Jakob sich als Käthes Bruder ausgab.

»Das könnten wir in Wien auch tun«, schlug er vor, als sie die Wohnung inspizierten.

»Sei nicht albern, Jakob. In Wien kennt man dich, in Innsbruck nicht.«

Die fünf Zimmer waren geräumig und geschmackvoll eingerichtet. In der Diele blieben sie vor einem in Blau- und Rosatönen bemalten barocken Bauernschrank stehen. »Sicher ein Erbstück.« Jakob zeigte auf die Jahreszahl an der rechten oberen Schranktür, die das Jahr 1763 aufwies. Die Möbel in den anderen Räumen unterschieden sich auffallend von dem wuchtigen Schrank im Flur. Sie waren modern und luxuriös. Ihr Freund hatte sie stolz darauf hingewiesen, dass in der Wohnung Möbel aus der Wiener Werkstätte standen. Luxusartikel, die sich nur das vermögende Großbürgertum leisten konnte. Zu seinem Bedauern, wie er sie wissen ließ, bankrottierte diese Produktionsgemeinschaft bildender Künstler im vergangenen Jahr.

Käthe setzte sich auf einen mahagonigebeizten Armlehnstuhl mit Messingmanschetten und streckte die Beine von sich. Jakob ging unterdessen in der Wohnung weiter umher. Das Parkett knarrte stellenweise.

Käthe lachte. »Du wirst mich hören, wenn ich einmal spät nachts von den Dreharbeiten nach Hause komme!«

»Ich werde dich so oder so hören, weil ich vorhabe, jeden Tag so lange an meinem neuen Stück zu arbeiten, bis du zurück bist«, rief Jakob ihr zu.

»Zum Glück hab ich nicht weit«, sagte sie.

Das Wohnhaus lag nur zehn Gehminuten von der Altstadt entfernt im Stadtteil Hötting. Ein Jahr zuvor hatten sich ausgerechnet in diesem Viertel Nationalsozialisten eine erbitterte Schlacht mit Mitgliedern des Republikanischen Schutzbundes und der Kommunisten geliefert. Es gab einen toten SA-Mann und zahlreiche Verletzte, wusste Käthe. Sie vertrieb den dunklen Gedanken an die pöbelnden Nationalsozialisten. Immerhin hatte man die österreichische NSDAP am 19. Juni dieses Jahres verboten.

»Die Produktionsfirma wird dir hoffentlich einen Wagen schicken.« Jakob steuerte auf sie zu.

»Das hätten sie getan, aber ich will auch ein bisschen durch die Stadt laufen«, erwiderte Käthe. »Und du weißt, dass unsereins dazu oftmals die Zeit fehlt. Der Spaziergang zum Drehort wird mir guttun, und nach der Arbeit macht mir der Rückweg den Kopf frei.«

Jakob grinste, seine struppigen Haare standen zu Berge. Er weigerte sich, sie mit Pomade zu glätten, wie es die derzeitige Mode für Männer vorsah. Das verlieh ihm nach wie vor das Aussehen eines jugendlichen Spitzbuben. Jakob kam nahe an sie heran und stützte seine Hände auf den Lehnen ab. Stumm fixierte er sie mit seinen dunklen Augen.

Wenn er sie so aus nächster Nähe ansah, erhöhte sich augenblicklich Käthes Pulsschlag.

»Ich weiß noch etwas, das dir guttut, liebste Schwester«, murmelte Jakob, und bevor sie reagieren konnte, verschloss er ihre Lippen mit einem innigen Kuss. Dann zog er sie hoch und weiter nach nebenan ins Schlafzimmer.

»Schau dir das an!« Jakob reichte ihr ein paar Tage später die Zeitschrift *Der Stürmer*. Seine Mimik spiegelte Wut und Entsetzen gleichermaßen wider.

»Wo hast du dieses Hetzblatt her?« Käthe wusste, dass es sich dabei um eine antisemitische Zeitung handelte, dessen Hauptthema der Bekämpfung von Beziehungen zwischen Juden und nichtjüdischen Frauen galt. Frauen wie Käthe, die durch Geschlechtsverkehr mit einem Juden die arische Rasse verseuchten, hätte der Herausgeber am liebsten auf dem Scheiterhaufen verbrannt. Gemeinsam mit dem Juden, der sie befleckte. Die aggressive Judenfeindlichkeit des Verlegers wurde mit einem Zitat von Heinrich von Treitschke am Fuße einer jeden Titelseite verdeutlicht: »Die Juden sind unser Unglück.«

Käthe schob das Blatt von sich weg. »Ich will so etwas nicht lesen.«

»Ein Freund hat sie mir geschickt«, erklärte Jakob.

»Warum lässt du dir so ein Drecksblatt schicken?«

»Weil ich wissen will, was sie über uns Juden schreiben.«

»Du weißt doch, dass sie hetzen.«

»Jetzt lies doch!«

Käthe nahm die Zeitung wieder auf und las stumm den Artikel, auf den Jakobs Finger zeigte. Darin wurde die *Faust*-Inszenierung der Salzburger Festspiele aufs Böseste beschimpft. »Von einem Juden inszeniert, von Juden aufgeführt, geriet das *Faust*-Spiel zu einem koscheren Fest der Beschneidung Goethes und der Vergewaltigung arischer Schöpfung.« Dann beschimpfte der nach Österreich entsandte Berichterstatter den Juden Max Pallenberg und meinte, der Jude Goldmann, Max Reinhardts richtiger Name, verleide einem die Festspiele. Kein Wort darüber, dass Reinhardt die Festspiele gegründet hatte.

Käthe hob den Kopf und sah Jakob entsetzt an.

»Warum schreibt der Kerl so einen Schund?«

»Das ist im Moment leider der Grundtenor. Du wirst sehen, es wird nicht mehr lange dauern, und wir werden die gleichen Töne bei uns zu Hause hören«, prophezeite Jakob.

Käthe schüttelte den Kopf, obwohl sie selbst mitbekam, dass Jakob oftmals massiven Anfeindungen ausgesetzt war. »Das werden sie nicht zulassen«, flüsterte sie, ohne genau zu wissen, wen sie damit meinte.

Wien, 1936

Nach und nach kehrten die meisten ihrer jüdischen Bekannten von den deutschen Bühnen nach Österreich heim. Einige, denen es möglich war, zogen es vor, in die Schweiz, Frankreich oder sonst wohin zu gehen.

Käthe und Jakob hatten ein arbeitsreiches Jahr hinter sich. Nach den Dreharbeiten in Innsbruck war Käthe Anfang letzten Jahres nahezu direkt auf die Bühne im Volkstheater zurückgekehrt. Jakob reiste im Frühjahr für vier Monate nach Prag, sein neues Stück wurde erneut am Deutschen Theater uraufgeführt.

»Vielleicht sollte ich gleich ganz in die Goldene Stadt umziehen«, hatte er Käthe geneckt, und ihr war durch die räumliche Trennung klar geworden, wie sehr sie diesen Mann inzwischen liebte. Sie hätte die Premiere in der tschechischen Hauptstadt gerne besucht, stand jedoch zur selben Zeit in Wien vor der Kamera. Glücklich über ihren Erfolg, vergaß sie sogar zeitweise die Kontroverse mit ihrer Mutter und die Bedrohung, die von den Braunhemden herrührte. Leider verflüchtigte sich Käthes Zuversicht an einem grauen Nachmittag Ende März. Sie probten gerade auf der großen Bühne für ein Lustspiel, das ab April auf dem Spielplan stand, als Hans Bleck mit Else am Arm den Zuschauerraum betrat.

»Schaut mal«, rief er ihnen zu, »wer zu uns zurückgefunden hat!« Die Freude darüber, seine Geliebte wieder am Theater zu wissen, stand ihm ins Gesicht geschrieben.

Else strahlte an seiner Seite in einem eleganten Nachmittagskostüm. Der schmal geschnittene hellgraue Rock reichte ihr bis zu den Waden, die Jacke war tailliert und farblich dazu passend. Ihre dunkelbraunen Haare waren zu einem strengen Pagenkopf geschnitten, und in der Hand hielt sie eine übertrieben lange Zigarettenspitze. Der Auftritt passte zu ihr, fand Käthe.

»Das Kostüm ist bestimmt von Marcel Rochas, dem Pariser Modeschöpfer«, raunte ihr eine junge Kollegin ins Ohr. »Ich hab es erst kürzlich in einem Modemagazin abgebildet gesehen.«

Else löste sich von Bleck, reichte ihm ihre Spitze mit der Zigarette und begrüßte das gesamte Ensemble übertrieben herzlich, ohne Käthe eines Blickes zu würdigen.

Sie spürte eine leichte Übelkeit aufsteigen. Warum nur musste sie sich jetzt wieder mit diesem Miststück abgeben?

»Lasst uns die Proben unterbrechen«, ordnete Bleck an, »Elses Rückkehr gehört gefeiert. Kann jemand Sekt und Gläser bringen?«

Die junge Schauspielerin an ihrer Seite verschwand, um kurz darauf mit einem beladenen Tablett zurückzukommen.

»Ich verzichte«, zischte Käthe und rauschte davon.

Sie fuhr direkt in Jakobs Wohnung. Schon seit Wochen schrieb er wie ein Besessener an seinem nächsten Stück, ging kaum noch vor die Tür. Seine Angst, dass Österreich sich Deutschland anschloss, stieg stetig. Und so war diese unbeschreibliche Furcht auch Thema seines Manuskripts.

»Es ist unfassbar«, brach die aufgestaute Wut aus Käthe heraus, kaum dass sie die Wohnung betreten hatte. Sie legte Hut und Mantel ab, ging ins Wohnzimmer und ließ sich erschöpft auf der Chaiselongue nieder. In wenigen Worten berichtete sie, was gerade im Theater geschehen war.

»Dir war doch hoffentlich klar, dass sie eines Tages zurückkommen wird.« Jakob war überrascht, wie heftig Käthe auf Elses Erscheinen reagierte. Er setzte sich an den Schreibtisch, zog ein beschriebenes Blatt aus der Schreibmaschine und legte es auf einen Papierstapel daneben.

»Insgeheim hab ich mir gewünscht, dass sie in Berlin bleiben würde«, gab Käthe schmallippig zu. »Eine Illusion, ich weiß. Wenn Bleck vorher etwas gesagt hätte, hätte ich mich wappnen können. Aber so …« Sie machte eine traurige Geste. »Ich war wie vor den Kopf gestoßen. Wahrscheinlich hat er es sogar darauf angelegt.«

»Ihr werdet miteinander auskommen müssen«, stellte Jakob fest.

Käthe schluckte bitter. »Hast du ein Glas Wein? Das könnte ich jetzt gut vertragen.«

Jakob erhob sich, ging in die Küche und kam kurz darauf mit einer Flasche Gemischter Satz und zwei Gläsern zurück. »Vom Weingut Weinmann«, verkündete er wie ein Ober, schenkte ihnen ein und reichte Käthe ein Glas. »Kann ich Ihnen wärmstens empfehlen.« Er lächelte sie an.

Sie lächelte zurück, wurde dann aber wieder ernst. »Else sieht sehr gut aus, das muss man ihr lassen. Sie ist sehr elegant«, sagte sie nach dem ersten Schluck und merkte, wie sich ihre Aufgeregtheit langsam legte. Himmel, dann war es eben jetzt so. Sie war ein Star! Dann musste sie halt ihre ganze Schauspielkunst einsetzen und Else an die Wand spielen.

Erst jetzt fiel Käthe auf, dass Jakobs Blick noch nachdenklicher war als üblich. Nahezu tieftraurig blickte er sie an, da nutzte auch sein bezauberndes Lächeln zwischendrin nichts. Ein Theaterstück über seine größte Angst zu verfassen fügte ihm augenscheinlich tiefes Leid zu. Ihr Blick wanderte erneut zu dem Papierstapel.

»Willst du mir vorlesen, was du heute geschrieben hast?« Käthe hörte Jakob gerne zu, wenn er Geschichten entwickelte, von den Figuren sprach, als wären sie lebendig und seine besten Freunde, und wenn er darüber nachdachte, wen er für die jeweiligen Rollen vorgesehen hatte. Wieder erinnerte sie sich an Ilja und seine Worte, dass Jakob nur gut schreibe, wenn er litt. Seine Arbeit während ihrer Beziehung strafte diese Aussage Lügen.

»Das ist nicht der richtige Zeitpunkt«, stellte er fest.

»Es sterben Menschen.«

»Ich hab mir schon gedacht, dass du kein Lustspiel schreibst, das würde auch gar nicht zu dir passen.«

Er schüttelte traurig den Kopf. »Ich weiß nicht einmal, ob ich es zu Ende schreibe.«

»So sehr belastet es dich?«, erschrak Käthe.

»Nicht das Schreiben an dem Stück belastet mich. Es ist die Zeit, auf die wir zusteuern, Käthe.« Er deutete auf die Blätter. »Wenn nur die Hälfte von dem passiert, was ich mir ausmale, dann ist das Ende erreicht. Zudem wird es niemals aufgeführt werden. Am besten verbrenne ich es gleich.«

Käthe erhob sich, stellte das Glas auf dem Boden ab und ging auf Jakob zu. Sie kniete vor ihm nieder und schlang ihre Arme um ihn. »Ich liebe dich, Jakob Rosenbaum.«

Natürlich begriff das gesamte Ensemble rasch, dass sie und Else sich nichts mehr zu sagen hatten. Käthe wich der Frage nach dem Warum aus, indem sie lediglich lächelte und leicht den Kopf schüttelte. Sie würde sich nicht die Blöße geben und über eine Kollegin schimpfen. Egal, welchen Groll sie hegte. Obwohl sie und Else lediglich auf der Bühne ihren Text sprachen und sich sonst aus dem Weg gingen, wusste Käthe bald durch das Getratsche der anderen, dass Horst Kleinbachs Karriere unter dem Naziregime weiter aufblühte.

»Er dreht Film um Film«, verlautbarte Else in einem Ton, der allen verraten sollte, dass sie und der berühmte deutsche Regisseur eine innige Freundschaft verband. Warum Else in keinem seiner Filme eine Rolle spielte, hinterfragte Käthe nur stumm, jedoch mit einem Hauch Genugtuung versehen.

Anita und Alfred heirateten im Mai. Der Himmel zeigte sich an diesem Tag wolkenlos, und die Sonne strahlte mit Anita um die Wette. Käthes beste Freundin betrieb inzwischen einen kleinen Damenbekleidungssalon in der Josefstädterstraße. Nicht so feudal wie jener der Flöge-Schwestern, jedoch war es ein Beginn. Ihr Hochzeitskleid hatte sie selbst entworfen, es war ein cremefarbenes Kleid mit feiner Durchbruchstickerei. Sie sah wunderschön darin aus. Alfred trug einen dunklen Hochzeitsanzug, den, so vermutete Käthe, Anita auch genäht hatte.

Die Kirche am Kaasgraben blickte von ihrem Hügel erhaben auf die Gästeschar herab. Nachbarn, Freunde und einige Grinzinger Weinbauern waren zur Hochzeit gekommen. Alle schickten sich an, langsam und bedächtig die hufeisenförmigen Stiegenaufgänge hinaufzugehen, ohne sich zu sehr zu verausgaben. Nur eine Handvoll Älterer wischte sich mit einem Stofftaschentuch den Schweiß von der Stirn.

Obwohl der Streit mit ihrer Mutter noch nicht bereinigt war, stieg Käthe an ihrer Seite die Stufen zum Eingang empor. Sie hatte ihre Mutter von zu Hause abgeholt und war mit ihr gemeinsam mit der Straßenbahn nach Grinzing gefahren, derweil Käthe ein Taxi bevorzugt hätte. Doch davon wollte ihre Mutter nichts wissen. »Ich bin mein Lebtag zu Fuß oder mit der Tram gefahren«, war ihr einziger Kommentar gewesen. Den Rest des Weges hatten sie stumm zurückgelegt.

»Dass du diesen Juden mitgenommen hast«, zischte Alma Schlögel und packte ihre Tochter am Handgelenk. »Eine Schande ist das. In eine katholische Kirche, noch dazu eine Wallfahrtskirche.« Sie ließ Käthe los und bekreuzigte sich rasch, als wollte sie Unheil abwenden.

»Ich hab Jakob nicht mitgenommen«, zischte Käthe im selben Tonfall zurück. »Ich bin mit *dir* gekommen. Er ist ebenso ein Freund von Alfred und Anita. Die beiden haben ihn eingeladen.« Sie war froh, dass er einige Meter hinter ihnen an der Seite von Walter die Steinstufen emporstieg.

»Noch dazu, wo dich inzwischen jeder kennt. Aber wahrscheinlich ist das in deinen Kreisen so üblich. Dass du nur ja kein Wort gegenüber den Weinmanns verlierst …« Sie brach ab, schüttelte missbilligend den Kopf. Ein Zeichen, dass dieses Gespräch beendet war.

Bekümmert stellte Käthe fest, dass die Abneigung gegen Jakob tiefer saß, als sie vermutete. Ihre Mutter schaffte es ja nicht einmal auszusprechen, dass sie ein Paar waren. Ihr Blick streifte die Steinreliefs, die sich an der inneren Seite des Aufgangs befanden und einen Kreuzweg zeigten. Am liebsten wäre sie umgekehrt, hätte hier und jetzt ihren persönlichen Leidensweg beendet. Doch das konnte sie Anita nicht antun. Nicht an ihrem schönsten Tag im Leben. Sie holte tief Luft, schaute nach oben zur Wallfahrtskirche, die auch *Mariä Schmerzen* genannt wurde, und hielt den Mund. Ihre Mutter hatte den Dreh raus, sie zu demütigen und ihr das Gefühl zu vermitteln, versagt zu haben.

Die diskrete Feier richteten Anitas Eltern auf dem Weingut aus. Sie saßen im Hof auf Stühlen an einer langen Tafel, bedeckt durch mehrere weiße Tischdecken. Anitas Mutter hatte aus unterschiedlichen Materialien und Frühlingsblühern wahre Kunstwerke erschaffen und als Dekoration auf den Tisch gestellt. Walter Janisch half mit, als wäre er Teil der Familie, schleppte Weinkisten, füllte Gläser. Im Eck stand seine Gitarre bereit. Alois verriet ihr, dass es zu späterer Stunde einige Hochzeitsständchen geben würde. Käthe wollte ihm und Alois gerne sagen, dass sie Bescheid wusste – schon seit fünf Jahren! Dass sie sie in der Nacht ihrer Abschiedsfeier gesehen hatte, im Stiegenhaus von Anitas

Wohnung. Es ihnen gegenüber bisher verschwiegen zu haben fühlte sich allmählich an wie ein kleiner Betrug. Sie wusste, dass die beiden sich liebten. Das verrieten ihre Blicke, ihre Berührungen, die Nichtsahnenden wie zufällig erscheinen mussten. Niemand außer ihr beachtete diese winzigen Signale. Für sie war Walter einfach der beste Freund von Alois. Ein Kumpel, mit dem man Pferde stahl. Auch Käthes Mutter sah nicht mehr und nicht weniger in dem jungen Schauspieler. Was zur Folge hatte, dass Alma Schlögel und Anitas Eltern Käthe und Alois die gesamte Zeit über beobachteten und eindeutige Anspielungen machten, obwohl Jakob neben ihr saß. Doch auch er wurde lediglich als guter Freund ihrer Kinder erkannt.

In dem Moment realisierte Käthe erstmals, dass auch Alois' Eltern auf eine Verbindung mit ihr hofften.

Doch während sie sich Jakob gegenüber äußerst höflich verhielten, ging Käthes Mutter so weit, Jakobs Anwesenheit gänzlich zu ignorieren. Sie tat, als wäre er überhaupt nicht da. Jakob seinerseits überging wiederum die Missachtung Alma Schlögels und lächelte ihr zu, wann immer ihre Blicke sich trafen.

Wien, 1938

Schließlich wehten auch in Österreich Hakenkreuzfahnen an allen Ecken und Enden, ganz so wie Jakob es vorhergesehen hatte. Bei den Salzburger Festspielen wurde der *Jedermann* abgesetzt, genau wie Max Reinhardts *Faust*-Inszenierung. Jakobs Stücke wurden nun in Österreich ebenfalls verboten. Jene Nachbarn, die ihnen bisher freundlich begegnet waren, zogen nun die Köpfe ein oder taten, als sähen sie Jakob nicht. Käthe wurde nach wie vor gegrüßt, sobald sie ohne seine Begleitung auftauchte. Wohlwollende Kollegen rieten ihr, sich so rasch wie möglich von Jakob zu trennen, bevor sie ins Visier der Gestapo geraten würde. »Mit denen ist nicht zu spaßen. Der Friedell ist sogar aus seiner Wohnung in den Tod gesprungen, um der Verfolgung durch die Geheimpolizei zu entgehen«, zischte man ihr warnend zu. Käthe hatte vom Selbstmord des Kulturphilosophen bereits in der Zeitung gelesen und war darüber genauso bestürzt gewesen wie Jakob. Eine Verhaftungswelle traf ehemalige Regierungsmitglieder, Kommunisten, Wirtschaftstreibende und Intellektuelle. Jakobs grausam erdachtes Theaterstück wurde Realität.

Das Bild der Stadt änderte sich zusehends. Verzerrte Grimassen voll Wut, Überheblichkeit und Hass schlugen einem an jeder Ecke entgegen. Zerstörung und Verderben zogen seit Wochen durch die Gassen Wiens. SA-Männer in braunen Uniformen mit Hakenkreuzen am Hemdsärmel pöbelten, brüllten und marschierten durch die Straßen, und Tausende Menschen jubelten.

Hitlers dämonisches Gebrüll und das Geschrei seiner Gefolgsleute kamen nun also auch in ihrem Leben an.

Es war spät geworden an diesem Abend. Zum ersten Mal hatte Käthe das Ende des Applauses herbeigesehnt. Sie wollte so schnell wie möglich zu Jakob. Er vermied es seit Tagen, vor die Tür zu gehen. Man drückte Juden Eimer mit Wasser und Putzlappen oder Zahnbürsten in die Hand und befahl ihnen, damit Gehsteige und Straßen zu reinigen. Die Fenster hielt er fast die gesamte Zeit über geschlossen, der in seinen Ohren bösartige Lärm von draußen war ihm unerträglich geworden.

Doch noch etwas lag in der Luft, das Käthes Furcht, Jakob könnte sich etwas antun, entfachte. Er hatte aufgehört zu schreiben.

Als Käthe die Wohnung betrat, stand er dort, wo er seit Hitlers Einmarsch in Österreich jeden Abend stand: Im Dunkeln hinter der verschlossenen Scheibe. Er starrte aus leeren Augen hinunter auf die Straße. Das Gegröle der Nazischergen drang zu ihnen hoch. Mit dem Rücken zu ihr sagte er: »›Den Juden wird das Lachen noch vergehen.‹« Damit zitierte er jene Worte Goebbels, die dieser in München lautstark verkündet hatte. Dann wandte er sich um und verschwand im Schlafzimmer. Käthe folgte ihm. Zusammengesunken saß er auf dem Bett.

»Es geht vorüber, wirst schon sehen.« Sie wussten beide, dass das nur eine Plattitüde war, mit der man sich über das Offensichtliche hinwegtäuschte.

»Mir ist das Lachen schon lange vergangen.«

Sie setzte sich zu ihm, nahm seine Hand und presste sie gegen ihre Brust. Besorgt blickte sie ihm in die Augen. »Was meinst du damit?« Die Gedanken in ihrem Kopf überschlugen sich, dazu kam ein Gefühl der Angst, wie sie es noch nie gespürt hatte. Jakob hatte sie letzte Nacht geliebt, als wäre es das letzte Mal. Als sie heute Morgen die Augen aufgeschlagen hatte, drehte sie sofort den Kopf auf seine Seite. Ihn neben sich zu sehen hatte ihre Befürchtung ein wenig kleiner gemacht. Er wäre nicht der erste Autor, der sich aus Angst vor den Nazis das Leben nahm.

Obwohl sie direkt neben ihm saß, drang in diesem Augenblick seine Stimme wie aus weiter Ferne an ihr Ohr.

»Ich werde Wien verlassen.«

Da war er, jener Satz, vor dem sie sich seit Tagen fürchtete. Gleich wie vor einem etwaigen Selbstmord. Vier Wörter, wie sie grausamer nicht sein konnten. Sie klangen nicht, als wollte er nur für einige Tage verreisen. Sie klangen nach einem Abschied für immer, und es fühlte sich wie ein Schlag ins Gesicht an. Käthe stockte der Atem. Ihr Herz raste wie verrückt, und dennoch glaubte sie, jeden Moment tot umzufallen.

»Wohin?«, presste sie mühevoll hervor.

»Ich gehe nach Amerika. Alfred hat mir eine Ausreisegenehmigung besorgt.«

»Alfred weiß Bescheid?«

Jakob nickte. »Er hat mir bei dem Papierkram geholfen.«

»Anita auch?«

»Ich weiß nicht, ob er mit ihr darüber gesprochen hat.«

»Warum hast du nicht mit mir darüber geredet?« Ihre Stimme zitterte, Tränen liefen über ihre Wangen.

Er sah sie an. »Weil du mich überredet hättest zu bleiben.«

Sie sprang auf, gestikulierte hysterisch herum. »Natürlich hätte ich dich überredet zu bleiben. Ich liebe dich, Jakob.«

»Ich liebe dich auch.«

»Dann bleib!«

Er schüttelte den Kopf. »Du siehst doch, was passiert«, sagte er in fast vorwurfsvollem Tonfall. »Juden wird das Arbeiten verboten – in der Schule, in den Behörden, überall. Geschäfte von Juden werden zerstört. Ja, nicht einmal mehr den Stadtpark dürfen wir betreten. Meine Stücke werden nicht mehr aufgeführt. Kein Theaterstück eines Juden darf gespielt werden. Auch die

Musik meines Volkes ist verboten. Bücher wurden bereits verbrannt ... Erinnere dich, Käthe! Erst werden wir gedemütigt, und am Ende werden wir sterben. Da bin ich mir sicher.« Er sah ihr fest in die Augen.

Tränen trübten ihren Blick, sie blinzelte.

»Alfred denkt das auch«, sagte Jakob. »Er meint, jetzt ist noch Zeit zu gehen, in wenigen Monaten komm ich vielleicht nicht mehr so leicht aus dem Land.«

»Alfred! Alfred!«, kreischte sie. »Alfred ist nicht allwissend.«

»Alfred ist Gendarm. Die wissen mehr als wir alle miteinander.«

»Es gibt Leute, die meinen, dass es nicht so schlimm wird, dass es vorbeigeht.«

Jakob lächelte milde, stand auf und hielt sie an den Schultern fest. »Was geht vorbei? Die Wut, der Hass?«

»Du bist doch gar nicht religiös.«

»Als ob das etwas ändern würde.«

Käthe seufzte verzweifelt auf. »Wo kommt das her, Jakob? Ich begreife es nicht.«

Er schüttelte verzweifelt den Kopf. »Glaub mir, Käthe, wenn das Böse einmal von der Kette gelassen wird, zerstört es alles um sich herum.«

Sie schaute ihn aus rot geweinten Augen an. Seine Mimik spiegelte Entschlossenheit, und sie erkannte, wie aussichtslos die Situation war. Er küsste ihr die Tränen von den Augen.

»Wann gehst du?«, fragte Käthe.

Er rückte von ihr ab. Sein Blick wurde um eine Spur trauriger. »Morgen.«

»Morgen schon?«, hauchte sie kraftlos. »Ich will bei dir bleiben.«

»Ich würde ja vorschlagen, dass du mitkommst. Aber ich weiß nicht, was mich erwartet und ob und wann ich Arbeit finden werde. Wenn alles gut geht, kannst du nachkommen, und dann können wir vielleicht endlich zusammenleben.«

»Ich kann doch die Sprache gar nicht.«

»Die lernst du, ganz sicher.«

Wieder schüttelte Käthe verzweifelt den Kopf. »Ich kann meine Mutter nicht alleine lassen.«

»Sie wird froh sein, dass ich endlich weg bin. Der Jud, der ihre katholische Tochter verführt hat.« Er lachte bitter. »Für sie muss ich der Teufel höchstpersönlich sein.«

Käthe schwieg. Sie wussten beide, dass er recht hatte. Die Ablehnung war ihm offenbar doch nahegegangen, auch wenn er es ihr gegenüber nie gezeigt hatte.

»Aber *ich* bin nicht froh, wenn du weg bist.« Käthe wischte sich mit dem Handrücken die Augen trocken. »Was ist mit Walter?«, fragte sie plötzlich.

»Ich hab ihm vorgeschlagen mitzukommen. Er will nicht. Seine Eltern sind alt und wollen Wien nicht verlassen.«

»Seine Mutter ist doch auch Jüdin«, sagte Käthe.

»Aber sie ist mit einem Arier verheiratet. Die beiden sind fest davon überzeugt, dass ihnen aus diesem Grund nichts geschehen wird.«

»Denkst du das auch?«

Er sah sie verzweifelt an. »Die Nazis werden keine Österreicher vernichten, meinen sie.«

»Denkst du das auch?«, wiederholte Käthe.

Jakob schwieg, schüttelte nur unmerklich den Kopf.

In dieser Nacht klammerten sie sich wie zwei Ertrinkende aneinander.

Am nächsten Morgen verließ Jakob Österreich. Zurück blieb das Manuskript zum Theaterstück *Marianne*, versehen mit einer persönlichen Widmung.

In ewiger Liebe, dein Jakob.

München, Februar 2015

Die Sonne schien durch den verglasten Erker und tauchte das Zimmer in mattes Gold. Sophie stand vor dem Fenster und starrte in den Garten hinunter. Brauner Matsch bedeckte den Boden. In wenigen Wochen würden die ersten Frühjahrsblüher durch die Winterdecke brechen, und im Sommer blühte der Hinterhof wie eine bunte Oase mitten in der Stadt. Sie hatte am Vorabend lange darüber nachgedacht, ob sie gleich noch mit Fabian telefonieren sollte. Doch dann hatte sie beschlossen, erst einmal eine Nacht drüber zu schlafen. Zudem arbeitete er bis in die frühen Morgenstunden, wusste sie. Verflucht noch einmal. Sie hatte sich in den falschen Mann verliebt.

Dumme Kuh, schimpfte sich Sophie stumm.

Doch Moment mal, warum war es der »falsche« Mann? Sie musste sich endlich aus dieser Bleck-Altmann-Fehde befreien. Das hatte nichts mit ihr zu tun. Sollte ihre Großmutter ihren alten Groll doch ausleben, sie werde da nicht mehr mitspielen, dachte Sophie trotzig.

Zugleich wusste sie, dass sie sich selbst anlog. Sie rebellierte nicht – dazu liebte sie ihre Großmutter viel zu sehr.

»Worüber denkst du nach?«, hörte sie die Stimme ihrer Mutter, die soeben das Wohnzimmer betreten hatte. Vera hielt zwei Kaffeetassen in der Hand, reichte eine an Sophie weiter.

»Gab es in Omas Leben einmal eine unglückliche Liebe?«, fragte Sophie.

Vera zuckte mit den Achseln. »Ich weiß nicht. Vielleicht mein Vater. Er hatte ja ständig etwas am Laufen.«

»Warum hat Oma sich nicht von ihm getrennt?« Sophie erinnerte sich nur dunkel an ihren Großvater, er starb, als sie neun Jahre alt war. Soweit sie sich erinnerte, war er immer mit etwas Wichtigem beschäftigt. Text lernen. Agenten treffen. Auto fahren – Oldtimer waren seine große Leidenschaft. Den Porsche 356 Speedster aus dem Jahr 1957 hatte sie noch gut in Erinnerung. Wann immer ihr Großvater Zeit fand, polierte er den schwarzen Wagen mit den Weißwandreifen.

Den Porsche hatte ihre Großmutter direkt nach seinem Tod als Erstes verkauft.

»Keine Ahnung«, sagte Vera. »Möglich, dass sie ihn so sehr geliebt hat, dass sie seine Affären einer Trennung vorzog. Möglich, dass es ihr gleichgültig war und sie bei ihm blieb, weil sie beide davon profitierten. Immerhin waren sie das Schauspieler-Vorzeigepaar ihrer Zeit. Die Filme mit ihnen beiden waren Kassenschlager. Wenn sie sich getrennt hätten, wäre es damit möglicherweise vorbei gewesen. Aber du kannst sie ja einmal danach fragen.«

Sophie verzog das Gesicht zu einer Grimasse. »Ich glaub, so genau will ich das doch nicht wissen. Fühlt sich nämlich ziemlich komisch an, mit seiner Oma über ihre Ehe zu sprechen.«

Sie dachte an Fabian und spürte einen Stich im Herzen. Ihre Gefühle konnte sie leider nicht einfach vom Tisch wischen wie lästige Brösel.

»Hast du gestern noch mit Fabian telefoniert?«

Sophie schüttelte den Kopf. »Ging nicht, er hatte einen Nachtdreh.« Sie verschwieg, dass sie die halbe Nacht gegrübelt hatte.

»Wann musst du heute im Studio sein?«, fragte Vera.

»Um eins«, sagte sie. »Wann geht dein Zug?«

»Um halb zwölf.«

Sophie warf ihrer Mutter einen langen Blick über die Kaffeetasse zu. »Was soll ich deiner Meinung nach tun?«

»Genieße dein Leben! Und wenn dich ein Bleck glücklich macht, mein Gott, dann ist es eben ein Bleck. Die Oma wird das schon verwinden, wirst sehen.«

»Und wenn nicht?«

»Jetzt mach dir nicht so einen Kopf deswegen. Entweder sagst du's ihr, oder du lässt es bleiben.«

»Das sagst du so leicht. Ich hab einfach Angst, sie zu enttäuschen.«

»Ach, Sophie«, seufzte Vera. »Du hast dir schon als Kind immer viel zu viele Gedanken darüber gemacht, was die anderen denken oder empfinden.«

»So bin ich nun einmal. Ich kann das nicht abstellen.«

»Wenn du ihn nicht mit nach Hause nimmst, die Zeitungen nichts über eure Beziehung schreiben und ihr nicht in absehbarer Zeit heiratet, wird sie's nicht so schnell erfahren. Sie verlässt ja kaum mehr das Haus. Ich halt jedenfalls den Mund.« Ein spitzbübisches Lächeln huschte über ihr Gesicht. »Aber heimlich darf ich mich für dich freuen.«

»Du bist eine böse Frau, Mama.« Sophie schlug ihrer Mutter scherzhaft gegen den Oberarm. »Weißt du, ob es im Leben meiner Urgroßmutter vielleicht auch eine unglückliche Liebe gab? Ich weiß so wenig von ihr. In Wahrheit kenne ich nur ihre beruflichen Erfolge, und diese auch nur am Rand.«

Vera wiegte den Kopf hin und her. »Wer weiß schon wirklich Bescheid über die eigene Verwandtschaft.« Sie leerte ihre Tasse in einem Zug. »So, ich geh jetzt duschen, und dann düse ich ab zum Bahnhof.« Sie tippte Sophie gegen die Stirn. »Und du löschst deine trübsinnigen Überlegungen über unglückliche Lieben. Das macht dich nur verrückt. Wann kommst du nach Wien?«

Sophie zuckte mit den Achseln. »Ich flieg morgen erst mal

wieder nach Berlin. Kim gewährt mir noch Unterschlupf. Mal schauen.«

»Und sonst nimmt dich vielleicht der Fabian bei sich auf.« Vera zwinkerte ihr amüsiert zu.

Sophie rollte mit den Augen.

»Ich war gestern einkaufen. Der Kühlschrank ist voll. Nimm das, was du nicht isst, mit nach Berlin.«

Sophie grinste. »Mama, ich bin ein großes Mädchen. Du musst dich nicht mehr um meine Ernährung kümmern. Mach dir keine Sorgen, ich komm klar, ehrlich.«

Vera schlang ihre Arme um ihre Tochter und küsste sie auf die Stirn. »Ich bin deine Mutter, mir Sorgen zu machen, gehört zu meinem Job.«

Als Vera weg war, beschloss Sophie, über den Viktualienmarkt zu schlendern und dort eine Kleinigkeit zu essen. Weißwürste. Die mochte sie gerne, aß sie jedoch ausschließlich in Bayern. Sie brauchte frische Luft, um den Kopf frei zu bekommen. Außerdem konnte sie bei einem Spaziergang stumm den Text für den bevorstehenden Drehtag durchspielen. Der Werbespot verlangte zwar nicht viel Talent, trotzdem wollte sie die Sache wie ein Profi angehen.

Nach dem Imbiss, den sie im Stehen zu sich nahm, trank sie im Segafredo gegenüber der Heiliggeistkirche einen Espresso, mit Eros Ramazzotti in Dauerschleife im Ohr. Kaum dass sie das kleine Café wieder verlassen hatte und Richtung Marienplatz lief, läutete ihr Handy. Fabians Name leuchtete am Display auf. Ihr Herz begann aufgeregt zu schlagen.

»Hallo.«

»Hallo nach München«, hörte sie seine Stimme. Allein der Klang löste ein starkes Verlangen in ihr aus. Die intensiven Gefühle waren das Schönste am Verliebtsein. Man glaubte, die ganze Welt drehte sich nur um einen selbst und den Menschen, den man begehrte. Sie redeten Belangloses. Eben Dinge, über die man sprach, wenn man sich noch nicht lange kannte und die Gedanken in Wahrheit nur um das eine kreisten: den Körper des anderen zu spüren. Wenn man es kaum mehr erwarten konnte, den anderen zu sehen und mit ihm zu schlafen. Der Verstand funktionierte in solchen Momenten nur eingeschränkt.

»Ich vermisse dich«, sagte er.

»Ich vermisse dich auch«, antwortete sie.

Ich möchte dich bei mir haben, dein Gewicht auf meinem Körper spüren, dein Gesicht über meinem, schoss es unentwegt durch ihren Kopf, während er ihr von den zurückliegenden Dreharbeiten erzählte. Allein der Gedanke an ihn rief ein unersättliches Ziehen in Sophies Unterkörper hervor.

»Sag, hast du mit deinem Vater über uns gesprochen?«, fragte sie dann so nebensächlich wie möglich und wich beim alten Rathaus einer Gruppe japanischer Touristen aus.

»Nein, warum? Sollte ich?«, kam es ehrlich überrascht, doch keineswegs entsetzt.

Sie erzählte Fabian, dass ihre Mutter über seinen Vater von ihrer Beziehung erfahren hatte.

»Ist dir das unangenehm?«

»Nein ... nein!«, beschwor sie ein wenig zu heftig. »Aber wer, glaubst du, hat es ihm erzählt, wenn nicht du?«

»Was weiß ich? Die Branche ist klein, das weißt du.«

»Hat uns jemand im Club bei Kim gesehen?«

»Es ist dir doch unangenehm. Hör mal ...«

»Nein, gar nicht«, unterbrach sie ihn, bevor er etwas sagte, was sie nicht hören wollte. Sie ertappte sich jedoch bei dem Gedanken, was wäre, wenn sie ihre Beziehung an diesem Punkt beenden würden. Sie hatten wunderschöne Nächte miteinander verbracht. Doch wer wusste schon, was die Zukunft brachte? Sollte sie sich nicht viel mehr auf ihre Karriere konzentrieren?

Das wäre glatter Selbstbetrug! Gefühle konnte man nicht einfach ausknipsen.

»Ich möchte es meiner Großmutter selbst sagen. Das ist alles.«

»Das kannst du ja. Ich glaube nämlich nicht, dass mein Vater sie deshalb anrufen wird. Was hältst du davon, wenn ich dich morgen vom Flughafen abhole und wir essen gehen?«, wechselte er das Thema.

Für Fabian schien die Sache erledigt zu sein. Doch für sie war es das nicht.

»Ich will nicht, dass meine Großmutter von jemandem anderen als mir erfährt, dass wir beide zusammen sind«, wiederholte sie daher.

»Das hast du mir nun schon einige Male gesagt, Sophie. Ich hab's begriffen. Langsam wird's langweilig. Du musst es ihr auch nicht sagen. Niemand muss das tun.«

»Doch, ich.«

»Du bist nicht verpflichtet, dir ihren Segen zu holen. Wir leben im einundzwanzigsten Jahrhundert.« Seine Stimme klang genervt.

»Ich will nicht diejenige sein, die die Familie entzweit.«

Sie hörte ihn lachen. »Die Familie entzweien?«, fragte er. »Ist das nicht ein bisschen hoch gegriffen?«

»Du nimmst mich nicht ernst.«

»Was willst du von mir hören, Sophie? Ich will nicht, dass wir das jedes Mal durchkauen … Ich kann das Problem nämlich nicht lösen, das kannst nur du … außer …« Er brach ab. »Du denkst zu viel darüber nach. Lass uns doch erst einmal schauen, wohin unsere Reise geht. Vielleicht magst du ja in ein oder zwei Monaten nicht mehr. Vielleicht verliebst du dich ja während der Dreharbeiten in den Regisseur und lässt mich stehen.«

Sie lachten beide. Verlegen. Ein klein wenig angsterfüllt, dass so etwas Ähnliches passieren konnte.

»Der Regisseur ist zwanzig Jahr älter als ich, Fabian. Und nur weil ich mit einem einen Werbespot drehe …«

»Soll schon vorgekommen sein. Gerüche beeinflussen uns bei der Partnerwahl, hast du das nicht gewusst? Meines Wissens drehst du einen Werbespot für ein sündhaft teures Parfüm, dessen Geruch die halbe Welt betört.«

»Hast du die Aufschrift der Verpackung auswendig gelernt?« Fabian lachte laut. »Warum nicht?«

»In dem Fall würde ich mich wohl eher ins Parfüm verlieben als in den Regisseur. Du kannst also ganz beruhigt sein«, gab sie amüsiert zurück.

»Dann ist es ja gut. Also, was ist jetzt? Soll ich dich morgen abholen oder nicht?« Die Frage klang wie eine Herausforderung.

»Nein. Ich komme direkt zu dir. Oder glaubst du wirklich, dass ich nach zwei Tagen Trennung dir im Restaurant gegenübersitzen, dich ansehen und dabei in Ruhe essen kann?«

Wieder lachte Fabian. Diesmal entspannt und laut. Er verstand ihre Anspielung. »Gut, dann warte ich auf dich in meiner Wohnung. Essen können wir danach ja immer noch.«

Als sie auflegte, läutete ihr Handy erneut. Sie schaute nicht aufs Display, weil sie vermutete, dass es noch einmal Fabian war.

»Na, hast was vergessen?«, fragte sie und grinste.

Im nächsten Moment stockte ihr der Atem.

Wien, Februar 2015

Bevor Max Horvat gegangen war, hatte er Marianne vorgeschlagen, alles aufzuschreiben, was ihr wichtig erschien. Erst danach sollte sie entscheiden, ob es notwendig sei, das Ereignis dem Publikum zu erzählen. Sie hatte genickt. In Wirklichkeit hatte sie längst damit begonnen, die Vergangenheit aufzuarbeiten.

Seit Wochen arbeitete sie an der Auflistung. Heute etwa saß sie seit dem frühen Morgen am Esstisch, die alten Unterlagen fein säuberlich sortiert vor sich ausgebreitet. Die Tagebücher ihrer Mutter. Die ledergebundenen Alben mit den Zeitungsartikeln ihrer Großeltern. Fotos, das Manuskript des Theaterstücks, das ihr leiblicher Vater seiner großen Liebe auf den Leib geschrieben hatte. Die Briefe, die Käthe Schlögel an Jakob verfasst und nie abgeschickt hatte. Das Büchlein mit Ideen und Wortmalereien, das er ihr am Prager Friedhof geschenkt hatte. All das waren Zeitdokumente, die in den letzten Jahren gut versteckt in einer Truhe gelegen hatten. Lediglich die Alben und einige lose Fotografien hatte sie früher schon mal mit Vera und Sophie angesehen. Die Tagebücher und das Manuskript warteten seit Jahrzehnten auf den richtigen Zeitpunkt, ans Licht geholt zu werden. Der Augenblick schien nun gekommen. Man konnte eben nicht immer sofort alles erzählen, was in einer Familie geschah.

Das klärende Gespräch war hier in dieser Küche erfolgt. Genau genommen war es einem Monolog gleichgekommen, dem Marianne sprachlos vor Staunen gefolgt war.

Dieser Teil darf in der Kinofilmdokumentation auf gar keinen

Fall fehlen, dachte sie, während sie die Ereignisse von damals in ein Buch mit rotem Umschlag notierte. Marianne erinnerte sich, als wäre es gestern gewesen, derweil lag es fünfzehn Jahre zurück.

Ihre Mutter, hochbetagt mit 94 Jahren, doch geistig und körperlich fit, als hätte sie das Leben ausschließlich in Watte gepackt. Ihr Lächeln an diesem Morgen, als sie wortlos in die Küche gekommen war und eine Weile durchs Fenster auf den Weinberg gestarrt hatte. Mit ihren knöchernen Fingern fuhr sie unsichtbare Linien entlang, als wolle sie die Weinreben von der anderen Straßenseite auf das Glas abpausen. Dann bat sie Marianne, für sie beide etwas Feines zum Abendessen zu kochen. Sie wolle ihr eine Überraschung präsentieren. Sie hatte gekichert wie ein kleines Kind, dem ein erstklassiger Streich gelungen war.

Marianne hatte nachgefragt, was denn los sei.

Doch ihre Mutter hatte sie auf abends vertröstet und sich bis dahin in ihr Schlafzimmer zurückgezogen.

Im Nachhinein hatte Marianne begriffen, dass sie diesen Moment bewusst ausgewählt hatte. Fritz stand an dem Abend in der Josefstadt auf der Bühne, und Vera hielt sich mit der kleinen Sophie in der Münchner Wohnung auf. Tochter und Mutter waren allein. Und diesen Augenblick hatte Käthe Weinmann auserwählt.

Marianne hatte mittags eine größere Menge Rindsrouladen mit Bandnudeln gekocht, um fürs Abendessen etwas übrig zu haben. Extra zu kochen freute sie nicht, weil ihr zu diesem Zeitpunkt nicht bewusst war, welche einschneidende Geschichte ihre Mutter erzählen würde.

Käthe kam um sieben Uhr. Inszenierte ihren Auftritt, als gäbe es ein Publikum zu begeistern. Ihre Mutter sah noch immer aus, als wäre sie einem ihrer Filme aus den Fünfzigerjahren entsprungen, dachte Marianne. Ihr Gesicht war dezent geschminkt, die ergrauten Haare hochgesteckt, und eine Perlenkette schmückte den faltigen Hals. Sie trug das hellblaue Kleid, das sie einst auf der Bühne getragen hatte und seit vielen Jahren in ihrem Kleiderkasten hing. Es wurde von ihr behütet und gepflegt, als handle es sich um den Heiligen Gral. Es sah immer noch ordentlich aus – immerhin war es über siebzig Jahre alt und passte ihr sogar noch. Ein feiner Hauch Parfüm umwehte die alte Dame. Unter dem linken Arm hielt sie Unterlagen festgeklemmt, die rechte Hand umklammerte den Gehstock mit dem silbernen Knauf, den sie normalerweise nur im Freien benutzte.

Marianne schämte sich plötzlich ob der Rindsrouladen, weil sie damit offensichtlich das feierlich angedachte gemeinsame Essen zu einem Akt der Resteverwertung degradierte. Zusätzlich hatte sie sich nicht so fein rausgeputzt wie ihre Mutter. Sie stand im hellgrauen Hausflanellanzug in der Küche.

In dem Augenblick beschlich sie eine dunkle Vorahnung. Ihre Mutter organisierte ihr Ableben und wollte davor noch wichtige Details besprechen.

»Hast du etwa dein Testament dabei?«, fragte Marianne. Obwohl ihre Mutter die neunzig überschritten hatte, erschrak sie bei dem Gedanken.

»So etwas in der Art«, antwortete sie und zeigte mit dem Stock Richtung Tisch. »Du hättest das gute Porzellan auftragen sollen. Das entspräche dem Anlass.«

»Du hast mir nicht gesagt, dass das heute etwas Besonderes ist. Hab ich etwa einen Ehrentag vergessen?«

Die Alte schüttelte ihr weißes Haupt. »Nein. Kein Ehrentag, nur ein besonderer Abend.«

Marianne begann, den Tisch abzuräumen. »Das schöne Geschirr ist gleich aufgedeckt.«

»Nein, lass es! Wir wollen jetzt essen.«

Marianne ließ das Alltagsgedeck stehen und öffnete eine Flasche Rotwein. »Wenn ich das gewusst hätte, hätte ich den Wein schon nachmittags dekantiert.« Sie schenkte ihnen ein. »Ich denke, ein Glas verträgst du schon, Mama. Scheint ja enorm wichtig zu sein, was du mit mir besprechen musst. Daher sollten wir zumindest mit einem guten Schluck beginnen. Findest du nicht?« Sie stieß ihr Glas leicht gegen das ihrer Mutter. »Verrat mich nicht bei Ferdinand. Aber der Wein kommt nicht von unserem Gut, sondern aus dem Burgenland.«

Käthe Weinmann hielt ihre Nase über das Glas. »Einen Cabernet Sauvignon bauen wir gar nicht an«, sagte sie trocken. Sie nahm einen Schluck, ließ den edlen Tropfen im Mund kreisen, ehe sie ihn hinunterschluckte. »Eine gute Wahl.« Sie setzte das Glas wieder ab.

Sie aßen schweigend. Erst nachdem die Teller und Schüsseln abgeräumt waren und Marianne den Tisch abgewischt hatte, legte Käthe Weinmann die mitgebrachten Unterlagen auf den Tisch. Marianne vibrierte vor Anspannung. Was zum Teufel hatte ihre Mutter vor?

»Ich habe gelogen, um dich und mich zu retten«, begann sie schließlich und schob ihrer Tochter ein Manuskript zu. *Marianne* stand in Maschinenschrift auf dem Kartonumschlag.

Marianne berührte es vorsichtig mit den Fingerkuppen, ohne ihre Mutter aus den Augen zu lassen. »Was ist das?«

»Lies es!«

Marianne klappte die erste Seite auf und begann die Zeilen zu überfliegen, bis sie am Ende auf eine Widmung für ihre Mutter stieß. Doch selbst da war ihr noch kein Licht aufgegangen, was das alles zu bedeuten hatte.

»Heute ist der Abend der Wahrheit«, sagte ihre Mutter und lehnte sich zurück. »Sie lag viel zu lange verborgen hinter einer Unaufrichtigkeit.« Sie atmete tief ein und wieder aus, bevor sie fortfuhr: »Nachdem Jakob Wien verlassen hatte, begann eine schreckliche Zeit.«

Wien, 1938

Jakobs Abwesenheit fügte Käthe körperliche Schmerzen zu bis hin zum Erbrechen. Jede Minute spürte sie eine schreckliche, schleichende Angst, ihn nie wiederzusehen. Derweil glaubte sie, ihn im Tonfall fremder Stimmen oder im plötzlichen Gelächter wiederzuhören. In jedem Schatten, der um die Ecke kam, vermutete sie ihn. Sie hörte und fühlte Jakob überall. Abend um Abend schrieb sie ihm endlose Liebesbriefe, die sie nie abschickte, weil sie nicht wusste, wohin.

Während Käthe unsagbare Qualen litt, veränderte sich das einst wohlwollende, freundliche Gesicht für Juden, Künstler und Andersdenkende in Wien. Es formte sich zur grässlichen Fratze eines grausamen Monsters. Der Ton war rau geworden, das Miteinander durch Missgunst, Neid und Unwissenheit vergiftet. Selbst der Gruß hatte sich längst geändert. Man schüttelte sich nicht mehr die Hand oder lüftete leicht den Hut. Nein, man hob die Hand. Manche streckten sie gar so zackig in die Höhe, dass es schien, sie flöge davon. Im Wochentakt verhaftete man jüdische Intellektuelle, Synagogen brannten, jüdische Geschäfte wurden zerstört. Zahllose jüdische Schauspielerkollegen verloren über Nacht ihre Arbeit. Zu ihnen gehörte auch Walter Janisch.

Hans Bleck legte seine NSDAP-Mitgliedschaft offen und trug voll Stolz das Hakenkreuz auf dem Hemd. Endlich hatte er offiziell die Berechtigung, all jene zu quälen, die er nicht leiden konnte.

Else Novak machte ebenfalls kein Hehl daraus, mit den Nazis zu sympathisieren. Sie schwärmte regelrecht von der Klugheit des Führers und seinem fürsorglichen Denken für sein Volk. Auch ihre neue Eroberung trug eine Uniform mit Hakenkreuz.

Für Käthe kam der Zeitpunkt, die kleine Marienfigur und die Bibel ihres Vaters in der Kommode ganz nach hinten zu schieben. Gott hatte dieses Land im Stich gelassen.

Wenige Wochen später war es Gewissheit, Käthe schloss sich die ganze Nacht in ihrer Wohnung ein.

»Die Welt ist aus den Fugen geraten«, sprach sie im sanften Tonfall zu dem ungeborenen Kind in ihrem Bauch. »Sie haben deinen Vater aus dem Land vertrieben. Aber bis du zur Welt kommst, wird sich alles wieder normalisiert haben. Du wirst schon sehen, mein Liebling. Dann kann dein Vater zu uns zurückkommen, wir werden in einem schönen Haus leben und glücklich sein.«

Käthe musste sich etwas einfallen lassen, denn in einigen Monaten ließ sich das süße Geheimnis nicht mehr verbergen. Hans Bleck und Else würde auch sofort klar sein, dass sie Jakobs Kind unter dem Herzen trug. Die Zeit drängte.

An ihre Mutter konnte und wollte sie sich nicht wenden. Die Erinnerung an ihre letzte Auseinandersetzung schmerzte noch immer. Sie hatten seit dem Streit auf der Kirchentreppe bei der Hochzeit vor zwei Jahren kein Wort mehr miteinander gesprochen. Auch dass ihr ein Judenbalg nicht ins Haus käme, hatte sie ihr gegenüber zuvor unmissverständlich ausgesprochen. Einzig Anita und Alfred vertraute Käthe bedingungslos. Die beiden waren zwischenzeitlich Eltern eines Buben geworden, der auf den Namen Ferdinand getauft wurde und nach Alfreds Vater, der im Krieg geblieben war, benannt wurde.

Käthe hatte Alfred mehrmals nach Jakob gefragt, weil sie ihn nicht kontaktieren konnte und nichts von ihm hörte, aber der war einsilbig geblieben.

»Er ist in Amerika«, hatte er geantwortet, und es klang wie eine Warnung. »Versuch aber auf gar keinen Fall herauszubekommen, wo er sich aufhält, oder gar mit ihm Kontakt aufzunehmen, Käthe. Man beobachtet dich.«

»Wer?«, hatte sie gefragt, obwohl sie es wusste. Natürlich hatte die Nazibehörde ein Auge auf sie. Käthe Schlögel war eine Berühmtheit und die Nazis auf der Suche nach Persönlichkeiten, die sie vor ihren Karren spannen konnten. Viele ließen dies zu. Wenn sie nicht aufpasste, sprach sich in diesen Kreisen bald herum, dass sie und Jakob ein Liebespaar gewesen waren. Die vorherrschende Zeit war für Verräter und Denunzianten das Paradies.

Lange konnte Käthe die Schwangerschaft nun nicht mehr geheim halten. Die regelmäßigen Besuche auf dem Klo während der Proben verrieten sie. Einige Kolleginnen hatten zudem gehört, wie sie sich übergab.

»Und, wer ist der Glückliche?«

Flüsternd richteten sie die Frage an sie, gefolgt von einem mitfühlenden Lächeln. Das bedeutete so viel wie: Wir halten dicht.

»Du weißt aber, dass du nicht mehr spielen kannst, wenn du dicker wirst.« Auch damit musste sich Käthe auseinandersetzen. Doch sie reagierte nicht auf derartige Sprüche.

Mit zunehmendem Umfang wuchs aber ihre Angst.

Irgendwann war es so weit. Hans Bleck zitierte sie in sein Büro.

»Das hast du ja geschickt geheim gehalten«, begann er das Gespräch, und Käthe hörte deutlich die Verärgerung in seinem Tonfall.

»So macht man das nicht. Ich muss wissen, wenn du dich plötzlich entschließt, Mutter zu werden. Für den Spielplan. Du kannst dann nicht mehr das unschuldige Mädel vom Land spielen. Das ist dir doch hoffentlich klar.« Er machte eine dramaturgische Pause. »Wer ist denn der Vater?«

»Kennst du nicht.«

»Ach! Und ich hätte schwören können, dass dich dieser verfluchte Jud bestiegen hat.« Er grinste höhnisch.

Sie musterte ihn schweigend.

»Du sagst ja gar nix. Hab ich etwa recht?« Sein überhebliches Benehmen hatte zugenommen, seit er das Theater leitete. Fast schien es, als gehörte ihm das Haus persönlich. Er herrschte diktatorisch über die Schauspieler.

Eine Woge der Feindseligkeit schwappte zwischen ihnen hin und her. Sie konnten sich nicht ausstehen, und daraus machten sie beide schon lange kein Geheimnis mehr.

»Dann mach ich halt eine Weile Pause«, schlug Käthe vor, versuchte, einen normalen Tonfall anzuschlagen. »Und nach der Geburt spiel ich wieder.«

»Und wo willst du das Kind hingeben, wenn du abends auf der Bühne stehst?«

Das geht dich verflucht noch mal nichts an, lag ihr auf der Zunge. Doch sie sagte: »Zu meiner Mutter.«

Er lachte laut. »Weil deine Mutter auf den Bastard eines Juden aufpasst? Na, ihr seid mir eine schöne Familie.« In dem Moment schien ihm etwas einzufallen, und sein Blick verfinsterte sich. »Du weißt schon, dass ich dich ohne Ariernachweis nicht weiter beschäftigen kann.« Er machte ein gespielt mitleidiges Gesicht. »Den Walter hab ich übrigens auch schon entlassen müssen. Hast du gewusst, dass seine Mutter Jüdin ist?«

Das haben wir alle gewusst, wollte sie ihm am liebsten an den Kopf werfen. Er hat es uns erzählt, bei meiner Verabschiedung nach Prag, als er das jüdische Kinderlied gesungen hat.

Doch sie schluckte die Worte hinunter und spürte eine noch nie dagewesene Wut in sich, die sie zu zerreißen drohte. Dieser Scheißkerl hatte eine Tracht Prügel verdient.

»Na, wie auch immer. Ich werd mir jedenfalls deine Familie einmal genauer anschauen. Deine Mutter ... woher stammt sie?«

»Aus Ungarn.«

»Aha, aus Ungarn also«, wiederholte er langsam, als müsse er das Land erst einem Kontinent zuordnen. »Dort gibt's meines Wissens viele dreckige Zigeuner.«

Lass dich nicht provozieren, hallte es in Käthes Kopf.

»Stammt deine Mutter etwa von dem Gesindel ab?«

Sie schwieg.

»Oh ja! Ich denke, sie ist eine von denen.« Er verzog sein Gesicht zu einer hämischen Grimasse.

In dem Moment schoss Käthe ein rettender Gedanke durch den Kopf. Noch bevor sie ihn zu Ende gedacht hatte, hörte sie sich sagen: »Der Vater des Kindes heißt Alois Weinmann. Er ist Weinbauer in Grinzing.«

Bleck sah sie von einer Sekunde zur nächsten völlig überrascht an. Er öffnete den Mund und sagte etwas. Die Worte klangen laut und hart, doch Käthe hörte ihm nicht mehr zu. Sie wandte sich um und stürzte aus seinem Büro.

Vor dem Theater schnappte sie erst einmal nach Luft, wie ein Goldfisch außerhalb des Aquariums. Mit bebendem Herzen setzte sie sich auf die Stufen, die zum Gehweg hinunterführten. Es war ihr zum Weinen zumute, doch diesen Triumph gönnte sie Bleck nicht. Sie zwang sich, den aufsteigenden Tränendrang unauffällig wegzuatmen. Zudem wollte sie zufällig vorbeikommenden Kollegen keinen Anstoß bieten, sie anzusprechen. Es sollte wirken, als konzentrierte sie sich auf ihre Rolle. Ihren Blick hielt sie daher starr auf ihre Schuhe gerichtet, mit ihren Fingern massierte sie sich die Schläfen. Sie nahm ihre Umgebung nicht wahr. Alles um sie herum schien dunkel und hoffnungslos.

Alois Weinmann ist der Vater, hatte sie behauptet. Was sollte sie jetzt tun? Sie wollte augenblicklich zu Anita, um ihr davon zu berichten. Und ihre Freundin musste ihren Bruder überreden, bei dem Spiel mitzuspielen. Sie sah keinen anderen Ausweg.

Ein beklemmender Schmerz legte sich um ihre Brust: Sie stahl Jakob sein Kind. Ihr Puls begann zu rasen. Eine dumpfe, beängstigende Enge nahm sie in Besitz. Wie fühlte es sich an, an einem Herzinfarkt zu sterben? Wie lange dauerte so ein Tod?

Sie sah eine Straßenbahn näher kommen. Was, wenn sie sich einfach davor auf die Gleise warf?

Verdammt. Verdammt. Verdammt.

Jakob und sie sollten jetzt Hand in Hand durch die Straßen gehen und sich auf ihr erstes gemeinsames Kind freuen. Sie sollten überlegen, welchen Namen sie dem Ungeborenen gaben, ob sie an den Stadtrand ziehen wollten, um es im Grünen aufwachsen zu sehen. Darüber sollten sie sich Gedanken machen. Stattdessen saß sie hier, wusste weder, wie es weitergehen sollte, noch wo sich Jakob aufhielt.

Käthe holte tief Luft, presste die Hände vors Gesicht.

Warum hatte Gott nur dieses Land verlassen?

»Gib zu, dass dieser Rosenbaum der Vater ist«, riss eine Stimme sie aus ihren Gedanken. »Weiß doch eh jeder, dass du und dieser Jud ...«

Käthe schaute nach oben. Else Novak stand breitbeinig vor ihr und lächelte bösartig. Klar, dass Bleck sofort zu ihr gerannt war.

»Du glaubst doch selber nicht, dass der Hans dir deine Lüge abkauft.«

Käthe wandte den Blick ab. Sie hatte nicht vor, mit ihrer ehemals besten Freundin zu reden. Eine Frau, die sich jedem Mann, der sie nach oben bringen konnte, an den Hals warf. Und jetzt sogar den Nazis. Diese verfluchte Hure war ihr keine Antwort wert. Ja nicht einmal mit dem Arsch wollte sie Else mehr ansehen.

»Der Horst hätte dich so oder so betrogen. Und falls dir das ein Trost ist: Er hat auch mich abserviert, noch bevor ich in einem seiner Filme eine Rolle bekommen hab. Derweil habe ich wahrlich im Bett einiges mehr zu bieten als du. Das wissen wir beide. Also, lass uns die Sache vergessen.« Else setzte sich neben sie.

Käthe machte Anstalten aufzustehen.

»Ich an deiner Stelle würde dableiben und mir anhören, was ich dir zu sagen hab.«

Käthe blieb, rückte lediglich ein Stück von Else ab.

»Der Weinmann ist nicht der Vater deines Gfrast.« Sie deutete mit einer raschen Kopfbewegung auf Käthes Bauch, fixierte ihn finster und ließ die Behauptung stehen wie eine gefährliche Drohung. »Der kriegt so was doch gar nicht hin.«

»Was willst du damit sagen?«

»Alois kann nicht der Vater sein«, wiederholte Else und hob den Blick.

Käthe schwieg.

Elses Lächeln verwandelte sich in ein hinterhältiges Grinsen. »Ich hab sie gesehen.«

»Wen?«, fragte Käthe, obwohl sie ahnte, welche Namen sie gleich hören würde.

»Deinen Alois und den Walter.« Elses hinterhältiges Grinsen gefror nun zu einer eiskalten Grimasse. »Während du dich in Prag hast feiern lassen, haben es die beiden Schweine ganz schön oft miteinander getrieben«, spie sie ihr dann ins Gesicht.

Käthe schluckte trocken. Sie unterdrückte den Impuls, sich die Ohren zuzuhalten. »Du lügst«, presste sie hervor.

»Ach, jetzt lüg ich auf einmal«, sagte Else gespielt entrüstet. »Du weißt, dass ich die Wahrheit sage. Wenn du willst, erzähl ich dir, wie viele Nächte dein Alois bei Walter übernachtet hat.«

Käthe schüttelte den Kopf. »Woher willst du das wissen?«

»Ich hab da so meine Beobachter. Und wenn ich morgens früh genug dran war, hab ich selbst gesehen, wie der Vater deines ...« Ihr Blick glitt wieder zu Käthes Bauch, verweilte erneut eine Sekunde darauf. »... Bastards sich aus dem Wohnhaus seines Geliebten gestohlen hat.« Sie schüttelte sich. »Zwei Männer ... allein der Gedanke daran ist ... widerwärtig.«

»Du lügst«, zischte Käthe abermals.

»Einmal hab ich die beiden sogar im Theater gesehen. Hinter der Bühne ... wie sie sich geküsst haben. Der Weinmann ist ja fast jeden Abend aufgetaucht, hat mit Walter auf bester Freund getan. Als ob wir anderen nicht genau gewusst hätten, was da läuft.« Else schüttelte sich noch einmal, heftiger, so als müsste sie ein lästiges Insekt loswerden.

Käthe presste die Lippen aufeinander.

»Die haben wohl geglaubt, allein zu sein ... Der Alois hat die Hand um Walters Hüfte gelegt, wie ein Mann es normalerweise bei einer Frau macht ... Nicht auszudenken, wenn das jemand der Polizei verrät, was wir beide wissen, Käthe.«

»Was willst du?«

Else setzte wieder ihr falsches Lächeln auf. »Endlich wirst du vernünftig.« Sie holte aus ihrer Jackentasche ein Kuvert hervor. »Du beendest deine Karriere, und ich schicke das hier nicht ab.«

Käthe nahm den Umschlag, den Else ihr reichte. In der Vorahnung, dass er nichts Gutes enthielt, riss sie den Brief darin mit Verachtung aus seiner Hülle und faltete ihn auseinander. Mit einem Blick erkannte sie, dass er an einen bestimmten Gauleiter gerichtet war. Käthe kannte den Mann nicht. Nach den ersten beiden Zeilen, die lediglich ihren Namen, Beruf und ihre Adresse enthielten, machte sich Entsetzen in ihr breit.

Hochverehrter Herr Gauleiter,
Wissen Sie, dass Frau Käthe Schlögel ein schmutziges Verhältnis mit einem Juden hatte und die bekannte Schauspielerin ein Kind von diesem verachtenswerten Subjekt erwartet?

Sie ließ das Papier sinken, bevor sie alles gelesen hatte, und sah Else hasserfüllt an.

»Noch wissen nur du, Hans und ich Bescheid.« Wieder dieses hochmütige Grinsen. »Der Gauleiter findet übrigens dein Schauspiel nicht so herausragend wie viele deiner dummen Freunde. Zudem macht er sich nicht viel aus großen Stars.« Sie verdrehte vielsagend die Augen. »Für ihn zählt lediglich die Herkunft und mit wem man sich beruflich und privat einlässt. Und so ein Jud ... Ach, Käthe, du warst doch früher so prüde. Sag, wann hast du dich in diese dreckige Hure verwandelt?«, fragte sie mit eiskalter Stimme.

Käthe hätte ihr gerne ins Gesicht geschlagen, doch sie verharrte ruhig und schwieg.

Offensichtlich erwartete Else auch gar keine Antwort, denn sie stand auf und verschwand Richtung Theatereingang.

Käthe blieb noch einige Minuten still sitzen. Sie fühlte sich wie vom Blitz getroffen. Wann genau war Else zu ihrer Feindin geworden und aus welchem Grund? Es musste lange vor der Affäre mit Horst Kleinbach gewesen sein.

Käthes Weg führte sie direkt in Anitas Salon. Ihre Freundin nahm gerade Maß an einer Kundin. Diese erkannte Käthe und war hin und weg. Sie schwärmte von ihren Auftritten und wiederholte mehrmals, dass ihre Freundinnen ihr nicht glauben würden, welch Glück ihr heute wiederfuhr, die großartige Schauspielerin einmal persönlich von Angesicht zu Angesicht sehen zu können. Käthe lächelte tapfer und hoffte, dass die Frau so schnell wie möglich den Salon verlassen würde. Doch leider zögerte sie ihren Aufbruch hinaus und ließ Käthe nicht aus den Augen. Ihre Miene zeigte minutenlang große Entschlossenheit, das Feld nicht so schnell zu räumen, doch irgendwann verschwand sie.

»Alfred ist im Dienst«, sagte Anita, als sie sich setzten, weil Käthes Aufgeregtheit sie vermuten ließ, dass etwas passiert sei.

»Sein Beruf belastet ihn von Tag zu Tag mehr. Er muss Dinge tun, die er nicht tun will, weil sie grausam und ungerecht sind. Das hat nichts mehr mit seiner bisherigen Aufgabe zu tun«, sagte sie, obwohl sie im Grunde genommen nicht darüber reden durfte. »Sie transportieren Leute auf Lastwagen ab. Einfach so.«

»Wen? Wohin?«, fragte Käthe.

»Juden. In ein Arbeitslager nach Dachau. Alfred hilft, dass einige von ihnen Österreich doch noch verlassen können«, flüsterte sie Käthe verschwörerisch ins Ohr. Danach rang sie ihr den Eid ab, es niemandem zu verraten.

Käthe hatte nicht vor, es weiterzuerzählen, dennoch sagte sie warnend: »Ich hoff, er bringt sich nicht um den eigenen Kopf.«

Anita schüttelte den Kopf. »Er passt schon auf. Keine Angst.«

Es klang nicht überzeugend, doch Käthe beließ es dabei. Es drängte sie, ihrer Freundin von dem unerfreulichen Gespräch mit Bleck zu berichten und von ihrer unüberlegten Behauptung, Alois sei der Vater des Kindes.

Als sie geendet hatte, lachte Anita zu Käthes Überraschung lauthals auf. »Na, da werden sich meine Eltern aber freuen! Endlich hat Alois einen Erben in die Welt gesetzt.«

»Aber er ist doch gar nicht der wahre Vater«, raunte Käthe, weil sie annahm, dass ihre Freundin das womöglich nicht begriffen hatte.

»Ab sofort wird er es sein«, sagte Anita. »Ich rede mit ihm. Du wirst sehen, er freut sich. Es löst nämlich auch sein Problem.« Sie ballte die Fäuste. »Er wurde anonym angezeigt, eine homosexuelle Beziehung zu dem Halbjuden Walter Janisch zu unterhalten. Und morgen muss er sogar bei der Geheimpolizei antanzen. Stell dir das einmal vor! So eine Frechheit.« Anita explodierte förmlich. »Derweil sind die beiden doch nur gute Freunde.«

Else, schoss es Käthe durch den Kopf, und sie sagte: »So eine Unverschämtheit.«

»Ganz meine Meinung! In welcher Zeit leben wir eigentlich?«, stellte Anita die rhetorische Frage.

»In einer, die Zwietracht säht und den Teufel regieren lässt«, antwortete Käthe. »Was ist mit Walter?«

»Den haben sie schon befragt. Er sitzt im Schutzhaftlager.«

Käthe erschrak. »Wo? Wer hat das veranlasst?«

»Ich weiß es nicht. Aber wir hoffen, dass sich morgen, wenn der Alois seine Aussage macht, alles aufklären wird.«

Drei Tage später tauchte Alois vor Käthes Wohnungstür auf. Er sah schlecht aus. Um seine Augen lagen tiefe Schatten, als hätte er schon länger keinen Schlaf mehr gefunden. Seine Haut war blass, und seine Schultern hingen nach unten. Die Sache mit Walter belastete ihn offenbar sehr. Man hatte ihn nicht aus der Schutzhaft entlassen, obwohl Alois meinte, alle Anschuldigungen entkräftet zu haben.

»Anita meinte, ich soll so schnell wie möglich vorbeikommen. Du brauchst mich.« Er klang wie ein Bruder, der seiner Schwester wieder einmal aus der Patsche helfen musste.

»Komm rein!« Sie trat einen Schritt zur Seite.

»Macht es dir etwas aus, ein Stück spazieren zu gehen? Ich brauche dringend frische Luft.«

»Nein, gar nicht.« Käthe zog sich rasch einen dünnen Sommermantel über, und wenig später standen sie auf der Kirchengasse. Sie hakte sich bei ihm unter, und in einem gemächlichen Tempo spazierten sie Richtung Burggasse.

»Anita hat mich in dein süßes Geheimnis eingeweiht.« Er rang sich ein Lächeln ab.

Käthe seufzte. Sie wusste, dass sie Alois viel abverlangte. Doch egal wie sie es drehte und wendete: Sie kam zu keinem anderen Entschluss. Es schien ihr nach wie vor die beste Lösung zu sein. Sie hielt den Atem an, weil sie Angst vor seiner Antwort hatte. Was, wenn er nicht bereit war, ihr zu helfen?

»Ich werde es tun«, hörte sie seine Stimme neben sich. »Ich werde der Vater deines Kindes sein.«

Käthe schlang die Arme um seinen Hals, küsste ihn auf beide Wangen. »Ich danke dir, Alois«, hauchte sie, Tränen traten ihr in die Augen. »Ich kann dir gar nicht sagen …«

Da tauchten unweit SA-Männer auf. Alois sah sich um. »Ich hab keine Lust, ihren verfluchten Hitlergruß zu erwidern«, knurrte er und zog sie an der Hand rasch zu dem Blumenladen, der wenige Schritte entfernt von ihnen lag. »Da kauf ich doch meiner Zukünftigen lieber ein paar Rosen.«

Käthe verdrehte belustigt die Augen. »Dass das aber nicht zur Gewohnheit wird.«

Wenige Augenblicke später standen sie mit einem Strauß wieder auf der Gasse. Die Braunhemden waren verschwunden.

»Dass du schwanger bist, erzählen wir meinen Eltern erst nach der Hochzeit«, schlug er vor, als sie Arm in Arm weiterschlenderten.

»Natürlich.« Sie hielt ihre Nase in die roten Rosen und sog den Duft ein. Froh darüber, ihm nicht einmal Argumente darlegen zu müssen, weshalb sie ihn als Kindsvater angegeben hatte. Dennoch spürte sie einen kleinen Anflug von Unsicherheit, und sie dachte, spätestens wenn sie verheiratet waren und er kein sexuelles Interesse an ihr zeigte, würde sie begreifen, dass die Anschuldigung der Wahrheit entsprach. Alois konnte nicht wissen, dass sie längst Bescheid wusste. Sie streichelte ihm freundschaftlich über die Wange, und noch ehe sie darüber nachdachte, platzte aus ihr das Zugeständnis heraus, dass er und Walter auf gar keinen Fall auf sie Rücksicht nehmen mussten. Nur aufpassen sollten sie in Zukunft, um nicht erwischt zu werden. Als sie ihm von dem Gespräch mit Else berichtete, wich jegliche Farbe aus seinem Gesicht.

»Diese Hexe schreckt nicht davor zurück, euch beide ins Verderben zu stürzen«, fügte sie hinzu.

Alois wich einen Schritt zurück. Er gab unvollständige Sätze von sich, versuchte die Situation zu retten.

Käthe trat zu ihm und legte ihre Finger auf seine Lippen. Für Außenstehende sahen sie wie ein ganz normales Liebespaar aus. »Es bleibt unser Geheimnis.«

»Sie bringen Walter ins KZ«, brach es verzweifelt aus ihm heraus, und seine Augen füllten sich mit Tränen.

»Er kommt nach Hause. Bestimmt.« Käthe war selbst wenig überzeugt von ihren Worten.

Die Hochzeit fand Anfang September auf dem Weingut der Weinmanns statt. Die Feierlichkeiten fielen im engsten Familienkreis noch diskreter aus als bei Alfred und Anita. Es gab Wasser und Wein und belegte Brote. Alma Schlögel hatte Letscho mit Speck gekocht. Sie strahlte, als heirate ihre Tochter in eine Königsfamilie ein. Endlich erfüllte sich der langgehegte Schlögel-Traum.

»Wenn das der Papa noch erlebt hätte«, sagte sie mehrmals an dem Tag.

Alois' Eltern waren ebenso glücklich. Endlich bekamen sie mit Käthe doch noch ihre Wunschschwiegertochter, eine berühmte obendrauf. Walter fehlte bei der Hochzeit.

Obwohl Anita Käthe angeboten hatte, ein Brautkleid zu schneidern, hatte diese darauf bestanden, ihr hellblaues *Teadress* anzuziehen, und das Geschenk dankend abgelehnt. »So hab ich wenigstens das Gefühl, dass Jakob ein bisschen bei uns ist.«

Zudem wollte sie ein Kleid tragen, das besonders war und in dem sie sehr glückliche Stunden verbracht hatte.

Lediglich ihre Mutter hatte die Nase gerümpft, als ihr Käthe am Hochzeitsmorgen unter die Augen getreten war.

Gleich nach der Trauung zog Käthe nach Grinzing. Zwischen den Weinreben erschien ihr die Welt friedvoller, als sie es war.

Sooft es ging, durchstreifte sie das Gebiet und ließ ihren Gedanken freien Lauf. Drei Wochen nach der Hochzeit setzten sie Alois' Eltern von der Schwangerschaft in Kenntnis. Irma Weinmann war wenig überrascht und meinte, geahnt zu haben, dass Käthe ein Kind unter dem Herzen trage. Sie vermuteten schon länger eine heimliche Liebschaft zwischen ihr und ihrem Sohn. Käthe hinterfragte nicht, wie sie auf diesen Gedanken gekommen waren, zumal Jakob sie zur Hochzeit von Anita und Alfred begleitet hatte. Wichtig war nur, dass ihre Schwiegereltern die Vaterschaft ihres Sohnes nicht anzweifelten. Beruhigt atmete sie auf.

Alma Schlögel überschlug sich vor Freude, als sie die Nachricht bekam. Kein Wort über Jakob oder darüber, dass das Ungeborene möglicherweise ein Judenbalg war. Käthes Mutter war nicht dumm.

Die Entscheidung, sich zum Wohle des Kindes aus ihrem anstrengenden Beruf zurückziehen, überraschte die anderen zwar, doch stimmten ihr alle zu, dass ein Baby in erster Linie seine Mutter brauchte. Den wahren Grund für ihren Rückzug behielt Käthe für sich. Jeden Abend stellte sie sich ans Fenster, blickte hinauf in den dunklen Himmel und schickte Jakob zärtliche Gedanken. Dabei versprach sie ihm, so sie ein Mädchen zur Welt brachte, es auf den Namen Marianne taufen zu lassen.

Da Käthe nichts vom Weinbau verstand, kümmerte sie sich ausschließlich um die Buschenschank, die sich im vorderen Teil des Weinguts befand. Sie trug ab sofort nur mehr bequeme Kleidung und flache Schuhe. Käthe stellte sich geschickt an, bewies ein Händchen fürs Geschäft, und der Kundenstock stieg. Was daran lag, dass die Presse lautstark verkündete, Käthe Schlögel habe den Grinzinger Weinbauer Alois Weinmann geehelicht und arbeite fortan im Familienbetrieb mit. Man pilgerte nach Grinzing, um die berühmte Schauspielerin mit eigenen Augen zu sehen.

Wenn Käthe dann auch noch den Wein persönlich an den Tisch brachte und ein wenig mit den Gästen plauderte, schien deren Glück perfekt. Für Alma Schlögel war dies der Beweis, dass Käthe der Umgang mit Kunden in die Wiege gelegt worden war und nicht das Schauspieltalent.

Für den Fall, dass sie auf ihre mögliche Rückkehr ans Theater angesprochen wurde, hatte Käthe sich einen Satz zurechtgelegt: »Es war eine sehr schöne Zeit, doch nun möchte ich mich meiner Familie widmen.«

Natürlich entging niemandem, dass Käthe an Gewicht zulegte und sich der Bauch wölbte. Man gratulierte dem jungen Paar und zeigte sich beeindruckt, dass eine Frau mit ihrem Format auf ihre eigene Karriere verzichtete, zum Wohle von Kind und Ehemann. Das passte in diese Zeit. »Dafür bekommen Sie sicher eine Auszeichnung«, raunten ihr einige der Gäste zu. »So berühmt, wie Sie sind. Ein Vorbild für andere junge Frauen.«

Wenn ihr wüsstet, dachte Käthe und nickte freundlich.

In regelmäßigen Abständen tauchten auch SS-Männer auf und tranken mehr, als ihnen guttat. Dann grölten und sangen sie deutsche Lieder, deren Texte sich Käthe nicht merken wollte. An solchen Tagen gab sie vor, sich nicht wohlzufühlen, überließ ihrer Schwiegermutter oder Anita die Arbeit und verließ augenblicklich den Schankraum. Andernfalls hätte sie sich, wie ihre Mutter zu sagen pflegte, »ins KZ geredet«.

Walter war tatsächlich ins KZ überstellt worden und noch immer nicht zurückgekehrt. Eines Tages kam sein Vater aufs Weinmann-Gut und bat Alois um eine Unterredung unter vier Augen. Käthe sah den beiden nach, als sie Richtung Weinberge verschwanden. Sie ahnte, dass Walters Vater keine guten Neuigkeiten brachte, denn seine Augen waren rot geweint, und seine Schultern hingen nach unten, als trüge er einen schweren Sack Erdäpfel. Walter ist tot, dachte sie, und sie sollte recht behalten.

Alois kam alleine zurück. Seine Augen hielt er starr nach unten gerichtet, doch Käthe entging nicht sein wütender Blick. Ohne ein Wort zu sagen, ging er ins Haus und schloss sich im Schlafzimmer ein.

Als er erst abends wieder herauskam, setzte er sich nur stumm an den Tisch. Käthe stellte ihm etwas zu essen hin. Er schüttelte den Kopf und schob den Teller beiseite.

»Sie haben ihn umgebracht«, knurrte er, als Käthe ihn mehrmals hintereinander bat, endlich zu sagen, was los sei.

»Lungenentzündung.« Er hob den Kopf. »So heißt es offiziell. Aber glaub mir, diese Hunde haben ihn umgebracht.«

Käthe zweifelte keinen Moment daran. Homosexualität wurde von den Nazis schwer bestraft. Und ein Halbjude, dem gleichgeschlechtliche Liebe vorgeworfen wurde, hatte bei der braunen Brut doppelte Schuld auf sich geladen. Käthe wusste, dass Hitler sogar seinen ehemaligen Freund Röhm ermorden ließ, als er von dessen Veranlagung erfuhr.

Sie spürte, wie etwas in ihr zerbrach. »Der Teufel höchstpersönlich regiert dieses Land. Und unzählige Dämonen sind seine fanatischen Helfer«, krächzte sie, weil ihr die Stimme versagte.

Wenige Wochen später erfuhren sie über Alfreds Kanäle, dass auch Walters Eltern ins KZ gebracht worden waren. »Inzwischen besitzen wir in Mauthausen ein eigenes«, sagte er bitter. »Dann brauchen wir unsere Leute nicht mehr nach Dachau transportieren, um sie umzubringen.«

»Warum?«, hauchte Alois.

»Ihm wird vorgeworfen, Kommunist zu sein, und sie ist Jüdin«, zählte Alfred an zwei Fingern ab. »Das reicht.« Dann ließ er den Kopf sinken.

Alois fand keinen Frieden mehr. Er fühlte sich schuldig. Nächtelang saßen er und Alfred beisammen und tranken sich im

Weinkeller die Welt um einen Hauch schöner. Käthe bemerkte, welche Veränderung in ihnen vorging, deshalb überraschte sie der Entschluss der beiden nicht.

Alois war ein umsorgender und wunderbarer Ehemann, obwohl sie zusammenlebten wie Bruder und Schwester. Sie schliefen zwar in einem Bett, um bei den anderen kein Misstrauen zu erregen. Es gab jedoch nicht das kleinste Anzeichen, dass Alois ihre Weiblichkeit reizte. Zudem hatte ihn Walters Tod in ein tiefes schwarzes Loch gestoßen, aus dem er nur hervorkam, wenn es unbedingt notwendig war. Immer öfter zog er sich in seiner Einsamkeit zurück. Stundenlang saß er am gefrorenen Boden zwischen den Weinreben und starrte in die Ferne. Seine Eltern, die den wahren Grund seiner tiefen Trauer nicht kannten, lagen Käthe mit ihren Fragen und Vermutungen in den Ohren. Sie befürchteten große, unüberwindbare Probleme zwischen den jungen Eheleuten, doch Käthe konnte ihnen glaubhaft versichern, dass an ihrer Ehe nicht zu rütteln sei. Alois trauere lediglich um einen guten Freund und mache sich zudem Sorgen um die Zukunft. Immerhin würde bald sein Kind zur Welt kommen.

Zum Glück brachten ihnen Anita und Alfred Ablenkung. Alfred hatte seinen Polizeidienst quittiert, ohne vorher mit jemandem darüber zu sprechen. Er begründete es gegenüber seinem Vorgesetzten, auf dem Weingut seines Schwiegervaters gebraucht zu werden. Was nicht einmal gelogen war, denn Alois und sein Vater Otto Weinmann konnten einen zusätzlichen kräftigen Arbeiter gut brauchen. In Wahrheit hatte Alfred die Grausamkeiten, die seit Hitlers Machtübernahme an der Tagesordnung standen, nicht länger mit seinem Gewissen vereinbaren können.

Als er ihnen erzählte, dass SS-Männer Juden von Balkonen stießen, sobald sie sich gegen die Arisierung ihres Eigentums wehrten, erinnerte sich Käthe an Jakobs Worte, kurz bevor er gegangen war: »Erst werden wir gedemütigt, und am Ende werden wir sterben.« Juden starben, auch wenn sie sich nicht wehrten. Einfach so. Zum Gaudium der anderen.

»Sie sind schlimmer als der Teufel höchstpersönlich«, sagte Alfred sichtlich ergriffen. Im Bericht stellte man ihren Tod als Unfall oder Selbstmord dar, er nannte es Mord hinter vorgehaltener Hand. Alfred schlug die Hände vors Gesicht und weinte.

Käthe hatte diesen selbstbewussten, fröhlichen Mann noch nie so verzweifelt gesehen.

»Erst kürzlich hat es unseren Nachbarn erwischt«, schluchzte er. »Er war Tischler und hat unsere Betten gezimmert, und weil wir doch junge Leute sind, die wenig Geld haben, hat er uns nur die Hälfte berechnet.« Alfred wischte sich die Tränen ab, und sein Gesicht verzog sich zu einer Grimasse, als er in die Runde sah. »Versteht ihr? Diese Bagage bringt die Juden um. Und die andere Bagage lacht und verspottet Nachbarn und ehemalige Freunde, wenn diese gedemütigt und geschlagen werden. Und genauso schlimm ist ... da machen Leute mit, die ich gestern noch geachtet habe.«

»Hör auf!«, befahl Otto Weinmann streng. »Ein Kerl heult nicht wie ein kleines Mädchen. Es ist, wie's ist. Du und der Alois, ihr geht's hinaus in die Weinberge. Dort wartet genug Arbeit auf euch, das bringt euch auf andere Gedanken.« Dann schaute Alois' Vater in die Runde. »Wenn irgendwer behauptet, dass wir Judenfreunde sind, bringt uns das alle ins KZ, das ist euch hoffentlich klar. Ich will in Zukunft kein Gejammer über die SS, den Hitler oder den Rest von der Bagage hören. Und schon gar nicht in der Buschenschank, verstanden?« Er erhob sich. »Es werden schon wieder andere Zeiten kommen.«

Anita und Alfred zogen eine Woche später mit dem kleinen Ferdinand aufs Weingut, der Salon in der Josefstadt bestand weiterhin. Anita wollte morgens mit der Straßenbahn zur Arbeit fahren und abends wiederkommen. Ihr Bub würde so lange von ihrer Mutter umsorgt werden, die war erfreut darüber, dass die junge Familie sich wieder zu Hause einquartierte.

Als Alois am Abend ins Bett kam, stützte er sich auf den Ellbogen und sah sie an. »Es wird eng im Haus, lass uns ausziehen«, schlug er vor. »Das nimmt zusätzlich den Druck von unseren Schultern, ein verliebtes Ehepaar spielen zu müssen.«

Käthe dachte, dass er sich einen Scherz mit ihr erlaubte. Sie lachte. »Hast du etwa ein Haus, von dem ich nichts weiß?«, fragte sie.

»Eine Villa.«

Käthe verstummte augenblicklich. »Was soll das heißen?«

»Du kennst doch die Villa gegenüber jenen Weinbergen, wo wir den Grünen Veltliner anbauen?«

Käthe nickte. Sie lag nur wenige Gehminuten vom Weinmann-Gut entfernt und wurde von einem alten Ehepaar bewohnt. Das Gebäude wurde weitgehend von einer mit Wein überwachsenen hohen Mauer verdeckt, doch die wenigen Ausblicke versprachen einen architektonischen Traum. Erst jetzt fiel Käthe auf, dass sie nicht wusste, wie die beiden Alten hießen. Man sah sie selten auf der Gasse oder in der Buschenschank, weil sie sich beim Gehen schwertaten.

»Die Villa steht seit einem halben Jahr leer«, fuhr Alois fort.

»Echt? Das ist mir noch gar nicht aufgefallen.« Sie schalt sich innerlich, dass sie nicht auf die Nachbarn geachtet hatte.

»Ich hab sie gekauft.«

»Und was ist mit dem Ehepaar, das darin gewohnt hat?«, fragte Käthe und hoffte, nicht jene Antwort zu bekommen, die sie erahnte.

»Ist emigriert.«

»Wohin?«

»Das haben sie mir nicht gesagt. Sie haben mir das Haus verkauft, damit es nicht in die Hände der Nazis fällt. Und wenn sie zurückkommen ...«

»Glaubst du wirklich, dass sie das jemals wieder tun, Alois?«, unterbrach Käthe ihn.

»Ich weiß es nicht«, antwortete er. »Die Villa ist jedenfalls vollständig möbliert, lauter teure Möbel im englischen Stil. Und besser wir wohnen drin, Käthe, als wenn sich irgendwelche Nazis darin einquartieren.«

»Sind wir nicht alle Nazis?«, fragte sie.

Alois griff nach ihrer Hand. »Wir sind keine Nazis.«

»Aber wir schweigen, Alois. Das macht uns zu Mittätern. Du wirst sehen, eines Tages zeigt die Welt mit dem Finger auf uns, weil wir nichts unternommen haben.«

»Wir schweigen doch nicht. Nur weil wir nicht herumbrüllen, wie diese braunen Teufel es tun, heißt es nicht, dass wir nichts tun.« Zum ersten Mal erzählte er ihr von den Aktivitäten, an denen Alfred und er beteiligt waren, die sie im Namen der Großösterreichischen Freiheitsbewegung unternahmen. Er und Alfred verbreiteten Flugblätter, die sich gegen das NS-Regime richteten.

»Wir werden Österreich von der nationalsozialistischen Herrschaft befreien, Käthe. Wirst sehen!«

»Ich bin stolz auf dich«, sagte sie am Ende seiner Schilderungen, obwohl damit auch die Angst in ihr hochkam, Alois könnte in die Fänge der Gestapo geraten. »Denk aber bitte auch daran, dass du bald Vater wirst.«

Sein Blick glitt zu ihrem dicken Bauch. »Dein Anblick erinnert mich jeden Tag daran.«

Sie lachten herzhaft.

Dann schlug Käthe die Decke zurück und stieg aus dem Bett. »Ich denke, es ist an der Zeit, dir *mein* kleines Geheimnis anzuvertrauen.« Sie öffnete den Kleiderkasten, kniete sich umständlich nieder und hantierte am Boden herum. Alois beobachtete sie schweigend.

Dann holte sie eine Holzkiste hervor und stellte sie auf dem Bett ab.

»Was ist das?«, fragte er und setzte sich auf.

»Meine persönlichen Schätze.« Käthe entnahm der Kiste Jakobs Manuskript und bettete es auf die Matratze. Dazu legte sie mehrere Bücher, die längst auf der Liste verbotener Autoren standen.

Alois griff nach dem Schriftstück, las Jakobs Widmung am Ende. »Er fehlt dir.«

Käthes Augen füllten sich mit Tränen.

Alois legte das Manuskript zur Seite und öffnete seine Arme. »Komm her!«

Käthe drückte sich an seine Brust und weinte.

»Walter fehlt mir auch«, sagte er.

Ein paar Minuten lang lagen sie eng umschlungen, trösteten sich gegenseitig und räumten danach gemeinsam Käthes Kostbarkeiten wieder in die Kiste.

»Wir müssen deinen Schatz besser verstecken«, sagte Alois, bevor sie einschliefen.

Am nächsten Tag schon zogen sie um in die Villa. Alfred und Alois trugen ihre eigenen Schlafzimmermöbel vom Gut hinüber, weil Käthe sich weigerte, in den Betten der alten Leute zu schlafen. »Die können wir einstweilen in den Keller stellen«, sagte sie. Der Sekretär gefiel ihr, und sie ließen ihn im Wohnzimmer stehen. Die Größe des Hauses überwältigte sie, noch niemals zuvor hatte sie so viel Platz für sich alleine gehabt. Von der Wohnküche aus sah man auf die Weinberge. Mit jedem Gegenstand, den sie in die Villa räumten, nahmen sie stückweise das Gebäude in Besitz.

Als Käthe zum ersten Mal die Tür des großräumigen Salons zum weitläufigen hinteren Garten öffnete, fühlte sie sich wie eine Prinzessin, zugleich aber auch wie eine Diebin. Die große

Eiche am Ende des verwilderten Gartens beherbergte unterschiedliche Vogelarten: Spatzen, Gimpel, Rotkehlchen und Eichelhäher erkannte Käthe sofort. Die Vögel suchten die dicke Baumrinde und den mit braunem Laub bedeckten Boden mit ihren Schnäbeln nach Fressbarem ab. Ihr Blick streifte die Rosensträucher, die entlang der Gartenmauer gepflanzt waren und um diese Jahreszeit einer dornigen Hecke glichen.

»Ein Schatz gehört vergraben«, sagte sie plötzlich, weil ihr eine Idee kam. Sie wandte sich um. Alois räumte gerade Bücher ins Regal.

»Was meinst du?«, fragte er, ohne die Tätigkeit zu unterbrechen.

»Komm her!« Sie winkte ihn zu sich.

Er legte das Buch, das er gerade in der Hand hielt, ins Regal und kam an die geöffnete Tür. Käthe zeigte auf den Streifen Dornenhecke, wo sich Rosenstrauch an Rosenstrauch reihte.

»Eine kniehohe Natursteinmauer entlang des Rosenbeets sähe sicher gut aus. Im Sommer kann man darauf sitzen und den Garten genießen. Was meinst du?«

Alois lächelte. Er verstand die Anspielung. »Wir können deinen Schatz aber auch im Haus ...«

»Nein«, unterbrach ihn Käthe, und ihre Wangen glühten. »Ich will ihn bei den Rosen wissen.«

Alois zuckte die Achseln. »Es ist dein Schatz.«

Wien, *1939*

Je näher der Zeitpunkt der Niederkunft rückte, umso schneller ermüdete Käthe. Jeder Handgriff erwies sich mühevoller als noch wenige Tage zuvor. Sogar ihre einsamen Ausflüge in die Weinberge, die sich um diese Jahreszeit kahl präsentierten, erschienen ihr beschwerlich. Sie schleppte sich dahin und hoffte, nicht allein zu sein, wenn das Baby sich meldete, auf die Welt kommen zu wollen. Alois' Mutter brachte eine Hebamme auf das Weingut, die Anita bei Ferdinands Geburt zur Seite gestanden hatte. Sie untersuchte Käthe und quartierte sich darauf in eines der freien Zimmer ein, weil es jederzeit losgehen konnte, wie sie meinte.

Am 20. März 1939 setzten um halb vier Uhr morgens die Wehen ein. Die ersten Schmerzen lächelte sie weg. Das Glücksgefühl, ein Kind zur Welt zu bringen, überwältigte sie. Sie schlug die Bettdecke zur Seite und rollte sich langsam aus den Laken. Sie musste der Hebamme Bescheid geben. Auf dem Weg zur Schlafzimmertür begleitete sie ein starkes Ziehen im Rücken, das sich ausbreitete und schließlich ihren Bauchraum erreichte. Käthe stützte sich mit der Hand an der Wand ab. Der Schmerz zwang sie leicht in die Knie. Sie keuchte. Als sie die Klinke nach unten drücken wollte, öffnete sich die Tür. Die Hebamme erschien und lächelte Käthe aufmunternd an.

»Hab ich doch richtig gehört.«

»Haben Sie einen sechsten Sinn?«, fragte Käthe nach einigen tiefen Atemzügen.

Die Hebamme antworte nicht, hakte Käthe stattdessen unter und führte sie zurück zum Bett.

Die Schmerzen nahmen zu, und Käthes Gefühlswelt geriet augenblicklich aus den Fugen. Sie freute sich, dass es endlich so weit war, und doch ging mit diesem Glücksgefühl die Angst einher, etwas falsch zu machen und in den nächsten Stunden unermessliche Schmerzen zu erleben. Und nicht zu wissen, wann es enden würde.

»Die Natur regelt das schon«, erklärte die Hebamme ruhig, während ihre warmen Hände Käthes Bauch sanft massierten. »Das Baby liegt zum Glück noch immer richtig«, sagte sie abschließend. Dann untersuchte sie Käthes Unterleib, befühlte mit geschickten Fingern den Muttermund und lächelte wieder dieses aufmunternde, herzliche Lächeln. »Sie werden heute noch Mutter werden.«

Käthe hätte gerne erwidert, dass ihr das schon klar wäre, doch ein jäher Schmerz ließ sie laut aufstöhnen. Schweiß trat ihr auf die Stirn. Die Hebamme wischte ihn mit einem feuchten Tuch ab.

Eigentlich war ihr das Geschlecht ihres ungeborenen Kindes gleichgültig, aber nach der ersten Stunde in den Wehen betete Käthe stumm: Schenk mir ein Mädchen.

In den Pausen hielt die Hebamme Käthes Hand, streichelte sie und sprach von der Zeit, die nun auf sie und das Neugeborene zukommen würde. »Es wird wunderbar werden, Frau Weinmann«, versprach sie. Dann ermahnte sie Käthe eindringlich, unbedingt auf die richtige Atmung während der Geburt zu achten. »Das ist wichtig. Ihr Baby erhält so den nötigen Sauerstoff, und Sie schöpfen Kraft.«

Kraft, die konnte sie gut gebrauchen, denn die Wehen verstärkten sich, kamen in kürzeren Abständen und hielten schließlich an. Irgendwann gelang es Käthe nicht mehr, einen klaren Gedanken zu fassen. Ihr ganzes Dasein galt nur noch dem einen

Sinn: Diesen winzigen Körper aus sich herauszupressen. Doch noch war es nicht so weit. Die Hebamme hielt sie an, noch nicht zu pressen. Käthe schwitzte. Sie hasste das feuchte Tuch inzwischen, mit der ihr ständig die Stirn abgewischt wurde. Sie brauchte das nicht, sie wollte, dass dieser alle Sinne vernebelnde Schmerz endlich aufhörte. Irgendwann glaubte sie, nicht mehr atmen zu können. Ja, sogar ihre Fähigkeit zu hören kam ihr abhanden. In ihrem Kopf rauschte es, als drücke sie jemand unter Wasser. Da, wieder, dieses feuchte Tuch. Sie schlug die Hand weg, die es hielt. »Ich mag das nicht!«, fauchte sie. Jakob, warum war er nicht bei ihr? Warum sah er nicht, wie sehr sie litt? Sie verfluchte ihn, verfluchte ihr Dasein und sogar Gott.

Die Presswehen setzten ein. Käthe konnte nicht mehr an sich halten. Der Schmerz schien ihren Körper auseinanderzureißen.

»Jetzt! Pressen!«, kommandierte die Hebamme, und Käthe fühlte sich in ihrer Mühsal gefangen. Sie hatte keine Lust mehr, ein Kind zur Welt zu bringen.

Hilf mir, dass es aufhört, brüllte sie stumm, während sie presste, so gut es ging. Der Schweiß rann ihr in die offenen Augen.

»Pressen Sie, Käthe! Jetzt! Stärker, immer stärker!«, hörte sie die Anweisungen wie durch einen Nebel. Sie wusste nicht, wie lange sie schon so dalag, hatte das Gefühl für Zeit und Raum längst verloren. Einen Bruchteil einer Sekunde dachte sie daran, sterben zu wollen, nur um diesen endlos erscheinenden Qualen endlich ein Ende zu bereiten. In diesem Moment gönnte ihr die Natur eine kurze Pause. Dann fing es wieder von vorne an. Ihr Körper gehörte nicht mehr ihr. Er bäumte sich in immer kürzer werdenden Abständen auf, sie hatte verlernt zu atmen, zu sprechen, zu pressen.

Dann wieder eine kurze Pause.

»Gleich ist es so weit. Ich seh schon das Köpfchen.«

Käthe wollte brüllen, wie gleichgültig ihr das alles war. Sie wollte nur mehr raus aus ihrem eigenen Leib, schweben oder sterben.

In dem Moment hörte sie sich selbst. Ein langanhaltender Schrei hallte durch das Schlafzimmer. Sie spürte, wie das Kind aus ihrem Körper glitt, und von einem Moment auf den anderen war alles vorbei. Sie litt nicht mehr. Ganz im Gegenteil. Sie fühlte sich wie im Himmel. Leicht und unbeschwert und glücklich.

Sekunden später hörte sie die Stimme der Hebamme: »Gratuliere! Sie haben ein Mädchen zur Welt gebracht.«

Sie drückte Käthe ein Bündel Mensch in die Hand. Freudentränen liefen ihr über die Wange. Sie hatte noch nie in ihrem Leben etwas so Schönes gesehen. Ein feiner heller Flaum bedeckte den Kopf des Babys. Zart berührte sie die winzige Wange, fuhr mit einem Finger über die kleine Stupsnase. Wache blaue Augen sahen sie voller Vertrauen an. Ein unbeschreibliches Glücksgefühl erfasste sie und packte sie wie in Watte. Sie hatte einen der wunderbarsten Momente ihres Lebens hinter sich gebracht.

»Guten Morgen, kleine Marianne«, sagte Käthe und gab ihr einen Kuss.

Wien, Februar 2015

Marianne Altmann hatte sich in ihre Unterlagen und Aufzeichnungen vertieft.

»Mama?«

Sie griff sich ans Herz und fuhr herum. »Hast du mich erschreckt, Vera. Ich hab dich nicht gehört … Wann bist du gekommen?«

»Gerade eben. Mein Koffer steht noch im Flur. Was machst du da?« Vera trat heran und deutete auf die Papiere, Mappen und Dokumente, die verstreut am Tisch lagen.

»Was hat Sebastian gesagt?«, überging ihre Mutter die Frage.

»Nicht viel. Er hat mir vorhin aber eine SMS geschrieben und gefragt, ob wir morgen Nachmittag telefonieren können.«

Ein Strahlen huschte über Marianne Altmanns Gesicht. »Das ist ein gutes Zeichen.«

»Das ist noch keine Zusage, Mama.«

»Sei nicht so negativ eingestellt. Das wird schon schiefgehen. Er wäre dumm, die Sache auszuschlagen. Ich hoffe, du hast ihm gesagt, welchen Diamanten du ihm da in die Hand legst.«

»Ich hab mich bemüht.«

»Bemühen ist nicht genug.« Trotzdem lächelte Marianne zufrieden. »Max Horvat war heute zu Besuch. Das bedeutet, Sebastian denkt bereits konkret über das Projekt nach. Oder warum sollte er sonst mit seinem Vater so eingehend darüber gesprochen haben?« Die drohende Koproduktion mit der Bleck-Film, die Max Horvat angesprochen hatte, ließ Marianne unerwähnt. Sie war überzeugt, dass es nicht so weit kommen würde. Immerhin gab es noch andere Filmproduktionen in Österreich.

»Das bedeutet nur, dass er mit seinem Vater darüber gesprochen hat, und nicht, dass er den Film auch produziert. Er lotet aus, mehr nicht.«

»Du bist eine schreckliche Pessimistin, hat dir das schon einmal wer gesagt?«

»Ja, du. Immer wieder.«

»Komm her, und setz dich!«

»Sophie trifft sich heute Abend mit ihrem Vater«, sagte Vera.

»Mit Oliver?«

»Ja, Mama, mit Oliver. Sie hat nur den einen Vater, auch wenn du davon überzeugt bist, ich hätte mit der halben Filmbranche geschlafen … Zu der Zeit war Oliver der Einzige.« Vera erhob sich, ging zur Abwasch, drehte den Wasserhahn auf und hielt ein Glas darunter. Dann trank sie es in einem Zug leer.

Marianne schob derweil einige Notizen hin und her.

»Ich glaube, er wird ihr eine Rolle anbieten«, sagte Vera. »Sophie ist am Sprung zur ganz großen Karriere. Ihre Popularität steigt stetig. Er wäre nicht Oliver, schlüge er daraus nicht Kapital.«

»Das ist er dem Kind auch schuldig«, antwortete Marianne streng. »Immerhin hat er sich die letzten zwanzig Jahre nicht um sie geschert.«

»Zumindest hat er regelmäßig Geld überwiesen.« Vera stellte das Glas ab und setzte sich wieder zu ihrer Mutter. Marianne schob ein Album zur Seite, das Vera zur Hand nahm und willkürlich auf einer Seite aufschlug. Sie kannte den Inhalt, als Kind hatte sie oft darin geblättert, ohne sich wirklich für die Entstehungsgeschichte der Bilder zu interessieren. Ein Foto stach ihr sofort ins Auge. Es zeigte Else Novak im Mai 1939. Den Kopf leicht zur Seite gedreht, blickte die Schauspielerin verträumt in die Ferne. Es handelte sich um die Vorankündigung zu einem

Liebesfilm, bei dem Horst Kleinbach Regie führte. Gedreht werde in den Rosenhügel-Filmstudios in Wien und Berlin, las Vera. Auf der Bühne reichte ihr Können nicht an das der großartigen Darbietungen einer Käthe Schlögel heran, schrieb die Kritik. Man darf gespannt sein, wie sie sich vor der Kamera macht.

Vera tippte auf den Ausschnitt. »Das hat ihr sicher nicht gefallen.« Möglich, dass der Artikel deshalb in dem Album klebte, weil Verachtung gegenüber der Novak zwischen den Zeilen mitschwang, dachte sie.

Ihre Mutter warf einen kurzen Seitenblick darauf. »Die Novak stand, was das schauspielerische Können anbelangte, immer im Schatten deiner Großmutter. Da half auch nicht, dass ihr der Bleck anfangs die besseren Rollen zuschob. Aus diesem Grund hat sie später alles Mögliche versucht, um meine Mutter aus dem Rampenlicht zu drängen.« Sie widmete sich wieder ihren Unterlagen.

»Ich hab gestern Karin Böhler in München getroffen«, sagte Vera und blickte ihre Mutter abwartend von der Seite an. »Sie hat mir von der Affäre zwischen Horst Kleinbach und Else Novak erzählt.«

»Darauf war sie wohl besonders stolz – obwohl es angeblich eine Unwahrheit ist. Doch wohlweislich hat die Böhler in der Biografie alles weggelassen, was ihr schaden könnte.«

»Machen das nicht alle so?«

Marianne Altmann zuckte mit den Achseln. »Am Lebensbild der Novak haben jedenfalls zwei große Hans-Bleck-Fans gebastelt: die Novak und die Böhler. Deshalb kommt Bleck darin auch weg, als wär er der Messias des Theaters höchstpersönlich. Kein Wort über seine Schandtaten.«

Da war er wieder, dieser hassverzerrte Blick, wenn die Sprache auf den ehemaligen Regisseur und Produzenten kam.

»Hast du Else Novaks Biografie gelesen?«

»Nur zum Teil.«

Vera stand auf, verließ den Raum und kam kurz darauf mit einem Buch in der Hand wieder zurück. »Karin Böhler hat mir ein Exemplar geschenkt.« Sie legte es vor ihre Mutter auf den Tisch und setzte sich wieder. »Und jetzt sag mir: Was fehlt deiner Meinung nach darin?«

Marianne Altmann blätterte durch die Seiten, ohne ihnen eine eingehendere Beachtung zu schenken. »Dass sie meine Mutter gezwungen hat, ihre Karriere zu beenden.« Sie klappte das Buch wieder zu.

»Das hast du jetzt so auf die Schnelle gesehen?«

»Ich sagte doch, dass ich einen Teil der Biografie kenne.«

»Vielleicht steht es ja im anderen Teil?«

Marianne Altmann schüttelte trotzig den Kopf.

»Was heißt eigentlich ›ihre Karriere zu beenden‹? Oma Käthe hat doch nach deiner Geburt nur kurze Zeit mit dem Spielen aufgehört und ist dann wieder eingestiegen. Heute würde man so etwas Babypause nennen.«

»Sie hat aufgehört, weil die Novak der Gestapo verraten wollte, wer mein leiblicher Vater ist.« Marianne zog ein vergilbtes Stück Papier heraus und schob es über den Tisch.

Hochverehrter Herr Gauleiter,

Wissen Sie, dass Frau Käthe Schlögel ein schmutziges Verhältnis mit einem Juden hatte und die bekannte Schauspielerin ein Kind von diesem verachtenswerten Subjekt erwartet?, las Vera den Text laut vor.

»Was?« Sie sah ihre Mutter mit großen Augen an, hörte sie doch das erste Mal davon, dass Alois Weinmann nicht der leibliche Vater ihrer Mutter sein sollte. Sie wähnte sich auf einmal in einem falschen Film.

»Diese Anzeige hier wäre an die Gestapo gegangen, wenn sie nicht augenblicklich ihre Karriere beendet hätte«, sagte Marianne und schüttelte den Kopf.

»Du hast meine Frage nicht beantwortet, Mama.«

»Jakob Rosenbaum«, sagte sie wie selbstverständlich, als erzähle sie ein offenes Geheimnis, das Vera doch längst kennen müsste. »Jetzt weißt du, warum ich so sehr darauf gedrängt habe, eine Kinofilmdokumentation aus deinem Projekt zu machen. Es gibt so viel richtigzustellen.« Sie strahlte plötzlich übers ganze Gesicht, als habe sie Vera von einem Lottogewinn in Millionenhöhe in Kenntnis gesetzt. »Eigentlich wollte ich es dir ein bisschen später erzählen, dann wenn ich alle Unterlagen sortiert hab. Aber egal ...«

Vera stoppte ihre Mutter mit einer Handbewegung. Ihre Gedanken fuhren Karussell. »Jakob Rosenbaum«, wiederholte sie langsam und rieb sich die Stirn. »Das sprengt nicht nur meinen Kopf, sondern möglicherweise auch den Rahmen, Mama.«

»In neunzig bis hundert Minuten kann man viel erzählen.«

»Wir müssen uns auf die wichtigen Ereignisse in unserer Familie konzentrieren. Gibt es einen schriftlichen Beweis, dass Jakob Rosenbaum dein leiblicher Vater ist?«

Marianne schüttelte den Kopf.

»Zudem lebt Else Novak nicht mehr, sie kann zu deiner Anschuldigung keine Stellung beziehen.«

»*Stellung beziehen*«, wiederholte Marianne verächtlich. »Der Zettel hier ist Stellung genug. Sie kann aber auch nicht mit einer einstweiligen Verfügung daherkommen und dein Projekt gefährden.«

»Aber ihre Erben.«

»Sie hatte keine Kinder. Wenigstens das hat sie richtig gemacht. So etwas wie die Novak sollte sich nicht vermehren«, brummte die betagte Schauspielerin. »Dass sie deine Großmutter vernichten wollte, ist eine wichtige Begebenheit.« Wieder tippte sie auf das vergilbte Stück Papier. »Die Frau war eine Schlange. Sie stieg mit jedem ins Bett, der ihr die Karriereleiter hochhalf.«

»Das ist nicht verwerflich«, widersprach Vera. »Das machen viele und haben viele gemacht, die man heute hochverehrt.«

»Auch wenn man's mit einem SS-Mann tut, nur um sich einen Vorteil zu verschaffen? Hans Bleck bekam auf wundersame Weise lukrative Filmaufträge und Else Novak die Hauptrollen.« Sie hielt eine Weile inne. »Das Leben hat aus ihr eine Hure gemacht. Eine Hure mit unstillbarem Hunger nach Macht.«

»Wow, Mama! Eine *Hure*. Dieses böse Wort aus deinem Mund.«

Marianne Altmann ignorierte Veras Sarkasmus. »Dein Großvater war im Widerstand«, sagte sie. »Darauf kannst du stolz sein.«

»Du meinst jetzt meinen Großvater Alois Weinmann«, sagte Vera, weil sie langsam durcheinanderkam.

»Natürlich meine ich Alois Weinmann. Jakob Rosenbaum ist nach Amerika emigriert. Wäre er geblieben, hätte ihn diese braune Brut genauso umgebracht wie Walter Janisch, den besten Freund meiner Eltern. Der übrigens auch Jakobs Freund gewesen war.«

Vera rollte mit den Augen. »Entschuldige, wenn ich die Biografie meines neuen Großvaters noch nicht im Kopf abgespeichert habe.« Sie stieß laut die Luft aus ihrer Lunge. Jetzt hatte sie von einem Moment auf den anderen zwei Großväter, die denselben Freundeskreis hatten, wie es schien. Zudem mit Else Novak eine weitere erklärte Feindin ihrer Mutter. Sie alle waren tot und sollten durch die Dokumentation in einem neuen Licht wiederauferstehen.

Vera seufzte stumm. Warum nur hatte sie kein Drehbuch für einen harmlosen Liebesfilm geschrieben? Paar lernt sich kennen, Paar streitet und trennt sich, Paar findet wieder zueinander. Es wäre um so vieles einfacher als diese verfluchte Dokumentation.

Sie dachte an Sophie. Wie gerne hätte sie ihre Tochter jetzt angerufen und gefragt, wie das Gespräch mit ihrem Vater verlaufen war. Sie hoffte gut. Vielleicht hätten sie sogar ein bisschen über Oliver gelästert.

»Schau mal!« Marianne tippte mit ihrem Finger auf ein

Schwarzweißfoto, auf dem zwei kleine Kinder zu sehen waren. »Das sind der Ferdinand und ich.« Sie lächelte milde. »Es war schön, im Kreis einer liebevollen Großfamilie aufzuwachsen. Das war ja nicht in allen Familien der Fall, dass man herzlich miteinander umging. Mein Onkel Alfred und mein Vater beschäftigten sich mit uns, wann immer es ihre Arbeit in den Weinbergen oder im Weinkeller erlaubte. Meine Mutter kümmerte sich nach meiner Geburt um die Buschenschank. Laut Verordnung durften sie 1939 sechs Monate offen halten und ein Heurigenbuffet anbieten. ›Na schaut's, es ist nicht alles schlecht, was die Nazis einführen‹, hatte damals Irma Weinmann, die Schwiegermutter meiner Mutter, gemeint. Darüber hat sich meine Mutter massiv geärgert. Doch als sie das ansprach, hatte sie ihr den Kauf der Villa unter die Nase gerieben.«

»Halt, stopp! Welche Villa?«

»Na die, in der wir wohnen. Die hat vor dem Krieg nämlich Juden gehört, hat mir meine Mutter gebeichtet.« Sie schob Vera eine Plastikhülle mit dem Kaufvertrag darin über den Tisch.

Vera fasste nicht, was sie da hörte. Sie hatte noch nicht verarbeitet, dass ihr Großvater nicht ihr Großvater sein sollte, und schon kam die nächste Hiobsbotschaft. »Das hab ich nicht gewusst, dass unser Haus einmal einem jüdischen Ehepaar gehört hat.«

»Der alte Sekretär in meinem Wohnzimmer stammt jedenfalls noch aus ihrem Besitz«, gestand Marianne.

»Gab es denn nach dem Krieg keinen Antrag auf Restitution?«

Ihre Mutter schüttelte den Kopf. »Meines Wissens nicht. Es gab wohl keine Erben.« Sie reichte Vera ein weiteres Foto.

Vera nahm es und betrachtete es ausführlich. Es zeigte einen Mann, der verschmitzt in die Kamera lächelte und dennoch nachdenklich wirkte. Seine dunkelblonden Haare waren zerzaust.

»Das ist Jakob Rosenbaum.«

Vera strich mit dem Daumen über das Bild. »Jakob Rosenbaum ist dein leiblicher Vater, mein Großvater. Ich fass es nicht.«

Marianne schob ihr ein weiteres Bündel vergilbter Papiere über den Tisch.

Vera sah sie fragend an.

»Lies!«

Marianne Altmann glaubte, ein Déjà-vu zu erleben. Sie und Vera wiederholten denselben Wortlaut wie damals ihre Mutter und sie beim Rindsrouladen-Abendessen.

»Woher hast du all diese ganzen Unterlagen? Ich hab die noch nie gesehen«, sagte Vera.

»Ich hab sie in der alten Truhe in meinem Schlafzimmer aufbewahrt.«

Vera runzelte die Stirn. »Da hab ich als Kind öfter reingeschaut. Ich kann mich nicht erinnern, Papiere darin gefunden zu haben. Da lag die Bettwäsche drin.«

»Früher, ja. Und jetzt lies endlich!«

Vera las den Titel *Marianne*, ihre Augen weiteten sich überrascht.

»Das ist Jakob Rosenbaums Originalmanuskript, das er vor seiner Ausreise meiner Mutter hinterlassen hat.« Sie griff über den Tisch hinweg nach dem Schriftstück, drehte es herum und blätterte vor Veras Augen bis zu jener Seite vor, wo Rosenbaums Abschiedsworte geschrieben standen. »Kurz nach seiner Abreise bemerkte meine Mutter, dass sie schwanger war.« Zärtlich strich sie über die handgeschriebenen Worte. »Meine Mutter hat es all die Jahre aufbewahrt.« Ihre Hände lagen jetzt ruhig auf dem Stück Papier.

»Seit wann hast du es?«, fragte Vera.

»Sie hat es mir kurz vor ihrem Tod gegeben.«

Vera rechnete im Kopf nach. »Fünfzehn Jahre! Du hast das

Manuskript fünfzehn Jahre vor uns geheim gehalten? Warum?«
In ihrem Kopf schwirrte es immer stärker. Kopfschmerzen kündigten sich an.

»Es hat sich einfach nicht ergeben.«

»Nicht ergeben? Nicht ergeben?« Veras Stimme klang schrill. »In den letzten fünfzehn Jahren hat es sich nicht ergeben? Und jetzt, denkst du, ist der richtige Zeitpunkt gekommen?«

»Ja, das denke ich. Eigentlich wollte ich gar nicht mit dir darüber sprechen ...«

»Das sagtest du schon. Aber das wäre ja noch besser gewesen«, japste Vera. »Sophie und ich hätten nach deinem Tod garantiert viel Spaß damit gehabt, das Familiengeheimnis zu lüften ... nachdem die Dokumentation mit der falschen Geschichte im Kino gelaufen ist.«

»Deshalb brauchst du nicht gleich laut zu werden. Immerhin hab ich meine Meinung geändert«, ließ die Diva sich nicht von Veras Ausbruch beirren. »Oder besser gesagt, dein Projekt und die Energie, die du dafür aufbringst, haben mich umdenken lassen.«

»Jetzt begreif ich, warum du anfangs so gegen die Doku warst. Du wusstest nicht, ob du Sophie und mir die Wahrheit sagen willst.«

Marianne griff nach Veras Händen und hielt sie fest. »Ich wünsch dir einen riesengroßen Erfolg damit, ehrlich.« Sie hielt kurz inne, ließ Vera wieder los und legte ihre Hände in den Schoß. »Also, ich weiß ja nicht, was so ein signiertes Manuskript wert ist ... vor allem, weil Jakob Rosenbaum ja nie die Berühmtheit eines Stefan Zweigs oder Franz Kafkas erlangt hat ... Ob so etwas überhaupt einen materiellen Wert hat? Ideell gesehen, ist es eine Menge wert«, redete sie vor sich hin.

Vera warf in einer verzweifelten Geste die Hände in die Luft. »Alles klar! Wir werden unsere gesamte Familiengeschichte komplett umschreiben müssen. Na wunderbar.«

»Du klingst gereizt.«

»Das kann nicht sein, Mama. Ich muss doch nur meine Arbeit der letzten sechs Monate in den Mistkübel werfen und wieder ganz von vorne anfangen.«

»Mach uns doch erst einmal einen Tee.«

»Echt? Du willst, dass ich uns jetzt einen Tee koche?«

»Das beruhigt die Nerven.«

Vera rollte laut seufzend mit den Augen. »Du treibst mich noch in den Wahnsinn, Mama.« Sie erhob sich, füllte Wasser in der Kocher und schaltete ihn ein.

»Und mach dir keine Sorgen wegen des Drehbuches. Ich hab schon einmal damit begonnen, es umzuschreiben.«

Vera schnappte nach Luft und rollte erneut mit den Augen. »Das war ja klar. Was sonst?«

»Es ist doch nur ein Vorschlag. Du ersparst dir damit eine Menge Recherche.«

Als wenig später das Wasser kochte, überbrühte Vera die eingefüllten Teeblätter, stellte die Kanne und zwei Tassen geräuschvoll auf den Tisch.

Marianne Altmann ignorierte Veras Gereiztheit und begann zu erzählen. Von der Affäre ihrer Mutter mit Horst Kleinbach, der großen Liebe zu Jakob Rosenbaum und schließlich ihre Trennung, weil die Nazis an die Macht kamen. Sie erzählte ihrer Tochter, was ihre Mutter ihr erzählt hatte. Sie saßen an derselben Stelle wie Marianne und Käthe damals. Nur diesmal hörte Vera zu. Zwischendrin goss sie Tee nach.

Veras Miene zeigte Erstaunen. So viele Details aus der Vergangenheit hatte sie davor noch nie gehört. Nicht in dieser geballten Ladung.

»Warum ist Großmutter nicht bei Jakob Rosenbaum geblieben, damals in Prag? Sie wusste doch, dass er in sie verliebt war. Warum ist sie nach Berlin gegangen?«

Marianne sah Vera erstaunt an. »Warum bist du nicht bei Oliver

Thalmann in München geblieben? Vor allem, nachdem du schwanger wurdest?«

»Oliver war verheiratet und ...«

»Und die Liebe war nicht groß genug, um um diese Beziehung zu kämpfen? Meine Mutter war damals in Prag auch nicht in Jakob verliebt. Sie wollte Karriere machen, und das erschien ihr ohne feste Bindung leichter zu sein. Sie hatte den sturen Schlögel-Kopf, den wir Altmann-Frauen von ihr geerbt haben.« Plötzlich kam eine Erinnerung hoch. Sie lachte. »Meine Mutter hat mir einmal erzählt, dass, als sie mit ihren Eltern über den bevorstehenden Umzug nach Berlin sprach, sie die beiden angesehen hatten, als habe sie soeben von der Vermählung mit dem Teufel berichtet. ›Erst Prag und jetzt Berlin‹, muss mein Großvater geknurrt haben. ›Was kommt danach? Die Hölle?‹« Marianne hatte ihrer Stimme ein tieferes Timbre verliehen. »›Was gibt es dort, was es hier nicht gibt? Das hat man nun davon, wenn man seiner Tochter zu viele Freiheiten lässt. Was glaubst du, werden die Leute sagen, wenn du eines Tages womöglich mit so einem Theatermenschen daherkommst? Am Ende noch mit einem Juden!‹«

Marianne schüttelte den Kopf und sprach mit normaler Stimme weiter. »Wie gesagt, wir sprechen vom Ende der Zwanzigerjahre. Meinem Großvater konnte man nicht mit dieser Ungeheuerlichkeit von Emanzipation kommen und dass alle Menschen gleich wären. Er war zwar kein Judenhasser in dem Sinn wie die Nazis, dennoch wollte er in seiner eigenen Familie keinen haben. Vielleicht auch, weil er die Zeiten, auf die sie zusteuerten, voraussah. Denn während meine Mutter Meldungen über die Festwochen in Wien las – Max Reinhardt inszenierte im Juni 1929 mit großem Erfolg Georg Büchners *Dantons Tod* –, verfolgte mein Großvater im Oktober des gleichen Jahres die Großkundgebung der Heimwehr auf dem Wiener Heldenplatz. Er war ein durch und durch politisch interessierter Mensch, hat mir

meine Mutter erzählt. Ich selbst hab ihn ja nie kennengelernt ...«
Marianne Altmann hielt kurz inne. »Wahrscheinlich ist das auch besser so.«

»Sie hat ihre Lieben fernab der Heimat ausgelebt«, sagte Vera und dachte dabei an Sophie. »Zuerst mit Horst und danach mit Jakob. Sie hat mit ihrer Rückkehr nach Österreich gewartet, bis die politischen Umstände sie dazu zwangen. Erst dann hat sie ihrer Mutter ihre Liebe zu Jakob gestanden.«

»Sie wusste warum. Hass kann Liebe zerstören«, sagte Marianne nachdenklich.

»Else Novaks Nazifreund war übrigens schuld daran, dass deine Großmutter während dieser schrecklichen Zeit Filme drehte ... oder vielmehr drehen musste«, verbesserte sich Marianne.

Wien, 1939

Es war spät geworden. Die letzten Gäste verließen erst knapp vor Mitternacht die Buschenschank.

Endlich war Käthe allein. Sie mochte die Stille nach dem Trubel besonders, und ihr Gemüt beruhigte sich spürbar. Dieser friedliche Zustand erinnerte sie an die Spaziergänge, die sie früher nach den Vorstellungen in Berlin gerne allein unternommen hatte, bevor sie die Abende im Edelmann für sich entdeckt hatte. Sie wischte noch die letzten Tische ab, dann wollte auch sie zu Bett gehen. Marianne würde sie zum Morgengrauen wecken und ihr die volle Aufmerksamkeit abverlangen.

Sie hörte, wie sich die Tür hinter ihrem Rücken öffnete. »Wir haben geschlossen«, rief sie, ohne aufzusehen und das Wischen zu unterbrechen.

»Du wirst einem alten Freund doch sicher noch ein Glas Wein anbieten.«

Die ihr wohlbekannte Stimme ließ Käthe herumwirbeln. Horst Kleinbach stand vor ihr.

»Was willst du?« Sie spürte ihr Herz bis zum Hals klopfen.

»Du sprichst mit mir, das ist schon mal ein gutes Zeichen.« Sein Blick wanderte im Schankraum umher, bevor er sich auf einer Bank niederließ.

»Was du willst, hab ich dich gefragt.« Sie versuchte zu eruieren, was sie bei seinem Anblick empfand, konnte das Gefühl jedoch im Augenblick nicht genau erläutern.

»Als Else mir erzählte, dass du jetzt Weinbäuerin bist, dachte ich, sie will mich auf den Arm nehmen. Doch guck dich um ... es stimmt!«

Käthe stand noch immer wie festgenagelt mit dem Putzlappen in der Hand da. Vielleicht war Verwirrung der passende Ausdruck für ihr Empfinden?

»Was ist jetzt mit dem Glas Wein?«

Sie ging hinter die Schank, warf den Lappen auf die Anrichte und schenkte Horst Kleinbach ein Glas Wasser ein. Dann brachte sie es an den Tisch. »Mehr bekommst du nicht.«

Er nahm das Glas, drehte es vor sich im Lichtschein, nahm einen Schluck, als verkoste er Wein, und schwieg.

»Ich hab schon gelesen, dass du mit der Novak einen Film drehst«, sagte Käthe.

»Sie ist mit einem einflussreichen Mann von der SS liiert.«

»Dafür hat sie Talent. Die Affäre mit Bleck wird sie wohl auch noch weiterführen, vermute ich. Solange er ihr von Nutzen ist.«

»Sie ist deine beste Freundin.«

»Sie *war*«, korrigierte Käthe schnell. »Also, was willst du?«

»Ich wollte dich für mein nächstes Filmprojekt gewinnen. Leider bist du ja von der Bildfläche verschwunden. Deshalb hab ich Bleck angerufen, und der sagte mir, dass du ausgestiegen bist.«

»So kann man's auch formulieren«, sagte Käthe scharf. Sie fragte sich, warum sie ihn nicht einfach bat zu gehen und sie in Ruhe zu lassen.

»War es etwa nicht deine Entscheidung?«, fragte er.

»Lassen wir das ... Warum bist du gekommen, wenn du eh schon weißt, dass ich nicht mehr arbeite?«

»Ich wollte dich überreden, wieder einzusteigen.«

Käthe schüttelte energisch den Kopf. »Niemals.«

»Ich hab gehört, du hast eine Tochter.«

Käthe sah ihn schweigend an.

»Sie ist sicher sehr hübsch. Wie ihre Mutter.«

»Ich werde keine Filme mehr drehen und auch nicht mehr ans Theater zurückkehren«, sagte Käthe heiser.

»Hat es dich nicht geärgert, als im Februar die Festvorstellung anlässlich fünfzig Jahre Deutsches Volkstheater ohne dich über die Bühne ging? Sie haben Grillparzers *König Ottokars Glück und Ende* gegeben.«

Käthe senkte den Blick, aus Angst, er könnte ihre Gefühle an ihren Augen ablesen. Sie war wütend geworden, als sie aus der Zeitung erfahren hatte, dass ausgerechnet Else der Star des Abends sein würde, derweil hatte sie damit rechnen müssen. Der Wut waren schließlich Tränen gefolgt. Sie hatte den Zeitungsartikel verbrannt und die halbe Nacht geweint. Sie hatte Gott dafür verflucht, ihr so übel mitzuspielen, während er Else belohnte. Am Morgen hatte sie die Tränen weggewischt und weitergemacht.

Käthe hob den Kopf. Er wartete auf eine Antwort, die Pause war schon zu lange.

»Nein, es hat mich nicht geärgert.«

»Das glaub ich dir nicht.«

Sie zuckte mit den Achseln. »Glaub es, oder glaub es nicht.«

»Else spielte die Kunigunde, die Enkelin des ungarischen Königs.«

»Ich kenn das Stück.«

»Es gab demonstrativen Applaus bei der Stelle, wo Ottokar vor Rudolf von Habsburg spricht ...«

»›Da tritt der Österreicher hin vor jeden, denkt sich sein Teil und lässt den andern reden!‹«, zitierte Käthe frei.

»Ebenso an der Stelle, wo Rudolf sagt: ›Ich hab's geschworen, geschworen meinem großen, gnäd'gen Gott, dass Recht soll herrschen und Gerechtigkeit im deutschen Land, und so soll's sein und bleiben!‹«, zitierte nun Horst. »Das sei eine Demonstration der Deutschfeindlichkeit, meinen viele.«

»Auch das ist mir zu Ohren gekommen.« Käthe konnte ein wohlgefälliges Grinsen nicht mehr unterdrücken.

Plötzlich lachten sie beide.

Da beugte sich Horst nach vorne. »Käthe, du schmeißt dein Talent weg, ich bitte dich! Tu das nicht!«

»Was ist mit Inge Haug? Warum drehst du den Film nicht mit ihr?« Ihr war auf einmal ihre Zweitbesetzung in Berlin wieder eingefallen.

Er nippte am Wasser. »Sie hat keine Zeit. Zudem ist unser Verhältnis nicht mehr das beste, seit ...« Er verstummte. Sie wusste auch so, was er sagen wollte.

»Inge ist in Wien. Sie arbeitet für Bleck und steht mit Else auf der Bühne. Wusstest du das nicht? Das überrascht mich jetzt.«

Käthe lachte ein raues Lachen. »Was sich nicht alles ändert im Leben. Gestern konnten Else und sie sich auf den Tod nicht ausstehen und heute ...«

»Du hast das wirklich nicht gewusst?«

Käthe schüttelte den Kopf. »Ich sag doch, ich interessiere mich nicht mehr fürs Theater.«

Horst bedachte sie mit einem Blick, der besagte: Das glaube ich dir nicht. »Zwischen Else und mir war damals nichts«, sagte er schließlich.

»Das hat aber ganz anders ausgesehen.«

»Willst du dich nicht setzen? Es macht mich nervös, wenn du so vor mir stehst.«

Käthe nahm ihm gegenüber Platz, legte ihre Hände fest gefaltet auf den Tisch. Sie überlegte, ob sie Horst Kleinbach ihren Schwiegereltern vorstellen sollte, falls einer von ihnen plötzlich hereinplatzte?

Er griff nach Käthes Händen. Sie zog sie zurück.

»Du bist mir immer noch böse.«

»Warum Else? Warum arbeitest du mit ihr? Es gibt viele gute Schauspielerinnen. Warum sie?«

»Ich wollte unbedingt in Wien drehen. Ich wollte dich sehen

und dir endlich erklären, was damals passiert ist. In Berlin hast du mir ja keine Chance gegeben.«

»Du hättest mir schreiben können.«

Horst Kleinbach legte die Stirn in Falten. »Ein Brief? Also wirklich, Käthe. Du weißt genauso gut wie ich, dass du ihn zerrissen hättest, bevor du eine Zeile davon gelesen hättest.«

»Da gibt es nichts zu erklären, Horst. Die Situation sprach für sich. Else war halb nackt, und du hast gerade dein Hemd zugeknöpft.«

Er fuhr sich mit der Hand durch die Haare. »Sie war bei mir in der Wohnung, und ja, sie hat sich ausgezogen. Sie hat die Knöpfe meines Hemdes geöffnet, ja, ja, ja ... Aber glaub mir, weiter hätte ich es nicht kommen lassen. Ich wollte einfach sehen, wie weit sie geht.«

»*Wie weit sie geht?*«, wiederholte Käthe scharf. »Was war das? Ein Experiment? Sie trug einen Schlafrock, Horst! Ist dein Experiment also schiefgegangen?«

»Else wollte unbedingt zum Film und hat mich eben auf ihre Art um eine Rolle angebettelt. Du kennst sie doch.«

Käthe schwieg eine Weile. »Gut, jetzt hast du's mir gesagt. Das ändert aber nicht meine Meinung, Horst. Ich werde nicht mehr als Schauspielerin arbeiten.«

Nein, Wut empfand sie keine mehr, bemerkte sie in dem Moment.

Er trank das Glas leer. »Ich lass nicht locker, Käthe. Eines Tages wirst du nachgeben und zurückkommen. Und wenn ich jeden Tag herkommen muss.«

Sie erhob sich, nahm das Glas und ging hinter die Schank.

»Hast du mir gar nichts zu sagen, Käthe?«

Sie senkte den Blick und schwieg. Er wartete eine Weile. Dann hörte sie, wie er sich erhob.

Aus den Augenwinkeln sah sie, dass er etwas auf den Tisch legte. An der Tür drehte er sich noch einmal um.

»Warte nicht auf ihn.«

»Wen meinst du?«

»Du weißt genau, von wem ich spreche. Jakob.«

Käthe schwieg.

»Den Brief hier hat er an mich geschickt, damit ich ihn weiterleite. Er wollte dich nicht in Gefahr bringen, indem er ihn direkt an dich schickt. Er wird nicht zurückkommen.«

Käthe verschränkte die Arme. »Was macht dich so sicher?«

»Er ist tot.«

Augenblicklich wich jede Farbe aus ihrem Gesicht. Sie hielt sich an der Arbeitsplatte der Schank an, um nicht umzukippen.

»Ein Unfall.«

»Wer sagt das?«

»Else.«

»Sie lügt.«

»Bleck hat es mir ebenfalls erzählt.«

»Woher will der das wissen?«, fragte sie scharf, wollte jedoch keine Antwort hören. »Verschwinde!«

»Bestrafe nicht den Boten, Käthe.«

»Hau ab!«, brüllte sie.

Horst Kleinbach zuckte mit den Achseln. »Auf Wiedersehen, Käthe.« Er ging.

Käthe sank langsam auf den Boden. Jakob war tot? Diese Nachricht wollte nicht in ihren Kopf. Dennoch nahm die Botschaft jede Faser ihres Körpers in Besitz. Es tat weh, so unsagbar weh. Wie ein verletztes Tier rappelte sie sich wieder hoch und ging mit wackeligen Beinen zum Tisch. Sie griff nach dem Umschlag, zog den Inhalt hervor.

Es fiel etwas heraus, sie nahm es zur Hand. Ein Foto von Jakob in Amerika. Er schrieb, dass er sie vermisse und sie zu ihm kommen solle. Er schrieb, dass er glücklich sei und sich wohlfühle.

Jakob ist tot!

Die ersten Tränen bahnten sich ihren Weg über Wangen und Hals. Zuerst zart wie ein sanfter Fluss. Doch dann riss der Damm in ihr. Sie schlug die Hände vors Gesicht und weinte herzzerreißend.

Käthe stand im Schlafzimmer und wechselte Marianne gerade die Windeln, als sie von Anita erfuhr, dass sich Österreich, oder besser die Ostmark, wie es seit dem Anschluss bezeichnet wurde, seit den frühen Morgenstunden im Krieg befand. Sie erstarrte, während Mariannes Beinchen munter strampelten.

»Ich fahr gleich in die Weinberge, den Männern Bescheid geben«, sagte Anita und verschwand wieder.

»Was bedeutet das?«, fragte Käthe noch, doch Anita hörte sie schon nicht mehr. Sie lief bereits eilig die Stufen der Villa zur Haustür hinunter.

Käthe nahm Marianne auf den Arm und ging zum Fenster. Sie öffnete es und atmete tief die klare Luft ein. Es roch nach Herbst. Bald würde es nach Blut und Verderben riechen, da war sie sich sicher.

Ihre Gedanken trugen sie fort, zuerst zu Jakob, dessen Ahnung ihn zeitgerecht aus dem Land getrieben hatte und der jetzt in der Ferne gestorben war, als ob ihn das Schicksal einholen wollte. Sie hatte Horst nicht gefragt, wie er gestorben war, welche Art von Unfall er gehabt hatte. Aber war das noch wichtig? Der Schmerz blieb derselbe. Er würde sie ab nun begleiten, egal, wie er zu Tode gekommen war. Der Brief, sein letztes Foto und das Manuskript waren alles, was ihr von ihm geblieben war. Sie kannte den Inhalt des Briefes inzwischen auswendig. Er schwärmte von Amerika, dem Land, in dem man alles erreichen konnte, was einem vorschwebte, so man bereit war, dafür zu arbeiten. Er erzählte von Freundschaften, die er geschlossen hatte, und den Sorgen, die er sich um Käthe machte.

Sie legte Marianne in ihr Bettchen, holte das hellblaue Kleid hervor und nähte den gerollten Brief mit dem Foto in den Saum ein, wie damals in Prag vor ihrem Auftritt die kleine Marienfigur.

Dann glitten ihre Gedanken ab zu ihrem Vater, der im Krieg gewesen war und nie über die Ereignisse gesprochen hatte, als könnten sie so ungeschehen gemacht werden. Auf Fragen hatte er lediglich geantwortet, dass er zurückgekommen war.

»›Was bedeuten Leid und Erkenntnis von Millionen, wenn schon die nächste Generation dafür taub ist? Alle Erfahrung rinnt ins Bodenlose‹«, rezitierte sie aus *Hoppla, wir leben!* von Ernst Toller.

Dann nahm sie Marianne wieder hoch, drückte sie fest an sich. »Wie wohl der Wein werden wird in diesem Jahr, meine Kleine?«

Bald würde die Lese beginnen.

Wien, 1940

Im August tauchten die Männer im Hof des Weinguts auf. Ihr Auftreten erinnerte Käthe an ein Rudel Wölfe, das sich aufteilte, um das Opfer besser in Schach halten zu können. Ihr Anführer trug trotz der Hitze einen Baumwollmantel über Sakko und Hose. Vor dem Tor standen Männer in schwarzer Uniform, die das Gebäude zu bewachen schienen.

Die SS, schoss es Käthe durch den Kopf. Sie nahm Marianne auf den Arm, die Kleine protestierte jedoch heftig. Sie lief seit zwei Monaten auf eigenen Beinen und kostete dieses Stück Freiheit so oft es ihr möglich war aus. Käthe hielt sie fest und sah sich nach dem kleinen Ferdinand um. Er war nirgends zu sehen. Anita und ihre Mutter kamen aus dem Haus gelaufen.

»Gestapo«, murmelte Irma Weinmann und erstarrte vor Schreck.

Auch Anita blieb augenblicklich stehen. »Was ist passiert?«, zischte sie blass geworden Käthe zu.

»Wo ist Ferdinand?«, fragte sie leise.

»Der schläft im Haus.«

Einer der Männer schritt zielgerade auf Otto Weinmann zu und riss die Hand nach oben. »Heil Hitler«, schallte es über den Hof.

Ihr Schwiegervater erwiderte den Gruß. Dann sprachen die beiden miteinander. Plötzlich wurde Otto Weinmann kreidebleich. Seine Hand griff nach hinten, tastete eine Weile in der Luft umher, bis seine Finger die Rückenlehne der Bank fanden.

Er sank darauf nieder, als hätte ihm jemand die Luft zum Atmen genommen.

Der Uniformierte blieb regungslos vor ihm stehen.

Käthe drückte Anita die Kleine in den Arm und lief über den Hof. Sie drängte sich zwischen die beiden, ohne sich Gedanken über etwaige Konsequenzen zu machen.

»Was ist los? Was wollen Sie?«, blaffte sie den Mann an. Der betrachtete sie eine Weile mit zornrotem Gesicht. Käthe erwartete jeden Augenblick einen Schlag ins Gesicht und wappnete sich. Auf gar keinen Fall würde sie weinen. Diesen Gefallen würde sie ihm nicht tun.

Doch dann entspannte sich auf einmal sein Gesicht. »Sie sind doch die Schlögel? Diese berühmte Schauspielerin. Was machen Sie denn hier?«

Seine Stimme klang milde, doch in seinen Augen konnte sie lesen, dass diese Tatsache ihn nicht daran hindern würde, hier zu tun, was zu tun war.

»Ich wohne hier«, antwortete sie.

»Hier?«

»Ich heiße jetzt Weinmann.« Sie kniff die Augen zusammen. »Aber ich bin mir sicher, das wissen Sie.«

Das kurze Zucken seiner Augenbrauen und ein schelmisches Lächeln verrieten ihr, dass sie recht hatte.

»Otto Weinmann ist mein Schwiegervater. Was werfen Sie ihm vor?«

»*Ihm* nichts oder besser gesagt, noch nichts. Das kann sich nämlich von einem Moment auf den anderen ändern.« Sein Ton klang wieder stahlhart, und sein Blick verfinsterte sich. Erst jetzt deklarierte er sich gegenüber Käthe als SS-Obersturmbannführer.

»Hast du gewusst, dass der Alois und der Alfred sich einer Widerstandsbewegung angeschlossen haben?«, hörte sie die japsende Stimme ihres Schwiegervaters im Rücken. Käthe konnte seinem Tonfall nicht entnehmen, ob er ihr Handeln billigte oder verabscheute. Im Grunde genommen kannte sie Otto Weinmanns Einstellung zu Hitler nicht. War er für oder gegen ihn?

»Diese deppertn Buben ...« Seine Stimme versagte. Er räusperte sich und brüllte wütend: »Festgenommen sind s' worden.«

Anita und ihre Mutter schienen gehört zu haben, was passiert war, denn sie wurden von einem Moment auf den anderen noch blasser im Gesicht. Irma Weinmann schlug die Hand vor den Mund.

Käthe wurde augenblicklich heiß. Sie unterdrückte den Impuls, Anita zu lange anzusehen, deren Schluchzen nun an ihr Ohr drang. Rasch wandte sie sich ihrem Schwiegervater zu. »Nein, das wusste ich nicht«, log sie. »Wer behauptet das?«

Otto Weinmann zeigte auf die Männer. »Die da! Aber die beiden tun so etwas nicht. Hören Sie, niemals. Das sind anständige Weinbauern, alle beide. Der Alfred war sogar einmal Gendarm.«

Ungerührt bellte der Kommandant, dass die Widerstandsgruppe Großösterreichische Freiheitsbewegung ausgehoben worden war. Die Identität aller Mitglieder war bekannt, und die meisten waren bereits festgenommen und zum Verhör ins Gestapo-Hauptquartier am Morzinplatz gebracht worden. Alois und Alfred waren unter ihnen, was zur Folge hatte, dass nun die Geheimpolizei das Weingut durchsuchen würde. Käthe wusste von Alois, dass jemand die Gruppe verraten haben musste. Denn schon am 23. Juli hatte man den Gründer der Bewegung verhaftet – er hatte sie vorgewarnt.

»Sie bleiben da, wo Sie sind«, befahl der Obersturmbannführer streng. »Sind noch Leute im Haus?«

Käthe schüttelte den Kopf. »Nur der Ferdinand, der Sohn meiner Schwägerin. Er ist zwei Jahre alt.«

»Die durchsuchen unseren Hof«, murmelte Otto Weinmann fassungslos. »Wir sind doch keine Verbrecher.« Der alte Mann war außer sich. Käthe befürchtete, er würde einen Herzinfarkt bekommen, und setzte sich neben ihn.

Doch ihr Schwiegervater sprang wutentbrannt auf und stürmte auf das Haus zu. Ein SS-Mann stellte sich ihm in den Weg und stieß den alten Mann mit dem Gewehr nieder. Anita kam ihrem Vater zu Hilfe, half ihm auf und führte ihn zur Bank zurück.

Käthe lehnte den Kopf gegen die kühle Hauswand und schloss die Augen. Sie hoffte, dass Alois und Alfred kein belastendes Material am Gut oder in der Villa versteckt hatten. Anita und sie hatten nie danach gefragt, und die beiden hatten nie darüber gesprochen, ob sie Flugzettel oder Plakate hier lagerten. Möglicherweise ein Fehler.

Wie durch einen dichten Nebel hörte sie den SS-Obersturmbannführer Befehle bellen. Er klang wie ein wütender Hund. In die bis dahin herumstehenden Männer kam Bewegung. Während die Polizisten das Haus auf den Kopf stellten, wurden Käthe, Anita und ihre Schwiegereltern verhört wie Schwerverbrecher. Die Fragen wiederholten sich und drehten sich irgendwann im Kreis. Vor allem für Käthe nahm sich der leitende Gestapomann viel Zeit. Käthe hatte seinen Namen nicht genau verstanden, getraute sich aber nicht nachzufragen. Er saß ihr in der Küche gegenüber und fixierte sie während des Verhörs. Der für diese Jahreszeit viel zu warme Mantel hing über der Stuhllehne.

»Waren Sie nicht mit dem Juden Rosenbaum liiert?«

Käthe spürte Hitze aufsteigen. Woher wusste er das? Hatte etwa Else ... Gab es etwa doch einen Akt über sie und Jakob?

»Ein Glück für Sie, dass Sie sich von ihm getrennt und einen Arier geheiratet haben.« Der SS-Mann lehnte sich im Stuhl zurück und verschränkte die Arme. »Doch wie sich herausstellt, ist Ihr Mann ein Landesverräter ... Was sagt uns das über Ihre Einstellung gegenüber dem Deutschen Großreich?«

Käthe schluckte trocken. Er schüttelte den Kopf, als tadle er ein kleines Kind, das zum wiederholten Male etwas Verbotenes getan hatte. Käthe wagte kaum zu atmen und hielt die Luft an. Erwartete er jetzt eine Antwort, oder war es besser zu schweigen? Sie senkte den Blick und sagte nichts.

»Das wirft kein gutes Licht auf Sie, Frau Weinmann«, kam es streng.

Er versuchte, sie durch geschickte Fragestellungen in Widersprüche zu verwickeln. Am Ende drohte er ihr sogar, ihr und Anita die Kinder wegzunehmen. »In einem Heim lernen sie den Führer zu achten, was in diesem Haus wohl nicht der Fall ist.«

»Das dürfen Sie nicht tun«, krächzte sie.

»Oh doch!«, kam es hochmütig. Er löste die verschränkten Arme und lehnte sich nach vorne. »Verraten Sie uns, wo Ihr Mann und Ihr Schwager das Dreckszeugs verstecken«, knurrte er.

»So glauben Sie mir doch! Wir hatten von alldem keine Ahnung«, lamentierte Käthe. Sie war inzwischen starr vor Angst.

Als auch weitere Drohungen kein Geständnis brachten, war der SS-Mann schließlich davon überzeugt, dass tatsächlich niemand über Alois' und Alfreds Tätigkeiten Bescheid wusste. »Aber glauben Sie nur ja nicht, dass Ihre ehemalige Popularität Sie vor dem Gefängnis schützt«, sagte er. »Wenn wir etwas finden, sind Sie genauso dran wie Ihr Mann.«

Als die Gestapo die Suche am Weingut erfolglos beendet hatte, forderte der Kommandant Käthe auf, die Villa aufzusperren. In dem Augenblick fiel ihr die Kiste in der Mauer bei den Rosensträuchern ein. Augenblicklich wurde ihr schlecht.

Käthe sah den Gesichtern der Männer an, welche Gedanken sie hegten, als sie die Villa betraten. Zerstörungswut lag in ihren Augen. Der Verräter Alois Weinmann lebte wie die Made im Speck, so dachten sie wohl. Dementsprechend grob gingen sie mit den Möbeln um. Sie rissen Laden aus der Verankerung, leerten den Inhalt aus, zerwühlten alles mit den Händen und ließen es einfach liegen, so sich die Unterlagen als unbedenklich erwiesen.

Käthe erduldete die Demütigung schweigend. Sie wusste, dass die Männer der SS nur auf eine wütende Reaktion ihrerseits warteten, um eine Rechtfertigung für die zerstörungswütige Explosion zu haben, die darauf folgen würde. Ihr Bekanntheitsgrad sorgte dafür, dass es trotz der Grobheiten einigermaßen gesittet im Haus zuging. Nicht auszudenken, was passiert wäre, wenn sie nicht die berühmte Schauspielerin gewesen wäre. Die braune Brut hätte keinen Stein auf dem anderen gelassen.

Zum Glück interessierten sich die Männer nicht für den Garten, und nach Stunden erfolgloser Suche zogen sie endlich wieder ab.

»Wir behalten euch Weinmanns im Auge«, drohte der Obersturmbannführer am Ende der Aktion. »Wenn ich Ihnen einen guten Rat geben darf: Am besten Sie trennen sich auch von diesem Landesverräter, Frau Schlögel. Das alles wirft kein gutes Licht auf Sie.«

»Weinmann«, berichtigte sie ihn.

Er funkelte sie an. »Halten Sie sich von dem Pack fern. Landesverrätern ergeht es nämlich schlecht. Fangen S' wieder zu spielen an, das können S' doch so gut.«

Wieder schwieg Käthe. Sie senkte den Blick, wusste, dass er noch nicht mit ihr fertig war. Er schien kein Mann zu sein, der gerne verlor.

»Der Führer braucht solche Schauspielerinnen, wie Sie eine sind. Ein Vorbild für die ganze Nation.«

»Aber ...«

»Nix aber ... Sie werden an die Bühne zurückkehren, verlassen Sie sich drauf.« Er kam auf sie zu. Ganz nahe. Sie spürte den Druck seiner Finger unter ihrem Kinn. Sein Atem roch nach Rauch. Er zog ihr Gesicht an seines heran, zwang sie, ihn anzusehen. Dann legte er seine Lippen an ihr Ohr. Seine Stimme wurde leise, verlor jedoch nicht ihre Bedrohlichkeit. »Ich weiß Bescheid über dich und dein Judenbalg. Deinen Mann stecken wir ins KZ, mit einem rosa Dreieck an der Häftlingskleidung. Weiß du, was das bedeutet? Jeder weiß Bescheid, dass er nix weiter ist als eine schwule Sau. Und dich stecken wir gleich dazu. Die Weinmanns kommen vors Erschießungskommando, und dein Bastard bekommt neue Eltern. Na, wie gefällt dir das?«

Käthe erstarrte zur Salzsäule vor Angst. Ein Anblick, der dem Kommandanten sichtlich Vergnügen bereitete und ihn diabolisch grinsen ließ. »Und bevor wir dich ins KZ bringen, hängen wir dir ein Schild um den Hals, auf dem *Judenhure* steht ... und damit stellen wir dich auf die Straße. Was glaubst du, werden die Leute dazu sagen? Also, überleg dir gut, was du tust, Judenhure.«

Kein Zweifel mehr. Der Kommandant musste Elses neuer Liebhaber sein. Was Hans Bleck wohl dazu sagte?

Wieder sah er ihr in die Augen. Sie versuchte, seinem stechenden Blick auszuweichen. Doch sein Griff verstärkte sich, und seine Finger umschlossen ihr Kinn wie ein Schraubstock ein Stück Holz. Ihr gesamter Unterkiefer schmerzte. »Ich denke, wir verstehen uns.« Dann stieß er sie von sich und rief seine Männer zum Aufbruch.

An der Tür drehte er sich noch einmal um. »Unser Führer wird sich freuen, Sie wieder auf der Bühne stehen zu sehen. In einem guten deutschen Stück.«

Seine Lachen hallte minutenlang in ihrem Kopf nach.

München, Februar 2015

Sophies Gefühlswelt schwankte zwischen Neugier und Panik. Sie kannte Oliver Thalmann nur von Fotos und aus der Zeitung, wie man eben Leute aus der Filmbranche kannte, denen man noch nicht persönlich über den Weg gelaufen war. Nun würde er ihr in wenigen Minuten gegenübersitzen, als ihr Vater.

Ein befremdliches Gefühl.

Sie trafen sich beim Italiener in der Rosenheimerstraße. Das Personal begrüßte sie überschwänglich. So als wäre Sophie ein Familienmitglied oder zumindest eine Stammkundin, die man sich warmhalten musste.

Ihr Vater saß bereits an einem Tisch, vertieft in die Speisekarte. Er erschien ihr kleiner als auf den Fotos und im Fernsehen. Wie sollte sie ihn ansprechen? Papa? Oliver? Herr Thalmann?

Sie trat an den Tisch. »Hallo.« Das klang unverfänglich.

»Oh, hallo.« Er erhob sich. Händeschütteln wie Geschäftspartner nach der Vertragsunterzeichnung.

Sophie nahm ihm gegenüber Platz. Sie hatte weder die dunklen Haare noch die ebenso dunkle Augenfarbe ihres Vaters. Sie war blond und blauäugig wie ihre Großmutter. War er tatsächlich ihr Vater?

Man hielt ihr die Speisekarte vor die Nase, sodass sie ihn nicht mehr mustern konnte.

»Wir müssen auf unser Treffen anstoßen«, schlug Oliver Thalmann vor, und sie ließ die Karte sinken. Er bestellte zwei Gläser Prosecco. »Ich hoffe, du magst das Zeug.«

»Ja, passt schon.«

Sie nickte lächelnd dem Kellner zu, der sie so lange fixiert hatte. Er zwinkerte ihr zufrieden zu und verschwand.

»Was sagt man dazu? Da sitzen wir nun«, sagte Oliver Thalmann. Er erschien ihr kein bisschen nervös.

»Ja, da sitzen wir nun.« Ihr Herz pochte aufgeregt.

Betretenes Schweigen. Worüber sprach man mit einem Vater, von dessen Existenz man erst seit wenigen Tagen wusste? Nicht über etwas Privates.

»Ich gratuliere zum Silbernen Bären«, sagte sie.

»Danke. Der Film hat verdient gewonnen, ist richtig gut geworden.«

Bescheidenheit scheint nicht seine Stärke zu sein, dachte Sophie.

Wieder Schweigen.

»Was hat deine Mutter gesagt?«

»Nicht viel. Sie meinte, irgendwann musste es ja einmal an die Öffentlichkeit kommen.«

Oliver Thalmann lachte. »Ja, klar. *Irgendwann*. Mich würde nur interessieren, wer es an die Öffentlichkeit gebracht hat.«

Kein Funke Schuldbewusstsein spiegelte sich in seinem Gesicht, die leibliche Tochter erst jetzt kennenzulernen.

»Diese Journalistin.«

»Und von wem weiß sie es?«

Der Prosecco kam. Sie stießen an und tranken.

Sophie spürte einen winzigen Anflug von Wut, weil sie plötzlich das Gefühl beschlich, sich bei ihm dafür entschuldigen zu müssen, auf der Welt zu sein. »Ist es dir unangenehm?«

»Nein. Gar nicht. Nur der Zeitpunkt überrascht mich.«

»Das Thema deines neuen Films hat ja mit unserer Situation zu tun. Viel mehr mit meiner, weil du wusstest ja die letzten zwanzig Jahre von mir.« Der Satz klang vorwurfsvoller, als sie wollte. Doch die Erinnerung an den Schmerz, den sie als Kind gefühlt hatte, wenn die Väter ihrer Freundinnen bei Schulaufführungen im Publikum saßen und sie oft ganz alleine war. Denn manchmal schaffte es weder ihre Mutter noch ihre Großmutter zur Aufführung. Das war nun einmal das Los, Kind berühmter und beschäftigter Künstler zu sein.

Der Kellner näherte sich und nahm die Bestellung auf.

»Für mich eine Pizza Diavolo, dazu eine Flasche Pinot Grigio und zwei Gläser«, bestellte Oliver Thalmann, als wäre sie ein kleines Kind.

»Ich hoffe, du magst Weißwein. Ach, was frag ich. Du bist ja in gewisser Weise auf einem Weingut groß geworden, das in erster Linie Weißwein produziert.«

»Ich möchte nur einen großen gemischten Salat und eine Karaffe Wasser.« Sophie konnte nichts essen. Sie war viel zu aufgeregt. Oliver Thalmann kommentierte ihre spärliche Bestellung nicht. Sie plauderten weiter belangloses Zeug. Über das Wetter. Die Arbeit. Ihr Leben.

Und dann verblüffte er sie.

»Dich die letzten Jahre ignoriert zu haben war nicht richtig. Das verstehe ich nun. Buche es unter ›Mein Vater ist ein Feigling ab‹«, sagte er mit einem um Verzeihung bittenden Lächeln.

Sophie war überrascht, wie leicht sie ihm vergeben konnte. Er hatte eine gewinnende Art, und Sophie fand es schön, endlich einen Vater zu haben. Sie konnte die Vergangenheit ohne Problem ruhen lassen. Sollte sie ihn fragen, ob ihm die Trennung von seiner Frau zusetzte?

Der Wein kam. Ihr Vater schenkte ein.

Da tauchte ein Mann neben ihnen auf. Erst als er sie ansprach, nahm Sophie ihn wahr. »So ein Zufall. Oliver Thalmann und seine Tochter. Darf ich von Ihnen beiden ein Foto machen?«

Sophies Vater lächelte. Und auch Sophie lächelte wie auf Knopfdruck. Der Fotoapparat war der eines Profis. Kein Amateur. Konnte es sein, dass Oliver Thalmann ihn herbestellt hatte?

»Wenn nicht aus Vaterliebe, dann zumindest zu PR-Zwecken«, fielen ihr die Worte ihrer Mutter wieder ein.

Egal. Der Fotograf drückte ein paarmal ab und verschwand wieder.

Ein paar der Gäste registrierten, dass hier zwei Promis saßen, und reckten ein wenig die Hälse.

Ich hab vergessen Karin Böhler anzurufen, schoss es Sophie durch den Kopf. Doch sie musste sich zugestehen, dass sie sie in Wahrheit bewusst nicht angerufen hatte. Sie wollte mit niemandem von der Presse über ihren Vater sprechen. Vor wenigen Tagen kannte sie ja noch nicht einmal seinen Namen.

»Deine Mutter realisiert also jetzt tatsächlich diese Spielfilmdoku«, sagte Oliver Thalmann.

Sophie nickte. »Ja.«

»Gibt es schon ein Drehbuch?«

»Sie arbeitet daran.«

»Echt?«

»Überrascht dich das?«

»Nein, nein«, sagte er rasch. »Natürlich nicht. Ich kenne ihren Ehrgeiz.«

»Ich bin überrascht, welche Wellen dieses Projekt schlägt. Als gäbe es derzeit kein anderes Thema.« Sophie war in der Zwischenzeit tatsächlich einige Male darauf angesprochen worden. Kollegen fragten, ob schon Rollen besetzt wurden, wann Drehbeginn sei oder einfach nur, ob sie sich darauf freue, mit Mutter und Großmutter gemeinsam zu arbeiten.

Der Kellner kam mit dem Essen und erkundigte sich zugleich, ob alles in Ordnung sei, während er auf die Getränke zeigte.

Sie nickten beide.

»*Buon appetito.*«

»Ich bin nur interessiert«, knüpfte ihr Vater am unterbrochenen Gespräch an.

»Woran? Soweit ich weiß, haben dich die Projekte meiner Mutter noch nie interessiert, oder anders gesagt: Mama hat dich bisher nicht interessiert.« Auch der Satz kam schärfer als beabsichtigt. Oliver Thalmanns Blick wanderte an den Nebentisch, wo zwei Frauen Platz nahmen.

»Jetzt interessiert mich ihre Arbeit eben.« Er sah wieder zu Sophie, ließ ihre zweite Bemerkung unkommentiert.

Sophie unterdrückte einen genervten Seufzer. »Warum? Es ist ein Projekt von vielen, das realisiert wird, sobald die Finanzierung steht. Ich muss dir doch die Abläufe nicht erklären.«

»Deine Mutter macht so ein Geheimnis um die Sache, dass die ganze Branche sich fragt, was dahintersteckt.«

Sophie nahm einen Schluck Wasser. »Echt, die ganze Branche?«, fragte sie zynisch. »Dann scheint sie es ja richtig zu machen. Was soll denn dahinterstecken?«

»Sebastian hat mir erzählt, dass deine Großmutter eine größere Sache draus machen will. Eine Art generationsübergreifendes Zeitdokument mit den Altmann-Frauen im Mittelpunkt.«

»Du hast mit Sebastian Horvat darüber gesprochen?«, fragte Sophie erstaunt.

»Wir sind Freunde.«

»Sind wir nicht alle Freunde in der Branche?« Wieder fiel ihr ihr zynischer Tonfall auf.

Oliver Thalmann reagierte nicht.

»Meine Urgroßmutter ist immerhin die Begründerin unserer Schauspielerdynastie. Davor finden sich in meinem Familienzweig nur Händler, Handwerker und Bauern. Und wenn ich den Onkel meiner Großmutter mitzähle, noch ein Gendarm.«

»Dann kannst du väterlicherseits einen Bürgermeister hinzufügen. Mein Vater war Dorfhäuptling nahe Ingolstadt. Inzwischen ist er in Rente und kümmert sich ausschließlich um seine Brieftauben.«

Sie hatte also jetzt auch noch gleich einen Großvater.

»Was ist mit deiner Familie? Wie hat sie auf mich reagiert?«

»Meine Frau und ich lassen uns scheiden, das hast du doch sicher schon in der Zeitung gelesen.«

Sophie nickte. »Ich meine eher deine Kinder. Meine Mutter hat mir gesagt, dass du einen Sohn und eine Tochter hast.« Dass die beiden ihre Halbgeschwister waren, wollte ihr nicht über die Lippen kommen. Zu fremd fühlte sich dieses Wort noch an. »Was sagen sie dazu, dass du jetzt noch eine Tochter hast?«

Oliver Thalmann zuckte mit den Achseln. »Sie haben mir nicht anerkennend auf die Schulter geklopft, wenn es das ist, was du meinst. Aber sie sind erwachsen. Mein Sohn ist Architekt, und meine Tochter studiert Pharmazie. Sie leben inzwischen ihr Leben, werden drüber hinwegkommen. Auch meine baldige Exfrau wird nicht lange um mich trauern. Wir hatten uns schon die letzten Jahre nicht mehr viel zu sagen.« Er musterte sie. »Wenn sich die Wogen geglättet haben, werde ich euch Kinder irgendwann einander vorstellen.«

»Hm«, machte Sophie.

Der Kellner kam und fragte, ob alles in Ordnung sei.

»*Va bene*«, sagte Oliver Thalmann, während er mit Daumen und Zeigefinger einen Kreis bildete und die Fingerspitzen küsste. Der Kellner zeigte sich zufrieden und zog breit lächelnd wieder ab.

»Und deine Mutter will tatsächlich auch noch Regie führen?«

»Ah!«, machte Sophie, »jetzt begreif ich allmählich. Du willst die Regie übernehmen! Traust es der Mama wohl nicht zu. Meinst, Drehbuch und Regie sind zu viel für sie.«

»Doch, doch!«, wehrte Oliver Thalmann ab. »Ich traue ihr alles zu. Himmel, bist du misstrauisch.«

»Täusch dich nicht in ihr. Meine Mutter ist eine Kämpferin, in ihr steckt mehr, als du denkst. Sie ist eine echte Altmann und wird eine fantastische Arbeit abliefern«, sagte sie in einem Ton, der keine Widerworte duldete.

»Das spreche ich ihr auch gar nicht ab.«

»Was meinst du dann?«

Oliver Thalmann schnitt ein Stück Pizza und nahm es zwischen seine Finger. »Ich dachte nur, dass sie vielleicht ... also, wenn Marianne, wie ich gehört habe, auch noch mitmischt ...« Er biss ab.

»Ich verstehe noch immer nicht, was du meinst.«

Er kaute genüsslich, schluckte und spülte mit einem Schluck Wein hinunter. »Die machen hier unbeschreiblich gute Pizzen.« Kurze Pause. »Was ich meine, ist, sie könnte die Biografie verfälschen.«

»Ach«, entfuhr es Sophie ehrlich erstaunt. »Inwiefern und warum sollte die Geschichte der Altmanns verfälscht werden?«

»Deine Großmutter ist eine gottverdammte Matriarchin. Sie glaubt an Macht und die Lüge, verwechselt Fiktion und Realität.«

»Sie kann dich auch nicht leiden.«

»Ich weiß.«

Sie aßen eine Weile schweigend. Das erste Treffen verlief anders, als Sophie es sich vorgestellt hatte. Aber hatte sie sich das Treffen überhaupt vorgestellt? Eigentlich nicht. Sie legte die Gabel zur Seite. Der Kellner räumte den leeren Teller ab. Oliver Thalmann schob sich die letzte Schnitte Pizza in den Mund.

»Grappa?«, fragte er und winkte zeitgleich dem Kellner zurückzukommen.

Sophie nickte. »Und einen Espresso, bitte.«

»Du bist mir noch eine Antwort schuldig. Was bedeutet, die Biografie verfälschen?«

»Es könnte ein Film entstehen, in dem die Altmanns aussehen wie Abkömmlinge vom Messias persönlich und der Rest, als käme er direkt aus der Hölle.«

Sophie schluckte. »Du meinst die Blecks?«

»Glaub mir, deine Großmutter ist nicht der Engel, für den du sie hältst. Sie weiß genau, was sie tut.«

»Das hoffe ich. Sie ist Mitte siebzig und nicht dement«, witzelte Sophie.

»Und ich hoffe, dass sie keine Sachen erzählt, die sich negativ auf mein neues Projekt auswirken könnten.«

Sophies Gedanken fuhren Karussell. Was sollte das alles? Warum redeten sie in erster Linie von ihrer Großmutter? Warum sprachen sie nicht über sich und ihre Vater-Tochter-Beziehung, die sich doch erst entwickeln musste? Sie nahm einen Schluck Wein und lehnte sich zurück. Es lief doch gerade so gut, sie bekam schöne Rollen angeboten, und mit ihrer Karriere ging es bergauf. Ihr Verhältnis zu ihrer Mutter und ihrer Großmutter war einzigartig. Doch seit ihre Mutter dieses Familienprojekt in Angriff genommen hatte, geriet das Schiff, auf dem sie sich befanden, ins Schwanken.

»Lass dir nicht von deiner Großmutter deine Karriere verpfuschen. So wie sie's bei deiner Mutter getan hat.« Er drehte sein Glas zwischen den Fingern.

Sophie legte die Stirn in Falten. »Was meinst du damit?«

»Deine Mutter war siebzehn, als die Bleck-Film sie für den Film *En tête à tête*, auf Deutsch *Unter vier Augen*, engagieren wollte. Ein Liebesfilm, der zum Teil in Paris gedreht wurde. Damals eine große Geschichte. Eine österreichisch-französische Produktion. Es wäre mit Sicherheit ihr Durchbruch gewesen … ganz bestimmt. Für die Schauspielerin, die nach ihr die Rolle angeboten bekam, war es das auf jeden Fall. Deine Großmutter hat damals im Namen deiner Mutter abgelehnt. Immerhin war Vera minderjährig. Zudem hat sie Rolands Vater damals zu verstehen gegeben, dass die Altmanns niemals mit den Blecks zusammenarbeiten würden. Blöd nur, dass die Blecks zu der Zeit ihre Finger in den meisten Produktionen hatten.«

Sophie wollte sagen, dass es vielleicht auch ein wenig am nicht vorhandenen Ehrgeiz lag oder daran, dass ihre Mutter nicht das Talent zur großen Diva besaß. Vielleicht lag aber auch die Latte zu hoch. Immerhin war Vera die Nachfahrin zweier berühmter Schauspielerinnen. Man wurde immer verglichen und, wenn man dem Vorbild nicht entsprach, auch leichter verrissen als jemand ohne diesen Hintergrund.

»Die Altmanns haben ihren Weg auch ohne die Bleck-Film bestritten.«

Er zuckte kurz mit den Augenbrauen.

Sie fixierte ihren Vater eine Weile. »Woher willst du das eigentlich alles so genau wissen?«

»Roland Bleck hat es mir kürzlich erzählt.«

»Du hast mit Roland Bleck über meine Mutter gesprochen?«

»Ja, warum nicht?«

»Keine Ahnung. Es überrascht mich halt.«

»Die Branche ist klein, Sophie.«

Sophie wollte ihn fragen, ob er auch über sie und Fabian Bescheid wusste, ließ es dann aber doch bleiben.

»Anfänglich haben wir über etwas ganz anderes geredet. Aber wie das halt so ist, ergab ein Wort das andere ... Er hat mir irgendwann im Laufe des Gesprächs erzählt, dass deine Mutter ihm ihr Projekt abgesagt hat, und so kamen wir auf diese alte Geschichte. Wie auch immer. Ich will nur, dass du dich in deinen Entscheidungen nicht beeinflussen lässt.«

»Ich bin zwanzig und treffe meine eigenen Entscheidungen. Zudem hat dich das bisher doch auch einen Dreck geschert.« Fast hätte sie *Papa* gesagt. Sollte sie es wagen? Leise schob sie »Papa« nach.

Er reagierte nicht darauf. »Ist ja gut. Ich hab da nämlich etwas, was dich interessieren könnte. Mein neuer Film. Drehbeginn wäre ...« Er wiegte den Kopf hin und her. »Also, wenn alles gut geht, nächstes Jahr im Februar.«

»Dein neuer Film? Worum geht's?«

»Ich hab mir die Filmrechte an einem Stück gesichert, das Ende der Zwanzigerjahre des letzten Jahrhunderts spielt. Eigentlich handelt es sich um ein Theaterstück. Es wurde 1929 in Prag uraufgeführt. Derzeit adaptiere ich es für den Film ... und jetzt rate einmal, wer vor vielen Jahren die Hauptfigur ...«

»Jetzt sag nicht, du hast dir die Filmrechte an *Marianne* gesichert«, unterbrach Sophie euphorisch. »Das ist ja geil! Das Stück verhalf meiner Urgroßmutter damals zum Durchbruch. Du bietest mir echt diese Hauptrolle in deinem neuen Film an?« Sophie strahlte übers ganze Gesicht. Ihre Mutter hatte also recht gehabt, als sie meinte, er werde ihr eine Rolle anbieten. Scheiß drauf, dass er das möglicherweise nur aus PR-Zwecken machte. Sie bekam eine Hauptrolle. Sie würde Marianne spielen.

»Du musst mir nicht sofort zusagen. Überleg es dir. Das Angebot steht.« Er räusperte sich. »Es gibt da nämlich möglicherweise einen winzigen Haken, doch der sollte kein Problem für dich darstellen. Du triffst deine Entscheidungen ja selbst.«

»Welchen Haken?«

»Die Bleck-Film ist der Produzent.«

Sophie nahm einen Umweg. Frische Luft und Bewegung lösten bei ihr immer einen Denkprozess aus. Sie ging an der Frauenstraße vorbei Richtung Altes Rathaus. Am Marienplatz kam ihr eine Handvoll Touristen entgegen, und sie wich einer Gruppe lautstarker Jugendlicher mit Getränkebechern in der Hand aus. In den Schaufenstern bestrahlten viel zu helle Lampen hagere Schaufensterpuppen. Es kam ihr alles so unwirklich vor. Noch vor wenigen Tagen war ihr Leben ein gerader Weg gewesen, und plötzlich kamen aus allen möglichen Ecken Hindernisse auf sie zugeschossen. Ihr Vater hatte sie nicht gedrängt, doch ihr unmissverständlich zu verstehen gegeben, dass sie sich gegenüber ihrer Großmutter auf die Füße stellen sollte.

»Das ist ja schlimmer als ein Handelsembargo der Amerikaner, was diese Frau da aufführt«, waren seine Worte gewesen, und dass sie sicher den Karrieresprung ihrer Enkelin nicht durch ihre Sturheit gefährden wolle. Was wusste er schon von dem abgrundtiefen Hass gegen alles, was Bleck hieß, den ihre Großmutter nicht nur pflegte, sondern zur Schau trug wie diese Schaufensterpuppen die neueste Frühjahrsmode. Ein Streit im Hause Altmann. Das gäbe eine Schlagzeile. Wo doch ihre Großmutter darauf achtgab, nach außen hin das perfekte Bild abzugeben.

Am Ende hatte sie ihrem Vater für den Film zugesagt. Marianne spielen zu können würde hoffentlich mehr wiegen als die Tatsache, dass die Bleck-Film involviert war.

Auf einmal drängte sich ein dunkler Gedanke zwischen ihre wirren Grübeleien.

Zurück in der Wohnung, rief sie Kim an. Ihre Freundin hob nach dem zweiten Mal Läuten ab. Sophie berichtete ihr ausführlich von dem Abendessen mit ihrem Vater. Kim hörte zu.

»Das kann doch alles kein Zufall sein«, sagte Sophie abschließend. »Meine Mutter sagt ihr Projekt bei der Bleck-Film ab. Ich lerne Fabian kennen. Die Öffentlichkeit erfährt, dass Oliver Thalmann mein Vater ist, und der bietet mir jetzt eine Rolle in seinem Film an. Zufällig die Verfilmung jenes Theaterstücks, das meine Urgroßmutter zum Star gemacht hat und den zufällig Fabians Vater produziert.«

»Und jetzt glaubst du natürlich fest an eine Verschwörung. Familienfehde auf Österreichisch-Bayerisch.« Sie hörte Kims herzhaftes Lachen.

»Wieso bayerisch? Die Bleck-Film ist in Wien.«

»Weil dein Vater aus Bayern stammt. Schon vergessen?«

»Nein, natürlich nicht. Ich muss mich nur erst daran gewöhnen, einen Vater zu haben.«

»Ach, Süße«, sagte Kim fürsorglich. »Triumphiere und genieß verdammt noch einmal endlich, verliebt zu sein, und scheiß darauf, was deine Familie sagt.«

»Meiner Mutter ist's egal.«

»Na siehst du. Ein Familienmitglied steht schon mal auf der richtigen Seite, und deinem Vater wird's auch egal sein …«

»Ich glaub, Fabian hat's seinem Vater gesagt, obwohl ich ihn gebeten hab, erst mal den Mund zu halten. Er behauptet zwar, es nicht getan zu haben …«, unterbrach Sophie ihre Freundin.

»Dieser Scheißkerl«, lachte Kim erneut. »Wie kann er es auch nur wagen, zu eurer Beziehung zu stehen!«

»Ich kann deinen Sarkasmus durchs Telefon hören.«

»Dann ist es ja gut.«

Sophie hörte Flaschen klirren. »Bist du schon im Club?«

»Yep.«

»Hat Fabian mich an dem Abend vielleicht nur angesprochen, weil er wusste, wer ich bin?«

»Du siehst zu viele Agentenfilme.«

»Nein, jetzt einmal im Ernst, Kim. Warum war Fabian in der Bar?«

»Weil er etwas trinken und sich amüsieren wollte?«

»Er war allein.«

»Du auch.«

»Nein. Ich war nicht allein, ich hatte dich.«

»Das ist natürlich ein riesengroßer Unterschied.«

»Kann uns dort jemand gesehen haben? Jemand, der uns kennt und beobachtet hat?«

»Du siehst Gespenster, Sophie. Natürlich kann euch jemand gesehen haben. Hier gehen viele Leute aus der Filmbranche ein und aus. Das weißt du doch. Ihr habt auf der Tanzfläche sehr eng miteinander getanzt. Es kann also durchaus sein, dass jemand die Klappe nicht halten konnte. Aber jetzt mal unter uns … Wenn du Fabian schon so misstraust … warum hast du nicht gleich fluchtartig die Wohnung verlassen, nachdem er dir seinen Namen genannt hat? Oder war er wirklich so gut, dass du in Zukunft ungern auf den Sex mit ihm verzichten möchtest?« Wieder dieses glockenhelle Lachen.

»Sei nicht kindisch.«

»Ich bin kindisch? Echt? Du bist es doch, die mit einer großen Verschwörungstheorie daherkommt. Wenn du felsenfest daran glaubst, dann mach Schluss mit ihm. Hak ihn unter ›One-Night-Stand‹ ab, und die Sache ist erledigt.«

»Ich arbeite demnächst gemeinsam mit ihm.«

»Dann verbuche es eben unter ›Unvernünftiger One-Night-Stand‹.«

»Das will ich nicht«, grummelte Sophie. Es hatte sie ordentlich erwischt, sie war bis über beide Ohren verliebt.

»Dann schlage ich vor: Lass dich von dem Jungen so oft wie möglich flachlegen, das entspannt und macht eine straffe Haut.«

Sophie schluckte. »Versteh doch! Es ist eine blöde Situation.«

»Es ist eine blöde Situation, weil du sie daraus machst. Es kommt mir vor, als wärst du eine Gefangene in deinem eigenen Universum. Selbst wenn du glaubst, selbstständig Entscheidungen zu treffen, sitzt irgendwo in deinem Nacken ein kleiner Teufel, der dir auf den Kopf schlägt, und du denkst, das passiert, weil die Entscheidung nicht familienkonform ist.«

»Mein ganzes Leben drehte sich doch darum, was gut für das Ansehen der Familie ist. Ich stand von Kindesbeinen an unter Beobachtung. Meine Mutter und meine Großmutter sind Schauspielerinnen. Da gewöhnt man sich daran, dreimal zu überlegen, was man in der Öffentlichkeit tut oder sagt. Denn alles kann gegen oder für dich ausgelegt werden.«

»Auch die Liebe?«

»Auch die Liebe.«

»Hör auf, Sophie. Blut muss nicht immer dicker sein als Wasser.«

»Ist es aber.«

»Hast du mir nicht einmal erzählt, dass deine Urgroßmutter Schauspielerin wurde, gegen den Willen ihres Vaters. Dass sie nach Berlin gegangen war, obwohl er ihr das verbot?«

»Ja.«

»Dann nimm sie dir gefälligst zum Vorbild. In ihr steckte offensichtlich mehr Kampfgeist als in dir. Immerhin spielst du demnächst ihre Rolle in der Doku deiner Mutter«, schnaubte Kim. »Echt jetzt, Sophie. Weißt du, wie es mir manchmal vorkommt? Wenn man euch Schauspielern den Text wegnimmt, wisst ihr nicht mehr, was zu tun und zu sagen ist.«

Wien, Februar 2015

Sophie hatte schlecht geschlafen. Der gemeinsame Abend mit ihrem Vater und das Gespräch mit Kim waren ihr auch im Bett noch permanent durch den Kopf gegangen.

Sie packte frühmorgens die verbliebenen Lebensmittel in eine Plastiktüte und nahm den Morgenzug um halb acht nach Wien. Nach dem Gespräch mit Kim hatte sie noch Fabian angerufen und über eine Stunde mit ihm telefoniert. Sie hatte ihm von ihrem Vater erzählt und gestanden, dass sie ihre Reisepläne geändert hatte. Natürlich zeigte er sich sehr enttäuscht darüber, dass sie nicht zurück nach Berlin fliegen würde, sondern erst noch nach Wien fahren wollte. Aber er verstand den Grund.

Sophie kam zehn Minuten vor halb zwölf Uhr am Wiener Westbahnhof an und stieg in ein Taxi. Sie sehnte sich nach einer Tasse Kaffee, nach dem selbst gemachten Topfenstrudel ihrer Großmutter und nach ein bisschen Familienidylle.

Um zwölf Uhr hielt der Wagen vor der mit Wein bewachsenen hohen Mauer. Sophie zahlte und stieg aus. Sofort umfingen sie vertraute Geräusche und wohlbekannte Gerüche. Sie öffnete das verschlossene Tor und betrat das Grundstück, ging ihren Koffer hinterherziehend über den gepflasterten Weg zur Haustür. Sie war noch nicht angekommen, als diese aufgerissen wurde und ihre Großmutter sie strahlend in Empfang nahm.

»Sophie, was für eine Überraschung! Weiß deine Mutter, dass du kommst? Sie hat gar nichts gesagt.«

»Nein, ich wusste nicht, dass Sophie nach Wien kommt.« Vera tauchte hinter ihrer Mutter auf. »Ich dachte, du fliegst zurück nach Berlin.«

»Ach, mir war einfach danach, euch zu sehen.« Sie umarmte ihre Großmutter herzlich.

Vera warf ihrer Tochter einen misstrauischen Blick zu, dann küsste auch sie Sophie zur Begrüßung auf beide Wangen.

»Jetzt komm erst einmal rein.« Marianne Altmann zog ihre Enkelin ins Haus. »Was haltet ihr davon, wenn wir uns etwas Feines kochen und dann gemeinsam essen? So wie früher. Wie wär's mit ...« Sie gab vor zu überlegen. »Wiener Schnitzel?« Das mochten alle.

»Oh, ja! Ich hab seit Wochen kein Schnitzel mehr gegessen. Und dazu noch einen Erdäpfel-Vogerlsalat ... ein Traum«, schwärmte Sophie. Die Speise war Teil ihrer Kindheit.

»Passt! Ich hab erst gestern einen Sack Kartoffeln gekauft, und Vogerlsalat hab ich eh immer im Haus.« Marianne strahlte. Sie liebte es, wenn ihre kleine Familie um den Esstisch herum zusammenkam.

Sophie bückte sich, zog den Zipp ihres Koffers auf und entnahm ihm eine Plastiktüte. »Hier sind die Lebensmittel aus München, die übrig geblieben sind.« Sie drückte das Paket ihrer Mutter in die Hand. »Ich bring nur schnell meinen Koffer in die Wohnung, dann komm ich zu euch in die Küche.«

Während die Frauen kochten, tauschten sie Neuigkeiten aus. Sophie erzählte von den Dreharbeiten zu dem Werbespot. Vera verkniff sich die zynisch gemeinte Frage, warum ein sündhaft teures Parfüm offenbar das Werbewohlwollen ihrer Mutter erhielt, während sie verdauungsförderndes Joghurt verteufelte. Stattdessen warf sie Sophie einige Male aufmunternde Blicke zu, doch endlich von Fabian zu erzählen. Diese verstand auch ohne Worte, schüttelte jedoch jedes Mal den Kopf.

»Und, was hast du die letzten Tage so getrieben, Oma?«

Marianne setzte ihre Enkelin über die Familienneuigkeiten in Kenntnis und erzählte Sophie von ihrem leiblichen Vater Jakob Rosenbaum.

»Das hat jetzt genau gepasst, dass du heute auftauchst.«

Sophies Blick wanderte stumm zwischen ihrer Großmutter und ihrer Mutter hin und her.

»Da staunst du, gell?«, sagte Vera. »Die Altmanns schreiben ihre Familiengeschichte ganz neu. Du hast jetzt einen neuen Urgroßvater. Freust dich?«

Sophie versuchte, das soeben Gehörte in ihrem Kopf einzuordnen. »Ich befürchte, das Kinopublikum braucht allmählich einen Doktorabschluss, um unsere Familiengeschichte zu begreifen.«

»Ach, da gibt es noch viel kompliziertere«, sagte Marianne Altmann.

»Aber die sind hoffentlich nicht mit uns verwandt«, lachte Vera.

»Jakob Rosenbaum«, murmelte Sophie. »Und das Originalmanuskript hat tatsächlich in der Sitzmauer bei den Rosen den Krieg überdauert?«

»Genau«, bestätigte Marianne Altmann. »Und die Briefe und das Foto von Jakob Rosenbaum auch. Davor waren diese eingerollt in den Saum des hellblauen Kleides eingenäht. Willst du es sehen? Ich hab es aus dem Kasten genommen, es hängt noch im Wohnzimmer.«

Ohne eine Antwort abzuwarten, ging sie voran. Sophie warf ihrer Mutter einen forschenden Blick zu, doch Vera zuckte nur mit den Achseln.

»Nimm's, wie's ist. Hast jetzt eben zwei Urgroßväter. Bei dem Familiendurcheinander ist das auch schon wurscht.«

»Die Familie vergrößert sich sehr schnell auf wundersame Weise«, sagte Sophie.

»Du musst dich nur an den Gedanken gewöhnen, plötzlich Teil einer Großfamilie zu sein. *Ich* muss das Drehbuch umschreiben.«

»Wir sollten das Haus durchsuchen. Vielleicht findet sich in einer Ecke ja noch ein Verwandter.« Sophie folgte ihrer Großmutter laut lachend ins Wohnzimmer.

Marianne wartete schon ungeduldig vor dem Regal.

»Das hat meine Mutter getragen, als sie im Theater für ihre erste Rolle vorsprach …«

»Ich weiß, Oma«, unterbrach Sophie.

»… und Jakob Rosenbaum sie zum ersten Mal sah«, ergänzte Marianne. Zärtlich strich sie über den verblassten Stoff. »Und du wirst es tragen, wenn du deine Urgroßmutter Käthe Schlögel vor der Kamera verkörperst.« Die Augen der betagten Schauspielerin glänzten vor Freude. »Natürlich müssen wir es auf Vordermann bringen und die Farbe auffrischen. Das Kleid ist immerhin fast neunzig Jahre alt.«

Ihr glücklicher Blick versetzte Sophie einen Stich in die Brust. Sie zwang sich zu einem Lächeln. »Ich bin mir sicher, eine gute Schneiderin weiß, was zu tun ist.«

Zurück in der Küche, wechselte Marianne das Thema.

»Und wie war's gestern Abend mit deinem Vater?«

»Stimmt! Du hast noch gar kein Wort darüber verloren.« Vera stellte den Salat auf den Tisch.

»Komisch war's.« Sophie holte Salatbesteck aus der Lade und legte es neben die Schüssel.

»Deine Mutter meinte, dass er dir eine Rolle anbieten wird. Hat sie recht behalten?«

Sophie schluckte, spürte Hitze aufsteigen. Zum Glück waren die beiden gerade mit etwas beschäftigt und drehten ihr den Rücken zu.

»Ja, hat er.«

Vera wandte sich um. »Und?«

»Er hat mir die Hauptrolle in seinem nächsten Film angeboten.«

»Ich wusste es«, triumphierte Vera. »Und gleich die Hauptrolle. Gratuliere!«

Sophie legte die Stirn in Falten. »Hast du eigentlich etwas damit zu tun, dass die Berliner Journalistin erfahren hat, wer mein Vater ist, Mama?«

Vera schwieg.

»Mama. Also wirklich!«

»Ich hab doch gesagt, irgendwann wär's so oder so rausgekommen. Es hat gerade alles so wunderbar zusammengepasst. Er war für den Silbernen Bären nominiert, und du brauchtest endlich einen Vater.«

»Es wird dir noch viel nutzen«, unterstützte Marianne Altmann die Aktion ihrer Tochter. »Und jetzt erzähl. Worum geht es in dem Film?«

Sophie überlegte einen kurzen Augenblick, ob sie nun doch von ihrer Beziehung zu Fabian berichten sollte. Sie entschied sich dagegen. Die Stimmung war gerade so wunderbar.

»Ich denke, es wird euch überraschen, welche Rolle er mir angeboten hat«, sagte Sophie. »Es handelt sich um ein Theaterstück, das vor über neunzig Jahren in Prag uraufgeführt wurde.« Gespannt sah sie von ihrer Mutter zur Großmutter.

Mariannes Gesichtsausdruck hatte sich, während sie sprach, geändert. Anfangs stand ihr die Neugier ins Gesicht geschrieben, dem folgte Überraschung. »*Marianne*«, rief sie aus. »Ausgerechnet, ich fass es nicht.«

»Ja, *Marianne*«, bestätigte Sophie mit einer theatralischen Geste. Sie sah ihrer Großmutter an, dass auch diese dem Zufall misstraute.

»Warum kommt er ausgerechnet jetzt damit daher? Wann hat er sich die Rechte an dem Stück denn gesichert?«, fragte Marianne.

»Das hab ich ihn nicht gefragt, Oma. Bist du etwa Jakob Rosenbaums Erbin?«

Sie schüttelte den Kopf. »Ich war doch nie offiziell seine Tochter und bin es auch heute nicht.«

»Aber er wusste, dass es dich gibt?«, fragte Sophie.

»Ja. Er hat nach dem Krieg von mir erfahren, da war ich schon amtlich Alois Weinmanns Tochter, und so sollte es bleiben. Meine Mutter wollte nicht nach Amerika gehen, und Jakob wollte nicht nach Österreich zurück.«

»Wahnsinn«, sagte Vera plötzlich. »Ich bin völlig perplex, weiß gar nicht, was ich sagen soll. Verfilmt Oliver doch tatsächlich das Stück, das mein leiblicher Großvater meiner Großmutter auf den Leib geschrieben hat.« Ihr standen Tränen in den Augen. Sie umarmte Sophie. »Ach, ich freu mich so für dich. So viel Familiensinn hätte ich dem Scheißkerl gar nicht zugetraut.« Sie wischte sich die Freudentränen von der Wange.

»Das ist Kalkül, kein Familiensinn«, widersprach Marianne Altmann. »Der Thalmann führt etwas im Schilde.«

»Ach, Mama, witter doch nicht hinter jeder Sache, die mit Oliver zusammenhängt, eine Verschwörung. Freu dich doch mit Sophie!«

»Tu dich doch.« Sie legte ein Schnitzel in die Pfanne. Augenblicklich verströmte der Geruch des panierten Fleisches Kindheitserinnerungen.

Bitte jetzt nicht nach dem Produzenten fragen, flehte Sophie stumm.

»Du hast ihm doch hoffentlich zugesagt?«, hakte Vera nach.

»Ja, klar. Aber es dauert noch, er muss erst einmal das Drehbuch schreiben. Ach ja, er hat sich ziemlich eingehend über die Doku erkundigt«, lenkte Sophie das Thema von sich ab.

Vera lachte. »Ja, ja. Der alte Fuchs will mir bei der Horvat-Film die Regie streitig machen.«

»Das lässt du hoffentlich nicht zu«, sagte Marianne Altmann

scharf, während sie die beiden anderen Schnitzel ins Öl legte. »Es reicht, dass er jetzt die Rechte an *Marianne* hat und nicht wir.«

»Darum hättest du dich schon vor fünfzehn Jahren kümmern können. Jetzt ist es zu spät.«

»Ich bin keine Produzentin, und dass du einmal unter die Drehbuchautoren und Regisseure gehst, konnte ich damals ja nicht ahnen«, brummte Marianne Altmann.

»Wolltest du denn die Rechte an *Marianne* nie haben?«, fragte Vera.

»Darüber hab ich ehrlich gesagt bis heute noch nicht nachgedacht.« Die betagte Schauspielerin schüttelte den Kopf und nahm den Vorlegeteller mit den fertigen Schnitzeln zur Hand.

»Wie auch immer. Ich lass mir die Fäden bei der Doku jedenfalls nicht aus der Hand nehmen.« Hinter Veras lächelnder Fassade konnte man deutlich ihre Botschaft lesen: Das gilt auch für dich, Mutter!

»Lasst uns nicht länger über verschüttete Milch klagen ... jetzt essen wir erst einmal«, sagte Marianne und stellte den großen Teller auf den Tisch. Sophie lächelte zufrieden. Ihre Großmutter war die Schnitzelkönigin in der Familie.

Zehn Minuten nach vier Uhr betrat Sophie satt und zufrieden ihre Wohnung unter dem Dach. Sie stellte sich unter die Dusche, wusch sich die Haare und räumte danach ihre Schmutzwäsche in die Maschine. Sie sollte bis übermorgen sauber und trocken sein, denn dann wollte sie zurück nach Berlin.

Mit einer frisch aufgebrühten Tasse Tee setzte sie sich aufs Sofa und las das Drehbuch für die Krimireihe. Ihre Rolle war mit gelbem Leuchtstift markiert. Sie musste endlich den Text in den Kopf bekommen. Ihr Handy läutete, sie griff danach. Auf dem Display leuchtete Fabians Name auf. Ihr Herz schlug aufgeregt, als sie das Gespräch entgegennahm.

»Hallo.«

»Hi, du errätst nie, wo ich gerade bin.«

Sie sah auf die Uhr. »In deiner Wohnung.«

»Sehr gefinkelt gedacht«, sagte Fabian lachend. »Nein, ich bin in Wien.«

»In Wien?« Sophie setzte sich auf.

»Ja. Da du nicht nach Berlin gekommen bist, bin ich kurzerhand nach Wien geflogen. Mein Vater bekniet mich eh schon seit Wochen, dass ich mich wieder einmal anschauen lasse. Voilà, da bin ich. Was machst du gerade?«

»Ich lerne Text.«

»Gut. Ich hol dich in einer Stunde ab.«

Sophie zögerte. »Bleib aber nicht direkt vor dem Haus stehen.«

»Deine Großmutter«, schlussfolgerte Fabian richtig, kommentierte ihre Bitte jedoch nicht weiter.

»Ich will im Moment einfach keinen Streit mit ihr provozieren«, argumentierte Sophie dennoch.

»Deine Entscheidung«, sagte Fabian knapp.

Als sie eine Stunde später zu ihm ins Auto stieg, war das Thema erledigt.

»Hi«, hauchten sie nahezu zeitgleich. Er streckte die Hand aus, schob seine Finger in ihren Nacken und zog sie langsam an sich. Seine Lippen berührten sanft ihre. Doch er küsste sie nicht. Ihr Körper vibrierte vor Verlangen. Sein Zögern machte die Anspannung unerträglich. Sie hatte ihn so unsagbar vermisst. Endlich küsste er sie. Lange, intensiv. Dann ließ er sie los und startete kommentarlos das Auto.

Sie sah ihn von der Seite an. »Wohin fahren wir?«

»Zu mir. Hast du Hunger? Wir können bei einem Italiener halten und Pizza mitnehmen, wenn du magst.«

»Oh, ich hab heute Mittag so viel gegessen, bin jetzt noch ganz voll.« Sie strich sich über den Bauch.

»Gut, dann auf dem direkten Weg zu mir.« Es klang anzüglich. »Und keine Angst. Du kriegst es heute nur mit einem Bleck zu tun. Meine Eltern sind im Theater und danach bei Freunden. Die kommen nicht vor zwei Uhr morgens nach Hause«, erriet er ihre Gedanken.

Sie lächelte. In dem Moment fiel ihr ein, dass sie gar nicht wusste, wo die Blecks wohnten.

Das Haus lag im 18. Bezirk, nahe dem Schafbergbad. Sie beeilten sich, vom Auto ins Haus zu kommen. Fabians Apartment lag im Kellergeschoss – es war ähnlich groß wie Sophies Wohnung im Dachgeschoss der Altmann-Villa. Eine große Terrassentür führte vom Wohn-Ess-Bereich direkt ins Freie. »Sollten meine Eltern doch früher nach Hause kommen, können wir über den Garten flüchten«, witzelte Fabian, während er sich den Pulli über den Kopf zog und im weißen T-Shirt dastand. Sie schaltete das Licht ab, stellte sich vor die Tür und schaute nach draußen in einen gedämpft beleuchteten Garten. Sie fühlte seine Hände an ihrer Taille. Er zog sie eng an sich, strich ihre Haare zur Seite und küsste ihren Nacken. Ein wohliger Schauer lief über ihren Rücken. Der Nacken war ihr sensibler Bereich, das hatte er bereits herausgefunden.

Sie wandte sich um, fuhr mit ihren Händen unter sein T-Shirt, fühlte seine Körperwärme. Er begann, ihre Bluse aufzuknöpfen – langsam, als hätten sie alle Zeit der Welt. Einen Knopf nach dem anderen. Dabei sah er ihr fest in die Augen. Sie begehrte ihn so sehr. Ihr fehlten die Worte dafür. Nein, sie konnte und wollte diese Liebe nicht dem Hass ihrer Großmutter opfern. Die Bluse glitt zu Boden. Er nahm ihre Hand, zog sie sanft mit sich ins Schlafzimmer. Dort streiften sie die restliche Kleidung vom Körper. Er warf die Bettdecke zu Boden. »Ich will dich sehen«, sagte er, während er sie aufs Bett bugsierte. Er berührte zärtlich ihre Brust, küsste sie endlos lange. Währenddessen wanderten seine

Finger über ihren Körper. Sie sog seinen Duft ein, ihre Gedanken wirbelten durcheinander. Er schob sich über sie, sie schlang die Beine um ihn. Endlich, dachte sie. Wie sehr sie ihn vermisst hatte. Dann hörte sie auf zu denken, denn das Gefühl war so groß, dass nichts anderes mehr Platz hatte in ihrem Körper.

»Fühlst du dich wohl?«, hörte Sophie seine Stimme. Fabian hielt sie fest in seinen Armen. Sie erwiderte nichts, presste sich eng an ihn. Eine wortlose Antwort. Vergessen waren Streitereien und Sorgen. Es tat gut, neben einem Menschen zu liegen, bei dem man das Gefühl hatte, ihn nicht mehr loslassen zu wollen. Sie schloss die Augen und überlegte, ob sie nicht gleich die ganze Nacht bei Fabian bleiben sollte. In dem Moment zog er sich von ihr zurück.

»Willst du etwas trinken? Ich hab ziemlich Durst.«

»Wasser wäre toll.«

Er kleidete sich an und verschwand. Sophie fror. Sie zog die Bettdecke vom Boden ins Bett und deckte sich zu.

Fabian kam zurück. In der Hand hielt er eine Mineralwasserflasche und zwei Gläser. »Du hast mich ganz schön ausgepumpt«, sagte er lachend, während er die Gläser füllte. Er setzte sich auf die Bettkante, reichte ihr ein Glas. Dann sah er sie schweigend an.

»Hast du etwas?«, fragte sie nach einer Weile, weil ihr sein Blick verändert vorkam.

»Ich muss dir etwas erzählen.« Es klang ernst.

Sophie legte den Kopf schief und kniff die Augen zusammen. »Was ist los?«

Er räusperte sich. Sein Blick wanderte zu dem Glas in seiner Hand. »Mein Vater und Sebastian Horvat haben miteinander telefoniert.«

»Aha!«

»Es ging um eine Koproduktion für die Doku deiner Mutter.«

Sophie runzelte die Stirn.

»Wird eine ziemlich große Sache, was ich so mitbekommen habe. Der Horvat will die Doku in mehrere Länder verkaufen. Mein Vater meinte, dass ich vielleicht die Regieassistenz übernehmen könnte ... also zumindest für die österreichische Produktion will er das durchsetzen.«

»Stopp!« Sophie saß nun aufrecht im Bett. »Du sollst was? Wie kommt dein Vater überhaupt darauf? Die Regie macht meine Mutter, und sie entscheidet, wer ihr Regieassistent sein wird, niemand sonst ... Ich meine, es wäre natürlich schön, wenn du Teil des Teams wärst ... außerdem ... wann hat der Horvat mit ihm geredet? Meine Mutter hat mir nämlich nichts davon erzählt.«

»Sie weiß es auch noch nicht.«

»Sie weiß es nicht?«

Fabian schüttelte den Kopf.

Sophie sprang aus dem Bett und begann sich nun ebenfalls anzukleiden. »Und das sagst du mir jetzt?«

»Hätte ich gleich mit der Tür ins Haus fallen sollen?«

Sie sah ihn wütend an. »Ja, das hättest du ... und nicht erst, nachdem du die dumme Altmann flachgelegt hast.«

»Du bist nicht dumm. Immerhin hast du dir einen Bleck angelacht«, versuchte er einen Witz und lachte gedämpft.

Sie stimmte nicht in sein Lachen ein. »Ich mein das ernst.«

»Du bist unfair, Sophie. Ich hab dich nicht ... flachgelegt.«

Sie hatte ihn verletzt, das sah sie in seinen Augen.

»Mag sein«, sagte sie angriffslustig. »Mir ist aber gerade danach, unfair zu sein.«

»Was willst du jetzt tun?«

»Na was wohl? Heimfahren und mit meiner Mutter reden.«

Sie verließ das Schlafzimmer. Er folgte ihr.

»Horvat und mein Vater haben telefoniert. Ich hab es dir lediglich erzählt, deshalb kannst du doch nicht mir böse sein.«

Sie blieb abrupt stehen, wandte sich um. »Oh doch, das kann

ich ... und wie ich das kann!« Ihre blauen Augen funkelten. Dann sah sie sich um.

»Suchst du etwas?«

»Meine Handtasche«, blaffte sie.

Fabian zeigte darauf – die Tasche stand am Boden neben dem Esstisch. Sophie schnappte danach wie ein wütender Hund nach einem Bein.

»Lass den Abend nicht so enden«, flehte Fabian. »Es tut mir leid, wenn du das Gefühl hast, dass ich nur mit dir geschlafen habe ...« Er brach ab. »Ich weiß gar nicht, warum dich das so wütend macht. Sophie, lass nicht zu, dass sie uns vor ihren Karren spannen.«

»Vor den Karren spannen?«, wiederholte Sophie. »Dein Vater drängt sich doch in das Projekt meiner Mutter, obwohl sie ihm deutlich gesagt hat, dass die Bleck-Film ...«

»Vermische jetzt bitte nicht Äpfel mit Birnen. Er drängt sich nicht rein. Horvat hat ihn reingeholt, und er wäre ein schlechter Geschäftsmann, wenn er es ablehnt, nur um den Frieden im Haus Altmann zu bewahren. Das ist nicht seine Aufgabe«, sagte er mit scharfer Stimme.

»Nein«, zischte Sophie. »Die Aufgabe der Blecks ist es, Unfrieden zu stiften.«

»Was wird das hier? Du machst gerade aus einer Mücke einen Elefanten, Sophie. Jetzt stell die Tasche wieder auf den Boden, und lass uns noch einen schönen Abend verbringen.«

»Echt? Du willst einen schönen Abend?«

»Ja, echt!« Wieder lag eine gewisse Schärfe in seiner Stimme. »Du treibst mich mit deiner Angst, ertappt zu werden, in den Wahnsinn. Wir haben keine Bank ausgeraubt. Wir führen eine Beziehung, und wir leben nicht mehr im Mittelalter.«

»Du begreifst absolut nichts«, keifte Sophie. »Hier geht es um die Arbeit meiner Mutter. Aber das kann ein Bleck natürlich nicht begreifen ...«

Er schüttelte den Kopf. Sie wusste, wie sehr sie ihn mit ihrer Wut verletzte. Sie wusste, dass sie sich ungerecht verhielt. Doch in ihr hatten sich Streitsucht und Enttäuschung gegen jedwede Vernunft verschworen.

Fabian schwieg, blickte sie unglücklich an. Seine Mimik verriet, dass Sophies Tiefschlag saß. »Du bist genauso stur wie deine Großmutter.«

Alles in Sophie sträubte sich. Sie mochte nicht, wenn man behauptete, sie sei stur. Doch ein Widerspruch von ihrer Seite hätte ihn für diese Aussage weniger bestraft als ein kühler Blick und ihr Schweigen. Er erkannte offensichtlich, dass es im Moment wenig Sinn machte, mit ihr zu reden. Er nahm seine Jacke von der Garderobe. »Ich bring dich heim.«

»Danke, ich ruf ein Taxi.« Sie drängte sich an ihm vorbei und verließ das Haus, bevor er sie zurückhalten konnte.

Am nächsten Morgen klopfte es an Sophies Tür, noch bevor sie ihren ersten Kaffee getrunken hatte. Derweil hatte sie den bitter nötig nach einer schlaflosen Nacht, wie sie hinter ihr lag. Sie öffnete und sah ihre Mutter. Als sie gestern Nacht zurückgekommen war, hatte in ihrer Wohnung kein Licht mehr gebrannt, und Sophie hatte nicht mehr mit ihr geredet. Das war ihr nicht ungelegen gekommen, denn sie wollte sich zuerst einmal beruhigen und in Ruhe über die Sache nachdenken. Eigentlich musste sie sich bei Fabian entschuldigen. Er konnte am wenigsten für die ganze Aktion, sie hatte ihm gestern Abend wirklich unrecht getan. So weit ihre Einsicht. Doch ihr verdammter Altmann-Stolz hielt sie davon ab, ihn um Verzeihung zu bitten. Jetzt musste sie überlegen, wie sie ihrer Mutter die ganze Angelegenheit berichtete, ohne weiteres Öl ins Feuer zu gießen.

»Du bist noch im Pyjama? Es ist gleich elf Uhr.« Vera sah sie überrascht an.

»Ich liebe dieses Flanellteil.« Sophie fasste ihre langen Haare zu einem Knoten im Nacken zusammen. Nein, sie wollte noch warten. Der Augenblick, ihr von Horvat und Bleck zu erzählen, schien nicht gut. Gab es eigentlich den passenden Moment, eine schlechte Nachricht zu übermitteln? Vielleicht dann, wenn das Gegenüber bereits schlechte Laune hatte? Oder doch bei bester Laune?

»Und die Socken dazu!« Vera deutete auf Sophies Füße, die in grellrosa Wollsocken steckten.

»Die trag ich nur, wenn ich alleine bin.«

»Das will ich auch hoffen. Kann ich reinkommen?«

Sophie trat einen Schritt zur Seite, und Vera betrat die Dachzimmerwohnung und ging voraus in die kleine Ikea-Küche. Dort lehnte sie sich gegen das breite Porzellanspülbecken unter dem schrägen Dachfenster.

»Was gibt's denn?« Sophie drückte auf den Espressoknopf ihrer Kaffeemaschine. »Magst auch einen?«

Vera nickte. »Ich glaub, du hast gestern einen Teil unerwähnt gelassen.« Sie zog eine Tageszeitung unter dem Arm hervor und reichte sie Sophie, die ihr im Austausch die Espressotasse gab. »Seite sechs.«

Sophie schlug die Zeitung auf und staunte nicht schlecht.

Tochter von Oliver Thalmann spielt Hauptrolle in seinem neuen Film, lautete die Überschrift. Sie überflog den anrührend geschriebenen Artikel über die »sehr junge, dennoch innige Vater-Tochter-Beziehung«. Darunter prangte das Foto von Sophie und ihrem Vater aus der Pizzeria in München.

»Den Artikel hat Karin Böhler geschrieben«, sagte Vera. »Sie hat Oliver am Abend vor eurem Treffen interviewt. Da wird er ihr wohl bereits verraten haben, dass du die Hauptrolle in seinem nächsten Film spielen wirst. Deshalb kam zufällig der Fotograf an euren Tisch. Der gute Mann war sich wohl sehr sicher, dass du zusagst.« Sie nippte an der Tasse. »Dem wird wohl bald der nächste Sensationsbericht folgen, in dem erwähnt wird, dass *Marianne* verfilmt wird ... Blabla-bla ...«

»Ich versteh nicht, worauf du hinauswillst, Mama. Das hab ich gestern doch alles erzählt.«

»Du hast vergessen zu erwähnen, dass Roland Bleck der Produzent ist. Herzliche Gratulation.«

»Oh mein Gott ... verflucht noch einmal!«, rief Sophie aus. »Ich wollt es dir gestern noch erzählen, aber der Abend mit Oma und die Geschichte ihrer Mutter und die unglückliche Liebe zu Jakob Rosenbaum ... Ich konnte einfach nicht.« Sophies Schultern sackten nach vorne.

»Erzähl es mir jetzt. Hat er dir gegenüber diesen Teil des Kleingedruckten im Vertrag erwähnt?«

Sophie sagte nichts und starrte auf die Zeitung.

»Ich bin nur deine Mutter, mir steht es nicht zu, ein Urteil abzugeben. Ich finde nur, wir sollten keine Geheimnisse voreinander haben, das hatten wir nämlich nie.«

»Echt jetzt?« Sophie blickte sie angriffslustig an. »Derweil gibt es doch so viele Geheimnisse in unserer Familie.«

Vera trank die kleine Tasse leer. »Hast ja recht.«

»Kann es sein, dass er mich reingelegt hat?« Dieses verdammte Arschloch, lag Sophie auf der Zunge. Sie schluckte die Bemerkung jedoch hinunter.

»Verschwörungstheorien sind etwas für amerikanische Thriller, Sophie. Dein Vater hat dich nicht hereingelegt. Er hat dir lediglich eine Rolle angeboten, die du angenommen hast. Das wusste er, weil es ein großartiges Angebot ist. Nur eines solltest du wissen: Wenn du mit deinem Vater zu tun hast, musst du dich auf solche Aktionen wie hier einstellen. Er ist ein bedeutungsgieriger Mensch. Er lechzt nach Aufmerksamkeit und Anerkennung.« Vor Veras innerem Auge tauchte Olivers Gesicht auf, nachdem sie miteinander geschlafen hatten. Er sah äußerst zufrieden drein. Manchmal schien es ihr, als wartete er darauf, für seine Leistung von ihr gelobt zu werden. Doch den Gefallen hatte sie ihm nie erwiesen.

»Oliver fackelt nicht lange«, fuhr sie fort und zeigte auf die Zeitung, »wenn er Schlagzeilen machen kann, dann macht er sie. Ob sich deine Großmutter und der Produzent seines Filmes vertragen oder nicht, geht ihm am Arsch vorbei. Ihm ist aber durchaus bewusst, dass sich deine Großmutter grün und blau ärgert, weil er a) die Rechte an dem Stück erworben hat – immerhin weiß er um die Bedeutung im Zusammenhang mit deiner Urgroßmutter – und b) dich ins Boot geholt hat. So ist das nun einmal im Showbusiness, meine Süße. Das Becken ist voller Haie. Aber das solltest du allmählich begreifen. Bist ja kein Frischling mehr. Und ja, als die Journalistin den ...« Sie zeichnete Anführungsstriche in die Luft, »anonymen Hinweis bekommen hat, dass du Thalmanns Tochter bist, wusste ich nicht, dass er sich die Rechte an *Marianne* gesichert hat. Ich dachte einfach, dass nun der richtige Zeitpunkt gekommen ist. Immerhin war er für den Silbernen Bären nominiert, den er schließlich auch bekommen hat.«

»Ich hätte es nur gerne von dir erfahren, dann hätte ich mich wappnen können.«

»Oliver ist nicht der Mann, auf den man sich vorbereiten kann. Wenn die Sache für ihn weniger spektakulär verlaufen wäre, hättest du jetzt keine Rolle. Er hätte sich vielleicht mit dir auf einen Kaffee getroffen, dir am Ende zweihundert Euro in die Hand gedrückt, damit du dir etwas Schönes zum Anziehen kaufst, und das war's. Aber so standet ihr beide zur gleichen Zeit im Rampenlicht, auf einer Stufe, wenn du verstehst. Und ja, ich hätte dich vorab in meinen Plan einweihen können, das Geheimnis um deinen Vater zu lüften. Aber sei mal ehrlich, Sophie: Hättest du dem Ganzen zugestimmt?«

»Oh mein Gott«, stöhnte Sophie noch einmal. Sie ging ins Wohnzimmer hinüber und ließ sich aufs Sofa fallen.

Vera folgte ihr. »Bei der Gelegenheit kannst du ja auch gleich bei Oma mit der anderen Neuigkeit herausrücken, dass du mit Fabian Bleck liiert bist.«

Sophie seufzte laut. »Hat sie die Zeitung schon gelesen?«

»Zum Frühstückskaffee.«

Sophie zog sich das Polster übers Gesicht.

»Jetzt komm! Ist ja nicht schlimm. Du wirst es überleben. Wir beide haben auch überlebt, als ich ihr gesagt habe, dass ich von Oliver Thalmann schwanger bin. Sie liebt dich trotzdem über alle Maßen. Außerdem hängt dein Glück nicht von ihrem Wohlwollen ab.«

»Oliver ... oder soll ich Papa sagen? Verdammt, wie nennt man seinen Vater, wenn man ihn gerade erst kennengelernt hat?«

»Wie du willst. Oliver, Papa, Herr Thalmann ... es ist ihm egal, glaube mir.«

»Jedenfalls hat er Oma eine gottverdammte Matriarchin genannt.«

Vera zuckte mit den Achseln. »Damit hat er ausnahmsweise einmal nicht ganz unrecht.« Sie lachte laut. »›Bester Regisseur aller Zeiten‹, die Anrede würde ihm sicher auch gefallen.«

»Mama, mach dich nicht lustig. Ich fühl mich echt beschissen.«

Vera nahm Sophie in ihre Arme. »Wir sind die Altmanns, schon vergessen? Kein Streit, kein Produzent, kein Film – absolut nichts auf dieser Welt kann uns auseinanderbringen.«

»Nicht einmal die Blecks?«

»Nicht einmal die.« Vera ließ Sophie wieder los. »Und jetzt komm! Wir machen's uns bei Oma gemütlich. Es wird Zeit, die alten Geschichten aufzuarbeiten.« Sie zeigte auf Sophies Füße. »Aber bitte zieh dir andere Socken an. Die machen mich nervös.«

Marianne Altmann stand am Fenster und schaute auf die Weinberge. Eine dünne Schicht Schnee bedeckte den Boden. Der Frühling würde der Landschaft bald einen grünen Anstrich verleihen.

Sie hörte die Küchentür und drehte sich um. Ihre Miene war ernst. »Für diese bösartige Schlange Karin Böhler muss es ein Fest sein, eine Geschichte über uns Altmanns ausgraben zu können.« Sie deutete aufgebracht auf die Zeitung am Tisch.

»Sie hat keine Geschichte *ausgegraben*«, widersprach Vera. »Sie hat ein Interview mit Oliver geführt, der, wie inzwischen die ganze Welt weiß, der Vater von Sophie ist.« Sie sah Sophie an. »Hast du inzwischen mit ihr telefoniert?«

Sophie schüttelte den Kopf.

»Ruf sie an. Sie mag zwar nicht mehr die Gesellschaftsreporterin schlechthin sein, aber Einfluss hat sie noch.«

Sophie nickte.

»Du brauchst diese Person nicht anrufen«, sagte Marianne Altmann scharf. »So wichtig, wie deine Mutter denkt, ist dieses verkommene Weibsstück nicht. Und eine Altmann hat es nicht notwendig, sich bei ihr beliebt zu machen, nur um einen unwichtigen Artikel in einer unwichtigen Zeitung zu bekommen.«

»Was hast du eigentlich gegen diese Frau, Mama?«, fragte Vera. »Ich fand sie sehr sympathisch.«

»Das fand dein Vater auch, als wir sie damals auf der Berlinale getroffen haben. Mitte der Sechzigerjahre, du warst noch nicht geboren.«

»Ich weiß«, sagte Vera und fragte sich immer mehr, was da genau gelaufen war.

»Die Böhler ist hinterlistig, falsch und durch und durch berechnend. Glaubt mir, ich weiß, wovon ich spreche. Derweil hatte ich gehofft, sie nach der Matura nicht mehr wiedersehen zu müssen«, fuhr die Diva unbeirrt fort. »Acht Jahre gemeinsame Schulzeit haben offensichtlich nicht gereicht. Plötzlich stand diese ... diese Hexe vor mir. Überheblich grinsend, so wie ich sie in Erinnerung hatte. Ich war echt überrascht, sie auf der Berlinale zu sehen. Ich wusste nicht, dass sie Journalistin geworden war. Sie hat damals für die *Bunte* gearbeitet. Das Interview mit deinem Vater fand in einem sehr intimen Rahmen auf dem Hotelzimmer statt. Wenn ihr mich versteht.«

»Die Böhler und der Papa?«, staunte Vera. Diese Kombination konnte sie sich schlecht vorstellen.

»Sie war eine von den vielen Affären deines Vaters. Fritz war ja nicht wählerisch.«

Vera und Sophie warfen sich einen belustigten Blick zu.

»Schon während der Schulzeit wollte diese arrogante Person haben, was ich hatte. Es bereitete ihr ein diebisches Vergnügen, wenn einmal eine schlechte Kritik über meine Mutter in der Zeitung stand. Die las sie dann laut vor versammelter Klasse vor.«

Vera stöhnte. »Das wirst du aber in der Dokumentation bitte unerwähnt lassen.«

»Natürlich. Den Triumph, dass alle Welt weiß, dass Fritz mich damals mit ihr betrogen hat, gönne ich ihr bei Gott nicht.«

»Ich werde sie für die Doku interviewen«, sagte Vera bestimmt.

»Das kannst du gerne tun ... doch die Geschichten, die sie dir erzählt, werden sich nicht mit meinen decken. Ich werde nämlich berichten, wie Karin zum Teil an ihre Geschichten gekommen ist. Sie schreckte nämlich nicht davor zurück, eine Story zu erfinden, nur um die Seiten zu füllen.«

»Das wird doch heute auch noch so praktiziert«, sagte Sophie.

»Entweder man war für sie oder gegen sie, dazwischen gab es nichts«, ignorierte Marianne Altmann die Zwischenbemerkung ihrer Enkelin. »Ich hätte schon als Jugendliche viel darum gegeben, diese hinterlistige Schlange loszuwerden.«

»Es gibt nicht viele Menschen, die du leiden kannst, Mama. Kann es sein, dass du einen Kleinkrieg führst? Auf Kosten meines Films?«

»Ich und einen Kleinkrieg führen?«, kam es ehrlich überrascht. »Das ist nicht mein Niveau, Vera, und das weißt du. Aber eines ist auch klar, ohne mich gäbe es diesen Film nicht. Aber sei's drum. Da nun auch Sophie für die Bleck-Film arbeiten will, will ich euch erzählen, warum die Altmanns sich seit Jahrzehnten von dieser Familie fernhalten.«

Sophie fühlte sich plötzlich wie eine Verräterin, allerdings stimmte sie das wütend und angriffslustig. Sie lehnte sich gegen die Anrichte und verschränkte die Arme.

»Jetzt ist es wenigstens draußen.« Das war kein guter Einstieg in das Gespräch. Sie presste die Lippen aufeinander.

Vera begann, in der Küche herumzuhantieren. »Mein Gott, dann spielt sie eben in einem Film mit, den Roland Bleck produziert, Mama. Mach jetzt bitte keine große Sache daraus. Meine Doku produziert eh der Sebastian.« Sie schaltete den Wasserkocher ein. »Wer will Kaffee?«

Niemand reagierte.

»Der Name Hans Bleck ist eine ständige Erinnerung an die Demütigungen, die meine Mutter erleiden musste. Er und Else Novak ...« Marianne atmete tief ein. »Was glaubt ihr, wie die Zusammenarbeit zwischen Hans Bleck, Else Novak und meiner Mutter ausgesehen hat, nachdem sie 1940, ein Jahr nach Kriegsbeginn, wieder zu arbeiten begonnen hat?«

»Sie hätte den beiden aus dem Weg gehen können«, warf Vera ein.

Marianne schüttelte den Kopf. »Sie konnte nicht Nein sagen, dafür hat Elses damaliger Liebhaber schon gesorgt.« Sie schüttelte den Kopf. »Ich weiß gar nicht, wie viele Männer es in Else Novaks Leben gab.«

»Ich bin mir sicher, du kennst die genaue Anzahl«, murmelte Vera.

Marianne tat, als habe sie die zynische Bemerkung überhört. Immerhin konnte ihre eigene Tochter, was den Männerverschleiß anbelangte, mithalten.

»Wien war während der NS-Zeit Hauptproduktionsstätte für Propagandafilme, neben Berlin und München«, begann

Marianne. »Man zwang meine Mutter, ihre Loyalität gegenüber dem Deutschen Reich unter Beweis zu stellen. Hans Bleck hatte das Drehbuch für einen Film namens *Vaterlandsliebe* geschrieben. Vordergründig handelte es sich um einen Liebesfilm, gedreht wurde in den Rosenhügel-Studios. Meine Mutter spielte darin eine junge Frau, die sich in einen Soldaten verliebt ... und so weiter und so fort. Natürlich beinhaltete der Film alles, was damals von der NSDAP gewünscht und verlangt wurde. Blinder Gehorsam und Treue, Opferbereitschaft, vorbildliche Menschen im Sinne des Nationalsozialismus. Obendrein setzte man sie zunehmend unter Druck, sich von Alois Weinmann scheiden zu lassen. Fragt mich nicht, wie es ihr gelungen ist, diesem Druck standzuhalten.« Marianne Altmann schob das aufgeschlagene Tagebuch ihrer Mutter über den Tisch. »Und während das Publikum und die Kritiker meiner Mutter zujubelten, machte Hans Bleck sie zur Verräterin.«

Wien 1940

Als im September die Weinlese begann, versuchten Anita und Käthe so gut wie möglich die Arbeit ihrer Männer zu erledigen. Kaum jemand aus der Nachbarschaft wagte, ihnen zu helfen. Jeder wusste, dass die Gestapo die Weinmanns im Visier hatte. In einem schnellen Prozess waren Alois und Alfred zu einer dreijährigen Haftstrafe verurteilt und schließlich ins Arbeitslager Wien-Lobau überstellt worden. Die Familie erhielt keinerlei Information über ihren Gesundheitszustand oder sonstige Nachrichten.

Im Schutz der Dunkelheit schmierte eines Abends jemand das Wort *Verräter* auf die Mauer des Weingutes. Otto Weinmann wusch eigenhändig die Schmiererei ab und verfluchte die beiden ab sofort nahezu täglich. Doch je länger die Haft dauerte, umso wortkarger wurde der Alte. Auch Alma Schlögel grämte sich zutiefst, ihr Haar ergraute zusehends, und sie verlor an Kräften. Sie war nun dreiundfünfzig Jahre alt, so alt wie ihr Mann, als er gestorben war, und sah den Zeitpunkt gekommen, den Gemüseladen endlich zu verkaufen und zu ihrer Tochter in die Villa zu ziehen, um ihr bei der Säuglingspflege eine Hilfe zu sein. Käthe ließ sie gewähren. In Wahrheit war sie froh, nicht mehr alleine in dem großen Haus wohnen zu müssen.

»Was haben sich die beiden Mistkerle nur dabei gedacht?«, verfluchte sie Alois und Alfred und bat Gott danach sofort um Vergebung. »Haben Frau und Kind zu Hause! Die ganze Nachbarschaft zerreißt sich über uns das Maul.«

»Aber die Zeitungen jubeln mich hoch«, entgegnete Käthe ihrer Mutter und zeigte auf die Schlagzeilen der beiden großen Blätter: »Die große Käthe Schlögel kehrt zurück« und ... »Die bekannte Heldin erneut im Rampenlicht«.

Die Kritiker feierten sie tatsächlich wie eine Heldin, die unversehrt aus dem Krieg heimgekehrt war. Sie hatte ihrer Familie erklärt, warum sie diesen Film drehen musste, und nun hofften sie, dass damit ihr Überleben gesichert war. Dennoch konnte sich Käthe selbst nicht mehr im Spiegel ansehen – sie fühlte sich wie eine gottverdammte Verräterin. Als sich auch diese Nachricht in der Nachbarschaft verbreitete, dass sie demnächst wieder einen Film drehen würde, veränderte sich das Verhalten der Leute ihr gegenüber. Man grüßte sie wieder auf der Straße. Etwas zurückhaltend zwar, immerhin galt ihr Mann als Landesverräter, jedoch sah man ihr beim Grüßen wieder in die Augen. Natürlich gab es hinter ihrem Rücken Stimmen, die behaupteten, sie schliefe inzwischen mit einem SS-Mann und kehre aus diesem Grund wieder zurück auf die Bühne. Das alte Lied. Die Leute bogen sich die Wahrheit zurecht, wie sie diese brauchten.

Die deutsche Filmproduktion machte im Vorfeld viel Werbung für den Film, streute in der Ostmark, wie Österreich nun hieß, gekonnt Vermutungen über Käthes Rückkehr ins Filmgeschäft. Die Tageszeitung *Neues Österreich* brachte die Sensationsmeldung zuerst: »Käthe Schlögel steht endlich wieder vor der Kamera!« Dem folgte der *Wiener Kurier* mit der Schlagzeile: »Der Stern des Wiener Bühnenhimmels kehrt zurück.«

Am 10. Dezember fingen die Dreharbeiten an. Käthe fand sich zwei Stunden vor Drehbeginn in den Rosenhügel-Studios ein. Die Mannschaft nickte ihr zur Begrüßung unauffällig zu. Niemand schien sich ernsthaft zu freuen, dass sie ein Teil davon war. Else hatte offensichtlich gute Vorarbeit geleistet. Man grenzte sie aus, bevor es richtig losging.

Käthe brauchte eine kurze Auszeit, bevor sie in die Maske musste. In der Garderobe war niemand, und sie hoffte, wenigstens einige Minuten allein sein zu können.

Doch Hans Bleck folgte ihr auf dem Fuß. Er trat ein und musterte sie streng. »Ich hätte dich nicht mehr zurückgeholt«, knurrte er und stieß die Garderobentür mit dem Fuß zu. »Das weißt du.«

Käthe schluckte und nickte.

»Ich hätte dich vor ein Erschießungskommando gestellt, zusammen mit deinem Judenkind und deiner gesamten Sippschaft. Soll dein Mann doch jämmerlich verrecken im Lager.« Einen kurzen Augenblick sah es aus, als wolle er ihr ins Gesicht spucken. »In zehn Minuten meldest du dich in meinem Büro«, befahl er schließlich und ging.

Käthe ließ sich kraftlos auf den nächsten Stuhl sinken. Ihr wurde die Kehle eng bei dem Gedanken, dass sie ihm nun völlig ausgeliefert war. Sie starrte vor sich hin, und nach zehn Minuten erhob sie sich und schleppte sich in Blecks Büro. *Marianne ...* sie ließ den Namen in Endlosschleife durch ihren Kopf laufen. Sie tat das alles, um das Überleben ihrer Tochter zu sichern.

»Dein Glück, dass Hitler einen Narren an dir gefressen hat«, polterte er augenblicklich los, als Käthe in sein Büro trat. »Warum auch immer! Jedenfalls zeigte er sich sehr glücklich über die Information, dass wir dich überreden konnten, wieder zu drehen. Mein Pech, dass ich dich nicht losgeworden bin ... Du bist und bleibst eine dreckige kleine Judenhure. Daran ändert auch deine Popularität nichts.«

Das hatten wir schon, lag es Käthe auf der Zunge, doch sie schwieg.

»Und ich soll dich jetzt wieder vor die Kamera lassen.« Er griff an seinen Gürtel und lockerte ihn. »Dafür bist du mir etwas schuldig.«

Mit erschrockener Miene musterte sie sein Gesicht.

Er lachte dreckig. »Ich denke, du weißt, was du zu tun hast, wann immer ich dich rufen lasse.«

Käthe blickte auf den nun offen baumelnden Gürtel. Sie war zur Salzsäule erstarrt.

»Jeden Tag, gleich vor Drehbeginn. Kapiert?«

Käthe schluckte. Alles, nur das nicht, dachte sie.

Hans Bleck öffnete den Hosenknopf und fixierte sie.

Käthe stand wie festgenagelt vor ihm. Blass, verletzlich, voll Angst. Sie zwang sich, nicht die Augen zu schließen und sich nicht abzuwenden. Übelkeit stieg in ihr hoch. Jetzt nur nicht erbrechen, dachte sie. Daran konnte man ersticken. Vielleicht wäre es das Beste, was ihr passieren konnte. Einfach ersticken …

»Na, was ist jetzt?« Die Frage klang wie ein Todesurteil.

Käthe rührte sich nicht.

Hans Bleck legte den Kopf in den Nacken und begann herzhaft zu lachen. Ein dunkles, grausames Lachen voll Verachtung. »Dass man dich noch immer so erschrecken kann, frigide Judenhexe.« Er knöpfte die Hose wieder zu, schloss den Gürtel und nahm die Hand weg. »Ich würde es niemals mit dir tun«, sagte er und trat dicht vor sie hin. »Nicht nachdem ein Jude in dir drin war, du verfluchte Judenhure«, spuckte er ihr nun die Beschimpfung förmlich entgegen. Und boxte ihr dabei leicht in den Magen.

Es gelang ihr, das Gewicht zu verlagern und stehen zu bleiben. Sie hielt die Luft an, atmete den Schmerz weg.

»Nein, du wirst etwas ganz anderes tun für mich.« Er sah sie verächtlich an, und sein Gesicht kam nun ganz nahe an ihres heran. »Du wirst etwas für dein geliebtes Vaterland tun, für deine Familie … für dein Kind.«

Abrupt drehte Hans Bleck sich um, ging hinter seinen Schreibtisch und stützte sich mit beiden Händen darauf ab. »Wir vermuten, dass einige deiner Kollegen drauf und dran sind, so wie dein Mann, sich an den Vorbereitungen zum Hochverrat schuldig zu machen. Darauf steht die Todesstrafe. Dass Alois und Alfred noch leben, haben sie ausschließlich dem Großmut unseres Führers zu verdanken.« Er machte eine kurze Pause und sagte dann mit zusammengekniffenen Lippen: »Zertreten sollte man dieses Ungeziefer.«

Käthe atmete flach, ihr Bauch schmerzte noch von dem Schlag. Sie senkte den Blick, ahnte, was er gleich von ihr verlangen würde, und diese Erkenntnis lähmte ihre Gedanken, betäubte ihren Körper, ihr Empfinden.

Er fixierte sie eine ganze Weile, weidete sich offensichtlich an ihrer Angst und Vorahnung.

»Schau mich an!«, kam es dann im Befehlston.

Sie hob den Kopf und sah in sein spöttisches Gesicht.

»Ich mag es nicht, wenn sich derartiges Gesindel unter meinen Leuten verbirgt. Du bringst mir die Namen dieser Kollegen, sagst mir, wo sie sich treffen und was sie vorhaben. Zudem möchte ich die Namen der Rädelsführer und der Gruppierungen, mit denen sie in Verbindung stehen.«

»Das … das kann ich nicht«, presste sie hervor.

»Oh doch, du kannst. Und du wirst deine Sache gut machen, da bin ich mir sicher. Wenn nicht, kommt deine gesamte Sippschaft vors Erschießungskommando. Und mit deinem Bastard fangen wir an.«

Käthe fragte sich, ob er dabei etwas empfand, wenn er sie auf diese Weise demütigte. Ober ob es sich für ihn nicht ungewöhnlicher anfühlte, als ihr Regieanweisungen entgegenzubrüllen.

»Das wird nicht gehen, sie vertrauen mir nicht«, versuchte Käthe verzweifelt, Hans Bleck von der Idee abzubringen, obwohl sie wusste, dass ihr das nicht gelingen würde.

»Dein Mann ist ein Landesverräter und sitzt im Gefängnis, schon vergessen? Dir werden sie vertrauen. Du bist damit sozusagen eine von ihnen.«

»Und was passiert, wenn ich mich weigere?«

Hans Bleck runzelte die Stirn. »Muss ich dir das wirklich erst erklären?«

In dem Moment glaubte Käthe zu begreifen. »Hast du die Freiheitsbewegung verraten?«, fragte sie.

Bleck grinste diabolisch.

»Du warst es, du hast Alois, Alfred und all die anderen ans Messer geliefert. Erst sorgst du dafür, dass sie Walter umbringen, und jetzt das. Verflucht sollst du sein!«

Hans Blecks Augenbrauen schnellten nach oben. »Pass auf, was du sagst, Käthe. Du redest hier von feigen Landesverrätern! Volksschädlinge sind sie allesamt. Darum ist es nicht schade. Wenn ich die Möglichkeit hätt … die stünden schon alle im Gas.« Sein Gesicht verzog sich zu einem verächtlichen Grinsen. »In zwei Wochen will ich dich hier in meinem Büro wiedersehen und ein Ergebnis vorgelegt bekommen. Und jetzt geh, und sieh zu, dass du mir die Namen bringst!«

In den darauffolgenden Tagen fühlte Käthe sich wie betäubt. Ihr graute davor, morgens das Studio zu betreten. Um Hans Bleck begreiflich zu machen, dass ihr die Kollegen misstrauten, beteiligte sie sich an keinerlei Gesprächen. Weder stimmte sie mit ein, wenn sich die anderen über Elses Arroganz dem gesamten Team gegenüber empörten, noch beteiligte sie sich an den Schimpftiraden hinsichtlich Hans Blecks Regieanweisungen, die im Befehlston eines Generals auf sie niedergingen. Käthe hielt sich zurück und betete darum, dass die Sache im Sand verlaufen würde, wohl wissend, dass sie sich einer Illusion hingab. Ihre Schweigsamkeit wirkte sich jedoch anders aus, als sie sich erhoffte. Man warf ihr Überheblichkeit und Bösartigkeit vor.

Als ihr Inge Haug im Studio-Café zum ersten Mal nach vielen Jahren wieder begegnete, stockte Käthe für einen Moment der Atem. Sie hatte Pause, saß mit Else an einem der Tische und trank Kaffee. Natürlich wusste sie, welche Rolle die Berlinerin spielte, doch sie hatte gehofft, ihr zumindest zu Beginn der Dreharbeiten aus dem Weg gehen zu können. Ihre beiden Rollen überschnitten sich laut Drehbuch erst ab der Mitte des Films. Davor drehten sie in unterschiedlichen Aufnahmestudios und an verschiedenen Tagen.

»Musst wohl die Schuld deines Mannes abarbeiten?«, giftete Inge gleich zur Begrüßung.

Ein Gerücht, das Bleck gestreut hatte. Ein kluger Schachzug, denn so beschädigte er Käthes Ansehen bei den Nazis und lockte womöglich die Leute an, auf die er es abgesehen hatte.

»Normalerweise wird doch gegenüber der Ehefrau eines Landesverräters ein Berufsverbot verhängt«, fügte sie mit hochmütiger Miene hinzu. »Hast Glück, dass du nicht im KZ gelandet bist.« Ihre Stimme klang lauter, als Käthe sie in Erinnerung hatte.

»Und das ist meiner Meinung nach noch eine viel zu milde Strafe«, mischte sich nun auch Else ein. Sie küsste Inge auf die Wangen und bedachte Käthe lediglich mit einem geringschätzigen Blick.

Käthe musste daran denken, welch erbitterte Feindinnen Else und Inge in Berlin gewesen waren. Doch wie es schien, wusste Inge genau, welche Knöpfe man bei Else drücken musste, um sich ihr anzunähern. Sosehr es Käthe auch überraschte, die beiden waren tatsächlich beste Freundinnen geworden.

Käthe versuchte, sich an den beiden vorbeizudrücken.

»Dageblieben!« Inge stellte sich ihr in den Weg. Sie hatte ein schiefes Grinsen im Gesicht. »Glaub mir, in den nächsten Tagen wird dein Leben hier die Hölle sein.« Ihre Miene strotzte bei diesen Worten vor Selbstzufriedenheit.

Eineinhalb Wochen nach Drehbeginn saß Käthe in der Garderobe und wischte sich die Schminke aus dem Gesicht. Sie zitterte, weil sie wusste, dass ihr nur mehr drei Tage blieben, denn dann würde Hans Bleck sie in sein Büro zitieren und Ergebnisse verlangen. Zudem hatte Inge Wort gehalten. Ihre Zeit in den Studios glich einem Höllenritt. Käthe weinte nur, wenn sie sich unbeobachtet fühlte, zumeist auf dem Weg nach Hause. Bevor sie die Villa betrat, wischte sie die Tränen weg. Ihre Mutter und Marianne sollten ihre Verzweiflung nicht mitbekommen.

Käthe sah im Spiegel, wie sich die Klinke der Garderobentür hinter ihr nach unten bewegte. Sie hielt in der Bewegung inne, das Abschminktuch auf ihre Wange gepresst.

Die Tür ging auf, Inge betrat den Raum.

Käthes Körper spannte sich augenblicklich an.

»Stör ich dich?«, fragte sie.

Ihr Tonfall klang freundlich. Der Teufel kam oft in unterschiedlichen Gestalten.

»Wenn du gekommen bist, um mich zu demütigen, dann ja.« Käthe fuhr fort, sich abzuschminken. »Darauf hab ich nämlich keine Lust.«

Inge schüttelte unmerklich den Kopf und schloss die Tür hinter sich. Ein wenig verlegen sah sie sich um.

»Brauchst du etwas?«, fragte Käthe, und das unbehagliche Gefühl stieg.

»Ich wollte dir nur sagen ... also ...« Sie druckste herum. »Ich hab dich die letzten Tage beobachtet.«

»Ach!« Käthe drehte sich zu ihr um. Was zum Teufel war hier los? Was wollte sie von ihr? »Hat Else dich geschickt? Sollst du mich aushorchen? Sag ihr, ich weiß nichts.«

Inge schüttelte den Kopf, und eine Strähne ihres dunklen Haars fiel ihr ins Gesicht. Sie schob sie zur Seite. »Das mit deinem Mann tut mir leid.«

»Spar dir deinen Sarkasmus«, blaffte Käthe sie an.

»Nein, ich meine es ernst.«

Käthe musterte Inge ohne große Gemütsbewegung. Sie vermutete eine Täuschung, erwartete, dass Else gleich auftauchte und die beiden sie auslachten, weil sie auf Inges freundliche

Worte hereingefallen war. Diese Genugtuung wollte sie ihnen verleiden.

»Ich hab etwas für dich«, sagte Inge und griff in ihre Jackentasche. Sie zog einen verschmutzten Umschlag heraus und streckte ihn Käthe entgegen.

»Was ist das?«, fragte sie skeptisch.

Inge legte ihren Zeigefinger auf die Lippen. »Ein Brief«, flüsterte sie. »Du musst ganz still sein.«

Käthe öffnete vorsichtig das Kuvert. Ein ebenso verschmutztes Blatt Papier kam zum Vorschein. Es war offensichtlich unachtsam von einem Block gerissen worden, der obere Rand wies asymmetrische Abrissspuren auf.

Liebe Käthe!
Ich hoffe, dir und Marianne geht es gut. Alfred und ich kämpfen hier jeden Tag ums Überleben. Wir liegen dicht gedrängt auf unseren Pritschen. Die hygienischen Zustände sind barbarisch. Wir bekommen wenig zu essen. Jedes Stück Brot kann zum Streitpunkt werden. Tagsüber schuften wir für die Ostmark Mineralölfabrik. Meine Hände und Füße sind mit Blasen bedeckt. Es gibt kein Heilmittel. Dazu kommen willkürliche Misshandlungen durch die Soldaten. Rippenstöße mit Gewehrkolben, Schläge, Fußtritte sind an der Tagesordnung. Sie lassen sich ständig etwas Neues einfallen, um die Gefangenen zu quälen.
Du sollst wissen, dass ich lebe und vorhabe, auch weiterhin zu überleben. Egal wie oft sie mit dem Gummiknüppel oder dem Ochsenziemer auf mich einschlagen. Irgendwann muss dieser Irrsinn doch ein Ende haben.
Die Gestapo hat mich gleich nach meiner Verhaftung mit einer Anzeige wegen Homosexualität konfrontiert. Ich habe geleugnet, geleugnet und geleugnet, obwohl damit mein Gefühl stieg, Walter zum zweiten Mal zu verraten.

Trotzdem foltern sie mich, und meine Anstaltskleidung ist mit einem rosa Winkel gebrandmarkt. Jeder im Lager weiß nun Bescheid, was zu zusätzlichen Erniedrigungen durch andere Häftlinge führt. Ich schäme mich dafür, was hier passiert. Sollte ich es wirklich überleben, werde ich die Demütigungen tief in meiner Seele verschließen und das Erlebte mit ins Grab nehmen. Nur eines sollst du wissen, mein Hass auf diese Mörder steigt ins Unermessliche.

Grüß mir meine Eltern.

Halte durch!

Dein Alois

Käthe ließ den Brief sinken. Es kam ihr der Gedanke, ob es sich hier womöglich um eine Fälschung handelte.

»Wie bist du an den Brief gekommen?«, fragte sie.

»Ich hab da so meine Kanäle.«

Konnte es sein, dass Inge jene Verräterin war, nach der sie suchen sollte?

»Der ist für Anita.« Inge reichte ihr einen weiteren Umschlag. »Von Alfred«, fügte sie hinzu, obwohl das klar war.

Käthe zwang sich, ihrer vermeintlichen Feindin ruhig in die Augen zu schauen. Inge wartete ebenso geduldig auf einen Hinweis, der ihr verriet, inwieweit sie Käthe vertrauen konnte. Schließlich gab sich Inge einen Ruck, wohl entschied sie, dass die Garderobe sicheres Terrain bedeutete. »Sagt dir die Sozialistische Arbeiterhilfe etwas?«, flüsterte sie.

Käthe schüttelte den Kopf.

»Es ist der Ersatz für die zerschlagene Parteiorganisation Revolutionäre Sozialisten. Die Mitglieder wurden von einem Spitzel der Gestapo verraten, der sich mitten unter ihnen befand. Ein Sportredakteur der *Arbeiter Zeitung*. Viele Mitglieder verschwanden in den KZs. Die anderen führten fort, was dort begonnen wurde.«

»Woher weißt du das alles?«

»Weil ich ein Teil von ihnen bin. Wir unterstützen politisch Verfolgte und deren Familien. Versorgen sie mit falschen Pässen, Geld und Lebensmitteln.«

»Wie kommt es, dass du da Mitglied bist, Inge? Du kommst doch aus Berlin!« Käthe zeigte ihr Misstrauen offen. Die Möglichkeit, dass Alois' Brief eine Fälschung war, zog sie immer noch in Erwägung. Konnte ja durchaus sein, dass das hier eine Falle war und für Käthe den Tod bedeutete, so sie denn hineintappte.

»Berlin ist die Hauptstadt des Widerstandes«, behauptete Inge. »Dort gab es von Anfang an Widerstand, und ich bin seit Beginn Teil davon. Nur weil ich im Moment in Wien spiele, sitze ich doch nicht untätig herum.«

»Was ist mit deiner Freundschaft zu Else?«

Inge berichtete von einem Plan, den sie Käthe gegenüber detailliert ausführte. Else als Freundin zu gewinnen und somit aus direkter Quelle über deren SS-Liebhaber von den Beschlüssen der Gestapo zu erfahren hatte sie gezielt in die Wege geleitet.

»Du kennst doch Else«, sagte Inge mit einem verächtlichen Schnauben. »Die behält nichts für sich, was sie in einem helleren Licht erstrahlen lässt. Sie ist eine Angeberin und erzählt jedem, worüber sie Bescheid weiß und das Gemeinvolk nicht. Es gibt ihr das Gefühl, Eva Braun höchstpersönlich zu sein.« Inge kicherte gehässig. »Derweil ist sie doch nur die Matratze ihres geistig beschränkten SS-Kerls.«

Käthe beschloss spontan, Inge zu vertrauen. Eifersucht und Misstrauen hatten plötzlich keinen Platz mehr zwischen ihnen. Sie waren nun Verbündete in einem Krieg gegen Dämonen. Und da ließ Käthe in ihrer Gegenwart die Tränen zu, die sie bis zu diesem Augenblick krampfhaft zurückgehalten hatte.

Drei Tage später war es so weit, und Käthe kam in Blecks Büro, um die erwartete Aussage zu machen. Sie setzte sich auf den Stuhl, und es starrten sie drei Augenpaare an: Hans Bleck saß an seinem Schreibtisch, jener Obersturmbannführer, der vor vier Monaten in ihrer Villa gewesen war, stand neben ihm und hatte die Hand besitzergreifend um Elses Taille geschlungen.

»Also, was haben Sie für uns?«, forderte er sie zum Sprechen auf.

Käthe straffte den Rücken. Du bist eine verdammt gute Schauspielerin, spornte sie sich stumm an, ihr Vorhaben durchzuziehen. Du wirst jetzt verdammt noch einmal die Rolle der Spionin überzeugend spielen.

»Eines kann ich vorab schon sagen«, setzte sie an und sah Hans Bleck in die Augen, »von unserer Mannschaft macht sich niemand am Hochverrat schuldig. Die Angst vor den Konsequenzen ist viel zu groß. Niemand spricht hier über Politik, weder offen noch hinter vorgehaltener Hand. Jeder Einzelne konzentriert sich auf die Arbeit und sonst auf nichts.«

»Und die Flugblätter, die ich gefunden habe?«, fragte Else von oben herab. »Ist das etwa eine Einbildung?«

»Es waren fünf Stück, die du gefunden hast, und soweit ich mich erinnere, war das direkt vorm Eingang zum Studioareal«, entgegnete Käthe. »Dort kann sie genauso gut jemand Fremdes verloren haben.«

»*Verloren!*«, widersprach Else heftig. »So ein Blödsinn! Die hat niemand verloren. Sie waren an der Wand befestigt.«

»Wie auch immer«, versuchte Käthe diese Tatsache abzutun. »Soweit ich in Erfahrung bringen konnte, werden die Blätter von einer Gruppierung hergestellt und verteilt, die sich *Janisch* nennt.«

Inge und Käthe waren die letzten Nächte zusammengesessen, um dieses Lügenkonstrukt auszuarbeiten. Dabei war Käthe Walter in den Sinn gekommen, und sie glaubte, es hätte ihm gefallen, Namensgeber einer Widerstandsgruppe zu sein. Käthe war es nicht gelungen, andere Mitglieder der Sozialistischen Arbeiterhilfe kennenzulernen, man traute ihr nicht hundertprozentig über den Weg.

»*Janisch*. Wer oder was ist das?«, fragte der SS-Mann.

»Walter Janisch war ein Schauspieler«, erklärte Käthe mit fester Stimme und ließ dabei Hans Bleck nicht aus den Augen. Dieser Dreckskerl zeigt keine Regung, dachte sie. Ganz im Gegenteil. Um seine Mundwinkel zeigte sich ein hämischer Zug.

»Pah, Schauspieler!«, machte Else verächtlich. »Das wäre er wohl gerne gewesen. Aber jüdische Kinderlieder zu singen und ein bisschen auf der Gitarre zu klimpern reicht dann eben doch nicht aus.«

Käthe hätte gerne jene Rollen aufgezählt, welche Jakobs Freund vor Hitlers Einmarsch verkörpert hatte, und erwähnt, dass er ein großartiger Schauspieler gewesen war. Sie erinnerte sich an die Zeit, bevor sie nach Prag gegangen war. Else und Walter hatten sich gut vertragen und hinter der Bühne viel zusammen gelacht. Gerne hätte sie Else gefragt, wo dieser abgrundtiefe Hass herkam, doch sie mahnte sich, ruhig zu bleiben und sich nicht provozieren zu lassen.

Hans Bleck hob die Hand und zählte empfindungslos an den Fingern ab: »Halbjude, homosexuell, KZ, Ende.« Er nahm die Hand wieder runter. »Mehr gibt es zu diesem verkommenen Subjekt nicht zu sagen. Außer vielleicht noch …«, er grinste Käthe bösartig an, »dass Walter Janisch der Liebhaber von Alois Weinmann war … dem Ehemann unserer guten Käthe.«

Der Kommandant runzelte die Stirn.

Käthe musste sich zusammennehmen, um ihre Tränen zurückzuhalten. Ein Schlag ins Gesicht konnte nicht schmerzhafter sein als Blecks Häme. Sie atmete tief ein und langsam wieder aus.

»Sieh an, sieh an«, sagte der SS-Mann amüsiert und schüttelte den Kopf, als ob er das zum ersten Mal hörte. Er musterte Käthe einen langen Moment, bevor er weitersprach: »Manchmal werden von diesem Gesindel die toten Verräter tatsächlich hochstilisiert und zum Märtyrer erkoren. Es ist also durchaus möglich, dass es eine Gruppierung namens Janisch gibt. Gibt es Hinweise, dass dieser Jude bei verräterischen Aktionen mitgewirkt hat?« Sein Blick wanderte zu Hans Bleck.

»Nein«, sagte der, »doch das bedeutet nicht, dass er nicht involviert war.«

Else legte den Kopf schief und sah Käthe misstrauisch an. »Ich glaube, du lügst uns an. Vielleicht bist *du* unsere gesuchte Verräterin. Würde doch passen, du führst sozusagen die Arbeit deines entarteten Mannes fort!« Sie trat augenblicklich einen Schritt nach vorne und schlug Käthe ins Gesicht. »Jetzt bist du nicht mehr die großartige Schauspielerin! Du bist die Ehefrau eines Verräters und die Hure eines Juden. Dass du dich nicht schämst, Käthe. Hast ein Glück, dass sie dir die Kleine noch nicht weggenommen haben.«

Käthes Wange brannte, doch sie schluckte ihre Tränen hinunter. »Warum sollte ich lügen?«, fragte sie.

»Weil du deinen hässlichen Hintern retten willst.«

»Das ist doch unlogisch, Else«, widersprach Käthe und zwang sich, ruhig zu bleiben, was ihr von Minute zu Minute schwerer fiel. »Ich kann meinen Hals nur aus der Schlinge ziehen, wenn ich tue, was ihr von mir verlangt. Alles andere würde den Tod für mich und meine Familie bedeuten.«

»Ich denke nicht, dass uns Frau Schlögel anlügt«, meinte der Kommandant. Aus seinem Gesichtsausdruck konnte Käthe nicht schließen, ob er ihr tatsächlich glaubte oder ihr nur glauben wollte.

Er trat zu ihr vor, bis sein Gesicht dicht an ihrem war, und fixierte ihre Augen. »Wo werden diese Drecksblätter gedruckt?«, fragte er.

Käthe schluckte. Seine Nähe machte ihr Angst. Sie zwang sich, seinem Blick standzuhalten, während sie ihm eine Adresse in der Porzellangasse nannte. Er musterte sie. Käthe wusste, er suchte in ihrem Gesicht nach einer Regung, die ihm verriet, ob sie log oder die Wahrheit sprach. Ihr Herz pochte ihr bis zum Hals.

»Die Wohnung Nummer vierzehn steht seit einiger Zeit leer«, verriet sie mit stoischer Miene. »Im dazugehörenden Kellerabteil werden Sie Flugblätter und möglicherweise noch andere Drucksorten finden. Meines Wissens wurde dort ein zentrales Lager für den gesamten neunten Bezirk eingerichtet. Von dort aus werden die Mitglieder mit Drucksorten und Klebezetteln versorgt. Zudem werden Sie Ausgaben der *Roten Fahne* finden.« Sie hoffte, dass er endlich einen Schritt nach hinten machte, sie aus den Augen ließ. Doch den Gefallen tat er ihr nicht.

»So, so«, sagte er. »Klebezettel, Flugblätter und dieses kommunistische Dreckblatt. Was ist mit dem Hausbesitzer? Gehört der zu dem Gesindel?«

Sie spürte die Hand des Kommandanten, die wie zufällig ihre streifte, und bemerkte, dass er dabei unmerklich die Augenbrauen hob. Käthe hoffte, dass Else diese fast zärtliche Berührung nicht bemerkt hatte.

»Das konnte ich nicht herausfinden. Aber möglich«, log Käthe. Sie wusste von Inge, dass der Hausbesitzer ein treuer Anhänger der braunen Brut war. Aus diesem Grund hatten sie das Wohnhaus ausgewählt. Sollten sich die Nationalsozialisten doch gegenseitig kontrollieren und im besten Fall selbst zerfleischen.

»Ich erwarte weitere Meldungen«, sagte er dann, wandte sich endlich von ihr ab und verließ augenblicklich das Büro.

Käthe atmete unmerklich auf.

Noch in derselben Nacht führte die Gestapo eine Hausdurchsuchung an besagter Adresse durch. Sie fanden, wie von Käthe vorhergesagt, Flugblätter und einen ganzen Stapel der *Roten*

Fahne vor. Auch das war Teil des Plans, der Käthes Glaubwürdigkeit untermauern sollte. Daraufhin wurden ihre Lügen dreister. Inge und sie erfanden Namen, die den Mitgliedern angeblich als Decknamen dienten. Die Gestapo fahndete nach diesen Leuten, jedoch ohne Erfolg. Dabei kam ihr zugute, dass der Obersturmbannführer Käthe tatsächlich verehrte. Seinen Blicken und Gesten nach zu urteilen sogar ein bisschen mehr als das. Zu ihrem Glück verbarg er seine Bewunderung für sie in Elses Beisein hinter einer unbewegten Fassade. Und nur wenn er Käthe allein begegnete, wurde sein Blick weich und seine Berührungen fordernd. Sie ließ seine Aufdringlichkeiten nur zu, weil seine heimlichen Gefühle ihr gegenüber ihr Schutz boten. Davon war sie überzeugt. In Wahrheit verabscheute Käthe diesen Kerl jedoch so sehr, dass sie sich nicht einmal seinen Namen merken wollte.

Nur Hans Bleck vermutete, dass Käthe sie mit falschen Informationen fütterte, aber er konnte es ihr nicht nachweisen, denn immer wieder verbuchten sie kleine Erfolge. Fast täglich ließ er sie in seinem Büro antanzen, um ihr Hochverrat an den Kopf zu werfen, doch Käthe knickte nicht ein.

Auch das Ende der Dreharbeiten beendete ihre verfahrene Situation nicht. Insgeheim dachte sie längst über Flucht nach, und in Gedanken hatte sie bereits mehrmals die Koffer gepackt. Nur wohin wollte sie fliehen? Zudem war klar, dass ihre zurückbleibende Familie für sie büßen musste.

Zwei Tage nach Drehschluss pochte es lautstark an der Tür.

»Die Gestapo!« Alma Schlögel wurde kreideweiß, schickte sich an, zur Tür zu gehen.

Käthe hielt sie am Ärmel zurück. »Die kommen wegen mir, und ich werde mich nicht verstecken.«

Ihre Mutter sah sie verzweifelt an. »Was hast du getan?«

Käthe hatte ihr nicht erzählt, dass sie Hitlers Schergen mit falschen Informationen fütterte. »Nichts!« Mit hoch erhobenem

Haupt ging sie an ihrer Mutter vorbei. Wie es ihr wohl ergehen würde im KZ?, fragte sie sich. Führte man sie direkt ins Gas, oder hatte sie eine Chance, dort zu überleben? Vielleicht kam sie auch sofort vor ein Erschießungskommando.

Sie öffnete, und für einen Moment blieb die Welt stehen.

»Horst!«, rief sie überrascht.

Der Berliner Regisseur grinste sie an. »Ich weiß, ich hätte schon viel früher vorbeikommen müssen. Wie geht's dir?«

»Komm rein!« Sie zog ihn ins Haus. Ihre Mutter stand noch immer kreideweiß im Flur. Sie stellte die beiden einander vor und führte ihn dann in die Küche. Alma Schlögel ging nach oben. Käthe vermutete, dass sie sich ein wenig hinlegen wollte, nach der ganzen Aufregung.

»Aber ich wusste, dass du mir wieder eine Abfuhr erteilst, und hab es deshalb gelassen, dich ein weiteres Mal zu belästigen«, sagte Horst Kleinbach und setzte sich.

»Und jetzt glaubst du das nicht mehr?«, fragte Käthe und setzte sich zu ihm.

Er zuckte mit den Achseln. »Es ist sogar bis zu mir durchgedrungen, dass du wieder arbeitest. Und ja, ich denke, du wirst mir diesmal keine Absage erteilen. Die Rolle, die ich dir heute anbiete, ist dir nämlich auf den Leib geschrieben.« Er griff in seine Tasche und legte ein Manuskript auf den Tisch.

»Jörg Bergmann, *Dezember 1946*«, las Käthe. »Wer ist das?«

»Es ist ein Pseudonym«, antwortete Horst lächelnd.

Käthe verstand nicht und sah ihn fragend an. Doch als Horst nicht aufhörte zu lächeln, kam ihr auf einmal die Erkenntnis. Augenblicklich kämpfte sie mit den Tränen, während sie mit den Fingern über den Namen des Autors strich.

»Wie kommst du an ein Drehbuch von Jakob?«, flüsterte sie.

»Je weniger du weißt, umso besser. Die Geschichte erzählt von einer jungen Frau, die vom Land nach Berlin geht und dort ihr Glück sucht. Da hab ich natürlich sofort an dich gedacht.

Aber es gibt noch einen Grund. Schau mal auf das Datum, wann das Drehbuch verfasst wurde.«

Käthe stutzte, als sie wahrnahm, dass es im Mai 1940 verfasst worden war. Das war vor etwas mehr als einem halben Jahr. Trotzdem dauerte es eine Weile, bis sie die Botschaft dahinter begriff. Jakob lebte! Sie trauerte seit einem Jahr um ihren toten Geliebten, der in Wahrheit am Leben war. Allmählich sickerte die Erkenntnis bis zu ihrem Gehirn durch. Das hieß, Else und Bleck hatten tatsächlich gelogen, als sie von Jakobs Tod berichteten. Ob aus Bosheit, weil sie wussten, Käthe mit der Nachricht tief zu treffen, oder weil sie selbst an seinen Tod glaubten, vermochte sie im Moment nicht zu sagen. Freudentränen liefen ihr über die Wangen. Sie wischte sie nicht weg.

»Nimmst du mein Angebot an?«, hörte Käthe ihn fragen.

In dem Moment tauchte Marianne in der Küche auf, dahinter Alma Schlögel. Irritiert betrachtete das Kind den fremden Mann, ihre Mutter griff sich im Hintergrund an das Kreuz an ihrem Hals und verschwand wieder.

Käthe wischte sich schnell die Tränen weg und breitete lächelnd die Arme aus. »Marianne, komm her! Das ist ein alter Freund, er heißt Horst und hat mir gerade eine wunderschöne Geschichte erzählt!« In Gedanken fügte sie hinzu: Dein Vater lebt. Er lebt!

Misstrauisch näherte sich das Kind seiner Mutter, ohne den Gast aus den Augen zu lassen.

Er streckte ihr die Hand entgegen. »Guten Tag, Marianne.«

Das Kind ignorierte sie und kletterte auf den Schoß ihrer Mutter.

»Sie hat ihren Kopf«, sagte Käthe. »Außerdem ist sie erst zwei Jahre alt.«

Horst lachte. »Das erinnert mich an dich. Sie wird wohl auch eine Schauspielerin werden wie du«, prophezeite er. »Denk an mich, wenn es so weit ist. Ich sehe es an ihren Augen. Oder eine begabte Autorin.« Er sah Käthe an und legte die Hand auf das Drehbuch. »Und? Wie sieht deine Antwort aus?«

Käthe zögerte, doch dann nickte sie.

»Darauf stoßen wir an. Habt ihr Sekt im Haus?«, fragte Horst.

Käthe schüttelte den Kopf.

»Egal. Es ist übrigens nicht das einzige Drehbuch, das er für mich unter falschem Namen geschrieben hat.« Horst räusperte sich. »Der Haken an der Sache ist, du müsstest eine Zeit nach Berlin kommen, weil wir dort drehen.«

Berlin! Das wird mich vor Bleck schützen, dachte Käthe und atmete auf, doch dann fiel ihr ein, dass in zwei Tagen Weihnachten war.

Wien, Februar 2015

»Sie hat insgesamt drei Filme mit Horst Kleinbach gedreht, für die Jakob Rosenbaum unter dem Pseudonym Jörg Bergmann das Drehbuch geschrieben hatte«, sagte Marianne Altmann und legte das Besteck zur Seite. »Hat's euch geschmeckt?«

»Großartig«, sagte Sophie und wischte sich den Mund ab.

»Köstlich wie immer«, musste auch Vera zugeben.

»Waren ja nur Eiernockerl mit grünem Salat, nichts Besonderes«, wiegelte Marianne ab.

»Hausmannskost ist etwas Feines«, entgegnete Vera. »Und wenn du sie zubereitest, ist es etwas Besonderes. Aber jetzt sag, warum hat Kleinbach das getan?« Sie nahm den Notizblock aus ihrer Tasche. Dieser Teil ihrer Familiengeschichte sollte unbedingt in die Dokumentation einfließen.

»Horst Kleinbach war an sich kein schlechter Mensch«, sagte Marianne. »Er hat absichtlich die Drehbücher eines Juden verfilmt, das Risiko war ihm bewusst. Es war sein ganz persönlicher Widerstand. Es hat ihm laut meiner Mutter ein diebisches Vergnügen bereitet, als die Nazis diese Filme dann als großes deutsches Kino hochjubelten. Das alles kam natürlich erst nach dem Krieg an die Öffentlichkeit. Und es war einer der Gründe, weshalb meine Mutter einen Persilschein bei der Entnazifizierung erhielt. Die Beteiligung an dem Propagandafilm, den Bleck produzierte, wurde ihr lange vorgeworfen.«

»Wurde Else Novak auch freigesprochen?«, fragte Sophie.

Marianne Altmann nickte. »Auch sie bekam am Ende ihren

Persilschein. Von der Affäre mit dem SS-Mann wusste so gut wie niemand, und bei der Prüfungskommission gelang es ihr, sich als Unschuldslamm zu verkaufen.«

»Und Bleck?« Vera hob gespannt die Augenbrauen.

»Der hatte gute Kontakte und bekam ebenfalls seinen Freibrief. Nur das Theater musste er verlassen. Es gab ja noch die Bleck-Film, aber der Vorwurf, meine Mutter habe als Spitzel für die Gestapo gearbeitet, stand noch im Raum. Kollegen und Verwandte misstrauten ihr plötzlich. Die Fans verehrten sie zwar nach wie vor, doch das Gerücht hielt sich hartnäckig. Horst Kleinbach sprach sich für sie aus, weil sie beide ja wussten, wer hinter dem Namen Jörg Bergmann steckte. Zum Glück gelang es ihr zu beweisen, die Gestapo mit falschen Informationen beliefert zu haben.«

»Was war mit Inge Haug?«, fragte Vera. »Sie hätte doch die Sache mit der angeblichen Bespitzelung aufklären können.«

»Sie galt als verschollen, war sie doch über Nacht verschwunden und nicht wieder aufgetaucht.« Marianne senkte den Blick.

»Wow, was für eine Geschichte«, sagte Vera beeindruckt und beließ es dabei.

»Ich hab doch gesagt, dass ich dir einiges für deinen Film liefern kann.« Ihre Mutter sah sie wieder an.

»Gibt es eigentlich Beweise, dass Hans Bleck für die Deportation von …« Vera blickte auf ihre Notizen. »Walter Janisch verantwortlich war?«

Marianne schüttelte den Kopf. »Beweise gibt es nicht, aber meine Eltern waren sich absolut sicher.«

Vera verzog das Gesicht. »Wenn wir das in der Doku behaupten wollen, müssen wir es aber belegen können. Hat denn jemand aus unserer Familie diesbezüglich nachgeforscht?«

Marianne Altmann schüttelte den Kopf. »Mein Vater hat nie darüber gesprochen. Er hat nahezu die gesamte Kriegszeit tief in seinem Herzen verschlossen und – um es bildlich auszudrücken – den Schlüssel weggeschmissen. Als er und Onkel Alfred aus dem Arbeitslager zurückkehrten, waren Ferdinand und ich Kinder. Wir mussten uns erst an den Gedanken gewöhnen, dass die ausgemergelten Männer, die damals vor uns standen, unsere Väter waren. Das grausame Ausmaß dieser Zeit begriffen wir zu dem Zeitpunkt noch nicht. Und später haben wir nicht mehr nachgefragt, was genau passiert war. Man brachte uns bei, nach vorne zu schauen. *Aufbauarbeit* hieß das Zauberwort. Meine Mutter verbrachte viel Zeit in Berlin, drehte Film um Film mit Horst Kleinbach. Und meine Großeltern schwiegen sich über die Geschehnisse ebenfalls aus.«

»Sag, hatten Kleinbach und deine Mutter ein Verhältnis?«, fragte Vera.

Marianne Altmann zuckte mit den Achseln. »Möglich. Das gehört aber nicht in deinen Film.«

Vera grinste. »Und ob! Omas Ansehen bleibt unbefleckt, keine Sorge. Und was ist eigentlich mit Hans Bleck? Über seine Taten muss doch jemand geredet haben, sonst wäre er niemals zur Persona non grata geworden im Haus Weinmann beziehungsweise Altmann.«

»Er war Nazi und hat den engsten Freund meiner Eltern ins KZ gebracht, das musste uns als Erklärung genügen«, sagte Marianne Altmann, und ihr Blick schweifte aus dem Fenster. »Und nachdem Hans Bleck nie Kontakt zu mir suchte, auch nicht, als ich ein Star war, ignorierten wir uns gegenseitig.«

Sophie stützte ihren Kopf in beide Hände. Das konnte doch alles nicht wahr sein. Sie begriff plötzlich, wie tief der Hass gegen die Blecks im Herzen ihrer Großmutter verwurzelt war.

»Ach, Oma, jetzt hab ich ein schlechtes Gewissen«, sagte Sophie.

»Hast du tatsächlich gedacht, meine Ablehnung den Blecks gegenüber ist nur aus einer Laune heraus entstanden? Das hat schon einen triftigen Grund.« Marianne reckte das Kinn in die Höhe.

Sie wird Fabian niemals akzeptieren, dachte Sophie.

»Es ist doch alles gut gegangen«, sagte Vera mit verhaltener Stimme, weil sie selbst wusste, dass das ein schwaches Argument war. »Meine Großmutter hat die Nazis ausgetrickst. Opa und Onkel Alfred haben das Arbeitslager überlebt und sind nach Hause zurückgekehrt. Gut, der Bleck war ein Arschloch ... Doch dafür musst du doch nicht jetzt auch noch die nachkommenden Generationen bestrafen.« Sie stand auf, holte Kaffeetassen und verteilte sie ungefragt. Instinktiv griffen Sophie und ihre Großmutter danach, als gelte es, sich in den nächsten Minuten irgendwo anhalten zu können.

»Das heißt aber nicht, dass die Nachkommenschaft dieses Teufels Heilige sind. Sie führen das von ihm gegründete Unternehmen fort, das reicht, um sie zu bestrafen«, argumentierte Marianne mit einem unversöhnlichen Zug um die Lippen.

Vera warf Sophie einen raschen Blick zu.

»Es ärgert mich nur, dass uns Oliver Thalmann zwingt, jetzt schon mit der ganzen Geschichte rauszurücken«, fuhr die betagte Diva fort. »Derweil wär es besser damit zu warten, bis die Doku in den Kinos läuft. Denn sobald wir die Presse wissen lassen ...«

Vera hob abwehrend die Hände und stoppte ihre Mutter mitten im Satz. »Das stimmt nicht, Mama. Oliver zwingt uns zu gar nichts. Er weiß nicht, dass Jakob Rosenbaum dein leiblicher Vater ist. Also kann er es der Presse nicht vorab verraten, und wir werden damit auch noch hinterm Berg halten. Schaut mal ... *Marianne* wird nächstes Jahr gedreht. Bis dahin ist die Doku fertig und läuft in den Kinos. Zu dem Zeitpunkt brauchen wir eine gute Story, um anständig die Werbetrommel rühren zu können. Dass Sophie als Marianne vor der Kamera steht, ist das eine. Aber ...« Sie klatschte in die Hände. »Peng! Dass wir drei direkte Nachfahren von Jakob Rosenbaum sind, wird mächtig für Wirbel sorgen. Man muss die Meldungen nur richtig platzieren und zum richtigen Zeitpunkt loslassen.«

»So wie du zum richtigen Zeitpunkt die Sache mit Olivers Vaterschaft losgelassen hast«, sagte Sophie.

»Genau. Und bis dahin halten wir eben das Ganze am Köcheln«, sagte Vera und hielt plötzlich inne. »*Oliver und die Vaterschaft* – wär ein schöner Filmtitel.«

»Du hättest deine Energie schon früher in die PR stecken sollen«, sagte Marianne Altmann anerkennend.

Vera lächelte und wandte sich dann an ihre Tochter: »Also bitte, Sophie, kein Wort über Jakob Rosenbaum, weder zu deinem Vater noch zu Fabian.«

»Fabian?« Marianne horchte alarmiert auf. »Wer ist Fabian?«

Vera biss sich augenblicklich auf die Lippe. Sie sah ihre Tochter an, in ihren Augen stand groß das Wort Entschuldigung.

»Ein Freund«, versuchte sie den Schaden abzumildern.

»Was hat dieser Fabian mit Sophie zu tun, und warum sollte sie ihm nichts erzählen? Steht er im Zusammenhang mit der Produktion?«, kombinierte sie.

Vera und Sophie schwiegen.

»Ich bin zwar schon weit über siebzig, aber nicht blöd. Also, wer ist Fabian? Ist er ein Freund oder *dein* Freund?«, richtete sie die Frage direkt an ihre Enkelin.

Sophie atmete tief ein. »Er ist mein Freund, Oma. Aber erst seit wenigen Wochen«, schob sie rasch hinterher.

Ihre Großmutter grinste wissend. »Hast du dich etwa gestern mit ihm getroffen? Ich habe gesehen, wie du das Haus verlassen hast.«

Sophie unterdrückte ein Seufzen. Klar, dass ihre Großmutter das mitbekommen hatte. Sie bekam *alles* mit.

»Ja, ich hab ihn gestern getroffen.«

»Und warum kenne ich ihn noch nicht?«

»Weil die Liebe noch zu frisch ist. Du hast doch gehört, dass die beiden noch nicht lange zusammen sind«, stand Vera ihrer Tochter bei. »Ich kenne ihn auch nicht.«

»Lass mich doch neugierig sein«, ließ sich Marianne nicht beirren. »Ich will nur wissen, in wen sich meine Enkelin verliebt hat. Was macht dieser Fabian denn beruflich? Ist er auch Schauspieler?«

»Er ... er ist Regieassistent.«

»Und warum machst du ein Geheimnis um ihn, Sophie?«

»Weil ich noch kein Hochzeitskleid kaufen will.«

»Du denkst ...« Mariannes Hand wanderte zu ihrem Herzen. »Also, du denkst, wenn ich ihn kennenlerne, dann müsstest du ihn gleich heiraten? Also wirklich, Sophie! Lade ihn zum Essen ein, und ich beweise dir das Gegenteil.«

»Das geht nicht.«

»Ja, warum denn nicht?«

Sophie zögerte, blickte ihre Mutter an, die ihr einen aufmunternden Blick zuwarf.

Sie holte tief Luft. »Weil er ein Bleck ist.« So, jetzt war es ausgesprochen.

Mariannes erschrockener Blick wanderte zwischen Vera und Sophie hin und her. »Was heißt das, er ist ein Bleck?«

»Fabian ist der Urenkel von Hans Bleck.«

»Dann laden wir ihn selbstverständlich nicht zum Essen ein.«

»Selbstverständlich, Mama.« Veras Tonfall drückte aus, was sie darüber dachte.

Sophie fühlte plötzlich unbändige Wut in sich aufsteigen. Mit welchem Recht mischte sich ihre Großmutter in ihr Leben ein? Hans Bleck hin oder her!

»Mein Vater hat mir erzählt, dass du vor vielen Jahren Mamas Hauptrolle von *Unter vier Augen* in ihrem Namen abgelehnt hast«, platzte es aus ihr heraus.

Eine Weile herrschte Stille am Tisch. Zwei Augenpaare sahen sie verständnislos an, als hätte sie plötzlich Klingonisch gesprochen.

»Wie kommst du jetzt da drauf?«, fragte Marianne.

»Themenwechsel.« Sophie verschränkte die Arme.

»Und da ist dir nichts Besseres eingefallen? Das ist Lichtjahre her.«

Sophie schüttelte den Kopf. »Nur weil's schon so lange her ist, macht es die Sache nicht besser.«

»Das hast du getan, Mama?« Vera hatte ihre Stimme wiedergefunden. Sie konnte nicht glauben, was sie da gerade gehört hatte.

Marianne reckte das Kinn in die Höhe. »Es war richtig so. Die Rolle hat nichts getaugt.«

»Die Rolle hat nichts getaugt?« Vera schnappte aufgebracht nach Luft. »Für … wie heißt sie gleich noch …« Sie schnippte mit den Fingern. »Egal … Jedenfalls war die Rolle der Durchbruch dieser Schauspielerin. Vielleicht wäre es auch mein Durchbruch gewesen!«

Marianne warf ihrer Tochter einen zweifelnden Blick zu. »Die Schauspielerin, deren Name dir gerade nicht einfällt – mit ihrer Weltkarriere kann's also nicht so weit her sein –, war damals zweiundzwanzig Jahre alt, genau im richtigen Alter für Liebesfilme. Du warst erst siebzehn!«

»Noch heute bekommt sie in nahezu jeder deutschen Produktion eine Rolle … und wenn es nur der Hydrant ist, den sie spielen soll! Ich hingegen dreh Werbespots für verdauungsförderndes Joghurt.« Vera war nun außer sich.

Sophie schluckte trocken. Den Streit hatte sie nicht gewollt. Verflixt. Sie hätte den Mund halten sollen. Das war verschüttete Milch, und die sollte man nicht beklagen, lautete das Familienmotto. Immer nach vorne schauen. Himmel, sie wiederholte soeben das Motto, das ihre Familie erst in dieses Lügenkonstrukt geführt hatte.

»Dein andauerndes Karrieretief hast du ausschließlich dir selbst zu verdanken. Also gib nicht mir die Schuld, nur weil ich dich damals nicht nach Paris fliegen hab lassen.«

»Du hättest unbedingt mit mir darüber sprechen müssen.«

»Man nimmt eben nicht auf jeder Besetzungscouch Platz, nur weil es einem angeboten wird. Und wenn man es tut, dann sollte es schon etwas bringen«, überging Marianne Veras Vorwurf.

»Wie viele Geheimnisse gibt es eigentlich noch in unserer Familie?«, pfauchte Vera wutentbrannt. »Wisst ihr was? Ich geh jetzt und ruf Sebastian an. Ich werde das ganze Projekt absagen. Mir steht's nämlich bis hier.« Sie durchschnitt mit der Hand die Luft in der Höhe ihrer Stirn. Dann stürmte sie zur Tür hinaus und warf diese mit einem lauten Knall ins Schloss. Das Geräusch wirkte wie ein Schuss. Sophie und Marianne hielten augenblicklich die Luft an.

»Will denn niemand wissen, was Hans Bleck noch getan hat?«, fragte Marianne in die bedrückende Stille hinein.

Sophie senkte den Blick und stand auf. »Ich fliege morgen Früh besser wieder nach Berlin.« Dann verließ sie ebenfalls die Wohnküche ihrer Großmutter.

»Er hat noch ein Menschenleben auf dem Gewissen«, murmelte Marianne. »Ein ganz besonderes Menschenleben.« Sie hatte noch nicht entschieden, ob es nicht doch besser war, dieses beklemmende Geheimnis mit ins Grab zu nehmen.

Wien, Februar 2015

Vera ließ ihre eigene Wohnungstür ebenso laut krachend ins Schloss fallen wie kurz zuvor die Eingangstür zum Wohnbereich ihrer Mutter.

»Verdammte Scheiße noch einmal«, brüllte sie die Wand an und schlug dreimal mit der flachen Hand dagegen. Es ging ihr nicht um die Rolle, die ihre Mutter in ihrem Namen vor einer gefühlten Ewigkeit abgelehnt hatte.

Vielmehr weinte sie um das neue Projekt, von dem sie sich so viel erhofft hatte. Es entglitt ihr, und zunehmend verging ihr die Lust, die Dokumentation zu verwirklichen. Ihre Mutter führte einen privaten Feldzug gegen ihre Feinde, und sie sollte das Werkzeug sein. So fühlte es sich jedenfalls an.

Vera atmete tief durch. Es war an der Zeit, sich endlich durchzusetzen.

Sie holte das Fensterputzmittel und ein altes Geschirrtuch hervor und begann, den Spiegel im Flur zu putzen. Ein Allheilmittel.

Es klopfte an der Tür. Sie ignorierte das Geräusch. Da wanderte die Klinke nach unten, und einen Augenblick später erschien Sophie.

»Du hast nicht abgeschlossen«, sagte sie.

»Ach, wirklich?«

»Putzen zur Beruhigung?«

Ihre Mutter warf ihr einen genervten Blick zu.

Sophie fuhr sich durchs Haar. »Es tut mir leid, Mama, ich hätte den Mund halten sollen.«

»Warum? Es ist ja nicht deine Schuld.« Vera wischte mit dem Lappen in die Ecken des Spiegels und wechselte dann zu den glasgerahmten Bildern an der Wand.

»Aber es hat dich verletzt, und es kann heute niemand mehr etwas daran ändern.«

»Du warst nur die Überbringerin.« Vera wischte über ein vergrößertes Foto, das sie alle drei zusammen am Kinderspielplatz zeigte. Sophie in der Sandkiste, Vera daneben und Marianne dahinter auf der Bank.

»Wie meinst du das? Und hör endlich auf zu putzen, das macht mich ganz wuschig.«

Vera ließ die Hand sinken. »Oliver hat ganz genau gewusst, warum er dir diese Geschichte ausgerechnet jetzt erzählt, obwohl sie eine Ewigkeit zurückliegt.«

»Er hat sie erst kürzlich von Roland Bleck erfahren.«

»Das behauptet er. Aber ist es auch die Wahrheit?« Vera zuckte mit den Achseln. »Wie auch immer ... Oliver wusste, dass du mir die Story brühwarm berichten wirst, und er konnte sich ausrechnen, wie ich darauf reagiere.«

Sophie sah ihre Mutter fragend an.

»Weil er die Schwachstelle in meinem Leben kennt: meine dominante Mutter.«

»Warum tut er das? Was bezweckt er damit?«

»Er liebt es, Unfrieden zu säen.« Vera verstaute Putzmittel und Tuch wieder im Putzschrank. »Er mag es, wenn sich Leute streiten. Du wirst es erleben, wenn du mit ihm drehst. Ihm geht es bei der Arbeit nicht darum, dass sich das Filmteam gut versteht. Er ist der Ansicht, dass er aus den Leuten mehr Leistung herausholt, wenn er das Konkurrenzdenken anheizt. Zudem umgeht er damit die Gefahr, dass sich das Team gegen ihn verbündet. Davor hat er nämlich am meisten Angst, dieses Weichei«, schimpfte Vera.

Sie gingen in die Küche hinüber.

»Das klingt, als herrschte bei seinen Produktionen Krieg am Set.«

»Das tut es durchaus. Du kannst ihm nur eins auswischen, indem du seine Spielchen nicht mitspielst und dich den anderen gegenüber freundlich und kollegial verhältst. Egal, was passiert und wie sie reagieren.«

»Das werde ich mir hinter die Ohren schreiben und sicher tun. Trotzdem tut es mir leid wegen der verpatzten Chance.«

»Ach, scheiß auf diese verfluchte Rolle. Ich hätte so oder so keine große Karriere hingelegt. Meine Mutter hat schon recht, mir fehlen Biss und Talent. Was mich aber wirklich ärgert, ist die Tatsache, dass sie sich schon immer in meine Angelegenheiten eingemischt hat, ohne mir auch nur den Hauch einer Chance zu lassen, selbst zu entscheiden oder zumindest mit ihr darüber zu diskutieren. Sie wusste immer alles besser und weiß es noch heute.«

»Dann sag ihr das doch mal.« Sophie setzte sich an den Esstisch. »Sag ihr, dass dich ihr Verhalten verletzt. Sie sieht doch an uns beiden, dass es auch anders geht. Du hast dich nie in meine Angelegenheiten eingemischt.«

»Du kennst sie. Wenn ich ihr damit komme, sieht sie es als Bestätigung dafür, dass ich für den Job viel zu sensibel und zartbesaitet bin. ›Härte und Disziplin bringen dich weiter, Kind‹«, äffte sie den Tonfall ihrer Mutter nach. »Niemand nimmt in dieser Branche auf dich Rücksicht. Hast du Erfolg, lieben sie dich. Doch wenn sich die geringste Chance ergibt, dir sprichwörtlich das Hackl ins Kreuz zu hauen, tun sie's gnadenlos. Und damit hat sie wieder einmal recht.« In Veras Stimme lag keine Gehässigkeit. Es gab wohl kaum eine Berufsgruppe, die heimtückischer agierte als jene der Schauspieler. Zudem war es nun einmal so. Heftige Kritik verletzte sie persönlich so sehr, dass sie sich zurückzog, tagelang keiner Arbeit mehr nachging und am liebsten vom Erdboden verschwinden wollte. In solchen Momenten fühlte sie sich wie ein verletztes Tier, leckte ihre Wunden in der Hoffnung, dass alles gut ausgehen würde. Den Grund dafür glaubte Vera zu kennen: der permanente Vergleich mit ihrer Mutter und Großmutter. Von Kindesbeinen an stand sie im Schatten der beiden. Der Druck, besser sein zu müssen, entkräftete sie. Sie wollte nicht besser sein. Sie wollte so sein, wie sie nun einmal war. Bodenständig und fernab jedweder Feenhaftigkeit.

»Hat dir die Bleck-Film eigentlich all die Jahre über nie eine Rolle angeboten?«, holte sie Sophie aus ihren Gedanken zurück.

Vera schüttelte den Kopf.

»Und das hat dich nicht gewundert?«

Wieder schüttelte sie den Kopf. »Die Altmanns und die Blecks sind nicht gut aufeinander zu sprechen. Das wird uns Altmanns doch mit der Muttermilch eingeflößt, das weißt du doch. Aus diesem Grund dachte ich mir nichts dabei, hab auch nie mit einem Angebot aus dieser Ecke gerechnet.«

»Jetzt weißt du ja warum.«

Vera schüttelte noch einmal den Kopf. »Das allein ist sicher nicht der Grund. Wenn Roland Blecks Vater in mir tatsächlich eine einzigartige, geniale Schauspielerin gesehen hätte, dann wären ihm Mamas Meinung und ihre Querelen ziemlich am Arsch vorbeigegangen. Er hätte mir Angebote unterbreiten können, sobald ich volljährig gewesen wäre, und sich nicht von ihr abhalten lassen. So wie Roland das ja jetzt mit der Doku auch getan hat.«

»Hast du sie ihm angeboten, oder ist er auf dich zugekommen?«

»Sagen wir so ... ich wusste, wo und mit wem ich über das Projekt reden muss, um ihn darauf aufmerksam zu machen.«

»So wie du wusstest, wo und mit wem du reden musstest, um die Welt wissen zu lassen, wer mein Vater ist?« Sophie grinste schief.

Vera erwiderte das Grinsen. »Weißt was, ich mach uns jetzt

eine schöne Tasse heißen Kakao. So wie früher, als du noch klein warst und wir damit alle Probleme der Welt gelöst haben.« Sie nahm die Milchpackung aus dem Kühlschrank, leerte den Inhalt in einen Topf und gab Kakaopulver in zwei große Tassen.

»Dein Talent liegt möglicherweise im Schreiben«, sagte Sophie.

Vera hob die Augenbrauen und drehte sich herum. »Du meinst, weil mein leiblicher Großvater auch nicht zum Schauspieler getaugt hat, jedoch ein guter Autor war?«

»So in der Art.«

Vera lachte. »Ach, Süße! Das gäbe vielleicht einen kitschigen Stoff für einen Roman her.«

Sophie stimmte in ihr Lachen ein.

Vera goss die heiße Milch über das Kakaopulver, rührte mit einem Löffel ein paarmal um und reichte ihrer Tochter eine Tasse. »So, und jetzt lass uns alles, was nicht rundläuft, nach guter alter Altmann-Frauen-Manier einfach im Kakao ertränken.«

Sophie nahm einen Schluck, sah ihre Mutter über den Tassenrand hinweg an und setzte die Tasse wieder ab. »Und weil der Tag eh schon verschissen ist, kann ich dir auch gleich die nächste Hiobsbotschaft überbringen. Eigentlich wollt ich dir's gestern Nacht schon erzählen, aber du hast geschlafen, als ich heimkam.«

»Was noch?« Veras Augen weiteten sich. »Du bist schwanger!« Ihr Blick schwankte zwischen Entsetzen und Freude.

Sophie grinste breit. »Nein, Mama! Es ist etwas anderes.« Sie wurde wieder ernst. »Ich hab doch gestern den Fabian getroffen.«

»Ihr habt euch getrennt.«

»Nein.«

»Die Bleck-Film ist pleite.«

»Nein! Wenn du mich endlich aussprechen lässt, erfährst du's.«

»Lass mich raten«, sagte Vera beharrlich. »Ich überlege nämlich noch, ob ich überhaupt hören will, was du mir zu sagen hast.«

»Du weißt doch, dass Sebastian Horvat für deine Kinodokumentation einen Koproduzenten braucht«, sagte Sophie. »Er hat mit Roland Bleck darüber gesprochen.«

Vera blieb für einen kurzen Augenblick die Luft weg, ihr Blick wanderte an die Decke. »He, du da oben ... was hab ich angestellt, dass du mich so bestrafst?« Sie schloss die Augen, und als sie sie wieder öffnete, war leider alles wie zuvor. Sie blickte wieder zu ihrer Tochter. In solchen Momenten bemerkte sie, wie erwachsen Sophie geworden war. Erwachsener, als sie es in dem Alter gewesen war. Das erfüllte sie mit Stolz.

»Ich meine, das war dir doch klar, dass er sich bei so einem großen Projekt einen Koproduzenten ins Boot holt, allein schon wegen der Fördermittel«, merkte Sophie an.

»Natürlich war mir das klar. Aber dass er ausgerechnet den Roland ... Na wie auch immer. Wahrscheinlich wollte er deswegen unbedingt heute noch mit mir telefonieren.« Vera massierte ihre Schläfen. »Ich denke ernsthaft darüber nach, die ganze Sache abzublasen.«

»Blödsinn«, sagte Sophie scharf. »Wann wollte Sebastian dich anrufen?«

Veras Handy läutete. »Jetzt.« Sie stand auf.

»Sag nicht, dass ich dir die Sache mit der Bleck-Film verraten habe«, rief Sophie, bevor Vera den grünen Annahmeknopf drückte.

»Hallo, Sebastian.«

»Hallo, Vera«, hörte sie die Stimme des Produzenten.

»Na, was ist denn so wichtig, dass du unbedingt noch heute mit mir reden willst?« Sie zwinkerte Sophie zu, die lautlos »Danke, Mama« sagte.

»Ich hab nachgedacht und beschlossen, die Doku international zu vermarkten. Die Geschichte ist für Amerika ebenso interessant wie für Deutschland, Österreich und Tschechien. Und wenn wir für die nachgestellten Szenen mit Jakob Rosenbaum einen britischen Schauspieler verpflichten, bekommen wir auch noch England als Lizenzgebiet ins Boot.«

»Das klingt doch großartig.«

»Die Verträge sind übrigens heute an dich rausgegangen.«

»Gut, ich schau sie mir an, sobald sie in der Post liegen.«

»Du kannst dir vorstellen, dass ich für so ein großes Projekt Partner brauche.«

»Ich bin keine Anfängerin, Sebastian. Natürlich weiß ich das, und ich bin mir sicher, du wirst die richtigen Partner finden.« Sie gab Sophie ein Zeichen, dass er wohl jetzt gleich mit der Neuigkeit herausrücken würde.

»Vera, ich will nicht lange um den heißen Brei herumreden. Ich verhandle seit Tagen mit Roland Bleck über eine Koproduktion.«

Vera schwieg einen kurzen Moment, als höre sie zum ersten Mal davon. »Wozu war ich bei dir, wenn du jetzt wieder mit Roland Bleck daherkommst?«

»Weil er für diese Sache der Beste ist! Mein Vater hat mir gesteckt, dass deine Mutter einige unangenehme Dinge über Hans Bleck erzählen will ... Allein deshalb finde ich es gut, ihn im Boot zu haben.«

»Weiß Roland Bescheid ... also, über die Absicht meiner Mutter?«

»Er weiß, dass sein Großvater kein angenehmer Zeitgenosse war. Er meinte, da muss er halt jetzt durch.«

Vera atmete tief durch. »Meine Mutter wird sich dagegen verwehren.«

»Dann wirst du ihr eben beibringen, dass Roland Bleck nun doch Teil der Produktion sein wird. Du bekommst die Kinodokumentation, an der ihr ja bekanntlich so viel liegt. Doch wie ich das Ding finanziere, muss sie schon mir überlassen. Immerhin wird mich die Produktion rund drei Millionen kosten, und je mehr Koproduzenten und Lizenzgebiete ich dafür begeistern kann, umso besser für dich und für mich.«

»Aber ...«

»Vera, du bist damit zu mir gekommen. Jetzt beschwer dich nicht, dass ich wie ein Geschäftsmann handle. Du kannst die komplette Schuld auf mich schieben, und deine Mutter kann mich verfluchen. Ist mir egal.« Er machte eine kurze Pause.

Vera schwieg.

»Ich will das überarbeitete Drehbuch in drei Wochen auf dem Tisch haben. Ach, und übrigens: Mein Vater feiert in fünf Wochen seinen achtzigsten Geburtstag. Ihr seid alle herzlich eingeladen. Was so viel bedeutet wie: Er erwartet, dass ihr kommt. Die schriftliche Einladung ist schon an euch unterwegs. Roland Bleck wird auch dort sein, und ich persönlich werde dafür sorgen, dass deine Mutter mit ihm spricht.«

Vera lachte. »Da wünsch ich dir viel Erfolg. Du weißt, wie stur meine Mutter sein kann.«

»Sie wird zur Feier kommen, glaub mir. Und sie wird auch Ja zu Roland Bleck sagen, spätestens, wenn er mit ihr gesprochen hat.«

»Sei dir da nicht so sicher.«

»Vertrau mir! Und komm noch mal nach München.«

»Was hast du vor?«

»Wirst schon sehen.«

»Weißt du etwas, was ich nicht weiß?«

Er lachte. »Komm nach München«, wiederholte er statt einer Antwort.

»Warum hast du das nicht vorher mit mir abgesprochen?«

»Hättest du denn zugestimmt?«

»Nein.«

»Damit hast du deine Antwort.«

»Hol dich der Teufel!«

»Liebe, ich bin der Teufel! Schon vergessen?«

Jetzt musste auch Vera lachen. »Das bist du wirklich.«

»Sagt dir der Name Eri Klein etwas?«, fragte Sebastian.

Vera legte den Kopf schief. »Ja und nein. Ich weiß, dass sie die Maskenbildnerin meiner Mutter war. Sie hat oft für die Horvat-Film gearbeitet.«

»Mein Vater meint, dass es da eine Geschichte gäbe, die nur deine Mutter erzählen sollte.«

Berlin, März 2015

Sophie verbrachte die nächsten Tage damit, den Text für ihre Rolle in dem Krimi zu intensivieren, in Kims Wohnung herumzusitzen und nachzudenken. Zudem drehte sie regelmäßig ihre Laufrunden. Von der Kantstraße zum Schloss Charlottenburg und eine Schlaufe durch den Schlosspark. Die Strecke führte sie an Sehenswürdigkeiten wie dem Mausoleum der Königin Luise oder dem Teehaus nach Plänen von Langhans vorbei und gab ihr das Gefühl, Geschichte und Kultur einzuatmen.

Zwischen ihr und Fabian herrschte seit dem Streit in Wien mehr oder weniger Funkstille. Fabian hatte noch zwei SMS geschrieben und versucht, sie anzurufen. Doch Sophie hatte weder auf die SMS geantwortet noch abgehoben oder gar zurückgerufen. Derweil konnte sie nicht einmal behaupten, sauer auf ihn oder enttäuscht zu sein. Genau genommen hatte er nichts getan, das eine solche Strafe verdiente. Doch ihre Gefühlswelt schwebte zwischen bis über beide Ohren verliebt zu sein und etwas Verbotenes zu tun hin und her. Sie wähnte sich in einem sich viel zu schnell drehenden Karussell. Dummerweise sah sie keinen Ausweg, es anzuhalten.

Von außen betrachtet, versuchte sie sich heiter und voller Elan zu geben. Sie wollte Kim nicht auch noch mit schlechter Laune nerven, doch in Wirklichkeit quälte sie der Streit mit ihrer Großmutter. Zudem drängte sich immer wieder zwanghaft dieser eine Satz in ihre Gedanken, der noch im Raum gestanden hatte, als sie gegangen war: »Will denn niemand wissen, was Hans Bleck noch getan hat?«

Verflixt, hätte sie doch zugehört! Vielleicht hätte es ihr geholfen zu verstehen. Doch ihre Großmutter anzurufen und nachzufragen kam ihr unpassend vor. Dass das nämlich keine Geschichte war, die man einfach mal so am Telefon erzählte, konnte Sophie sich denken. Sie malte sich unterschiedliche Szenarien aus, die einen derart abgrundtiefen Hass begründeten, und kam zu dem Entschluss: Bleck musste auch ihrer Großmutter etwas angetan haben. Er war trotz seiner Nazivergangenheit in den Sechzigerjahren ein gefragter Produzent gewesen, doch soweit sie sich erinnerte, hatte ihre Großmutter selten ein Wort über Hans Bleck verloren. Auch nicht über dessen Sohn, der bis zu seinem tödlichen Autounfall vor Roland Bleck die Produktionsfirma geleitet hatte. Die Bleck-Film existierte in Marianne Altmanns Leben einfach nicht. Objektiv betrachtet, eine wahre Leistung. Selbst Tochter und Enkeltochter fügten sich bedenkenlos diesem Buch mit sieben Siegeln. Bis heute.

Und jetzt brach das verschüttet Geglaubte heraus, wie Lava aus einem Vulkan. Ebenso zäh, heiß und gefährlich erschien ihr das Lügenkonstrukt ihrer Familie zu sein.

»Wenn du beherzigst, was ich dir die letzten Tage beigebracht habe, wirst du eine tolle Barkeeperin abgeben«, riss Kims Stimme sie aus ihren Gedanken, als sie wieder bei ihrer Freundin am Küchentisch saß. Kim stellte eine Kaffeetasse vor sie hin. Sie wollten gemeinsam frühstücken, bevor Kim zur Uni aufbrach und Sophie noch einmal in Ruhe ihren Text durchging.

»Und wenn dein Gegenüber einen Sex on the Beach bestellt, ist das keine Anmache, sondern ein Getränk. Du musst also nicht gleich deine Krallen ausfahren.« Kim lachte lauthals.

Sophie schmierte sich ein Honigbrot. »Kim, ich spiele eine Barkeeperin. In Wirklichkeit mixe ich gar keine echten Getränke, ich tu nur so. Zudem muss ich laut Drehbuch nur zwei- oder dreimal ein Bier zapfen.«

»Wie langweilig, Bier zapfen.« Kim zog eine angewiderte Grimasse. »Als ob das unser Hauptjob wäre.«

»Du studierst, schon vergessen? Dein Hauptjob ist zu lernen.« Sophie grinste. »Außerdem sagt mir ein Regisseur, was ich zu tun habe. Ich darf also meine Krallen gar nicht ausfahren, wenn mir danach wäre.« Sie biss in ihr Brot.

»Apropos Krallen: Hast du schon etwas von Fabian gehört?«, fragte Kim und schnappte sich eine Scheibe Toast.

Sophie schüttelte den Kopf, blickte traurig drein.

»Hast du ihn endlich zurückgerufen?« Kim schmierte sich zuerst Butter, dann Nutella auf die Schnitte.

Sophie fixierte die Tasse in ihren Händen. »Nein. Ich habe mehrmals daran gedacht, es aber doch nicht gemacht.«

»Oh, Sophie!« Kim legte das Messer zur Seite. »*Romeo und Julia* ist eine Komödie, verglichen mit euch beiden. Ihr führt ein ganz mieses Drama auf. Schlechte Besetzung, schlechtes Drehbuch, schlechte Umsetzung, um es einmal in deiner Sprache zu sagen.« Sie biss ab und kaute. »Ab morgen kannst du ihm nicht mehr aus dem Weg gehen, das ist dir hoffentlich klar.«

»Hm«, brummte Sophie.

Am nächsten Tag stand der erste Drehtag für den Krimi auf Sophies Programm. Zwei Tage beraumte man für die Szenen mit Sophie an. Tage, an denen sie unweigerlich mit Fabian reden musste. Der Regieassistent war nun einmal unter anderem für den perfekten Ablauf am Set verantwortlich. Sie würde somit die ersten Anweisungen direkt von ihm bekommen.

Unruhig lief sie auf und ab, als ihr Handy läutete. Die Nummer am Display kannte sie zwar nicht, hob aber trotzdem ab.

»Hallo?«

»Karin Böhler hier«, meldete sich eine weibliche Stimme.

»Ihr Vater hat mir Ihre Telefonnummer geben, nachdem Ihre Mutter ...«

»Ja, tut mir leid«, unterbrach Sophie. »Sie hat mir Bescheid gegeben, aber ich hab in letzter Zeit von morgens bis abends gedreht«, log sie und ließ ihren Tonfall entschuldigend klingen.

»Ihr Vater sagte mir schon, dass Sie viel zu tun haben. Sie stehen ja auch bald für eine Krimireihe vor der Kamera.«

»Ja, ab morgen.«

»Frau Altmann, ich würde gerne einen Artikel über Sie schreiben ... Ihr Vater hat mir erzählt, dass Sie der Star in seinem nächsten Film sein werden.«

»Darüber haben Sie doch schon berichtet.«

»Ja, schon«, bestätigte Karin Böhler, »aber jetzt würde ich gerne mehr Persönliches über Sie berichten. Sie entstammen einer großen Schauspielerdynastie, und Ihr Vater ist ein erfolgreicher Regisseur.«

Und du hattest mal etwas mit meinem Großvater, dachte Sophie.

Karin Böhler stellte ein paar harmlose Fragen über ihre Arbeit und ihre Vorbilder, die Sophie entspannt beantworten konnte.

Kim goss Sophie ungefragt Kaffee nach.

»Darf ich Ihnen noch eine letzte Frage stellen, Frau Altmann?«

»Bitte.«

»Was ist dran an dem Gerücht, dass Sie und Fabian Bleck liiert sind?«

Sophie schoss Hitze in die Wangen. Damit hatte sie nicht gerechnet.

»Ihrer Großmutter wird das möglicherweise nicht gefallen«, fügte Karin Böhler hinzu.

»Kein Kommentar.« Mehr fiel Sophie dazu auf die Schnelle nicht ein.

Kim machte eine fragende Geste.

»Fabian«, formte Sophie lautlos mit den Lippen.

Kim zuckte mit den Achseln und formte ein Lautloses: »Und?«

Sophie schüttelte den Kopf und blieb schweigsam. Kim zeigte ihr einen Vogel.

Die betagte Reporterin hakte noch zweimal nach, doch Sophie blieb bei ihrer abwehrenden Haltung. Schließlich bedankte sie sich für das Gespräch, immerhin war kein Kommentar auch eine Antwort auf eine Frage, und sie verabschiedete sich.

»Deine Großmutter weiß doch von ihm«, sagte Kim. »Worauf wartest du also noch? Ruf ihn an! Klärt euren Streit, und lebt glücklich und für jeden sichtbar bis ans Ende eurer Tage. Meinen Segen hast du!«

»Hm«, brummte Sophie erneut.

Kim runzelte die Stirn. »Hat denn wenigstens deine Mutter schon mit deiner Großmutter über die Bleck-Film gesprochen?«

»Meines Wissens nicht. Sie arbeitet im Moment ziemlich intensiv am Drehbuch, da kann sie keinen Ärger brauchen. Sie will es ihr kurz vor der Geburtstagsparty von Max Horvat schonend beibringen.«

»Tolle Strategie.« Kim trank einen Schluck Kaffee und lehnte sich mit der Tasse in der Hand im Stuhl zurück. »Deine Großmutter möchte ich echt mal kennenlernen. Muss ja ein ziemlicher Drache sein, wenn ihr euch alle so vor ihr anscheißt.«

»Das tun wir doch gar nicht«, entrüstete sich Sophie. »Sie ist im Grunde genommen eine ganz, ganz Liebe. Sie ist einfach ... na ja ... irgendwie extrem stur. Mit ihr zu diskutieren ist manchmal echt eine Herausforderung. Es gelingt meiner Mutter und mir selten, sie von ihrer festgefahrenen Meinung abzubringen. Die Blecks sind Dämonen, und damit basta!« Sophie hielt kurz inne. »Von dem einmal abgesehen, scheint sie irgendetwas extrem verletzt zu haben, und das hängt mit Hans Blecks Verhalten zusammen.«

»Gut, dieser Bleck hat sich also aufgeführt wie das letzte Arschloch. Das kann sie jedoch nicht Enkel und Urenkel anlasten.«

»Das haben wir ihr auch gesagt«, erklärte Sophie. »Egal, wie schlimm die Sache damals auch war – Roland und Fabian dafür büßen zu lassen ist nicht richtig.« Sie schüttelte den Kopf. »Deshalb vermuten wir ja, dass da noch etwas war. Wir wissen aber nur nicht, was.«

»Ihr Altmanns macht aber auch ein Geheimnis um eure Mischpoche.«

»Weißt du denn ganz genau Bescheid über das Leben deiner Großeltern oder Urgroßeltern?«

Kim schüttelte den Kopf. »Über meine Urgroßeltern weiß ich gar nichts, ich kenne nicht einmal ihre Namen. Und über meine Großeltern halt das, was man so weiß. Berufe, wo sie wohnen, wie viele Geschwister sie haben ... Ende.«

»Siehst du. Und ich habe halt das ...«, sie malte Anführungszeichen in die Luft, »Pech, dass meine Familie prominent ist. Da wird das eine oder andere unangenehme Detail gerne einmal unter den Teppich gekehrt oder aus der Biografie gestrichen, und wenn du doppelt Pech hast von Journalisten, die dir eine vor den Latz knallen wollen, wieder hervorgekehrt.«

»Macht das deine Mutter auch? Etwas aus der Familienbiografie streichen?«

Sophie zuckte mit den Achseln. »Vielleicht die Tatsache, dass mein Großvater zahlreiche Affären hatte. Keine Ahnung, ob meine Mutter darüber berichtet.«

Kim legte Käsescheiben auf ein Butterbrot und klappte es zusammen. »Wie auch immer. Ich muss jetzt zur Uni. Und weißt du was, ich werde mal Ausschau halten nach einem hübschen Kommilitone.«

»Wozu?«

»Der soll dir den Fabian aus dem Kopf vögeln.« Kim lachte unbefangen, küsste Sophie zum Abschied auf beide Wangen und verließ die Wohnung.

Sophie saß noch eine Weile reglos da, dann räumte sie den Tisch ab. Den restlichen Tag verbrachte sie damit nachzudenken und sich auf die Rolle vorzubereiten. Einige Male nahm sie das Handy zur Hand, suchte Fabians Namen unter den Kontakten. Der Streit war lächerlich, und sie hatte überzogen reagiert. Warum also sollte sie ihn nicht anrufen?

Sie tat es aber nicht, brachte es nicht übers Herz.

In dieser Nacht schlief Sophie schlecht und wachte unzählige Male auf.

Die Bar, in der die Schankszenen gedreht werden sollten, lag in der Charlottenstraße in Kreuzberg. Als Sophie das Lokal betrat, empfing sie geschäftiges Treiben. Fabian konnte sie jedoch unter all den Leuten am Set nicht entdecken. Die Kameras fixierten die Bar.

Sophie begab sich augenblicklich in die Maske, wie es die Disposition, die man ihr zugeschickt hatte, vorsah. Zu dem Zweck war kurzerhand ein Teil des Lagers umgeräumt worden. Zwischen leeren Getränkekisten standen mobile Schminkspiegel mit Glühlampen, davor ein Make-up-Stuhl mit Kopfstütze. Die Maskenbildnerin, eine dunkelhaarige Mittdreißigerin, winkte sie zu sich und begann mit ihrem Werk, sobald Sophie Platz genommen hatte.

Eineinhalb Stunden später stand sie auf ihrem Platz hinter der Bar. Fabian hatte sie inzwischen entdeckt, er stand neben der Kamera und blickte angestrengt auf die Unterlagen in seiner Hand. Ihr Magen zog sich zusammen, und ihr Herz pochte aufgeregt. Ob es ihm ähnlich erging? Sie hoffte, vor Drehbeginn zumindest noch einen kurzen Blick von ihm aufzufangen, doch Fabian sah nicht einmal in ihre Richtung.

»Sophie, bei dir alles klar?«, drang die Stimme des Regisseurs an ihr Ohr. Jetzt sah endlich auch Fabian auf. Sein Gesichtsausdruck schien gleichmütig.

Sie atmete unauffällig tief durch und nickte.

»Ruhe bitte, wir drehen!« Wieder die Stimme des Regisseurs. Sophie konzentrierte sich und begab sich umgehend in ihre Rolle. Sie zapfte ein Bier und stellte es lächelnd dem Gast an der Bar vor die Nase. Dabei sprach sie ihren Text und begann den Tresen abzuwischen. Der Schauspielkollege nahm das Bier und brachte einen Trinkspruch auf seinen verstorbenen Freund aus. Sophie unterhielt sich nun mit ihm, und diese Informationen würde sie später an die Kommissare weitergeben, nachdem der Gast tot aufgefunden worden war. Sie bekleidete keine anspruchsvolle Rolle, doch sie spielte die Bardame mit Leidenschaft. Die Szene wurde noch einige Male wiederholt, weil sie aus unterschiedlichen Positionen gefilmt wurde.

Als ihr Part abgedreht war, zog sich Sophie in die Garderobe zurück. Dem Interieur zufolge war dies im Normalfall der Umkleideraum der Kellner. Warum nur wollten die Fans so gerne den Backstagebereich sehen? Der war in den seltensten Fällen spannend, und sogar in großen Konzerthallen oder im Theater waren diese Räumlichkeiten oftmals die hässlichsten des gesamten Gebäudes.

Ein Teil ihres Jobs bestand aus Warten. So lange, bis die Kameras anders positioniert standen, das Licht neu eingerichtet war und sie wieder an die Reihe kam.

»Und, hast dich wieder beruhigt?«, ertönte da eine Stimme.

Sophie drehte sich um. Fabian stand in der Tür. Sie zwang sich ruhig zu bleiben, obwohl sie ihm am liebsten um den Hals gefallen wäre.

»Oh, hallo.« Ihr Herz pochte aufgelöst bis zu den Schläfen.

Um ihm nicht in die Augen sehen zu müssen, weil das augenblicklich ihre Zurückhaltung schwächte, ließ sie ihren Blick über seine Schulter hinweg in den Flur wandern.

Er sah sie vorwurfsvoll an. »Keine Angst. Es ist niemand in der Nähe, der uns hören könnte. Können wir reden?«

Ja, lass uns reden, jubelte Sophie innerlich, doch ihr verfluchter Stolz bremste sie. »Hier? Jetzt?«

»Nein, nicht jetzt. Ich hab gleich wieder zu tun. Heute Abend?«

Sie nickte und lächelte ihn an.

»Okay. Ich hol dich von der Arbeit ab.« Er verschwand ebenso rasch, wie er aufgetaucht war. Sein Duft blieb zurück. 1 Million von Paco Rabanne.

Sophie wähnte sich kurz vor einer inneren Explosion, so sehr schmerzte ihr Körper vor aufgeregter Anspannung. Sie atmete ein paarmal tief ein und aus. Beruhig dich, ermahnte sie sich stumm. Irgendwann hörte sie ihren Namen. Sie musste zurück hinter die Bar.

Fabian wartete nach Drehschluss vor der offenen Garderobentür. »Gehen wir ein Stück zu Fuß?«

Sophie nahm ihren Mantel vom Kleiderbügel und zog ihn über. »Wo willst du hingehen?«

»Ich hab kein bestimmtes Ziel. Ich will einfach ein bisschen durch die Straßen ziehen, den Kopf frei bekommen und ...« Er brach ab.

Sie schlang sich den Schal um den Hals, und sie verließen gemeinsam den Drehort.

Ihre Schritte waren gemäßigt, als wollten sie beide dadurch die Zeit anhalten, und hallten auf dem asphaltierten Gehsteig. Kalter Wind blies durch die Straßen. Sie wünschte, dass er seinen Arm um ihre Schultern legte, sehnte sich nach seiner Körperwärme, nach seiner Nähe. Er fehlte ihr so sehr. Warum nur konnte sie ihm das nicht genau so sagen?

Fabian bohrte seine Hände in die Jackentaschen. Eine Gruppe lachender Jugendlicher kam an ihnen vorbei und drängte sie auseinander.

»Es tut mir leid«, sagte sie, als sie wieder nebeneinander hergingen.

»Was tut dir leid?« Er sah sie von der Seite an. »Dass du mir nicht geantwortet hast? Dass du nicht abhebst, wenn ich dich anrufe? Dass du dich aufführst wie ein kleines Kind?«

Der Vorwurf traf sie unvermittelt. Sie hatte auf liebevolle, einlenkende Worte gehofft.

Fabian blieb abrupt stehen. Seine Hände schnellten hervor, griffen nach ihren Ärmeln und hielten sie fest. Sie sah ihm ins Gesicht. Er zögerte, um für einen langen Moment in ihren klaren blauen Augen zu versinken. Ihr stockte der Atem, und ihre Pupillen weiteten sich. Ihr Verlangen nach diesem Mann war unübersehbar. Nervös biss sie auf ihrer Unterlippe herum, dann lächelte sie ihn herausfordernd an. »Und was jetzt?«

»Sophie, ich finde das Versteckspiel einfach nur lächerlich.« Sein Tonfall klang ärgerlich. »Es gibt sicher Männer, die es toll finden, wenn eine Frau so zickt. Ich find's blöd und nervig.«

Überrascht von der unerwarteten Heftigkeit seiner Worte, trat sie einen Schritt zurück.

»Ich find's kindisch, wie sich deine Großmutter verhält und wie du dich in deine Rolle fügst, als wärst du ein ... ein ...« Er suchte nach dem passenden Wort. »Hund.«

Sie zuckte zusammen. Seine Worte trafen sie erbarmungslos wie ein Peitschenhieb.

»Du verstehst nicht ...«, setzte sie an.

»Was verstehe ich nicht? Dass wir beide keine Beziehung führen dürfen, weil es der bösen Königin nicht gefällt?«

Sie musste lachen, doch er blieb ernst.

Da spürte Sophie Wut aufkommen. Wie konnte er es wagen!

»Wir Altmann-Frauen haben eine sehr innige Beziehung zueinander. Seit ich denken kann, bilden wir eine eingeschworene Einheit.«

»*Die stolzen Altmann-Frauen*«, sagte er und sprach damit aus, was man über sie in der Branche erzählte. »Das klingt, als kämst du aus einer Militäreinheit.«

Er ist verletzt und will dich provozieren, ging es ihr durch den Kopf.

»Verstehst du denn nicht, Fabian? Egal, was passiert und wie schwierig eine Situation auch erscheint oder wie lange ein Streit andauert – am Ende halten die Altmanns zusammen. So haben meine Mutter und meine Großmutter es immer gehalten. Und in meinen Adern fließt ihrer beider Blut.«

»Was seid ihr, ein Indianerstamm?«

Sie schenkte ihm einen giftigen Blick.

»Keine Angst, ich will nicht dein Blut. Das könnt ihr gerne behalten.«

Sophie biss sich erneut auf die Unterlippe.

»Ich will nur wissen, was das alles mit unserer Beziehung zu tun hat«, hakte er in einem abgemilderten Tonfall nach. »Erklär's mir! Ich verstehe es nämlich nicht.«

Sophie antwortete nicht, weil sie die Antwort darauf nicht kannte. Es war nun einmal so. Alles und jeder musste sich den Familienregeln unterordnen.

»Das ist ja alles gut und schön«, fuhr er nach einer Weile des Schweigens fort. »Ich finde es großartig, dass ihr euch untereinander so gut versteht. Aber es kann doch nicht sein, Sophie, dass diese Einheit, wie du es nennst, unsere Beziehung zerstört!«

Erschrocken sah sie ihn an. »Wie meinst du das?«

»Denk doch mal nach! Willst du unsere Beziehung vor deiner Großmutter geheim halten, bis sie senil ist oder gar stirbt?«

»Sie weiß von uns.«

Fabian stutzte. »Echt? Was heißt, sie weiß von uns?«

»Meine Mutter hat es versehentlich erwähnt, und ich habe es bestätigt.«

»Oh wie schön, deine Mutter hat sich verplappert und mich damit sozusagen aus Versehen öffentlich gemacht.« Er klang zynisch.

»Ich hätt's ihr sicher auch irgendwann gesagt.«

»Wann? An ihrem Grab?«

»*Irgendwann*«, antwortete sie wütend. »Warum pochst du eigentlich so darauf, unsere Beziehung öffentlich machen zu wollen? Andere Männer sind froh, wenn eine Frau die Angelegenheit locker sieht.« Sie bereute den Satz in der Sekunde, in der sie ihn ausgesprochen hatte.

»Ach, du wolltest eine lockere Affäre? Entschuldige, das hab ich falsch verstanden. Wenn es passt, schlafen wir miteinander, und sonst geht jeder seine Wege ...«

»Nein«, sagte sie rasch. »So habe ich das nicht gemeint.«

»Was dann?«

Sie machte eine verzweifelte Geste. »Es ist halt alles schwierig. Ich bin stolz auf meine Familie ... und doch ... es passiert so viel. Nichts ist mehr so, wie's noch vor drei Wochen war ... Irgendwie fühle ich mich wie in einem großen Kokon, der aus Lügen gesponnen wurde.«

»Und das gibt dir noch immer nicht zu denken? Wach auf, Sophie. Deine Großmutter ist keine Heilige.«

Sie schwieg.

»Ein Kokon platzt irgendwann, und dann erscheint ein wunderschöner Schmetterling. Und jetzt, da deine Großmutter Bescheid weiß ...«

Sophie unterbrach ihn mit einer unmerklichen Geste. »Das macht es nicht einfacher. Sie war ziemlich enttäuscht, als sie von uns erfuhr, und hat gleich darauf die Geschichte erzählt, wie dein Urgroßvater meine Urgroßmutter zwingen wollte, ihre

Kollegen für die Gestapo auszuspionieren. Ich muss zugeben, das hat mich ziemlich getroffen.« Sie schluckte. »Ich kannte meine Urgroßmutter kaum. Ich war sechs Jahre alt, als sie starb, und doch fühle ich mich ihr verbunden. Sie musste so viel erdulden, hat sich jedoch nie unterkriegen lassen. Diese Eigenschaft zeichnet uns Altmann-Frauen aus. Einfach sich nicht unterkriegen lassen. Niemals aufgeben! Meine Urgroßmutter hat dieses Leitbild meiner Großmutter weitergegeben und diese an meine Mutter und an mich.«

»Was ist eigentlich mit deinem Großvater?«

Sophie sah Fabian überrascht an. »Was soll mit ihm sein?«

»Du sprichst selten über ihn.«

»Mein Großvater hat viel gearbeitet.«

»Das ist alles?«

»Er ist gebürtiger Münchner, wie mein Vater. Ist das nicht ein witziger Zufall?«

»Sehr witzig«, antwortete Fabian trocken und wartete. Als von Sophie nichts mehr kam, sagte er: »Mein Vater meinte ...«

»Du hast mit ihm über uns gesprochen?«

»Es wird dich jetzt vielleicht überraschen ... aber auch die Blecks haben ein gutes Verhältnis zueinander. Und wie es scheint, reden wir im Gegensatz zu deiner Familie offener und öfter miteinander. Auch über unangenehme Dinge. Wir leben nämlich nicht hinter einer rosaroten Fassade ...«

»Und was hat dein Vater gesagt?«, unterbrach Sophie giftiger als gewollt.

Fabian setzte sich wieder in Bewegung. Sophie hielt mit ihm Schritt.

»Was hat er über uns gesagt?«

»Dass Männer im Leben der Altmann-Frauen lediglich eine untergeordnete Rolle spielen.«

»Wenn er damit meint, dass wir Altmanns keine Männer zum Überleben brauchen, dann ja. Damit hat er durchaus recht.

Selbstbestimmtheit und Unabhängigkeit werte ich als positive Entwicklung und Eigenschaft. Egal ob als Frau oder als Mann.«

»Durchaus«, stimmte Fabian zu. »Das war's auch nicht, was ich meinte.«

»Jetzt wart halt einmal einen Moment!« Sie stoppte ihn. »Was genau meinst du?«

»Ach, ich weiß auch nicht.« Er machte eine wegwerfende Handbewegung. »Merkst du's eigentlich, Sophie? Ich bin nicht dein Freund, ich bin dein verdammtes Problem, und in der Rolle fühle ich mich einfach nicht wohl.«

Sophie lachte schallend auf. »So ein Blödsinn. Du bist doch nicht mein Problem.« Sie überlegte, weil ihr das richtige Wort nicht einfallen wollte und der Beginn einer jungen Beziehung ihrer Meinung nach noch keine großen Liebesschwüre zuließ.

In seinen dunklen Augen flammte Enttäuschung auf. »Überleg dir, was du willst, Sophie.«

Sie wiegte den Kopf hin und her, öffnete den Mund für eine Antwort. Doch Fabian kam ihr zuvor.

»Und bis dahin halten wir privat Abstand zueinander.«

Sophie hielt bei diesem Satz den Atem an.

»Ich hab auch beschlossen, mich nicht für die Regieassistenz bei deiner Mutter zu bewerben. Ich bleibe in Berlin und arbeite hier weiter.«

»Aber ...« Sophie wusste nicht, wie sie reagieren sollte. Sie wollte nicht, dass er sie verließ.

Fabian küsste sie flüchtig auf die Wange. »Mach's gut!« Er wandte sich um und ging weg.

Sophie sah ihm nach und unterdrückte das Verlangen, ihm nachzulaufen. Sie hoffte, dass er zurückkam oder sich zumindest umdrehen und ihr einen Blick schenken würde. Die Hoffnung zerschlug sich, als er um die Ecke bog. Ihr Herz krampfte sich zusammen. Dann eben nicht, hämmerte es trotzig in ihrem Kopf. Sie würde sich in Zukunft eben intensiver auf ihre Karriere konzentrieren, Männer störten da nur. So gingen die Altmann-Frauen mit Problemen um. Sie verbot sich zu weinen, musste sie doch morgen vor der Kamera wieder gut aussehen.

So reckte sie den Kopf und stolzierte hoch erhobenen Hauptes in die entgegengesetzte Richtung davon. Die Dreharbeiten am nächsten Tag würden zum Spießrutenlauf durch die Hölle werden.

Berlin, März 2015

Als der Wecker am nächsten Morgen um sechs Uhr läutete, schien es Sophie, als wäre sie erst vor fünf Minuten schlafen gegangen. Sie stand auf und schlich leise durch die Wohnung, um Kim nicht zu wecken. Ihre Freundin war um fünf Uhr von ihrem Job in der Bar nach Hause gekommen. Sophie hatte ihr noch nicht von der Trennung erzählen können.

Ein Blick in den Spiegel ließ sie erschrecken. Sie hatte gestern Abend doch noch geweint. Ihre Augen zeigten sich rot und verquollen.

»Verdammte Scheiße«, fluchte sie leise.

Sie legte in der Küche zwei Kaffeelöffel ins Gefrierfach, räumte ihr Bettzeug von der Couch und ging ins Bad. Nach einer raschen Dusche zog sie sich an und brühte sich in der Küche schnell einen Instantkaffee auf. Dazu aß sie ein halbes Butterbrot. Sie hoffte, am Set ein ordentliches Frühstück zu bekommen. Bei dem Gedanken, Fabian dort zu treffen, krampfte sich ihr Magen zusammen. Sie nahm die Löffel aus dem Gefrierfach, setzte sich aufs Sofa, legte den Kopf in den Nacken und bettete die eiskalten Löffel auf ihre Augen. Die Kälte nahm die Schwellung, um den Rest musste sich die Maskenbildnerin kümmern. Wozu gab es Augentropfen, die den Augapfel wieder weiß bekamen? Zudem konnte ein weißer Eyeliner, direkt auf der Wasserlinie aufgetragen, die Augen strahlender und größer erscheinen lassen. Sie kannte die Tricks.

Zehn Minuten vor sieben Uhr verließ sie die Wohnung. Auf

dem Weg zum Drehort versuchte sie, die wachsende Unruhe in den Griff zu bekommen.

Als Sophie am Set ankam, berieten sich Regisseur und Kameramann gerade über die Kameraposition. Vor der Bar wurde ein Dolly auf Schienen aufgebaut. Das würde später für eine saubere Kamerafahrt sorgen, wenn die Aufnahmen mit den Komparsen im Lokal gemacht wurden. Die Licht-Crew leuchtete die Bar ein. Heute standen die Szenen mit dem Hauptdarsteller, der den Kommissar spielte, auf dem Drehplan. Fabian stand mit dem Rücken zu ihr hinter der Schank. Er sortierte die Flaschen und Gläser, die den Hintergrund bei den Aufnahmen bildeten.

»Guten Morgen«, sagte Sophie so unbeschwert wie möglich, während ihr Blick seinen Rücken fixierte.

»Morgen«, schallte es aus mehreren Seiten zurück. Fabian brummte etwas Unverständliches, ohne dass er sich die Mühe machte, sich umzudrehen. Sophie schluckte betrübt. Männerstolz war nicht zu unterschätzen.

»Ah, Sophie«, hörte sie die Stimme des Regisseurs. »Wir fangen heute mit den Großaufnahmen mit dir an.«

Auch das noch, dachte Sophie. Ihre Augen waren noch leicht gerötet.

»Mach dich gleich bereit!«

In dem Moment tauchte die Maskenbildnerin auf. »Sophie, kommst du bitte gleich zu mir?«

Sophie schnappte sich einen Pappbecher vom Tisch, goss Kaffee aus der Thermoskanne hinein und ging ihr hinterher in die Maske. Dann eben kein ausgiebiges Frühstück. Fabians Verhalten hatte ihr sowieso den Appetit verdorben. Vor dem mobilen Schminkspiegel lagen Make-up, Puder, Pinsel und alle anderen notwendigen Utensilien bereits akkurat aufgereiht. Sophie ließ sich auf dem Schminkstuhl nieder, lehnte den Kopf gegen die Kopfstütze. Sie fühlte sich so erschöpft, als hätte sie bereits stundenlange Dreharbeiten hinter sich. Diese Seelenschmerzen musste sie sich gut einprägen, falls sie einmal eine Figur darstellen musste, die vor Liebeskummer verging. Sie schluckte die aufsteigenden Tränen hinunter. Nur jetzt nicht weinen. Das war dieser Kerl nicht wert.

Über den Spiegel sah sie eine Handvoll Komparsen. Sie saßen um den Tisch herum, den irgendjemand in dem Lagerraum aufgestellt hatte. Sie tranken Kaffee und unterhielten sich. Für sie hieß es warten, die Hauptaufgabe von Figuranten und Kleindarstellern. Ihnen wurde die Aufgabe zuteil, die Gäste in der Bar zu spielen. Diese Szenen wurden laut Drehplan erst am frühen Nachmittag gedreht. Warum man sie jetzt schon herbestellt hatte, entzog sich Sophies Kenntnis.

Die Aufnahmeleiterin, eine dunkelhaarige Schönheit, tauchte mit einem Tablett voll Gebäck auf. »Frühstück«, trällerte sie fröhlich und überreichte es einem der Komparsen.

»Sag, hast du gestern zu lange gefeiert?«, fragte die Maskenbildnerin Sophie, nachdem sie ihre Augen ausgiebig gemustert hatte.

»Sorry«, brummte Sophie eine halbherzige Entschuldigung. Sollte sie doch glauben, dass sie zu jenen Schauspielerinnen gehörte, die sich trotz Dreharbeiten am Morgen die Nächte um die Ohren schlugen. Das war ihr lieber, als zur Heulsuse abgestempelt zu werden.

»Na dann, irgendwie krieg ich das schon hin.« Seufzend machte sich die Schminkmeisterin ans Werk.

Kaum war Sophie geschminkt und wieder zurück am Set, brach die übliche Hektik aus. Fabian instruierte sie, sein Lächeln war jedoch ausgelöscht. Professionalität beherrschte seine Züge. Sie ging hinter die Bar. Auf einem Barhocker saß ein Komparse als Platzhalter, damit Sophie ihren Text nicht ins Leere sprechen musste. Die Fernsehzuseher würden dann den Kommissar auf diesem Barhocker sitzen sehen und wie er ihr von dem Toten erzählte, der am Vortag die Bar aufgesucht hatte.

»Hier ist deine Standposition«, erklärte Fabian knapp und zeigte auf ein schwarzes X aus Gafferband am Boden.

Er roch so verdammt gut. Sie hätte ihn gerne berührt und gefragt, ob er das tatsächlich ernst meinte, was er gestern gesagt hatte.

»Bis hierher kannst du dich bewegen. Aber ab hier …« Er zeigte auf die grauen Klebebänder am Tresen, die die Grenzen ihres Radius kennzeichneten, »bist du aus dem Bild. Das ist das Glas, in das du das Bier zapfst.« Er deutete auf die Tulpe unter dem Zapfhahn. »Alles klar?«

Sie nickte, griff nach dem Tuch, das ebenfalls für sie bereit lag. Fabian wechselte vor die Bar, stand wenige Augenblicke später neben dem Regisseur.

»Ruhe bitte«, rief die Aufnahmeleiterin.

Die Kamera war auf Sophie gerichtet. Sie verdrängte den Gedanken, dass ihr Gesicht nun ganz groß im Bild war. Auch wenn die Maskenbildnerin sehr gute Arbeit geleistet hatte.

Du siehst großartig aus, beruhigte sie sich stumm.

»Ton läuft«, rief der Tonmeister. Über ihr schwebte die Tonangel.

»Kamera läuft«, vermeldete der Kameramann. Fabian schlug vor der Kamera die Klappe mit der Nummer des Takes.

»Bitte«, gab der Regisseur das Zeichen, und seine grauen Augen konzentrierten sich auf Sophie. Sie wischte mit kreisrunden Bewegungen den Tresen ab, dann sah sie auf und betrachtete den Komparsen mit nachdenklichem Blick, zählte in Gedanken bis drei und begann ihren Text aufzusagen: »Ja, der Mann war hier. Er saß genau da, wo Sie jetzt sitzen, trank ein Bier.«

»Dann zapfen Sie mir doch auch mal eines«, las der Regisseur den Text des Kommissars vom Blatt ab. Alkohol im Dienst, welcher Schwachkopf hatte sich das ausgedacht?, schoss es ihr durch den Kopf.

»Aber gerne doch«, erwiderte Sophie mit Blick auf den Komparsen. Dann machte sie sich am Zapfhahn zu schaffen, währenddessen stellte der Regisseur die Fragen, die später der Hauptdarsteller an der Bar sprechen würde. In der Zwischenzeit nahm ihr jemand die Tulpe aus der Hand und reichte ihr ein perfekt gezapftes Bier. Das würde man später im Film nicht zu sehen bekommen.

Und dann passierte es. Sophie sollte das Bier auf den Tresen stellen. Das Glas rutschte ihr jedoch aus der Hand und zersprang in tausend Scherben. Das Gebräu ergoss sich über die Bar. Sophie wurde heiß.

»Entschuldigung.« Ihr Blick heftete sich auf die Pfütze. Sie wollte Fabian nicht in die Augen sehen.

»Cut!«, brüllte der Regisseur. »Alles auf Anfang!«

Der Drehtag gestaltete sich zäh. Sophie versuchte, sich zu konzentrieren und ihr Bestes zu geben. Und doch verpatzte sie noch einmal eine Szene, weil sie ihren Text vergaß.

Das war's mit deiner Karriere beim deutschen Film, dachte sie verbittert. Doch der Regisseur zeigte sich überraschend geduldig. Andere machten schon wegen weniger einen Aufstand. Auch Fabian reagierte ruhig. Er tat, was er als Regieassistent zu tun hatte, verlor jedoch kein Wort zu viel an sie.

Mittags wurde Pizza von einer naheliegenden Pizzeria geliefert. Zu dem Zeitpunkt tauchte auch der Hauptdarsteller auf. Ein großer Kerl mit dunkelblonden angegrauten Haaren und einem sympathischen Lächeln. Zum Glück passierte auch ihm ein Missgeschick: Er schüttete sich das Bier, das ihm Sophie reichte, auf die Hose und musste sich umziehen. Ein Segen, dass die Ausstatterin eine identische zweite Hose in der Garderobe hatte.

Sie spielten die Szene mehrfach durch, dann kamen die Komparsen zum Einsatz. Sie besetzten das Lokal, unterhielten sich, tranken Cocktails, tauschten verliebte Blicke aus, je nachdem, für welche Rolle sie eingeteilt waren.

Beim Abschminken ließ sich Sophie extra viel Zeit. Sie plauderte mit der Maskenbildnerin und hoffte, dass Fabian noch einmal auftauchen würde. Er kam nicht, was sie sich selbst damit erklärte, dass er in der Bar unabkömmlich war. Immerhin drehten die anderen noch. Nur die Einstellungen mit ihr und dem Kommissar waren bereits im Kasten. Nach und nach tauchten auch die Komparsen wieder im Lager auf, holten ihre Jacken und Mäntel und verabschiedeten sich. Der Drehschluss zeichnete sich langsam ab. Zum Glück machte es der Schminkmeisterin großen Spaß, Sophie Tipps für ihr Make-up zu geben. Darüber vergaß sie die Zeit, und Sophie war glücklich, noch bleiben zu können, ließ sich mit verzückter Miene zeigen, wie sie das Rouge setzen sollte und mit welchen Tricks sie ihre Augen besser zur Geltung bringen konnte.

Als sie überhaupt keinen Grund mehr fand zu bleiben, auch weil die Maskenbildnerin begann, ihre Sachen zu verstauen, verließ Sophie die Garderobe und betrat zögerlich die Bar. Sie wusste nicht, ob noch gedreht wurde, wollte daher keinen Lärm verursachen.

Der Regisseur saß vor dem Monitor, sah sich gemeinsam mit dem Kameramann die letzten Aufnahmen an.

Fabian genehmigte sich mit dem Kameraassistenten und der Aufnahmeleiterin ein Bier an der Bar. Ihr Lachen klang in Sophies Ohren wie eine Beleidigung. Die Aufnahmeleiterin warf bei jedem Satz, den Fabian an sie richtete, kokett ihr halblanges dunkles Haar in den Nacken.

Das war jetzt sicher nicht *so* lustig, dachte Sophie bitter.

»Ciao«, trällerte sie so gut gelaunt wie möglich.

»Ciao, bis zum nächsten Mal«, riefen der Kameraassistent und die Aufnahmeleiterin. Fabian reagierte nicht.

Gekränkt verließ Sophie die Bar. Das Team würde die nächsten zehn Tage ohne sie drehen und sicher viel Spaß miteinander haben, dachte sie. Schmerzhafter Liebeskummer durchzuckte sie erneut wie ein Stromstoß. Schlagartig und intensiv.

Als Sophie die Eingangstür zu Kims Wohnung aufsperrte, hörte sie leise Musik. Sie horchte an der Tür. Möglich, dass ein Kerl bei Kim war, und da wollte sie zu allem Übel nicht auch noch in eine peinliche Situation platzen. Der Tag war auch so schon schlimm genug gewesen. Doch sie hörte nichts, keine Stimmen, nur Musik. Sie drückte vorsichtig die Klinke und trat ein.

Kim saß im Wohnzimmer und lernte. Ihre karottenroten Haare sahen noch strubbeliger aus als sonst. Sophie wusste, dass ihrer Freundin demnächst eine schwere Prüfung bevorstand und sie deshalb hochgradig nervös war. Kim hob den Kopf, als Sophie das Zimmer betrat. Auf dem Tisch standen eine Flasche Mineralwasser, ein Glas und eine Packung Aspirin.

»Na, ausgedreht für heute?«, fragte Kim.

»Ja.«

Kim musterte sie. »Was ist passiert?«

»Wieso soll etwas passiert sein?«

»Na hör mal! Du trampelst wie ein Elefant rein, wirfst deinen Schlüssel in die Schüssel, dass ich schon Angst hatte, sie zerbricht. Also, was ist los?«

»Echt? Ich dachte, leise zu sein.« Sophie zeigte auf die Unterlagen am Tisch. »Erzähl ich dir ein anderes Mal, lern weiter, ich wollte dich nicht stören.«

»Du kommst gerade rechtzeitig. Ich brauch endlich eine Pause und eine Abwechslung von dem hier.« Sie klopfte auf ein dickes Buch, das aufgeklappt vor ihr lag. »Hast du Hunger? Ich bestell Pizza, wenn du magst.«

»Alles, bloß keine Pizza«, wehrte Sophie ab. »Die hatten wir heute Mittag am Set.«

»Ich hab aber nur Brot und Käse im Haus, bin noch nicht zum Einkaufen gekommen.«

»Käse und Brot klingt wunderbar.«

Gemeinsam holten sie die Lebensmittel und ein Glas für Sophie, breiteten alles auf dem Tisch aus, setzten sich und begannen zu essen. Währenddessen erzählte Sophie Kim von der Trennung. Sie fühlte sich unsagbar müde. Die Anspannung den ganzen Tag über, die Diskussion mit Fabian am Vorabend hatten sie völlig ausgelaugt. Zugleich vibrierten ihre Nerven, dazu gesellte sich Wut.

»Ich bekomm langsam Kopfschmerzen von dem ganzen Scheiß«, sagte Sophie und massierte sich die Schläfen.

Kim goss Wasser ein, griff nach der Schachtel Aspirin und drückte eine Tablette hinein. »Was erwartest du?«, fragte sie und reichte es Sophie. »Seit ihr euch kennengelernt habt, benimmst du dich wie die Prinzessin auf der Erbse. Du lässt ihn an dich ran und stößt ihn doch immer wieder weg. Ehrlich gesagt, wenn ich ein Kerl wäre, mir würde das auch auf die Nerven gehen. Wenn ein Mann das mit mir machen würde, also, ich kann dir versprechen, der würde mich nicht lange sehen.«

Sophie fixierte die sprudelnde Tablette und trank schließlich das Glas leer.

»Jetzt mal ernsthaft, als deine Freundin: Dein Verhalten funktioniert vielleicht im Film«, fuhr Kim fort, »aber das hier ist das echte Leben.« In ihren Augen lag Mitgefühl. »Entweder du hörst auf, dich wie ein verwöhntes Prinzesschen aufzuführen, und holst ihn dir zurück. Oder du lässt es und brichst zu neuen Ufern auf. Aber hör endlich auf zu jammern.«

Wien, März 2015

Vera sichtete seit drei Tagen alte Aufnahmen. Der Boden ihres Wohnzimmers war bedeckt mit DVDs: alte Filme mit ihren Eltern aus den Sechziger- und Siebzigerjahren und Käthe Schlögel aus den Dreißiger- bis in die Fünfzigerjahre hinein. *Die Offiziersgattin* befand sich ebenfalls darunter. Sie wollte jene Stellen raussuchen, die ihr für die Dokumentation relevant schienen. Auf dem Tisch lagen die Aufzeichnungen ihrer Mutter. Sie musste sich eingestehen, dass die alte Frau verdammt gute Vorarbeit geleistet hatte. Vera konzentrierte sich daher weniger aufs Recherchieren, sondern mehr aufs Schreiben.

Die neue Drehbuchfassung war fast abgeschlossen, sie hatte die Liste der Interviewpartner bereits an Sebastian weitergeleitet. Max Horvat und Karin Böhler standen auch darauf. Die betagte Reporterin wollte sie jedoch nur zu Else Novak befragen. Die Affäre mit ihrem Vater war tabu. Diese Demütigung wollte sie sich und ihrer Mutter ersparen. Zumal ihre Mutter sich bei ihr entschuldigt hatte. Sie war am Morgen nach dem Streit zu Vera raufgekommen und hatte sie um Verzeihung gebeten. Das hatte sie noch nie zuvor getan. Sie hatte Vera von dem Eid erzählt, den sie sich selbst einmal auferlegt hatte. Damals wie heute lag es ihr fern, Veras Karriere zu boykottieren.

An diesem Vormittag hatten sie sich ausgesprochen. Marianne hatte argumentiert, erzählt und erklärt, ihr wieder die negativen Erlebnisse mit Hans Bleck geschildert.

Vera hatte reflexhaft genickt. Ihr war auffällig klar geworden, dass der Hass ihrer Mutter zu einem unendlich langen Fluss geworden war, und das Feindbild Bleck sich in ihr festgesetzt hatte wie ein todbringender Tumor.

Schließlich waren sie übereingekommen, dass auch in Zukunft die Familie wichtiger sei als alles andere.

»Käthe Schlögel, die erfolgreichste österreichische Schauspielerin ihrer Zeit, bildete das Fundament der berühmten Altmann-Dynastie«, las Vera laut den ersten Satz im Drehbuch. Sie wollte diese Aussage mit Fotos ihrer Großmutter in jungen Jahren und Aufnahmen vom Prag der Zwanzigerjahre bebildern. Zudem sollten alte Zeitungsausschnitte mit Rezensionen ihrer Auftritte collagenhaft durchs Bild schweben.

Diesem Teil folgten einige wichtige Daten und die Auflistung nachgestellter Szenen: Auftritt Käthe Schlögel im Deutschen Theater, Prag (heute Staatsoper), Café Montmartre (Interview) und Neuer jüdischer Friedhof in Žižkov.

Die Rolle des Journalisten Ilja übernahm ein tschechischer Schauspieler. Für Jakob Rosenbaum suchten sie gerade einen passenden englischen Schauspieler, die CDs mit den Probeaufnahmen möglicher Kandidaten lagen auf ihrem Schreibtisch. Noch hatte sie sich nicht festgelegt.

Aus leidvoller Erfahrung wusste Vera, dass das, woran sie soeben schrieb, nicht die letzte Fassung des Drehbuches bleiben würde. Vor ihr lag eine lange Zeit der Überarbeitungen, bevor sie endlich zu drehen beginnen konnten. Ihr Blick fiel auf den aufgeschlagenen Kalender. Es blieben nur mehr wenige Tage, bis sie nach München aufbrachen. Sie sollte endlich mit ihrer Mutter über Eri Klein reden.

Der Name der Maskenbildnerin ging ihr seit dem Telefonat mit Sebastian nicht mehr aus dem Kopf. Sie erinnerte sich an das Foto im Album. Doch sie konnte sich nicht daran erinnern, dass ihre Mutter viel von ihr erzählt hatte. Nur Augenscheinliches, dass sie eine sehr gute Maskenbildnerin gewesen war, die den ganzen Tag gelacht hatte. Der gesamte Filmstab mochte sie gern leiden. Sie starb viel zu früh.

Spätestens bei diesem letzten Satz war ihre Mutter stets verstummt, und ihre Miene hatte einen leidvollen Ausdruck bekommen.

Vera stellte sich ans Fenster und sah nach unten in den Garten. Sie sah die Steinmauer in neuem Licht, seit sie wusste, dass dort das Manuskript ihres leiblichen Großvaters den Krieg überdauert hatte. Zugleich stellte sie sich die Frage, ob es in anderen Familien ähnliche Geheimnisse gab wie in ihrer. Wahrscheinlich. Doch viele Geschichten wurden mit ins Grab genommen, da war sie sicher.

Ihr Blick wanderte weiter zur Schaukel, die ihr Großvater für ihre Mutter gebaut hatte, ihr Großvater Alois Weinmann. Er hatte sie direkt nach seiner Entlassung aus dem Arbeitslager an die dicken Äste der Eiche gehängt, hatte man ihr erzählt. Darüber, was er in diesem Lager erlebt hatte, hatte er nie gesprochen. Fragen wich er aus, indem er meinte, das sei verschüttete Milch, über die es nicht zu reden lohnte. Das Familienmotto. Oft riss er einen Witz, um vom Thema abzulenken. Auch ihr Onkel Alfred sprach nicht darüber. Als Kind und später als Jugendliche hatte Vera sich nicht viele Gedanken darüber gemacht, doch nun war sie erwachsen und konnte sich ausmalen, dass die beiden zutiefst traumatisiert waren. Doch das kümmerte niemanden. Nach dem Krieg gab es Wichtigeres zu tun, als grausame Erlebnisse aufzuarbeiten. Zudem überdeckte der strahlende Erfolg von Käthe Schlögel das traurige Bild der Männer am Weingut. Ihre Mutter hatte erzählt, dass Veras Großmutter oft monatelang in Berlin weilte. Ab und zu nahm sie Marianne mit, begleitet von Alma Schlögel, weil jemand während der Dreharbeiten aufs Kind achten musste. Doch den Großteil ihrer Kindheit verbrachte ihre Mutter im Kreis ihrer Familie auf dem Weinmann-Gut. Als Vera zur Welt kam, wurde zeitweise ein Kindermädchen engagiert. Es gab Zeiten, da dachte sie boshaft, wer ist diese Frau namens Marianne Altmann, die da zu Besuch kommt?

»Jetzt!«, ermahnte sich Vera selbst und erhob sich laut seufzend. Im Flur warf sie noch einen letzten Blick in den Spiegel. »Dann machen wir uns mal wieder auf in die Höhle des Löwen.« Sie nahm die Einladung zu Max Horvats Geburtstagsfeier vom Garderobenkästchen, die heute Morgen mit der Post gekommen war, und verließ ihre Wohnung. Gemächlich stieg sie die Stufen ins Erdgeschoss hinunter. Nichts sollte ihre Aufgeregtheit verraten.

Vera fand ihre Mutter in der Küche vor. Sie trug eine dunkelblaue Baumwollhose und eine hellgraue Bluse und räumte Geschirr aus dem Spüler in den Küchenschrank.

»Hallo, Mama.«

»Hallo.«

Vera legte die Einladung auf die Anrichte und begann Kaffee zuzubereiten.

»Willst du mir etwas sagen?«, fragte Marianne.

Vera sah ihre Mutter verwundert an. »Wie kommst du darauf?«

»Du kommst zu mir herunter in diesem grauen ...« Sie zupfte an Veras Sweater.

»Das nennt man Jogginganzug, Mama.«

»Sagst nur Hallo und beginnst Kaffee zu kochen. So leitest du normalerweise unangenehme Gespräche ein.«

»Echt? Ist mir noch gar nicht aufgefallen.«

Marianne Altmann schloss den Geschirrspüler. »Ich bin deine Mutter. Ich kenne dich in- und auswendig. Also, was ist los?«

»Erst der Kaffee«, sagte Vera, während sie sich eine Tasse einschenkte.

»Ich hab einen Zebrakuchen gebacken«, sagte Marianne und zeigte auf einen runden Kuchenteller. »Magst ein Stück?«

Vera nickte. Der Marmorkuchen in Zebraoptik war als Kind

ihr Lieblingskuchen gewesen. Damals, auf einem Schemel stehend, weil sie noch nicht groß genug war, um auf die Arbeitsplatte zu sehen, half sie ihrer Mutter dabei, den hellen und dunklen Ölteig von der Mitte her löffelweise in die Springform laufen zu lassen.

»War die auch heute in deiner Post?« Mariannes Kopf zuckte kurz Richtung Einladung.

»Ja, darüber wollte ich mit dir reden.«

»Ich werde nicht hinfahren«, sagte die Diva bestimmt.

»Doch, du wirst«, versuchte Vera ebenso bestimmt zu antworten.

»Ach, und warum?«

Vera drehte ihre Kaffeetasse in den Fingern. »Weil ihr befreundet seid.«

»Das ist kein Argument.«

»Wäre es dein Geburtstag, würdest du dich kränken, wenn er nicht käme. Was heißt kränken … du bekämst einen Tobsuchtsanfall.«

Marianne schürzte die Lippen.

»Außerdem, was macht das für ein Bild, wenn ich Sebastian mit Engelszungen überrede, die Dokumentation zu produzieren, und dann schlägst du die Einladung zu Max Horvats achtzigstem Geburtstag aus. Immerhin verbinden dich mit ihm neben der Freundschaft auch großartige Erfolge. Du bist es ihm einfach schuldig hinzufahren.«

»Ist ja gut, ich überleg es mir. Aber du bist nicht nur deshalb heruntergekommen.«

Vera lächelte. »Du kennst mich wirklich gut. Okay …«, leitete sie das unangenehme Gespräch ein und berichtete, angelehnt an die Küchenanrichte, vom Telefonat mit Sebastian Horvat. Sie zwang sich, ihre Mutter, die gerade ein Stück Kuchen abschnitt und auf einen kleinen Dessertteller legte, nicht aus den Augen zu lassen.

Marianne hörte aufmerksam zu und verzog keine Miene. Nichts deutete auf einen Wutanfall oder Ähnliches hin. Doch Vera war sicher, in ihr brodelte ein Vulkan. Deshalb begann sie augenblicklich zu argumentieren. Diesmal wollte sie den Sieg davontragen. Es war an der Zeit, ihrer Mutter die Stirn zu bieten.

»Sophie ist deine einzige Enkelin. Du wirst ihr diese Chance nicht verderben. Sie wird dich und deine Mutter in jungen Jahren verkörpern. Und sie wird großartig sein. Ihr Gesicht wird in vielen Kinos von der Leinwand strahlen. Die Presse wird sie noch mehr lieben, als sie das jetzt schon tut. Und sie wird nächstes Jahr die Marianne spielen. All das wirst du Sophie nicht kaputtmachen, das weiß ich, Mama.« Sie räusperte sich. Es überraschte sie, dass ihre Mutter sie noch nicht unterbrochen hatte. »So leid es mir tut. Aber du wolltest eine Kinofilmdokumentation, dann musst du jetzt auch damit leben, dass Roland Bleck einer der Koproduzenten ist. Ich werde dein Spiel nicht noch länger mitspielen.«

Jetzt öffnete Marianne den Mund, doch Vera hob abwehrend die Hand. »Ich bin noch nicht fertig! Und Roland Bleck muss dann einfach akzeptieren, dass einige unangenehme Dinge über seinen Großvater ans Licht kommen. Wir werden aber nur Geschichten bringen, die wir beweisen können … keine Behauptungen. Ich habe keine Lust, mich mit einer Verleumdungsklage herumzuschlagen«, beendete Vera ihren Monolog.

Marianne Altmann trug den Dessertteller zum Esstisch. »Komm, setz dich endlich!«

Vera stieß sich von der Anrichte ab und nahm Platz. Ihre Mutter schob ihr den Teller hin. Vera brach ein Stück ab und steckte es sich in den Mund. Die Szene wirkte unwirklich. Diese ruhige Reaktion war nämlich völlig untypisch für ihre Mutter.

Marianne holte sich auch ein Stück Kuchen und setzte sich zu Vera an den Tisch. Es herrschte Stille. Nach einer Weile hob sie seufzend den Kopf. »Wenn du denkst, dass das der richtige Weg ist.«

Vera fiel auf, dass die Miene ihrer Mutter gleichmütig geworden war.

»Ja, das denke ich.«

»Dann mach, was du für richtig hältst.« Sie machte eine gönnerhafte Handbewegung. »Du hast dein Bestes getan, um diesen Bleck zu verhindern«, kam es ruhig. »Mehr wollte ich nicht. Und wenn nun Sebastian ...«

»Wie jetzt?«, unterbrach Vera völlig überrascht von ihrer gemäßigten Reaktion. »Du machst keinen Aufstand deswegen? Du wirst deine Zusage nicht zurückziehen? Du hetzt mir keinen Anwalt mit einer einstweiligen Verfügung auf den Hals?«

»Warum sollte ich das tun?«

»Weil *Roland Bleck* der Koproduzent sein wird.«

Marianne Altmann lächelte milde. Sie beugte sich leicht nach vorne und legte ihre Hand auf Veras Unterarm. »Schau einmal, mein Schatz. Ich hab intensiv darüber nachgedacht, was du und Sophie mir nahegelegt habt ... Du weißt schon, von wegen, ich lasse die dritte Generation büßen, und so ... Auch Max Horvat hat mir diesbezüglich gut zugeredet.«

Vera blieb der Mund offen stehen. »Du hast echt darüber nachgedacht, was wir gesagt haben?«

»Das überrascht dich?«

»Ja, das tut es. Du lebst doch sonst eher nach dem Motto: Verwirrt mich nicht mit Tatsachen, ich hab eh schon eine Meinung.«

Die betagte Schauspielerin schüttelte amüsiert ihren Kopf. »Ich wusste nicht, dass du mich so siehst ...«

»Das hab ich dir aber oft genug gesagt.«

»Wie auch immer. Ich bin zu der Erkenntnis gekommen, dass ihr absolut im Recht seid.« Sie streichelte über Veras Hand. »Ich werde dir keinen Ärger mehr bereiten.« Sie zog die Hand zurück, streckte den Rücken und brach ein Stück von ihrem Kuchen ab. »Aber zwing mich bitte nicht, mit einem der Blecks an einem Tisch zu sitzen oder gar zu reden.« Sie aß genüsslich. »Der ist gut geworden. Findest du nicht auch? Richtig flaumig.«

Ich hätte es schon viel früher tun sollen, dachte Vera und nickte, weil sie vor lauter Staunen keinen Laut herausbrachte. Sie wusste, wie viel Überwindung es ihre Mutter gekostet haben musste, in diesem Punkt einzulenken. Sie wollte jetzt nicht einfach so die Wohnung verlassen. »Deine Kuchen schmecken alle sehr gut.« Vera zeigte auf ihren leeren Teller und nahm einen Schluck Kaffee.

»Magst noch ein Stück?«

Vera winkte ab. »Später vielleicht. Du, Mama ...«

»Ja?«

»Sebastian Horvat meinte, ich soll dich noch nach Eri Klein fragen. Und danach, was damals wirklich passiert sei.«

Der Gesichtsausdruck ihrer Mutter veränderte sich. Sie presste die Lippen zusammen, sah auf einmal verletzlich aus.

»Sein Vater meint, nur du kannst ihre Geschichte erzählen«, ließ Vera nicht locker.

Marianne Altmann zwang sich zu einem Lächeln. »Zur richtigen Zeit, mein Schatz. Zur richtigen Zeit.«

»Die ist noch nicht gekommen?«, fragte sie sanft.

Marianne schüttelte den Kopf. »Die ist noch nicht gekommen«, wiederholte sie. Die gerunzelte Stirn ließ darauf schließen, dass sie sich noch nicht darüber im Klaren war, ob es gut war, auch dieses Rätsel zu lüften.

»Du machst so ein Geheimnis um diese Frau.«

»Die Frau *war* ein einziges Geheimnis. Deshalb.«

»Wer war sie, Mama?«

Marianne zögerte. »Sie war eine großartige Maskenbildnerin. Aber das weißt du doch.«

»Ich meine nicht ihren Beruf. Sie muss dir viel bedeutet haben … Ihr Tod schmerzt dich noch heute. Das sehe ich dir jedes Mal an, wenn die Sprache auf sie kommt.«

Marianne zögerte. »Wir waren sehr enge Freundinnen. Entdeckt hat sie aber deine Großmutter.« Jetzt lachte sie. »Du weißt ja, wie das läuft. Jemand hat meine Mutter gebeten, sich die junge Maskenbildnerin einmal anzusehen. Eri kam aus der Schweiz und wollte in Deutschland Fuß fassen. Und da meine Mutter dieser Freundin wohl noch einen Gefallen schuldete, hat sie sich von Eri probehalber einmal schminken lassen. Meine Mutter war danach dermaßen begeistert, dass sie Eri an alle Filmproduzenten und Theaterleute empfahl, mit denen sie zusammengearbeitet hatte. Und so kam sie zur Horvat-Film. Dort hab ich sie dann kennengelernt.« Am Tonfall erkannte Vera, dass ihre Mutter hier den Schlusspunkt setzte. Sie wollte nicht mehr erzählen. Dräng sie nicht, warnte Vera eine innere Stimme. Wenn sie jetzt nachhakte, konnte die feine Stimmung zwischen ihnen allzu leicht ins Gegenteil kippen und womöglich erneut einen Streit entfachen.

»Erzähl mir von dir und Papa«, wechselte Vera deshalb das Thema.

»Was willst du hören?«

»Wie habt ihr euch kennengelernt?«

»Das weißt du doch. Bei Dreharbeiten.«

»Da hast du ihn zum ersten Mal gesehen. Aber wann war klar, dass du und er ein Paar werdet?«

Marianne Altmann bedachte ihre Tochter mit einem nachdenklichen Blick. Sollte sie Vera die Wahrheit erzählen? Ihre Tochter hatte in den letzten Wochen schon so viel Neues über ihre Familie verdauen müssen.

»Die Max-Horvat-Film hat zu einem großen Fest eingeladen. Dein Vater hat wie üblich ziemlich viel getrunken und die Finger nicht von einer jungen Schauspielkollegin lassen können. Es war zum Fremdschämen, sag ich dir. Aber das kannten wir, und alle haben es ignoriert.«

»Damals warst du noch nicht mit ihm zusammen«, stellte Vera fest.

»Richtig. Wir hatten zwar schon drei erfolgreiche Filme miteinander gedreht und standen drei Monate vor der Veröffentlichung des nächsten Kinofilms. Fritz würdigte mich abseits der Kameras jedoch kaum eines Blickes. Wenn der Regisseur das Kommando gab, schien es mir, als lege er einen Schalter um. In seinem Gesicht spiegelte sich Leidenschaft. Jede Geste galt mir. Wenn er mich küsste, fühlte es sich echt an. Sobald die Szene abgedreht war, ließ er mich augenblicklich los, und die Luft kühlte merklich ab. Hinter den Kulissen hatten wir uns nicht viel zu sagen. Wir waren zu unterschiedlich. Nur bei Filmpremieren strahlten wir gemeinsam für die Presse.« Sie bedachte Vera mit einem spitzbübischen Grinsen.

»Und eines Tages habt ihr euch verliebt. Fast wie im Märchen.«

Marianne Altmann umfasste mit ihren Fingern die Hand ihrer Tochter. »Fast.«

»Was heißt *fast*?«

»Was ich dir jetzt erzähle, darf dich nicht schockieren.«

Vera hielt einen Moment die Luft an und atmete leise wieder aus. Nicht noch eine Hiobsbotschaft, dachte sie.

»Und es wird in deiner Dokumentation unerwähnt bleiben, das musst du mir versprechen.«

Veras Neugier wuchs. »Warum?«

»Weil es schade wäre, einem Märchen seine Zauberkraft zu rauben.«

München, 1965

»Das Fest könnte nicht glanzvoller sein. Oder, was meinen Sie?«, fragte Eri Klein.

Käthe Schlögel musterte amüsiert die junge Maskenbildnerin mit dem Schweizer Akzent. Sie schien derart überwältigt, staunte wie ein kleines Kind vor dem Christbaum. Eine der vielen liebenswürdigen Eigenschaften dieses jungen Dings war mit Sicherheit ihre Begeisterungsfähigkeit.

Die gesamte Horvat-Film war zum Festsaal geworden: Max Horvat hatte zur Party eingeladen und die Möbel zur Seite räumen lassen, um Platz für Buffet, Musiker, Bars und Sofas zu schaffen.

Käthe hob ihr Sektglas. »Auf den Gastgeber, Eri. Der Kerl könnte mein Sohn sein, er ist gerade einmal dreißig und erfolgreicher als so manche alten Hasen.« Sie selbst war dank des jungen Horvat auch mit achtundfünfzig noch gut im Geschäft. Nach wie vor drehte sie ein bis zwei Filme im Jahr.

Die Maskenbildnerin tat es ihr nach. »Auf Max Horvat.«

Jedes der drei Stockwerke stand unter einem anderen Motto. Das Erdgeschoss, wo sie sich gerade befanden, verkörperte Österreich, ein Streicherquintett spielte Strauss. Zu essen gab es Wiener Schnitzel und Innviertler Knödel, Kärntner Kasnudeln, Steirisches Wurzelfleisch und vieles mehr. Am süßen Buffet standen Palatschinken, Marillenknödel und Sachertorte bereit. Dazu trank man Wein aus Niederösterreich und dem Burgenland.

Ein Stockwerk darüber gab es bayerische Spezialitäten, und im dritten Stockwerk war Italien beheimatet. Überall standen oder saßen Menschen und unterhielten sich angeregt. Ein ausgedehntes Gesprächsthema war, dass im Mai dieses Jahres erstmals die Bambi-Verleihung in München stattfand. Als beliebteste ausländische Schauspieler bekamen Sophia Loren, Rock Hudson und Pierre Brice die Statuetten überreicht. Eine Tatsache, die Käthe Schlögel geflissentlich überging, weil sie den Preis nicht erhalten hatte. Derweil feierte sie in Deutschland nach wie vor große Erfolge, auch wenn sie auf die sechzig zuging. Die inzwischen leicht ergrauten Haare färbte sie sich seit einer Weile.

»Ich nehme den Rindfleischsalat mit Kürbiskernöl«, sagte sie zu der Aushilfskraft am Büfett.

Mit dem Teller in der Hand sah sie sich nach einer Abstellmöglichkeit um. Ein Stehtisch ein paar Schritte entfernt war leer. Sie steuerte mit Eri darauf zu und stellte ihren Teller und das Glas Sekt darauf ab. Die Maskenbildnerin hatte sich zwei Wiener Schnitzel mit Kartoffelsalat auf ihren Teller geben lassen.

Die Kleine macht sich wohl keine Sorgen um ihre zierliche Figur, dachte Käthe Schlögel.

Da tauchte Fritz Altmann mit einem Teller und einem Glas in den Händen an ihrem Tisch auf.

»Da hat sich der gute Horvat aber mächtig ins Zeug gelegt, was?« Er lallte bereits ein wenig. Wie üblich hatte er mehr getrunken, als ihm guttat. Was jedoch seinem Charme nichts anhaben konnte – der Mann verströmte puren Sex.

»Ja, das hat er«, bestätigte sie.

»So etwas hat die Welt noch nicht gesehen«, fuhr er lachend fort. »Lässt der verfluchte Kerl doch tatsächlich die gesamte Produktion ausräumen, nur um eine Party schmeißen zu können.«

Käthe sah sich um. »Wo haben Sie denn Ihre Begleitung gelassen?« Sie hatte vorhin mitbekommen, wie Fritz Altmann die junge Schauspielerin Maria Ludwig in einer dunklen Ecke geküsst hatte und anschließend mit ihr in der Besenkammer verschwunden war. Das hielt den groß gewachsenen Schauspieler jedoch nicht davon ab, mit weiteren Frauen auf Teufel komm raus zu flirten. Gerade machte er Eri Klein schöne Augen.

Käthe musste jedoch zugeben, dass sein unmögliches Benehmen ihn dennoch nicht zur Persona non grata machte. Ganz im Gegenteil. Er verhielt sich wie ein unverschämter Bub, und die Frauen begehrten und vergötterten ihn. Und wenn sie mit ihm schliefen, führten sie sich wie Königinnen auf. Als ob es ein Privileg wäre, mit *dem* Mann ins Bett zu steigen! Der nahm doch alles, was nicht bei drei auf den Bäumen war. Sie musste unbedingt mit Max Horvat sprechen, welcher Teufel ihn geritten hatte, ausgerechnet dieses drittklassige Revuegirl Maria Ludwig einzuladen. Sie mochte vielleicht ganz gut im Bett sein, auf der Leinwand war sie's ganz bestimmt nicht.

Marianne war Fritz Altmanns Charme zum Glück noch nicht verfallen, obwohl sie sich vor der Kamera inzwischen fünfmal ineinander verliebt hatten. Soweit Käthe wusste, ging sein Gehabe ihrer Tochter auf die Nerven. Jedoch achtete sie ihn als Kollegen, weil er ein guter Schauspieler war.

Fritz Altmann trank sein Glas leer, und auf seinem Gesicht erschien ein gespielter Ausdruck übertriebener Besorgnis. »Keine Ahnung, wo ich die verloren habe.« In seiner Stimme lag Desinteresse, er hatte bei ihr sein Ziel erreicht und war nun gewillt, zu neuen Ufern aufzubrechen. Höflich nickte er ihnen zu und machte sich auf, das Buffet zu erobern.

»Ich weiß nicht, warum die Frauen reihenweise zusammenbrechen, wenn er auftaucht«, sagte Käthe, obwohl sie es sehr genau wusste. Irgendwie erinnerte er sie an den jungen Horst Kleinbach. Wenn der im Edelmann aufgetaucht war, hatte er sämtliche Aufmerksamkeit auf sich gezogen, und auch ihr waren die Knie anfangs butterweich geworden. Heute war das anders. Ihre Beziehung war gereift, und auch wenn ihre Liebe zu ihm nie so tief sein würde, wie jene zu Jakob gewesen war, so konnte und wollte sie sich keinen anderen Mann mehr an ihrer Seite vorstellen. Sie und Horst waren ähnlich gestrickt. Zielorientiert und ehrgeizig.

Da gesellte sich Horst zu ihnen und stellte sein Glas auf den Tisch. »Und, habt ihr das Buffet in der Etage schon durch?«, sagte er. »Im bayerischen Bereich zapfen sie das Bier ganz frisch. Ein Genuss, sag ich euch.« Er zeigte auf ihren Teller. »So bescheiden, Käthe Schlögel?«

»Wenn ich etwas anderes esse, kann ich die halbe Nacht nicht schlafen.«

»Dann machst du halt etwas anderes. Wenn du willst, gebe ich dir einen Tipp.« Er erwartete keine Antwort, sondern schenkte ihr ein anzügliches Lächeln und ging ebenfalls zum Buffet.

Käthe war gleich nach dem Krieg dazu übergegangen, beruflich wieder ihren Mädchennamen zu nutzen. Sie war damit berühmt geworden, den Namen Weinmann verwendete sie nur im privaten Bereich und auf Ämtern. Dass sie regelmäßig mit Horst Kleinbach und nicht mit Alois Weinmann auf Festen auftauchte, kommentierte schon lang niemand mehr. Die beiden waren beruflich unzertrennlich geworden. Ihre Liebesbeziehung lebten sie nicht offen aus, obwohl jeder in der Branche ahnte, dass sie auch privat ein Paar waren. Horst hatte nie geheiratet, hatte lange auf eine Trennung von Alois und seinem Star gehofft. Aber nach allem, was die beiden miteinander erlebt hatten, wollte Käthe sich nicht einfach von ihm scheiden lassen und Marianne den Vater nehmen. Ihm war es gleichgültig. Er lebte sein Leben und Käthe ihres.

Mit Jakob Rosenbaum war der Kontakt nach ihrer letzten Begegnung 1946 nahezu abgebrochen. Er drehte fast ausschließlich in Amerika, hatte Deutschland und Österreich seit zwei Jahrzehnten nicht mehr betreten.

Horst kam mit Schnitzel und Kartoffelsalat auf einem Teller an ihren Tisch zurück.

»Hast du Marianne irgendwo gesehen?«, fragte Käthe ihn.

Er schob sich ein Stück paniertes Fleisch in den Mund und nickte. »Die sitzt mit Max oben im italienischen Bereich. Keine Ahnung, was die beiden zu besprechen haben. Es hat jedenfalls nicht nach belangloser Konversation ausgesehen«, sagte er kauend.

»Die werden wahrscheinlich über den neuen Film reden«, meinte Eri Klein. »Der kommt doch in drei Monaten in die Kinos. Marianne meinte, er könne noch ein bisschen mehr Werbung vertragen.«

Eri war auch Mariannes Maskenbildnerin und eine enge Freundin von ihr geworden.

»Dann lasst uns doch hernach nach oben gehen und ein bisschen mit ihnen reden.« Wenn es um die Karriere ihrer Tochter ging, glaubte Käthe Schlögel noch immer, nachhelfen zu müssen, obwohl Marianne inzwischen beachtliche Erfolge feierte. Dass sie gemeinsam zu diesem Fest erschienen, war der Presse in den morgigen Zeitungen unter Garantie eine Meldung inklusive Foto wert. Sie sah vor ihrem inneren Auge bereits die Überschrift: »Staraufgebot bei der Horvat-Film: Käthe Schlögel und ihre Tochter Marianne Weinmann gaben sich die Ehre«. So oder so ähnlich würde die Schlagzeile lauten.

Egon Röder würde mit seiner Gesellschaftskritik schon dafür sorgen, dass sie und Marianne ins rechte Presselicht gerückt wurden.

Als eine Kellnerin die leer gegessenen Teller abräumte, brachen sie zur italienischen Etage auf. Der Weg in den dritten Stock erwies sich als Spießrutenlauf. Menschen mit Wein- und Biergläsern in den Händen verstopften die Gänge. Einige von ihnen hatten schon ziemlich was getankt – es ging auf Mitternacht zu – und hielten Käthe am Ärmel fest, um mit ihr ein wenig zu plaudern. Eine Gute-Freunde-Party eben. Die Stimmung war ausgelassen und fröhlich. Man war unter sich. Die Presseleute hatten die Fotoapparate eingepackt, die Fernsehteams waren um diese Uhrzeit bereits verschwunden.

Schließlich betraten sie den Raum, in dem Marianne und Max Horvat immer noch auf dem Sofa bei einer Flasche Wein saßen. Die beiden hielten ihr Glas in der Hand und unterhielten sich angeregt. Als Marianne sie ankommen sah, winkte sie die kleine Gruppe zu sich. Käthe ließ sich neben ihrer Tochter nieder, Eri setzte sich gegenüber und Horst neben Max.

Da tauchte auch Fritz wieder auf, schnappte sich einen Stuhl und setzte sich ebenfalls dazu. »Was wird das hier? So etwas wie die Versammlung der Geschworenen? Da will ich doch dabei sein, sonst werde ich am Ende noch verurteilt.« Er lachte über seinen eigenen Witz.

»Haben Sie Frau Ludwig immer noch nicht gefunden?«, fragte Käthe. »Wenn sie auftaucht, müssen Sie aber wieder gehen.« Ihr bestimmter Tonfall ließ keinen Zweifel daran, dass die junge Schauspielerin unter keinen Umständen in ihrem Kreis Platz finden würde.

Horst schüttelte Zigaretten aus einer Packung und verteilte sie unter den Männern, Eri Klein griff ebenfalls zu. Ein Feuerzeug flammte auf und zündete eine Zigarette nach der anderen an. Rauch stieg empor.

»Worüber redet ihr denn?«, fragte er.

»Wir diskutieren über die Werbung für *Treffpunkt Venedig*«, erklärte Horvat. Der Film, dessen Premiere bevorstand, handelte von einer Österreicherin und einem Deutschen, die sich bei einem Griff nach einem Buch über Venedig in einer Buchhandlung in Berlin kennenlernen. Sie trinken spontan einen Kaffee miteinander und tauschen Telefonnummern aus. Bevor sie sich jedoch am Ende in Venedig wiedertreffen, gibt es, wie üblich, Verwicklungen und Missverständnisse.

»Marianne glaubt, ich müsste den Kinostart noch mehr bewerben.«

»Das glaube ich nicht, Max«, widersprach Marianne, »ich bin davon *überzeugt*.«

Eine angeregte Diskussion flammte auf, und es wurden Ideen über wirksame Werbestrategien beredet.

Der zündende Einfall kam Horst nach der vierten Flasche Wein. »Du und Fritz«, sagte er, »ihr heiratet, wenn der Film rauskommt!«

Einen Moment schwiegen alle am Tisch. Das laute Lachen einer Frau, die in einer kleinen Gruppe nahe ihrem Tisch stand, schwappte zu ihnen herüber.

Marianne schüttelte ungläubig den Kopf, dann begann Käthe lauthals zu lachen. Die anderen stimmten mit ein. Nur Max blieb ebenso ernst wie Horst.

»Ihr meint das doch bitte nicht ernst«, prustete Fritz.

»Nein, das war nur ein Witz!«, lachte Marianne.

»Wieso ein Witz? Ihr spielt inzwischen im fünften Film das perfekte Liebespaar.«

»Aber doch nur vor der Kamera«, sagten Fritz und Marianne wie aus einem Mund. Sie waren mit einem Schlag nüchtern geworden.

»Seit einem Jahr strahlt ihr zumeist gemeinsam von den Titelseiten nahezu aller wichtigen Magazine«, ließ sich Horst nicht beirren.

Das Gelächter ebbte ab, weil irgendwie alle begriffen, dass Kleinbach die Sache ernst meinte und Horvat auf den Zug aufsprang.

Auf Max' Gesicht erschien ein beglücktes Lächeln. »Ihr wärt nicht die Ersten, die sich bei Dreharbeiten ineinander verlieben.«

»Das ist lächerlich«, schnaubte Fritz nun ärgerlich, während er sein Glas mit Wein füllte. »Ich und heiraten? Ebenso gut könntest du Casanova bitten, vor den Traualtar zu treten.«

Marianne klopfte ihm lachend auf die Schulter. »Du bist höchstens eine billige Kopie von Casanova.«

Fritz sah sie mit gerunzelter Stirn an.

»Ist doch wahr, dein Benehmen ist lächerlich«, fuhr sie fort. »Und ich bin nicht die Einzige, die diese Meinung vertritt.«

»Ich gebe Marianne recht, Fritz. Du brauchst ein neues Image«, meinte Max Horvat. »Der Schwerenöter ist bisher gut angekommen, aber allmählich solltest du dir überlegen, seriös zu werden. Die Masche zieht nicht mehr lange. Ganz im Gegenteil, sie nervt irgendwann einmal. Du willst doch sicher nicht als alternder Playboy enden, der sich peinlicherweise mit immer jüngeren Dingern umgibt.«

»Was heißt hier alternder Playboy!«, empörte sich Fritz. »Ich bin gerade einmal dreißig.«

»Trotzdem«, sagte der Filmproduzent knapp.

»Meine weiblichen Fans werden mir nie verzeihen, wenn ich plötzlich heirate und sittsam werde.«

»Sie werden dich umso mehr bestürmen«, behauptete Horvat. »Du weißt, wie verheiratete Männer auf viele Frauen wirken. Deshalb wäre es doch gut, wenn Marianne und du ...«

»Hallo? Stopp!« Mariannes Blick wanderte zwischen Kleinbach und Horvat hin und her. »Du meinst doch bitte nicht wirklich im Ernst, dass ausgerechnet wir beide ...«, sie zeigte abwechselnd auf Fritz und sich, »heiraten sollen?«

»Warum nicht?« Horst zuckte mit der Schulter.

»Weil ich nicht mit ihm verheiratet sein will!« Marianne wollte keinen Mann, der hinter jedem Rock her war, und sie glaubte nicht, dass Fritz sich nur wegen des Images so schnell ändern würde.

»Es wäre aber die perfekte Publicity für euren nächsten Film«, argumentierte Horst. »In ein oder zwei Jahren könnt ihr euch ja wieder trennen. Das gibt erneut Schlagzeilen.«

»Natürlich werdet ihr nach der Trennung der Presse glaubhaft vermitteln, dass ihr Freunde bleibt und weiterhin gemeinsam Filme drehen wollt«, führte Horvat den Gedanken weiter.

»Was denkt ihr, wie lange die Fans danach hoffen, dass ihr beide wieder zueinanderfindet.«

Marianne lächelte zaghaft. An der Überlegung war etwas dran. Und was sie in ihren eigenen vier Wänden trieben und was nicht, blieb im Verborgenen. »Was sagst du, Mama?«

Käthe wiegte den Kopf langsam hin und her. »Die Sache könnte funktionieren. Vorausgesetzt du willst das Spiel mitspielen, Marianne. Deiner Karriere würde es sicher nicht schaden.«

»Fragt mich auch noch einmal wer?«, warf Fritz lautstark ein.

Alle in der Runde sahen zu ihm. Kleinbach und Horvat bedachten ihn mit einem Blick, der ihm deutlich zu verstehen gab, dass er sich verflucht noch einmal in sein Schicksal fügen sollte.

»Denk an Frank Sinatra und Ava Gardner«, sagte Max. »Deine weiblichen Fans wissen doch alle, dass du sie niemals heiraten wirst … Du spielst in einer anderen Liga, deshalb brauchst du eine Frau an deiner Seite, die dir ebenbürtig ist. Die ebenso umschwärmt wird und der es daher von Herzen vergönnt ist, dich zu bekommen.«

Marianne dachte inzwischen ebenfalls ernsthaft über eine Heirat nach. Fritz Altmann war zwar ein Frauenheld, wie er im Buche stand, was sie eindeutig auf der Negativseite verbuchte. Auf der Positivseite hingegen stand: charmant, gebildet, gut aussehend. Sie könnte es schlimmer treffen. Und außerdem hatte sie nicht vor, sich zu verlieben …

»Was soll's«, sagte Marianne. »Tun wir's doch einfach. Ich bestehe aber darauf, dass du deine Affären ab sofort heimlich auslebst.« Ihre Stimme klang bestimmend. »Öffentliche Auftritte gibt es nur mehr an meiner Seite. Und nach der Scheidung hältst du dich mit deinen Eskapaden zumindest drei Monate zurück, danach kannst du dein Lotterleben wie gewohnt weiterführen, ohne dich zu verstecken.«

Fritz fixierte sie schweigend, Marianne hielt seinem Blick stand. Immerhin hatte sie sich seit ihrem ersten gemeinsamen

Film zu einer Frau entwickelt, die Natürlichkeit und dennoch den Sexappeal einer Femme fatale ausstrahlte. Es gab viele Männer, die an ihr interessiert waren. Auch wenn sie persönlich ihre Lippen nicht mochte, so hatte ihr Eri Klein oftmals versichert, dass sie ein Höchstmaß an Liebeserfüllung versprachen.

Ihr Zukünftiger grinste anzüglich.

»Ich scherze nicht, Fritz«, sagte Marianne streng. »Keine Skandale während unserer Ehe.« Sie wandte sich an Max. »Ich will das schriftlich haben, mit einer Klausel, die es in sich hat, wenn er sich nicht an die Abmachung hält.«

Aus Fritz' Gesicht verschwand das Grinsen, und Käthe schenkte ihrer Tochter einen stolzen Blick.

Ein Wort ergab das andere, und Marianne konnte am Ende nicht mehr genau sagen, wie es dazu kam. Doch der Entschluss, dass sie und Fritz noch vor der Filmpremiere medienwirksam heiraten würden, war gefasst.

»Dann feiern wir jetzt Verlobung«, sagte Max Horvat und stand auf, um von der Bar eine Flasche Champagner zu holen.

Wien, Februar 2015

»Das glaub ich jetzt nicht!« Vera konnte ihr Erstaunen kaum in Worte fassen. »Eure Hochzeit war ein PR-Gag?«

Ihre Mutter erschien ihr auf einmal in einem völlig anderen Licht. Übermütiger. Schlagartig kam sie ihr auch jünger und fröhlicher vor. Die Episode strahlte so viel Heiterkeit und Lebensfreude aus, obwohl sie streng genommen ein Betrug an den Fans war. Zusätzlich zeigte die Geschichte, welche Willenskraft ihre Mutter bereits in jungen Jahren besessen hatte. Dazu ein Durchsetzungsvermögen und die Gabe, dass sich immer alles um sie drehte. War sie gut gelaunt, lachten auch die anderen, wenn sie schlecht gelaunt war, färbte das auf ihr Umfeld ebenso ab. Unglaublich, welche einschneidende PR-Maßnahme sich Max Horvat und Horst Kleinbach ausgedacht hatten, nur um den damals aufgehenden Stern am Filmhimmel noch eine Stufe höher zu stellen.

»Anfänglich war es tatsächlich ein PR-Gag«, sagte Marianne. »Das sprechen wir in der Dokumentation aber nicht an.«

»Oh doch, Mama! Und ob wir das ansprechen«, ereiferte sich Vera. »Ich meine ... Das ist doch der absolute Wahnsinn.« Sie machte ein feierliches Gesicht. »Und das meine ich jetzt ganz ernst ... *ich* finde das genial. Meine perfekten Eltern haben eigentlich nur zu Werbezwecken geheiratet.«

»Anfänglich«, wiederholte ihre Mutter nachdrücklich. »Und ich verbiete dir, es in die Dokumentation hineinzunehmen.«

»Warum?«

»Weil du damit eine Illusion zerstörst. Fritz und ich waren neununddreißig Jahre verheiratet. Wir waren das Vorzeigepaar! Wäre dein Vater nicht 2004 gestorben, wären wir heute noch zusammen. Da bin ich mir ganz sicher.«

»Was passierte mit der Idee, euch nach ein oder zwei Jahren wieder scheiden zu lassen?«

Marianne spiegelte Verzückung wider. »Wir haben uns im Laufe der Zeit zusammengerauft und am Ende wirklich ineinander verliebt.«

»Ein Hoch auf die arrangierte Ehe«, sagte Vera und hob ihre Kaffeetasse. »Ich hoffe, der Venedig-Film war ein Erfolg. Damit sich die Sache wenigstens gelohnt hat.«

»Es war ein riesengroßer Erfolg. Das Konzept ist voll aufgegangen.«

Jetzt konnte Vera sich nicht mehr zurückhalten. Sie prustete lauthals los, bis ihr vor Lachen Tränen die Wange hinunterliefen. Ihre Mutter stimmte mit ein.

»Genauso haben Fritz und ich damals gelacht, als wir bemerkten, dass unsere Ehe tatsächlich funktioniert. Kannst dir vorstellen, wie überrascht wir waren? Damit hat wirklich niemand gerechnet.«

»Wenn ich das Sophie erzähle! Die wird Augen machen.«

»Was willst du mir erzählen?«, ertönte es da von der Tür her.

Vera wirbelte erschrocken herum und sah sich ihrer Tochter gegenüber. Marianne Altmann starrte ihre Enkelin ebenso überrascht an.

»Wo kommst du denn her?«, fragte sie.

»Aus Berlin.«

»Wir haben dich nicht reinkommen gehört.« Vera ging auf sie zu und umarmte sie.

»Dafür hab ich euch schon vor der Haustür lachen gehört. Was ist denn so lustig?« Sophie zog die Jacke aus und warf sie auf einen leeren Stuhl.

»Ich hab dich erst übermorgen erwartet.«

»Kim muss im Moment ziemlich viel lernen. Da wollte ich ihr nicht länger auf die Nerven gehen und bin früher los. Und ich hab noch ein günstiges Ticket bei der Air Berlin bekommen.«

Marianne stand auf, um ihrer Enkelin zwei Küsse auf die Wangen zu geben. »Schön, dass du da bist, Kind. Setz dich zu uns! Ich hol dir eine Tasse und einen Kuchen.«

»Was war denn eben noch so lustig?«, wiederholte Sophie ihre Frage.

Erst jetzt fiel Vera auf, dass ihre Tochter wie ein Häufchen Elend aussah. Blass und verweint. Der blassrosa Pulli unterstrich ihre Zerbrechlichkeit. Ihre zu einem Pferdeschwanz zusammengefassten blonden Haare wirkten stumpf. Sie hatte dunkle Schatten unter den Augen.

»Das muss dir Oma erzählen. Aus ihrem Mund klingt die Geschichte sicher viel lustiger als aus meinem. Wie waren die Dreharbeiten?«

»Gut«, kam es knapp.

Wieder wechselten Vera und ihre Mutter einen raschen Blick, der besagte: Da ist was schiefgegangen.

Sophie setzte sich und nahm von ihrer Großmutter eine Tasse Kaffee und einen Teller mit zwei Stück Kuchen entgegen. »Du glaubst auch, dass ich verhungere.« Sie lächelte.

»Iss, Kind«, sagte Marianne nur.

Und dann erzählte sie noch einmal, wie sie und Fritz verkuppelt wurden und sich aufeinander eingelassen hatten. Sophies Miene hellte sich zusehends auf. Als Vera das sah, machte sich eine längst vergessen geglaubte Vertrautheit in ihr breit. Die drei Altmann-Frauen vereint bei Kaffee, Kuchen und unglaublichen Geschichten. Über drei Generationen hinweg verknüpfte sie ein besonderes Band. Kein Streit, keine Unstimmigkeit, keine Intrige brachte sie auseinander.

Am Ende der Erzählung begann Sophie ebenso zu lachen wie

zuvor Vera und ihre Mutter. »Das ist ja eine tolle Story. Ein Lektor oder Redakteur würde behaupten, sie wäre an den Haaren herbeigezogen.«

»Ja, ja«, sagte Marianne, »das Leben schreibt noch immer die besten Geschichten.«

Sophie wischte die Lachtränen mit dem Handrücken weg. Und wie aus dem Nichts heraus kippte die Situation, und sie begann herzzerreißend zu weinen und verbarg ihr Gesicht in den Händen. Vera und ihre Mutter tauschten einen Blick aus und wurden schlagartig ernst.

»Was ist denn los?«, fragte Vera. Sie hatte ihre Tochter schon lange nicht mehr so aufgelöst erlebt. Vorsichtig griff sie nach den Händen ihrer Tochter und zog sie von ihrem Gesicht weg.

»Dieses Arschloch hat mich gar nicht richtig angesehen«, wetterte Sophie.

»Von wem redest du, Kind?«, fragte Marianne in wohltuend ruhigem Tonfall und reichte ihrer Enkelin ein Taschentuch.

Vera ahnte, von wem hier die Sprache war.

»Fabian«, schluchzte Sophie und putzte sich die Nase. Sie zerknüllte das Taschentuch in ihrer Hand und lehnte sich seufzend im Stuhl zurück. Die Tränen liefen weiter, während sie von dem Streit auf offener Straße erzählte, der Trennung und dem zweiten unerfreulichen Drehtag in Berlin. »Das war der absolute Horror. Der hat am Set nur das Notwendigste mit mir geredet, mit den anderen hat er natürlich Witze gerissen. Ich hatte nicht einmal den Hauch einer Chance, mit ihm noch mal zu reden!«

Mit gekränkter Eitelkeit ertrug man solche Momente leichter, ging es Vera durch den Kopf. »Es tut mir leid, dass ihr euch getrennt habt.« Sie warf ihrer Mutter einen auffordernden Blick zu, doch Marianne blieb stumm. Egal, Sophie hätte ihr sowieso nicht geglaubt, dass ihr die Trennung zu Herzen ging. Ein aufgeschlagenes Knie hätte ihr wahrscheinlich mehr Mitleid abgerungen.

»Das gibt ihm aber noch lange nicht das Recht, mich am nächsten Tag wie Luft zu behandeln«, schimpfte Sophie.

Vera setzte sich neben ihre Tochter und nahm sie in den Arm. Liebeskummer war eine schlimme Krankheit, aber sie verging, wie eine Grippe verflog.

Da schlug Marianne mit der flachen Hand auf den Tisch, sodass sie zusammenzuckten. »Ich hab euch ja gesagt, ihr sollt euch von den Blecks fernhalten. Die machen nur Schwierigkeiten.«

Vera schüttelte unmerklich den Kopf. Das war jetzt nicht der richtige Zeitpunkt für eine Grundsatzdiskussion über die Blecks. Am liebsten hätte sie ihrer Mutter vorgeworfen, dass immerhin sie und ihre abgrundtiefe Abneigung gegen die Familie schuld seien am Aus der Beziehung ihrer Enkelin. Aber auch das war im Moment fehl am Platz.

Die betagte Schauspielerin erhob sich, ging zum Kühlschrank und holte Milch hervor. Dann nahm sie eine Packung Kakaopulver und eine Flasche Kirschrum aus dem Regal.

»Mama, es ist gerade einmal halb drei Uhr nachmittags«, sagte Vera vorwurfsvoll.

»Ändert es etwas an Sophies Kummer, wenn wir erst um fünf Alkohol trinken? Das Elend lässt sich in Kakao mit Rum einfach noch leichter ertränken.«

Sie hat nicht einmal den Anflug eines schlechten Gewissens, dachte Vera.

Marianne Altmanns Entschiedenheit in dieser Sache entlockte Sophie ein glockenhelles Lachen. »Da hast du recht, Oma. Kipp das Zeug ordentlich rein, damit's hilft.« Sie wischte sich die letzten Tränen mit dem Taschentuch ab.

Wenige Minuten später stellte die Diva die Tassen auf den Tisch.

»Das Zeug hilft wirklich«, stellte Vera nach zwei Schlucken fest.

»Sag ich doch«, ereiferte sich die alte Dame.

Stumm und zufrieden schlürften die drei ihren heißen Kakao.

»Was habt ihr heute Abend vor?«, fragte Sophie schließlich.

»Ich sollte am Drehbuch weiterschreiben.«

»Papperlapapp«, widersprach Marianne. »Heute Abend wird nicht gearbeitet. Deine Tochter hat Liebeskummer, dagegen müssen wir etwas unternehmen.«

»In amerikanischen Filmen essen sie in so einem Fall kiloweise Eiscreme. Hast du welche da?«, fragte Vera in zynischem Tonfall.

Marianne schnitt ihr eine Grimasse und wandte sich an Sophie: »Du legst dich jetzt in die Badewanne und entspannst dich.« Ihr Blick wanderte wieder zu Vera. »Währenddessen kannst du meinetwegen schreiben, und ich koch uns etwas Feines. Und in zwei Stunden treffen wir uns in meinem Wohnzimmer und schauen uns *Treffpunkt Venedig* an. Was sagt ihr?«

»Du hast den Film da?«, fragte Sophie erstaunt.

»Natürlich hab ich den Film da. Was denkst du denn? Sogar auf DVD. Heute erscheinen doch die meisten alten Filme auf DVD. Er liegt gerade oben bei deiner Mutter ... nimm ihn nachher mit runter, Vera.«

»*Treffpunkt Venedig*«, wiederholte Vera nachdenklich, als habe sie der Titel des Films soeben auf eine Idee gebracht. »Wenn ich schon das Märchen von der großen Liebe zwischen Fritz und Marianne Altmann nicht zerstören darf ... dann könnten wir in der Doku doch behaupten, dass ihr euch bei den Dreharbeiten dazu unsterblich ineinander verliebt habt«, sagte Vera, gedanklich schon wieder beim Drehbuch.

»Ja, das könntest du. Aber lass uns jetzt nicht mehr darüber reden.« Ihre Mutter begann, den Tisch abzuräumen, und bedachte Vera noch mal mit einem Blick, der besagte: Nicht nachdem das arme Mädel hier gerade vor Liebeskummer vergeht.

Sophie stand auf. »Gut, dann bring ich jetzt meine Sachen

nach oben und leg mich in die Badewanne. In zwei Stunden bin ich wieder da. Im Jogginganzug und in meinen dicken rosa Socken, Mama.«

»Himmel!«, rief Vera gekünstelt. »Bitte nicht die!«

Sophie lachte und verließ wieder ein bisschen besser gelaunt die Küche.

Als ihre Tochter außer Hörweite war, sagte Vera: »Du hättest wenigstens so tun können, als ob dir die Trennung von Fabian leidtäte.«

Marianne stellte die Kaffeetassen in den Spüler, klappte die Abdecktür hoch und drehte sich zu ihr um. »Schau doch nur, was dieser Fabian dem Mädchen angetan hat.«

»Sie haben sich getrennt, Mama. *Deinetwegen.*«

Ihre Mutter ging nicht darauf ein. »Ich finde, Roland Bleck in meiner Nähe zu dulden ist genug Entgegenkommen. Das lässt sich nun mal nicht ändern. Aber verlang nicht von mir zu heulen, weil nun doch kein Bleck Teil unserer Familie wird.«

München, April 2015

Der Postpalast war voll Menschen. Am Eingang reichten schwarz gekleidete Kellner mit langen Schürzen den Besuchern langstielige Sektgläser. Eine endlose rot beleuchtete Bar befand sich an der linken Wand. Dahinter Barkeeper, ebenfalls schwarz gekleidet. In der Mitte unterhalb der Kuppel unzählige runde Tische mit weißen Decken und weißem Porzellangedeck. Ein Quintett spielte Vivaldi. Später würde eine Band Evergreens aus den Fünfziger- und Sechzigerjahren spielen.

Die geladenen Gäste waren gekommen, um den großen Max Horvat zu feiern – Schauspieler, Regisseure, Theaterleute, Musiker und weniger prominente Freunde. Einige kannte Marianne Altmann persönlich, andere schienen ihr vollends fremd. Sie beobachtete mit stoischer Miene aus dem Augenwinkel, welche Reaktion ihr Erscheinen auslöste. Manche nickten ihr grüßend zu, manche ignorierten sie, andere tuschelten, als sie sie sahen. Diejenigen, die wussten, wie zurückgezogen die Diva normalerweise lebte, rissen überrascht die Augen auf, um danach sofort die Neuigkeit ihrer Anwesenheit zu verbreiten. Sie musste zugeben, es breitete sich ein Gefühl der Zufriedenheit in ihr aus. Man hatte sie also nicht vollends vergessen. Derweil war es inzwischen über fünfzehn Jahre her, dass sie derart in Erscheinung trat.

Sie trug ein elegantes, knöchellanges cremefarbenes Abendkleid aus Samt, ihre Haltung war geradezu majestätisch. An ihrer Seite waren Vera in einem dunkelblauen Hosenanzug und

Sophie in einem zartrosa Kleid. Beide glänzten ebenso hoheitsvoll.

»Die stolzen Altmann-Frauen«, murmelte eine Frau im schwarzen Kleid, als sie an ihr vorübergingen.

In dem Moment entdeckte sie Max Horvat und kam mit ausgebreiteten Armen auf sie zu. Er sieht noch besser aus als an dem Abend, als er mich in Wien besucht hat, dachte Marianne. Die Kamera eines Gesellschafts-TV-Magazins verfolgte ihn und fing die drei Frauen mit ein.

Das Spiel kann beginnen, dachte sie und ließ sich milde lächelnd von Max umarmen. Er drückte ihr links und rechts einen Kuss auf die Wange. »Schön, dich wiederzusehen, Marianne.«

»Ja, das finde ich auch«, sagte sie.

Die Kamera fing alles ein, doch als eine Redakteurin mit gezücktem Mikrofon auf sie zukam, stoppte Max sie mit einer raschen Handbewegung. »Bitte später«, sagte er.

Die Journalistin nickte und wandte sich an Sophie. Sofort schwenkte das Mikro zu ihr.

»Es wird dir heute nicht erspart bleiben, auch ein paar Fragen zu beantworten«, murmelte der betagte Produzent, während er Marianne an der Hand nahm und an ihren Tisch führte.

Vera folgte ihnen, Sophie beantwortete schon die Fragen der Journalistin.

»Das hier hat sich alles Sebastian einfallen lassen.« Max Horvat machte eine alles umfassende Handbewegung. »Ich hätte ja zu Hause gefeiert, im kleinen Kreis. Aber davon wollte er nichts hören.«

»Das Fest ist deiner würdig, Max. Lass es zu, dass sie dich feiern. Wie viele alte Leute sitzen in Altenheimen, vergessen von ihrer Familie.«

»Ich fühl mich nicht wie achtzig, Marianne. Nur manchmal frag ich mich, wo all die Jahre hin sind und ob ich heute etwas anders machen würde als damals.«

Marianne schenkte ihm einen langen Blick. »Das würdest du nicht tun«, sagte sie mit warmer Stimme.

Der alte Produzent nickte und zog galant den Stuhl von jenem Platz am Tisch ein klein wenig zurück, wo Marianne Altmanns Namenskärtchen stand. Die Diva setzte sich.

»Ich habe euch im Auge«, sagte er verschmitzt lächelnd und wies auf den danebenliegenden Tisch. Dort erhob sich ein Mann mittleren Alters, sein Gesicht wies jene stolzen Züge auf, die auch Max zu eigen waren. Er kam zu ihnen rüber.

»Kannst du dich noch an Sebastian erinnern?«, fragte der Jubilar.

Sebastian Horvat nahm Mariannes Hand und deutete einen Handkuss an. »Es freut mich sehr, dass Sie die Einladung angenommen haben.«

»Hast du ihm das beigebracht, Max?« Sie lachte leise. »Du hast mir ja keine Wahl gelassen, Sebastian«, sagte sie dann und klopfte ihm dabei spielerisch auf den Handrücken. »Dein Sohn hat mich erpresst, Max. In meiner Einladung stand, dass er den Film meiner Tochter nur produziert, wenn ich zu deiner Party komme.« Die Diva zwinkerte dem Produzenten belustigt zu.

Max lachte. »Jaja, das ist mein Sebastian.«

Da kam Sophie zu ihnen.

»Fragen über deinen Vater?«, murmelte Vera.

»Na klar, und jetzt lächle freundlich, Mama.« Sie deutete mit dem Kopf in Richtung eines Fotografen, der Mutter und Tochter im Visier hatte, und die beiden strahlten vergnügt in die Linse.

Der Fotograf bedankte sich und wandte sich Marianne Altmann zu. Ein Foto mit ihr und den beiden Horvats.

Da stieß Sophie Vera in die Seite. »Hast du die Namenskärtchen auf unserem Tisch gelesen?« Sie deutete unauffällig mit dem Kopf in die Richtung. Vera hielt kurz die Luft an, als sie Roland Blecks Namen entzifferte. In dem Moment spürte sie Sebastians Hände auf ihren Schultern.

Er zog sie an sich, küsste sie links und rechts auf die Wange. »Schön, dich zu sehen, Vera. Das Drehbuch hab ich übrigens schon gelesen. Gefällt mir gut, nur noch ein paar kleine Änderungen. Ich schick sie dir morgen. Wenn alles glattgeht, beginnen wir im Herbst mit den Dreharbeiten.«

Vera zog ihn am Ärmel zur Seite und zischte ihm ins Ohr: »Du hast Glück, dass ich so wohlerzogen bin. Sonst würde ich dir jetzt nämlich ordentlich in die Eier treten. Wie kannst du nur den Bleck an unseren Tisch setzen?«

Sebastian schenkte ihr ein freundliches Lächeln. »Ich hab dir doch gesagt, sie wird mit ihm reden.«

»Sie wird aufstehen und die Feier augenblicklich verlassen.«

Er antwortete nicht, sondern wandte sich Sophie zu, um sie ebenso herzlich wie Vera zu begrüßen.

In dem Moment tauchte Roland Bleck am Eingang auf, an seiner Seite ein junger Mann. Fabian.

Sebastian erhaschte Veras Blick, sah, wie sie ihre Tochter beobachtete. Die junge Schauspielerin errötete, das Herz pochte ihr bis zum Hals, das sah man ihr an. Sie konnte sich noch so oft daran erinnern, dass sie nicht mehr in ihn verliebt war, das Verlangen, ihn in ihrer Nähe zu wissen, war geblieben. Der Kopf konnte das Herz schwer besiegen.

Vera schnappte sich von dem Tablett eines zufällig vorbeikommenden Kellners ein weiteres Glas Sekt. Betrunken ließ sich das Ganze vielleicht leichter ertragen, dachte sie.

»Das wird ein schöner Abend, glaub mir«, raunte Sebastian ihr zu und verschwand.

Vera und Sophie nahmen Marianne in ihre Mitte und setzten sich. Sie versuchten, die Anspannung zu überspielen, indem sie sie in ein Gespräch über die gelungene Dekoration des Raumes verwickelten. Überall verteilt standen Ständer mit Filmplakaten und Fotos von Premieren, Dreharbeiten und Aufnahmen aus dem Backstagebereich. Von der Decke baumelten alte Filmstreifen, die im Schein des künstlichen Lichts wie aufpoliertes Silber glänzten. Unbekannte Menschen tauchten auf, nickten ihnen freundlich zu und setzten sich an ihren Tisch. Vera hatte übersehen, dass auch Oliver Thalmann bei ihnen Platz nahm – sein Namenskärtchen befand sich neben dem Gedeck von Sophie, sonst hätte sie es kurzerhand an einen anderen Platz gestellt. Zum wiederholten Mal verfluchte sie Sebastian. Sophie jedoch freute sich darauf, ihren Vater wiederzusehen. Mit ihm würde ein weiterer Gesprächspartner am Tisch sitzen, der sie von Fabian ablenken konnte.

»Marianne«, Oliver nickte der Diva zu, als er nur kurz darauf am Tisch auftauchte und Sophie und Vera begrüßt hatte.

Marianne nickte zurück und wandte sich in bester Altmann-Manier von ihm ab. Ihrem Gesichtsausdruck konnte Vera entnehmen, dass sie allein ihrer Tochter dieses Desaster zuschrieb.

Der Abend wird schön, dachte Vera und kippte das nächste Glas Sekt die Kehle hinunter. Doch der Alkohol wirkte nicht, sie blieb nüchtern. Sie fand, dass Sophie zu laut über die billigen Witze ihres Vaters lachte.

Da steuerten Roland und Fabian Bleck auf ihren Tisch zu.

Lieber Gott, wenn es dich wirklich gibt, schick mir jetzt auf der Stelle einen Herzinfarkt, betete Vera stumm.

Gerade als die beiden den Tisch erreichten und in die Runde nickten, begann das offizielle Programm, und die Deckenbeleuchtung wurde gedimmt. Stumm setzten sie sich auf ihre Plätze. Sophie suchte Fabians Augen, doch der richtete seinen Blick starr auf die Bühne. Vera griff unter dem Tisch nach der Hand ihrer Tochter und drückte sie zärtlich.

Ein ehemaliger Vorstand der Allianz Deutscher Produzenten für Film und Fernsehen hielt eine Festrede. »Max Horvat ist einer der erfolgreichsten und aktivsten Produzenten unseres Landes. Er ist schon zu Lebzeiten eine Legende, hat er doch die wichtigsten Regisseure und Schauspieler verpflichten können …

Es ehrt uns, dass eine ganz besondere Frau und bemerkenswerte Schauspielerin heute unter uns weilt: Marianne Altmann.«

Tosender Applaus.

Die Diva sah sich genötigt, sich von ihrem Platz zu erheben und dankbar in die Menge zu nicken.

Dem folgten Reden langer Weggefährten, und am Ende sprach Max Horvat selbst. Zum Glück hatte keine Ansprache länger als zehn Minuten gedauert, und Max erheiterte die Gäste mit einigen Anekdoten aus seiner aktiven Zeit. Er endete mit der Aufforderung, endlich das Essen zu bringen, denn ein fünfgängiges Menü zu vertilgen brauche seine Zeit, und davon habe er nicht mehr so viel.

Wieder Lacher.

Wenig später ging das Licht wieder an, und Roland Bleck stellte sich Marianne vor.

Vera wurde blass. »Gibt es hier irgendwo ein Loch, in das ich versinken kann?«, flüsterte sie Sophie zu. Sie sah zu ihrer Mutter, es schien, als halte diese die Luft an.

Marianne warf ihrer Tochter einen harten Blick zu. Ihre Lippen fest aufeinandergepresst, wanderten ihre Augen schließlich zwischen Oliver Thalmann und Roland Bleck hin und her. Die beiden scherzten albern herum.

»Ich glaub, ich weiß, was sie denkt«, flüsterte Sophie ihr zu. »Hinterhältiges Pack!«

Marianne beugte sich ein klein wenig zur Seite, bedeutete Vera, es ihr gleichzutun.

»Jetzt geht's los«, murmelte Vera Richtung Sophie und neigte sich so weit zu ihrer Mutter, dass diese ihr ins Ohr sprechen konnte. Mariannes Finger krallten sich in Veras Arm.

»Nicht genug, dass diese beiden Schmarotzer die Filmrechte am Stück meines leiblichen Vaters besitzen«, presste sie heraus. »Sie genießen ihren Triumph direkt vor meinen Augen. Wie viel Demütigung muss ich noch ertragen?« Ihre leise Stimme klang wutentbrannt. Sie gab Vera wieder frei, richtete sich auf. Ihr Blick streifte den Nebentisch. Max und Sebastian Horvat beobachteten die Szene und lächelten Marianne aufmunternd zu. Sie blieb ernst.

»Das Projekt ist gestorben, sag das Sebastian«, zischte Marianne wieder in Veras Richtung.

»Das geht nicht, Mama. Du hast den Vertrag schon unterschrieben.« Sie warf einen raschen Blick über den Tisch. Bleck und Oliver waren zum Glück so in ihr Gespräch vertieft, dass sie von der Unterhaltung nicht viel mitbekamen.

Sophie schwieg. Sie fixierte unauffällig Fabian, den das Ganze zu amüsieren schien, so Vera sein breites Grinsen richtig deutete.

Die Kellner servierten die Suppe. Marianne war offensichtlich der Appetit vergangen. Sie legte die Stoffserviette auf den Tisch und machte Anstalten aufzustehen.

»Bevor Sie jetzt das Fest verlassen«, sagte Roland Bleck in ruhigem Ton über den Tisch hinweg, »möchte ich Ihnen das hier geben.« Er schob ein orangefarbenes Kuvert im A5-Format über den Tisch.

»Was ist das?« Ihre Stimme klang wie ein Peitschenhieb.

»Betrachten Sie's als Friedensangebot.«

Marianne zögerte. Die anderen begannen, die Suppe zu essen. Marianne tat es ihnen schließlich nach.

»Nachdem Vera in meinem Büro war, um mir zu sagen, dass Sie keine Zusammenarbeit mit uns wünschen, habe ich mich hingesetzt und alte Unterlagen durchgesehen.« Er legte den Löffel zur Seite und machte eine bedauernde Geste. »Wiedergutmachen kann ich nicht, was mein Großvater Ihnen und Ihrer Mutter angetan hat. Aber mit dem hier …« Er streckte den Arm aus und tippte auf das Kuvert, »kann ich vielleicht etwas tun, das Ihnen hilft, eine bestimmte Sache aufzuarbeiten. Ich hoffe, dass ich mit meiner Vermutung richtigliege und Sie es brauchen können. Sebastian meinte Ja.«

Marianne Altmann runzelte die Stirn, sie fühlte die Blicke der anderen auf ihrem Gesicht. Auch ihr Teller war inzwischen leer. Sie schob ihn ein Stück von sich und griff nach dem Kuvert.

Sebastian und Max Horvat erhoben sich und kamen zu ihnen herüber. Sophie stand auf, um dem alten Herrn Platz zu machen, Max nickte ihr dankbar zu und setzte sich auf ihren Stuhl. Sophie stellte sich hinter Vera, legte ihrer Mutter die Hand auf die Schulter.

Marianne wechselte einen kurzen Blick mit den beiden. »Mir scheint, hier am Tisch weiß jeder Bescheid, nur ich nicht.«

»Lesen Sie's einfach«, sagte Roland Bleck.

Marianne öffnete das Kuvert und zog unter Beobachtung des gesamten Tisches zwei vergilbte Papiere hervor. Sie warf einen Blick auf das erste Blatt, und ihre Augen weiteten sich.

Hochverehrter Herr Gauleiter!
Als Nationalsozialist, der ich all die Jahre illegal gearbeitet habe, will ich Ihnen, sehr verehrter Herr Gauleiter, folgende Ungeheuerlichkeit mitteilen: Der Jude Walter Janisch treibt regelmäßig widernatürliche Unzucht mit anderen Männern. Als Mitglied des Deutschen Volkstheaters wurde er bereits entfernt. Doch denke ich, dass Sie über diese verwerfliche Schandtat ebenfalls Bescheid wissen müssen, denn der Jude Janisch wurde des Öfteren im Gespräch mit arischen Kindern beobachtet. Ich brauche Ihnen nicht zu erklären, welche Gefahr durch dieses asoziale Verhalten ausgeht.
Ich bitte Sie daher, umgehend Maßnahmen einzuleiten, um diesem verkommenen Subjekt das Handwerk zu legen ...

Marianne schwieg, während die Kellner die Suppenteller abräumten.

»Das ist der Beweis, dass mein Großvater an der Deportation Walter Janischs ins KZ schuld war«, meinte Roland Bleck, bevor

Marianne etwas sagen konnte. »Er war doch ein enger Freund Ihrer Eltern, das hat mir jedenfalls Sebastian gesagt.«

Einen Augenblick erschien es Vera, als läge ihre Mutter mit ihren Gefühlen im Widerstreit.

»Meine Eltern haben seinen Tod nie verwunden«, sagte Marianne bedauernd. »Das sah man ihren Gesichtern an, wenn die Sprache hin und wieder auf ihn kam. Sie hielten die alten Spielpläne mit seinem Namen darauf in Ehren. Sie gehören heute noch zu unseren Familienunterlagen.«

Über Veras Gesicht huschte ein Lächeln. Ihre Mutter hatte Roland Bleck geantwortet, das war ein gutes Zeichen.

»Der andere Brief ist der Beweis dafür, dass er die Widerstandsgruppe, bei der Ihr Vater Mitglied war, an die Gestapo verriet.«

Marianne hielt die beiden Papiere in der Hand, als handle es sich um etwas, das sich jederzeit in Luft auflösen könnte. »Warum ...« Sie brach ab und schüttelte unmerklich den Kopf. »Was hätten meine Eltern für dieses Beweisstück gegeben.«

»Sie fragen sich, warum ich es in Ihre Hände gebe?«, stellte Roland Bleck eine rhetorische Frage. »Ich hoffe, Sie begreifen endlich, dass Sie auf uns keine Rücksicht nehmen müssen. Erzählen Sie in der Dokumentation, was immer Sie zu erzählen haben.« Er klopfte Fabian auf die Schulter. »Mein Sohn und ich werden diese Bürde zu tragen wissen.«

Marianne schwieg noch immer. Die Atmosphäre war angespannt. Plötzlich streckte sie Bleck ihre Hand entgegen.

Einen kurzen Moment zögerte er, schien nicht zu begreifen, dass die Diva sein Friedensangebot annahm.

Sie schüttelten sich die Hände.

Der Abend war also doch kein Reinfall, ganz wie Sebastian es prophezeit hatte. Vera fiel ein Stein vom Herzen.

»Hallo Fabian«, sagte da eine weibliche Stimme.

Die Runde hob den Kopf. Sophie wusste auch so, wem sie gehörte. Ohne hinzuschauen.

Fabian drehte sich lächelnd um. Vor ihm stand die Aufnahmeleiterin, mit der er nach den Dreharbeiten in Berlin an der Bar gesessen hatte. Ihre Blicke verrieten, dass das kein zufälliges Treffen war. Fabian erhob sich und begrüßte die Frau mit zwei Wangenküssen. Sophie konnte sich nicht mehr an ihren Namen erinnern, aber sie wollte auch nicht darüber nachdenken. In ihr tobte ein Vulkan. Wie gebannt starrte sie auf die Tischdecke.

»Sie entschuldigen mich bitte«, hörte sie Fabians Stimme.

Gut erzogen ist dieser Scheißkerl auch noch, ging es Sophie bitter durch den Kopf, und offenbar nicht hungrig. Denn der Hauptgang wurde serviert. Max und Sebastian Horvat gingen an ihre Plätze zurück.

Sophie glaubte, eine zarte Brise 1 Million von Paco Rabanne zu riechen. Der Duft weckte zärtliche Erinnerungen, und sie musste sich zusammennehmen, um nicht augenblicklich aufzuspringen und heulend davonzulaufen.

Scheißkerl, Scheißkerl, Scheißkerl, wiederholte sie in Gedanken.

Vera drückte sanft den Oberschenkel ihrer Tochter und schenkte ihr ein aufmunterndes Lächeln.

Nach dem Dessert begann die Band zu spielen. Ein alter Abba-Song aus den Siebzigerjahren erklang, *Waterloo*. Oliver beugte sich zu Vera hinüber, um sie um diesen Tanz zu bitten. Er schien Sophies Leiden nicht zu bemerken.

Wien/Berlin, Mai 2015

»Es gibt Augenblicke, da steht man sich selbst im Weg«, sagte Kim an ihrem Ohr.

Sophie stand mit dem Handy in der Küche ihrer Wohnung und schaute auf die Weinberge hinaus. Die Reben trugen inzwischen saftig grüne Blätter. Ein Landschaftsbild, wie von Paul Cézanne gemalt. Rebe neben Rebe und zwischen den Reihen gerade so viel Platz, um einen Traktor durchzulassen.

»Wenn du mich fragst ... die Liebe ist ein verfluchter Schmarotzer, der sich in deinem Hirn festsetzt und es von innen auffrisst«, fuhr Kim fort.

Sophie konnte sich gut vorstellen, wie ihre Freundin in der Berliner Wohnung gerade aufräumte, während sie telefonierten. Das tat sie gerne. Aufräumen und zeitgleich telefonieren.

»Wenn's dich erwischt, dann erwischt es dich eben«, sagte Sophie seufzend. »Dagegen kann man sich nicht wehren.«

»Sehr philosophisch. Gut, dass du keine Bücher schreibst.« Kim erzählte, dass Fabian mehrmals bei ihr in der Bar aufgetaucht sei. »Ganz schlecht hat er ausgesehen«, meinte sie. Und nach drei Bier habe er mehrmals nach Sophie gefragt. Wie es ihr gehe? Ob sie wieder einmal nach Berlin käme? Ob sie ab und zu von ihm spräche?

Sophie wandte sich vom Fenster ab und ging in der Wohnung auf und ab. Die Schmetterlinge in ihrem Bauch sorgten dafür, dass ihr Körper jede Menge Glückshormone ausschüttete.

»Also wenn du mich fragst, der Kerl hat dich noch ganz stark auf seiner Festplatte gespeichert und traut sich es dir gegenüber nicht zuzugeben. Ich möchte nicht wissen, was er mit seiner rechten Hand anstellt, wenn er sich ein Foto von dir ansieht.«

»Kim«, empörte sich Sophie und lachte.

»Ist doch wahr!«, sagte Kim. »Der tut im Gegensatz zu dir wenigstens etwas. Du sitzt zu Hause und bläst Trübsal.«

»Ich lerne Text.«

»Klar … du lernst.« Ihr Tonfall verriet, was sie in Wahrheit darüber dachte.

»Was schlägst du vor?«, fragte Sophie ruhig, derweil war ihr nach jubelndem Kreischen zumute. Ihr Herz pochte.

Er hat nach mir gefragt.

»Komm nach Berlin, und klär das«, sagte Kim. »Sonst wird dieser Fabian am Ende noch geschäftsschädigend, und ich muss ihn rausschmeißen oder sogar töten.«

»Hm«, brummte Sophie und setzte sich an ihren PC. »Ich weiß nicht, ob ich das will.« Sie rief die Seite mit den Flugverbindungen nach Berlin auf.

»Jetzt tu nicht so. Er spielt in deinem Leben doch immer noch die männliche Hauptrolle.«

»Auf was willst du hinaus?«

»Sophie, direkter kann ich's nicht sagen. Du leidest, er leidet offensichtlich auch, und bevor ich auch noch leide, will ich die Sache aus der Welt haben. Ich will mich nämlich auf mein Studium konzentrieren und nicht in einer billigen Seifenoper mitspielen.«

»Wenn ich öfter nach Berlin fliegen muss, wird die Seifenoper ganz und gar nicht billig … Ich könnte morgen Nachmittag fliegen«, sagte sie, überrascht darüber, so rasch noch einen Direktflug zu bekommen. »Abflug fünfzehn Uhr, Ankunft Viertel nach vier. Das hieße, ich tauche bei dir zwischen fünf und halb sechs auf. Bist du da?«

»Yep. Ich arbeite heute und hab ab morgen zwei Wochen frei,

muss lernen, wenn ich nicht den Rest meines Lebens hinter der Bar stehen und liebeskranken Kerlen zuhören will.«

»Ich hab's begriffen. So schlimm?« Sophies Herz jubelte.

»So schlimm. Falls Fabian heute auftaucht, sag ich ihm gleich, dass du kommst. Ich hoffe, das baut den armen Kerl wieder auf.«

Sophie hätte gerne gefragt, ob er inzwischen einmal mit einer Frau in der Bar war, womöglich die Aufnahmeleiterin. Sie fürchtete jedoch die Antwort und bat Kim daher nur, ihm nicht zu sagen, dass sie extra wegen ihm nach Berlin reiste.

»Keine Angst«, beruhigte Kim sie lachend. »Ich sag ihm, du hast hier zu tun, und wenn er es geschickt anstellt, wirst du eine halbe Stunde finden, um ihn zu treffen.«

Sophie freute sich auf Berlin, nicht nur wegen Fabian. Sie freute sich darauf, Wien verlassen und somit ihrer Mutter und ihrer Großmutter entfliehen zu können. Seit dem Friedensabkommen mit Roland Bleck arbeiteten die beiden gemeinsam intensiv an der dritten Drehbuchfassung und machten Sophie allmählich verrückt damit. Es gab kaum mehr ein anderes Gesprächsthema.

»Außerdem baggert mein Vater meine Mutter an«, beschwerte sie sich. »Er ruft sie mehrmals die Woche an, und zweimal waren sie schon seit Horvats Geburtstagsparty gemeinsam in München essen …«

»Läuft da was?«, fragte Kim.

»Keine Ahnung. Ich will mir auch ehrlich gesagt keine Gedanken darüber machen. Ich frag sie nicht, und sie erzählt nichts, und solange er nicht hier in der Villa aufschlägt, ignorier ich's.« Sophie hatte nebenbei den Flug reserviert und bestätigte nun die Buchung. Sie war mit sich selbst noch nicht übereingekommen, ob sie es gut fände, wenn ihre Eltern wieder zusammenkämen.

Sie tauschten noch ein paar Belanglosigkeiten aus, dann legten sie auf.

Sophie grübelte noch eine Weile vor sich hin. Die Stille in der

Wohnung war schlagartig eine andere. Sie sprang auf, zog ihre Joggingkleidung an, schlüpfte in die Laufschuhe und verließ die Wohnung. Eine Runde durch die Weinberge würden ihr sicher guttun.

Am nächsten Morgen brach sie um halb zwei zum Flughafen auf. Weder ihrer Mutter noch ihrer Großmutter gegenüber hatte sie Fabian beim gemeinsamen Frühstück mit einem Wort erwähnt.

Bei der Ankunft in Berlin kehrte die Nervosität zurück. Einen kurzen Moment überlegte sie, ob Fabian womöglich in Tegel stehen würde, um sie abzuholen. Sie verwarf den Gedanken jedoch so schnell er gekommen war. Kim hätte sie sicher informiert. Als sie die Ankunftshalle durchquerte, wusste sie, dass er nicht gekommen war.

Kaum hatte Sophie Kims Wohnung betreten und ihre Tasche abgelegt, drückte ihr die Freundin einen Becher mit einem Moscow Mule in die Hand. »Zur Einstimmung«, feixte sie.

Sie setzten sich auf Kims rotes, bequemes Sofa und überlegten gemeinsam, was Sophie anziehen sollte. Die Entscheidung fiel ihnen nicht leicht. Kim nahm dafür Kleidungsstück um Kleidungsstück aus Sophies Koffer.

»Du darfst ihm auf gar keinen Fall signalisieren, dass er dich gleich wieder flachlegen darf. Andernteils darfst du auch nicht zu zugeknöpft daherkommen. Es ist wie die Karotte, die du dem Esel vor die Nase hältst, um ihn dorthin zu bewegen, wo du ihn hinhaben willst.«

Sophie schüttelte amüsiert den Kopf. »Wer hat dir nur all diese Lebensweisheiten beigebracht?«

Kim griff nach dem Band, das Sophies Haare zusammenfasste, und zog es heraus. »Die Haare trägst du jedenfalls offen.«

Sie schüttelte lachend ihre blonde Mähne.

Schließlich entschieden sie sich für Jeans und eine blaue

dekolletierte Tunikabluse, die die Farbe ihrer Augen betonte. Dazu Stiefeletten mit ein bisschen Absatz.

Um halb acht hatten sie noch einen Cocktail getrunken, und Sophie war fertig.

»Du siehst toll aus.« Kims Stimme klang bestärkend. »Bist du bereit?«

»Nein.«

»Gut. Dann geh jetzt, und hol ihn dir! Ich erwarte dich nicht vor morgen früh.«

Draußen vor der Tür atmete Sophie die laue Abendluft ein. Ihre Schultern waren verspannt. Sie streckte ihren Körper fest durch und ging zur U-Bahn.

Die Unsicherheit verstärkte sich auf ihrem Weg in die Friedrichstraße. Fabians Wohnhaus erschien ihr plötzlich höher als bei ihren früheren Besuchen. Sie legte den Kopf in den Nacken und blickte nach oben. Das Haus endete im Himmel. Der Mut verließ sie nicht erst in diesem Augenblick. Er hatte sie schon verlassen, als sie die Stufen der U-Bahn nach oben gestiegen war. Sie hatte versucht, sich abzulenken, indem sie ihre Schritte gezählt hatte. Bei sechzig hatte sie wieder damit aufgehört, weil die Nervosität nicht verschwunden war.

Sollte sie tatsächlich einfach so vor seiner Wohnungstür auftauchen? »Hallo Fabian, hier bin ich. Kim meinte, du kannst nicht ohne mich leben ... jedenfalls sollst du das an der Bar zu ihr gesagt haben. – Wann das gewesen sein soll? Weiß nicht, als du ihr volltrunken vorgejammert hast, dass du einen Fehler begangen hast, weil du mich zum Teufel geschickt hast ...« Dieses oder ein ähnliches Gespräch hatte sie sich bei der Herfahrt ausgemalt.

Warum hatte er sich nicht bei ihr gemeldet, wenn er, wie Kim meinte, so große Sehnsucht nach ihr hatte? Warum war er in München mit der Aufnahmeleiterin abgezogen und hatte sie am

Tisch mit den anderen sitzen lassen? Warum zum Teufel stellte sie erst jetzt all diese Fragen und nicht schon in Wien, bevor sie in das Flugzeug gestiegen war?

Die Haustür öffnete sich. Ein älterer Herr mit einem Cockerspaniel an der Leine kam heraus. Sophie nickte ihm zu und fing die sich schließende Tür auf. Gleich darauf stand sie im Lift und fuhr in den 18. Stock hinauf. Ihr Herz schlug ihr bis zum Hals.

Mach jetzt keinen Rückzieher, ermahnte sie sich streng.

Die Lifttür öffnete sich. Niemand war zu sehen. Sie ging den Gang hinunter, bis zu Fabians Wohnungstür. Ihr Zeigefinger schwebte einige Millimeter vor dem Klingelknopf in der Luft. Der Mut hatte sie nun gänzlich verlassen. Sie ließ die Hand sinken, legte ihr Ohr an die Tür und hoffte, dass diese nicht plötzlich aufgerissen wurde. Sie kam sich auf einmal vor wie diese zudringlichen Frauen, die ihre Angebeteten überallhin verfolgten.

War Stalken nicht inzwischen strafbar? Verflucht, sie stalkte Fabian nicht! Er hatte doch nach ihr gefragt.

Irrte sie sich, oder hörte sie da eine Frauenstimme? Ein fröhliches Lachen. Von wegen, er hatte sie noch fest auf seiner Festplatte gespeichert. Der Kerl hatte sie schnell ersetzt. Mit dem war sie fertig.

Da hörte sie Schritte.

Sophie drehte sich auf dem Absatz um und schlich so schnell wie möglich zurück zum Lift.

Unten auf der Straße schrieb sie Kim eine SMS: »Das nächste Mal erteilst du ihm Hausverbot!«

München, September 2015

Vera quartierte sich bereits Anfang September in die Münchner Wohnung ein. Sie wollte den letzten Vorbereitungen für die Dreharbeiten, die in der bayerischen Landeshauptstadt begannen, beiwohnen, obwohl ihr Sebastian mehrfach versicherte, dass alles nach Plan lief. Die Schauspieler waren engagiert, die Studios reserviert und die Drehgenehmigungen eingeholt. In Wahrheit brauchte sie ein paar Tage für sich. Sie war hochgradig nervös, ging in der Wohnung auf und ab, redete mit sich selbst. Übelkeit fiel sie an wie ein tollwütiger Hund. Sie lief ins Badezimmer und kotzte sich die Seele aus dem Leib. Jetzt, wo endlich die Dreharbeiten vor der Tür standen, hatten sich plötzlich unzählige Ängste in ihrem Kopf bequem gemacht. Die Angst zu versagen, schlechte Arbeit abzuliefern, überfordert zu sein und von den Kritikern in der Luft zerrissen zu werden. Wäre sie in Wien geblieben, hätte ihre Mutter ihren Zustand richtig gedeutet, und es lag Vera nichts ferner, als mit ihr darüber zu sprechen. Ihre Mutter atmete Lampenfieber weg, das gelang Vera nicht. Sie musste damit klarkommen, dass ihr Körper diesmal noch heftiger reagierte. Sie rappelte sich hoch, wusch sich den Mund mit Wasser aus und spritzte sich welches ins Gesicht. In der Küche machte sie sich eine Tasse Instantkaffee.

Es läutete an der Wohnungstür. Vera sah auf die Uhr. Es war halb fünf. Wer konnte das sein? Sie erwartete niemanden. In der Diele warf sie einen kurzen Blick in den Spiegel und öffnete die Tür.

»Wie schaust du denn aus?«

»Das ist genau das, was eine Frau von einem Mann hören will, wenn sie die Tür öffnet, Oliver.«

»Echt, du schaust beschissen aus.«

»Was willst du?«

»Ich hab gehört, du bist in München.«

»Von wem?«

»Ich hab mit unserer Tochter telefoniert.«

Vera schüttelte amüsiert den Kopf. »Machst du seit Kurzem auf ›Vater des Monats‹?« Ihr Blick fiel auf die Pizzakartons in seiner Hand. »Was hast du vor?«

»Dich zum Essen einladen.«

»Was, wenn ich schon etwas vorhabe?«

Oliver Thalmann legte die Stirn in Falten. »Hast du nicht.« Er drängte sich an ihr vorbei. Das war wieder einmal typisch Oliver. Er ging davon aus, dass alle Welt auf ihn wartete.

Sie schlug die Tür zu, folgte ihm in die Küche. »Wie kannst du dir da so sicher sein?«

Oliver nahm die Pizzen aus dem Karton, legte sie auf die Teller. »Weil ich dich kenne und mir daher ausmalen kann, dass du Lampenfieber hast. Schon vergessen? Wir haben zusammen gearbeitet.«

»Seit wann kümmerst du dich darum, wie es anderen geht?«

»Wie wär's, wenn du rasch unter die Dusche springst, während ich uns hier ein opulentes Mahl zubereite?«

»Du hast Pizza mitgebracht«, sagte Vera zynisch und trollte sich ins Badezimmer. Sie hatte eine Dusche wirklich dringend nötig.

Als sie zurückkam, hatte Oliver eine Flasche Rotwein geöffnet und den Tisch gedeckt. Er reichte ihr ein Glas und sah ihr tief in die Augen. »Jetzt siehst du wieder wie die toughe Vera aus.«

Sie trug einen schwarzen Jogginganzug von Nike, und ihre feuchten Haare steckten unter einem Handtuch.

Vera nahm das Glas und ließ sich auf einen Stuhl fallen. Sie hoffte, dass die Pizza noch warm war. Nach dem ersten Bissen fühlte sie sich besser. Nach dem zweiten Bissen hatte sich ihr Magen vollends beruhigt und das Lampenfieber verabschiedet. Dankbar lächelte sie Oliver an.

»Also, jetzt sag schon! Warum bist du wirklich hier?«

Er schenkte ihr einen gespielt gekränkten Blick. »Warum glaubst du mir nicht? Ich wollte nur nach dir sehen.«

»So langweilig ist dir?«, fragte sie spöttisch. Wenn sich später noch mehr ergäbe, und so wie sie ihn kannte, käme es dazu, würde sie nicht Nein sagen. Sex entspannte, und Entspannung konnte sie gerade gut brauchen.

Sophie und Marianne folgten zwei Tage vor Drehbeginn, der für Ende September geplant war. Vera hatte zwischenzeitlich die Zimmer eingeteilt. Sophie sollte in dem kleineren Zimmer schlafen, das sie auch früher als Kinderzimmer genutzt hatten. Ihrer Mutter wollte sie das Schlafzimmer überlassen, und sie selbst machte es sich auf der Ausziehcouch gemütlich. Sie war sich sicher, während der Drehzeit wenig Schlaf zu finden, weil ihr unter Garantie das eine oder andere durch den Kopf ging. Zudem konnte sie so nachts auch einmal den Fernseher einschalten, ohne jemanden zu stören.

Nachdem Sophie und Marianne ihre Sachen in den Kleiderkästen verstaut hatten, versammelten sie sich im Wohnzimmer. Vera hatte zur Begrüßung Sekt gekühlt, öffnete die Flasche gekonnt mit einem zarten Engelsfurz.

»Das einzig zulässige Geräusch beim Öffnen von Schaumwein«, merkte Marianne zufrieden lächelnd an. »Man merkt halt gleich, dass du von einem Weingut abstammst.«

Vera füllte die Gläser, hielt ihres in die Höhe.

»Auf die Altmann-Frauen, die zum ersten Mal gemeinsam ein Filmprojekt stemmen.«

»Das ist ganz alleine dein Verdienst. Darauf kannst du sehr stolz sein.« Marianne prostete ihr zu.

»Wir sind jedenfalls stolz auf dich, Mama«, ergänzte Sophie. Dann stießen sie an und tranken. Vera stellte ihr Glas auf den Couchtisch. Das war schon einmal ein guter Beginn, denn sie würden sich in den nächsten Tagen in der Wohnung nur schwer aus dem Weg gehen können.

»Damit, dass ich unsere gesamte Familiengeschichte auf den Kopf stellen muss, hab ich, ehrlich gesagt, nicht gerechnet. Hättest du uns die Wahrheit erzählt, wenn ich nicht mit dem Drehbuch dahergekommen wäre, Mama?«

»Das ist eine gute Frage.« Marianne leerte ihr Glas. »Ich kann sie dir leider nicht beantworten, weil ich mir selbst noch keine Antwort auf diese Frage gegeben hatte, bevor du daherkamst. Und glaub mir, ich hab sie mir, weiß Gott, oft gestellt. Aber gut, dass es gekommen ist, wie es kam.«

»Gut«, beließ Vera es dabei. »Und zur Feier des Tages lade ich euch so richtig zum Essen ein.« Vera erhob sich schwungvoll. »Ich hab uns einen Tisch im Broeding in der Schulstraße reserviert, die servieren dort österreichische Weine.« Sie lachte und zwinkerte den beiden zu.

Insgesamt beraumte die Horvat-Film achtzehn Drehtage an. Für die Interviews nahm sich Vera einen ganzen Tag Zeit, und für jeden Interviewpartner vier Stunden. Sie war mit Sebastian übereingekommen, dass überwiegend vier Gesprächspartner in der Doku vorkommen sollten. Marianne Altmann, Max Horvat, Karin Böhler und Maria Ludwig. Sie selbst wollte maximal zwei, drei Sätze zu ihrer Kindheit sagen. Ebenso sollte ihr Onkel Ferdinand ein wenig über die Zeit am Weingut erzählen. Diese Interviewszenen wollten sie jedoch später in den Weinbergen in Wien drehen.

Sie begannen um acht Uhr morgens. Die erste Interviewpartnerin war ihre Mutter. Das Aufnahmestudio befand sich im Erdgeschoss der Horvat-Film. Sebastian Horvat stand ein wenig abseits des Geschehens, sein Vater saß im abgedunkelten Teil des Studios. Er wollte unbedingt von Beginn an dabei sein, hielt sich jedoch unauffällig im Hintergrund.

Die Crew überprüfte noch einmal die Technik. Die Kabel waren am Boden mit einem dunkelgrauen Gafferband fixiert worden. Der Monitor auf dem Tisch zeigte die Diva im Großformat. Marianne Altmann sah fabelhaft aus, das musste Vera zugeben. Ihre blauen Augen strahlten, die ergrauten Haare waren perfekt frisiert. Die weiße Bluse mit dem melierten Cardigan darüber verliehen ihr ein vornehmes Aussehen. Diese Frau war auch im hohen Alter wie geschaffen für die Kamera. Sie saß aufrecht auf einem bequemen Stuhl in der Greenbox. Später, beim Schnitt, wollte Vera passende Hintergrundbilder auswählen.

Die Maskenbildnerin warf einen letzten prüfenden Blick auf ihr Make-up und legte noch eine Schicht Puder auf.

»Ich bin jetzt nicht deine Tochter, Mama, sondern die Interviewerin.« Vera saß ihr gegenüber direkt neben der Kamera, Sophie und die Regieassistentin standen dahinter.

»Ich bin keine Anfängerin.«

»Gut, dann lasst uns anfangen.«

»Ruhe«, rief Vera, »wir drehen.« Sie warf einen kurzen Blick auf ihre Unterlagen, die Kamerafrau gab ihr ein Zeichen. Vera sah ihre Mutter ein paar Sekunden an und stellte dann die erste Frage: »Wann und wie hast du erfahren, dass Jakob Rosenbaum dein leiblicher Vater ist?«

Marianne fand den Einstieg sofort und erzählte von dem Gespräch mit ihrer Mutter während eines gemeinsamen Abendessens vor fünfzehn Jahren.

»Warum hat sie dir so spät davon erzählt?«

Sie zögerte kurz. »Meine Mutter hatte Angst. Es ist schwer, seinem Kind zu sagen, dass der Vater, den es liebt, nicht der leibliche Vater ist. Zudem wollte sie nicht, dass ich davon erfuhr, eine Halbjüdin zu sein. Der Antisemitismus hat in den Fünfziger- und Sechzigerjahren nicht aufgehört zu existieren, nur weil Hitler und einige seiner engsten Gefolgsleute tot waren.« Sie schüttelte den Kopf. »Die Sprüche, die wir als Jugendliche von Lehrern zu hören bekamen, unterschieden sich nur in der Schärfe von dem, was davor die Nazis von sich gaben. Jedoch nicht in ihrem Sinn. Und wenn wir ehrlich sind, leben die Fremdenfeindlichkeit und der Antisemitismus doch auch heute noch an vielen Orten weiter.«

Im Anschluss ließ Vera ihre Mutter über Käthe Schlögels Zeit in Prag, Berlin und München erzählen, ohne ihren Redefluss zu unterbrechen.

»Wenn man von einer großen Liebe sprechen kann, dann war es die von meiner Mutter und Jakob Rosenbaum. Wäre der Krieg nicht gekommen, wären sie bis zu ihrem Tod zusammengeblieben. Nicht dass der Hass und die Ablehnung, der Krieg oder sonst irgendetwas ihre Liebe zerstört hätte ...« Marianne schüttelte traurig den Kopf. »Das alles hat es ihnen nur unmöglich gemacht, ihre Liebe zu leben.«

Vera spürte Tränen in ihren Augen. Ihre Mutter legte so viel Wärme in ihre Stimme, dass ihr die Liebe zwischen Käthe und Jakob plötzlich epochal erschien, so einzigartig, als wäre sie nicht von dieser Welt. Sie blinzelte die Tränen weg.

Dass Horst Kleinbach mit Käthe als Hauptdarstellerin Drehbücher von Rosenbaum verfilmt hatte, die dieser während der Nazizeit unter dem Pseudonym Jörg Bergmann geschrieben hatte, zauberte sogar Max Horvat ein breites Grinsen übers Gesicht.

»Horst Kleinbach war der Lebensmensch meiner Mutter. Er hat, wenn man so will, sie wieder zurück in das Leben geführt, das sie sich in jungen Jahren erträumt und vor dem Krieg geführt hatte.«

Marianne beugte sich in ihrem Stuhl ein wenig zur Seite, um den alten Filmproduzenten in seiner dunklen Ecke besser sehen zu können, doch vergebens. Das grelle Licht der Studioleuchten nahm ihr jegliche Sicht, deshalb setzte sie sich wieder gerade hin und erzählte, wie ihre Mutter den Krieg und den Widerstand erlebt und wie sie unter Hans Bleck gelitten hatte.

»Walter Janisch war Schauspieler, ein Freund Jakobs und später ein enger Freund meiner Eltern«, begann Marianne. Sie erzählte von Blecks Verrat und Walters Deportation und seinem Tod im KZ. Marianne hatte gegenüber Vera die sexuelle Beziehung zwischen Walter und Alois erwähnt. Sie waren rasch übereingekommen, das nicht zur Sprache zu bringen, weil es das Geheimnis von Walter, Alois und Käthe gewesen war. Andernfalls käme es Marianne und Vera vor, sie ein zweites Mal zu verraten, auch wenn sie tot waren. Ihr Geheimnis gehörte ihnen und nicht dem Fernsehpublikum.

Dann fiel ihr noch etwas ein.

»Aus!«, gab sie dem Team das Zeichen, die Aufnahmen zu beenden. »Mama, kurz bevor Jakob Rosenbaum Wien verließ, hat er an einem Theaterstück geschrieben. Er hat deiner Mutter erklärt, dass er es womöglich nicht beenden will. Was ist damit? Weißt du das?«

Marianne dachte eine Weile nach. Die Aufnahmeleiterin brachte ihr ein Glas Wasser. »Ist ziemlich heiß in der Greenbox, Frau Altmann.«

Marianne nahm es dankbar an, trank es in einem Zug aus und gab das leere Glas zurück, bevor sie antwortete: »Das kann ich dir nicht sagen. Möglich, dass er das angefangene Manuskript mitgenommen hat. Bei den Dingen, die meine Mutter von ihm hatte, war es jedenfalls nicht. Ist das wichtig?«

Vera schüttelte den Kopf und machte sich eine Notiz. »Ist mir nur plötzlich eingefallen. Ich werde mal recherchieren, ob nach 1938 ein Stück mit diesem Thema auf einer amerikanischen

Bühne aufgeführt wurde.« Sie legte den Stift zur Seite. »Wir machen weiter!«

Als Vera nachfragte, ob Jakob Rosenbaum von ihrer Existenz wusste, leitete ihre Mutter mit wenigen Worten eine jener Szenen ein, die sie mit Sophie in der Hauptrolle nachstellen wollten. Nämlich als Käthe Schlögel das erste Drehbuch von Jakob in Händen hielt, das er unter dem Namen Jörg Bergmann geschrieben hatte. Diese Szenen wollte Vera am Originalschauplatz in der Buschenschank in Grinzing drehen.

»Schon beim Lesen des Drehbuches war meine Mutter ein klein wenig überrascht«, fuhr sie fort. »Horst Kleinbach hatte ihr erzählt, dass es von einem Juden handelte, der nach dem Krieg in seine alte Heimat zurückkehrte. Deshalb dachte meine Mutter, dass das Buch ihre und Jakobs Geschichte widerspiegelte. So war es aber nicht. Die Hauptfigur, eben jener Jude, traf in *Dezember 1946*, so hieß das Stück, auf die Menschen, die ihm einmal sehr nahestanden. Doch der Krieg hatte die ehemaligen Freunde verändert, und ihn selbst hatte die Emigration verändert. So weit könnte man es durchaus als biografisch betrachten, hätte Jakob Rosenbaum die Geschichte in Wien und nicht in Berlin spielen lassen. Meine Mutter verkörperte in der Verfilmung eine junge Kellnerin in einem Café, in die sich der Mann während seines Besuches in der alten Heimat verliebte. Ihr schüttete er bei Kaffee und Kuchen sein Herz aus. Jedoch kann diese junge Liebe ihn nicht in seiner alten Heimat halten. Am Ende trennen sie sich wieder ... So weit die Kurzfassung der Geschichte. Im April 1946 fuhr meine Mutter zu den Dreharbeiten nach Berlin, mich ließ sie in der Obhut meiner Großmutter.«

Berlin, 1946

Geschockt und fassungslos wanderte Käthe durch Berlin. Die Stadt lag in Schutt und Asche. Nichts stand mehr dort, wo es stehen sollte. Der Anblick der Ruinen und das menschliche Elend brachen Käthe das Herz. Sie erkannte die Stadt kaum mehr. Die meisten Häuser waren ausgebombt, glichen einer Hülle ohne Inhalt. Der Anhalter Bahnhof, wo sie zum ersten Mal Berliner Boden betreten hatte, war nahezu verschwunden. Selbst das Hotel Adlon war ausgebrannt und seines ehemaligen Glanzes beraubt worden. Das Edelmann gab es nicht mehr. Das gesamte Haus, in dem sich das Lokal befunden hatte, gab es nicht mehr. Ebenso das Universum-Kino und den Gloria Palast. Alles weg! Käthes Vergangenheit war dem Erdboden gleichgemacht worden.

Hungernde Menschen kämpften ums nackte Überleben. Einige Frauen wuschen die Wäsche der alliierten Soldaten oder kochten für sie, berichtete man ihr. Das verbesserte ihre Notlage. Bekamen sie dafür doch Seifen, Waschmittel oder Nahrungsmittel. Auch einige Liebschaften entstanden dabei. Man sehnte sich nach dem Leben.

»Manche Szenen drehen wir im Studio«, hatte Horst gesagt. Jetzt wusste sie weshalb. Trotzdem war geplant, auch das zerbombte Berlin als Kulisse zu nutzen.

»Bilder des toten Berlins dokumentieren die Unsinnigkeit des Krieges und der Zerstörung wesentlich stärker, als wir das im Studio könnten«, meinte er. Dazu die Clubs, die von der

Militärregierung zur Unterhaltung der Soldaten eingerichtet wurden. Das alles sollte Schauplatz werden.

Horst machte keinerlei Anstalten, an ihre ehemalige Beziehung anknüpfen zu wollen. Er schien ernsthafter geworden zu sein. Egon Röder, der nach wie vor Kritiken schrieb, tauchte ebenfalls am ersten Drehtag auf. Er freute sich sehr, Käthe wiederzusehen. Sie fragte nach Inge Haug, doch auch er wusste nichts über ihren Verbleib. Käthe wähnte sie unter der zerbombten Hülle in Berlin oder Wien. Denn auch ihre Stadt hatte es stark in Mitleidenschaft gezogen. Zwar nicht in dem Ausmaß wie die deutsche Hauptstadt, aber dennoch. Das Burgtheater war schwer beschädigt worden und die Staatsoper ausgebrannt. Als der benachbarte Philipphof in sich zusammenbrach, begrub er mehrere Hundert Menschen unter sich, die sich zum Großteil in den Luftschutzkellern befanden. Und der Bezirk Grinzing, in dem das Weinmann-Gut lag, war zum Eldorado für Plünderer geworden.

Die Filmproduktion hatten sie im abgeschirmten Wohnquartier der amerikanischen Besatzer untergebracht, ein wohlgenährter Kontrast zur rauen Außenwelt. Dorthin wurde sie nach Drehschluss mit einem eigenen Wagen gebracht.

Käthe saß spät abends über das Drehbuch gebeugt in ihrem Quartier. Sie bereitete sich noch auf die Szenen für den nächsten Tag vor, als es leise an der Tür klopfte. Sie wähnte Horst davor, der womöglich den heutigen Tag mit ihr besprechen und den nächsten vorbereiten wollte. Das tat er gerne. Sie öffnete, und im selben Augenblick blieb ihr die Luft weg.

»Jakob«, hauchte sie.

Den Bruchteil einer Sekunde sahen sie sich einfach nur an, um sich dann in die Arme zu fallen. Käthe schloss die Augen und wünschte sich, dass dieser Moment niemals enden würde. Doch irgendwann wand sie sich aus seiner Umarmung, trat einen

Schritt zurück und betrachtete ihn. Er hatte sich verändert, wirkte selbstbewusster und weniger nachdenklich. Sogar seine Haare kamen ihr ordentlich gekämmt vor.

»Du schaust gut aus«, sagte Jakob und blickte an ihr hinunter.

»Du auch«, erwiderte sie und zog ihn ins Zimmer. Mit dem Fuß drückte sie die Tür ins Schloss. Sie sprachen kein Wort, sahen einander nur an. Eine Woge der Vertrautheit und Abenteuerlust ließ sie aufs Bett sinken und sich ihren Gefühlen hingeben. Jahrelang hatte Käthe auf körperliche Liebe verzichtet. Jetzt genoss sie jeden Augenblick und jede noch so kleine Berührung. Sie wollte ihn nie wieder loslassen.

Nachdem sie sich geliebt hatten, setzte Jakob sich im Bett auf, griff nach seinem Sakko, holte ein Päckchen hervor und zündete sich eine Zigarette an.

»Du rauchst?«, fragte sie erstaunt, weil sie sich nicht erinnern konnte, ihn jemals rauchen gesehen zu haben. Er reichte ihr die Zigarette. Sie lehnte dankend ab.

»Du hast mir nicht mehr geschrieben.« Sie versuchte, nicht vorwurfsvoll zu klingen. »Nur dieser eine Brief, den Horst mir gebracht hat.«

»Ich dachte, es ist besser so. Womöglich wären meine Briefe abgefangen worden und du hättest Schwierigkeiten bekommen.« Er nahm einen tiefen Zug und blies den Rauch an die Decke.

»Ich hab dich vermisst«, sagte sie.

»Ich werde nach Los Angeles zurückgehen, Käthe. Ich hab mir dort ein Leben aufgebaut. Es war nicht einfach zu Beginn. Ich konnte weder die Sprache, noch wusste ich, an wen ich mich wenden musste, um weiter als Autor arbeiten zu können. Doch dieses Land hat mir eine Chance gegeben, und ich hab sie ergriffen.« Er machte eine wegwerfende Handbewegung. »In Europa haben sie meine Freunde und meine Familie in den KZs ermordet.«

»Ich habe überlebt.«

Er bedachte sie mit einem eigentümlichen Blick, der so viel hieß wie: Du bist arisch. »Was soll ich hier?« Er stand auf, drückte die Zigarette auf einem Unterteller aus. »Walter hätte mit mir gehen sollen.«

»Warum bist du zurückgekommen?«, fragte sie.

Er zuckte mit den Achseln. »Ich wollte sehen, wie Horst mein Drehbuch umsetzt.« Er griff nach ihren Händen. »Und ich wollte dich sehen. Komm mit mir, Käthe!«

Sie entzog ihm ihre Hände. »Das geht nicht. Ich kann doch nicht einfach zusammenpacken und weggehen. Nicht nach dem, was alles passiert ist.«

»Aber was hält dich denn noch hier?«

»Mein Leben ...«

»Entschuldige.« Jakob begann sich anzuziehen. Sie beobachtete ihn dabei.

»Du klingst so ... so ...« Er suchte offensichtlich nach einem Wort, das sie nicht beleidigte. »Deutsch. Ein Leben, das kannst du auch woanders finden. Dort, wo sie nicht Millionen Menschen ermordet haben.« Er knöpfte sein Hemd zu. »Oder ist es Haus und Hof, was dich hält? Immerhin bist du ja jetzt Besitzerin eines Weingutes.« Sein Tonfall klang bissig.

»Das Weingut gehört Alois«, widersprach sie.

»Es ist nur ein Weingut, Käthe«, ignorierte er ihren Einwand. »In Kalifornien gibt es auch Weingüter, wenn es das ist, was du willst.«

»Du verstehst mich nicht, Jakob. Es geht nicht um das Weingut. Das gehört mir gar nicht«, wiederholte sie eindringlich. »Es geht um die Familie, die mich aufgenommen hat, als ich in Not war.«

Er rieb sich die Stirn und fixierte sie dann ernst. »Ich hatte auch einmal eine Familie und Freunde in Österreich und Deutschland. Aber die haben die Nazis umgebracht.« Seine Stimme war voll Bitterkeit.

»Das hast du schon gesagt«, sagte sie leise. »Warum hast du das Drehbuch in Berlin angesiedelt?«

»Ich mag Wien nicht mehr betreten. Im Grunde genommen mag ich Europa nicht mehr betreten, aber ich hab nun einmal diese Geschichte geschrieben. Und jetzt bin ich verdammt noch einmal wieder hier … und es fühlt sich elendiglich an, Käthe.«

Sie konnte es ihm nicht verdenken, dass er mit seiner alten Heimat gebrochen hatte und nichts mehr mit ihr zu tun haben wollte. Sie schwieg eine Weile, dann begann sie, über die alten Freunde und die Zeit vor dem Krieg zu sprechen. Über glückliche Zeiten, über die Erfolge und über ihre Liebe.

»Du hast eine Tochter«, sagte Käthe abschließend.

Jakob stutzte. »Was sagst du da?«

»Du hast eine Tochter«, wiederholte Käthe und erzählte, dass sie erst nach seinem Weggang die Schwangerschaft bemerkt hatte.

Jakobs Miene war unergründlich, er schien mit der Information nichts anfangen zu können. »Weiß sie, dass ich ihr Vater bin?«

Käthe schüttelte den Kopf und berichtete ihm von Elses Erpressung und wie sie einem inneren Impuls nachgebend Alois als leiblichen Vater angegeben, ihn in Folge auch geheiratet hatte und nur deshalb auf dem Weingut lebte.

»Und ich dachte schon …« Er lächelte sanft.

»Du hast gedacht, Alois und ich …«

»Egal. Du hast eine gute Wahl getroffen«, meinte er. Wieder schwiegen sie eine Weile. »Er ist sicher ein guter Vater.« Er zögerte eine Weile, bevor er fortfuhr: »Ist er dir auch ein Ehemann?«

Käthe senkte den Blick, und Jakob lachte.

»Na wenigstens hat das Kind einen arischen Namen, was?«

»Du bist zynisch.«

»Echt? Ich bin zynisch?«

Ein Gefühl der Entfremdung keimte in ihr auf. »Sie heißt Marianne«, sagte Käthe, als er nicht nachfragte.

»Marianne«, wiederholte er bedächtig. »Ein schöner Name.« Ein Lächeln aus längst vergangener Zeit huschte über sein Gesicht. »Hast du das Manuskript noch?«

Sie nickte. »Natürlich!«

»Gib es ihr, wenn sie alt genug dafür ist, die Wahrheit zu erfahren.«

Käthe schwieg und begann, sich ebenfalls anzukleiden. Die Vertrautheit und ihre intensiven Gefühle, die kurz aufgekeimt waren, schienen sich in Luft aufgelöst zu haben.

»Du hast nicht vor, ihr die Wahrheit zu sagen?«, fragte er.

Sie hätte gerne das Gegenteil behauptet, erzählte ihm stattdessen von der Widerstandsgruppe, der Alois und Alfred angehört hatten, und vom Arbeitslager, in dem die beiden gewesen waren. »Jakob«, beschwor sie ihn, »Marianne hat nach Alois' Heimkehr sehr lange gebraucht, um zu akzeptieren, dass er ihr Vater ist. Sie hat einen ziemlichen Dickkopf, musst du wissen«, versuchte sie das Gespräch zu entspannen.

Jakob blieb ernst.

»Zudem liebt sie ihre Großeltern abgöttisch. Was denkst du, wie sie reagiert, wenn ich ihr aus heiterem Himmel erzählen würde, dass ihr bisheriges Leben einer Lüge gleichkommt? Dass die Menschen, die jahrelang ihre Familie waren, gar nicht mit ihr verwandt sind?« Sie schüttelte den Kopf. »Nein, Jakob, das kann ich nicht.«

»Und du müsstest ihr beibringen, dass sie eine Halbjüdin ist.«

Käthe antwortete nicht. Der Antisemitismus war ja mit dem Niedergang des Hitler-Regimes nicht ausgemerzt.

»Warum hast du mir dann überhaupt erzählt, dass ich eine Tochter habe, wenn du an der aktuellen Situation nichts ändern willst?«

»Ich wollte nur, dass du weißt ...«

Er packte sie grob am Arm. Seine Augen funkelten böse. »Was willst du, Käthe? Willst du mich dafür bestrafen, dass ich weggegangen bin? Oder willst du die Absolution, weil du von einem Juden geschwängert wurdest? Die ist euch Katholiken doch so wichtig. Willst du von mir hören, wie großartig du dich verhalten hast? Dein Mann ein Widerstandskämpfer, großartig! Du hast mit unserer Tochter überlebt, großartig! Und jetzt? Jetzt leben wir wieder unser Leben. Wenn es das ist, was du willst, Käthe ...«

»Du tust mir weh, Jakob.«

Er ließ ihren Arm los. »Das kannst du haben.«

»Du hast dich verändert.«

»Wir haben uns alle verändert.«

Käthe sah Jakob erstaunt an. Wo war der Mann, in den sie sich verliebt hatte? Der Mann, der über die Götter dieser Welt nachdachte und darüber hinaus? Der Mann, der ihr Kafka erklärt und Texte an dessen Grab vorgelesen hatte?

Sie schnappte nach Luft. »Was bildest du dir eigentlich ein? Tauchst nach sieben Jahren einfach vor meiner Tür auf ... Ich dachte, du seist tot, Jakob! Verstehst du, tot! Und wenn ich damals die Wahrheit gesagt und Alois nicht geheiratet hätte, wären Marianne und ich jetzt womöglich auch tot«, brüllte sie ihm die Worte ins Gesicht.

»Du hast mir schon damals zu verstehen gegeben, dass du Wien nicht verlassen wirst. Heute hab ich's begriffen, Käthe. Obwohl ich vor diesem Hintergrund erst recht nicht verstehe, warum du bleibst.«

Sie hielt die Tränen zurück, wünschte, die Zeit zurückdrehen zu können. Wünschte sich in ihre Wohnung nach München, wo sie so glücklich gewesen waren. Wünschte sich, dass Hitler und all die anderen Teufel niemals geboren worden wären.

Die Tränen kamen, als er gegangen war.

Jakob blieb eine Woche lang. Er wohnte bei Horst und ließ sich von ihm über die einzelnen Szenen berichten. Während der Dreharbeiten saß er neben ihm. Käthe und er trafen sich noch dreimal zu einem gemeinsamen Essen. Dabei erzählten sie sich gegenseitig von ihren Erlebnissen in den letzten Jahren. Es gab Augenblicke, da fühlte sich ihr Beisammensein wie früher an. Doch bei jeder Geschichte, die Jakob ihr von seinem Leben in Amerika schilderte, fühlte sie, wie weit er sich von ihr wegentwickelt hatte. Der scheue, nachdenkliche Poet war einem geschäftstüchtigen Autor gewichen. Auch zeigte er kein großes Interesse an Marianne. Wenn sie dennoch die Sprache auf das Kind brachte, stoppte er sie.

»Sie hat einen Vater, oder?«, wiegelte er dann ab.

Damit war das Thema für ihn erledigt, schien es. Manchmal liefen die Dinge eben nicht so wie geplant. Zum Abschied überreichte er ihr eine kleine Karte mit seiner Adresse in Los Angeles darauf. »Falls du einmal in der Gegend bist.«

Sie wussten beide, dass das nie geschehen würde.

An dem Tag, an dem Jakob sie zum zweiten Mal verließ, malte sie einen roten Punkt in den Kalender.

München, September 2015

»Tut es dir leid, dass du deinen Vater nie kennengelernt hast?«, fragte Vera ihre Mutter und sah ihr dabei fest in die Augen. Sie saßen noch immer bei den Dreharbeiten zusammen.

Marianne zögerte, dann meinte sie: »Sagen wir so: Da ich nicht wusste, dass Jakob Rosenbaum mein leiblicher Vater war, hab ich ihn nicht vermisst. Als ich davon erfuhr, hätte ich ihn gerne gefragt, warum er sich zeit seines Lebens nicht für mich interessiert hat. Aber da war es ja schon zu spät. Er starb 1993, und meine Mutter erzählte mir erst vor fünfzehn Jahren von ihm.«

»Warum hat deine Mutter so lange gewartet, dir die Wahrheit zu sagen?«

Wieder schwieg die Diva eine kurze Weile, ehe sie antwortete. »Die Wahrheit war eine Art Vermächtnis. Meine Mutter hat sich davor tausendmal gefragt, ob es richtig ist, dem Kind den leiblichen Vater vorzuenthalten. Zugleich stellte sie sich die Frage, ob es richtig ist, dem eigenen Kind neue Wurzeln zu geben. Ungeachtet der Tatsache, dass ich, als sie mit mir darüber sprach, schon sechzig Jahre alt war und selbst Kind und Enkelkind hatte. Es war schwer für sie, so viele Jahre zu schweigen. Irgendwann hat sie jedenfalls entschieden, dass der Zeitpunkt gekommen ist, um zu reden. Es war kurz vor ihrem Tod.« Marianne lächelte sanft. »Goethe hat einmal gesagt, zwei Dinge sollen Kinder von ihren Eltern bekommen: Wurzeln und Flügel. Ich hab Wurzeln und Flügel bekommen und als alte Frau noch einmal Wurzeln.« Die Diva zuckte mit den Achseln, sah einen kurzen Moment traurig drein. Dann hellte sich ihre Miene wieder auf. »Alois Weinmann war ein großartiger Vater. Ihm war gleich, dass ich nicht seine leibliche Tochter war. Jedenfalls denke ich das, denn er hat es mich niemals spüren lassen.« Sie lachte auf. »Er war mein großer Lehrmeister in puncto Wein. Ihm hab ich es zu verdanken, dass ich wesentlich mehr kann, als einen roten von einem weißen zu unterscheiden.«

Vera warf einen raschen Blick auf den Monitor und schrieb den Timecode auf ihren Notizblock. In der Dokumentation sollte an dieser Stelle die Stimme des Erzählers folgen, mit Daten über die Weinberge der Familie Weinmann im Wiener Bezirk Grinzing. Ihren Onkel Ferdinand wollte sie noch bitten, etwas über ihre gemeinsame Kindheit in den Weinbergen zu erzählen. Dann, wenn sie im Zuge der Dreharbeiten mit der Kamera die Gegend einfingen und die Durchsuchung des Gutes durch die Gestapo nachdrehten.

»Meine Mutter wurde zu früh oder zu spät geboren, je nachdem, wie man es sehen will«, drang die Stimme ihrer Mutter an ihr Ohr, und sie sah sie wieder an.

»Fünfzig Jahre früher oder fünfzig Jahre später und die Verbindung zu einem Juden hätte möglicherweise kein Problem dargestellt«, fuhr Marianne fort. »Zu ihrer Zeit war es ein Ausgrenzungsgrund, ein Verbrechen und oftmals ein Todesurteil. Liebe, Hass, Neid – diese Gefühle ändern sich nicht. Nur der Mensch verändert sich. Und die Zeit, in der er lebt, verändert die Folgen dieser Empfindungen.«

Nach dem Interview mit ihrer Mutter rief Vera eine längere Kaffeepause aus. Sie stand auf, streckte sich und massierte ihren verspannten Nacken. Die Stabmitglieder versammelten sich um den Tisch neben der Greenbox mit Kaffee, Wasser und belegten Brötchen. Während der Dreharbeiten musste man essen, wann immer sich Zeit dafür bot. Niemand konnte genau sagen, wann es das nächste Mal etwas gab oder man Zeit dafür fand. Die Regieassistentin drückte Vera einen Kaffeebecher und ein Sandwich in die Hand.

Sophie verabschiedete sich. Sie wollte sich noch auf die bevorstehenden Dreharbeiten vorbereiten. »Immerhin spiele ich meine Urgroßmutter *und* meine Großmutter. Dieser Verantwortung bin ich mir bewusst. Das muss perfekt werden.«

Marianne schloss sich ihr augenblicklich an. Das lange Interview hatte sie mehr angestrengt, als sie anfangs gedacht hatte. Sie hakte sich bei ihrer Enkelin unter. »Du lernst, und ich koch uns beiden etwas Feines.«

Wenn sie nur kochen kann, dann ist die Welt in Ordnung, dachte Vera amüsiert. Sie war mit dem ersten Interview mehr als zufrieden.

Karin Böhler tauchte wie vereinbart am frühen Nachmittag im Studio auf. Auch sie hatte keinerlei Schwierigkeiten, vor der Kamera in die Geschichte einzusteigen.

Veras Interviewthema drehte sich ausschließlich um Else Novak. Ihre Biografin erzählte von den Anfängen im Volkstheater, über die damals bestehende Freundschaft zu Käthe Schlögel, ihre Erfolge und ihre Beziehung zum Regisseur Hans Bleck.

»Wenn er Regie führte, war das pure Energie«, sagte Karin Böhler. »Er konzentrierte sich so sehr auf die Arbeit, dass er alles um sich herum vergaß. Auch duldete er keine Störung oder Einmischung. Die Schauspieler auf der Bühne oder später vor der Kamera lebten alle in seiner Welt. Er holte aus den Leuten das Maximum heraus.« Schwärmerisch spitzte sie die Lippen. Sie hatte ihn als junge Journalistin selbst einmal in den Sechzigerjahren am Set erlebt. Hans Bleck, damals bereits Mitte sechzig, gab sich ihr gegenüber betont ruhig und besonnen.

Vera kritzelte den Timecode und den Überleitungssatz für

den Off-Sprecher auf ihren Block: »Doch der in den Zwanziger- und Dreißigerjahren umschwärmte Regisseur hatte eine dunkle Seite, die er bis 1938 verbarg, um sie dann in geballter Form von der Kette zu lassen. Von da an begleitete ihn eine menschenverachtende Macht ...«

In der Dokumentation würde daraufhin seine Nazivergangenheit aufgezeigt werden. Beginnend mit Ausschnitten aus den Propagandafilmen, die er für die Nazis gedreht hatte, bis hin zu dem vergilbten Dokument, das Roland Bleck ihrer Mutter gegeben hatte und das bezeugte, dass Hans Bleck die Deportation des Schauspielers Walter Janisch angekurbelt hatte. Dem sollte die nachgestellte Szene folgen, in der er Käthe Schlögel zwang, für ihn und die Gestapo als Spitzel zu arbeiten. Dann wieder die Off-Stimme mit dem Hinweis, dass es ihm gelungen war, sich nach dem Krieg lediglich als Mitläufer zu verkaufen.

Vera kannte das Drehbuch in- und auswendig. Hätte man sie mitten in der Nacht aus dem Schlaf gerissen, hätte sie augenblicklich die Bild- und Interviewabfolge aufsagen können.

»Else Novak hatte einen Leitsatz, an den sie sich eisern hielt: Männer müssen sich mit mir vierundzwanzig Stunden lang beschäftigen, ansonsten müsste ich mich mit ihnen beschäftigen«, sagte Karin Böhler.

»Wie darf man das verstehen?«, hakte Vera nach.

»Sie versuchte jedem, der ihr beruflich von Nutzen war, den Kopf zu verdrehen. Männer, die nicht in dieses Schema passten, interessierten sie nicht.« Die betagte Journalistin lachte leise. »Und der Erfolg gab ihr recht.« Sie ging nicht näher darauf ein, sprach auch nicht aus, dass sie mit unzähligen Männern, die ihr zustattenkamen, ins Bett gestiegen war. Das Publikum würde sich schon einen eigenen Reim darauf machen.

Dem folgten noch einige Ausführungen, wie sie Hans Bleck und die Novak kennengelernt und wie sich die Branche im Laufe der Zeit verändert hatte. Plötzlich, ohne Veras Nachfrage, begann sie von der Pressekonferenz aus dem Jahr 1965 zu erzählen, auf der die Verlobung von Fritz Altmann und Marianne Weinmann bekanntgegeben wurde.

Vera stockte der Atem. Was, wenn sie ausplauderte, dass die Beziehung ursprünglich nur ein Werbegag für den neuen Film gewesen war? Ihre Gedanken rasten. Was sollte sie ihr antworten? Wie darauf reagieren? Sie öffnete den Mund, um Karin Böhler zu unterbrechen, bevor diese zum Besten gab, was nicht an die Öffentlichkeit sollte. Und während sie noch fieberhaft überlegte, ahnte sie, dass die ehemalige Journalistin über die beim Horvat-Fest getroffene Vereinbarung nicht Bescheid wusste. Sie schwärmte von der Bekanntgabe, aber das war es auch schon.

»Das waren halt noch Pressekonferenzen«, sagte Karin Böhler. »Zig Journalisten, Kameramänner und Radioreporter. Nicht so wie heute, wo sie nur aus ihren Redaktionen kriechen, wenn ein internationaler Weltstar ruft oder die Berichterstattung der Zeitung oder dem Sender viel Geld einbringt. Jetzt einmal unter uns ...« Sie machte eine wegwerfende Handbewegung. »Das kannst eh rausschneiden.«

»Wir schneiden heute keine Filme mehr«, berichtigte Vera.

»Früher«, fuhr Karin Böhler fort, ohne auf ihren Einwurf einzugehen, »waren die Journalisten noch aktiv, die wollten raus, Geschichten finden. Heute lockt die doch nichts mehr hinter dem warmen Ofen hervor. Diese Brut will doch alles direkt auf ihre PCs geschickt bekommen. Am besten gleich den komplett verfassten Artikel.« Sie schüttelte bedauernd den Kopf. »Wer gibt denn heute noch seine bevorstehende Vermählung auf einer Pressekonferenz bekannt? Heute verlautbart man eine Nachricht in den sozialen Netzwerken, und schwupp, schwupp weiß es die ganze Welt.« Ihrem Gesichtsausdruck konnte man deutlich ablesen, dass das nicht mehr ihr Kosmos war. Und Vera dachte, dass dieser Teil des Interviews für den Film unbrauchbar war.

Als Nächster war Max Horvat an der Reihe. Er erzählte von den damaligen Filmen. Über die Disziplin, die Marianne und Fritz Altmann beim Drehen an den Tag legten.

»Egal wie lange der Drehtag schon andauerte, wie anstrengend die Arbeit auch war. Marianne und Fritz waren, sobald die Kamera lief, konzentriert und hochprofessionell. Egal wie oft sie eine Szene wiederholten, niemals ließen die beiden ein Gefühl von Routine aufkommen. Viele wollten zu der Zeit hoch hinauf und sind tief gefallen. Die beiden haben gewusst, was zu tun ist, um erfolgreich zu sein.«

Über die Erfolge, die anfangs nicht abzusehen waren, und manch einen Fauxpas hinter und vor der Kamera.

»Marianne hat sich zu Beginn ihrer Laufbahn einmal hinreißen lassen, eine Meinung über Fritz Altmann abzugeben. Natürlich in privater Runde. Sie nannte ihn einen aufgeblasenen Wichtigtuer, dessen Talent darin lag, Frauen schöne Augen zu machen. Sie mochte ihn nicht. Leider saß in der Runde auch ein Journalist. Marianne vertraute ihm, doch zwei Tage später stand es in der Zeitung, und kurze Zeit später stand sie zum ersten Mal gemeinsam mit ihm vor der Kamera.« Max Horvat lächelte verwegen. »Als die beiden dann ein Liebespaar wurden, hat man das natürlich ausgegraben. Während sich Marianne Vorwürfe machte, diesen Fehler begangen zu haben, hatte Fritz gekonnt pariert. Er habe Jahre gebraucht, um seine Marianne vom Gegenteil zu überzeugen, denn er sei ihr vom ersten Augenblick an verfallen gewesen.«

Lauter langweiliges Zeug, fand Vera, doch das Publikum würde ob solcher Geschichten begeistert sein, war sie sich sicher. Die Zeitschriften beim Friseur waren voll solcher Geschichten. Dass die abgesprochene Hochzeit unerwähnt blieb, hatte sie ihrer Mutter nach langer Überlegung zugesichert, obwohl sie persönlich den Vorfall durchaus erzählenswert fand. Aber sich über den Wunsch Mariannes hinwegzusetzen konnte und wollte sie ihr dann doch nicht antun. Max Horvat hatte sie vor dem Interview gebeten, den Werbegag nicht zu erwähnen.

Maria Ludwig kam am späten Nachmittag. Die inzwischen ergrauten Haare trug sie kurz geschnitten. Ihren Hals zierte ein zartrosa Schal, der perfekt zu ihrem beigen Hosenanzug passte. Die Frau besaß Stil, das sah man mit einem Blick. Da ihre Schauspielkarriere nach der Trennung von Fritz Altmann stillgestanden hatte, hatte sie sich verstärkt der Filmkritik gewidmet und schließlich eine Fixanstellung bei einem bekannten Filmmagazin bekommen. Mit Verrissen konnte sie sich wenigstens ein bisschen an den beiden rächen. Dem glitzernden Schein, der Fritz und Marianne Altmann anhaftete, konnten die scharfen Kritiken jedoch nichts anhaben. Sie blieben über einen sehr langen Zeitraum hinweg die strahlenden Sterne am Filmhimmel.

»Sie waren mit meinem Vater liiert, bevor er meine Mutter kennenlernte«, begann Vera das Interview im lockeren Tonfall.

Maria Ludwig schüttelte den Kopf. »Liiert würde ich das nicht nennen, es war eher eine kurze Liaison. Ich war keine gute Schauspielerin, das muss ich zugeben. Um neben Fritz längere Zeit bestehen zu können, musste eine Frau jedoch zu den Besten ihres Faches gehören.« Ein verschmitztes Lächeln huschte über ihr Gesicht. »Fritz war ein attraktiver Mann, und das wusste er. Zudem war er sehr erfolgreich. Das zog die Frauen an.« Sie hustete. Die Regieassistentin reagierte und reichte ihr ein Glas Wasser. Maria Ludwig trank in kleinen Schlucken, dann sagte sie: »Entschuldigen Sie, aber ich laboriere noch immer an einer schlimmen Erkältung.«

»Kein Problem. Lassen Sie sich Zeit, Frau Ludwig.« Vera lächelte ihr zu.

»Die Presseleute verfolgten Fritz und Marianne ab dem Tag, als sie ihre Verlobung bekanntgaben. Sie lauerten ihnen regelrecht auf. Die Journaille diskutierte sogar Mariannes und Fritz' Kleidung bei diversen Anlässen, die Filme traten plötzlich in den Hintergrund. Die Gier der Journalisten nach Details aus ihrem Privatleben schien unersättlich zu sein. Als Marianne schließlich fünf Jahre später schwanger wurde, begann das Rennen nach der besten Babystory und dem ersten Foto der kleinen Vera.«

Maria Ludwig hielt kurz inne, blickte lächelnd an der Kamera vorbei Vera direkt ins Gesicht.

Vera räusperte sich. »Es gab unter den Journalisten einen Konkurrenzkampf?«

Maria Ludwig berichtete in Folge von der Entstehung diverser Storys und über die Verbreitung erfundener Geschichten. All dies geschah ihren Worten nach nur, um irgendetwas über das Vorzeigepaar der Filmbranche berichten zu können. »Viele Medien haben einen eigenen Geldtopf, um etwaige Klageforderungen daraus bezahlen zu können. Das kalkulierte man in die erfundene Geschichte mit ein, genauso den Platz für eine Richtigstellung. Aber die lasen damals genauso wenige Leute wie heute. War ein Gerücht einmal in Umlauf gebracht, verbreitete es sich wie ein Grippevirus. Eine etwaige Berichtigung interessierte niemanden mehr.«

»Könnten Sie eine erfundene Geschichte wiedergeben?«, fragte Vera.

Maria Ludwig dachte eine Weile nach, dann sagte sie: »Einmal hieß es, Käthe Schlögel sollte an der Seite von Rex Harrison spielen. Es hieß, er käme für Dreharbeiten nach Berlin für eine deutsch-amerikanische Produktion. Sämtliche Zeitungen berichteten darüber, der Tenor der Schlagzeilen klang ähnlich. Niemand wusste jedoch genau, woher dieses Gerücht kam, und die Schauspielerin selbst gab keinen Kommentar dazu ab. Die gesamte Branche war überrascht. Natürlich vermutete man, dass Horst Kleinbach der deutsche Produzent sei, und nachdem er nicht zum ersten Mal mit einer amerikanischen Produktionsfirma zusammenarbeitete, zweifelte niemand am Wahrheitsgehalt dieser Geschichte.« Sie lächelte. »Das trieb natürlich das Ansehen und die Gage der Schlögel noch einmal in die Höhe.«

»War etwas dran?«, hakte Vera nach, weil ihr Jakob Rosenbaum in Los Angeles in den Sinn kam.

Maria Ludwig zuckte mit den Achseln. »Das weiß niemand. Auffallend erschien nur, dass das Gerücht kurz nach der ersten Bambi-Verleihung in Umlauf gebracht wurde.« Sie überlegte kurz. »Die war 1965, im selben Jahr der Hochzeit von Fritz und Marianne Altmann, und Käthe Schlögel ging dabei leer aus. Keine zwei Monate später begann das Gemunkel über die angebliche Produktion. Rex Harrison hatte im April dieses Jahres den Oscar als bester Hauptdarsteller bekommen, das war natürlich ein Garant für internationale Schlagzeilen. Nachdem jedoch danach nicht viel passierte, vergaß die Branche es wieder. Es kam öfter vor, dass angedachte Projekt nicht zustande kamen. Das ist ja heute nicht viel anders.« Sie hielt kurz inne. »Ein anderes Gerücht hielt sich jedoch hartnäckig. Wir waren auch das erste Magazin, das darüber berichtete. Bis heute ist ebenfalls nicht klar, ob es die Wahrheit war oder eine Falschmeldung.«

Vera glaubte, einen Hauch Stolz in ihrer Stimme zu erkennen, obwohl inzwischen so viele Jahre vergangen waren. Aufmunternd sah sie Maria Ludwig an.

»Fritz Altmann unterhielt angeblich eine Affäre mit Eri Klein. Es hieß, sie wäre in der Nacht vor ihrem Selbstmord bei ihm gewesen. Das sorgte im Nachhinein für großes Gerede, wurde aber nie dementiert.«

Da war sie wieder, die Maskenbildnerin.

Es war spät geworden. Die Schnittplätze waren verwaist. Vera saß vor dem Computer und sah sich zum wiederholten Mal die Arbeit der letzten Stunden an. Das Interview mit Maria Ludwig hatte sie aufgewühlt. Als die ehemalige Filmkritikerin ihre letzte

Behauptung in den Raum gestellt hatte, hatte sie an sich halten müssen, um ruhig zu bleiben.

Sie loggte sich auf der Seite der Nationalbibliothek ein, klickte auf den Zeitungs-Button und suchte nach dem Magazin, für das die ehemalige Filmkritikerin damals gearbeitet hatte. Wenige Augenblicke später fand sie tatsächlich den besagten Artikel, verfasst von Maria Ludwig.

Sie wühlte sich durch die virtuellen Ausgaben anderer Blätter. Auch hier fand sie, verteilt auf den Zeitraum von vier Wochen, ähnliche Berichte.

Vera lehnte sich zurück. Ihre Mutter hatte nie einen Hehl daraus gemacht, dass ihr Vater zahlreiche Affären unterhalten hatte. Dass Karin Böhler eine davon gewesen war, kam ihr relativ leicht über die Lippen, obwohl sie die ehemalige Journalistin auf den Tod nicht ausstehen konnte. Warum hatte sie ihr nicht von Eri Klein erzählt? Was war anders an diesem Verhältnis?

»Du grübelst über die Aussage der Ludwig nach«, hörte sie eine Stimme in ihrem Rücken.

»Sebastian! Hast du mich jetzt erschreckt.«

»Entschuldige, das war nicht meine Absicht.« Der Produzent ließ sich auf den Stuhl neben ihr fallen und stieß einen tiefen Seufzer aus.

»Probleme?«, fragte sie ihn.

Sebastian schüttelte den Kopf.

»Was machst du eigentlich noch hier?« Sie sah auf die Uhr. »Es ist gleich elf Uhr durch.«

»Ich lebe hier gewissermaßen.«

»Was sagt deine Frau dazu?«

Er zuckte lächelnd mit den Achseln. »Sie liebt mich, mit all meinen Schwächen.« Er lehnte sich vor und tippte auf den Bildschirm. »Denkst du, das Geheimnis von Eri Klein gefunden zu haben?«

»Schaut so aus. Ich überlege, ob es wirklich die unglückliche

Liebe zu meinem Vater gewesen sein kann, die diese Frau in den Tod getrieben hat. Wenn er tatsächlich eine Affäre mit ihr hatte, wie kommt es dann, dass meine Mutter sie nach wie vor als ihre Freundin bezeichnet?«

Sebastian grinste schief. »Vielleicht haben die beiden sich deinen Vater geteilt.«

Vera verzog das Gesicht zu einer Grimasse, als hätte sie in eine Zitrone gebissen. »Bitte, Sebastian! Wir reden hier von meinen Eltern. Ich will solche Bilder nicht im Kopf haben.«

Er lachte. »Da steckt mehr dahinter als eine Affäre.«

»Wie kommst du darauf?«

»Instinkt.«

Vera rollte mit den Augen. »Okay, alles klar. Das Drehbuch schreib ich aber nicht mehr um, das sag ich dir gleich!«

Sebastian grinste. Dann schlug er mit der flachen Hand sanft auf ihren Oberschenkel. »Geh nach Hause, Vera. Morgen steht dir der erste harte Drehtag von vielen bevor.«

Sie nickte. Auf dem Drehplan der nächsten Tage standen die ersten Stationen ihrer Urgroßmutter in München inklusive Liebesgeschichte von Jakob und Käthe. Der britische Nachwuchsschauspieler, der Jakob Rosenbaum verkörpern sollte, war von der Horvat-Film vom Flughafen abgeholt und ins Hotel gebracht worden. Er sprach seinen Text in seiner Muttersprache und würde für die deutschsprachige Ausgabe der Dokumentation synchronisiert werden.

Sebastian erhob sich. »Eines Tages wird dir deine Mutter vielleicht von Eri Klein erzählen. Aber keine Angst, das Drehbuch musst du deshalb nicht mehr umschreiben. Deine Familiengeschichte ist auch so schon chaotisch genug. Und falls die Geschichte doch mehr hergibt als eine simple Liebestragödie, widmen wir ihr einfach eine eigene Dokumentation.« Er ging lachend zur Tür, dort wandte er sich noch einmal um. »Ich hab dich heute beobachtet.«

Vera drehte sich im Stuhl Richtung Tür. »Was meinst du?«

»Die Position passt dir.«

»Ist das ein Kompliment?«

»Du hast tatsächlich Talent für die Regie. So wie du heute als Interviewerin mit deiner Mutter umgegangen bist … Sie hat sich sicher gefühlt und dich kein einziges Mal angegriffen. Zudem, glaub ich, kannst du gut mit der Kamerafrau.«

»Sie ist aber auch verdammt gut«, sagte Vera.

»Ich bin schon sehr auf das Endergebnis gespannt.« Er schlug sanft mit der Hand gegen den Türrahmen. »Heute hast du jedenfalls verdammt gute Arbeit abgeliefert. Gute Nacht, meine Liebe.«

»Gute Nacht.«

Als Vera um Mitternacht die Wohnung betrat, brannte noch Licht im Wohnzimmer. Marianne saß auf dem Sofa und las in einem Buch.

»Sophie schläft bereits seit Stunden tief und fest«, sagte sie zur Begrüßung.

»Das ist gut. Sie steht morgen erstmals als Käthe Schlögel vor der Kamera. Das fordert viel Anstrengung.«

»Willst du gleich ins Bett gehen? Dann geh ich ins Schlafzimmer lesen, damit du das Sofa ausziehen kannst.«

Vera trat vor ihre Mutter hin und hielt ihr den Ausdruck eines Zeitungsartikels aus dem Jahr 1973 vor die Nase. »Verdammt, Mama! Du hättest mich wenigstens vorwarnen können.«

Die Diva massierte sich mit Daumen und Zeigefinger die Nasenwurzel. »Tut mir leid, Kind. Ich hätte mir eigentlich denken können, dass die Ludwig mit dieser Geschichte daherkommt.«

Vera legte den Artikel auf den Tisch und verschränkte die Arme.

»Lass den Teil des Interviews doch einfach weg«, schlug Marianne vor. »Dann musst du dich nicht damit auseinandersetzen.«

Vera ließ sich auf den Sessel fallen und legte ihre Beine auf den Couchtisch. »So einfach ist das nicht, Mama.«

»Du bist die Regisseurin. Du bestimmst, was in dem Film vorkommt und was nicht. Oder um es mit Sophies Worten zu sagen: Du hältst die Fäden in der Hand.«

»Du begreifst es einfach nicht, oder?« Sie konnte ihre Wut nicht mehr unterdrücken. »Zuerst drehst du unsere Familiengeschichte völlig auf den Kopf ...«

»Das hab ich nicht. Ich habe sie lediglich zurechtgerückt. Was denkst du, wär passiert, wenn ich dir nicht die Wahrheit erzählt hätte? Womöglich wär irgendein anderer Drehbuchautor dahergekommen und hätte sie ausgegraben und damit deine Dokumentation der Lächerlichkeit preisgegeben.«

»Und stattdessen kommt eine ehemalige Kritikerin und berichtet vor laufender Kamera von einer Affäre meines Vaters mit einer Maskenbildnerin, die sich nach einem gemeinsamen Abend mit ihm das Leben genommen hat«, ließ sich Vera nicht beirren. Sie starrte, während sie sprach, in die Luft. Ihr fehlte die Kraft, um ihrer Mutter in die Augen zu sehen.

»Also gut«, sagte Marianne, »ich mach dir einen Vorschlag. Du bringst jetzt erst einmal die Dreharbeiten hinter dich. Am letzten Drehtag koch ich uns zur Feier des Tages etwas Feines und erzähl dir von Eri Klein. Und danach entscheidest du, ob die Geschichte wichtig ist für deine Dokumentation. Sich jetzt damit auseinanderzusetzen macht keinen Sinn.«

»*Deiner* Meinung nach.«

»Ja.« Marianne klappte das Buch, das sie in Händen hielt, hörbar zusammen. Das Geräusch ließ keinen Widerspruch zu.

»Was kochst du?« fragte Vera, als ob es wichtig wäre.

»Rindsrouladen.«

Vera lachte. Sie hatte diese Antwort erwartet.

»Scheint, als wären Rindsrouladen die Wir-haben-etwas-zu-bereden-Speise der Altmanns.«

Prag/München/Berlin/Wien, 2015

Die Arbeit lenkte Sophie ein wenig von ihrem Liebeskummer ab. Sie konzentrierte sich derart auf die Rolle, dass Vera bei den Proben zwischenzeitlich meinte, ihre Großmutter beziehungsweise ihre Mutter stünden wahrhaftig vor ihr. Je nachdem, in welcher Rolle Sophie steckte. In dem Moment, als Sophie zum ersten Mal behutsam das hellblaue *Teadress* überstreifte, verwandelte sie sich in Käthe. So als ginge ein besonderer Zauber von dem Kleid aus. Sogar Sophies Stimme klang ähnlich wie jene von Käthe Schlögel, glaubte Vera. Sie konnte sich nicht mehr richtig an sie erinnern, obwohl sie fast dreißig bei ihrem Tod gewesen war und sie ja auch ihre Filme kannte.

Sophie schlüpfte vor allem während der Dreharbeiten in Prag in die Haut ihrer Urgroßmutter. In dieser Stadt begann ihr Triumph, sie war somit Geburtsstätte der Altmann-Dynastie. Die junge Schauspielerin fühlte sich in diesem Moment der Frau, die vor mehr als achtzig Jahren dieselben Wege ging und auf derselben Bühne stand wie sie, so unsagbar nahe. Vor allem die nachgestellten Szenen am Neuen jüdischen Friedhof verzauberten die Zwanzigjährige. Hier blieb die Zeit stehen, kaum dass man durch das Eingangstor trat. Eine friedvolle Stille und grenzenlose Gefasstheit empfing die Ankömmlinge und führte sie durch eine Welt der Unendlichkeit.

Die Zeitungen jubelten Sophie bereits vor Erscheinen der Dokumentation hoch und mutmaßten, dass die Rolle der Marianne, die sie im nächsten Jahr im Film ihres Vaters verkörpern sollte, ihr wie auf den Leib geschrieben sein würde.

»Als ob die Zeit von Käthe und Jakob noch einmal auflebte«, sagte Marianne Altmann gerührt zu ihrer Tochter am Telefon.

Vera informierte sie nahezu täglich über die Ereignisse während der Dreharbeiten. Die Aufarbeitung der Familiengeschichte hatte ihre Verbindung durchaus noch weiter gefestigt.

Über Eri Klein verloren sie währenddessen kein Wort mehr. Vera respektierte den Zeitplan ihrer Mutter.

Die Dreharbeiten führten sie von Prag über München nach Berlin. Von dort aus ging es weiter nach Wien zum Weinmann-Weingut. Vera war es gelungen, die Rolle ihres Vaters mit einem sehr bekannten österreichischen Schauspieler zu besetzen, die anderen Rollen übernahmen weniger bekannte Schauspieler. Auch darauf legte Vera Wert. Viel zu selten bekamen unbekannte, aber durchaus talentierte Darsteller eine Chance.

»Man sieht eh immer dieselben sechs Schauspieler und vier Schauspielerinnen, die andauernd zum Zug kommen. Ich will auch junges, noch unverbrauchtes Blut in meiner Dokumentation.«

Als sie die Szene mit der Gestapo auf dem Weingut und der vorangegangenen Verhaftung ihres Großvaters Alois drehten, zog sich Veras Onkel Ferdinand zurück. Obwohl er damals erst zwei Jahre alt gewesen war, hatten die Ereignisse tiefe Wunden hinterlassen, und die Authentizität der Szene setzte ihm unerwartet heftig zu.

Am letzten Drehtag sollte er doch noch mal zu Wort kommen, und sie positionierte ihn mitten in die Weinberge. Eine Kamera fixierte den alten Weinbauern, mit Hilfe einer Tonangel, die über seinem Kopf schwebte, fing der Tonmann seine Stimme ein.

»Du darfst mich aber nix über den Krieg und die Zeit danach

fragen«, ermahnte er Vera wie ein kleines Schulkind. »Da sag ich nämlich nix dazu.«

»Keine Angst, Onkel Ferdinand«, beschwichtigte ihn Vera. »Ich will nur zwei, drei Sätze über eure Kindheit hören.«

»Und das sieht man dann im Fernsehen?«

»Im Kino.«

»Gut, im Kino. Also ... die Marianne war ein echter Wirbelwind, immer in den Weinbergen unterwegs«, erzählte er. »Niemand von uns hätte gedacht, dass sie einmal in die Fußstapfen ihrer Mutter treten würde. Alle dachten, sie werde Weinbäuerin.« Dem folgte ein lebhafter Bericht über ihre unbeschwerte Kindheit, das Versteckspiel zwischen Weinreben und im Weinkeller.

Als sie geendet hatten, entkorkte Ferdinand zur Feier des Tages mehrere Flaschen Grüner Veltliner, und der Filmstab stieß auf unfallfreie, gelungene Drehtage an. Und darauf, dass jedweder Streit während der Drehzeit sich am Ende in Luft aufgelöst hatte und alles perfekt nach Plan gelaufen war. Man musste keinen Tag zusätzlich anhängen.

Am Abend erinnerte nichts mehr auf dem Weingut an die Dreharbeiten. Alles war verstaut, und die Crew bereit zum Aufbruch. Vera und Sophie schlenderten eingehakt die wenigen Meter vom Gut zur Altmann-Villa hinüber.

Schon an der Eingangstür empfing sie der feine Duft nach Rindsrouladen. Die Bandnudeln dazu konnten sie sich bereits lebhaft vorstellen. Sophie strich sich mit der Hand über den Bauch.

»Ich bin am Verhungern.« Sie zog ein blaues Haarband aus der Gesäßtasche ihrer Jeans und fasste damit ihre langen Haare zusammen.

Vera verspürte ebenfalls ein starkes Hungergefühl, doch noch viel mehr trieb sie die Neugier an den Esstisch in der Küche ihrer

Mutter. Endlich war es so weit. Das letzte geheime Kapitel in ihrer Familiengeschichte würde sich lüften: Eri Klein.

Ein weißes Tischtuch, das gute weiße Porzellan, Kristallgläser und brennende Kerzen im silbernen Kerzenständer zeugten von der Wichtigkeit des bevorstehenden Abendessens. Marianne Altmann hatte sich alle Mühe gemacht, dem gemeinsamen Mahl bereits optisch jene Bedeutung zukommen zu lassen, das es für sie besaß.

Vera und Sophie kamen gut gelaunt in die Küche, der Druck fiel langsam von ihnen ab. Sie staunten beim Anblick der Tafel, wuschen sich rasch die Hände und nahmen fast ehrfürchtig Platz. Marianne stellte eine dampfende Schüssel Bandnudeln auf den Tisch, darauf folgten die auf einer länglichen Anrichte drapierten Rindsrouladen und der Bratensaft in einer Sauciere aus Edelstahl.

»Das hier sieht aus, als würdest du gleich preisgeben, dass Eri Klein unsere bis dahin verschollene Erbtante war und wir ab sofort auf unserem Landgut in der Schweiz leben können«, lachte Vera, während ihre Mutter das Essen auf die Teller verteilte.

»Das duftet herrlich«, schwärmte Sophie.

»Ich hoffe, es schmeckt auch so.«

»Da bin ich mir sicher«, meinte Vera.

Die Diva lächelte glücklich. »Ihr erinnert euch doch sicher an den Namen Inge Haug«, begann sie.

»Die Zweitbesetzung deiner Mutter in Berlin«, sagte Sophie.

»Ja, und sie hat Oma Käthe später in den Widerstand geholt«, ergänzte Vera.

»Genau.«

Sie begannen zu essen.

»Mama, du hast dich wieder einmal übertroffen«, lobte Vera das Essen.

»Es schmeckt großartig«, bestätigte Sophie.

Wieder huschte ein glückliches Lächeln über Marianne Altmanns Gesicht. »Schön, wenn es euch schmeckt.«

»Was ist jetzt mit Inge Haug?«, forderte Vera sie auf fortzufahren.

»Erinnerst du dich daran, dass eine Freundin meine Mutter gebeten hat, die junge Maskenbildnerin unter ihre Fittiche zu nehmen, Vera?«

Vera nickte kauend. »Das war, nachdem ich zu dir hinuntergekommen bin, um dich zu überreden, doch noch zu Max Horvats Geburtstagsfeier zu fahren.«

»Überreden? Du hast mich vor vollendete Tatsachen gestellt und mir die Leviten gelesen, Sophies Karriere nicht im Weg zu stehen, indem ich dir erneut Ärger wegen Roland Bleck mache, weil du kurz davor erfahren hast, dass er Koproduzent sein würde«, ergänzte Marianne belustigt.

»Jedenfalls, diese Freundin, von der ich sprach, hieß Inge Haug.«

Vera runzelte die Stirn. »Du hast doch gesagt, dass sie über Nacht spurlos verschwand.«

»Ja, ja, das stimmt wohl. Hans Bleck hat irgendwie herausgefunden, dass Inge Haug die Landesverräterin war, nach der er suchen ließ. Dummerweise hatte er aber mit ihr eine Affäre begonnen, die er vor Else Novak geheim hielt. Inge ließ sich mit ihm ein, um an Informationen zu kommen, die Bleck wiederum von Elses Liebhaber, dem SS-Mann, bekam. Könnt ihr mir noch folgen?«

Sie nickten.

»Als Inge begriff, dass Bleck sie durchschaut hatte, musste sie von einem Moment auf den nächsten fliehen. Sie konnte nicht einmal meiner Mutter Bescheid geben. Über ihre Verbindungen gelangte sie schließlich in die Schweiz.«

»Und was hat das alles mit Eri Klein zu tun?«, fragte Vera.

»Inge hat in der Schweiz bemerkt, dass sie schwanger war.«

»Von Bleck?«, fragte Sophie mit großen Augen.

»Von Bleck«, bestätigte Marianne. »Sie bekam ein Mädchen und taufte es auf den Namen Eri ...«

Vera lehnte sich zurück. »Das ist unglaublich ... Aber warum hieß sie dann Klein und nicht Haug?«

»Inge war 1945 in Berlin. Dort kam sie kurz vor Kriegsende bei dem großen Bombenangriff am 18. März ums Leben. Die Kleine hatte sie in der Obhut ihrer Schwester gelassen, die hat auch ihre Nichte nach dem Tod ihrer Schwester adoptiert. Jedenfalls suchte Eri eines Tages meine Mutter auf, erzählte ihr vom Schicksal Inges und bat sie um ihre Hilfe.«

»Also hat nicht eine Freundin darum gebeten, sich der kleinen Schweizerin anzunehmen, wie du es bisher immer erzählt hast?«, hakte Vera nach.

Die Diva schüttelte den Kopf. »Inge hatte wohl genau Buch über die Ereignisse in Wien geführt, und aus diesen Unterlagen hatte Eri von der Existenz meiner Mutter erfahren. Den Rest kennt ihr ... Meine Mutter hat sie gefördert, ihr die Tür zur Horvat-Film geöffnet, sie hat auch für mich gearbeitet, und wir sind schließlich Freundinnen geworden ...«

»Und dann hat sie Selbstmord begangen. Und was ist nun damit, dass sie ein Verhältnis mit meinem Vater hatte?«, fragte Vera ungeduldig, weil sie endlich hören wollte, was mit der Frau genau passiert war.

»Die Affäre hat Maria Ludwig den beiden angedichtet. Offenbar glaubt sie noch heute daran. Eri und ich waren gute Freundinnen, das hätte ich wissen müssen«, wiederholte Marianne.

»Mag sein. Aber wenn ich mir die Geschichte von Else und Käthe anschaue ...«, überlegte Vera, »ich meine, die beiden waren doch auch einmal Freundinnen. Jedenfalls so lange, bis Horst Kleinbach ins Spiel kam. Und Eri Kleins Selbstmord steht außer Zweifel. Ist dir und ihr vielleicht das Gleiche passiert?« Sie sah ihre Mutter abwartend an.

Marianne schluckte. »Es stimmt, dass Eri wenige Stunden vor ihrem Selbstmord bei deinem Vater war«, sagte sie und schluckte. Es fiel ihr sichtlich schwer, darüber zu reden, trotz der langen Zeit, die inzwischen vergangen war.

»Jedoch nicht, weil die beiden eine Affäre hatten, sondern weil Eri mich aufsuchen wollte. Ich war aber noch im Aufnahmestudio, wir haben einen Film vertont, und ich hab mich mit einer Kollegin vertratscht...« Sie verstummte und schüttelte unmerklich den Kopf. »Ein Gespräch, das länger dauerte. Etwas, das man Hunderte Male in seinem Leben macht, nichts Aufsehenerregendes, nichts Wichtiges ... und dennoch verfolgt es mich bis heute in meinen Träumen. Wir haben damals über die Dreharbeiten, die Arbeit am Set und den Regisseur geredet. Eri wollte zuerst warten, hat es sich dann aber anders überlegt. Dein Vater hat später gesagt, dass sie ihm kein bisschen aufgelöst oder irgendwie anders vorgekommen war. Sie trank ein Glas Wein mit ihm, rauchte, machte Witze, lachte und ging dann irgendwann, weil ich eben nicht kam. Sie meinte, noch etwas vorzuhaben, und dass sie später mit mir reden wollte.« Marianne Altmann wischte sich eine Träne aus dem Augenwinkel. »Was wäre gewesen, wenn ...« Ihre Stimme erstarb, und ihr Blick verlor sich in einer weit entfernten Erinnerung.

Schweigen breitete sich aus. Vera hatte ihre Mutter noch nie weinen gesehen. Unsicher warf sie einen Seitenblick zu Sophie. Ihre Tochter hatte die Ellbogen auf den Tisch gelegt und hielt den Kopf gesenkt. Sie begriff wohl ebenfalls, dass sie geduldig auf eine Fortsetzung warten mussten. Kein Nachfragen oder Drängen würde die Diva jetzt dazu bringen weiterzusprechen. Lediglich die vorherrschende Stille half ihr, ihre Gefühle wieder zu ordnen.

Vera konnte nicht sagen, wie lange sie so dagesessen waren, ehe sich ihre Mutter einen Ruck gab und fortfuhr.

»Eri Klein lachte viel, müsst ihr wissen. Ihr gelang es, die gesamte Filmcrew zu amüsieren und bei bester Laune zu halten«, berichtete sie, als ob sie Fritz' Sorglosigkeit in dieser Situation im Nachhinein rechtfertigen müsste. »Niemand sah, was tatsächlich in ihr vorging. Nicht einmal ich, ihre beste Freundin, hab bemerkt, dass sie in Wahrheit ein tieftrauriger Mensch gewesen war. Wahrscheinlich deshalb, weil – wie hast du gesagt, Vera? – sich in meinem Universum die Sonne um mich dreht.«

»Das habe ich nicht so gemeint, Mama.«

»Aber du hast absolut recht. Ich bin oftmals blind, wenn es um die Gefühle und die Wünsche anderer Menschen geht. Ich gehe meinen Weg, egal was andere darüber denken.« Marianne warf ihrer Enkelin einen entschuldigenden Blick zu und nahm einen Schluck Wein. »Eri wusste, dass Bleck ihr leiblicher Vater war und hat ihn, als wir in Wien drehten, in der Filmproduktion aufgesucht. Sie wollte nichts von ihm, nur kurz Hallo sagen, ihm gegenübertreten und ihre Identität kundtun. Doch der hatte kein Interesse an seiner Tochter, nannte Inge eine verdammte Hure und Eri eine verfluchte Lügnerin. Er drohte ihr mit der Polizei, wenn sie nicht augenblicklich sein Büro verließe. Und er drohte ihr mit einer Anzeige, sollte sie jemals irgendwo erwähnen, seine Tochter zu sein. Ihr könnt euch vorstellen, wie verstört Eri nach diesem Besuch war.« Ihre Stimme klang scharf.

Vera und Sophie konnten deutlich sehen, wie es in ihrem Inneren arbeitete.

»Sein Verhalten hatte Eri schwer getroffen, doch sie akzeptierte seine Forderung. Was blieb ihr auch anderes übrig? Sie vergrub den Schmerz, den er ihr zugefügt hatte, tief in ihrem Inneren und machte weiter wie bisher. Womit jedoch niemand gerechnet hatte, war, dass Bleck auch jetzt das tat, was er gut konnte. Gerüchte streuen. Etwa, dass Eri Alkoholikerin sei. Oder dass sie Drogen nehme und deshalb Lügen verbreite. Versteht ihr? Sie war seine Tochter! Trotzdem erzählte er abscheuliche Dinge über sie. So etwas spricht sich schnell rum. Die

Branche ist klein. Er wusste, dass er ihr damit schadete und ihre Karriere vernichten konnte. Doch das war ihm egal.« Sie sah abwechselnd Vera und Sophie an. »Hans Bleck war der Teufel in Person.« Sie lehnte sich in ihrem Stuhl zurück. »Das alles zusammen hat sie schließlich in den Selbstmord getrieben. Und ja, ich wiederhole es gerne noch einmal. Sie war am Abend davor bei uns zu Hause. Und ich war nicht da.«

»Es war nicht deine Schuld«, sagte Vera nach einer Weile des Schweigens.

»Mein Kopf weiß das auch«, entgegnete Marianne. »Aber sag das einmal meinem Herzen. Ein Gefühl kann man nicht einfach ausknipsen wie einen Lichtschalter.« Sie reckte die Handflächen in die Luft. »Tja, das war Eri Kleins Geschichte. Jetzt kennt ihr sie.«

»Wahnsinn«, sagte Vera. »Kein Wunder, dass du den Kerl so abgrundtief hasst.«

»Absurderweise hat sich Eri mit Alkohol und Tabletten das Leben genommen. Wenn sie früher gefunden worden wäre ...« Wieder brach sie den Satz ab. »Für diesen verfluchten Bleck der Beweis, dass er recht hatte, was ihre Sucht anbelangte.«

»Verflucht«, wiederholte Vera erstaunt. »Und das aus deinem Mund. Mama, du machst dich.«

Plötzlich mussten sie lachen. Es war wie eine Erleichterung.

»Warum hast du eigentlich die Behauptung, Papa und Eri Klein hätten eine Affäre, nicht dementiert?«, fragte Vera schließlich.

»Das hab ich. Aber irgendwie gefiel die Geschichte mit der heimlichen Affäre der Presse besser ... und irgendwann hab ich's einfach gelassen. Auch die Wahrheit hätte Eri nicht mehr zurückgebracht.«

»Das bedeutet, Eri Klein war Roland Blecks Großtante«, schlussfolgerte Sophie schließlich. »Weiß er das?«

Marianne schüttelte den Kopf. »Erzähl du es ihm, wenn du möchtest.«

»Wo liegt sie begraben?«, fragte Vera.

»In der Schweiz. Inges Schwester hat den Leichnam überführen lassen.« Sie seufzte. »Ich bin froh, dass ihr beide mich zu dieser Dokumentation überredet habt. Damit habt ihr mich unwissend gezwungen, mich mit meiner Vergangenheit auseinanderzusetzen.« Sie lächelte ihre Tochter an. »Und ja, Vera, du hast recht. Reden hilft. Ich denke, ich kann nun langsam Frieden mit dem Zurückliegenden schließen. Dafür danke ich euch.«

»Ach weißt du, Mama, auch für Sophie und mich war es … wie soll ich sagen … lehrreich«, versicherte Vera lächelnd. »Stimmt's, Sophie?«

Die Zwanzigjährige nickte.

»Lass mich noch eines sagen, Sophie«, sagte Marianne zu ihrer Enkelin. »Es tut mir leid, wenn dich mein Verhalten die Beziehung zu deinem Fabian gekostet hat. Ich war eine verblendete alte Frau, die glaubte, ihre Familie müsse auf ewige Zeiten den Hass mittragen.« Sie griff über den Tisch nach Sophies Hand, drückte sie zärtlich. »Ich hoffe, du verzeihst mir, meine Kleine. Ich hab dich nämlich sehr lieb.«

Sophie zog ihre Hand zurück, erhob sich, kam um den Tisch herum und umarmte sie. »Ich hab dich auch lieb, Oma.«

Einen Augenblick hielten sie sich einfach nur fest, das vertraute Gefühl genießend. Schließlich löste Sophie die Umarmung und nahm wieder Platz.

Marianne erhob ihr Weinglas. »Kommt, lasst uns auf den letzten Drehtag anstoßen.«

Sie hoben ihre Gläser, stießen an und tranken.

»Und jetzt geh hinaus, und hol dir deinen Fabian zurück«, sagte Marianne, und ihre Augen strahlten wieder.

Sophie blickte ihre Großmutter traurig an. »Ich befürchte, dafür ist es zu spät. Aber das ist nicht deine Schuld.«

Wien, April 2016

Das Gartenbaukino war bis auf den letzten Platz gefüllt. Die drei Altmann-Frauen fuhren mit einer weißen Limousine vor. Marianne fühlte sich in jene Zeit zurückversetzt, als es sich für sie normal anfühlte, über den roten Teppich zu schreiten. Kameras, Fotografen, Journalisten warteten zu beiden Seiten auf. Sebastian Horvat und Roland Bleck war es tatsächlich gelungen, ein Großaufgebot an Presse antanzen zu lassen. Nur den viel zu großen Wagen fand Marianne lächerlich. Auch Vera und Sophie hatten abgewunken, als das Automodell zur Sprache kam. Aber die beiden Produzenten hatten auf diese Art der Inszenierung bestanden.

Veras Magen spielte seit den frühen Morgenstunden verrückt.

»Mach dir keine Sorgen«, raunte ihre Sebastian lächelnd zu. »Die Kritiken sind fantastisch.«

In der letzten Produktionsphase war die Dokumentation durch drei Marketingvorführungen gelaufen. Bei diesen Test-Screenings wurde ein ausgewähltes Publikum von Branchenspezialisten und normalen Kinobesuchern gefilmt und jede Reaktion beim Ansehen analysiert. Zudem mussten die Zuseher anschließend einen etwa vierzig Seiten langen Befragungsbogen ausfüllen. Das alles war gut gelaufen.

Vor der offiziellen Premiere bekamen dann die wichtigsten Journalisten den fertigen Film zu sehen, damit zeitgleich mit dem Kinostart die ersten Kritiken erschienen. Parallel ging eine Pressemeldung an die bedeutendsten internationalen Presseagenturen, dass Marianne Altmann die leibliche Tochter Jakob Rosenbaums war. Es gab kaum ein Blatt, eine Radiostation oder einen Fernsehkanal, der nicht in irgendeiner Art über die Altmanns berichtete.

»Nun wird dein Vater doch noch ein zweiter Franz Kafka«, hatte Vera zu ihrer Mutter gesagt.

»Die Leute werden die Dokumentation lieben«, versicherte ihr Sebastian, als sie ausstiegen und in Empfang genommen wurden.

Die Leute. Das waren an diesem Abend jede Menge geladene prominente Gäste aus Film und Fernsehen.

Vera pochte das Herz bis zum Hals, während sie schon die ersten Interviews gab. Ihrer Mutter und Sophie schien das weniger auszumachen. Die beiden lachten und scherzten vor den Kameras der Fernsehleute und Fotografen. Marianne spielte die Rolle der Grande Dame, als hätte sie die letzten Jahre nicht abgeschottet von der Filmwelt zu Hause verbracht.

In dem Moment erschien Oliver Thalmann auf dem roten Teppich. Die Presse stürzte sich auf ihn. Vera freute sich, ihn zu sehen, es verschaffte ihr ein wenig Luft. Doch er steuerte direkt auf sie zu, umfasste ihre Taille, küsste sie links und rechts auf die Wange und verkündete dann vor zig Mikrofonen: »Dieser Frau haben wir ein großartiges Zeitdokument zu verdanken.« Blitzlichter. Dann schob er sie sanft über den Teppich ins Innere des Kinos.

»Das meine ich ernst«, flüsterte er ihr ins Ohr.

Wieder Blitzlichter. Vera konnte sich die Schlagzeile zu den Fotos bereits lebhaft ausmalen: »Oliver Thalmann und Vera Altmann nach heimlicher Affäre nun offiziell ein Paar?«

So oder so ähnlich würden die Gazetten in den nächsten Tagen titeln.

»Nur weil wir in letzter Zeit ein paarmal miteinander geschlafen haben, heißt das nicht ...«

»Ich weiß«, unterbrach sie Oliver flüsternd. »Du bist eine

unabhängige Frau, die keine ernste Beziehung will. Deine Worte haben sich mir schon vor zwanzig Jahren eingebrannt, obwohl ich schon damals meine Frau für dich verlassen hätte. Das weißt du.«

»Das wäre schön dumm von dir gewesen«, lachte Vera. »Außerdem hast nicht du sie verlassen. Sie hat *dich* rausgeschmissen.«

»Haarspalterei«, zischte ihr Oliver wie einen Liebesschwur ins Ohr. Blitzlichter und Kameras fingen sie ein. »Sie werden auf unseren ersten gemeinsamen Film warten.« Er ließ sie los und widmete sich einer jungen Journalistin, die ihn für ein kurzes Statement vor die Kamera bat.

Als Vera im Kino Platz nahm, wusste sie nicht mehr, wie viele Hände sie geschüttelt und mit wem sie alles gesprochen hatte. Die Altmann-Frauen saßen auf reservierten Plätzen in der ersten Reihe. Vera in der Mitte, links neben ihr Sophie und rechts Marianne. Neben ihnen nahmen Sebastian Horvat und Roland Bleck Platz. Oliver platzierte sich in der zweiten Reihe. Sophie starrte gebannt auf jenen zentralen Fleck auf der großen Kinoleinwand, wo nach einer Einleitung durch einen bebilderten Off-Text sie in dem alten hellblauen Kleid erscheinen und im Volkstheater in Wien vorsprechen würde, ganz so wie 1927 ihre Urgroßmutter.

Als sie später den Monolog aus *Marianne* auf der Bühne in Prag sprach, beugte Vera sich zu ihr hinüber. »Du bist großartig!«

Sophie schenkte ihr ein zartes Lächeln. »Die Doku ist großartig, Mama.«

Marianne nahm kurz die Hand ihrer Tochter und drückte sie. »Wir haben ihnen gegeben, was sie wollen.«

Vera lächelte sie an. »Und uns unsterblich gemacht.« Sie lehnte sich im Kinostuhl zurück und schloss die Augen. Sie musste nicht hinsehen, um zu wissen, was sich dort gleich abspielen würde. Sie kannte die Dokumentation. Jedes winzige Detail hatte sie in ihrem Kopf abgespeichert. Das Leben von vier Generationen auf hundertzwanzig Minuten zusammengefasst. Stumm sprach sie den Text mit.

Am Ende der Dokumentation lag absolute Stille im Kinosaal.
Der Ruhe folgte euphorischer Applaus. Auch ein paar Bravorufe glaubte Vera zu hören. Erst jetzt öffnete sie wieder die Augen, kämpfte mit Freudentränen. Sie hatte ihren Traum tatsächlich verwirklicht. Sebastian rief Vera, Sophie und Marianne Altmann zu sich vor die Leinwand. Das Publikum klatschte noch immer, während die drei die schmale Bühne betraten. Sebastian erzählte ein paar humorvolle Anekdoten von den Vorbereitungsarbeiten und in einer Art Doppelconférence mit Vera von den Dreharbeiten.

»Und, was sagen Sie jetzt?«, fragte er schließlich Veras Mutter und hielt ihr das Mikrofon unter die Nase.

Marianne, nie um eine Antwort verlegen, sagte: »Ich wusste nicht, dass wir eine Dokumentation wert sind. Aber nach dem, was ich heute gesehen habe, denke ich, wir sind es.«

Lautes Lachen erklang im Publikum, gefolgt von weiterem Applaus.

Im Foyer schüttelte Vera wieder unzählige Hände. Als die Flut der Gratulanten abebbte, tauchte Oliver erneut neben ihr auf.
»Du verfolgst mich.«
»Stimmt nicht. Ich finde dich immer wieder.«
Er reichte ihr ein Glas Sekt. Er selbst trank Whiskey, zeigte mit dem Glas in der Hand Richtung Bar. »Schau dir unsere Kleine an.«

Sophie stand mit Fabian an der Bar. Man sah den beiden an, dass sie nur darauf warteten, sich unauffällig aus dem Staub machen zu können, um endlich allein zu sein.

Vera schenkte ihm einen amüsierten Blick. »Was sagt man dazu? Die beiden scheinen wieder zusammenzukommen.«

»Ja, sie scheint ganz schön verliebt zu sein. Glaubst du, dass er der Richtige für Sophie ist?«, fragte er.

Vera lachte lauthals los. »Wer hätte das gedacht? Oliver Thalmann, der besorgte Vater. Es gibt also doch noch einen anderen Menschen, der dir wichtig ist.«

»Willst du damit sagen, dass ich selbstverliebt bin?«

»Menschenfreund bist du jedenfalls keiner.«

»Das ist ein Vorurteil.«

»Es ist eine Tatsache. Und keine Angst, deine Tochter ist erwachsen. Sie weiß, was sie tut.«

»So wie ihre Mutter.«

»So wie ihre Mutter«, wiederholte Vera.

Endlich wandte er seinen Blick von Sophie ab und stieß sein Glas gegen ihres. »Herzlichen Glückwunsch, Vera. Die Doku ist fantastisch geworden.«

»Danke.« Das Lob aus seinem Mund überraschte sie.

»Ich hoffe, dass ich die Verfilmung der Marianne mit genauso viel Herzblut und Leidenschaft hinbekomme.«

Vera grinste frech. »Wenn du Hilfe beim Drehbuchschreiben brauchst … Du weißt, wo du mich findest.«

Oliver hauchte ihr einen Kuss auf die Wange. »Toi, toi, toi für die Präsentation morgen Abend in Berlin. Ich muss zurück nach München.«

Sophie schlug das Herz bis zum Hals. Fabian hatte sich einfach zu ihr an die Bar begeben und mit ihr zu reden begonnen.

»Hallo«, mehr musste er nicht sagen. Sie bekam jedes Mal weiche Knie, wenn sie ihn nur ansah.

»Wie geht's dir so?«, fragte er.

Nicht sehr originell, aber Sophie war ebenfalls nicht in der Stimmung, ein tiefsinniges Gespräch mit ihm zu führen. Sie wollte ihn nur ansehen, seinen Duft einatmen und seine Aufmerksamkeit genießen.

»Danke, gut.«

»Hast super gespielt.«

Der Barkeeper brachte zwei Gläser Weißwein.

»Lass mich raten: Grüner Veltliner vom Fritsch«, lachte Sophie.

»Erwischt. Mein Vater hat dafür gesorgt, dass es den zur Premiere gibt.« Fabian stieß sein Glas gegen ihres und hauchte ihr einen Kuss auf die Wange. »Ich hab dich vermisst.«

Sophie schluckte. »Ich dich auch.«

»Warum ist das passiert?«

Sophie zuckte mit den Schultern.

»Weil wir beide sture Hunde sind.«

»Ich nicht ganz.« Sie räusperte sich und nahm rasch einen Schluck Wein, nur um irgendwas zu tun.

Fabian runzelte die Stirn. »Was meinst du?«

Sophie erzählte, dass sie im Mai zu ihm wollte, vor seiner Wohnungstür gestanden und gelauscht hatte. Sie errötete leicht, während sie ihm diese peinliche Tat gestand.

Fabian musste eine Weile nachdenken, um zu begreifen, wovon sie sprach, und danach überlegte er, wer in seiner Wohnung gewesen sein könnte. »Ich kann mich nicht erinnern.« Doch dann hellte sich sein Gesicht auf, und er begann herzhaft zu lachen. »Das nennt man einen blöden Zufall«, sagte er, als er sich wieder beruhigt hatte. »Dass du ausgerechnet in dem Augenblick an meiner Tür lauschst, als meine Mutter in Berlin war! Eine andere Frau hat nämlich in den letzten Monaten meine Wohnung nicht betreten.« Er griff nach ihrer Hand, hielt sie fest.

Sie hörte das Klicken eines Fotoapparats. Sophie war's egal. Sollte doch die ganze Welt wissen, wen sie liebte.

»Lass uns abhauen!«, flüsterte er.

»Wohin?«

Ein verschmitztes Lächeln erschien auf seinen Lippen. »Ich hab ein großes Bett in meinem Zimmer stehen, das sich nach dir sehnt.« Er neigte den Kopf leicht nach vorne, die widerspenstige Locke fiel in seine Stirn.

Zärtlich lächelnd, strich Sophie sie zur Seite. Diese Locke durfte niemals verschwinden.

Sophie kehrte erst morgens in die Altmann-Villa zurück. Sie wollte duschen und sich umziehen, den Koffer musste sie auch noch packen. Am Nachmittag hob das Flugzeug nach Berlin ab, und am Abend stand dort die nächste Premiere auf dem Programm. Fabian flog ebenfalls in die deutsche Hauptstadt, er wollte Sophie am Abend begleiten.

»Wenn es deine Mutter und deine Großmutter nicht stört«, hatte er vorsichtig gesagt, während sie in seinen Armen lag.

Sophie hatte nur den Kopf geschüttelt. »Warum sollte es?«

Sie hatten kaum geschlafen, sich mehrmals in dieser Nacht geliebt und viel miteinander geredet.

Ihre Mutter und ihre Großmutter saßen bereits beim Frühstück, als Sophie die Küche betrat.

Lächelnd schenkte ihr Marianne Kaffee in eine Tasse. »Komm, setz dich zu uns, und lass uns ein wenig teilhaben an deinem Glück.«

Wien, 2016

Vera stand vor der offenen Terrassentür und blickte auf die gemauerte Sitzbank. Sie war für sie seit der Offenbarung ihres Geheimnisses zum Symbol des Überlebens geworden. Die Vögel zwitscherten und flogen von Ast zu Ast. Die ersten Rosen blühten, und die Sonne hatte schon wärmende Kraft. Ihre Mutter stand nicht mehr Tag für Tag beim Küchenfenster, um auf den Postboten zu warten, sondern schrieb an ihrer Biografie.

Seit der Premiere waren vier Monate vergangen. Die Dokumentation war ein größerer Erfolg geworden, als Vera sich das erhofft hatte. Sie dachte an die anfänglichen Schwierigkeiten, als wären sie eine lang zurückliegende Krankheit. Sie waren in ihrer Erinnerung jedoch nicht mehr wichtig. Wichtig waren Zeitungsmeldungen wie: »Mit dieser Dokumentation hat Vera Altmann als ernsthafte Filmemacherin auf sich aufmerksam gemacht.« Roland Bleck wurde zu Talkrunden eingeladen, um darüber zu reden, wie die Nachfolgegenerationen von Nazis mit dem Wissen um die Verbrechen ihrer Vorfahren umgingen. Sebastian Horvat und er planten diesbezüglich eine Dokumentation. Sie hatten bei Vera angefragt, ob sie das Drehbuch schreiben und Regie führen würde. Sie wollte es sich überlegen.

Sophie war zu Fabian nach Berlin gezogen und kam alle paar Wochen nach Hause. Heute war es wieder so weit, weil demnächst der Drehbeginn für *Marianne* ins Haus stand. Oliver hatte den Originaltitel des Theaterstücks für das Drehbuch übernommen.

»Mama.« Vera drehte sich um, Sophie stellte gerade Kaffeetassen auf den Wohnzimmertisch.

Sie ging auf den Tisch zu, schnappte sich eine Tasse Kaffee und setzte sich in den Sessel. »Ist Fabian auch schon in Wien?«

Die Dreharbeiten zu *Marianne* starteten im Volkstheater, wusste Vera, und auch diesmal kam das blaue *Teadress* von Käthe Schlögel zum Einsatz. Immerhin stellte es einen zentralen Aspekt in dem Film dar. Wobei es sich diesmal um eine detailgetreue Kopie handelte, weil Oliver Thalmann Angst hatte, dass das Originalkleid bei den Dreharbeiten zu Schaden käme.

»Fabian kommt morgen mit der Nachmittagsmaschine«, sagte Sophie. Er arbeitete bei dieser Produktion als Regieassistent, sie würde nun auch beruflich mit ihm zusammenarbeiten.

Vor Kurzem hatte sie ihm und seinem Vater die Geschichte von Eri Klein erzählt, und sie hatten beschlossen, bei nächster Gelegenheit einmal nach Zürich zu fahren und das Grab der Verwandten zu besuchen.

»Bist du glücklich?«, fragte Vera.

Sophies blaue Augen strahlten. »Sehr!«

»Das sieht man doch, dass das Kind glücklich ist«, meinte Marianne, die gerade das Wohnzimmer mit einem Kuchenteller in der Hand betrat. Man könnte über die Koch- und Backkünstler dieser Welt eine Dokumentation machen, dachte Vera amüsiert. Dabei würde man garantiert eine Menge alter Rezepte sammeln.

Die betagte Schauspielerin stellte den Kuchen auf den Tisch.

»Ein neues Rezept?«, fragte Vera, als sie die flache Torte mit den Mandeln obenauf sah.

»Ja. Falscher Bienenstich. Der schmeckt hervorragend, sag ich euch«, versicherte Marianne. Sie schnitt einige Stücke ab und reichte den beiden einen Teller mit je einem Stück darauf.

»Wie geht's Kim?«, fragte Vera und schob sich ein Stück davon in den Mund.

»Die ist im Moment voll im Lernstress. Aber wenn sie so weitermacht, schafft sie den Bachelor in der vorgegebenen Studienzeit, danach will sie gleich den Master machen.« Sie probierte den Kuchen ebenfalls. »Wow, der schmeckt sensationell, Oma.«

Marianne lächelte.

»Im nächsten Leben wirst du Köchin oder Konditorin«, schlug Vera vor und angelte sich ein zweites Stück.

»Kim ist echt ehrgeizig«, fuhr Sophie fort. »Ich musste sie echt überreden, Fabian und mich zu wenigstens einer Berlinale-Party zu begleiten. Aber mein Argument, dass sie auch mal etwas anderes sehen muss als die Uni und abends die Bar, hat sie schließlich überzeugt.« Sie nahm einen Schluck Kaffee und sah Vera über die Tasse hinweg an. »Und du, bist du auch glücklich?«, stellte sie die Gegenfrage.

Vera und Oliver hatten sich seit der Premiere in Wien schon einige Mal in München getroffen. Die Nächte mit ihm waren großartig, doch auf mehr konnte und wollte sich Vera noch immer nicht einlassen. Sie liebte ihre Unabhängigkeit, und solange es so zwischen ihnen funktionierte, war alles gut. Sophie mochte in diesem Punkt anders ticken.

»Ja, ich bin glücklich«, sagte sie und lächelte ihre Tochter an.

»Warum sollte sie nicht glücklich sein?«, mengte sich Marianne ein. »Meine Tochter hat einen riesengroßen Erfolg eingefahren und ist als Drehbuchautorin und Regisseurin gefragter, als sie das je als Schauspielerin war. Da fällt mir ein: Hast du etwas über das Theaterstück herausgefunden, nach dem du mich im Studio gefragt hast? Das, an dem Rosenbaum schrieb, bevor er emigrierte?«

Vera schüttelte bedauernd den Kopf. »Ich hatte aber auch noch nicht die Zeit, mich intensiv damit zu befassen. Aber das mache ich noch, versprochen.«

»Wahnsinn, was im letzten Jahr alles passiert ist.« Sophie schüttelte den Kopf.

Marianne betrachtete ihre Tochter eine Weile schweigend, als denke sie intensiv über etwas nach. »In dir hat in der Tat das Talent von Jakob Rosenbaum geschlummert.«

Vera hob kurz die Augenbrauen, und Sophie machte ein Gesicht, das besagte: Das hab ich dir auch schon einmal gesagt.

»Sag bitte nicht, dass ich sein Talent fürs Schreiben und Regieführen geerbt habe.«

»Doch, genau das sage ich. Und ich meine es auch so. Rosenbaum war ein schlechter Schauspieler, aber ein hervorragender Regisseur und Autor.«

Vera wollte etwas entgegnen, doch ihre Mutter stoppte sie mit einer raschen Handbewegung.

»Hast du eigentlich schon eine Idee für eine weitere Kinofilmdokumentation?«, hakte Marianne Altmann nach.

Vera lächelte verschwörerisch.

Anmerkung der Autorin

Warum ich dieses Buch geschrieben habe, ist nicht leicht zu beantworten. Ich habe sehr lange über die Geschichte nachgedacht, und der Wunsch, sie aufzuschreiben, wuchs von Tag zu Tag. Ich bin im Laufe meines Lebens vielen Zeitzeugen begegnet. Viele haben mir von »damals« erzählt, ihnen habe ich aufmerksam zugehört. Andere haben geschwiegen oder gemeint, dass man die Vergangenheit ruhen lassen soll. Auch ihnen habe ich zugehört. Die Trauer, das Entsetzen und die Angst lagen zum Teil noch immer in ihrer Mimik, ihren Gesten und ihrem Schweigen, sobald die Sprache auf die Nazizeit kam.

Während eines Stipendiumaufenthaltes in Wiesbaden reifte die Grundidee heran, vier Schauspielerinnen Leben einzuhauchen. Herausgekommen ist am Ende die Geschichte von Käthe, Marianne, Vera und Sophie. Ihre Biografien sind erfunden, jedoch vor einer realen Kulisse angesiedelt.

Ein großes Dankeschön gebührt jenen, die mir mit Rat und Tat zur Seite standen. Ohne sie gäbe es diesen Roman möglicherweise nicht.

Meine liebe Freundin Andrea Etz (Drehbuchagentin), die mir geholfen hat, den Ablauf, die Umsetzung, die Finanzierung einer Kinofilmdokumentation zu verstehen.

Bettina Gusenbauer (Leiterin Marketing ÖBB) hat mir geholfen, die Reisen von Käthe Schlögel auf Schiene zu bringen. Die Verbindung Wien–Berlin im Jahr 1930 war eine echte Herausforderung.

Meinem Agenten Peter Molden dafür, dass er mich zur Langsamkeit beim Schreiben ermutigt hat.

Cheflektorin Anke Göbel vom Heyne Verlag für ihr Vertrauen, die Begeisterung und die Herzlichkeit, mit der ich in die Heyne-Familie aufgenommen wurde.

Meiner Lektorin Eva Philippon fürs Ausmerzen meiner Fehler, für die wertvollen Anregungen und die hilfreiche Kritik.

Meinem Mann Jeff, der ein zeitgeschichtliches Lexikon ist und zudem immer weiß, wo jenes Buch in unserer umfangreichen Bibliothek steht, das ich zur jeweiligen Recherche benötige.

Meine Kinder Theresa und Raffael, die damit leben, dass ihre Mutter eine Schriftstellerin ist, das unterstützen und mich immer wieder anspornen weiterzuschreiben.

Meiner Mutter dafür, dass sie so wunderbare Kuchen und Torten bäckt.

Meinen lieben Freundinnen Angela Eßer, Tatjana Kruse, Claudia Rossbacher und Jutta Siorpaes (alle Krimiautorinnen), die mich zwischendrin angetrieben haben.

Und am Ende möchte ich Ihnen, liebe Leser und Leserinnen, danken, dass Sie zu diesem Roman gegriffen und ihn gelesen haben. Ich habe zusammengerechnet fast sechs Jahre mit Käthe, Marianne, Vera und Sophie verbracht und freu mich, wenn Ihnen ihre Geschichten viele lesenswerte Stunden beschert hat.

Ihre Beate Maxian

Teresa Simon

Emotional und präzise recherchiert: Teresa Simon ist die Meisterin des Familienromans

978-3-453-47131-3

978-3-453-41923-0

Leseproben unter **www.heyne.de**

HEYNE ‹